时间的叠印

作为思想者的
现当代作家

贺桂梅 著

生活·讀書·新知 三联书店

Copyright © 2021 by SDX Joint Publishing Company.
All Rights Reserved.
本作品版权由生活·读书·新知三联书店所有。
未经许可，不得翻印。

图书在版编目（CIP）数据

时间的叠印：作为思想者的现当代作家／贺桂梅著．—北京：生活·读书·新知三联书店，2021.9 （2022.6 重印）
（文史新论）
ISBN 978－7－108－07097－5

Ⅰ.①时… Ⅱ.①贺… Ⅲ.①中国文学－现代文学－文学评论②中国文学－当代文学－文学评论 Ⅳ.①I206.6

中国版本图书馆 CIP 数据核字（2021）第 036857 号

责任编辑 王振峰 崔 萌
装帧设计 蔡立国
责任校对 曹秋月
责任印制 卢 岳
出版发行 生活·讀書·新知 三联书店
（北京市东城区美术馆东街 22 号 100010）
网 址 www.sdxjpc.com
经 销 新华书店
印 刷 三河市天润建兴印务有限公司
版 次 2021 年 9 月北京第 1 版
2022 年 6 月北京第 2 次印刷
开 本 635 毫米 × 965 毫米 1/16 印张 26
字 数 348 千字 图 25 幅
印 数 3,001－6,000 册
定 价 65.00 元
（印装查询：01064002715；邮购查询：01084010542）

目　录

从“当代”看“现代”的精神史探索　钱理群　*1*

绪论：多层次、立体的文学史图景　*1*

一、外因与内因、现代文学与当代文学　5

二、大环境与小环境、问题序列与作家个案　*13*

第一章　萧乾：大十字路口的选择　*23*

小引：1949 年的选择　*25*

一、民族主义情感　*27*

二、自由主义者的碰壁　*41*

三、“服水土”　*55*

第二章　沈从文：文学与政治　*73*

一、时代巨变中的游离分子　*76*

二、文学的位置：第二个十年的思想探求　*94*

三、烛虚或梦魇：40 年代的创作转型　*108*

结语：“抽象的抒情”　*117*

第三章　冯至：个体生存和社会承担　123
一、“思想活跃、精神旺盛”的写作者　125
二、一个“人”的长成　131
三、沉思者的大宇宙　142
四、“一个对于时代的批评”　156
五、步入“集体的时代”　170
第四章　丁玲（上）：知识分子与中国革命　189
一、从晚年丁玲说起　192
二、追求革命　204
第五章　丁玲（下）：超越裂缝的主体革命　223
一、整风前后　225
二、女性与革命　242
三、《在医院中》：象征性的心路历程　250
四、理论与情感的距离　260
五、社会身份与自我意识的矛盾　271
结语：“有机知识分子”的难题　281
第六章　赵树理（上）：评价史与当代文学的生成　291
引论：当代文坛格局中的赵树理　293
一、《小二黑结婚》发表前后　296
二、“赵树理方向”　300
三、赵树理创作的“缺陷”　311
结语：规范内外的赵树理文学　324

第七章　赵树理（下）：传统与现代　331

一、“民族形式”的创制　335

二、现代还是传统：赵树理文学的性质　346

三、“反现代的现代性”　353

四、赵树理文学的现代性内涵　359

结语：赵树理文学的命运　374

后　记　381

参考文献　395

从“当代”看“现代”的精神史探索

钱理群

贺桂梅在北大中文系读本科时听过我的鲁迅研究课，念研究生时又上过我的讨论课，讨论的正是20世纪40年代的作家作品；后来她毕业留校成了同事，近年来更成了可以敞开胸怀无所不谈的朋友。这样的忘年交我是格外看重、珍惜的。

她这本著作研究的五个对象——萧乾、沈从文、冯至、丁玲、赵树理，我在《1948：天地玄黄》里都有所论述，后来我还专门写了研究1949年后沈从文、赵树理道路的长篇论文。但我们又有不同：我是从现代看当代，着眼于现代作家的当代命运；贺桂梅是从当代看现代，要为当代文学溯源。我们这样的相遇本身就很有意思。更重要的是，我们还有相近的学术追求与设计。贺桂梅在《绪论》里明确提出，她关注的是40—50年代社会、文化、文学转折过程中作家遭遇的文学史、思想史内涵及问题，“试图寻找思想史与文学史之间的交错与融合”，揭示“作家内在的思想与精神脉络”及其背后的“精神史内涵”。而所采取的研究方法是以个案带问题、以作家论带思想史命题，这些都是我这些年的研究所自觉追求的。而且，在我看来，这种文学史与思想史、精神史相结合的研究，立足于现当代文学，都是现当代思想文化运动（20世纪20年代的“五四”思想启蒙运动，50年代中华人民共和国成立后思想、文化新秩序的建构，80年代的思想解放运动）的产物，许多现当代作家作为现代知识分子都有自觉的思想追求，其文学创作都具有十分丰富的精神内涵这样一些现当代文学的基本特点与优势。这些基本特点与优势是能够为现当代文学研究提供新的研究思路，开辟新的空间，甚至是开拓一条新路的。

更引起我的共鸣也是我更为看重的是贺桂梅一再申说的她的学术追求：要自觉“摆脱那种或肯定或否定的表态式”的研究方式，在“多重历史与现实的视野中”“呈现出较为丰富的历史图景”，她要构建的是“多层次、立体的”文学史、思想史、精神史图景。贺桂梅为此提出了五大概念，即努力揭示研究对象、历史发展的“复杂性、丰富性、偶然性、暧昧性与独特性”，以此作为自己的研究目标。这显然是对现行的简单化、主观化、形式化研究的一次自觉挑战。在我看来，这才是贺桂梅这部著作的主要特点和主要贡献。而且，她的这些追求是落实在对历史史料的全面挖掘、梳理以及精细的文本细读与理论剖析的基础之上的，既进入历史的具体情境，抓住具有典型意义的历史细节，又不失时机地进行思想、理论的提升，呈现历史的大视野和新高度。我常说，现在的研究常走两个极端，要么“精细有余，大气不足”，要么“粗疏空洞，大而无当”，像贺桂梅这样既精细又宏大的研究是十分难能可贵的。这自然与她受过严格的学术训练又有浓厚的理论兴趣与修养有关，后者正是我所不及的。这就为她的学术创新创造了很好的条件。读贺桂梅的著作，很容易就被她迭出的新见、创见所吸引，甚至可以说是一种学术享受。

贺桂梅一开始就提出一个历史性的问题：“20世纪40—50年代转折过程中新社会及其话语的强大感召力来自何处。”她没有急于做或肯定或否定或赞美或质疑或批判的价值判断，而是选择了萧乾、冯至和沈从文三个个案，通过对他们个人的小环境与时代的大环境的复杂关系的细致把握，具体讨论“支配他们做出选择的思想、文化逻辑是什么”，并“显露出了怎样的复杂精神史内涵”（《绪论》）。

就萧乾的具体小环境而言，他是完全有条件一走了之的，当时他受邀到英国剑桥大学去讲授中国现代文学。而且，由于他的特殊经历，他对自己这种深受英国工党政治影响、多少有些信奉民主社会主义的知识分子在新中国、新社会的命运是不抱幻想的。而且，40年代后期他已多次遭到左翼阵营的批判，再加上他完全清楚自己与郭沫若等人的个人恩怨，他当然明白留下来是没有好果子吃的。但他还是接受了新政权、新秩序。这是为什么？贺桂梅通过对他的“孤儿身世、故土意识、民族情感”的精细分析指出，是深入灵魂的民族主义情感、国籍意识产生的归属感，决定了萧乾和他同时代的许多知识分子的选择。她在书中对此有相当精准、深刻的分析：中国现当代知识分子的民族主义是在“面临异族强行侵入时开始产生的”，“始终与独立统一的现代民族国家的想象联系在一起”，并且逐渐深入人心，成为“20世纪政治合法性的象征”。她引述一位外国学者的观点——“民族主义不同于自由主义和社会主义，它更类似于宗教和宗教共同体”，强调“这大概是对萧乾（和他同时代的许多知识分子）的民族主义情感更为准确的概括”。只有从这个层次去理解，我们才能懂得，对于中国现当代知识分子而言，这种“似乎别无选择地与故土、国家、民族共命运同患难”的情感驱动是高于“个人荣辱、安危乃至政治立场”的，是后者无法战胜也永远摆脱不了的，只能听命其支配（《萧乾：大十字路口的选择》）。应该说，这是贺桂梅对现当代中国知识分子精神特质的一个重要理论概括，对现当代思想史、精神史上的许多现象和问题都有一定的解释力。

在我看来，其意义更在于它揭示了毛泽东领导的中国革命的一个本质特征和特殊优势。我注意到，贺桂梅特别重视毛泽东1938年10月在中共中央六届六中全会上的报告——《中国共产党在民族战争中的地位》中所提出的中国革命的中国化问题，强调国际主义内容和民族形式的结合，要求形成“为中国老百姓所喜闻乐见的中国作风和中国气派”，并指出，由毛泽东的讲话而引发的关于“民族形式”问题的论争，其“重要性并不亚于‘五四’”，其提出的“文学应该创制的现代民族形式的调整和重提，其最终的完成形态就是当代文学”（《赵树理（下）：传统与现代》）。尽管贺桂梅的这一具体论断可能会引发争论，但她确实抓住了要害。《毛泽东选集》在收入这篇报告时特意指出，正是这次六届六中全会“批准了以毛泽东为首的党中央政治局的路线”[1]。这表明，毛泽东在中国共产党的最高领导地位是在1938年10月中共中央六届六中全会正式确立。毛泽东把重心放在民族的解放上，其具体目标就是要建设现代民族国家，实现国家的统一和独立，实现国家的工业化。这样的总目标和两大具体目标，不仅符合20世纪40年代面对日本侵略的中国整个民族的时代现实需求，而且由此在50年代建立起来的国家、社会、政治、经济新秩序，也正是中国知识分子所向往的，他所提出的创构“为中国老百姓所喜闻乐见的中国作风和中国气派”的新文化的新理想、新格局，更是大获民心，大获知识分子之心。像萧乾这种本来与中国共产党格格不入的知识分子，最后愿意为之放弃自己的政治立场，其内在逻辑就在于此。毛泽东领导下的中国革命也由此获得了浓重的民族主义色彩，最后甚至成为其合法性依据，它的鲜明的“中国作风和中国气派”即所谓“中国特色”也产生了一种特殊魅力。

我们还是再回到历史现场，谈谈贺桂梅笔下的另一位知识分子典型冯至的选择。贺桂梅将冯至的人生和精神发展道路划分为“不断否定”的三阶段：“失败的‘北游’”（20—30年代）、林场茅屋“退回内心”的“沉思”（40年代初期）和“介入时代”的“新的生命阶段”（40年代中后期）。关键是最后一段，冯至的“抛弃旧我迎来新吾”。而发生转变的机缘和动力来自“沉思”时期在获得个人主义价值的同时所感到的个人的孤独、寂寞与无力，因此不断自问：有什么用？谁需要你？自己如此“保管，等待，忍耐”，“用我们的时刻”何时到来？由此而产生的是一种日趋强烈的寻找归属的欲求，这就需要“新的意志产生”。冯至出于正义和良知支持40年代中后期的学生运动，这使他有机会接触到中国共产党领导的革命，赫然发现了他所期待的“新的意志”和新的秩序，并且认定“既要在这路上走，就得看红绿灯”，他也就在“秩序”的意义上接受了新社会。问题是共产党领导的中国革命开创的新社会、新秩序吸引冯至和他这样的知识分子的究竟是什么？贺桂梅对此有一个分析：“被冯至内在地接受”的是“新社会的乌托邦品质”（《冯至：个体生存和社会承担》）。这是贺桂梅的又一重大发现和概括。这样的乌托邦性，其具体表现就是所提出的两大革命和建国目标与理想：创建一个完全平等和人民当家做主的新社会。这两大目标似乎也是时代的要求。50年代正处于社会主义与资本主义两大阵营对立与竞争的时代，人人平等和人民做主的理想，正是对资本主义的一个否定与超越，自然对充满不满、质疑与批判资本主义的知识分子具有特殊的吸引力；它也似乎更符合中国传统的大同社会的理想。

在贺桂梅笔下，留在大陆的沈从文是“‘唯一’的游离分子”，抗拒新话语，“不能融入新时代”的知识分子。原因是沈从文自有一套“别样的关于现代中国与现代文学的塑造方式”。这就涉及对沈从文的基本认识。贺桂梅注意到并认同沈从文的自我评价：“自己并不仅仅是一个擅长写故事的小说家，而是一个有着独特思想追求的作家。”她因此用很大精力分析沈从文的思想发展及其独特的思想结构，这是贺桂梅在本书中研究沈从文的一个最大特点。贺桂梅的研究是从沈从文独特的文学观入手的。她指出，沈从文始终“坚持五四新文化运动中‘文化革命’的信念，通过文学创作来完成社会观念和民族品德的重造”。在他看来，“文学创作对于社会的改造作用胜过一切形式的社会变革”，文学具有比政治更伟大的意义，更具有改造社会的有效能量。在这样的意义上，文学同样是一种政治，是一种文化改造、思想革命意义上的政治，是一种“终极性和本源性”的“存在”。贺桂梅也注意到，沈从文的思考还超越了文学。他对如何建国，要建构怎样的社会、文化秩序也自有独立思考以至设计。他拒绝接受中国革命建构的社会、文化新秩序，是有自己的理由的。40年代后期，“沈从文认为自己已经具有一定的能力来对社会现实做出评判和介入”。从1946年开始，他就写了不少时评政论，自觉地选择“第三条道路”，对国共两党都提出批评，这是他1949年后一直被排斥在体制之外的主要原因。贺桂梅更为看重的是沈从文在《烛虚》《七色魇》等著作中“对整体宇宙和‘人’、‘我’、生命的广阔探索”，并做了详尽分析。她的结论是：“40年代的沈从文形成了一套独特的阐释个人、现实、历史、社会、民族乃至宇宙的思考方式”，“这种探索因为缺乏明晰的理论范畴和思想体系而显得相当含混”，却具有极高的思想史、精神史和文学史价值。我要强调的是，贺桂梅对沈从文具有“思想者（思想家）”特质这一点的发现与初步研究，是对沈从文研究的重要突破。作为“思想者（思想家）”的沈从文至今还基本被排斥在研究视野之外，或许是因为被过于强大的“一流乡土作家”这一形象所淹没，但更根本的原因还在于沈从文的思想与表达溢出了我们惯常的关于现代思想、现代社会、现代文化、现代话语的正统、主流观念与想象，具有异质性与特殊性。现在是突破正统常规，关注异质与特殊，还文学史、思想史、精神史的复杂性与丰富性的时候了。

最后要谈的是贺桂梅对丁玲、赵树理的研究，这是另一类的复杂性与丰富性。按贺桂梅的说法，“40年代后期到50年代初期的几年里，丁玲或许是中国作家当中最辉煌的一个”，是“共产党政权中最引人注目的左翼作家”，而赵树理则是“代表了40—50年代转型后新话语秩序的典范性作家”。但她拒绝做简单的价值评价，而是深入到对象的思想、精神、创作的具体情境中，在关注其与新社会、新话语、新规范“内在的契合”的同时，也注意其间“微妙的摩擦和错位”，在“难以弥合的缝隙”里呈现历史矛盾和“太多沉重、暧昧、复杂而未必不高贵”的精神内涵，“从而把讨论引向20世纪40—50年代转折期更为内在的思想层面”。于是，她在丁玲这里发现：一方面，丁玲高度自觉地把毛泽东《在延安文艺座谈会上的讲话》中提出的“为工农兵服务”的新方向“内化为个体的精神组成部分，并实践在自己的文学创作当中”，从而成为“现代作家当中最成功地适应了这一思想改造过程的作家之一”；另一方面，和赵树理、郭小川等解放区作家不同，丁玲仍旧是一个有着较为明显的“‘五四’血统”的作家，她对革命的理解与向往就有“五四”的印记。这就内蕴着“丁玲想象或内在地转化认同的革命”与“具体历史情境中的中国革命”之间的差异和矛盾，丁玲最终不得不面对她内心实际上怀有现实革命“无法包容、涵盖和整合的东西”的尴尬。这里最根本的原因在于毛泽东的《讲话》对“五四”话语采取的态度和方式。在毛泽东的革命立场和话语体系里，“由精英主义和个人主义等话语构成的‘五四’传统”是“封建的、资产阶级的、小资产阶级的”“非无产阶级的”的思想和话语，是必须彻底决裂和剔除的。丁玲并非不明白毛泽东的《讲话》开创的新文化话语、新社会秩序与“五四”传统的不相容，她宣称“投降”，要“把自己的甲胄缴纳，即使有等身的著作，也要视为无物”，自然不无真诚。但她真正要提笔写作，那些同样渗入血肉的带有“五四”印记的观念、思维、心理、情感、写作方式和习惯都免不了自然流露。她在解放区的代表作，无论是《我在霞村的时候》《夜》，还是《在医院中》，更不用说《“三八”节有感》这样的杂文，都无法摆脱“五四”批判传统，无不流露出丁玲式的“小资产阶级情调”，从而形成“与延安文化秩序之间的碰撞”，也就逃脱不了不断被批判的命运。

另一位与中国革命秩序同样既有内在相通又有内在矛盾的作家是赵树理。贺桂梅对赵树理有一个总体的概括：“他并非真正的农民，而是一个出生在农村并与乡村民间文化水乳交融的现代知识分子。”所说的“水乳交融”可能并不限于乡村民间文化，而是包含思想、文化、精神、心理、情感的一种整体性的“交融”。由此决定了赵树理一辈子关心、思考农民问题，一切从农民的需要出发，站在农民的立场，维护农民的利益，自觉为农民写作，这些是他与其他作家、知识分子相区别的基本特质。他对具有农民革命性质的中国革命的认同，可以说是出于本性；他对强调工农兵主体性的革命新秩序的拥戴，也同样发自内心。一旦党的主张、利益与农民的要求、利益发生冲突，赵树理就陷入了深刻而不能自拔的矛盾与尴尬之中，并不可避免地要和党主导的秩序发生冲突。贺桂梅对此做了两个方面的详尽分析，并由此而深入开掘了当代文学、思想、文化的内在矛盾。

首先自然是文学方面。贺桂梅从赵树理的创作在1949年后的命运入手，发现“围绕赵树理‘问题小说’展开的争论，其实是当代文学规范建构过程中其内部不同的文学力量之间的矛盾和冲突的具体表现”。大家都打着“社会主义现实主义”的旗号，却各有侧重。占主流地位的，始终强调社会主义精神，实际上是“把毛泽东文艺思想中，‘以先验思想和政治乌托邦激情来改写现实’的浪漫主义层面更大地凸显出来”。而像赵树理这样的与实际生活保持密切联系的作家则更“侧重其‘现实主义’的面向”，如实描写现实，揭示现实中真实存在的矛盾和问题，在赵树理看来，只有这样的“问题小说”才能真正为中国老百姓，特别是农民所接受。这种对“社会主义精神”与“现实主义”的不同侧重，表现在创作上就是“按照党章或团章的各项要求去编造理想人物即‘党的化身’”和“按照生活实际去刻画有个性的活人”这两种不同的创作倾向和模式。其所显示的，正是“当代文学规范自身的紧张角逐”。

贺桂梅关注的是更深层面的问题。在她看来，赵树理是一位“关注当代中国问题”并且有着自己的主体性的作家，他“常常是以他自己独有的文学方式来回应当代中国革命实践中普遍存在的历史问题”。这样，贺桂梅又发现了有主体性的“思考者”赵树理。这同样具有重要意义，也是我深有同感且最感兴趣的。在我看来，“赵树理与农村、农民的关系，并不局限于对农村生活的熟悉，对农民感情的投入，他更是一位农民命运的思考者，农村社会理想的探索者与改造农村的实践者”〔2〕。贺桂梅注意到赵树理的《三里湾》完全跳出了主流意识形态的阶级斗争、路线斗争的历史模式，“对人物之间的矛盾关系的描写始终没有脱离乡村的伦理秩序，而人物之间矛盾关系的处理方式也是在乡村人伦格局许可的范围内展开”，表现了一种“试图把社会主义精神和乡村伦理观念、秩序进行重新整合”的自觉努力。在她看来，这是一种新的社会主义、现代性想象。如果说，占主流地位的社会主义现代性话语，其思想资源主要是西方式的、苏联式的，那么赵树理则要强调“这种现代思想资源与中国乡村社会结合以及如何结合的问题”。这就提供了另一种可能性：“以中国乡村社会为主体来包容普遍的现代性思想资源”，“现代思想与乡村社会的结合将使原有的文化秩序（传统的或封建性的）转换为一种新的现代形态”。这样，“因为乡村经验的纳入，原有的现代思想也因基于中国经验的再创造而形成了不同于普遍性的现代性独特想象”。尽管在赵树理这里，还只是一种可能性，并没有充分展开，但它打破了50—70年代现代性想象、社会主义想象被垄断的格局，提出“对现代性的‘另类’想象、对现代主体的不同构想，以及由此创造的不同的文本样式”本身，这点具有不可忽略的意义。

贺桂梅的研究在对现当代文学史、思想史上“另类实践视野或思想资源的重新思考”上迈出了关键性的“第一步”，而且表现出高度的理论自觉和实践勇气，她的这部作品也因此具有难得的启示意义。

2020年3月8日—13日

注　释

〔1〕《毛泽东选集》第2卷，北京：人民出版社，1991年，第519页。

〔2〕钱理群：《1951—1970：赵树理的处境、心境与命运》，《岁月沧桑》，上海：东方出版中心，2016年。

绪论

多层次、立体的文学史图景

1947年12月25日，陕北米脂县杨家沟，毛泽东在中共中央会议上发表了《目前的形势和我们的任务》。这份报告以宏大的气魄宣告了一个历史转折点的到来：

> 中国人民解放军已经在中国这一块土地上扭转了美国帝国主义及其走狗蒋介石匪帮的反革命车轮，使之走向覆灭的道路，推进了自己的革命车轮，使之走向胜利的道路。这是一个历史的转折点。这是蒋介石的二十年反革命统治由发展到消灭的转折点。这是一百多年以来帝国主义在中国的统治由发展到消灭的转折点。这是一个伟大的事变。[1]

这篇文章于1948年元旦发表在晋察冀边区的《人民日报》上，被作为中国共产党“整个打倒蒋介石反动统治集团，建立新民主主义中国的时期内，在政治、军事、经济各方面带纲领性的文件”。同时，也以各种渠道传播至国统区及香港等地，引起人们的纷纷议论。五十年后，一位研究者写道：

> 毛泽东的文章就这样把一个无可怀疑的“历史巨变与转折（由此引发的将是中国社会生活的一切方面，包括我们所要着重讨论的文学艺术的巨变与转折）”推到中国每一个阶级、党派、集团，每一个家庭、个人面前，逼迫他们做出自己的选择，并为这选择承担当时是难以预计的后果。[2]

事实上，回过头来重新考察这段历史，那一大时代的人们并不是在单方面作用力下或主动或被动地甄别时事而做出历史性选择，而是多种合力造就的客观情势使得整个社会的心态在发生转变。1948年的5月，在全国学生运动的高潮期，自称“对于政府、执政党、反对党，都将做毫无偏袒的评论”的《观察》杂志，描绘了一种在人们心目中发生的“无声的变化”：

> 不仅一般青年学生越来越趋极端，就是一般中年人，据我们所了解的，心情和思想也都一天一天地在转向变化：本来对于政府感觉失望的，慢慢儿地对政府感觉绝望了；本来对于政府感觉绝望的，终于对于政府“不望”（不再存什么希望）了；本来无所谓的人，现在也一点儿一点儿左倾了；本来稍稍左倾的人，现在也一点儿一点儿左得厉害了；本来绝对仇视共产党的，现在也在努力了解共产党了；本来不大喜欢共产党的，现在也渐渐对共产党表示同情了。这一种变化是一种没有声音的变化，然而却是一种重大的变化。这一种变化，决不是基于任何个人的利害而发生的，这是一种客观的环境所促成的。而且，我们还应该说，这种变化正在“时间”的推进中加速其程度。[3]

正是这种加速推进的变化，造成1948—1949年中国社会“天翻地覆”的大转变。这不仅是政权更替，同时也是一次社会生活与意识形态话语的全面更迭。毛泽东在20世纪30、40年代之交发表的一系列文章中阐述的历史图景和文化（文学）观念，从40年代初期延安整风运动中提出的“工农兵文艺”，到1949年7月北平召开的第一次中华全国文学艺术工作者代表大会上提出的“新的人民的文艺”，终于形成了一种全国性的体制化的文学规范力量，事实上也是“唯一”的规范力量。中国文学由此进入了“当代文学”时期，而中国作家也因此遭遇一次巨大的历史选择和整体性的文化更迭。

在这一大转折的过程中，中国现代作家遭遇了怎样的问题？他们做出了怎样的选择并表现出了怎样的回应历史变化的方式？支配他们做出选择的思想、文化逻辑是什么？从中显露出了怎样的复杂精神史内涵？这是本书关注的核心问题。通过对这些问题的分析，试图对40—50年代的转折过程从思想、文化、文学等不同层次做一立体的勾勒和描述。

一、外因与内因、现代文学与当代文学

在尝试从具体作家角度对20世纪40—50年代转折做出描述时，本书一个基本的设想是不希望从纯粹的外部因素来解释作家们的选择或变化，而试图尽可能多层次地、立体地呈现作家的思想、精神状态。这也就意味着在兼顾社会、政治变化造成的巨大影响的同时，更为关注作家内在的思想与精神脉络，他们基于自身的认知方式、情感结构和微观判断而做出的反应，以及这种反应与外界碰撞所产生的后果。这不仅涉及所谓的外因与内因之间的辩证关系，摆脱那种压迫与反抗或强制与屈服（或投机）的二元对立思考模式，更深层的因素则涉及对"现代文学"与"当代文学"关系的复杂考量。

在以往的研究中，人们往往习惯于以两种方式评价20世纪40—50年代转型期的作家选择：一种是强调40年代后期作家（也包括整个留在大陆的知识分子群体）的普遍左倾，把40年代后期作家的选择视为一种意识形态的选择，从而说明他们为何主动而真诚地接受社会主义的思想改造，"一点看不出被迫的、应景式的心态，而是心悦诚服似的"〔4〕。如储安平的文章所揭示的，这种因素确实存在。尤其对于解放区的作家而言，革命是他们极为真诚的信仰，革命的自发性在他们那里是最为重要的因素。但对于国统区的作家和知识群体，促成这一选择的因素要复杂得多。固然有像冯至那样的作家在歧路彷徨中做出向左转的"决断"，但也有萧乾这样的"1949年我选择回北京的道路，并不是出于对革命的认识，决定是在疑惧重重下做出的"〔5〕。后者大约是当时对共产党知之不多的知识群体更为典型的态

度。冯友兰在80年代的文章中回忆1949年的去留选择时这样写道：

> 当时我的态度是，无论什么党派当权，只要它能把中国治理好，我都拥护。这个话我在昆明就已经说过。当时在知识分子中间，对于走不走的问题，议论纷纷。我的主意拿定以后，心里倒觉得很平静，静等着事态的发展。有一次，景兰问我说："走不走？"我说："何必走呢，共产党当了权，也是要建设中国的，知识分子还是有用的，你是搞自然科学的，那就更没有问题了。"〔6〕

而事情的复杂性在于，选择留在大陆或回到中国在1949年前后或许是个人选择，有着一定的选择余地，但到50年代后，他们逐渐意识到无法保持原有的思想和生活方式，而必须经历思想改造成为脱胎换骨的新人，才能成为新社会的合格成员。冯友兰曾写道：

> 从旧社会过来的知识分子，必须经过思想改造，才能为新社会服务。这是因为我们所经过的革命，是从一种社会制度变到另一种社会制度，这和以前中国历史中的改朝换代的变革是根本不同的。从旧社会过来的知识分子，绝大部分是为剥削阶级服务的……为剥削阶级服务的知识分子，其阶级立场也就是剥削阶级的立场。如果不把这些立场转变为劳动人民的立场，他就不能为劳动人民服务。他可能有为劳动人民服务的愿望，这种愿望也可能是真的，但是事情并不是只凭主观愿望所能决定的。〔7〕

50年代后，知识群体对思想改造的态度，不仅仅牵涉个人的政治立场或主观愿望，而且涉及他们对于"时代""历史潮流"以及个人在社会中的位置的新判断。而这种判断尽管有着颇多类似的表象，诸如虔诚地参与"洗澡""割尾巴"运动，真诚地反省或否定自己的过去，但在步入新社会秩序的过程中，不同的人的遭际和精神状况并非完全相同。有冯至的“歌颂时代”，有萧乾的“良民”心态，有沈从文的“转业”，亦有冯友兰的“诚伪”之辨。即使是丁玲、赵树理那种由解放区进入新中国的作家，他们的左翼立场也并非可以一概而论。因而，试图对20世纪40—50年代转折过程中作家（知识分子）的遭际做单一的整体评判，显然是过于简单化了的。

另一种有代表性的看法，则把40年代后期作家（知识分子）对于新政权和新话语秩序的态度，看成一种由社会与政治外力造成的被动反应，因而是一种缺乏“独立品格”的表现，有论者进而讨论中国现代作家为何缺乏像俄罗斯作家那样的独立的精神传统。在这样的理解中，能够顺利地融进新话语秩序的作家往往受到一定程度的贬低，而沈从文这种遭排斥的作家则被视为某种意义上的“文化英雄”。这一评判不仅涉及对现代中国作家的一种道德性评判，更为关键的问题是对现代文学的性质的判断。也就是，40年代后期现代文学向当代文学的转折是否包含了现代文学基于自我蜕变而完成的变化，还是完全由于外力的强制所造成的被迫中断？后一种看法是自80年代“新时期”以来文学（文化）界的主导看法。把“新时期”文学视为“五四”文学的“复归”，是这种看法最为典型的表达方式。也正是在这种颇为意识形态化的理解中，“五四”传统、现代文学本身被理想化了，其中的矛盾和悖论性因素并未得到有效讨论。90年代以来，对80年代“新启蒙”话语意识形态特性的反省，使得反思现代性成为学界关注的问题，因而有必要把讨论引申到关于现代文学自身的悖论和困境，以及20世纪50—70年代当代文学独特性的分析上来。

关于现代文学和现代作家的创作为何在40—50年代转折时期中断这一问题，可以从不同的角度来考虑。角度之一，也是为人们所熟悉的一种考虑方式，是强调左翼文学体制化过程中的暴力性因素，即从1942年的延安整风运动开始到40年代后期左翼文学规范的体制化过程中，政治批判方式、一元化历史价值观所造成的对“异己”力量和因素的排斥。这可以说是造成现代文学传统中断的重要原因。从40年代后期现代作家的遭际、强调文学独立性的文学主张和文学群体遭到的压抑，都可以证明这一点。但这种思考方式不能解释的问题是，当代文学并非凭空产生，不是在历史空白地带形成，它必然与现代文学形成一种关联性。即便当代文学具有某种全新的品质，现代文学的中断也不能仅仅从这种外因得到全部的解释。始终被忽略的一个思考维度是，当50年代的现代作家真诚地反省或否定自己的过去时，其中是否显现了现代文学本身存在的一些问题？当现代作家因为适应不了新社会的环境而或改变自己的写作风格或停笔或转行时，为什么没有现代作家哪怕是以“藏之名山，流传后世”的态度延续现代文学的创作？用20世纪50—70年代文学的“一体化”能够完全解释这个问题吗？

一位当代作家在2000年发表的文章中这样写道：钱锺书、沈从文、巴金等人在1949年后创作或衰退或中断，主要原因不在于“身心遭受严重迫害，被剥夺了写作的权利”，而是他们的创作高潮在40年代后期已经耗尽，是“被自己剥夺了写作的机会”。这种说法听起来颇为“耸人听闻”，作者举出的例证却并非毫无道理：

> 如果说钱锺书放弃小说创作，和1949年的变化有关，那么沈从文早在此之前，差不多已经处于停顿状态。好在这两人后半生都在创作之外找到别的替代品。……巴金和师陀没有放弃写作，他们所做的努力，似乎更多的是和过去告别，想成为自己并不熟悉的新型作家。为什么巴金不沿着《第四病室》和《寒夜》的路子继续写下去，为什么师陀不再写《果园城记》和《无望村馆主》这类作品，简单的解释是环境不让他们这么写，可是张爱玲跑出去了，有着太多可以自由写作的时间，也仍然没写出什么像样的巨著。在漫长的时间里，竟然没有一位作家能仿效曹雪芹，含辛茹苦披阅十载，为一部传世之作鞠躬尽瘁，死而后已。[8]

他的结论是：“说白了一句话，中国作家既是被外在环境剥夺了写作的权利，同时也是被自己剥夺了写作的机会。如果写作真成为中国作家生理上的一部分，不写就手痒，就仿佛性的欲望，仿佛饥饿感，仿佛人的正常排泄，结局或许不会这样。”类似的指责与其说是一种“站着说话不腰疼”的对历史的轻率态度，不如说是现代文学“缺乏独立精神传统”这一说法的极端推演。如果创作真的完全是作家个人的事情，所谓独立品格便是使得创作“真成为中国作家生理上的一部分”，那么确实有理由做出这样的质疑。

事实上，即使在谈现代文学传统时，人们所谓的独立品格或独立精神传统并非简单地指作家的个人选择，而是指一种能够与当代文学相抗衡的文学观念或精神品质。那么，对这一问题相对复杂化的思考，是追问所谓的现代文学传统的具体内涵是什么。如果不满足于仅仅用“当代文学依靠政治方式消灭了现代文学”这样的解释，是否可以认为由现代文学转换至当代文学某种程度上是当代文学克服了现代文学的悖论困境，或提供了比现代文学更能为当时作家（知识分子）接受的现代性想象方式？

可以提供一些思考线索的研究资料（当代文学的主流论述除外）中，值得一提的是日本学者竹内好的评论。在1944年的《鲁迅传》中，竹内好提出，鲁迅的死在某种程度上意味着现代文学的完成或终结。他写道：“鲁迅度过的文坛生活的十八年，在时间上并不长。不过，对于中国文学来说，那是现代文学的全部历史。作为现代文学的中国文学，至今经历了三大时期，即‘文学革命’、革命文学和民族主义运动。……从‘文学革命’以前一直到结束，幸存者只有鲁迅一个。”在解释为什么只有鲁迅保持了如此长久的生命力时，他认为鲁迅是启蒙者和文学家“这种二律背反同时存在的一个矛盾统一”，并且，“鲁迅的这个矛盾在鲁迅自身所表达的意义上，也是现代中国文学的矛盾。为什么这样呢？那是因为他通过论争把自己从中国文学中推举出来，他自己也因此形成了中国文学的传统”。鲁迅的意义在于，“鲁迅和中国文学既站在相互对立的两极，同时又通过‘挣扎’作为媒介而融为一体”。[9]

竹内好并没有对现代文学传统做单一的本质化描述，而是通过对鲁迅的分析，认为现代文学的真正传统在于“启蒙者和文学家”之间的对立和矛盾统一。事实上，到40年代后期，这种痛苦的“挣扎”状态不仅被左翼文学家所放弃（信奉“文艺为政治服务”），同时也被非左翼的作家所否定，无论是冯至、沈从文等追求象征化的超越性本体的创作趋向，还是朱光潜、萧乾等发出的文学独立、文艺民主的宣言，都是在从胶着状态中脱离出来，而获得某种相对明朗和单纯的精神体验。如果说现代文学本身有一个完成或终结的过程，那么当代文学的产生就不完全是一个政治事件的后果。

竹内好另一篇值得重视的文章是写于50年代的《新颖的赵树理文学》。这篇文章提出：“把现代文学的完成和人民文学机械地对立起来，承认二者的绝对隔阂；同把人民文学与现代文学机械地结合起来，认为后者是前者单纯的延长，这两种观点都是错误的。因为现代文学和人民文学之间有一种媒介关系。”[10]竹内好所说的“人民文学”相当于我们所说的“当代文学”，他认为这两种文学形态之间可以找到一种过渡性的媒介，赵树理文学就是表现这种媒介关系的文学形态之一。在竹内好看来，现代文学本身存在悖论或困境，而造成这种悖论或困境的原因在于一种“西欧的现代性”，以及由此在文学观念和审美要求上形成的固定的坐标。这固定的坐标指的是现代社会产生的一种“人生观或美的意识等”。它之所以成为无形的约束，是因为人们将其作为作品应该达到的最高“境界”，如果这个坐标中途移动的话，作品就被认为是不成功或不现代的。现代文学的另一困境在于个人与整体的二元对立式现代主体的想象方式，表现在小说中则是人物与环境的关系，由于“现代的个体正进入崩溃的过程”，因此现代文学“对人物已不能再作为普遍的典型来进行描写”。赵树理文学的媒介品质表现在，他借助中国“中世纪文学”的某些经验或因素超越了现代文学的形式局限（即“固定坐标”），并且通过“在创造典型的同时，还原于全体的意志”的方法创造了一种人物与环境之间的新型关系。因此，他既超越了“现代文学”，又不同于“人民文学”。

如何重新看待赵树理文学的“现代性”，是本书后面章节将会详细讨论的问题。这里征引竹内好的观点，侧重的是现代文学与当代文学之间的辩证关系。其中最值得关注的是竹内好从现代文学本身的悖论和困境出发来谈如何“超越”现代文学。他提出的现代个体的困境，以及源自西欧的人生观或美的意识等对现代文学的限制，在80年代的“新时期”文坛或许会被视为反现代化的“奇谈怪论”，但在经历对80年代现代化意识形态的反省，现代性困境成为学界普遍认可的问题意识之后，这样的观点显然不无启发意义。因此，思考现代文学本身的悖论，就不能再仅仅局限于80年代“大写的人”“回到文学自身”等意识形态论述，而有了更多讨论的空间。从这样的角度，20世纪40、50年代之交现代文学的中断不能简单地在“高起点—降落—回升”[11]的圆圈式论述模式之中被讨论，而有了更多思考的维度和可能性。

当然，从现代文学本身的悖论或困境角度来思考20世纪40—50年代现代文学的转折，主要是为了呈现40—50年代历史转型过程中作家精神状况的复杂性。更具体地说，40年代现代作家的转向或停顿，不能仅仅以当代文学与新话语规范的暴力控制作为唯一解释，而必须意识到现代作家在40年代的创作状况，他们作为现代文学的主要创造者自身遭遇的困境，以及在转向或停顿过程中的内在逻辑。

如若把思考推向更深的层次，在考虑现代文学或现代作家遭遇的困境之外，还必须解释的是：当代文学的革命话语为何能够造成如此广泛的“统识”？也就是，这一话语本身是否在一定程度上解答了40年代作家（知识分子）关于中国现代化、现代性意识形态所面临的问题？如果回到葛兰西的“霸权统识”（hegemony）一词的原义，而非“霸权”一词在汉语中的字面含义，所谓“霸权统识”，事实上是一种同意机制或领导权机制：

霸权的概念，对于特定阶级的价值观如何塑造其主控地位，提供了另一种解释。葛兰西认为这个主控地位的发生，并非简单地透过意识形态灌输优势阶级的意欲，而是透过它将自己再现为：它是最能实现其他阶级，甚至暗示是整个社会的利益与欲望的族群。正是以这样的方式，主控阶级的统治被说是透过共识/同意（consent），而非压迫（coercion）达成的。[12]

参照这种同意/压制统一的意识形态运作形式，当代革命话语的普泛化，也必然由此两面构成，而非仅仅依靠“灌输”能形成。也就是说，40—50年代转型过程中，作家（知识分子）绝大部分能够接受思想改造，并相当有效地造成了话语“一体化”状态，除了强制性之外，也因为这一话语本身具有突出的说服力。

较早明确提出当代文学及其革命话语现代性问题的文章，是李陀在1993年发表的《丁玲不简单》一文。文中这样写道：

且不说延安整风所凭借的政治文化机制是多么复杂，问题是：仅仅依靠政治压力是否能使千千万万个知识分子改变自己的语言而接受另一种语言？蒋介石当年施加给知识分子的政治压迫并不小，其特务统治形成的恐怖一直延续到台湾，可三民主义话语为什么没有取得绝对霸权，反而大量的知识分子更加倾向革命，倾向马克思主义？问题显然不那么简单。……我以为毛文体较之其他话语，有一个特别重要的优势是研究者绝不能忽视的，这一优势是：毛文体或毛话语从根本上是一种现代性话语——一种和西方现代话语有着密切关联，却被深刻地中国化了的中国现代性话语。[13]

考虑毛泽东文学思想（也包括50—70年代的当代文学）现代性的“双重性”时，一个必要的前提是把现代中国的历史放置到中国作为一个后发现代化国家（同时也是“落后国家”“第三世界国家”）展开现代化进程的复杂历史情境之中。一方面，中国必须完成现代化，建立独立的现代民族国家，如毛泽东所说“在政治上、经济上、文化上完成新民主主义的改革，实现国家的统一和独立，由农业国变成工业国”[14]；另一方面，“以‘现代性’做轴心的世界范围的‘现代化’过程，也是与西方资产阶级在世界范围内建立其文化霸权的进程同步的”，也就是说，“落后国家”/（半）殖民地/中国/第三世界据以现代化的思想前提，来自帝国/殖民者/西方/第一世界，因而也就必然存在一种反抗西方现代性/启蒙主义的驱动和要求。[15]毛泽东将“反帝”和“反封建”并列，提出新民主主义文化就是“民族的科学的大众的文化”，也就具有现代性的双重内涵。80年代的知识界以“启蒙”和“救亡（革命）”作为现代中国历史的对立性主题，认为20世纪40—70年代是“革命（救亡）”压倒了“启蒙”，而将“启蒙”作为新时期现代化的唯一主题[16]。确如李陀所说，这忽略了一个基本事实，即西方与中国、帝国主义与（半）殖民地、第一世界与第三世界之间的权力等级关系。

意识到毛泽东文学思想（或当代文学的意识形态内涵）的这一双重特性，有助于我们理解20世纪40—50年代转折过程中新社会及其话语的强大感召力来自何处。当然，提出这一点并不意味着忽略当代（文学、作家）与现代（文学、作家）之间的等级关系，以及前者对后者造成的历史性压抑，而是将更多的因素纳入思考视野之中，以期对40—50年代转折过程中作家所遭遇的文学史、思想史内涵及其问题序列，做出更丰富、更复杂的立体性阐释。

二、大环境与小环境、问题序列与作家个案

在处理20世纪40—50年代转折过程中作家所遭遇的问题及其选择时，本书采取的是以“个案”带“问题”的研究方式。也就是说，本书试图通过对一些具有典型性的作家个案的描述和分析，来呈现这一历史转型期的精神（文学）史图景，从而在宏观研究与微观研究之间达成一定的平衡关系。

处理20世纪40—50年代社会、文化、文学转折时可能采取的一种有效研究方式是提炼出一些表现“历史同一性”的主题或概念，逐一进行论证和分析。这事实上是一种思想史的处理方法。但这一方法有可能造成的问题是，会把某一思想或概念过分逻辑化，从而忽略了具体历史情境中的偶然、非观念的因素，变成某种观念史或文本史的阐述。为克服这一方法论带来的问题，本书采取的做法是，将思想史问题降落到具体作家个案的描述和分析之中。一方面，提炼出这一时期具有典型性的思想/文学命题，对转折时期作家遭遇的核心问题有一个整体性的描述和判断；另一方面，选择具有代表性的作家作为分析对象，来看这一作家个案呈现典型思想与文学命题的具体方式，他（或她）做出某一选择的内在逻辑，以及由于个人的偶然遭际而造成的影响。因而，本书的整体面貌呈现出以作家论带思想史命题的方法论格局。

这既是试图寻找思想史与文学史之间的交错与融合，同时也是对时代语境的大环境与作家个体的小环境间的辩证关系做出新的研究尝试。日本学者丸山昇对这一问题的讨论给了本书很大的启发。他在《从萧乾看中国知识分子的选择》一文中写道：

> 除了大环境外，人还有无数小环境，小至个人的日常生活。把在小环境下的一次次选择累积起来，就会具有从某方面来决定大环境的选择的力量。最低限度也需用小环境下的选择来充分铺垫大环境；倘若单是论述大环境，而忽视小环境，作为文学，就会变得粗糙。这一点，我自然晓得。但是另一方面，在大环境下所做的选择，有时可以使作家的气质和性格特征越发鲜明地彰显出来。而在小环境的选择方面，这种气质和性格特征很容易悄然地隐蔽到琐事里去。研究中国现代文学，一向动辄就把作家在大环境下所做的选择密封在“历史的必然”中，而不大谈论个人内心中所做的选择的契机及其情况。如果能够更深更广地予以阐明，将有助于弄清小环境所具有的意义。把这些累积起来后，中

国现代文学史恐怕才会明确地呈现出立体的构造；而不再是中国革命史的文学版，或者反过来，不再是仅只作为现象的作品和流派的罗列。[17]

丸山昇所说的大环境 / 小环境，事实上可以对应思想史意义上的思想命题与作家个人思想、生活的内在脉络，及文学相对于思想的独特性和暧昧性等之间的差异和辩证互补关系；也可对应于“历史同一性”“时代趋势”或“历史的必然”与独特个体、创作风格、作家的人际关系、人生遭际等“历史差异性”因素之间的辩证对位关系。基于这样的考虑，本书选择在20世纪40—50年代的大环境中引起普遍关注的命题作为基本的结构性问题序列，而对每一问题的讨论则从作家个案入手，描述他们的思想、创作、生活经历，分析影响作家做出选择的精神构成、时代因素、偶然遭际。由此，一方面对大环境的精神 / 文学命题做出概括；另一方面，通过作家个案分析来描述、解析这些命题的特殊展开方式。论述的重点则尝试在对具体作家的描述中提炼出问题，以使思想命题具体化和复杂化，或采用丸山昇的说法，获得一种“多层次地、立体地重新评价中国近、现代精神史的线索”。

方法论的确定并不能解决全部问题，以作家论带精神史与文学史命题的方法仅仅是研究40—50年代转折期文学史图景的开端。更为关键和重要的研究步骤是选择哪些代表性作家，处理怎样的问题序列。这两个问题实际上是合二而一的问题：选择哪些作家作为分析对象，是基于对40—50年代基本问题序列的判断；而对基本问题的判断，反过来也决定着什么样的作家成为典型。这两个问题的基本前提是如何理解40—50年代的转折？或者说，把这一转折放到怎样的层面上来加以考察？

毋庸置疑的一点是，40—50年代的转折既是一种社会、政治层面的转折，也是思想、文化、文学上的转折。而主导这一转折的因素，则是左翼力量的壮大和全面获胜。一方面是中国共产党在军事、政治上取得的相对于国民党的绝对胜利，从而完成政权的更替；另一方面是以延安文学为核心，确立新的文学规范，并逐步建立一套从表现内容、表达方式到生产、传播体制的高度规范化的话语形态。本书对作家在面对这一彻底的历史巨变时所遭遇的问题进行了概括性提升，并选择典型作家来做出描述和分析：

40—50 年代转折最关键的时段是 1948—1949 年政权更替的前夕，作家们做出或去（离开中国大陆去港台，或直接去海外）或留（留在大陆或从海外回到大陆）的选择，其间浮现的问题，既有“故土难离”“新中国意识”层面上的民族情感，也有左 / 中 / 右的意识形态立场的分歧。本书在这一问题序列上，选择的是萧乾这一作家个案。一方面是因为在去 / 留问题上，萧乾具有更大的选择余地。1949 年 8 月，萧乾携家眷回到北平时，他可以做出多种选择：一是接受英国剑桥大学的邀请，二是留在香港观望新政权，三是回到北平，即进入新政权秩序之中。即使回到内地，他也有多种选择：一则是到上海继续从事《大公报》的改版工作，一则是到北平从事新闻工作，还有一则是放弃新闻工作而选择相对安全的《中国文摘》的对外宣传和翻译工作。另一方面，则是因为萧乾政治立场上的代表性和复杂度。1946 年从欧洲回到中国之后，萧乾一度以《大公报》为阵地，成为最活跃的自由主义者之一。但与一般“不问党派政治”的持中间立场的知识分子不同，萧乾有着以英国工党政治为榜样的较为成熟的政治哲学构想；尤为值得注意的是，1939—1946 年的欧洲经验、作为“二战”欧洲战场的中国战地记者，与纯粹在中国本土脉络中理解马克思主义和社会主义实践的其他知识分子不同，萧乾对于“二战”前后国际共运历史的了解相对深入一些，而他对于社会主义的情感也更为复杂一些。有着如此丰富而复杂的经验和思想脉络的萧乾，在 40 年代后期怎样活动在中国知识界，如何回应郭沫若等左翼文化界的重炮轰击，1949 年做出了怎样的选择，包括他在 80 年代如何反思和叙述 40—70 年代这段历史，就成为讨论 40—50 年代转折时一个无法避开的分析对象。

在抗战后期和解放战争前期，民族危亡、社会动荡、中国政局不明朗，大部分持中间立场的作家（知识分子）对于社会及其走向采取怎样的态度，也是考察40—50年代转折期的重要议题。这其中有两个最为关键的问题，一个是个人与时代（社会）之间的关系问题，另一个是对待社会主义话语新秩序的态度问题。本书选择了两个作家来讨论国统区持“中间立场”作家的选择和应对时局变化的方式，一是冯至，一是沈从文。

冯至是现代文学史上与存在主义思想或哲学有着密切关系的学者型作家，他一贯专注于个人精神品格的培养，并且具有鲜明的创作个性和思想风格。1940年，大后方昆明空袭最为频繁的时期，冯至迁入昆明郊外一个人迹罕至的林场茅屋中居住，在那里完成了他最重要的作品，包括诗集《十四行集》、散文集《山水》和历史小说《伍子胥》。这些作品与当时的时代氛围保持着鲜明的距离，并具有与战争氛围不相融洽的沉思品质。1943年之后，冯至的写作内容和风格发生转变，他开始大量写作批评社会现象的杂文，仍旧采取一种个人本位的姿态，自称“个人主义者”。但是，冯至在40年代后期却异常热情地投入新社会的生活秩序之中，成为50—60年代活跃的社会活动家和主流作家，并且对自己40年代的创作和思想做出了毫不留情的自我否定和批判。如果从“独立精神品格”的角度而言，冯至应该算得上是40年代最具个体生存意识的作家，他的《十四行集》甚至被研究者称为“一个几乎不容个人精神存在的时代”的“奇迹”。[18]但有意味的是，恰恰是这样一位个体风格最明显的作家却在40、50年代之交毫无保留地投入时代洪流之中。因而，冯至成为讨论最为40年代作家（知识分子）关注的个人与社会、个体生存与社会承担这一精神命题的恰当人选。

沈从文是40年代另一位有意识地与社会主流文学保持距离的代表性作家，而他关注的时代核心问题则是文学与政治的关系。他特别强调文学与政治保持距离，进而保有文学的“独立性”。很大程度上，他在40年代后期受到左翼文学界的激烈排斥而陷于焦虑，最终选择放弃文学而转行研究文物，被视为作家保持精神独立的极端个案甚至某种意义上的“文化英雄”。在40年代后期，强调文学的独立性（不仅相对政治，而且相对商业炒作）成为一批作家的追求。这种态度集中表现在由朱光潜主编的《文学杂志》1947年的“卷首语”和1947年“五四”文艺节《大公报》上由萧乾执笔的《中国文艺往哪里走？》这两篇引起争议的文章中。从40年代开始，直到80年代，文学和政治的关系一直是知识界一个备受关注的核心命题。因此，本书选择沈从文这一作家个案来讨论文学和政治的关系，并试图对两者之间几成惯例的二元对立式理解方式做出新的阐释。另外，就1949年后现代作家接受思想改造的态度和结果来看，沈从文未能成功地适应新的话语秩序而停止创作，也使他成为一个值得讨论的典型个案。

国共两党近二十年的相持，造成了现代中国历史上两个政治色彩不同的政治地理空间，即“国统区”与“边区”（或“根据地”“解放区”）。抗日战争和解放战争的爆发则进一步加剧了这两种空间的区隔。40年代后期，作家因其所生活的区域被区分为“国统区作家”和“解放区作家”。事实上，这不仅是作家所处地理空间的差别，同时也代表着两个不同的文学传统、两种不同的文学形态以及两种不同的作家精神脉络。20世纪40—50年代的转型，不仅对于国统区作家是一个巨变，对于解放区作家也同样如此，只不过思想改造的起点是1942年的延安整风和《在延安文艺座谈会上的讲话》的发布。即使同为解放区作家，由于作家的不同经历，其创作与精神状态也各不相同。

对于像丁玲这样的在1936年就投奔到陕北根据地保安的“五四”作家而言（她也是第一个从国统区来到共产党边区的作家），他们必须处理的问题是现代中国知识分子的革命诉求。革命对他们不是一种外在的强制，而是自发的要求。那么需要考察的是，促成现代中国知识分子追求革命的历史动因是什么，他们的革命想象为何，以及如何处理个体与群众之间的关系。事实上，在40—50年代转折过程中，如果说存在一种知识界的思想主流的话，那么核心的问题应当是“知识分子与革命”的关系，尤其是知识分子的革命想象与革命现实的碰撞，以及知识分子在革命体制中的功能问题。在这一意义上，丁玲是一个合适的人选。她由“五四”时期的都市“摩登”女作家，转而为左联代表作家，最后成为在延安且具有全国影响的明星作家，在人们讨论现代中国文学转折时被屡屡提及。而丁玲身上暧昧的个人主义色彩，则使她即使在革命阵营中也是一个有争议的对象。她与革命体制之间的磨合，尤其是1942年的整风运动后，如何从“五四”文学传统转向“工农兵文艺”要求的磨合过程，相对于1949年后进入新中国的国统区作家，要来得更为漫长一些，对革命话语的接受更为内在化，同时也留下了一些难以弥合的缝隙。这种“裂隙”显示出一个作家漫长又艰难的自我改造过程，其中呈现的历史矛盾和精神内涵，不能仅仅解释为压抑与反压抑的二元对立，而更可以看作是一个生长中的革命主体创造新的自我的过程。通过对丁玲这一作家个案的描述，本书试图处理“知识分子与革命”这一问题的两个层面：其一是知识分子自发的革命要求和革命想象，其二是知识分子与革命体制（包括政权秩序和话语秩序）之间的冲突与磨合，从而把讨论引向20世纪40—50年代转折期更为内在的思想层面。

解放区作家的另一个案，本书选择的是赵树理。他的典型之处表现在他与新话语秩序之间并不表现为或适应或拒斥的关系，而是共生共长的关系，是被新话语秩序托举而出的“方向性”作家，即所谓“时势造英雄”。因而，在很大程度上，他不被纳入“现代作家”的行列，而被称为“当代作家”或“人民作家”。1947年晋冀鲁豫边区文联提出的“赵树理方向”表明了赵树理与从40年代初期开始构想的“当代文学”之间的密切关系，可以通过对这一作家的分析来讨论当代文学规范本身的建构过程及其具体内涵的变迁。本书从两个层面进入对这一作家的讨论：一是从“赵树理评价史”来看左翼文学界在确立当代文学规范时的具体操作方式，并且经由不同时期对赵树理评价的变化来分析当代文学规范内涵本身的变化，即从40年代后期的“赵树理方向”到50年代对赵树理创作“缺陷”的批评，分析当代文学规范从《讲话》的“工农兵文艺”到“社会主义现实主义”创作原则之间的微妙差异。这事实上是当代文学自身的转折。可以说，正是社会主义现实主义创作原则发展了《讲话》"以先验理想和政治乌托邦激情来改写现实"[19]的趋向，并引导当代文学越来越追求纯粹本质的激进实验。这不仅造成了赵树理的悲剧命运，事实上也是50—70年代当代文学的体制性自我异化的过程。由赵树理讨论的另一问题，则是从他的创作实践来分析40—70年代当代文学"现代性"的复杂内涵。在80年代的研究中，这个时期的当代文学被描述为"以中国下层农民传统战胜和压倒了西来文化""整个文艺的古典之风的空前吹起"[20]。赵树理无疑是这种文学的典范作家。在引入更为复杂的历史视野，并对80年代"现代性"内涵本身的意识形态特性提出质疑的前提下，本书尝试通过对赵树理文学的分析来重新审视40—60年代当代文学的现代特性。讨论的起点，则是1939—1942年关于"民族形式"的论争。《讲话》一直被视为当代文学的"直接源头"，而创制比"五四"新文学更具包容性和民族特色的"民族形式"这场重要论争，与当代文学的重要关系似乎一直受到忽视。尽管从"新鲜活泼的、为中国老百姓所喜闻乐见的中国作风和中国气派"[21]到"工农兵文艺"，前者强调的是民族性，后者突出的是阶级性，但在"民族形式"论争中被作为有效资源引入的"民间形式"（也包括"旧形式""地方形式""方言土语"等）却成为"工农兵文艺"和"当代文学"的内在构成因素。对"民间形式"的重视，打破了"五四"新文艺在中/西脉络上思考传统/现代关系的二元对立思维方式，而对传统本身进行了辨析。这事实上可以视为左翼文化界自30年代后期开始重新整合传统与现代文化资源的努力的起点。赵树理的文学正是在这一背景下孕育而成，并将他个人的创造性思考实践在文学作品之中。

概括而言，本书选择萧乾、沈从文、冯至、丁玲、赵树理这五位作家个案来讨论40—50年代的历史与文学转折。当然，这五位作家尽管有相当的典型性，但还是可能遗漏了另外一些也许具有同样典型性的作家及其揭示的问题脉络，比如茅盾、郭沫若这样的40年代后期的国统区作家，比如路翎、穆旦、汪曾祺这样的在40年代初登文坛并产生了较大影响的年轻作家，也包括张爱玲、钱锺书这样的在“沦陷区”成名的现代作家。如果能将他们纳入本书的讨论，将会对40—50年代转折期的文化内涵有更为丰富的理解。这一工作需要在以后的研究中进一步推进和补足。为弥补类似的缺陷，本书在就具体作家的典型性来提出并分析问题时，也努力把属于同一问题序列的其他作家引入讨论之中，或在比较、参照的意义上提及不同问题序列的作家。

本书从五位典型作家提出的核心问题序列包括民族情感与政治立场、个体与时代（社会）、文学与政治、知识分子与革命、作家和文学体制、当代文学规范中的《讲话》与社会主义现实主义创作原则、当代文学的传统与现代等。在提炼问题时，有意识地采取了多组两两相抗的矛盾对立项，以显示转折时代的激烈冲突内涵；但同时，并不把这些二项对立式绝对化或本质化，而是试图厘清作家在面对这些矛盾做出选择时的内在思路，以及站在90年代之后中国社会文化现实中重新清理历史时可能发现的新的考察角度。在问题序列的层次和本书的整体结构安排方面，则力图做到由外至内，由政治、思想至文化、文学，从作家们或主动或被动地纳入当代文学规范到当代文学规范自身的内在裂隙和矛盾性呈现，从而整体地勾勒出40—50年代由现代文学向当代文学转折过程中的核心问题序列，尝试对这一历史转折的展开过程做出多层次的线索性描述。

40—50年代社会与文化转折在20世纪中国历史上占有极为重要的位置，这一转折至今仍在中国社会文化现实中产生着深远影响。如戴锦华所说，这段历史确乎是当下中国不得不正视的“遗产与债务”[22]。重新回顾这一转折过程，清理出其中复杂的历史脉络和文化线索，使其呈现较为立体的面貌，参照对象不仅针对50—70年代的主流表述，也针对80年代“新启蒙”式的另一主流表述，以及在90年代以来复杂思想文化论争过程中呈现的别一历史视野。或许，只有在这样的多重历史与现实的视野中，才有可能摆脱那种或肯定或否定的表态式研究，而呈现出较为丰富的历史图景，并在某种程度上与当下中国的现实问题讨论构成一定的互动关系。

注 释

〔1〕 毛泽东:《目前的形势和我们的任务》,收入《毛泽东选集》第4卷,北京:人民出版社,1991年,第1244页。

〔2〕 钱理群:《1948:天地玄黄》,济南:山东教育出版社,1998年,第4页。

〔3〕 储安平:《第二个闻一多事件万万制造不得》,《观察》第4卷第10期,1948年5月1日。收入《储安平文集》(下),张新颖编,上海:东方出版中心,1998年,第241页。

〔4〕 应红、邵燕祥:《精神与人格的重构——知识分子思想改造的轨迹》,收入《世纪之问——来自知识界的声音》,李辉、应红编著,河南:大象出版社,1999年,第40页。

〔5〕 萧乾:《一个乐观主义者的独白》,原载《当代》1982年第6期。收入《萧乾文集》第7卷,杭州:浙江文艺出版社,1998年,第154页。

〔6〕 冯友兰:《三松堂自序》,北京:人民出版社,1998年,第120页。

〔7〕 同上书,第152页。

〔8〕 叶兆言:《围城里的笑声》,《收获》2000年第4期。

〔9〕 [日]竹内好:《鲁迅》,李心峰译,杭州:浙江文艺出版社,1986年,第7—12页。

〔10〕 日本《文学》杂志第21卷第9期,岩波书店,1953年。中译文收入黄修己编:《赵树理研究资料》(乙种,太原:北岳文艺出版社,1985年)和中国赵树理研究会编的《赵树理研究文集·下卷·外国学者论赵树理》(北京:中国文联出版社公司,1998年)。

〔11〕 参阅李泽厚:《二十世纪中国文艺一瞥》,收入《中国现代思想史论》,北京:东方出版社,1987年;陈思和:《中国新文学整体观》,上海文艺出版社,1987年。

〔12〕 丽萨·泰勒、安德鲁·威利利:《大众传播媒体新论》,简妙如等译,台北:韦伯文化事业出版社,1999年,第43页。

〔13〕〔15〕 李陀:《丁玲不简单——革命时期知识分子在话语生产中的复杂角色》,收入《雪崩何处》,北京:中信出版社,2015年,第148—149、151页。

〔14〕 毛泽东:《目前的形势和我们的任务》,收入《毛泽东选集》第4卷,第1245页。

〔16〕 李泽厚:《启蒙与救亡的双重变奏》,收入《中国现代思想史论》第7—49页。

〔17〕 [日]丸山昇:《从萧乾看中国知识分子的选择》,原载《日本中国学会报》第40集,1988年。李黎译,收入王嘉良、周健男著《萧乾评传》,北京:国际文化出版公司,1990年。《中国现代文学研究丛刊》,1990年第3期。后由文洁若重译收入《微笑着离去——忆萧乾》,吴小如、文洁若编,沈阳:辽海出版社,1999年。

〔18〕 王家新:《冯至与我们这一代人》,原载《诗双月刊》(香港)1991年7月《诗双月刊·冯至专号》(香港);《读书》1993年第6期。收入《冯至与他的世界》,冯姚平编,石家庄:河北教育出版社,2001年,第195页。

〔19〕 洪子诚:《中国当代文学史》,北京大学出版社,1999年,第12页。

〔20〕 李泽厚:《二十世纪中国文艺一瞥》,收入《中国现代思想史论》,第246、254页。

〔21〕 毛泽东:《中国共产党在民族战争中的地位》,收入《毛泽东选集》第2卷,第534页。

〔22〕 戴锦华:《隐形书写——90年代中国文化研究》,南京:江苏人民出版社,1999年,第33页。

第一章

萧乾：

大十字路口的选择

1945年，萧乾在南德采访。他身穿战地记者服，在阿尔卑斯山上享受一杯德国黑啤

小引：1949 年的选择

1946 年夏，《大公报》驻欧特派记者萧乾途经苏伊士运河、马来半岛以及香港地区，返回离开了七年的故土。这个自称“未带地图的旅人”似乎已经厌倦了漂泊的生活，从此打定主意不再离开。次年秋天，他的妻子、在英国长大的华裔谢格温因忍受不了“中国式的民主”[1]执意要求离开中国，未得萧乾同意，后被人乘虚而入，导致家庭破裂。不久，英国剑桥大学筹备成立中文系，来信邀请萧乾去讲授中国现代文学，尽管萧乾急于离开上海，但以“在国外漂泊了七年，实在不想再出去了”[2]为由回信拒绝。1949 年 3 月，剑桥大学教授英籍捷克汉学家何伦（Gustar Haloun）三次到香港九龙花墟道的萧乾寓所登门造访，以优厚的条件劝说萧乾离开。何伦认为当时的中国已处于“危境”，而且“在西方学习过、工作过的人，在共产党政权下没有好下场”，他“甚至哆哆嗦嗦地伸出食指声音颤抖地说：‘知识分子同共产党的蜜月长不了，长不了。’”[3]面对这样的劝说，萧乾依旧不改变主意。1949 年 8 月，萧乾乘“安华轮”随当时的中共地下党员离开香港地区，到达随后被定为新中国首都的北平，也就是他的故乡。这一选择也决定了萧乾此后二十二年的命运。那二十二年的时间，他后来回忆道：“我有时觉得自己像是被当成篔口乡的地主，挨批斗时甚至成了刘洪瑞（即文中写到的湖南篔口乡的恶霸——笔者注）。但大多数时候恍惚觉得自己更接近于土改中的富农：不会有人搭理，却也没被关起来。我也还算知趣，在人群中就那么低头揣着手，不再多言多语。在沉默中，相对平静地度过了我的中壮年。”[4]

1979年，重新拿起笔的萧乾在回忆小品《往事三瞥》中重温了1949年的选择：“三十个寒暑过去了。这的确是不平静也不平凡的三十年。在最绝望的时刻，我从没后悔自己在生命那个大十字路口上所迈的方向。”所谓“最绝望的时刻”，是指1966年的北京城，面对家里被红卫兵捣成废墟、儿子有家不能归、妻子被斗、妻母含恨而死的惨境，萧乾自杀未遂这一事件。在文洁若的回忆中，有这样一段对话：

> 这时我脱口而出地说：“早知如此，何必当初。你要是49年去了剑桥，这十七年，你起码也是个著作等身的剑桥教授了。绝不会落到这步田地。”
>
> 亚（指萧乾）带着凄厉神色，加重语气说：“想那些干吗！我是中国人，就应该接受中国人的命运。”[5]

萧乾本人在80年代以幽默的笔调回顾自己一生时也写道：

> 在我上辈子的末尾——1966年8月23日晚上，都还问过我己个儿：回来错了吗？我还是摇头，因为就是像条癞皮狗那样死在乱葬岗子上，我也还是要把骨头埋在这古城根底下。80年代我又回到剑桥，亲眼看见1947年剑桥大学校务会议上决定聘我回去的会议记录（谢谢彭文兰小姐）。我也看到我可能有的晚年：一幢小楼，一片绿茵茵的草坪，一片中古的幽静和现代化的舒适。回到自己的斗室（现在已由门洞搬出来啦）之后，我又问己个儿：懊悔吗？1966年8月23日我都没懊悔过，现在更还懊什么悔！[6]

1949年拒绝何伦的劝说和剑桥的盛情邀请而留在中国，这一决定显然在萧乾的一生中具有重要意义。尤其因1947年5月5日上海

《大公报》由萧乾主笔的社评《中国文艺往哪里走？》受到郭沫若的重炮攻击[7]，且因短期参与北平中国经济研究会的机关刊物《新路》而在政治上背的“黑锅”，更加重了40、50年代之交萧乾做出这一决定的分量。除了离开故土还是移居他乡这一选择之外，这里还有政治立场和政治身份的转变。如日本学者丸山昇所说：“他面临的确实是中国现代知识分子所遇到的种种问题；而且，整个抗日战争时期——自29岁至36岁——他几乎都是在欧洲度过的，因而具有些许独特的体验。我认为，通过对他这种精神状态的探讨本身，就可以得到进一步多层次地、立体地重新评价中国近、现代精神史的线索。”[8]因而，重新分析、探讨这个时期萧乾在一系列问题上的选择，能够较为集中地呈现40、50年代之交中国知识分子面临的挑战和他们在回应这些挑战时采取的态度与方式，从而较为切近地考察那一大转折时代在知识分子精神上的投影，及其中蕴含的问题序列。

一、民族主义情感

1．“去”与“留”(归)

“太平洋战争后爆发内战的大局将定之际，国内的老百姓即便不欢迎这个革命，也只能在现实中求生存。然而对于知识分子，尤其是居住在国外的人们来说，至少还有两种选择的余地：要么与即将逃往台湾的国民党共同行动，要么到外国去寻找安逸之地定居下来。尽管当时许多人对国民党的腐败感到厌恶，然而后者的选择余地仍是很大的。”[9]对于不熟悉中国共产党即将建立的政权，甚至在某些时刻与左派形成对立关系的知识分子来说，丸山昇描述的这种选择余地是真实存在的。

曾加入中国远征军，出征缅甸抗日战场的九叶派诗人穆旦，1949年8月赴美入芝加哥大学攻读英美文学硕士学位。1952年夏天，穆旦等妻子周与良拿到生物学博士学位之后，夫妇二人谢绝了去台湾地区或去印度德里大学任教的聘请，几经周折返回中国。周与良回忆道：

> 办理回国手续时，许多好心的朋友劝说：何必如此匆忙！你们夫妻二人都在美国，最好等一等，看一看不是更好吗？……许多同学都持观望态度。当时良铮经常和同学争辩，发表一些热情洋溢的谈话，以致有些中国同学悄悄地问我，他是否共产党员。我说他什么也不是，只是热爱祖国，热爱人民，在抗战时期他亲身经历过、亲眼看到过中国劳苦大众的艰难生活。〔10〕

尽管周与良多年后的回忆不能完全代替穆旦当时的心理，但多少道出了穆旦做出回国选择时所面临的困惑和疑虑。以《赞美》这样的诗篇歌唱过“一个民族已经起来”的穆旦，显然有着对中国民族情感极具感性的认同。穆旦在美国期间留下的两首诗中，充满了对美国社会暴力、色情、贪欲和殖民主义无耻掠夺的愤怒。而这种经历似乎也在增强他的民族情感和关于理想中国的想象。与萧乾相似，回国后穆旦很快便遭逢厄运，成为1954年肃反运动的肃反对象，停止了诗歌写作；1958年被列为“历史反革命”，连翻译工作也被迫停止了。直到1975年才偷偷地恢复诗歌写作。在穆旦晚年留下的最后一批诗作中，给人深刻印象的是一种老年的沉郁和“走到幻想底尽头”的苍凉。其中一首诗写道：“另一种欢喜是迷人的理想，/它使我在荆棘之途走得够远，/为理想而痛苦并不可怕，/可怕的是看它终于成为笑谈。”〔11〕很难确定穆旦这里所谓的“理想”的具体所指，但在他最后的诗作中，确可读到浓郁的万事成空的幻灭与无助之感，尽管那诗里同样有穆旦式的执着和激情。有意味的是，穆旦在“文革”期间重新开始诗歌写作的契机，是中美关系解冻后，他得到亲戚从美国带来的《西方当代诗选》一书，从而开始翻译英美现代派诗歌，不久即开始诗歌写作。关于晚年穆旦内心感受的文字留下来的很少，在有限的回忆文字中，他的子女记下了这样的故事：1973年穆旦接到南开大学的通知，会见美籍同学，归来时子女流露出抱怨情绪，穆旦回答：“美国的物质文明是发达，但……物质不能代表一切，人不能像动物一样活着，总要有人的抱负。中国再穷，也是自己的国家。我们不能去依附他人做二等公民。”[12]

另一个例子是沈从文。1948 年 12 月，人民解放军来到北平城下，此时沈从文已被确定为左派批判的头号对象，郭沫若、邵荃麟、冯乃超已分别在《大众文艺丛刊》上撰文指名道姓地对他进行抨击。从一封退稿信中他意识到：“从大处看，中国行将进入一个崭新时代，则无可怀疑……过不多久，即未被迫搁笔，亦终得把笔搁下。这是我们一代若干人必然结果。”[13]在这段时间，他与近邻的朱光潜、杨振声“一起分析形势，展望将来，三个朋友商定，坚守北平，哪儿也不去，等待那必然要来到的一天。所以当老熟人、北大教务长陈雪屏亲自拿了飞机票动员沈从文携带家眷乘飞机直飞台湾时，他毅然谢绝了”[14]。不久，北大民主墙上出现了巨幅标语“打倒新月派、现代评论派、第三条路线的沈从文”及《斥反动文艺》全文。1949 年 3 月，当何伦在香港劝说萧乾离开的时候，沈从文忍受不了巨大的精神压力而自杀未遂。萧乾曾说自己的一生分为“两辈子”，沈从文也同样如此，他从此开始了艰难地改造自己、埋葬过去的历程，转行成了古代服饰史研究专家。就是在这样的情形下，他仍写信要求当时在香港的版画家、表侄黄永玉回北京来——“在香港，我呆了将近六年。在那里欢庆祖国的解放。与从文表叔写过许许多多的信。解放后，他是第一个要我回北京参加工作的人”[15]。

1949 年前后，陆续从国外返回大陆的作家还有卞之琳（1948 年 12 月乘客轮离开英国，1 月到香港地区，3 月北上抵达北平）、老舍（1949 年接到周恩来等的回国邀请信后，离开美国，取道檀香山、日本、菲律宾以及中国香港，再经韩国，于 12 月经天津到北京）、冰心（1951 年以赴美任教为由，离开日本，经香港地区“秘密乘船转到广州”，最后到达北京）等。作家们在离开中国还是留在或回到故土这一问题的选择上，确乎表现出了高度的民族认同感。

而这一选择处在政权更替、新的民族国家建立之际，又必然面临民族认同与政治立场间的复杂关系。从大的环境而言，40—50年代正是第三世界民族解放和独立建国运动风起云涌的时期，高涨的民族主义情感必然对当时的知识群体造成影响；同时，这也正是“二战”结束后“冷战”格局渐次形成难以撼动的两大阵线的时期，社会主义信念和左翼立场具有广泛的感召力。具体到中国，对于国民党政权由来已久的不满和失望情绪，也会影响知识群体在去留问题上的选择。除了那些在政治立场上偏向右翼或与国民党关系密切的人，持中间立场或对共产党政权并不熟悉的知识分子，所做的选择是一致的。但从萧乾、穆旦、沈从文的具体情况来说，又不尽相同，或说可以代表三种类型。

穆旦的选择非常积极，但对国内当时的政治形势并不了解，支配他做出这一决定的主要是一种民族认同感，就如同1946年萧乾放弃英国的职位而答应《大公报》胡霖社长的要求返回中国时所持的情感一样。而沈从文不离开大陆，一方面是他对国民党没有好感，另一方面，则是他难以离开熟悉的人际关系、生活环境。从他与周围知识群体的反应方式来看，离开大陆前往台湾地区并非好的选择，至少没有特别必要的因素促使他们离弃乡土，自动“放逐”到一个南方岛屿上。静观其变，甚至怀着不无悲壮的心理等待也许是厄运的命运，似乎是比离弃故土进入一个完全陌生的环境要更好的选择。因而，沈从文的选择中被动的因素更多一些。与此不同，萧乾是在完全主动的情况下做出这一选择的。一方面，英国剑桥大学的条件优厚，何伦教授的劝说恳切而且切中萧乾的隐忧。对于所谓“知识分子同共产党的蜜月长不了”这样的疑惧，具有七年欧美生活经历的萧乾早已知道，至少在为回应郭沫若的檄文《斥反动文艺》而写的《拟J·玛萨里克遗书》一文中已经明显地透露出来。另外，经过三年的国内生活，萧乾已经对国内的政治形势有所了解，尤其了解的是他需要面临“一个政治哲学的碰壁，一个和平理想的破碎”，需要承认“和衷共济走不通”[16]的政治理想的破灭。因而可以说，在萧乾这里，这一选择更为主动，经历的内心矛盾也更为痛苦。

大约正是出于这样的原因，对于1949年选择离开还是留下，萧乾是80年代以后写作相关回忆文章的人中谈论得最多的。因此，选择萧乾来探讨40—50年代知识分子的民族认同感，也就更具典型意义。

2.《往事三瞥》与说真话问题

在萧乾的回忆文章中，最早也最详尽地谈论1949年做出选择时的具体情形的，是1979年5月23日发表于《人民日报》上的短文《往事三瞥》。1979年2月，萧乾领到“改正证书”，宣布1958年把他划为“右派”属错划。同年初夏，作家协会通知他准备于这年9月访美。在长篇回忆录《未带地图的旅人》中，萧乾立刻把这件事情同1950年取消他访英代表团资格一事联系起来：“当然，我绝不认为非出国才算受到信任。只是由于1950年那段经过以及事后那段训话，1979年这个通知对我的意义才远远超出事情本身”，“但是当时我的戒备心理并没完全解除。积极方面，我决心此行要为像我这样过去不被放心的知识分子争口气。此行，既要为国家争取朋友，消除误解，又要做到不说一句错话”。[17]

正因为《往事三瞥》是在这样的情形下写作的，因此，借助这篇文章来讨论萧乾1949年做出选择时的真实心态，首先面临的问题是需要甄别这一文本的复杂性，而不能简单地将其视为确切可信的史料。丸山昇在他的评论文章中这样分析：

> 《往事三瞥》的写作日期与上文中的“初夏”（即通知他访美的时间——笔者注），究竟哪个在前，哪个在后，虽不得而知，倘若美国之行的通知在先，恐怕难以设想它不曾影响到《往事三瞥》的写作。人的心并不是那么坚强的。即使访美的通知在后，当时他的心扉也同样地还没有敞开到能够完全自由地吐露心迹的程度。然而，据此就认为他在《往事三瞥》一文中所诉说的是假话，把它作为政治发言而予以抹煞，乃是对文学家的表现这一行

为过于卑俗的见解。在相反的意义上，这倒是一种“政治性”见解，其结果是反而与作家内心真实疏远了。[18]

丸山昇特别强调“就其作品而理解其作品”，强调“从本质上来追寻他的精神轨迹”，而反对那种“预先抱以成见，……把他作为‘右派’予以否定的中国过去的看法颠倒过来”的思路。具体到《往事三瞥》的写作，丸山昇认为不能简单地把它看作为“政治表态”而说的假话，那毋宁是一种过于“卑俗”而与作家的内心真实相疏远的做法。

事实上，在说真话还是说假话这一问题上，萧乾于90年代中期还遇到过另外的指责。起因是他在1994年3月6日《中国青年报》上发表的《给青年朋友们》。文中说，是“胡风事件”以及“文革”中的“活生生的事例”使他在“说真话”前面加上了“尽量”二字，“但我坚持认为不能说假话”。这篇文章被批评者王彬彬在《过于聪明的中国作家》[19]一文中引为反例，认为中国作家缺乏苏格拉底那样“刀架在脖子上也说真话”的勇气，只能明哲保身。在此之前，萧乾曾以“要说真话”为题，发表过纪念巴金创作六十周年的文章。[20]而在他的多种回忆文章中，他一再提到50—60年代有人捏造罪证或故意曲解的批判给他造成的巨大伤害。在《风雨平生：萧乾口述自传》中，他把《未带地图的旅人》中不便明说的一些人与事直接点明，“直截了当，一点没绕弯子。快90岁的人了，也没有什么好怕的。一生所经历的坎坷沧桑，是非曲直，也没什么可遮掩的”[21]。在口述自传中，他承认自己当时所发表的文章“只敢在勉强允许的范围内，尽量说真话”，同时认为“仅仅发给我那么一张改正证书太不够了。我要用事实和作品来为自己平反”。多年噤若寒蝉的经历之后，在步步为营的心态下所写的自我平反文章，是否能表达出三十年前的真实心态，就成为可以质疑的问题。

这是《往事三瞥》引起争议的地方及相关情况的前前后后。但问题的复杂之处在于，对于1949年的选择，除了40年代萧乾所写文章中隐约地谈及，后来者只能从当事人事后的回忆文章来探测他当时的心境。可能更为关键的问题不是去探测萧乾的写作动机，而在于他事实上已经在1949年做出了决定性的、无可更改的选择。所以需要探讨的是，在当时，是怎样的现实动因、文化心理、精神因素或情感内涵促使他做出那样的选择。至于他是否后悔，则与如何评价他1949年后的遭遇，以及他本人怎么看待移居国外寻找安逸之地与留在中国所遭受的坎坷经历之间的得失考虑等问题相关。

关于《往事三瞥》，萧乾不久后在另外的文章中又这样说明：

有一点大家似乎都没看懂：1949年我选择回北京的道路，并不是出于对革命的认识，决定是在疑惧重重下做出的。我明知前面道路的坎坷不平，甚至带有风险，我还是那样定了，因为我害怕做白华……当时，我的逻辑是：不肯当白华，就得回到祖国这条船上，同它共命运。海上平静时，你可以倚着船舷让温煦的海风吹拂着。遇上风浪，就得随着它颠簸、呕吐，甚至喝咸涩的海水。[22]

此后在《未带地图的旅人》中，他进一步解释道：

1979年后，像我这种情况的人，照例是不提往事的。过去那些年，仿佛是块空白，什么也没发生过，大家都把过去严严实实地掩盖起来，用“向前看”这三个无可厚非的大字一笔勾销。九年来，我何尝不也是这么想、这么做的！只是这次回顾起一生，无法回避了。……1949年8月从香港动身时，我只想回到故土有个家，在新中国当个安分良民。……可那时，我总感觉有一只无形的巨手在把知识分子往外推，尤其推那些吃过面包的。我终于被推出去了。……“知识就是力量”，也不尽然！还要看它掌握在谁手里。中国知识分子从来也不肯把知识贡献给法西斯，不论是关东军，是蒋家，还是江家。也不肯为了舒适点的生活而献给异邦。……在不少方面，中国确实还不够美好，但我们总归是吃它的奶水长大的。对这百年来天灾人祸、受尽欺凌的国家，总该有份侠义之情吧。我多么想跟当年在鉴定会上断言我将会叛逃的那位谈谈心啊！他虽然是个知识分子，而且老早就受过革命的洗礼，但他不理解本国知识分子的ABC：他们追求什么，向往什么，什么能触动他们的心弦，什么使他们产生抵触情绪。[23]

如同《往事三瞥》一样，萧乾一再强调的是他对中国的民族情感和民族认同。这一点远远超过了他对政治立场和政治身份的关注。《往事三瞥》中为自己1949年做出的选择而讲的两个铺垫性故事都是关于白俄人的：一个是小时候所见的冻饿交加地倒毙在北京街头的"白华"，一个是赴欧途中在邮轮上遇到的白俄舞女的后代，后者为了争得国籍而宁愿战死在"并不是他的国土"的土地上。不知是有意还是无意，萧乾在一段关于他们来历的交代中，说明这些白俄人正是从革命后的俄国逃出来的穷人："十月革命一声炮响，沙皇的那些王公贵族挟着细软纷纷逃到巴黎或维也纳去当寓公了，他们的司阍、园丁、厨子和奴仆糊里糊涂地也逃了出来。"萧乾拿来和自己的命运参照的，正是这些"糊里糊涂"地从革命政权下逃出本国的白俄穷人。他记录下了做出最后决定的前夜所做的噩梦："闪出一幅图画，时而黑白，时而带朦胧色彩，反正是块破席头，下面伸出两只脚。"醒来时看见摇篮里的娃娃无缘无故地抽噎，从那"委屈的哭声"里，他听出的也是"我要国籍"的呼喊。

3．孤儿身世·故土意识·民族情感

为什么国籍归属对于萧乾如此重要？为什么在萧乾的参照对象中，他所映照的自我是一无所有的孤独者或穷人？事实上，这两个层面有彼此重叠的成分：或许正因为内在的自我是一无所有的孤独者，所以对归属感的需求才格外强烈；反过来，正因为格外强烈地意识到归属身份的匮乏，所以自我才被想象成某种一无所有的孤独者。

从个人的层面来看，萧乾的生活遭际使他有强烈的孤独感和对

归属的匮乏感。萧乾的身世颇为独特：作为遗腹子出生，母子二人寄人篱下，幼时饱受贫寒和欺凌，未及成年母亲又去世，他 14 岁就离家出走，“独自一个漂浮在这茫茫人间了”。从萧乾的自传性小说（如《落日》《梦之谷》等）以及一些自剖性的文章（如《忧郁者的自白》《一本褪色的相册》《未带地图的旅人》《一个乐观主义者的独白》等）中，可以很明显地读出贫寒身世给萧乾造成的孤儿意识。其中最感人的段落，是晚年在《一本褪色的相册》中对童年生活的记忆：“有时它像是远方吹来的一支儿歌，温存而又委婉，恰似春日垂杨柳梢在脸上拂过；有时又像一场噩梦，仿佛看到自己孑然一身踏过一道独木桥，四面虎狼都在睁大了眼睛，张开血口，等待吞噬。”童年生活给他留下的深刻印记对他的一生产生了难以估量的影响。过早地体味人世沧桑，也许使他把母亲活着的那段岁月无形中加以美化和理想化。这一切都与对家、对归属感的需求联系在一起。他写道：“四十年代当我漂流在外时，每逢想‘家’，我的心就总飞向那个破破烂烂的角落。那个贫民区在我的梦境里永远占有一个独特的位置。我常把羊管胡同——我的出生地，幻想成一只破了边的荷叶，我是一颗干瘪的莲子。我那位寡妇妈却把这颗干瘪的莲子捧在掌心，有时还裹在她的衣襟里。……也是在那里眼睁睁地看到妈妈停止了呼吸，最后一次阖上她那双温顺而慈祥的眼睛。从那以后，我就独自一个漂浮在这茫茫人间了。”〔24〕写作这段文字时，萧乾已经年近古稀，但童年的记忆仍旧如此深刻。那创痛最深的时刻，也使他的自我形象凝固在无依无靠的贫民区孤儿形象上。母亲的去世确实成为萧乾一生刻骨铭心的一幕，他似乎感到从那以后就永远地丧失了庇护，或者以另外的方式寻求着庇护。

似乎是这种逻辑的延伸，有过孤独的异国生活的萧乾，把“祖国”比喻成“母亲”也并非矫情。1994 年，萧乾已经 84 岁，这位年迈的老人写下了一篇有着浓郁青春气息的短文《我的年轮》。再一次地，他重复了丧母之痛留下的创伤：“妈是含着我第一次用稚嫩的小手挣来的一只苹果撒手人寰的。那是一个初秋的黄昏，我十三岁。从此我只能迈动一双小小的脚，艰难地孤零零地向茫茫人世走去。”[25]接下来，他把自己“采访人生”时怀有的对民族国家的情感比喻为对“母亲”的情感：

> 我那个伤痕累累的祖国母亲，在夕阳下，寒风中，漫漫长夜和每一个赤裸的白昼，怀着温柔的热望，倾听我这个鲁莽游子的足音。……作为《大公报》的记者，我梦想用我的滚烫的文字，暖一暖母亲的手脚……而我梦魂缭绕的，依然是我的贫弱的祖国。我的雪片样的电报飞向她，我的厚厚的一本《人生采访》，也是为她必将获得的强盛而作。像雨点扑向大地，像信鸽飞向家乡，我在旅英七载之后，又一头扎进了她的怀抱。[26]

这份人到晚年而不衰的情感，应被看作一种浓郁的自伤身世的孤儿情结，也是一份强烈的对归属感的需求。这使得民族身份的认同在萧乾这里，有着格外深厚的情感需求，或许是一种理性无法明晰阐释的情感需求。

当这种对于家国的热望撞上现实的冰冷墙壁时，萧乾也并未消减热度，只是使这情感变得沉郁。1946 年 7 月，是萧乾回国大约两三个月的时间，他在《观察》杂志上发表了《给英国老约翰》一文。这篇文章模拟给英国的老朋友写信，描述自己回到中国看到种种令人愤怒的丑陋现实时的感受。他承认，在英国时他以中国人的身份向人们宣传的那一切美好的东西只属于“史前期的中国”，而眼前的中国是“讲‘实利’的国家，这是个投机者的乐园”。面对如此的现实，他自问：“我悲观吗？”回答是：“我不；生为中国人，我不能。我虽还是年轻人，却已经历了不少沧桑之变了。仅就那座北京城，就换了多少次手！……然而，冠盖可以往来，忍辱含冤的北京城还是那么沉默尊严。那正是中国人民的象征。”[27]对家国的认同最后落实于对历经沧桑而依然沉默庄严的“北京城”这一具体物象的认同，如同《拟J·玛萨里克遗书》结尾时写到的“始终是叮当当当，当叮叮叮地敲着”的方场的钟。历史的剧目似乎在轮番上演，而它们却以一种沉默和坚韧最终穿越历史而成为永恒的精神归属的象征。

这种对精神归属“本体”的诗化理解方式，在40年代作家的文学作品中并不鲜见。穆旦曾以舒缓的笔调写出“在寒冷的腊月的夜里，风扫着北方的平原，/岁月尽竭了，牲口憩息了，村外的小河冻结了，/在古老的路上，在田野的纵横里闪着一盏灯光”。土地和生活于土地上的人民，被作为浓缩了历史沧桑的真正民族主体。“我们的祖先是已经睡了，睡在离我们不远的地方，/所有的故事已经讲完了，只剩下了灰烬的遗留。”时间的流逝、历史剧目的变换，并不能改变已经被象征化并渗入了浓郁情感的空间存在。正是这块永不改变、承受历史蹂躏的土地，成为作家寻求自我的、民族的认同的依据。也因此，他会以那样热烈而深沉的情感去拥抱这块土地和土地上的人民：“我有太多的话语，太悠久的感情，/我要以荒凉的沙漠，坎坷的小路，骡子车，/我要以槽子船，漫山的野花，阴雨的天气，/我要以一切拥抱你，你，/我到处看见的人民呵，/在耻辱里生活的人民，佝偻的人民，/我要以带血的手和你们一一拥抱。”（《赞美》）

抗战时期写出长篇小说《长河》和散文集《湘西》的沈从文，一贯思考的主题之一是“常与变”。1934年，他回到阔别多年的家乡，途中写下了《湘行散记》，其中也同样表现出对土地和人民的赞美：“我想起‘历史’。一套用文字写成的历史，除了告给我们一些另一时代另一群人在这地面上相斫相杀的故事以外，我们决不会再知道一些要知道的事情。但这条河流，却告给我若干年来若干人类的哀乐！小小的灰色的渔船。船舷船顶站满了黑色沉默的鹭鸶，向下游缓缓划去了。石滩上走着脊梁略弯的拉船人，这些东西于历史似乎毫无关系，百年前或百年后皆仿佛同目前一样。……历史对于他们俨然毫无意义，然而提到他们这点千年不变无可记载的历史，却使人引起无言的哀戚。”[28]

同样，抗战时期路翎、冯至、何其芳等人的作品中，类似的土地形象和凝固的空间意象也反复出现。钱理群在一篇研究40年代作家精神世界的文章中，做了这样的概括："如果说，每一个时代的文学都有自己的'中心意象'与'中心人物'，那么，40年代战争中的中国文学的'中心意象'无疑是这气象博大而又意蕴丰富的'旷野'，而'旷野'中的'流亡者'则是当然的'中心人物'"，并由此引申出关于"'追寻归属'主题的丰富性"问题的讨论。[29]

这些有深厚的历史内涵的空间形象的频繁出现，确实表现出了动乱年代知识群体于流离失所间所体味的沧桑感。与此同时，这也是投射和呈现民族情感的特定方式。抗日战争的全面爆发和广泛的民族动员，使中国人的民族情感达到了空前浓烈的程度。异族侵入引起的民族身份意识、破坏每个人日常生活的变动，使民族意识深入到广泛的层面。而且战争造成的动荡也使人们在奔波过程中加深了对自己生活其上的土地的重新体认。将强烈的民族情感投射于土地和与这块土地相生相随的人民，正是一种民族归属感的具体表达方式。不是久远的古代文明，不是空泛的梦想，而是脚下所踏的土地，是土地上默默承受历史变迁的人民，成为民族象征的载体。萧乾曾在向英国读者介绍中国现代文学时这样说："战事把作家赶到生活中去了。他们第一次闻到稻田里的香味，看到巨大的橘林，和农村形形色色有意思的生活。最重要的是他们跟人民——居住在远离沿海、完全不曾欧化过的人民，有了直接接触"，"这场战争使我们的作家精神变得坚强，同时还强化了他们与土地和人民的关系"。[30]在那个战乱的时代，没有比"土地"这一空间形象更能负载知识群体的民族情感了，而共同的流亡经历，也加深了知识群体与普通民众间的情感关联和情感认同。这也正是40年代知识群体的历史感或时代感的呈现方式。

就萧乾而言，全面抗战开始不久的1939年，他就离开中国来到"转瞬之间就要爆发的火山"——欧洲，在异国度过七年时光。他获取民族认同的方式虽与当时身居国内的知识分子不尽相同，但那份浓烈的情感却是一样的。何况，作为一个半殖民地国家的公民，异国生活使民族身份变得格外强烈，而且渗入日常生活的方方面面，成为个人身份无所不在的标记。"一个人在国外往往代表的不仅是他本人，在他身上经常反映出国家的地位。”[31]在《坐船犯罪记》《剑桥书简》《负笈剑桥》等文章中，萧乾表达出了这种经历给他带来的强烈感受。1979 年 4 月，在回顾这段经历时他说：“空气，阳光，生活中许多无形而又不可缺少的东西我们毫无觉察地享受着。只有当它们短缺时才会察觉，才会认识其价值。国家地位正是这样一种东西。只有在殖民地、半殖民地以致异域生活过来的人，心里才有把尺子，并且能深刻地认识到做今天的中国人有多么不同。”[32]

萧乾在这里直接表达的民族认同感，正是一种第三世界国家知识分子的民族主义情绪，或许类似于霍布斯鲍姆所谓的“民族主义原型”（proto-nationalism）式的“想象出来的关系”。一方面，这种认同感与反抗帝国主义的民族解放运动联系在一起；另一方面，这种民族认同又与孙中山所说的国族思想有延续关系，即“通过普及民族主义，以培养民众原本淡薄的民族意识和国家意识，从而使中国能够像西欧一样建立起自己的民族国家（民族主义思想），并因此同时实现建设国民国家的理想（民权主义思想）”[33]。在这里，民族情感和现代独立民族国家是同一概念，有着“政治民族”的含义，即历史悠久的传统国家和传统文化——“这种身为某个在历史上曾经存在或依然存在之国家一员的成员感，很容易转化成为民族主义原型”，和外族侵入时所强化的公民对“想象的共同体”的情感和象征——“再没有比共同抵御外辱，更能使处于焦虑不安的人群团结起来”。[34]美国学者莫里斯·梅斯纳曾写道：“中国的知识分子非常爱国这一点并不那么令人感到奇怪，因为民族主义（而且实际上还有初期的反对帝国主义的思想感情）是中国知识分子出现并且发展的那种历史环境所固有的。”[35]这种民族主义是在面临异族强行侵入时开始产生的，同时始终与独立统一的现代民族国家的想象联系在一起。自孙中山提出三民主义、中华民国建立、“五四”时期的爱国运动和新文化运动对“国语的文学，文学的国语”的倡导，一种现代民族国家观念在中国已经逐渐深入人心，并且成为“20 世纪政治合法性的象征”。日本的侵略战争强化了这种民族主义情绪，并使知识分子在战后形成了更为强烈的建立独立民族国家的愿望。这一点从40年代后期作家们普遍关注“民族”和“国民素质”等问题，并大量写作政治时评和杂文进行“书生论政”可以看出来。

丸山昇在谈论萧乾1949年的去留抉择时写道：“在这里，首先应该领会的是，对于包括知识分子在内的中国人民来说，国家乃至民族这个问题具有何等重大意义。”[36]对于研究40—50年代知识群体的精神世界，这是非常重要的提示。关键不在于如何从学理上阐释民族主义的内涵，而在于这种并非可以落实到细致的学理层次的宽泛而带有“想象的共同体”性质的民族心理的情感厚度和感性内容。这几乎成为40年代中国知识群体一种普遍的情感结构。这大概也是在日益全球化的今天（如萧乾在回忆录中写到儿子与自己对民族情感的不同态度[37]）人们难以感同身受的深刻情感。英国学者安东尼·D.史密斯在一本反省全球化时代的民族主义问题的书籍中认为：“民族主义的成功有赖于特殊的文化和历史环境。这就意味着，它所帮助缔造的民族也是起源于古已有之的、高度特性化的文化遗产和族裔形成过程中。在世界上如此多的地方令如此多的男女激动不已的，恰恰是这种因素，而不是什么具有革命性但又抽象的公式。”史密斯进一步引证本尼迪特·安德森的观点说，“民族主义不同于自由主义和社会主义，它更类似于宗教和宗教共同体”[38]。

“类似于宗教和宗教共同体”，这大概是对萧乾（和他同时代的许多知识分子）的民族主义情感更为准确的概括。只有将民族主义情感的讨论引申到这样的层次，才能理解何其芳在苏德战争爆发之后所写的诗句——“我总是沉痛地记起我是一个中国人。/我总是愤愤不平地记起我是一个中国人”[39]——背后强烈的民族情感。那种似乎别无选择地与故土、国家、民族共命运同患难的共鸣和抉择，来自一种强大的情感驱力。个人荣辱、安危乃至政治立场，都无法战胜这种情感。这也正是国籍对于萧乾产生那样大的归属感的大环境因素。

二、自由主义者的碰壁

1．自由主义者的政治理想

1946年，萧乾回到上海，他在《大公报》所做的工作，名义上是分管《文艺》副刊并撰写国际社评，实际是参加社评委员会，负责欧陆、英伦三岛和美国问题的国际评论。6月，他归国后不到一个月，解放战争爆发。生活于国民党统治区上海的萧乾似乎并没有认真地考虑这场战争的胜负以及由此带来的后果。“大震动之后，世界和国家将是个什么样子，我不清楚。我仅仅不安于那种坐看被蚕食的局面而已。”[40]事实上，即使认真地考虑过类似的问题，由于对中国共产党政权及其左翼政治的隔膜和疏远，他也不可能想象一个“新中国”将以怎样的形态出现。

与所有具有良知的知识分子一样，对于国统区的现实，萧乾有许多愤怒和不满，但对于当时的左翼政治、文学及其信仰，他同样有很深的疑虑。这并不是说他没有自己的政治理想和基本立场，他的理想是要在“非红即白”[41]的时代实践一种“左右的长处兼收并蓄，左右的弊病都想除掉”[42]的新型社会形态。他后来写道：“我对资本主义——尤其对当时美国麦卡锡那套，深恶痛绝；但在英伦呆了七年，对苏联三十年代肃反的情形也略有所闻。我真诚地希望战后的中国取苏美之长，走自己的路，而不当任何一方的傀儡。”[43]有七年的欧洲生活经历，在相当长时间内跟踪报道战时欧美的政治动态，并以写作政治社评作为主要工作的萧乾，这种想法并不像沈从文、朱光潜等人那样仅仅是“书生论政”式的空想，而是有对这种政治理想和政治立场更为具体的论证和规划。萧乾曾在社评文章中直接而明确地将其称为“自由主义”。对于“自由主义”，他做了这样的解释：“自由主义者对外并不拥护19世纪以富欺贫的自由贸易，对内也不支持作为资本主义精髓的自由企业。在政治上、在文化上，自由主义者尊重个人，因而也可说带了颇浓的个人主义色彩。在经济上，鉴于贫富悬殊的必然恶果，自由主义者赞成合理的统制，因而社会主义色彩也不淡。”由此可见萧乾所谓的“自由主义”，并不是作为左翼政治实践对立面的“资本主义”，而是试图超越“冷战”时代“非红即白”的一种努力。他将这种自由主义更明确地解释为“进步主义”或“民主社会主义”〔44〕。

作为社评主笔，这种政治立场并非仅是个人之见，而代表了《大公报》这一“当时是一份最受重视并广泛传播的日报”〔45〕的政治立场和政治理想。“《大公报》是一个报人论政的机构，《大公报》同人向来是论政而不从政。……《大公报》有自由主义的传统作风，《大公报》同人信奉自由主义。”〔46〕尽管在一些文章特别是社评《中国文艺往哪里走？》引起郭沫若指名道姓的激烈批判之后，萧乾在《拟J·玛萨里克遗书》和后来的回忆文章中认为不应该把社评委员会负责的社评文章中的观点完全归结到他个人头上，但可以看出，社评文章的主要观点确实都出自萧乾。〔47〕即使所谓“自由主义”并非萧乾个人的自命，至少以“《大公报》同人”名义发表的政治立场宣言，萧乾并不拒绝。而其对欧美政治局势的熟悉程度和试图“红白合龙”的政治主张，也与他的署名文章完全合拍。

如果把这些社评文章和萧乾的署名文章综合起来看，萧乾的政治理想确乎有着颇为明晰的轮廓：政治上赞成民主的多党竞争和普选制，其前提是确立现代的文官制度；经济上强调平等，反对“19世纪的自由主义”即完全由市场支配的自由企业制度，而赞成一定程度的国家干预和“合理的统制”，要求“公用事业国有”“生产工具尽量不属于个人”和“课富的赋税制度”；文化上强调尊重个人，“相信理性和公平”，要求政治自由，提倡“至少以初中为基础的义务教育”；在变革社会的方式上，倡导“革命必须与改造并驾齐驱”——这样的社会规划尽管很难进入具体的实践层面，但已初具轮廓。同时，他并不认为这种规划可以变成政治力量，而强调“自由主义”与“自由党”之间的分别，说明这只是一种“对人生的态度，一种基本的信念”而非要组建一个政治上的党派。他认为，“一个主义一旦组织化了，势必就得寡头化。一个纯粹政党的自由主义者，为了达到政治目的，也许受的住木棍的指挥；但一个彻底的自由主义者，因为受不住严苛的纪律，就可能站在政党之外，保持其独立的立场，保持其个人发言权”，因此“在中国现况下，无形中便成为无党无派的代名词了”。[48]由于同样的信念，萧乾强调文学的独立性，不主张文学为政治服务，因而，他反对文坛的“集团主义”，认为作家应该以作品立身，“真正大作家，其作品便是不朽的纪念碑”[49]。

从多次自命并强调自己身为“思想工作者”这一点来看，萧乾确乎仅仅在描述一种社会理想，是对社会现实提出一些书生意见。对当时的国内形势，萧乾在文章中从没有针对具体问题发言，可以说他一开始就拒绝了红白政治力量双方，而仅仅倡导一种理想，而这理想的蓝图与其说来自对当时中国的社会情势的分析，不如说来自他的欧洲经验。1945 年英国工党通过普选战胜了在“二战”中战功卓著的保守党，以及 1946 年回国之前在瑞士的游历和观感，使他相信在美国和苏联之外存在另外一种政治模式和发展道路。他后来写道：“英国工党的空前胜利使我对英国民意发生了严重的错觉，也即是大大助长了我的中间道路思想，认为在议会方式下的社会主义政权是有利于世界和平，是稳健的进步，美苏之间可作为桥梁。”[50]并且，他以无限的向往，把“二战”的中立国瑞士描绘成一个民主国家的“天堂”。在 40 年代萧乾的思想中，可能没有比“民主”一词更让他神往的了。在那些报道英国战时状况和选举状况的文章里，他含沙射影地针对当时国民党的统治状况，一再强调西方“民治国家”的特性。1946 年，萧乾写作的政治讽刺杂文集《红毛长谈》，以西方人神游未来中国的方式，用看似荒诞不经的梦境写出了他的民主国家梦想。他幻想二十年后的中国是如何的现代化，执政党如何民主、开放，并想象上海、南京、昆明等地变成了怎样美丽、繁华、富足、有序的现代文明都市。开明的公务员制度、全国施行的普选、真正反映民意的议会制度等如何杜绝了一切可能的腐败和社会弊端。这种描绘，显然集中了萧乾的政治理想，是他当时所能想象的“新中国”理想前景。也正是这种乌托邦式的理想设计，这种从欧洲经验勾勒出的社会蓝图，似乎必然地撞碎在郭沫若以更大的气势和更切实的政治依据所宣告的“人民的革命势力和反人民的反革命势力作短兵相接”[51]的时代。

独立于政党之外自由地讨论社会现实和社会理想，是那一时期中间阶层大部分知识分子的想法。但萧乾又有所不同。一方面，区别于抽象地谈论民族国家的理想，对现实政治持一种左右开弓的批判态度的论者，如沈从文，萧乾确乎在现实批判之外有他具体的政治构想；另一方面，“比之那些主要是在国内通过中国共产党乃至毛泽东来审视马克思列宁主义或国际共产主义形象的人们，在以英国为中心，旅居欧洲达七年之久的萧乾的心目中，它的形象（指社会主义）更要复杂一些”[52]。这几乎注定了40年代的萧乾如同当年的《大公报》一样，左右两边都不会讨好。随着共产党在全国战局中力量的扩大，左翼文坛有针对性地将延安整风运动所确立的“文艺新方向”推向全国范围，并甄别作家、文学派别的性质，“分别确定团结、争取、打击的对象，为‘文艺新方向’实施清除障碍”[53]。在这一过程中，萧乾所倡导的这种“灰色”理想和政治设计，必然成为清理的对象。并且，因为一些似乎并非偶然的人事关系的恩怨，这种政治性的批判不仅确乎降临到萧乾身上，而且有着他未曾预料的激烈和严酷。

2. 两个批判事件

40年代后期，左翼文化界对萧乾的批判集中于两个事件：一个是关于1947年萧乾主笔的《大公报》社评《中国文艺往哪里走？》，另一个是1948年萧乾介入北平“中国社会经济研究会”机关刊物《新路》一事。

1947年5月5日，上海《大公报》发表由萧乾主笔的社评文章《中国文艺往哪里走？》。这是一篇纪念“五四”文艺节的文章。三年前，中华全国文艺界抗敌协会在成立七周年纪念大会上宣布每年的5月4日为“文艺节”。针对当时国民党政府的审查制度、秘密警察活动、军事摩擦以及发国难财等诸多社会问题，文艺界要求发扬“五四”民主和科学的传统，呼吁保障作家人身安全及言论、集会、研究、出版和广泛文化活动的自由。[54]因此，《中国文艺往哪里走？》这篇社评由纪念“五四”而对“过去及当前中国文艺途径”进行自我检讨时，提出文坛的民主问题也就不奇怪了。但重要的是，这篇社评在对国民党政府政治、经济的混乱及刊物登记的严苛留难等提出批判之外，批判的主要矛头则指向当时影响非常广泛的左翼文学界，呼吁文艺欣赏上“民主雅量”，批判文坛的“集团主义”。一方面，萧乾要求“容许与自己意见或作风不同者的存在”，反对“动辄以‘富有毒素’或‘反动落伍’的罪名来抨击摧残”；另一方面，他主张“真正大作家”应当以作品立身，而反对文坛上的“元首主义”。

对“元首主义”的批评，文章列举的是：“近来文坛上彼此称公称老，已染上不少腐化风气，而人在中年，便大张寿筵，尤令人感到暮气。”当时左翼文坛称郭沫若为“郭老”，茅盾则称“茅公”。1941年11月16日，为庆祝郭沫若五十寿辰和创作二十五周年，重庆左翼文艺界曾召开纪念会，出席者有周恩来、董必武、茅盾、老舍、夏衍等六十余人。周恩来为此发表《我要说的话》[55]，文中说：“郭沫若创作生活的二十五年，也就是新文化运动的二十五年。鲁迅自称是‘革命军马前卒’，郭沫若就是革命队伍中人。鲁迅是新文化运动的导师，郭沫若便是新文化运动的主将。鲁迅如果是将没有路的路开辟出来的先锋，郭沫若便是带着大家一道前进的向导。”由此可见当时左翼文坛对郭沫若评价之高。尽管周恩来同时在文章中说“我这不是故意要将鲁迅拿来与郭沫若并论，而是要说明鲁迅是鲁迅，郭沫若是郭沫若，‘各人自有千秋’”，并说郭沫若“五十岁仅仅半百，决不能称老”，但这篇讲话对于确立郭沫若在左翼文学界的领袖地位所产生的影响却是难以估量的。至于茅盾，1945年7月9日，陕甘宁边区文协和文艺界抗敌协会延安分会为他拍去贺电，庆祝他虚岁五十寿辰。

正是萧乾这一针对左翼文坛的直接批评，引起了郭沫若在《斥反动文艺》等文章中的激烈回应。萧乾在80年代的回忆文章中说他不谙国情，因此并不知道“某大权威（指郭沫若——笔者注）已于鲁迅逝世后，成为文艺界最高领导”，否则他是“无论如何也不会去闯这个祸的”。这种说法似不可信。以萧乾作为一个大报社评委会成员的身份，及其与接近左翼的靳以、李纯青等人的交往，他不可能不知道左翼文化界称郭沫若为“郭老”、茅盾为“茅公”，只是他当时可能并没有估计到左翼力量会如此迅速地获得胜利，并控制整个文坛。做出这样的批评，也与萧乾当时为自己设定的“思想工作者”的自由主义评论立场密切相关。对于“人在中年，便大张寿筵”，他解释说是对那时《大公报》的《戏剧周刊》为田汉组织祝寿文章这一做法不满[56]。如萧乾自己所说，《中国文艺往哪里走？》这篇文章对他此后的命运造成的“恶果”是他始料不及的。事实上不仅是他，郭沫若在1948年3月发表的《斥反动文艺》一文中点名的三个“反动”作家朱光潜、沈从文、萧乾在1949年前后的日子都不好过。最早表态的是朱光潜。1949年11月27日，他就在《人民日报》上发表“自我检讨”的文章。在《斥反动文艺》发表后不久，解放军进入北平城时，北京大学民主墙上出现了大字报对沈从文进行批判，并抄录《斥反动文艺》全文，使他陷入高度紧张和焦虑状态，自杀未遂，此后停止了写作。

郭沫若在《斥反动文艺》中将当时的政治局势判定为“人民的革命势力和反人民的反革命势力”之间的短兵相接，提出“凡是有利于人民解放的革命战争的，便是善，便是是，便是正动”，并将这一标准顺延至文艺，“所谓反动文艺，就是不利于人民解放战争的那种作品、倾向、提倡”。他列出反动文艺有两种类型，一种是封建性的，一种是买办性的，并以红、黄、蓝、白、黑五种颜色进行描述。其中“红色”代表是沈从文，“蓝色”代表是朱光潜，萧乾所代表的则是“黑色”，是“标准的买办型”，是“舶来商品中的阿芙蓉，帝国主义者的康伯度（即洋行买办，系英语 comprador 的音译——郭沫若原注）”，为“御用”的“大反动堡垒”《大公报》提供“贡烟”。文中所引“贵族的芝兰”显然出自《中国文艺往哪里走？》，“夜哭的娃娃”则出自萧乾所写的另一篇社评《吾家有个夜哭郎——五千岁这个又黄又瘦的苦命娃娃》（1947 年 10 月 21 日）。后者以啼哭的幼儿比喻中国人民，以如何哺婴来讨论中国的民治问题，并认为中国最关键的问题不在于谁来掌权（即做妈妈），也不在于政治主张的争辩（即“弹钢琴”还是“拉胡琴”，“进洋学堂”还是“进官学堂”），而在如何保障国计民生，使人民生活得富足而舒适（即“奶汁”）。《斥反动文艺》一文并未提及“称公称老”和“大张寿筵”一事，批判的矛头主要指向萧乾的西化和御用性，将他看成一个贩卖西方文化和政治观念的洋买办。

事实上，如果撇开夸张的大批判文风和政治立场的分歧不谈，这样的批判指向（即主要针对萧乾的英美式自由主义政治立场和理念）也并非完全是无的放矢。《斥反动文艺》发表在 1948 年香港地区的中共地下党创办的《大众文艺丛刊》第一辑《文艺的新方向》上。《大众文艺丛刊》是解放战争后期，邵荃麟、林默涵、郭沫若、冯乃超等一批滞留香港的左翼评论家创办的文艺刊物，也是当时在解放区以外的地区宣传延安文艺观和文艺政策的重要刊物。第一辑上发表的重头文章，还有署名“本刊同人・荃麟执笔”的《对于当前文艺运动的意见——检讨・批判・和今后的方向》，对抗战以来的文艺状况进行了全面的评价和分析。这事实上也是为共产党夺取全国政权后推进新的文艺政策所做的清理和铺垫工作。这篇文章首先指出近十年来的文艺出现了衰落现象，原因是文艺运动处在一种“右倾状态”中，即“由于长期抗日文艺统一战线运动中，我们忽略了对于两条路线斗争的坚持，……因此，我们的文艺运动就缺乏一个以工农阶级意识为领导的强旺思想主流”，由此造成了文艺的“形式超过了内容，组织庞杂而思想空虚”和“革命文艺主导思想的衰落”，以及“个人主义文艺思想的高扬”。在对“自然主义”“追求主观精神”“悲观主义”等几种错误倾向进行批判之后，文章从文艺运动的性质和内容、作家的思想改造和创作方法、文艺统一战线和思想斗争、文艺大众化等方面提出应该贯彻的主张，强调应以“延安文艺座谈会所指出的文艺群众路线与群众观点”来显示“新文艺运动的战斗力量”。进而提出，除对左翼内部的错误倾向（当时主要批判胡风及其创作群体——笔者注）必须予以讨论之外，对那些“为封建阶级帮闲的、市侩主义的、色情的和种种堕落的、黄色的”“属于革命文艺敌对方面”的倾向，也应予以“无情地打击”。

从1949年7月召开的中华全国文艺工作者代表大会所强调的观点来看，《对于当前文艺运动的意见》与之在内容和主题上完全一致。可以说，在共产党夺取全国政权胜利在望、政治格局逐渐明朗的情势下，批判文艺统一战线的右倾状态而明确提出阶级立场，这无异于左翼文艺界奏响了战斗的号角，表明其要将延安文艺整风确立的文艺新方向“在全国范围推广，以达到理想的文学形态的‘一体化’的实现”[57]。这种文艺批判的战斗性与左翼力量政治、军事斗争的胜利密切联系在一起，并为社会局势的转折做准备。郭沫若的《斥反动文艺》在这样的政治、思想脉络上并不显得突兀。相对于“以工农阶级意识为领导的强旺思想主流”，相对于“集体主义的真实思想运动方向”，萧乾的文化主张和政治主张无疑属于“堕落的和反动的文艺思想”。因而，郭沫若以“辱骂和恐吓”的方式进行的批判，就并非完全出于私怨，而有其政治立场、思想观念和文艺理念的逻辑在，问题只在这种表述方式是否恰当。

左翼文学界宣称：“这是一个翻天覆地的阶级斗争的时代，能够抵抗那历史的压力和创造新时代的，只有那最强大的阶级力量，群众力量”[58]——如此自信地站立在“时代的巨流”之中，要求以一种文艺理念来统一“多种形态”和“各种不同的倾向”，势必将文坛的派别之争、文艺观念和创作倾向的分歧引向一种政治斗争和军事斗争方式。这显然与萧乾所谓“容许与自己意见或作风不同者的存在”的作风是完全相反的。支配左翼文坛这一强势逻辑的有两点，一方面是共产党政权军事上的胜利使其可能在政治、经济、文化等各个层面控制全国，另一方面则在于对“时代的巨流”“人民用自己的力量来掌握历史的方向，来创造他们自己的世界”等历史信念的强调。这种源自马克思主义的理性历史观和对历史进化机制的理解方式，相信历史的规律是可以掌握的，而且只有唯一正确的规律和方向，每个人都“深深地意识到自己置身于滚滚向前的历史洪流之中，浩浩荡荡，顺之者昌，逆之者亡”[59]。郭沫若及《大众文艺丛刊》同人以毋庸置疑的口吻宣告文艺运动的方向，照此划出“是非善恶”“正动”与“反动”，正因为背后有这样的历史观存在。游离在这种大一统历史观之外的任何因素，都属于应被毫不留情地予以打击的对象，而并非仅仅针对萧乾个人。在这样的意义上，将郭沫若的批判完全归结为个人私怨显然并不公允。

当然，这样评价历史并非就认为郭沫若与《大众文艺丛刊》同人的行为是正确的，而是试图进入特定的历史情境中来理解那种行为背后的内在思想逻辑。这种思想逻辑和行为逻辑在今天看来是非常粗暴的，而且当代中国历史经验也证明了这种逻辑的巨大破坏力。但不能因此就认为那仅仅是一种以私人恩怨为目的的强势暴力，而是一种强大的历史共识本身所具有的摧毁力量。丸山昇曾对此公允地评价道：“左派对‘自由主义者’展开的批判有这样的一面：并非考虑到按照当时中国的现实状况，此路不通，也不是着眼于政策的抉择做出判断；而是当时中国的（从某一方面来说，又是世界性的）马克思主义的‘常识’起了作用。根据这一‘常识’……在任何场合下，一切选择都是二者必择其一，没有中间可言。”他接着评价说：“倘若我这样的想法包含着一方面的真理的话，那么也许应当说，以《斥反动文艺》为首的一系列批判所留给萧乾的创伤，不仅是对萧乾而已，而是对以后的中国也留下了创伤。”[60]

萧乾被左翼文化界批判的另一“罪证”则是“《新路》事件”。1948年1月，萧乾到北平参加了中国社会经济研究会及其机关刊物《新路》的筹划会。会上决定以清华大学教授吴景超为主编出版《新路》，萧乾负责国际政治栏和文艺栏的工作。中国社会经济研究会是由北平几所大学中具有欧美留学背景的教授所组织的一份讨论当时社会问题和政治走向的刊物。据日本学者平野正所做的研究，这个研究会成立的政治动机是为了“对抗中间阶层知识分子移向革命立场，发生变化，并把其他中间分子组织到国民党方面来”，但实际上“不过是把国民党系统的知识分子和国民党官僚当成了主体而已，未能成功地使它形成知识分子团体”。[61]这种研究侧重的是研究会的政治诉求，当时香港的左翼文坛和已经转向革命立场的中国民主同盟就将其批判为“新第三方面”。从刊物上发表的文章来看，以西方民主国家为目标而确立政治、经济、文化上的“民主”制度是其核心主张。萧乾在这份杂志上发表了一系列文章，包括《联合国：美国的牺牲品》《“政治民主与经济民主”讨论》《“论公务员的法律地位与政治权利”讨论》《第三次世界大战中国没有便宜可占》等。与研究会其他成员不同的是，萧乾民治国家的理想并非宽泛意义上的欧美，甚至不是美国，而是战后由工党执政的英国。

萧乾的这种作为又引起了郭沫若的直接批判。1948 年 3 月 14 日，郭沫若在当时香港中共地下党筹办的《华商报》上发表名为《“自由主义”亲美拥蒋，“和平攻势”配合美援》的文章，提出“对提倡‘自由主义’运动的报纸也要做正面的挖根打击”。15 日，郭沫若又在《华商报》“‘社经研究会’的批判”一栏中发表《提防政治扒手》，文中说：“我们已经明确地知道 TV 宋（即宋子文）出了二百六十亿，政学系的宣传机构派出了开路先锋萧乾。萧乾被派去做《新路》的主编，这和得了大量美金外汇到香港来进行宣传攻势，是有密切联系的……他们已经将一部分过去不曾和国民党合作过的文化和文艺工作者扒过去了，这分明是钱昌熙、萧乾经手扒过去的……他们更大的目标是在替蒋朝扒民意，扒民心，而最后呢是替美帝国主义扒中国主权！”郭沫若在一个月内（不到十五天的时间），连续发表三篇以上抨击萧乾的文章，表明他确实非常关注萧乾（不管这种关注是出于何种动机）。他的批判始终着眼于萧乾的政治立场，并以政治批判的方式进行攻击。

3. 政治、思想与个人恩怨

对于左翼文坛的批判，萧乾除在 1948 年的《拟 J · 玛萨里克遗书》和1950年的《我的自传》中较为正面地阐述这种批判源自政治立场的分歧外，一直特别强调这是他和郭沫若的私人恩怨。在80年代以后的回忆文章中，令他极端愤怒的一点是郭沫若所叙事实的失真，他认为这是“无中生有”的谣言。回忆录以愤激的语言这样写道：

> 但是已经去了香港的那位大权威以为抓到了把柄，就在港报上大喊大叫说，这个刊物是美帝国主义和国民党出资办的（其实，没多久《新路》就被国民党查禁了），接受了多少多少金条；并一口咬定是我主编的。那是我第一次领略到不问事实真相、先把人搞臭再说这一策略的厉害。[62]

关于《斥反动文艺》和《新路》这两件事情的解释，萧乾始终认为这与他和郭沫若的个人私怨有关，而结怨就是由“称公称老”和“大张寿筵”的批评引起的。从1948年的《拟J·玛萨里克遗书》到80年代的《未带地图的旅人》、90年代的口述自传，以及一些研究者的文章来看，这似乎成为一种“定论”。

丸山昇曾在《从萧乾看中国知识分子的选择》一文中依据《拟J·玛萨里克遗书》讨论萧乾对社会主义的复杂态度，认为《遗书》所写正是萧乾本人的思想及精神状态。丸山昇的这篇文章发表于1988年。不久，他收到萧乾夫妇的书信，被告知《遗书》是为答复郭沫若的谴责而写的。但丸山昇认为，即使这样，也不影响他在文章中所做的结论，同时也感慨道：“当我们探讨中国现代思想、理论问题时，会发觉它往往并不单纯是思想、理论问题，而与具体的、浓郁的个人之间的问题相重叠，而且当事人有时强烈地意识到后者；于是我们会感到困惑，不知该把焦点放在哪里才好。”[63]这确乎道出了现代中国思想、文化、文学史研究的一大问题。但如果把思考推进一个层次，可能会有新的研究的可能性。即去思考当事人从个人恩怨角度所做的叙述和研究者从更多史料中所观察到的事件之间的出入或差异，由此来探讨当事人要确立的“事实”和他所掩盖的“事实”之间显露了怎样的精神症结。或许只有以这样的方式才能进入丸山昇所谓精神史分析的复杂层次。

具体到萧乾在1948年被郭沫若批判这一历史事件，萧乾在多次讲述中都有意识地游离开他的政治立场和政治观点。比如《斥反动文艺》对他思想“买办性”的批判，他坚持认为是因“称公称老”一事留下的积怨，郭沫若写这篇文章的目的是报这一私仇。又比如，对于参与《新路》一事，他80年代以后的回忆文章均强调个人生活的动机，即与英国妻子谢格温的离异导致他急欲离开上海，似乎是出于偶然，经朋友介绍参与到《新路》杂志。但同一时期其他作家（如冯至、沈从文等）的传记材料[64]中，都有萧乾上门邀请其参加研究会的回忆。如果这样的史料属实，至少证明萧乾介入《新路》绝不是为求一份临时的工作而勉强为之。从郭沫若在《华商报》批判萧乾所列举的证据来看，“主编”一事似乎不完全是有意的造谣污蔑。茅盾在80年代的回忆录中还坚持认为：“他们还创办了一个刊物，来宣传他们的主张，刊物就叫《新路》，主编是萧乾。”[65]茅盾的这一说法，可以有两种解释。一种是郭沫若造的谣言影响有多么大，如萧乾在《未带地图的旅人》中所说是“背上黑锅，跳到黄河也洗不清了”，许多研究者正是持与萧乾一致的这种观点。但也可能有另外一种解释，即在郭沫若写批判文章之前，远在香港的左翼文学界并不了解北平的情况，只是听到了这一说法。如果是这样，郭沫若在文章中说萧乾担任《新路》主编，就可能并不是有意的污蔑，而是对传闻不做证实。这样，萧乾在《遗书》以及回忆录中多次强调郭沫若是为报私怨这一说法就很成问题。

从这一分析可以引申出的问题之一是萧乾在讲述自己的历史经历时所采取的态度。如前文所引，萧乾曾谈到1979年后要求的是“向前看”而不谈历史，但他说“只是这次回顾起一生，无法回避了”。这“无法回避”的因素是什么？是必须对自己的一生做出回顾和清理的冲动，还是“我要用事实和作品来为自己平反”的诉求？后者是被萧乾明确提出的。在关于《往事三瞥》写作背景的分析中，本书在前面做了“真话”和“假话”的辨析。可能关键并不在于“真”与“假”的区分，事实上，也并没有一个最后的标准来衡量所谓“真”或“假”。真正值得关注的现象是在具有同样经历的当代知识分子当中，萧乾是谈论自己历史最多的人。这包括两本回忆录和多篇回忆文章，以及由傅光明、文洁若、李辉、丁亚平、王嘉良、周健男等写作或记录的传记、评述材料。可以说，萧乾可能是同代人中最关注自己的历史经历和历史声誉的人。在这个意义上，“用事实和作品来为自己平反”并非虚言。由本人而非传记写作者把过去历史中的人际关系和私人恩怨直截了当地写出来或说出来，在这点上，萧乾恐怕也是最值得关注的一位。在他的口述自传的“自序”中，他说这本自传“直截了当，一点没绕弯子。……一生所经历的坎坷沧桑，是非曲直，也没有什么可遮掩的”[66]。这本书不仅把《未带地图的旅人》和《一个乐观主义者的独白》等文中隐去姓名的人事直接写出来，而且把1957年曹禺、沈从文对他的批判，以及后来与沈从文绝交的过程也全部写出来了，并且言辞颇具感情色彩。这种做法一方面可以显出萧乾敢于说真话的一面，把许多人想谈但始终遮遮掩掩的历史恩怨直接呈现在世人面前；但另一方面，确实可以看出萧乾对于那些曾经伤害或迫害过他的人至死都不能释怀。而这种怨憎的情感主要指向作为同类的知识分子，他在《未带地图的旅人》中写道：“许多往事都使我深深感到，即使在‘文革’期间，真正的工农也仍是善良的。个别知识分子整起旁的知识分子来，才手毒心狠呢！”或许萧乾在说出一种“历史的真实”，亦即丸山昇所说的思想、理论问题与具体的、浓郁的个人之间的问题相重叠，在萧乾这里甚至可以说后者大致取代了前者。

但问题并不这么简单。思想、理论问题固然离不开个人交往以及私人间的恩恩怨怨，但如果一种思想成其为“思想”，一种理论成其为“理论”，却并非可以由个人恩怨全部取代的。尤其在经历了当代中国历史的曲折之后，人们已经不相信那已经被证明是可笑或荒谬的信念、思想或观点，这时，可能就会忽略在那种信念、思想或观点支配下的心态、情感和精神状态，并把一切关系解释成非思想、非信念的偶然因素。对萧乾来说，“为自己平反”的动机是明确的，但他似乎并没有为40年代后期就已经被证明行不通的“思想”平反。这一方面是因为他40年代的思想立场即使在80—90年代的中国语境中也不能大声宣扬，另一方面可能是无法真正正视当年复杂的心态，以及在多种挤压下做出选择时内心深处的幽暗。与萧乾相处多年、做了大量萧乾资料整理和研究工作的傅光明曾在文章中这样写：

> 英国历史学家汤因比说，历史是胜利者的宣传。那么萧乾有没有以“胜利者”的姿态来对自己进行“宣传”呢？也即是对自己的历史有所遮掩呢？我早已听到一些说法，诸如萧乾对“别人”过于刻薄了，而对自己的某段历史却故意隐瞒了一些。我想，他确实没有“说假话”，但“尽量”说出的“真话”却不够多。……在他去世前不久，我曾经试探着问过他。他并没有回避，也没有躲闪。他深深叹了口气，一字一顿地说：“那个时候，人活得连畜生都不如，还能怎样！”我感觉到，这一定是扭结在他心灵深处的一个难以解开的死扣。[67]

这或许是经历过那个大时代并饱受折磨的人的一种难以解开的情结吧。因为那种“难堪”不仅针对别人，同时也针对讲述者本人。1948年的《对于当前文艺运动的意见》写道：“个人主义思想终究是应付不了激烈变动着的现实的，……常不免表现出知识分子在‘残酷’与尖锐的历史斗争下的苦闷、彷徨、伤感、忧郁，以及有意无意的避开现实、自我陶醉等等倾向。这些都是表现个人主义意识在强大历史压力下所显示的脆弱与无力。”这一论断如果将其中的“个人主义”替换成“个人”，确乎可以呈现遭遇40、50年代之交这一大时代知识分子的一种心态。历史是如此天翻地覆地变动着，历史的鞭子以不可阻遏的威力和广度落在每个人身上，以它的强旺、必然性或不可抗拒性要求着、迫使着个人跟上时代的巨流。那种“脆弱与无力”，那些“苦闷、彷徨、伤感、忧郁”都成为不健康的毒素，保留它们就意味着被甩出历史，甚至想悄悄地保存都不可能，因为这新的时代要求的是“新人”。或许开始是心口不一地、满怀疑惑地、战战兢兢地进入这个新时代，而到后来，由于目睹那革命的“辉煌”和“残酷”，由于积久成习，那些曾经被忧郁地歌唱出来的苦闷可能真的就成了自惭形秽的内在化的自我认同。革命的内在威慑力和历史情势本身的严酷，造成了知识分子精神空间的狭小。在如此狭小的空间中，或许注定没有人能坦然地面对自己曾经经历的所有时刻。

三、“服水土”

1948年，萧乾开始遭遇这种大时代的鞭子抽在身上的感觉。他可以离开中国，但选择留了下来；他可以留在香港，但选择来到了作为政治和文化中心的北平。对萧乾来说，在这大十字路口，他决定留在中国而且去到北平，应该就已经意识到他选择了一条或许是狭窄的道路。他似乎是在有意识地改变自己，包括思想、立场和生活空间。1948年3月，他受到批判，10月他到了郭沫若所在的香港，1949年8月回到北平。1950年9月10日，曾经自诩为“自由主义者”的萧乾写了一份自我审查材料，其中这样写道：“右的路在我从未认为是路过，中间路线（《新路》）我走过了，我猛猛地碰了个壁，把我碰醒了。那绝对是死路。在我的面前，清清楚楚只有一条路：左的路，马列主义的路，共产主义的路。”在这份材料的结尾，萧乾提出“要求参加组织”[68]。在当代知识分子的诸多自我检讨材料中，这确实是一篇较为奇异的检讨。奇异之处一方面在于检讨者的逻辑，因为只有这条路，所以要求加入并成为其中的一员，另一方面在于检讨者本身在短时间内的变化。1948年1月萧乾还在社评文章中热情洋溢地宣扬“自由主义者的信念”，并充满悲慨之情地写道：“自由主义不是一面空泛的旗帜，下面集合着一簇牢骚专家，失意政客。自由主义者不是看风使船的舵手，不是冷门下注的赌客。自由主义是一种理想，一种抱负，信奉此理想抱负的，坐在沙发上与挺立在断头台上，信念得一般坚定。”[69]不到两年的时间有如此大的变化，这就难免给人留下“机会主义”的印象[70]。对于未曾亲身经历那一严酷的大转折时代的人来说，这样的结论或许过于轻松而失之简单化。毕竟萧乾是在有选择余地的情况下做出这样的变更的，因而有比见风使舵、迎合时势更复杂的内容和情感在。

1. 政治哲学的碰壁

萧乾所谓的“自由主义”是一种内涵复杂的政治理论形态。如前文所述，他主要是反对那种“非左即右”的逻辑和“两极化”的选择，而希望“左右的长处兼收并蓄，左右的弊病都想除掉”。这种政治哲学虽“带了颇浓的个人主义色彩”，但并不支持“作为资本主义精髓的自由企业”，因而“社会主义色彩也不淡”。它的一个更准确的名称是“进步主义”或“民主社会主义”。尽管当时中国（乃至世界）的政治情势和“冷战”氛围使得这种兼容并蓄的设想没有实现的可能性，但也并非如郭沫若所言，这就是一种“御用性”的“帝国主义者的康伯度”。在今天的反思中，需要看到的是萧乾所谓的“民主社会主义”中所包含的试图超越“非此即彼”的“冷战”逻辑的努力。丸山昇在文章中引述左藤慎一所提出的问题时说：“倘若我们接受也许中共的政策并非唯一的选择这个观点；尤其是在某种状况下，即使中共的政策是正确的选择，但必须看到，它也可能成为在另一种状况下导致失败的原因。倘若站在这一角度来重新看待此事，可不可能开拓出另一个视角呢？”[71]如何从萧乾所描述的具有民主社会主义色彩的理论中讨论另外的历史可能性，或许是政治学要解决的问题。对于萧乾个人来说，当时更为关键的问题是他必须意识到他的政治哲学的破灭，以及在意识到这种破灭之后他可能采取的应对方式。

对于左翼文化界的激烈批判，萧乾是非常不满的，这从他此后的回忆文章中一直对此耿耿于怀并将其解释为私人恩怨可以看出来。据傅光明的记录材料，读到郭沫若的批判文章之后萧乾的反应非常激烈：

萧乾曾跟我说，当时他年轻气盛，无法咽下这口气，很快写了一篇措辞强硬激烈的回击文章，准备发在储安平主编的《观察》杂志。后来是《大公报》地下党李纯青劝他不要感情用事，说郭沫若开罪不得。但依萧乾的性格，他又不甘心就这么吃个哑巴亏，为了表白心迹，他就写了《拟J·玛萨里克遗书》作为回答。文章发在1948年4月16日《观察》。[72]

《斥反动文艺》点名的三个作家中，只有萧乾做出了回应，而且是相当隐晦的回应。玛萨里克是由共产党掌权的捷克的外交部长，1948年3月从办公室坠楼身亡。他的死因疑窦丛生，在当时引起了种种猜测。萧乾选择这一事件和人物作为自我申辩的材料，本身就意味深长。在这篇文章中，他模拟死前的玛萨里克的口吻，叙述自杀的原因。他否认被共产党谋杀一说，在叙述玛萨里克的经历和政治理想时把他的死因归结为“一个政治哲学的碰壁，一个和平理想的破碎”，“是和衷共济走不通的承认”。玛萨里克的政治理想，是民主国家的联盟，一场“不流血的革命”，因为“人类生活的社会主义化是已成为定局的，资本主义早就挂了白旗”。但欧洲在“二战”后的局势并非如此，而是“两极化的大势”的形成，以及两极之间的对抗和厮杀。在这种时刻，“不许想，不许犹豫”，唯一的可能是“脱下外衣投入战团”。面对这样的局势，玛萨里克这样的“梦想者”既不能适应这种两极化的情势，也不能站在两极的任何一边，因而只能选择死。从对玛萨里克政治理想的描述中可以看到萧乾本人的理想，他所谓“民主社会主义”也正是这样一种梦想。大约在当时的情形下，萧乾也感受到了鲁迅所说的“两间余一卒”的幻灭和痛苦。但不同于鲁迅的“荷戟独彷徨”，萧乾痛苦地意识到“两间”并无中间地带存在。显然是针对《新路》的“新第三条道路”批判的回应，他写道：“你们放心，有千贯家财万军人马的‘第三’方面失败了的，天底下怎样白痴也不会梦想担当那蠢务。我不够聪明，但还知自量。”这篇文章特别地提到对“恐怖性的谣言攻势”的批评：

> 对于左右我愿同时尽一句逆耳忠言。纵使发泄了一时的私怨，恐怖性的谣言攻势，即便成功了，还是得不偿失的，因为那顶多造成的是狰狞可怕，作用是令人存了戒心……你们代表的不是科学精神吗？你们不是站在正义那面吗？还有比那个更有力更服人的武器吗？今日在做“左翼人”或“右翼人”之外，有些“做人”的原则，从长远说，还值得保持。[73]

这段话完全是萧乾针对《斥反动文艺》和“《新路》事件”的回应了。他厌恶两极“战团”式的厮杀，并对自认站在正义一边的左翼不公平的谣言攻势提出抗议。他写道：“为了不替说谎者实证，为了对自己忠实，为了争一点人的骨气，被攻击的人也不会抹头便跑的。”尽管自知不能对抗这种攻势，但为了不印证攻击者的谣言，被攻击者唯一的反抗方式是不逃开。萧乾此前对剑桥大学邀请函的拒绝，似乎包含了这样的意思在里面。

《斥反动文艺》和“《新路》事件”之后，不再能看到萧乾提倡自由主义的言论，倒是有一些对此前英国工党式民主前景的怀疑。1948年3月，即在写《拟J·玛萨里克遗书》前一个月，萧乾已经辞去在《新路》的职务，但直到10月，萧乾仍在这份杂志上发表文章。1948年8月发表在《新路》（第1卷第13期）的《“政治民主与经济民主”讨论》，按照吃“白米、糙米、棒子面、树皮”把人群分成四个阶级。他认为要提高吃“棒子面”和“树皮”的两个阶级的经济地位，“走”是行不通的，只能“冲”过去。这事实上也就是在说，必须依靠“革命”而非“改造”（或改良）才能达到类似的“经济民主”，这与《自由主义者的信念》所提的“革命与改造并驾齐驱”相比，已经有了变化。同时他说道：“我愈来愈明了中国人的性格，环境，社会传统，在在都不容许我们虚拟做工党的英国。”在对《吾家有个夜哭郎》一文做出解释时又说道：“在二种民主不可兼收的今日，一碗饭比一张选票要实惠得多。”随后在《“论公务员的法律地位与政治权利”讨论》中，他更具体地讨论了所谓“超然”的文官制度事实上是不可能存在的，并说：“横在我们和灿烂远景之间的，是一道河，它并不宽（所以很容易轻视它），但是很深很深，多少人在涉，多少人已溺死了。不把这河打在算盘里是迂腐得不可恕的。”这里所谓的“河”，即指社会现实。从这两篇文章可以看出萧乾的一个变化，那就是更强调现实的可能性和中国社会状况，而不是政治理想和社会蓝图，难怪他会在《“政治民主与经济民主”讨论》中说：“烦恼到极端时，便会对‘蓝图’也生起气来。”

2. 对社会主义的疑惧

意识到政治哲学的碰壁，承认“和衷共济走不通”，对于萧乾来说无疑是一种极大的痛苦。而看到多少人在“河”中溺死，也使他“存了戒心”。在这前后，北京大学民主墙对沈从文越来越多的攻击造成的精神紧张，似乎也可包含在溺死“河”中者内。与生活在中国的其他知识分子不同的是，萧乾七年的欧洲生活经历使他对共产党政权更早地抱有一份疑惧。少年时代，他曾读过一些无政府主义和社会主义革命小册子，读中学时曾因参与C·Y·（即共青团）的地下组织而被抓进监狱。但那次失败的“革命”经历却给萧乾留下了很不好的印象：在审讯时，审官拿出一个油印的簿子，“在我的姓名底下，不但有年龄，籍贯，还有几句鉴定。这下我确实有些发慌，心里怪我这个组织不该印这么个东西，更不应该让他们抄到”。从这之后，萧乾对党派组织本身存了戒心，使他很长时间对作为“地图”的左翼理论产生抗拒心态。但他也说：“直到1939年，共产主义在我心目中就是合理社会的代名词。”〔74〕1939年，萧乾来到因苏德协定而弥漫着浓厚反苏气氛的英国，“许多曾经访问过苏联并参加过西班牙内战的左翼人士，也在报纸上大量写起反苏文章，其中描述得最多又最具体的是三十年代中期的肃反扩大化”。“二战”后期，身为战地记者的萧乾也看到苏联的外交重实力远多于社会主义和国际主义原则，以及东欧建国初期的一些事态，尤其是剑桥大学的何伦教授提及的匈牙利红衣大主教案的广泛株连。这时，“三十年代所向往的那座天堂，在我心目中摇晃起来”[75]。如丸山昇所说，对于社会主义，萧乾确乎比仅有中国国内经验的知识分子了解得更多也更复杂。其中，最引起萧乾关注的，是苏联肃反扩大化和东欧40年代后期的一系列事件中知识分子的命运，尤其是“非党知识分子在红色政权下的遭遇”[76]。也正是这份关注，使他对左翼革命政权一直存有戒心。

《斥反动文艺》的政治大批判文风和左派对《新路》的批判，使萧乾的这份戒心变得格外浓重。1949年，他给国外的所有朋友发出信函，要求他们不再给他写信或联系，正是这种戒心的表现。1949年离开香港的时候，萧乾可以选择留在《大公报》回到上海重操新闻旧业，而且《大公报》给了他优厚待遇，所宣布的解放后人事部署中萧乾已被纳入“馆务委员会”这样的领导阶层。但8月离开香港后，萧乾放弃了新闻行业和《大公报》的职位，而随乔冠华到北平从事国际宣传工作。这更是萧乾出于戒心、疑虑甚至恐惧而做出的自保选择。口述自传中披露的两次经历，证明这种选择是在完全有意识的情况下做出的。一次是1949年2月萧乾收到新华社发来的电讯稿，“天津《大公报》改名为‘进步日报’，并发表社论，题为‘我们不要《大公报》这个臭名字’”，接下去是社论的全文。前一年的10月，萧乾离开上海经台北赴香港，继续参与香港《大公报》的编辑工作，同时秘密参与由左翼主持的《中国文摘》的对外宣传。香港《大公报》于1948年初发表拥共反蒋的社论，并与当时的中共地下党联系颇为密切。据萧乾回忆，香港中共地下党曾先后委派人来报馆指导，并对其给予了很高的评价。[77]这份电讯稿对《大公报》的激烈批判使萧乾大为震惊，但最后不敢抗拒而“一字不改地照发”。另一次经历是参观批判萧军的展览。40年代初期，萧军即和王实味、丁玲等人在延安受到批判。1948年，萧军因在东北主编的《文化报》而受到批判。萧乾最想知道的是萧军究竟说了些什么，受到如此严厉的批判。结果他发现，是萧军所写社论中语焉不详的“各色帝国主义”一词被认定为“‘各色帝国主义’攻击的就是‘赤色帝国主义’，也就是苏联”。这一事件使萧乾“一边看，一边心里在发抖”，并决定离开《大公报》而选择“风险较小的路”。

从这些遭遇可以看出，《一个乐观主义者的独白》提到1949年选择回北平“并不是出于对革命的认识，决定是在疑惧重重下做出的”这一说法有相当的真实性。“我的动机（为了安居）也许很不纯。对每个人来说，‘解放’的意义都不尽相同。人到了三十九岁就不怎么喜欢漂泊下去了。我想，该打倒的，打倒了。今后，就跟在革命大旗后面，同大家一道，重整家园吧。”[78]从这样的叙述中，似乎人到中年便渴求安居定所的心态和守土爱乡的民族情感成为支配萧乾做出选择的唯一理由。在这样的意义上，1950年所写的自我检查材料中对自己的批判和要求加入党组织的申请，似乎就是一种不得已而为之的“谎言”。尤其与“坐在沙发上与挺立在断头台上，信念得一般坚定”的慷慨陈词比照时，这更是一种“机会主义”式的转向。傅光明提到的另一材料说到这份自传正是1950年萧乾被取消访英代表团资格之后所写[79]，也就是说，资格被取消一事使萧乾深刻地意识到自己仍是不被信任的成员，因而《我的自传》中提出要“参加组织”就不过是一种表白心迹的言辞。

3．靠拢并介入

这样的结论显得过于轻率，可能忽略了作家精神内涵中更复杂的“立体”的层次：一方面，需要看到在写作《自由主义者的信念》时，萧乾可能对他当时的情绪做了夸张的表达，而且此后的文章他也强调政治观念的可行性而对自由主义的政治理想提出了怀疑；另一方面，尽管他对共产党政权有这样那样的疑惧，中国共产党政权究竟是怎样的，与他相处的是怎样一些共产党人，他看到了怎样的社会主义中国的现实——这些因素对他当时的思想可能也产生了巨大的影响。

1948—1949年，萧乾开始向左翼靠拢。与其说这是出于他的革命觉悟，不如说与他身边一些中共地下党员的影响这种小环境因素有更大关系。萧乾提到上海《大公报》的同事李纯青是中共地下党员，曾介绍其参加地下党的学习会，并对马克思主义理论有所接触。1948

年年底，他离开上海到达香港，参与已经明确了拥共反蒋立场的港版《大公报》的工作，是其靠拢左翼的重要步骤。“王芸生、李纯青及我在种种借口下离开了上海（王假做去台湾办事处视察，我是不辞而别的）。我们到了香港，便把港版的《大公报》抓过来，把它编成为一张拥护人民利益的报纸。”[80]在香港，萧乾开始接触乔冠华、龚澎、夏衍等左翼文化界人士，参加了他们举办的座谈会及学习会，并直接参与香港地下党筹办的《中国文摘》的编译工作。这些经历对于当时对左翼充满疑惧的萧乾来说是一种安慰，也是逐渐熟悉和了解共产党的过程。但那种“外人”的感觉应该是时刻被萧乾意识到的。直到回到北平之后，他仍会为“他们口口声声称我作‘同志’”而感动，并对那里融洽的人际关系——“非党的常以回头浪子自居，而党员最常说的是‘革命不分先后’”——而感到“温暖和慰藉”[81]。在1949年的香港，萧乾不仅面临去往英国还是留在中国的问题，打定主意留下来的他，还必须考虑是在《大公报》从事新闻工作，还是留在左翼力量筹办的《中国文摘》杂志。这里不仅有靠拢左翼还是批评左翼的问题，也有是作为一个民主人士与左翼保持距离，还是以民主人士的身份参与到左翼的活动之中。在这些选择中，萧乾的朋友、中共党员杨刚[82]是更关键的人物。

萧乾在多篇回忆文章中一再提到杨刚，并称她是“一生的几位挚友、益友和畏友之一”[83]。“囊中没有地图，全靠自己横冲直撞，因而迷茫过，而且是在重要的时刻。我之所以那么念念不忘亡友杨刚，是因为在那种时刻，她把我从迷茫中引导出来。”[84]1929年，萧乾还是燕京大学的学生时，就与杨刚结识，虽然杨刚那时并未说服萧乾，把他“拉到革命战线”上，但两人的友谊并未中断。1939年萧乾离开香港前往英国时，力荐杨刚接替他编辑《大公报》文艺版的工作。1948年9月，杨刚离开美国，随后到达香港担任《大公报》的社评委员，中间到上海小住，与萧乾见面。这次会面的谈话内容至今尚未见到更具体的材料，但对萧乾离开上海前往香港显然具有决定性的影响。口述自传中提到，当时到香港机场迎接萧乾的就是杨刚，并替他在香港的工作做了安排。这也就是说，是杨刚把萧乾安排进中共地下党对外的宣传刊物《中国文摘》。尽管当时只是“客卿”身份，但萧乾由此得以以民主人士身份直接介入左翼机构。1949年后，作为中国共产党高级干部的杨刚仍旧与萧乾保持联系，口述自传中保留了1950年萧乾与杨刚回母校燕京大学与同学合影的照片。即使1957年在对萧乾的批判会上，文洁若回忆杨刚“几次重复‘你是穷苦出身，你不要忘本’”，文洁若感到“她似乎是在提醒与会者以及亚（萧乾）本人”。[85]

撇开个人的人际关系这种小环境因素不谈，萧乾到达香港的时候，已经接近解放战争的尾声，“各行各业莫不在为迎接解放而重新组合，渴望在新政权下有所作为”[86]。如果说在政局还未完全明朗之前，萧乾尚有多种选择的余地，那么到1949年后，萧乾就必须正面面对社会主义及新国家表示他的态度。在一个马克思主义成为“常识”的时代，拒绝接受社会主义和社会主义思想就是“自甘落伍”，是“落后于时代”。萧乾显然并不是一个自甘落伍的人。萧乾不仅参加了第一次文代会，于1949年7月领到了一张“作协会员证”（按照作家协会在当时的名称“中华全国文学工作者协会”，应该是“文协”——研究者注），还成为一个“靠点外文吃饭的技术干部”[87]。与沈从文相比，他似乎要幸运得多。

这份“幸运”从一定意义上得益于他的外文专长。在40—50年代的转折过程中，左翼文化界对待学有专长的“专家”，似乎比对待以文学、人文研究或新闻时评等直接介入现实评论的知识分子要宽松一些，即使到1957年的反右派运动中也是如此。1952年，在征得本人同意后，萧乾调离国际新闻局（当时已改名外文出版社），到中国作协任《译文》杂志编委兼编辑部副主任。此后萧乾多次申请进行创作的机会，并打算到开滦煤矿去体验生活，为小说创作做准备。1956年，萧乾任《人民日报》文艺版顾问和《文艺报》副总编辑。第二年，因发表在《文汇报》（5月20日）上的《“人民”的出版社为什么会成了衙门——从个人经历谈谈出版界的今昔》和《人民日报》（6月1日）上的《放心·容忍·人事工作》而受到批判。1958年4月，他被划为“资产阶级右派分子”，下放监督劳动。在回忆录中，萧乾把1957年的厄运归结为“握笔杆子”带来的灾难。他痛悔地写道：“1957年夏天以后，我曾多么悔恨没能安于当个技术干部，多么懊悔重新拿起那烫手的笔啊！那时，我曾羡慕过挑担子的，摆地摊的，推小车卖烤白薯的。那些年常想：在这个社会，干什么也比握笔杆子保险。”[88]在被剥夺创作权利后，萧乾主要的文化工作是翻译和研究外国文学。他翻译了菲尔丁的《弃儿汤姆·琼斯的历史》(与人合译)、《里柯克幽默小品选》、辛克莱的《屠场》(与人合译)，“文革”期间参与翻译了《战争风云》《麦克米伦回忆录》《拿破伦论》等。这与穆旦在被打成“历史反革命”之后的做法几乎是一致的。在某种程度上，与沈从文选择研究古代服饰史也相同。可以说，1949年后的共产党政权真正批判的并不是作为“专家”的知识分子，而是批判性地介入社会现实的知识分子；真正缩小的不是“专家”的社会空间，而是知识分子的批判空间。

从这个角度来看40年代后期萧乾的一系列选择，便可认为他事实上是在有意识地放弃评论和介入社会现实的工作，而退向“风险”相对小的翻译和对外宣传工作。这对于把创作看作自己真正的本行，对自己的人生设计是“通过记者这个职业，走上文学创作”[89]的萧乾来说，同样是不得已而为之的，尽管这一决定看似一种主动选择。1952年，他发表了《我决心做毛泽东文化军队里的一名战斗员》一文，批判和清理自己文艺上的自由主义、技术至上主义和唯美主义。这篇文章说道：“对于写作，原则上我承认它们不符合工农兵的要求，解放之前，大部分也都绝了版，便关照出版家不要再印了，自己可从不去翻阅一遍，更无心修改了。我的处理办法是用一只破面粉口袋把手边过去在国外出的几十本书统统装起来，找一只生了锈的钉子，高高挂起。……思想上用‘改行’来把这个问题搁置起来了。”[90]在此前后发表的几篇文章里，他都对自己的文艺创作和文艺观进行了检讨和批判。可见，尽管1938年萧乾就已经停止了文学创作，但《新文学选集》第二辑[91]中诸多作家对1949年以前的文学创作进行的批判甚至否定，在萧乾这里同样不能幸免。而这种对自己以前创作的批评甚至否定，事实上也是保证能在1949年以后继续创作的一个前提性条件。萧乾做出这一表态，一方面，是他急于回到文学创作，同时意识到如果他想继续从事创作必须对以前的文学创作进行批判；另一方面，也不能否认他在新中国现实生活面前感到了一种振奋和由衷的赞美，因而希望用笔把这一切表现出来。对于后一点，尤其不能忽略的是，1949年后从事国际新闻宣传工作的萧乾，亲身参与并报道了妓女改造、审判地主的斗争会，以及湖南农村的土改情况。对于始终有着社会正义感、自命为革命的“同路人”并有着强烈的民族情感的萧乾，感受到“革命的胜利等于把多年在我们民族腑脏里的一只毒瘤割掉了，随着，我们国家的大动脉饱满地舒畅起来，它从一个骨瘦如柴的病人变成一个红光满面的健康人了”〔92〕，因而写出《我骄傲做毛泽东时代的北京人》，甚至《我决心做毛泽东文化军队里的一名战斗员》这样的文章，也并非违心之言。他于1951年出版的土地改革特写和报告集《土地回老家》，甚至受到了毛泽东本人的赞许。这本书被译成11种文字，其中《在土地改革中学习》一文发表在《人民日报》。毛泽东曾批示：“3月1日《人民日报》载萧乾《在土地改革中学习》一文，写得很好，请广为传播，发各地登载。并可出单行本，或和李俊新所写文章一起出一本。请叫新华社组织这类文章，各土改区每省有一篇或几篇。”〔93〕

总体而言，1948年由上海到香港，是萧乾的一个转折点，使他从一份被左翼力量认为是政学系的反动报纸《大公报》的重要成员，转而为立场进步的港版《大公报》的成员，并开始介入中共地下党组织的报纸工作；而1949年由香港到北京，又是另外一次更关键的选择。此时萧乾意识到如果他选择回到中国，此后的道路可能是狭窄的，因而他以尽可能的“戒心”和谨慎使自己避开风险高的新闻领域。几乎很难在1949年前的文字中看到萧乾对社会主义表示出热情，何况1946—1948年萧乾对自由主义的信仰行诸文字并由此受到左翼文学界的批判，因此，1949年步入社会主义中国首都的萧乾只想做一个守土爱乡的本分市民，一个心怀疑惧的观望者。此后他对社会主义革命的态度是非常复杂的。一方面，由于《斥反动文艺》和“《新路》事件”，也由于40年代的欧洲经历，他对社会主义充满了怀疑甚至恐惧，即使在1949年后最顺利的时期，从回忆录中仍可以看出萧乾是非常谨慎的，采取的是一种“夹着尾巴做人”的态度。但另一方面，亲眼看到共产党政权对北京城的改造，亲身报道妓女改造、批斗地主和农村的土改运动，他对社会主义革命也会有由衷的赞美和认同。因此，他在50年代初期所写的一批自我批判的文章，一方面是整肃运动中不得已而为之的举动，另一方面，不能否认的是，这也的确传达了他当时的部分真实心态。但萧乾并不甘于仅仅做一个技术干部和对外宣传的新闻工作者，而希望真正介入当时的文化和文学工作，由此导致1957年两篇受到批判的文章的发表，1958年被划为右派，被放逐出稳定的社会和生活秩序。

萧乾这一作家个案事实上始终涉及一个大转折时代作家和文化评论家活动空间的可能性问题。从萧乾本人来说，他比同时代的知识分子有更多选择的余地，而且有更多的防范和戒心，但最终仍旧不能幸免于难。而从萧乾所生活的时代来说，恰逢“一体化”文化规范确立的时代，知识分子或作家的空间也随之逐渐缩小，并在狭窄的空间中寻找自己能够适应的生活方式。对萧乾来说，他适应这一空间经历了不同的阶段：从最早受到《斥反动文艺》批判时的愤怒和不满，到《拟J·玛萨里克遗书》时的感伤和无望，到香港时靠近左翼时的犹豫，到1949年回到北平时的观望，直到50年代初期的自我申辩和热情洋溢的歌颂。此时，似乎已经完成了适应的全过程，但到1957年又“出了岔子”。这个适应过程（萧乾自称为“服水土”）应当说是相当被动的，因而他也经历了或许比别人更多的冷眼、疑惧和张皇，常常会感到自己是个“二等公民”或“贱民”。这是否可以被视为共产党政权下“来历不明”或不能完全投入的知识分子的一种普遍心态呢？萧乾曾一再在50年代初期的检讨和学习文章中批判自己的个人主义、向上爬、唯美主义和技术至上主义等，似乎正是这些使他无奈地必须将自我画成“不光彩”的形象。联系到萧乾80年代以后顽强地通过回忆录来表明“萧乾是个什么人”，要用“事实和作品来为自己平反”，以及傅光明所记载的他临去世前的那一声感叹，可能萧乾后半生最难以认可的正是那个时代留下了他一生中最幽暗和难堪的形象。对于一个崇信不带地图的旅人来说，这种感觉会更深刻。

注释

〔1〕 萧乾：《给英国老约翰》，《观察》第1卷第9期，1946年7月26日，收入《萧乾文集》第3卷，第359—362页。

〔2〕 萧乾：《往事三瞥》，《人民日报》1979年5月23日。

〔3〕 同上。

〔4〕 傅光明采访整理：《风雨平生：萧乾口述自传》，北京大学出版社，1999年，第233页。

〔5〕 文洁若：《我与萧乾》，南宁：广西教育出版社，1992年，第121页。

〔6〕 萧乾：《我这两辈子》，收入《萧乾文集》第5卷，傅光明编，杭州：浙江文艺出版社，1998年，第347页。

〔7〕 郭沫若：《斥反动文艺》，《大众文艺丛刊》第一辑《文艺的新方向》，1948年3月。

〔8〕 ［日］丸山昇：《从萧乾看中国知识分子的选择》，收入《萧乾评传》，第361—388页。

〔9〕 同上。

〔10〕 李方与周与良1992年3月14日的访谈，见《穆旦诗全集》中的《穆旦（查良铮）年谱简编》，李方编，北京：中国文学出版社，1996年，第388—389页。

〔11〕 穆旦：《智慧之歌》，1976年3月，收入《穆旦诗选》，北京：人民文学出版社，1986年。

〔12〕 英、明、瑗、平：《忆父亲》，收入《一个民族已经起来》，南京：江苏人民出版社，1987年。

〔13〕 1948年12月7日，因平津战役，沈从文主编的《益世报·文学周刊》停刊时写给一个叫吉六的作者的信。这封信题名为《致吉六——给一个写文章的青年》，收入《沈从文全集》（修订本）第18卷。

〔14〕 吴立昌：《“人性的治疗者”沈从文传》，上海文艺出版社，1993年，第270页。

〔15〕 黄永玉：《太阳下的风景——沈从文与我》，《花城》1980年第5期。

〔16〕 萧乾：《拟J·玛萨里克遗书》，《观察》第4卷第7期（1948年4月16日），收入《萧乾文集》第4卷，第77页。

〔17〕 萧乾：《未带地图的旅人》，收入《萧乾文集》第6卷，第375页。

〔18〕 ［日］丸山昇：《从萧乾看中国知识分子的选择》，收入《萧乾评传》，第361—388页。

〔19〕 王彬彬：《过于聪明的中国作家》，《文艺争鸣》1994年第6期。

〔20〕 萧乾：《要说真话——为“巴金文学创作生涯六十年展览”而作》，上海《文汇报》

1987 年 11 月 22 日。

〔21〕 傅光明采访整理：《风雨平生：萧乾口述自传》，第 1 页。

〔22〕 萧乾：《一个乐观主义者的独白》，收入《萧乾文集》第 7 卷，第 154 页。

〔23〕 萧乾：《未带地图的旅人》，收入《萧乾文集》第 6 卷，第 346—348 页。

〔24〕 萧乾：《一本褪色的相册》，原载《当代》1980 年第 4 期，《萧乾短篇小说选》“代序”，北京：人民文学出版社，1982 年。收入《萧乾文集》第 7 卷，第 104 页。

〔25〕 两年之后（1996 年 4 月 16 日），在给《萧乾文集》中的文章所做的“余墨”中，萧乾在小说《落日》后面写下了相近的话：“但我相信她意识到在喂她的是我——她的命根子。她一下一下地倒气儿，终于带着我喂进的那口罐头荔枝撒手人寰。/ 她就是这样把我抛下的。/ 八十年代初，一天我从收音机里听到一位播音员在节目里朗诵我这篇东西。万没想到泪水又从我眼里涌出了。/ 我希望有读者来分享我的悲戚。”（《萧乾文集》第 1 卷，第 242—243 页）

〔26〕 萧乾：《我的年轮》，《上海法制报》1994 年 9 月 26 日，收入《萧乾文集》第 5 卷，第 311 页。

〔27〕 萧乾：《给英国老约翰》，收入《萧乾文集》第 3 卷，第 360 页。

〔28〕 沈从文：《一九三四年一月十八》，收入《沈从文全集》第 11 卷，太原：北岳文艺出版社，2009 年，第 253 页。

〔29〕 钱理群：《“流亡者文学”的心理指归》，收入《精神的炼狱——中国现代文学从“五四”到抗战的历程》，南宁：广西教育出版社，1996 年，第 133—154 页。

〔30〕 萧乾：《苦难时代的蚀刻》，收入《萧乾文集》第 8 卷，第 181、198 页。

〔31〕 萧乾：《未带地图的旅人》，收入《萧乾文集》第 6 卷，第 85 页。

〔32〕 同上书，第 84 页。

〔33〕 王柯：《民族与国家：中国多民族统一国家思想的系谱》，北京：中国社会科学出版社，2001 年，第 214 页。

〔34〕 [英] 埃里克·霍布斯鲍姆：《民族与民族主义》，李金梅译，上海人民出版社，2000 年，第 85、107 页。

〔35〕 [美] 莫里斯·梅斯纳：《毛泽东的中国及其发展——中华人民共和国史》，张瑛等译，北京：中国社会科学文献出版社，1992 年，第 13 页。

〔36〕 [日] 丸山昇：《从萧乾看中国知识分子的选择》，收入《萧乾评传》，第 361—388 页。

〔37〕 萧乾在《我这两辈子》（收入《萧乾文集》第 5 卷，第 347 页）中写道：“我一直认为，当中国人就得分享中国的命运并且尽力改善那命运。有一回，我曾把我这落叶归根的心思讲给从国外回来探亲的儿子听。那是在送他去机场的汽车里，他没吱声。沉默了好半晌，他忽然提起 1966 年我在自己家院里挨斗的事。他说：‘那天通道里贴满了您的大字报，咱家给砸个稀巴烂。您胸脯上挂着牌子，把咱家的八仙桌搬到院子里，您就跪在上头，我站在您旁边儿——那时候我还不到十岁。一声接一声的口号，我老也忘不了……’这也算是我们之间的‘代沟’吧。”

〔38〕 [英] 安东尼·D. 史密斯：《全球化时代的民族与民族主义》，龚维斌、良警宇译，北京：中央编译出版社，2002 年，第 6—7 页。

〔39〕 何其芳：《让我们的呼喊更尖锐一些》（诗），收入《夜歌》，《何其芳全集》第 1 卷，石家庄：河北人民出版社，2000 年，第 463 页。

〔40〕 萧乾：《一个乐观主义者的独白》，收入《萧乾文集》第 7 卷，第 146 页。

〔41〕 萧乾：《华盛顿精神的不朽——颂艾森豪元帅的风度》，上海《大公报》1948 年 1 月 27 日社评。收入《解读萧乾》傅光明编，北京：大众文艺出版社，2001 年，第 148 页。

〔42〕 萧乾：《自由主义者的信念》，上海《大公报》1948 年 1 月 8 日社评，收入《解读萧乾》，第 146 页。

〔43〕 萧乾：《未带地图的旅人》，收入《萧乾文集》第 6 卷，第 214 页。

〔44〕 萧乾：《自由主义者的信念》，收入《解读萧乾》，第 143 页。

〔45〕 [美] 孙任以都：《学术界的成长，1912—1949 年》，收入《剑桥中华民国史（1912—1949 年）下卷》，[美] 费正清、费维恺编，刘敬坤等译，北京：中国社会科学出版社，1994 年，第 476 页。

〔46〕 萧乾：《政党・和平・填土工作——论自由主义者的时代使命》，上海《大公报》1948 年 2 月 7 日。收入《解读萧乾》，第 157 页。

〔47〕 2001 年傅光明编选的《解读萧乾》一书，直接把这些文章归在萧乾名下。

〔48〕 萧乾：《政党・和平・填土工作——论自由主义者的时代使命》，收入《解读萧乾》，第 153 页。

〔49〕 萧乾：《中国文艺往哪里走？》，上海《大公报》1947 年 5 月 5 日。收入《解读萧乾》，第 123 页。

〔50〕 萧乾：《我的自传》，收入《解读萧乾》，第 193 页。

〔51〕 郭沫若：《斥反动文艺》，香港《大众文艺丛刊》第一辑《文艺的新方向》，1948 年 3 月。

〔52〕 [日] 丸山昇：《从萧乾看中国知识分子的选择》。

〔53〕 洪子诚：《中国当代文学史》，第 7—9 页。

〔54〕 参阅《剑桥中华民国史（1912—1949 年）》第九章第四节 "战争与革命，1937—1949 年"。

〔55〕 这篇文章最早发表于 1941 年 11 月 16 日《新华日报》。1946 年，《人物杂志》516 期（1946 年 12 月）和《北方杂志》1 卷 5 期（1946 年 10 月）转登此文，改名为《论鲁迅与郭沫若》。

〔56〕 参阅萧乾：《未带地图的旅人》第五章 "大十字路口（1946—1949）"，收入《萧乾文集》第 6 卷，第 214—215 页。

〔57〕 参阅洪子诚：《中国当代文学史》，第一章 "文学的 '转折'" 中的第二节 "左翼文学界的 '选择'"。

〔58〕 本刊同人・荃麟执笔：《关于当前文艺运动的意见——检讨・批判・和今后的方向》，《大众文艺丛刊》第一辑《文艺的新方向》，第 6 页。

〔59〕 黄子平：《革命・历史・小说》，香港：牛津大学出版社，1996 年，第 26 页。

〔60〕 [日] 丸山昇：《建国前夕文化界的一个断面——〈从萧乾看中国知识分子的选择〉补遗》，初刊日本《中国现代文学论集》，1990 年。收入《微笑着离去——忆萧乾》，第 494—495 页。

〔61〕 转引自 [日] 丸山昇：《建国前夕文化界的一个断面——〈从萧乾看中国知识分子的选择〉补遗》，收入《微笑着离去——忆萧乾》，第 490—491 页。

〔62〕 萧乾：《未带地图的旅人》，收入《萧乾文集》第 6 卷，第 216 页。

〔63〕 [日] 丸山昇：《建国前夕文化界的一个断面——〈从萧乾看中国知识分子的选择〉补遗》，收入《微笑着离去——忆萧乾》，第 486 页。

〔64〕 凌宇在《沈从文传》（北京十月文艺出版社，1988 年）中写道："全面内战爆发后，萧乾参加了 '第三条道路' 的活动，并四处奔走，与钱昌照等人积极筹办《新路》杂志。

这天，萧乾来到沈从文住处，邀沈从文参加刊物的筹办，并在发起人名单上签名。”（第413页）姚可崑在《我与冯至》（南宁：广西教育出版社，1994年）中写道：“大约在1948年2月，有一天钱昌照和萧乾到我们家来，与冯至谈话，他们说，国内政治、社会、经济各大问题非常复杂。人们感到彷徨苦闷，想集合一些有专长的朋友们组织一个‘中国社会经济研究会’，对那些大问题进行研究，为中国找一条新路。”

〔65〕茅盾：《访问苏联·迎接新中国——回忆录（三十三）》，《新文学史料》1986年第4期。

〔66〕傅光明采访整理：《风雨平生：萧乾口述自传》，第1页。

〔67〕傅光明：《解读萧乾》“前言：我所认识的萧乾”，第19页。这篇前言后收入傅光明的随笔集《书生本色》（北京：中国文联出版社，2001年）时，改名为《一个自由主义者的终结》。

〔68〕萧乾：《我的自传》，收入《解读萧乾》，第199—200页。

〔69〕萧乾：《自由主义者的信念》，收入《解读萧乾》，第143页。

〔70〕参阅傅光明的《我所认识的萧乾》（又名《一个自由主义者的终结》）。文中说：“如果说萧乾1946年到1948年是个观念上彻底的自由主义者，那1948年以后，他便是带上‘机会主义’色彩的自由主义者了。”

〔71〕［日］丸山昇：《建国前夕文化界的一个断面——〈从萧乾看中国知识分子的选择〉补遗》，收入《微笑着离去——忆萧乾》，第494页。

〔72〕傅光明：《未带地图　行旅人生》，深圳：海天出版社，2001年，第321页。这篇文章收入傅光明的随笔集《书生本色》时改名为《萧乾与郭沫若的恩怨》。

〔73〕萧乾：《拟J·玛萨里克遗书》，收入《萧乾文集》第4卷，第75—77页。

〔74〕以上引自萧乾：《未带地图的旅人》，收入《萧乾文集》第6卷。

〔75〕萧乾：《一个乐观主义者的独白》，收入《萧乾文集》第7卷，第152—153页。

〔76〕萧乾：《未带地图的旅人》，收入《萧乾文集》第6卷，第224—225页。

〔77〕参阅傅光明采访整理：《风雨平生：萧乾口述自传》，第219页。

〔78〕萧乾：《未带地图的旅人》，收入《萧乾文集》第6卷，第222页。

〔79〕傅光明：《未带地图　行旅人生》，第324页。他这样写道：“萧乾临去世前不久，在一次和我聊天中，纠正了记忆上的偏误，说这事（指取消代表团资格一事——研究者注）就发生在他写这份自传的前几天。这对他打击不小，为了让组织充分信任，只有让自己在组织面前变得透明。……我这才真正弄清楚，萧乾当时写这份‘自传’的原委。”

〔80〕萧乾：《我的自传》，收入《解读萧乾》，第197页。

〔81〕萧乾：《未带地图的旅人》，收入《萧乾文集》第6卷，第226页。

〔82〕杨刚（1905—1957），作家、记者兼编辑，1928年加入中国共产党，1950年调任外交部政策研究委员会秘书、周恩来总理办公室秘书。1953年任中共中央宣传部国际宣传处处长。1955年调任《人民日报》副总编辑，当年秋天遇车祸造成严重脑震荡。1957年自杀。有《杨刚文集》出版（萧乾编，胡乔木作序，北京：人民文学出版社，1984年）。

〔83〕萧乾：《杨刚文集》“编后记”第593页。

〔84〕萧乾：《一个乐观主义者的独白》，收入《萧乾文集》第7卷，第151页。

〔85〕文洁若：《我与萧乾》，第44页。

〔86〕傅光明采访整理：《风雨平生：萧乾口述自传》，第218页。

〔87〕萧乾：《未带地图的旅人》，收入《萧乾文集》第6卷，第230页。

〔88〕同上书，第230—231页。

〔89〕 萧乾：《一个乐观主义者的独白》，收入《萧乾文集》第7卷，第151页。

〔90〕 萧乾：《我决心做毛泽东文化军队里的一名战斗员》，写于1951年12月18日，原载《新观察》1952年第1期，收入《解读萧乾》，第204页。

〔91〕《新文学选集》是1949年后出版的大型文学丛书，由茅盾担任主编的“新文学选集”编辑委员会编选，共出版二十四位现代作家的选集。分两辑，第一辑选入的是鲁迅、瞿秋白等已经故去的作家；第二辑选入的是郭沫若、茅盾、丁玲、田汉、巴金等当时仍健在的作家。这两辑丛书的作者，除赵树理之外，都是“五四”新文学时期既已成名的作家。每一选集都有作家的“自序”，对1949年以前的创作进行自我反省和批评。同一时期出版了周扬主编、编选解放区文艺作品的《中国人民文艺丛书》（新华书店出版）。这两套大型丛书的出版，是对创作现状和历史进行“经典化”的努力，从中可以看出当代文坛对1949年前不同区域、不同政治身份的作家作品进行的等级区分。

〔92〕 萧乾：《生活在怎样伟大的时代》，收入《土地回老家》，上海：平明出版社，1951年，收入《萧乾文集》第3卷，第123页。

〔93〕 毛泽东：《毛泽东新闻工作文选》，中央文献研究室、新华出版社编，北京：新华出版社，1983年，第170页。

第二章

沈从文：

文学与政治

1959 年 10 月 17 日，沈从文在中国历史博物馆新陈列室当解说员。（日本记者内山嘉吉摄影）

讨论 20 世纪 40—50 年代的文学转型问题，一个不能忽略的作家个案是沈从文。与绝大部分作家的选择不同，1949 年前后，沈从文既没有离开北平前往台湾，也没有主动向共产党新政权靠拢，而是采取了一种悲剧性的消极抗拒姿态。这种姿态导致了他在 1949 年的疯狂和自杀，也导致了 1950 年后他放弃文学创作而改行成为历史博物馆的一名文物研究者。

沈从文在转折期的这一表现使他成为“冷战”式思维反应中的典型人物，即将共产党政权视为“红色铁幕”，而沈从文的悲剧性遭遇则被视为共产党“迫害”知识分子的明证。1951 年，《我的学习》是沈从文在新中国发表的第一篇文章，也是一篇思想改造的自我检讨文章，其结尾写道：“这个检讨则是这半年学习的一个报告。也即是我从解放以来，第一回对于个人工作思想的初步清算和认识，向一切关心过我的，教育帮助过我的，以及相去遥远听了些不可靠不足信的残匪谣言，而对我有所惦念的亲友和读者的一个报告。”〔1〕沈从文这一特别的说明，是为了回应当时海内外关于他的种种猜测和谣传，“有说沈从文因受折磨死去的，有说他被关进监狱的，有说他被强制劳改的”〔2〕。1980 年，沈从文平反后第一次出国，在美国圣约翰大学的演讲中，他也做了这样的说明：“我借此想纠正一下外面的传说。那些传说也许是好意的，但不太正确，就是说我在新中国成立后，备受虐待、压迫，不能自由写作，这是不正确的”，“在近三十年社会变动过程中，外面总有传说我有段时间很委屈、很沮丧；我现在站在这里谈笑，那些曾经为我担心的好朋友，可以不用再担心！我活得很健康，这可不能够作假的！”[3]

这些一再的解释，事实上正好说明类似的传闻始终存在。需要对这样的传闻做出分析，当然不是简单地附和沈从文本人的解释，强调他并没有“备受虐待、压迫”，而是打破那种“冷战”式思维，深入到具体的历史情境中来讨论沈从文处境的复杂性。过分强调沈从文在1949年前后受到了非常严酷的政治迫害，显然是一种“冷战”思维的反应，由此将他在巨大历史转折期的遭遇完全解释为外在的压迫和排斥。但事实情形并非完全如此。

一、时代巨变中的游离分子

1949年前后，与一般持中间立场的自由知识分子相比，沈从文确实受到了来自左翼文坛的更多批判。但这种批判并非此时才出现。1933—1934年，沈从文就因为“海派”问题与左翼文坛发生了冲突；1937—1938年，又因为“与抗战无关”论、“反差不多”论等而受到左翼的批评；1941—1942年，因介入被认为宣传“法西斯专制主义思想”的刊物《战国策》而再次受到批判，且成为此后左翼文坛为沈从文政治定性的主要依据。1947年，针对沈从文在前一年发表的自传性长文《从现实学习》[4]，郭沫若、林默涵、杨华等人于1—2月在不同刊物上著文批评，但口气还算客气。1948年3月，香港中共地下党组织创办的《大众文艺丛刊》第一辑上出现三篇文章批判沈从文，语调十分严厉。其一是署名“本刊同人·荃麟执笔”的《对于当前文艺运动的意见》，多次提到沈从文，将他作为“为艺术而艺术”论的代表加以批判，并指认他是“大地主、大资产阶级的帮凶和帮闲”，“直接作为反动统治的代言人”。冯乃超的《略评沈从文的〈熊公馆〉》，则将沈从文称为“地主阶级的弄臣”。批判最为严厉、产生影响最大的是郭沫若的《斥反动文艺》。这篇战斗性极强的檄文，认为沈从文40年代初期发表的实验性心理小说《摘星录》《看虹录》等是“作文字上的裸体画，甚至写文字上的春宫”，因而把沈从文划为“桃红色作家”。尤其严厉的是，郭沫若对沈从文的政治身份进行了判定，称“他一直是有意识地作为反动派而活动着”。1948年底，北平解放前夕，北京大学校园的进步学生从教学楼上挂下大幅标语“打倒新月派、现代评论派、第三条路线的沈从文”，并贴出了抄录《斥反动文艺》全文的大字报。

1. 1949年前后的沈从文

在持中间立场的作家中，沈从文大约是与左翼文坛关系最为紧张的一位。但尽管有上述持续不断的争论与批判，共产党政权1949年前后对沈从文并没有采取多少实质性的限制和控制。也可以说，对于沈从文这样的作家，当时左翼文坛并没有具体的限制或迫害行为，而是采取冷藏的办法置之不理。表现最明显的是1949年7月第一次中华全国文学艺术工作者代表大会名单中没有沈从文。身为北大教授，有“著作等身”之称的著名作家、北方文坛领袖，同时主编平津四份文艺副刊（《大公报·星期文艺》《文艺》《益世报·文学周刊》《平明日报·文学副刊》）的重要报人和文坛主持者——有着如此之多重要身份的沈从文居然被排除在第一次文代会代表之外，显然不是一次偶然的失误或遗漏。夏衍回忆道：

> 我问周扬，怎么沈从文没有参加文代会。周扬表情很奇怪，说：“说来话长，不谈不谈。”后来我辗转打听，原来是这么回事：沈从文在1943或1944年的时候，给当时的《战国策》杂志写过文章，陈铨主编的，他写过《野玫瑰》。陈铨他们公开拥护希特勒的。这个时候，沈从文在那上面写文章，主要讲三K主义，这个你可以查出来。聂绀弩的杂文集，宋云彬、秦似的文章有批判他的。为《战国策》写文章，就是这个问题。[5]

显然，拒绝沈从文参加第一次文代会是新政权有意为之的。从1949年起，共产党新政权通过制度（先后建立起来的以单位为核心、以户口为纽带的制度性网络）和话语（以思想改造和意识形态批判为标志的话语转换）的双重实践[6]将知识分子收编到国家机器之中。沈从文此时遭遇的文坛批判和被弃置的命运，意味着他将无法在新体制中找到立足之地。

1953年，沈从文接到印行他选集的开明书店的正式通知，说所有已印、未印书稿及纸型已全部焚毁。这对于一贯以自由主义立场看待作家和政府的关系，且相信可以靠作品立身的沈从文来说，无疑是最为致命的一击。尤其参照身边的昔日好友，如巴金、朱光潜、杨振声、冯至、梁思成夫妇，甚至萧乾，这种被弃置、被冷藏的感觉对沈从文而言可能更强烈一些。从他的家庭情况来看也是如此。沈从文的妻子张兆和在北平解放之后不久即被华北大学录取，这意味着毕业后她将成为新政权中的职业女性。他的两个孩子也欢天喜地地迎接新生活："开学了，我们兄弟奔赴学校去接受新事物，集会游行很多，锣鼓声不断。"[7]传记研究者这样写道："在这个家庭里，沈从文与妻、子的一喜一忧，两种情绪形成鲜明的对比。"[8]因而，尽管新体制并没有对他采取怎样具体的限制和控制，但实际上产生的威慑效果却是十分强大的。

尽管有着这些外部影响，就沈从文而言，更关键的因素来自他个人对于"时代"的判断，以及他的主观感受和选择。对于中国共产党的胜利以及由此形成的时代巨变，沈从文是相当清醒的。1948年12月，北平解放前夕，沈从文在给一位刊物作者的退稿信[9]中写道："一切终得变。从大处看发展，中国行将进入一个崭新时代，则无可怀疑。"沈从文认为，面对时代的巨变，个人也应当变，应当"把握住一个进步原则，来肯定，来证实，来促进"，而对自己的过去则应当"严肃认真加以检讨，有所选择。对于过去种种，得决心放弃，从新起始来学习，来从事"。这可见沈从文并不是一个拘泥于固有形态、不思变通的人。但对于什么样的人能够顺应时代变化，沈从文又有他的判断，即因为年龄、个人性格、写作习惯等因素，他认为只有年轻人应变能力更强一些，而中年人则困难得多。他写道："人近中年，情绪凝固，又或因性情内向，缺少社交适应能力，用笔方式，二十年三十年统统由一个‘思’字出发，此时却必需用‘信’字起步，或不容易扭转。”因而，他对于自己这一代中年作家的命运，有一种悲剧性预测：“过不多久，即未被迫搁笔，亦终得把笔搁下。这是我们一代若干人必然结果。”但在1949年前，沈从文对于这样的命运尚能坦然处之：“在这个社会由分解圮坍到秩序重建过程中，我们中年这一代人，既由于种种问题难适应，可能会要牺牲大半，也不妨事。……不幸的是社会发展取突变方式，这些人配合现实不来，许多努力得来的成就，在时代一切价值重估情况中，自不免都若毫无意义可言。这其中自然有的是悲剧，年轻人能理解这悲剧所自来，不为一时不公平论断所蔽，就足够了。”说这些话的时候，或许因为与不熟识的年轻作者谈话的缘故，也或许写这封信时北大校园的大幅标语和大字报还没有贴出（从具体时间上看，后一种情况更有可能），沈从文虽有不祥的预感，但终能释然，且语气也较和缓。他之所以拒绝去台湾，一方面固然是因为他始终独立于国、共两党之外，一贯对国民党政府持批判态度，对国民党政权并没有多少信任；另一方面也因为对共产党新政权抱有一定的期待，相信他们能改变中国的面貌。但对于自己未来将有怎样的遭际，他仍抱有很深的疑虑。1949年给张兆和的信中，他提及不去台湾的缘由：“我不向南行，留下在这里，本来即是为了孩子在新环境中受教育，自己决心作牺牲的！”[10]

1948年12月底，北大学生的大字报贴出之后，沈从文的精神状态大变。在给表侄黄永玉的信中，沈从文凄惨而绝望地写道：“北京傅作义部已成瓮中之鳖。长安街大树均已锯去以利飞机起落。城，三数日可下，根据过往恩怨，我准备含笑上绞架。”[11]张兆和多年后回忆道：“1949年2月、3月，沈从文不开心，闹情绪，原因主要是郭沫若在香港发表的那篇《斥反动文艺》，北大学生重新抄在大字报上。当时他压力很大，受刺激，心里紧张，觉得没有大希望。他想用保险片自杀，割脖子上的血管……”[12]沈从文的亲友在后来的回忆文章中都多次强调郭沫若的《斥反动文艺》被北大学生重抄在大字报上这件事给予他巨大的刺激。《斥反动文艺》于1948年3月刊在《大众文艺丛刊》第一辑上时，沈从文没有做出明确的回应。事实上，1946年沈从文发表长篇自传性回忆文章《从现实学习》，批评左翼知识分子不懂现实，并将解放战争视为政治“玩火”，从而引起左翼文坛的激烈回应和批判之后，双方就已经有明确的“交火”了。郭沫若在《斥反动文艺》中的猛烈批判也是由此而发。这算是一次由沈从文主动引发的文艺批判，其猛烈程度大概超出了他的想象吧。特别是在北平围城的情形下，由北大学生抄写的《斥反动文艺》使他产生了前所未有的恐惧，他无疑将这份大字报视为共产党即将对他采取行动的直接信号。沈虎雏在《团聚》一文中粗略描述的沈从文的幻觉，是典型的精神分裂症病人的受迫害幻想[13]，并认为这种“迫害感且将终生不易去掉。”

造成沈从文精神崩溃的因素很复杂，这里不拟做精神病理学式的分析，而试图尽量做一种具有思想史意义的历史描述。如果说引起沈从文精神崩溃的因素仅仅是那篇《斥反动文艺》，不如说那只是多种因素之中的一种。一个最简单的解释是，《斥反动文艺》同时严厉斥责了萧乾、朱光潜两人，但这篇重抄在北大校园的大字报似乎并未对萧乾、朱光潜两人产生如此严重的刺激。因而，更关键的因素需要从沈从文本人的思想脉络、主观感受和个人选择中来分析。

2. 个人与历史

从给吉六的信中可以看出，沈从文尽管对时代的巨变有着敏锐的感知，而且在很大程度上肯定了这次巨变的积极意义，但他看待这次变化的方式，与其他作家相比，比如冯至，并不相同。冯至把这次巨变视为一个理想的集体时代到来，而沈从文则是在抽象的变与不变、渐变与突变的对照中来理解这一转折。同样对待“变”，冯至更强调的是一种思想的否定性“蜕变”，即他的诗中所说的“死与变”，这意味着个体将完全放弃已有的一切而投入新生活之中；沈从文则更关心“常”与“变”之间的辩证关系。也就是说，他更关心的是变化中不变的永恒因素，同时也关心在时代变动中个人主动选择、反作用于时代的可能性。

1948年11月7日，在北京大学蔡孑民先生纪念堂举行的一个文艺界著名自由主义教授的座谈会上，两人之间的差别微妙而有趣地呈现出来。在这次名为“今日文学的方向”的座谈会上，由作家与社会关系的话题，沈从文首先引入驾车者与红绿灯、文学与政治之间关系的讨论：

> 沈从文：驾车者须受警察指挥，他能不顾红绿灯吗？
>
> 冯至：红绿灯是好东西，不顾红绿灯是不对的。
>
> 沈从文：如果有人操纵红绿灯又如何？
>
> 冯至：既要在这路上走，就得看红绿灯。
>
> 沈从文：也许有人以为不要红绿灯走得更好呢？
>
> …………
>
> 沈从文：文学自然受政治的限制。但是否能保留一点批评、修正的权利呢？
>
> …………
>
> 沈从文：我的意见是文学是否在接受政治的影响之外，还可以修正政治，是否只是单方面的守规矩而已。
>
> …………
>
> 沈从文：一方面有红绿灯的限制，一方面自己还想走路。
>
> …………
>
> 冯至：这确是应该考虑的。日常生活中无不存在取决的问题。只有取舍的决定，才能使人感到生命的意义。一个作家没有中心思想，是不能成功的。[14]

从以上的对话可以很明显地看出沈从文、冯至两人在对待文学与政治、个人选择与时代规约之关系上态度和方式的差异。冯至对于接受“红绿灯”（隐喻政治、时代规约、社会限制）并没有多少疑虑，一方面将其视为社会理所当然的限定（“既要在路上走，就得看红绿灯”），另一方面又将其看作个人是否能够进入社会、能否成功的前提条件，因而，个人能做的事情是对红绿灯做出或拒绝或听从的取舍，而非对红绿灯本身进行怀疑或修正。但沈从文的态度则复杂得多。一方面，他怀疑“红绿灯”是否对社会而言是必需，也怀疑所谓“红绿灯”是否会被少数别有用心的人操纵，因而，在不否定“红绿灯”的前提下，他强调文学修正政治，个人批判社会，保有一定自主选择的权利。

冯至的态度大致可以归纳为结构主义式的对历史抽象理念的遵从，亦即“红绿灯”本身所代表的是历史规律或最高真理，人的主观能动性表现在个体在环境中的取舍，接受还是拒绝，一旦决定接受，就将个体全盘地纳入秩序当中。而沈从文的态度，则近似于存在主义式的理解，即虽然认为存在一种类似“红绿灯”的普遍历史本质，但这个本质并不是绝对的，而是处在不断地修正过程中的，个体的能动性就表现在他不是作为被动的客体而是作为能动的主体参与到对历史本质的建构、修正过程当中。有意味的是，尽管冯至被认为是存在主义思想在中国的代表人物，但由于40年代后期越来越多地受到歌德思想的影响，他反倒逐渐倾向一种黑格尔式的历史抽象理念的理解方式。而沈从文这位自学成才的“乡下人”，经历了40年代庞杂的阅读和精英主义的“宇宙整体论”思考，逐渐靠近了尼采式的超人哲学。对于历史、时代与个人之间的关系，他倾向于认为“一切历史的成因，本来就是由一些抽象观念和时间中的人事发展，相互修正而成。书生易于把握抽象，却常常忽略现实。然在一切发展中，有远见深思知识分子，却能于正视现实过程上，得到修正现实的种种经验”〔15〕。从这种角度看来，在理解个人与时代、个人与历史的关系上，沈从文比冯至要更复杂一些，同时也更强调个人的主体创造性。

也正是在这一点上，沈从文与整个马克思主义脉络上的左翼思想界产生了分歧。如果说马克思主义提出的历史唯物论越来越趋于一种历史本质主义和一元论，即人类社会发展的规律和阶级斗争的绝对性，而沈从文对个体创造性地修正历史的强调，则在很大程度上游离出了左翼所遵奉的历史规律。他关于个人与时代、个人与历史关系的理解，与左翼主流思想界发生了正面碰撞，主要表现在1946年发表的《从现实学习》。这篇文章于次年受到了郭沫若、林默涵、杨华等人的反驳，焦点即在何谓当时中国的“现实”。郭沫若将沈从文本人的文学实验尖锐地讥讽为“从石榴裙下的现实去学习拜倒，从被窝中的现实去学习自渎”[16]；随后，针对《新书业和作家》一文，又认为沈从文“冒充一个文坛长老而捏造事实”是一种“犯罪，而且是拙劣的犯罪”[17]。林默涵的文章讽刺沈从文以《从现实学习》“自卖自夸”，是不甘寂寞的“清高名士”[18]。杨华则从昆明事件质疑沈从文所谓“纯正知识分子气度”的虚伪：“对于一二年前昆明的民主热潮，他竟不以自己处身事外为耻，也不以青年学生（以‘西南联大’为主）对国事的赤诚和中央与地方关系的矛盾这些条件上去认识，而捡拾了最落后的反动‘政治家’的牙慧，评为是‘少数人领导欲要寻找出路’的结果！……这种论调实在是对于闻一多先生以及其他昆明民主运动中的牺牲者的最卑鄙的诬蔑！”[19]同时，杨华还谈到沈从文在《从现实学习》中对胡适的赞誉，认为这是为了说明沈从文自己“是文学运动中的‘自由主义’的代表，其一切发展与成就都是由他沈从文而来的”[20]。

这些讥讽和批判，特别侧重的是一种道德性评判，而《从现实学习》最核心的内容却被批评者忽视了。这篇文章的关键词是“现实”，关键内容是个人对“现实”采取何种态度。沈从文写道：“个人以为现实虽是强有力的巨无霸，不仅支配当前，还将形成未来。举凡人类由热忱理性相结合所产生的伟大业绩，一与之接触即可能瘫痪圮坍，成为一个无用堆积物。然而我们却还得承认，凝固现实，分解现实，否定现实，并可以重造现实的，唯一希望将依然是那个无量无形的观念！由头脑出发，用人生的光和热所蓄聚综合所作成的种种优美原则，用各种材料加以表现处理，彼此相黏合，相融汇，相传染，慢慢形成一种新的势能、新的秩序的憧憬来代替。知识分子若缺少这点信心，那我们这个国家，才当真可说是完了！”[21]沈从文在这里所说的“现实”，显然不仅仅是社会现象，而是某种抽象的历史本质和社会发展的趋势。沈从文最关键的态度在于，他认为面对这一社会趋势或历史本质，不应当被动地接受，而应当通过知识分子精神或观念的创造、改变和传播来重新建构一种更“优美原则”，一种“新的势能、新的秩序”。这显然不仅与安于现状、无所作为的平庸知识分子态度不同，而且也与左翼文坛的唯物主义思想相异。沈从文因而略带讥讽地在《从现实学习》中写道：“极不幸即我所明白的现实，和从温室中培养长大的知识分子所明白的全不一样，和另一种出身小城市自以为是属于工农分子明白的也不一样，所以不仅目下和一般人所谓现实脱节，即追求抽象方式，恐亦不免和其他方面脱节了。”

沈从文关于个人与时代、历史之间关系的这种看法，构成了他三十年文学创作的最核心纲领。一方面，他相信历史、社会乃至宇宙都存在一种“本质”，可以被表达为某种观念形态；但同时，与马克思主义思想不一样的地方在于，他相信历史又不仅仅是完全由这种观念构成的，而与“时间中的人事发展”彼此制约、相互修正而成。也就是说，作为个体的人可以通过他们的主观选择和创造性实践而参与到历史之中，并且改变、修正历史，使其更完善、更符合人的需要。这是沈从文所说的“常与变”，而且他更强调的是“变”中人力的作用。

有趣的是，在60年代的欧陆哲学界，以萨特为代表的存在主义思想和以列维－斯特劳斯为代表的结构主义理论这两种思潮的辩论，事实上也可以隐约窥见沈从文与冯至、与整个左翼主流思想界分歧的关键所在：

> 萨特认为，每个人都在实践之中发现自我和事物的意识，所以意识“不过是对现实的一种把握”。当然，这种现实意指外在的现实，而不是内在的结构。萨特的辩证法是人和他们的环境之间的辩证法，它存在于人们关于这个环境而有意识地行动的过程之中。莱维－斯特劳斯的辩证法是作为社会存在的人们和作为普

遍秩序的无意识负担者的人们之间的辩证法，这种秩序从还没有发现的结构中抽引出来。存在主义的“表面辩证法”和结构主义的“深层辩证法”是对立的。[22]

尽管用存在主义与结构主义之间的分歧来描述沈从文与1949年左翼主流思想界的分歧是不甚恰当的，但其中关于个人与历史、个体的能动性与历史规律之间的认识方式却大致相当。40年代后期，中国左翼思想界对历史唯物论的强调，在很多时候被简化为对历史本质规律的强调，而在相当程度上忽略了人（个人）创造、改写历史的能动性。沈从文正是在这一点上，游离出左翼主流思想之外，并被视为一种有威胁性的异己声音（更恰当的名词是“历史唯心论”）而受到批判、排斥和冷落。同样有意味的是，沈从文在1951年进入“革命大学”学习十个月后写就的《我的学习》一文中，“实践”成为关键词。他承认此前自己的创作与思想最大的问题是与“现实”脱节，而导致这一问题的关键是“对于实践精神的极端缺乏”。在文中，他唯一提到的学习文件是毛泽东的《实践论》。但显然，这也是沈从文所理解的“实践论”。他认为这个文件的“伟大意义”并不在于“为扩大阐释此文件而作的无数引申”，而在实践、行动与理论的互相修正，即“另外万万人如何真正从沉默无言的工作中的实践……检查错误，修正错误，再继续发展和推进，不好的改好，好的要求更好”，并说“一切不离乎实践……万千种谨慎认真切实负责的行动，且指导了理论，补充了理论”。[23]这事实上也正是“红绿灯”辩论中所谓“在接受政治的影响之外，还可以修正政治”的另一种说法了。只不过这里发生辩证关系的，不是“文学”与“政治”，而是“实践”与“理论”。

对于40、50年代之交的沈从文而言，《斥反动文艺》可怕的地方或许不在于它将自己宣判为“‘看云摘星’的风流小生”，“存心不良，意在蛊惑读者，软化人们的斗争情绪”，也不在于它对自己的政治宣判——“特别是沈从文，他一直是有意识地作为反动派而活动着”，而是郭沫若以毋庸置疑的正义口吻所做的战斗宣言：“今天是人民革命势力与反人民的反革命势力作短兵相接的时候……他们的文艺政策（伪装白色，利用黄色等包含在内）、文艺理论、文艺作品，我们是要毫不容情地举行大反攻的。我们今天要号召读者，和这些人的文字绝缘，不读他们的文字，并劝朋友不读。我们今天要号召天真的无色的作者，和这些人们绝缘，不和他们合作，并劝朋友不合作。……我们也知道一味消极的打击并不能够消灭所打击的对象。我们要消灭产生这一对象的基础。人民真正作主的一天，一切反人民的现象也就自行消灭了。我们同时要从事积极的创造来代替我们所消灭的东西。人民文艺取得优势的一天，反人民文艺也就自行消灭了。凡是决心为人民服务，有正义感的朋友们，都请拿着你们的笔杆来参加这一阵线上的大反攻吧！”这种全民皆兵的气势，这种独一至尊的价值宣判，这种不留任何余地、消灭一切异己思想的檄文方式，被沈从文所器重的青年学生抄写在教学楼外的大字报上，且配合着大军压城、草木皆兵的处境，显然沈从文再固执、再相信自己所谓的“现实”的正当性，也不能不心惊胆战。在那样的情形下，沈从文大约真的相信自己将作为围城中的困兽、应当被彻底消灭的反动派而寝食难安。

到1961年，也是沈从文最为认真地考虑是否要重新回到文学创作行业的时期，他在一篇未完成的文章《抽象的抒情》中仍心有余悸地写道：“艺术中千百年来的以个体为中心的追求完整、追求永恒的某种创造热情，某种创造基本动力，某种不大现实的狂妄理想（唯我为主的艺术家情感）被摧毁了。新的代替而来的是一种也极其尊大，也十分自卑的混合情绪，来产生政治目的及政治家兴趣能接受的作品。这里有困难是十分显明的。……问题不在这里。不在承认或否认。否认是无意义的，不可能的。否认情绪不能产生什么伟大作品。问题在承认以后，如何创造作品。”〔24〕如果说，1949年的疯狂和自杀是沈从文对新时代的“否认”，那么此时他尽管承认这个新时代，明了新时代的规约，而且也接受这种规约，但由于个人的整个创作观念和情感惯习被摧毁，他感到自己难以创作出理想中的作品了。

3．“唯一”的游离分子

沈从文1949年精神崩溃的原因，除了他意识到自己所信奉、追求的创作观念与新时代相左且难以被接纳之外，或许更重要的还有他此时所感受到的前所未有的孤立和孤绝，一种置身于整个世界对立面的感觉。

在给吉六的信中，沈从文虽悲剧性地预言自己将成为时代的牺牲品，但他始终相信这种命运不是他个人的，而是他那一代人的共同命运。但与他的判断有所出入的是，巨变时代中被牺牲的，与其说是他所谓“中年这一代人”，不如说仅仅是他自己。沈从文身边的好友，如杨振声、巴金、冯至、朱光潜、林徽因、梁思成、萧乾等人，都已经在这前后积极主动地寻找介入新时代的途径，而且不久就找到了自己的位置。因而，一年后，经历了精神极度焦虑和紧张状态，渐渐趋于康复的沈从文在给张兆和的信中写道：“大家说向‘人民靠拢’，从表面看，我似乎是个唯一游离分子。”〔25〕

这种独自一人游离于社会、时代甚至日常生活之外的感觉，成为沈从文在1949年感受到的最可怕的梦魇——“完全在孤立中。孤立而绝望”〔26〕；“有种空洞游离感起于心中深处，我似乎完全孤立于人间，我似乎和一个群的哀乐完全隔绝了”，“我似乎完全回复到了许久遗忘了的过去情形中，和一切幸福隔绝，而又不悉悲哀为何事，只茫然和面前世界相对，世界在动，一切在动，我却静止而悲悯的望见一切，自己却无份，凡事无份。我没有疯！可是，为什么家庭还照旧，我却如此孤立无援无助的存在。为什么？究竟为什么？你回答我”〔27〕。这种完全孤立、孤绝的感觉，成为此后沈从文难以抹去的创痛记忆和心理感受。1951年，已经在历史博物馆做文物标签和解说员工作的沈从文，在给一位记者所写的没有发出的信中描述了他在工作单位的日常状态。从中仍可读出强烈的孤绝感：“每天虽和一些人同在一起，其实许多同事就不相熟。自以为熟习我的，必然是极不理解我的。一听到大家说笑声，我似乎和梦里一样。生活浮在这类不相干笑语中，越说越远。关门时，独自站在午门城头上，看看暮色四合的北京城风景……明白我生命实完全的单独……因为明白生命的隔绝，理解之无可望……”[28]孤绝感的产生，来自个人在社会和群体中的完全孤立和孤独处境。在50年代留下来的不多的书信中，沈从文一再向亲友提及、描述这种感觉。那是身处人群中的不被理解，即使“家中人也似乎不怎么相熟”；而自己虽然仍旧在工作，“可像是没有一个真正知道我在为什么努力的人”[29]。

沈从文的孤绝和孤独，使他成为40—50年代历史转型期的一个极为特殊也极为典型的人物。通过这一作家个案，可以从一个侧面更为清晰地看到社会转型的主要特征，以及沈从文这个作家的特殊精神、思想品质。一般的研究很容易走向两个极端：一种是将沈从文的遭遇个人化，认为他的疯狂乃至自杀是懦弱、胆小或精神脆弱的表现，即完全将其归于个人的性格和精神病理学的特征，而不去分析这种孤立感是如何被感知，以及在怎样的主观思想脉络中产生的；另一种则偏向形而上的抽象价值判断，认为沈从文的遭遇表现了知识分子的独立精神品格，是一种文化英雄式的抗争行为。更为常见的情形是，由于历史史料的匮乏和意识形态的限定，很多研究者事实上对沈从文这一时期的遭遇知之甚少，因而这一作家个案的独特内涵并没有得到充分的关注和研究。90年代之后，在1984年版的《沈从文文集》[30]之外，《沈从文别集》[31]《从文家书——从文兆和书信选》[32]，特别是《沈从文全集》（2002年初版，2009年修订版）等重要史料的出版，以及意识形态限定的松动，使得这方面的研究有了向前推进的可能。

沈从文成为1949年前后“唯一游离分子”的原因至少提示出两方面的历史内涵。其一，不管是真诚地被新政权及其意识形态所感召，还是出于一种无奈或投机性的迎合，1949年共产党所建立的社会主义新中国确实最大程度地鼓动起了知识群体在政治和道义上的热情，使他们感觉如果不投入新时代则有愧于心。这种以“落后于时代”为耻的普遍感知方式，从一个侧面显示出共产党新政权的建立确是民心所向。正是在这样一种时代潮流中，沈从文格外强烈地感受到一种无形而巨大的精神压力。他曾经预期他这一代人都将因为时代的“突变”而无所适从，最终不得不退出历史舞台，但事实上是，他那些曾经对即将到来的新时代怀有疑虑，甚至同样受到左翼文坛批判的朋友或学生，都很快融入了新政权体制当中，只有他自己成了“唯一游离分子”。从这一侧面来看，1949 年共产党政权确实有效地确立起了动员、整合知识群体的文化领导权。这使得 40、50 年代之交的政权更迭不同于中国历史上的历次社会转型，既不同于传统社会中的改朝换代，也不同于 1949 年前的历次政变造成的社会动荡，而是整个社会经由军事、意识形态上的较量而对中国未来出路的选择。这次转折不仅在“二战”后使中国再次形成了独立统一的局面，完成了现代意义上的民族国家解放，而且与世界范围内第三世界国家普遍反殖民主义、建国的时代潮流相吻合，并确立了以社会主义作为未来中国的发展方向。这是一系列国内国际政治格局、意识形态冲突中孰优孰劣的选择、较量后的结果。即使是沈从文，也不能不承认“这是拥有五万万人民国家进入历史新页的一个必然步骤”[33]。他所疑虑的仅仅是这个新的政权是否能够领导国家“在一个合理管制下向上向前”。

其二，沈从文之所以成了时代巨变中“唯一游离分子”，一方面是他低估了新政权的感召力和组织能力，对这一时代“突变”的彻底性缺乏足够的了解和判断；另一方面，尽管沈从文一开始就预感到时代巨变必然带来新旧更替，但他自己并不打算顺时应变地改变自己以融入新时代。他之所以坚持不变，是因为已经“凝固”的“情绪”和“用笔方式”无法改变，但说到底，这仍然源自沈从文对自己既有的思想和文学观念的自信。这或许是沈从文最不同于同时期其他作家的地方。对于自己的创作目标，沈从文始终有着明确的意识，即坚持五四新文化运动中“文化革命”的信念，通过文学创作来完成社会观念和民族品德的重造。即使在 1951 年的检讨文章中，沈从文仍坚持“文学与文化，自以为工作宜属于思想领域而非政治领域”，且认为文学创作对于社会的改造作用胜过一切形式的社会变革。通过文学创作，给读者提供思想，使他们得到“热情鼓舞”，由此，“人类关系才因之完全重造，改变了世界面貌，形成人类进步史奇迹”〔34〕。这种“五四”式的文化革命信念，是沈从文一直与所有政治集团保持距离的原因，也是造成他30—40年代一定程度上被孤立于文坛的原因，“到了30年代他就感到，他可能是对‘思想解放’和开拓新文艺领域感到兴趣的最后一位作家了”〔35〕。

沈从文的思想框架中具有两组二元对立式结构，即文学（思想）与政治（权力）、个人与社会（群体）。这种思维方式使他对任何形式的时代潮流都保持独立的判断，对于任何形式的政治都采取拒绝或批判态度。这也是他在1948年前即多次受到左翼文坛批判的主要原因。面对1949年的转折，沈从文仍旧没有放弃这种思路。如果说在近三十年的文学创作过程中，他不凭借任何政治集团而获得了自己的文坛影响和领袖般的地位，那么，此时他也不打算放弃自己的想法而顺应时代变化。何况，经过近十年的探索，由《湘西》《长河》等对现实的“从深处描写”，由《看虹录》《摘星录》等对情感幻异的描述，由《烛虚》《七色魇》等对整体宇宙和“人”、“我”、生命的广阔探索，到40年代后期，沈从文认为自己已经具有一定的能力来对社会现实重新做出评判和介入。这大概也是他从1946年开始，写作给自己惹了不少麻烦的时评政论文章的原因。作为一个作家，他相信可以通过自己的作品，通过文学媒介（报纸杂志）的使用，来形成社会影响，并按照自己的方式来改变普通民众的思想与精神。在沈从文的意识中，如果他的这种思想和实践方式不能与渐趋一体化的左翼思想界相抗衡，至少他可以保有“相互修正”的权利，即自己的思想被时代变化所修正，同时也修正占社会主导地位的政治实践与观念形态。

正因如此，沈从文始终拒绝彻底地放弃自己既有的思想而进入新的话语规范当中。50年代初，知识界普遍展开“思想改造运动”后，巴金、曹禺、茅盾等一批作家纷纷在作品选集前言中对1949年前的作品进行自我批判和否定，由此接受伴随新体制建立而完成的话语转换。与之参照，可以看出沈从文其实一直在抗拒着接受这一套新话语。1950年，沈从文精神复原后到革命大学接受思想改造，这也是一个学习新话语的阶段。他是学习班最后一个交稿的人，检讨文章《我的学习》主要是对自己思想发展过程的描述，几乎很难见到新话语的影响。唯一涉及所学文件《实践论》的地方，沈从文如此写道："惟就个人认识，则《实践论》的伟大意义，却不在乎为扩大阐释此文件而作的无数引申，实重在另外万万人如何真正从沉默无言的工作中的实践，即由此种工作生活的实践，检查错误，修正错误……一切不离乎实践。"这几句看似温和的话，其实已然偏离了思想改造运动中"学习"的意义。所谓"学习"事实上就是了解、熟悉并学会使用新的话语规范，更重要的是承认文件作为"立法者和阐释者"的权威，并由此而使学习者习得一套新的话语方式。沈从文首先拒绝了"扩大阐释此文件而作的无数引申"，即拒绝对这套语言进行复制和模仿，而强调"实践"一词作为工作、行动、生活等的本然意义，并提出以这种"实践"来"检查错误，修正错误"。不管沈从文在这里是有意还是无心地降低学习文件作为经典的意义，但这种解释方式本身就表明他事实上拒绝按照一套规定好的语言来表达自己。在一份保留下的1966年的发言稿中，沈从文直截了当地说道："如果学习是用说话来测验进展和思想改造程度，我恐怕是最落后的一个，在同志考验下，只能得个零分。"[36]他认为真正的标准应当是"说拥护党，热爱国家，思想改造程度如何，只有从这些工作学习上求了解，作检查，才能够明白得失"[37]。50年代在知识界普遍展开的思想改造和学习运动，其实也就是学习"说话"的过程，沈从文一再强调"说话"本身不重要，重要的是行动本身，事实上是在委婉地表明他并不愿意放弃自己已经形成的一套话语，而去学习使用另一套新政权规定的主流话语。

这种对新话语的抗拒，是使得沈从文不能融入新时代的根本原因。就作家个人风格而言，沈从文是30—40年代已经形成独特艺术个性的作家中，语言风格最明显的作家之一。一位记者在40年代的报道文章中颇为传神地写道：

我发现这位作家不只用笔娴熟，且也用语娴熟，他有他的文学形象用语。例如他说某某人婚姻多变，“情绪生活”一定很苦；例如他对记者说俟国家安定，应该放下记者生活写点久远性的文艺东西，因为“生活不应该这样用法”；例如他感觉九年不见的北平老了，洋车夫的头发也似乎白了，怕北平将不会“发生头脑作用”；例如他管官场人物叫“拿皮包的人”，又例如某某人的性格是“抒情的”……[38]

这位记者列出的这些用语，是典型的沈从文式语法与句法，可以更为频繁地在沈从文的文章中读到。这样一种独特的语言表述风格，是受到五四新文化运动影响而拿起笔来的沈从文，将之作为“工具的重造”而一贯追求的，特别是在40年代的文学作品中运用得更为纯熟。这种语言一方面杂糅了湘西土语方言和古典文言白话，另一方面也是沈从文为更准确地表达他的思想实验而形成的特殊语式和构词。这种语言风格显然与这一时期的主流文体有很大的分别。正因为拒绝接纳主流文体，沈从文在“说话”方式上即已经游离出新社会之外，同时也游离出整个知识群体之外。如一位研究者所写，“从长而论，思想改造运动是中国知识分子在新中国建立后经历的第一次大规模的思想观念与话语形式的转换，无论是否出于自愿，当他们在用新式的带有浓厚政治色彩的政治语言否定自己的过去的时候，也就投身于建构代表权威与支配的政治语言本身的过程，同时这也是在知识分子自己参与下第一次在社会公众面前重新塑造知识分子的政治–意识形态形象”[39]。1949年前后，沈从文所坚持的“不变”，就不单是一种消极的固守原状，而包含了对构成整个新社会精髓的话语体制的拒绝和否认。

4.“穷”与“通”

如果将问题的考察深入到这一层次，沈从文1949年的疯狂和自毁就并非那么不可理解了。沈从文的困境在于，在新政权里，他发现根本没有保有自己思想的空间和可能性（想想《斥反动文艺》宣告的“人民文艺取得优势的一天，反人民文艺也就自行消灭了”）。在1949年留下的“呓语狂言”中，沈从文写道：“什么都极分明，只不明白我自己站在什么据点上，在等待些什么，在希望些什么。”[40]他发现自己的思想丧失了任何可以站立的支点。在这样的情形下，他并不承认新话语是唯一正确的历史规律（不同于绝大多数知识分子），甚至坚持认为自己的思想有更大的合理性，同时又发现自己的思想毫无表达甚至保留的空间，那么，沈从文所遭遇的确实不仅仅是冯至那样对新时代的取舍问题，而是生存还是毁灭这样更为严重的选择。

分析这一时期沈从文留下来的文字，他1949年的精神狂乱包含了很大程度的主动选择因素，即选择自我毁灭，而不趋附时代变化。这是他在给张兆和的书信中使用“自毁”一词的原因。在狂乱中，沈从文坚持他之所以选择“休息”和“毁灭”，是“分分明明检讨一切的结果”，“我曾十分严格的自我检讨分析，有进有退，终难把自己忘掉，尤其是不能把自己意见或成见忘掉”。[41]如果我们不把这样的话仅仅视为狂人呓语，这可能相当真实地表露了沈从文当时的想法。他因此抱怨身边的亲朋好友没有一个“肯明白敢明白我并不疯”，且讥讽那种“勉强符合，奴颜苟安”的“乐观”。在另外一处，他说得更明白，“压迫和冷漠，也不能完全征服我”。在“呓语狂言”中，沈从文多次使用了“沉舟”“只能见彼岸遥遥灯火，船已慢慢沉了。无可停顿，在行进中逐渐下沉”“大而且旧的船作调头努力”“一只直航而前的船，太旧了，掉头是相当吃力的”[42]这样的比喻。从这些比喻中可以看出那种与历史变化方向交错而行的孤独和迷失感，同时也可看出他对自我形象与未来的极端悲观的判定。

自杀未遂，必须改变自己而活下去，而且也为了安慰身边的亲人，沈从文决定选择“变”和“动”。即便如此，这也并不意味着他完全放弃了自己的“意见或成见”，而是把这次经历视为“从人很深刻的取得教育”，且希望“一一重现到文字中，保留到文字中”。他不承认自己已经失败，所以在给张兆和的信中这样为自己辩白：“就通泛看法说，或反而以为是自己已站立不住，方如此靠拢人群。我站得住，我曾清算了我自己，孤立下去，直至于僵仆，也还站得住。”促使他改变的原因是他已明白“当前不是自己要做英雄或糊涂汉的时代”。从这里使用的“英雄”一词来看，在沈从文的主观感觉中，他确乎认为抗拒时变，保持自己的想法，至少在道德上是一种更有品格的选择。在这一意义上，把沈从文 1949 年前后的行为称为“抗争”，也许并不那么勉强。

1949 年 9 月之后，沈从文逐渐康复，他决定接受这一新的“现实”，“从群的向前中而上前”。他开始“动”。他甚至希望“要跑出午门灰扑扑的仓库，向人多处走了”，并且希望把这一切“就个人理解到的叙述出来”。尽管此后他并没有走出午门，而是生活在“花花朵朵、坛坛罐罐”这些历史陈迹和文物中，在灰扑扑的博物馆仓库里度过了二十多年的时间。但无论如何，经历了严重的精神危机之后，沈从文决定改变自己。

在 1961 年留下的《抽象的抒情》一文中，沈从文这样回顾自己的经历和变化：“必须从另一较高视野看出这个脱节情况，不经济、不现实、不宜于社会整个发展，反而有利于‘敌人’时，才会变变。”同时，他颇有意味地用“穷则通，通则变”来解释这种变化的意义。[43] 参照原话“穷则变，变则通”，沈从文的语义已经发生了变化。不是穷途末路则思变通，而是一直走到穷途末路才感觉一切通畅起来。如果联系沈从文整个抗战时期及战后的思想追求，事实上这句话并不是沈从文的误用，而确实包含了他的真实想法在其中。1949 年的疯狂和自杀，不仅是沈从文的穷途，也可以看作他的通途：他终于穷尽了自己曾经设想的思想，而做了另外的改变，只是这种改变并没有在文学作品中表现出来，而表现在他的文物研究、生命实践和零散的文字之中。

二、文学的位置：第二个十年的思想探求

理解沈从文 1949 年前后的表现，另一个更为重要的关注点是他

从30年代后期到整个40年代的文学创作与思想追求。已有研究者指出沈从文1949年的“呓语狂言”与他40年代创作的《烛虚》《七色魇》等作品的相似性[44]，但对这种相似性背后的思想关联尚未做出更具体的阐释。如果要更好地解释1949年的沈从文，真正关键的因素是他从1936年开始的第二个创作期所形成的思想观念。只有对这种思想观念做出一定的分析和描述，这一作家个案在40—50年代转折过程中的行为表现所具有的思想史内涵才能充分显现出来。

1. 文学与政治

在沈从文的整个创作过程中，存在着较为明显的阶段性变化。可以1935—1936年为界，将他的创作分为前后两个十年。第一个十年大致是他开始正式发表作品的1924年到1936年的《从文小说习作选》出版；第二个十年是从1936年到他停止创作的1948年。这两个十年中，沈从文表现出了明显不同的创作诉求和写作风格。如果说30年代中期以前，沈从文主要是一个信奉自由主义创作原则、以多种文体风格取胜的作家，那么，第二个十年即30年代后期到40年代，则是沈从文努力追求新的创作风格，并试图确立有独特个性的思想体系的时期。

后一个十年的创作期，如沈从文自己所言，虽出版了七八个作品集，但成功的作品除《长河》《湘西》之外，另一些如散文集《烛虚》《七色魇》，小说集《看虹摘星录》《雪晴》等，引起的争议远多于对作品的正面评价。并且就作品本身的艺术风格和思想内涵而言，显得深涩晦暗，实验色彩浓郁，“反不如前头十年习作来得单纯扎实”[45]。但这并不说明这些在艺术风格上显得不那么成功的作品就不重要。事实上，在沈从文研究中，这些作品长期以来都受到忽视。尤其是《看虹摘星录》，《沈从文文集》和《沈从文别集》中仅收入《新摘星录》及“后记”[46]。《看虹录》1992年9月由《吉首大学学报》（社会科学版）重新刊发，《现代文学研究丛刊》1997年第2期组织了专门讨论，才使这篇小说近些年来受到一定的重视。《烛虚》《七色魇》等作品，90 年代后也开始得到讨论，但相对于《边城》《长河》《湘行散记》《湘西》等，对沈从文这一序列作品的研究还远远不够。

沈从文 40 年代的创作实验被研究界忽视，有一定的历史因素的影响，比如 40 年代郭沫若、许杰等人将《看虹摘星录》视为“色情”作品[47]，但还有一个更重要的原因，即认为这些作品所表现的思想与创作追求并不那么有价值或值得重视。对这些作品进行系统的阅读，也会发现，沈从文在其中表现的思想是相当芜杂的，且难以被整合到某种明确的思想体系当中。他自己曾把这种探索描述为尼采式的孤立、佛教的虚无主义和文选诸子学，以及弗洛伊德、乔伊斯造成的思想杂糅混合。[48]由他自己列出的思想资源，也可以大略地了解这种创作实验的复杂多端。

对沈从文第二个十年的创作思想最早进行较为深入的探讨的是美国学者金介甫的《沈从文传》。金介甫这样描述沈从文 40 年代的思想：“40 年代沈从文又重新探索聂仁德姨父传授给他的达尔文的生机论、地方自治、宇宙论和佛学。沈从文从头到尾都相信人性——这种信仰可以同生物科学、基督教的博爱、和平主义，以及印度的宇宙整体论等信仰并行不悖。这种信仰能够使社会在斗争与能量的世界中勇往向前，把社会团结起来，把它提高到更高水平。”但金介甫倾向于将沈从文的这种探索看作一位文学家的主观信仰和感性取向，也就是说，金介甫并不认为这种探索有更多的思想价值，因而最后的结论是：“他拱卫的最高理想并不像有些评论家说的那样，是什么象牙之塔，而是个人主义、性爱和宗教构成的‘原始’王国。从政治上说，沈向往的也不是现代民主政治，而是‘原始的无为而治’。接近这种文学禁区需要读者努力探索。但登上这座高峰只需要想象力，而不要什么学问。”[49]

在金介甫的描述中，沈从文的思想探索被认为是一种带有原始气息的宗教性追求，因而进入沈从文所创造的文学世界，需要的只是想象力而非学问。这种评价无意间贬低了沈从文 40 年代创作探索的思想意义。但如果我们把沈从文 40 年代的创作追求纳入一定的历史脉络当中，考察他基于怎样的现实动因而做出这种探求，他借以建构某种世界想象体系的思考基点，以及要通过这样的思想创造来解决怎样的现实问题，并达到怎样的社会目的，那么问题并不像金介甫所说的那样简单。沈从文在40年代看似“逆时代潮流而动”的文学探索，是试图建构一套别样的关于现代中国与现代文学的塑造方式。

这种新探索的前提或基点，在于文学作为社会改造武器相对于政治的对抗性。沈从文始终相信以文学来改造社会，比政治来得更会有效，而且更能引导人类社会趋向进步。尽管他始终在讥讽种种与政治密切相关的文学行为，而强调文学写作“必需通过个人的高度劳动，来慢慢完成，不宜依赖其他方法”[50]，尤其反对政治对文学的干涉和制约，但这并不是说他信奉的是如邵荃麟等人所言的“为艺术而艺术”。不如说，沈从文强调文学的独立性，是因为他认为文学具有比政治更伟大的意义，更具有改造社会的有效能量。在这个层面上，他突破了人们惯常理解的文学与政治的二元对立式，即“‘政治’被抽象化和实体化为与文学相对的力量，有关文学和人性的讨论就不能不停留在是否与公式主义和政治划清界限的层面”[51]。在沈从文看来，文学和政治本身都不是最终的目的，最终目的在于对社会、民族、国家的“一种观念重造的设计”。在关于文学理想的考虑中，沈从文始终没忘记把这种思考和社会、民族的发展联系在一起，且认为文学的功能在于创造“用人生的光和热所蓄聚综合所作成的种种优美原则，用各种材料加以表现处理，彼此相黏合，相融汇，相传染，慢慢形成一种新的势能、新的秩序的憧憬”[52]，以此来改造既有的社会形态和民众的精神状态。在这样的意义上，文学同样是一种政治，所不同的是，这是一种文化改造、思想革命意义上的政治，它注重的是“从‘争夺’以外接受一种教育，用爱与合作来重新解释‘政治’二字的含义”，因为文学对于理想人生形式的描述和憧憬，影响到普通民众，将促使“一个国家的新生，进步与繁荣”[53]。

就如何理解政治的具体意涵而言，不能不说沈从文始终怀有一种偏见。他将政治等同于权力、集团争夺以及武力斗争，且认为那些所谓的政治家其实对群众关注甚少，他们所知道的仅仅是“将来可能作部长、国府委员”。从这些政治活动中，他无法发现那是“这个民族最优秀头脑与真实情感的产物”[54]，而不过是“一群富有童心的伟大玩火情形”，所谓现实则不过是“集团而争浑水摸鱼的现实”[55]。这些言论显然表明了沈从文对政党政治的偏见，特别是对于左翼革命与社会改造运动的隔膜与误解。因而，在《从现实学习》中，他为之作偈曰：“一切如戏，点缀政治。一切如梦，认真无从。一切现实，背后空虚。仔细分析，转增悲悯。”这也是引发40年代左翼文坛对他激烈批评的一个重要原因。事实上，沈从文否认的不是政治本身，而是组织社会政治活动的具体方式。他认为文学家或艺术家，对于社会发展而言，具有比政治家更重要的意义，“一个伟大纯粹艺术家或思想家的手和心，既比现实政治家更深刻并无偏见和成见的接触一切，因此……它的伟大的存在，即于政治、宗教以外，更形成一种进步意义和永久性”[56]。

不管沈从文对政治有着怎样狭隘的理解，但就他对文学的思想意义与功能的强调而言，却是一种文化政治实践的具体表现。他所理解的文学功能，接近于一种世界本体论的方式。他赋予文学一种作为世界、社会本源性实践的位置，因此，不仅超越了简单的对文学和政治做二元对立的实体化理解的方式，而且经由文学创作的探索，他试图达到的是对整个世界、社会的理性的整体把握。这种理解方式颇接近日本学者竹内好的文学观，即“把‘文学’从一种创作行为推向终极性和本源性存在本身，同时又使这种终极性与本源性在‘文学’的名义下获得现实人生的流动形态。……文学是思想，是行为，是政治，是审美，但是它又是远远超过这一切的、催生了也废弃了这一切的那个本源性的‘无’，那个不断流动的影子和不断自我更新的空间”[57]。如果说，竹内好经由对文学位置的本源性理解而形成了对日本现代性的独特理解，那么，同样也应该给予沈从文这种把文学本源化的努力以相应的理解和重视。

正是通过对文学位置与功能的特殊理解，40年代的沈从文形成了一套独特的阐释个人、现实、历史、社会、民族乃至宇宙的思考方式。这种探索因为缺乏明晰的理论范畴和思想体系而显得相当含混，但并不像金介甫所言，理解这种思想只需要想象力而不需要学问。毋宁说，沈从文40年代思想的不可理解性正因为他溢出了我们惯常关于文学以及“现代”的想象方式。重新深入沈从文这一时期的探索，有助于解释他在1949年后的行为和表现；而且，对于理解40年代中国作家文学和思想探索的广度和深度，以及他们关于现代想象的复杂性而言，沈从文也是一个特别值得重视的研究个案。

2.“民族品德的重造”

沈从文一贯认为自己并不仅仅是一个擅长写故事的小说家，而是一个有着独特思想追求的作家。他把这种思想追求看作五四新文化运动对他的最重要的影响，那就是以文学改造社会。但这一创作目的在沈从文的不同创作阶段，其表现方式并不相同。对于思想重造意识的凸显，可以说是沈从文第二个创作十年的主要特点。

基于这样一种自觉的创作转型诉求，沈从文曾把自己的创作分成两个不同的阶段，即以1935年为界，前十年主要是“学习用笔”的阶段，以上海良友图书印刷公司1936年5月出版《从文小说习作选》为标志。在这个阶段，沈从文从一个来自湘西边疆、连标点符号都不会使用的“乡下人”成了著名作家，《边城》《湘行散记》《八骏图》《月下小景》等是他达到成熟艺术风格的代表性作品。《从文小说习作选》可以说是他对自己前十年创作的自觉整理。但在回顾和反省这个时期的创作时，沈从文感到“并没有能够完全符合初初从事这个工作时，对于文学所抱明确健康目的，而稍稍走了弯路”[58]。

这里所说的“目的”，即以文学创造一种理想的人性形式，沈从文形象地将其描述为“选山地作基础，用坚硬石头堆砌它。精致，结实，匀称，形体虽小而不纤巧，是我理想的建筑。这神庙供奉的是‘人性’”。用这样的作品使读者“发现一种燃烧的感情，对于人类智慧与美丽永远的倾心，康健诚实的赞颂，以及对于愚蠢自私极端憎恶的感情。这种感情且居然能刺激到你们，引起你们对人生向上的憧憬，对当前一切的怀疑”[59]。对于这种理想的文学形式，沈从文并没有给出更具体的描绘，毋宁说这种文学理想始终是参照政治化、商业化的文坛常态而存在的。因此，在论及这一文学理想时，沈从文总是把它和所谓城里人与乡下人、“社会上流行的风格，流行的款式”与“彻底地独断”做对比，以及对“理论家和批评家”的讥讽联系在一起。他一再强调，他的作品不是为某一种人而写，也不是为某一种批评流派或政治立场而写，而是具有一种独立且更恒久的品质。在1934年写给张兆和的信中，他骄傲地预言：“我实在是比某些时下所谓作家高一筹的。我的工作行将超越一切而上。我的作品比这些人的作品更传得久，播得远。我没有方法拒绝。”[60]沈从文具有这种自信的原因是他相信，相对于另外那些迎合、图解文学理论的作家，相对于那些并不了解中国农村真实状况的文坛无谓争论，他的作品所描写的是“中国另外一个地方另外一种事情”，也就是“把这个民族为历史所带走向一个不可知的命运中前进时，一些小人物在变动中的忧患，与由于营养不足所产生的‘活下去’以及‘怎样活下去’的观念和欲望，来作朴素的叙述”[61]。他称之为具有现代意义的抽象“理性”。这种理性就是超越个人、群体、党派的限制，而对中国的过去、现在和将来有所关心，并重新设计中国的未来。

是什么因素促成沈从文在1935—1936年自觉地对自己的创作进行反省，并希望调整自己的创作方向？ 1934年年初的湘西之行是相当重要的因素。这是沈从文自1923年离开湘西十多年后，第一次重新回到故乡。这次回乡之旅所见到的故乡现实，或许很大程度上促使沈从文重新燃起了用文学来改造社会也改造自己的初衷。

在《〈边城〉题记》里，沈从文第一次提到“民族品德的重造”问题。可以说，沈从文始终相信五四新文化运动所倡导的文化革命的思想，相信民族复兴可以通过观念的重新改造和创造来完成（即“照着文学革命所提出的大目标，来终生从事这个工作”）。在《〈长河〉题记》中重提这一问题，源自1934年年初沈从文的故乡之行。这次重回故乡，他了解到了湘西社会的真实情况，“表面上看来，事事物物自然都有了极大进步，试仔细注意注意，便见出在变化中那点堕落趋势。最明显的事，即农村社会所保有那点正直素朴人情美，几乎快要消失无余，代替而来的却是近二十年实际社会培养成功的一种唯实唯利庸俗人生观。敬鬼神畏天命的迷信固然已经被常识所摧毁，然而做人时的义利取舍是非辨别也随同泯没了”[62]。伴随五四新文化运动而来的“现代”观念和形态，并没有在湘西社会形成正面影响，“‘现代’二字已到了湘西，可是具体的东西，不过是点缀都市文明的奢侈品，大量输入上等纸烟和各样罐头，在各阶层间作广泛的消费。抽象的东西，竟只有流行政治中的公文八股和交际世故”[63]。

对于沈从文而言，意识到故乡湘西的这一现实状况是相当重要的。他曾自认的“乡下人”身份，事实上潜在地包含了乡村可能比城市更好地保存了民族文化美德的想法。在他第一个十年创作期的作品中，湘西成为一个乌托邦式的理想社会，他所建构的文学的“希腊人性神庙”即以此为基础。如果说这一理想社会在现代变动过程中，竟呈现为“堕落趋势”，而且人们“都仿佛用个谦虚而诚恳的态度来接受一切，来学习一切，能学习能接受的终不外如彼或如此”，那么，需要做的可能就不是简单地接受“现代”的问题，而需要对这个“现代”进行观念上的重造，并使其实践到社会当中。这大约是1935年前后，沈从文对即将开始的第二个时期创作目标的基本预期。

1937年，抗日战争全面爆发，沈从文随同杨振声、朱光潜等合编中小学国文教科书的小组成员离开北平前往昆明的途中曾第二次重回湘西，并在沅陵停留了四个月的时间。在这段时间里，沈从文进一步了解到战时湘西的社会状况，也有机会在湘西社会的政治格局中扮演一个不大不小的政治角色。在长沙时，沈从文即对一些军队人员发表过《莫错过这千载难逢的报国机会》[64]的演讲，劝告乡人不能“只图个人出路，忘了国家”，并说明这种对国家的关心仅仅出于一个“国民”的责任感——“我不是要作官（因为作官对我一点也不上算），不是袒护谁（因为我不属于任何党派），不是为私人利益（我从无发财打算），只为自己是一个国民，一个镇筸人”。在沅陵沈从文大哥沈云麓的住处，沈从文曾请来陈渠珍、龙云飞等同乡文武方面的重要人物，向他们介绍在北平、武汉、长沙等地见到或听到的时局情况，且号召家乡人结束内部纷争，共同抗日救国。这期间，沈从文曾被任命为湖南省参议员，但他没有接受。[65]这一次的经历再度强化了沈从文对湘西问题的自觉意识。或许可以说，沈从文对于中国社会、民族的思考一直是以湘西作为参照对象，是从湘西这一中国边地区域来思考整个中国的现代化问题。如果说，1934 年之前的作品中，湘西这一地域的影响仅仅表现为一种地方特色的话，那么此后，沈从文越来越有意识地考虑湘西作为当时中国时局中的一种政治力量和中国现代化过程中一个独特区域的可能性。因此，1938 年沈从文到达昆明之后，对于湘西社会现实的关注一直是他创作的一条重要线索。

在 1939 年出版的散文集《湘西》中，沈从文自称是“一个湘西人对于来到湘西或关心湘西的朋友们所作的一种芹献”，“目的只在减少旅行者不必有的忧虑，补充他一些不可免的好奇心，以及给他一点来到湘西为安全和快乐应当需要的常识，并希望这本小书的读者，在掩卷时，能对这边鄙之地给予少许值得给予的同情，就算是达到写作目的了”。[66]也就是说，这是为了减少长期以来普通民众对湘西社会的误解而写的介绍性读物。但这份读物却是一部文字简约、古朴而优美的文学作品，充分显示了成熟时期沈从文的文字风格。在 1938 年开始陆续发表、1945 年出版的长篇小说《长河》第一部的“题记”中，沈从文提到 1934 年和 1937 年的两次故乡行，并说这部小说的写作目的，即“用辰河流域一个小小水码头作背景，就我所熟习的人事作题材，来写写这个地方一些平凡人物生活上的‘常’与‘变’，以及在两相乘除中所有的哀乐”。尽管小说所写的仅仅是湘西一隅的事情，但是沈从文相信，在湘西存在的社会状况，“说不定它正和西南好些地方差不多”；湘西社会变化过程中遭遇的问题，也许会在中国“别一地方发生”。即使战争胜利之后中国确实已经完全改变，沈从文也相信，他所描写的湘西状况仍旧可以“与‘当前’崭新的局面对照，似乎也很可以帮助我们对社会多有一点新的认识，即在战争中一个地方的进步的过程，必然包含若干人情的冲突与人和人关系的重造”[67]。

关注湘西问题，对沈从文而言，也是对现代中国问题的关注。他一方面将这个区域所发生的一切视为特定历史、现实脉络中的现象，同时也将其视为普遍发生在变动中的中国社会共有的问题。这构成了此后沈从文关注民族、国家问题时的一个基本立足点。1946年后，沈从文陆续发表了《湘人对于新文学运动的贡献》《怀昆明》《一个传奇的本事》《芷江县的熊公馆》《新党中一个湖南乡下人和一个湖南人的朋友》等散文与杂文，谈到湖南人在中国现代历史过程中的特殊位置。这可以看作沈从文在解放战争格局中对故乡前途的忧患，也可以看作沈从文对自己身份和归属的再次确认。他在思考民族、国家问题时，始终不是抽象的，而是有湘西的影子在其中。这对他而言，也是“现实”的一个相当重要的组成部分。但或许正因这一特点，沈从文对于湘西现实和湘西身份的关注，使他具有了一定地方自治的政治色彩。在40年代抗战结束的情形下，如此明晰地谈论地方问题和区域身份，是非常少见的，因为当时人们已然将中国视为一个统一而独立的现代民族国家，而沈从文却这样强调地方问题和地方身份的特殊性。这或许也是他游离于时代潮流之外的因素之一。

3．人生戏剧

除了对湘西问题的重新理解之外，促成沈从文的创作在30年代中期发生变化的另外一个重要因素则是他个人生活状况的改变。

1933年是沈从文生活发生重大变化的一年：这一年，他与追求多年的吴淞中国公学的学生张兆和结婚，从此步入稳定的都市中产阶级生活。同年，他离开青岛大学回到北平，与杨振声、朱光潜等人合编中小学国文教材，同时与杨振声合编《大公报·文艺副刊》；次年，又与巴金、卞之琳等主编《水星》杂志，从而成为北平文学活动的重要组织者。此时，沈从文已经成为文坛的重要作家，《边城》《湘行散记》《八骏图》《从文自传》《记丁玲》等重要作品的发表，进一步扩大了他在文坛的声誉和影响，且通过编辑刊物，沈从文事实上已经成为北方文坛的领袖人物。1934年，沈从文相继发表《论“海派”》《关于“海派”》，批评上海文坛是“名士才情”和“商业竞卖”的结合，从而引发文坛“海派”和“京派”的论争。而此时，沈从文无疑已经成为“京派”文人中的领袖作家。

但在个人生活完满，并且社会影响和文坛地位臻于巅峰的这个时期，沈从文却遭遇到严重的内在精神危机。这种精神危机的发端，我们隐约可以从1936—1937年的一些作品和1943年发表的心理自传性散文《水云——我怎么创造故事，故事怎么创造我》[68]中窥见端倪。

1936年完成的散文《沉默》中，沈从文写道：“我沉默了两年。这沉默显得近于有点自弃，有点衰老。”但这种沉默，他并不认为是精神的枯竭，而是“从内省上由自己感觉而证明”自己的存在。他说这种方式“近于一般中年人生活内敛以后所走的僻路”，且同时预言，这是他向“深处、远处、高处”思索的结果。他“希望个人作品成为推进历史的工具，这工具必需如何造作，方能结实牢靠，像一个理想的工具”，而这种思索则是使自己具有一个“凡事能独立思考的脑子”，“进行创作才不必依靠任何权势而依旧能存在”。[69]从这些表述中可以知道，沈从文此时已经开始准备通过个人的思索和创作，形成一种“独立”的、“不依靠任何权势”的思想观念和创作路径，并希望通过这样的文学作品来“推进历史”。但使他感到困惑的是，“人间广泛，万汇难齐”，要形成一种超越一切人事的纷纭而普遍适用的观念或文学形态，是何其艰难。这篇沈从文创作转型期的文章提示给我们的内涵，值得关注的不仅在于沈从文思考问题的方式，即他倾向于以一种理性的方式来理解宇宙和人生，并且认为可以通过文学思考和创作而达到，更重要的是沈从文所描绘的困惑，即对于人的理性之有限性的困惑。事实上，这种困惑的根源来自沈从文的个人生活体验。

这一点最明显地表露于自传性散文《水云》。贯穿其中的是两个自我的交战和论辩，一个是“对生命有计划对理性有信心的我”，另一个是“宿命论不可知论的我”。这是作家内心冲突的一种戏剧性再现，同时也是他内心紊乱时的自我挣扎。那个“对生命有计划对理性有信心的我”相信，“世界上不可能用任何人力材料建筑的宫殿和城堡，原可以用文字作成功的”，而那个“宿命论不可知论的我”却相信“情感和偶然”才是决定命运的最终因素。“情感”并不像“由知识堆积而来的理性”，能够供人驱使，而具有极大的偶然性。但人本身属于情感，而情感又属于生理上的“性”，“性”又属于人事机缘上的那些“偶然”（文中把自己所遇到的女性称为“偶然”——笔者注），只有它能使生命“如有光辉，恰恰如一个星体为阳光照及时”。那个“对生命有计划对理性有信心的我”最终无法回答这样的诘问：“你能不能知道阳光在地面上产生了多少生命，具有多少不同形式？你能不能知道有多少生命名字叫作‘女人’，在什么情形下就使你生命放光，情感发炎？”〔70〕无法回答这个问题的那个“对生命有计划有理性有信心的我”，因而全面溃败。

这两个自我的戏剧性冲突，其实说得直白一些，就是沈从文在情感生活上遭遇危机的具体呈现。1934年的沈从文感到那些在理性计划中的事情他都已经得到了——“名誉或认可，友谊和爱情，全部到了我身边。我从社会和别人证实了存在的意义”。可是得到的这一切并不能使他感到幸福和满足——“情感上积压下来的一点东西，家庭生活并不能完全中和它消耗它，我需要一点传奇，一种出于不巧的痛苦经验，一分从我‘过去’负责所必然发生的悲剧”〔71〕。这种对“过去受压抑的梦”书写的结果，是小说《边城》的完成。但是，这种纯粹的文学创作并不能解决全部问题。当他继续追问：“生命真正意义是什么？是节制还是奔放？是矜持还是疯狂？是一个故事还是一种事实”时，他感到一切理性的限制此时都无法真正满足自己。

在另一篇自传性小说《主妇》〔72〕中，沈从文同样写到那个当丈夫的男人在情感和理智之间的困惑。为了适应家庭生活，他开始限制自己不切实际的幻想，具体方法就是停止创作而将精力转移到收集瓷器古玩上去，他称之为“用物质嗜好自己剪除翅翼”。然而，三年稳定的婚姻生活却使他“精神方面显得有点懒惰，有点自弃，有点衰老，有点俗气”。但当这种看似稳定而平庸的城市中产阶级生活终于不再能使他满足时，尤其是人近中年感觉到一切人生俨然都在安排之中而不再有发展时，沈从文感到自己逐渐进入一场“激烈战争”中，即“理性和情感的取舍”。“战争”的结果是，“那个理性的我终于完全败北了”。

在《水云》中，沈从文描绘了三个“偶然”（即女性）在自己生命中形成的热烈而奇特的印象。这种恋情遭遇在他那里具有了别样的意义：他将之视为“用人教育我”，视为“生命追求抽象原则的一种形式”。恋爱中的情感遭遇使沈从文体验到一切宇宙万物中所存有的“神性”：“墙壁上一方黄色阳光，庭院里一点花草，蓝天中一粒星子，……因为和‘偶然’某一时的生命同时嵌入我记忆中，印象中，它们的光辉和色泽，就都若有了神性，成为一种神迹了。不仅这些与‘偶然’同时浸入我生命中的东西，含有一种神性，即对于一切自然景物，到我单独默会它们本身的存在和宇宙微妙关系时，也无一不感觉到生命的庄严。一种由生物的美与爱有所启示，在沉静中生长的宗教情绪。”〔73〕

沈从文在个人情感生活上的这种放纵，显然与作为社会常态的伦理道德规范不相容。沈从文也因此受到来自各方的道德指责。郭沫若所讥讽的“从石榴裙下的现实去学习拜倒，从被窝中的现实去学习自渎”，即是指此。当沈从文以这一时期的生命体验为依据写成的小说《摘星录》发表在1943年的《新文学》杂志上时，刊物编辑在“后记”中这样评价：“沈从文近来的作风，似乎都想用人生问题的讨论开头，而后装入他那一贯的肉欲的追求，‘生命的诗与火的赞美’来结束。这作兴就是他的人生态度人生观的基本的流露了吧！”〔74〕

事实上，沈从文并非没有意识到这种指责。在《〈看虹摘星录〉后记》中，他写道：“我这本小书最好读者，应当是批评家刘西渭先生和音乐家马思聪先生，他们或者能超越世俗所要求的伦理道德价值，从这篇章中看到一种‘用人心人事作曲’的大胆尝试。……这其间没有乡愿的‘教训’，没有腐儒的‘思想’，有的只是一点属于人性的真诚情感。”[75]大约在选择卷入这种情感纠纷中时，沈从文就已经意识到了这是一种“冒险”。这不仅意味着他将失去成功与幸福，失去理性、稳定的中产阶级婚姻生活常态，也将失去自我生命的平衡。但他相信，“必在完全失去平衡之后，方可望重新得到平衡”，而且能够“由极端纷乱”最终“得到完全宁静”[76]。当理性重新恢复的时候，能够用笔记下“生命中最光辉的青春，和附于青春而存在的羞怯的笑，优雅的礼貌，微带着矜持的应付，极敏感的情分取予，以及那个肉体的完整形式，华美色泽和无比芳香”，他相信那是“生命”的最光辉形态，也是“神性”的体现。沈从文将之称为“最后一个浪漫派在二十世纪生命取予的形式”，称为“在‘神’之解体的时代，重新给神作一种赞颂”[77]。这是沈从文即使在卷入情感纠纷时，也未曾放弃的创作理想。或者不如说，正是为了体验生命最光辉的青春，从深处体验“人性”，他才决定卷入这种情感的纷乱体验当中。

这样说起来，他的文学创作并不仅仅是对于生活和人生体验的反映，人生体验同时也变成了“文学实验”的一部分。事实上，如《水云》的副标题所显示的那样，“我”与故事、人生与文学，在沈从文那里是二而一的事情，既是“我”创造了“故事”，同时也是“故事”创造了“我”。如一位研究者所说的，沈从文“从偏僻的湘西来到北京、上海等大都市，他由一个没有受过系统教育的流浪士兵，成为一个富有成就的作家，这个过程，这个过程包含的意义，本身就构成了一部人生戏剧”[78]。这是被沈从文称为由那个“对生命有计划对理性有信心的我”所完成的人生戏剧。而30年代中期，沈从文“沉默”时期的这种情感遭遇，事实上也可以称为另一种“人生戏剧”，只不过这是由那个被“情感和偶然”支配的“我”所演出的人生戏剧。

这种人生与戏剧、“我”与故事的混淆或转换，正体现了文学在沈从文这里的本源性意义。文学不仅由“我”所书写，也是对“我”的塑造，也就是说由“我”创作出来的文学具有高于“我”的普遍意义，它可以扩大到一切人；因而，由“用人教育我”的方式扩大自我，同时扩大的也是对人的普遍理解，并经由作为作家的“我”而将之转化到文学创作中去。在这样的意义上，沈从文在“偶然”那里获得的情感体验，并非单纯是个人私生活的放纵，而同时也是他特殊的“用人教育我”的方式。沈从文相信，这种情感体验中感受到的生命形态，是“神性”在生命中的表现，而且这种神性可以用文字表现出来，并扩大到一切生命形式当中，成为创造人性的“种种优美原则”的依据和最高形态；且能够由此生命形式在社会中的扩散，形成一种普遍的“新的势能，新的秩序”。这是沈从文人生戏剧的独特逻辑。如果说，在1934—1936年，沈从文曾明确表示希望通过文学创造一种理想的人性形式，那么，他创造的起点则正是由这种“用人教育我”的经验作为基石和依据。

三、烛虚或梦魇：40年代的创作转型

1937年8月，沈从文以教育部教科书编写组成员的身份，与北大、清华的教师一起撤离北平。12月至次年3月，在长沙和湘西停留近四个月。1938年4月到达昆明。次年6月起，沈从文受聘担任西南联大师范学院国文系副教授[79]。与此同时，沈从文也切实进入他第二个十年时期的文学创作。除《湘西》《长河》等以湘西为题材的现实题材类作品之外，他开始倾注全力探索“生命”的神性形式。这种探索主要表现在散文集《烛虚》（1940—1942）、小说集《看虹摘星录》（1942—1943）、散文集《七色魇》（1943—1945）中。在这些作品中，他不仅试图建构一种从个体生命到宇宙万物的整合性思想，而且尝试用文学形式将这种抽象的生命形态呈现出来。这种探索包含了自然、社会中的一切事物，“蝼蚁蚍蜉，伟人巨匠”均在其列，且没有任何固定思考的依托，不依赖任何既有的思想或经典原则，而希望纯粹用他自己的脑子“独立”地思索这一切。

这种上天入地、以一己之力穷尽宇宙奥秘的广袤求索，沈从文只

是到后来才感觉到“神经已发展到一个我能适应的最高点上。我不毁也会疯去”[80]。沈从文曾将自己这个时期的思想探索称为“尼采式的孤立”，所不同的是，尼采思索的结果是告诉人们“上帝已死”，而沈从文的思索却是要告诉人们“神在生命中”。

1.《烛虚》《七色魇》与“超人哲学”

沈从文这一时期的思想无疑是极端芜杂的，从佛经到尼采，从弗洛伊德到文选诸子，从基督教到进化论等，均可从作品中找到痕迹。[81]如果仅仅从这些文字的思想出处来理解，恐怕难以追踪沈从文的思索轨迹。事实上，有出处的思想资源在沈从文这里，仅仅是一种表达方式或符号，他需要做的是将个人体验、社会现象、自然万物统一到某些抽象的生命形式当中，并用文字将这种形式传达出来。因而，这一时期沈从文思想的一个基本前提，大致可以称为一种“超人哲学”式的“宇宙整体论”建构。他希望以一己之力穷尽宇宙的奥秘，小至一花一草，大到人类宇宙。在这一时期，沈从文的文字中经常出现“上帝”，“以造物的心情”理解万物，都可以视为这种“超人哲学”的具体呈现。

这种“宇宙整体论”在沈从文作品中有不同的表现形式，但可以简略地归纳为两种形态：一种是力图把宇宙万物抽象、归纳为某种基本原则，而且相信宇宙间存在这样的“原则”。如《烛虚·五》说，“宇宙实在是个极复杂的东西，大如太空列宿，小至蚍蜉蝼蚁，一切分裂与分解，一切繁殖与死亡，一切活动与变易，俨然都各有秩序，照固定计划向一个目的进行”，这种目的被沈从文抽象为“求生命永生”。同时又说，“所谓知人，并非认识其复杂，只是归纳万汇，把人认为一单纯不过之‘生物’而已”。这种认知方式倾向于做一种理性概括，且有简单化之嫌。沈从文采取的另外一种更为一贯的宇宙整体论认识方式，则类似“一沙一世界，一鸟一天堂”，即由一物而知宇宙，本质与现象不可分。如《烛虚·一》中写道：“察明人类之狂妄和愚昧，与思索个人的老死病苦，一样是伟大的事业。”《烛虚·五》

引用了《哥林多书》中的一段话："我认识一个在基督里的人，……我认得这人，或在身内，或在身外，我都不知道，只有神知道。他被提到乐园里，听见隐秘的言语，是人不可说的。"《烛虚·五》的一段写道："这种美或由上帝造物之手所产生，一片铜，一块石头，一把线，一组声音，其物虽小，可以见世界之大，并见世界之全。或即'造物'，最直接最简便那个'人'。"《潜渊·四》则写道："美固无所不在，凡属造形，如用泛神情感去接近，即无不可以见出其精巧处和完整处。"在对整个宇宙万物进行一种整体性认知时，沈从文采取了一种泛神论方式，相信万物都由造物主创造出来，其生命形式和内在规则都有迹可循。当沈从文以这样的态度和方式来看待万物时，他事实上将自己放置到一种类似于上帝的位置上：他不仅以上帝创造万物时的心情去接近、理解万物，而且要以文字再创造这种生命的神性形态。

宇宙万物的本体形式，沈从文称之为"美"。《烛虚·五》中，他写道："在有生中我发现了'美'，那本身形与线即代表一种最高的德性，使人乐于受它的统制，受它的处治。人的智慧无不由此影响而来。"《潜渊·五》说这是"由无数造物空间时间综合而成一种美的抽象"。然而，这里的"美"仅仅是一种"抽象"，它无法被文字表达出来，而只能去领会和感受。"我看到一些符号，一片形，一把线，一种无声的音乐，无文字的诗歌。我看到生命一种最完整的形式，这一切都在抽象中好好存在，在事实前反而消灭。"(《生命》)因此，这种"美"似乎只能体认而无法表达，这也是沈从文感到焦虑的根源——"生命与抽象固不可分，真欲逃避，惟有死亡"(《潜渊·五》)。

沈从文把能够发现和领悟宇宙造物的这种"美"，视为人生存的最高意义。在能否领悟"美"这一点上，他把人的生存区分为"生活"和"生命"："生命具神性，生活在人间。"(《潜渊·六》)这两者存在着高下之分、本质之别，"每个活人都象是有一个生命，生命是什么，居多人是不曾想起的"(《生命》)。一般人体认到的，不过是低级的"生活"——"人能贴近生活，即俨然接近自然，成为生物之一种，从‘万物之灵’回到‘脊椎动物’”（《潜渊·二》）；而生命则是一种高级的抽象的生存样态——“金钱对‘生活’虽好象是必需的，对‘生命’似不必需。生命所需，惟对于现世之光影疯狂而已。因生命本身，从阳光雨露而来，即如火焰，有热有光”（《潜渊·四》）。概括说来，沈从文所说的“生活”指的是人仅仅满足生物性的生存本能，并用社会习俗来约束自我。这是一种庸常的失去了生命本来意义的生存状态。而他所谓“生命”，即能够超越世俗功利的精神状态，最重要的是对抽象的“美”产生“爱”的能力，如《潜渊·四》中所说的“生命之最大意义，能用于对自然或人工巧妙完美而倾心”。“爱”是一种倾心于“美”的情感能力，能有“爱”的人才有“生命”。因此他说，“抽象的爱，亦能使人超生。爱国也需要生命，生命力充溢者方能爱国”（《生命》）。而“多数人或具有一种浓厚动物本性，如猪如狗，或虽如猪如狗，惟感情被种种名词所阉割……譬如说‘爱’，这些人爱之基础或完全建筑在一种‘情欲’事实上，或纯粹建筑在一种‘道德’名分上”（《潜渊·六》）。换言之，沈从文认为只有具备爱的能力的人的生存，才能称为生命。但同样悖论的是，正如美是一种抽象，爱也无法表达。“爱能使人喑哑——一种语言歌呼之死亡。‘爱与死为邻’。”（《生命》）美与爱被视为生命的最高意义，而这两者又是无法表达的东西，类似于死亡体验，这或许正是沈从文这一时期的思想悖论的关键所在。

《烛虚》由许多思考的片段组成，这些片段一方面对社会现象进行明确的批判，另一方面又沉溺于无法表达的焦虑之中。在沈从文的这些表述中，美、生命、爱是经常被提到的三个关键词，也是他借以描述所体验的造物形式的命名方式。这种命名与其说表达了被表达之物的形态，不如说仅仅传递了一种表达的需要。事实上，他始终在强调的一点是，他表达的是不可表达之物。真正赋予这种表达以意义的，是沈从文作品采取的一系列二元对立式：自然与社会、人与我、生命与生活、意志与命运、神性与人性，前项参照后项而存在，并通过对后项的否定，而确立沈从文的价值判断。这样一种表达方式事实上也是造成沈从文表达困境的核心原因：当他采取二元对立的方式，用他所体验的神性生命对抗世俗社会生存状态时，他能够非常清晰而强烈地感觉到他印象中的想象世界之美。但是，当他直接面对这种美时，他感到自己丧失了一切表达的媒介语言。这种表达上的困境，是沈从文这一时期遭遇的最大问题。

从1944年到1947年，沈从文陆续发表了《绿魇》《赤魇》《青色魇》《黑魇》《白魇》等以七种颜色和梦魇为题的作品。这些作品曾以“七色魇”[82]为名收入《沈从文别集》。这些介于散文和小说之间的作品继续着《烛虚》所思索的问题。

有所不同的是，如果说《烛虚》侧重从个体生命来表达美与爱，那么《七色魇》则偏重于将从美与爱的体验中获得的生命抽象原则扩大到社会当中去，以完成一种“民族品德的重造”。从沈从文的宇宙整体观来看，这是一个可以也应该完成的过程，即由自然、生命中发现并提取出“抽象形式”，并将之实践于社会的重造。在《黑魇》中，他写道：“先从天光云影草木荣枯中，有所会心。随即由大好河山的丰腴与美好，和人事上无章次处两相对照，慢慢的从这个不剪裁的人生中，发现了‘堕落’二字真正的意义”，而他所作的一切则是“有勇气将社会人生如一副牌摊散在面前，一一重新捡起试来排列一下”。但是，这些以“魇”为题的作品，与其说沈从文最终找到了更理想的安排社会人生的抽象形式，不如说，一旦他面对社会现实，面对种种社会现象和大众人生状态，“抽象”就仅仅是一种逃避，因为只有逃避到抽象中，才能增加对社会的“无章次”性的理解。“一面想起眼前这个无剪裁的人生……一面想起另外一些人所抱的崇高理想，以及理想在事实中遭遇的限制，挫折，毁灭……不免痛苦起来。我还得逃避，逃避到一种抽象中，方可突出这个人事印象的困惑。”（《白魇》）在这里，沈从文再次陷入《烛虚》里的矛盾，即以一种二元对立的方式来建构或表达他所理解的社会和宇宙。这种二元对立的理解方式，事实上使沈从文陷入一种循环论证的困境中：因对美的生命的倾心，而对无剪裁的社会人生做出批判；但由于抽象的生命原则无法描述也无法实践于社会中，因此这种抽象的生命原则本身只能在参照社会现象时才体现它的意义，而不能自足地表现。就作品的写作形式来看，《七色魇》主要是一种自剖和自省式思考过程的呈现，作家的日常生活、杂乱的人事遭际、形形色色的社会现象等，被统一在一个孤独地思考的作家主体形象中。而这个企图把社会人生像牌一样重新安排的人，则似乎始终处在一种梦魇状态，既无法获得安宁也无法从中解脱出来。这大概是这些作品均以“魇”为题的原因。

将生命思考扩大到整个社会的同时，沈从文一直在探寻的是一种能够传递出美和爱的印象的文学形式。在《生命》中，他曾提出“用形式表现意象”，即“用半浮雕手法，如玉工处理一片玉石，琢刻割磨。完成时犹如小壁炉上小装饰。精美如瓷器，朴素如竹器”。或夜里梦见“一淡绿百合花，颈弱而花柔，花身略有斑点青渍，倚立门边微微动摇”。这些精致意象，事实上隐喻女性身体。当女性身体被以物的意象呈现出来时，她本身就被作为一种生命的形式，同时也被客体化。但是，因为自然与社会、生命与生活、神性与人性的矛盾，这种美的生命意象仍不免被“伪君子眼目所污渎”，因而他最终仍旧焚毁了那个稿件。在《烛虚·五》中，他写道：“表现一抽象美丽印象，文字不如绘画，绘画不如数学，数学似乎又不如音乐。”这似乎也是在承认用文字表现美的不可能性。

2.《看虹录》与小说探索的困境

在很大程度上，小说集《看虹摘星录》[83]可以看作是沈从文对他所体验到的生命的美与爱进行表达的一种实验形态。这是沈从文希望将抽象的无法被表达的美呈现于文字当中的文学写作探索。与《烛虚》不同的是，这些小说一定程度地融入了沈从文个人生活的情感经历和心理状态，这些描述性的内容构成了小说的基本要素。但就表达的初衷而言，这些小说的主旨却是诗，或沈从文自己所说的用人心人事作曲。这里仅以《看虹录》[84]为个案来分析沈从文在这些小说中的创作追求和表现形态。

《看虹录》分三部分。第一部分写“我”在月光中寂静的牌楼下嗅到梅花的清香，因而走向“虚空”而“素朴”的小屋中，开始阅读一部“奇书”。第二部分以第三人称的客观呈现方式，描述男客人和女主人在屋中度过的一个美好而微妙的雪夜，并以同构隐喻的手法引入男人所写的一个在雪中猎鹿的故事，极其精微地展现鹿的身体。最后是女人阅读男人写来的信，信中以同样精致的笔法展现女人身体及其感受。第三部分写的是现实生活中的“我”，那份由夜而昼、由昼而夜的焦灼心情。这篇小说有一个醒目的题记：“一个人二十四点钟内生命的一种形式”，且那部“奇书”也有一个反复提及的题词：“神在我们生命里。”这两个题记明显关联着沈从文在《烛虚》中的思想。就小说的整体结构而言，第二部分表面上看是一个情爱故事，但其中充满抽象意味的比喻和隐喻性描述以及扑朔迷离的意境的营造，已经暗示出这似乎并不是一个世俗意义上两情相悦的性爱故事。第一、第三部分则以时间的连续性、以第一人称的抒发，呈现一种无法从回忆和书写中把握神圣本质的焦灼心情。以散漫、敞开的抒情，包裹一个精致完整的故事，这种叙述文体形式上的努力，显然表明作品试图表达一种超越故事本身的象征意味。也就是说，深蕴于故事之中的抽象内涵，成为作品的真正重心。

联系《烛虚》对生命抽象的“美”与“爱”的理解，《看虹录》对女性身体和鹿身体的极其精致的呈现，可以说正出于表现生命形式的企图。小说悬置了任何关于身体的一般世俗理解如情欲、道德等，而将其视为生命的一种形式：“那本身的形与线即代表了最高德性”，即神性，人由此获得与上帝造物时相通的心境和眼光。《看虹录》第二部分与其说是一个写实的故事，不如说它是一个充满暗示的隐喻或一首诗。这种阅读感受来自扑朔迷离的描述：身份不明的男人与女人，与世隔绝的炉火小屋，单纯素净的雪夜，雪中猎鹿的奇事，典雅古朴的书信以及众多抽象而雅致的比喻——人物、环境、语词都抽象化了，氛围、情境、意象都在指向现象背后隐含的深意或本质。一切具象的存在现在都不确定了，而成为某种更内在的“本质”的化身：

处于与世隔绝的小屋中的没有身份的男人和女人，正是所有男人和女人的化身，他们的爱悦体现了“神”的意志，因为神使男女相爱；鹿与女人也不是作为欲望对象被描述，典雅精致的语言使她们庄重，超越常规的细部呈现使她们成为“美的化身”、一种物化了的生命形式或造型。

从文体形式来看，第二部分是第三人称的叙事，第一、第三部分则是第一人称的抒情。叙事本应该是小说的特色，然而，它传达的是生命形式的诗；抒情一般被视为诗的特权，而在这里表达的是以时间（“二十四点钟”）连接起来的一种求而不得的追寻过程。这也可以说是《看虹录》在文体形式上呈现的张力。这样做正是为了对应作品开始时的题记“神在我们生命里”。故事一般都是具体的，它讲述的是“我”“我们”，而诗则一般是抽象的，它指示着一种抽象化的本体，即“神”。形式和内容上的精巧对应，可以说是这篇小说在结构上相当别致的地方。

除此之外，这篇作品还采取了多种叙事形式和叙述技巧：第一部分将回忆心理和奇遇故事叠合，把不可见的心理过程外化为一个戏剧化动作；第二部分对“炉火”“窗帘上的奔马”等的描述、显对话和潜对话、同构故事（男人 / 女人、“我” / 鹿）、书信补述等，用不同手段来暗示人物的内心活动和人物关系的微妙展开过程；第三部分的抒情中则包含了怀念、向往、感叹、渴望、焦虑等不同的复杂心境。而月下牌楼、炉火小屋与单人书房三个空间的转换，与 24 点钟的时间标志造成的叙事流向，以及两者共同造成的情绪的流动和转换，将三个部分杂糅在一起，传递作品的主旨。

与《看虹摘星录》中的其他作品相比，《看虹录》是表达抽象的生命的美与爱主题和小说叙事形式结合得最成功的作品。然而，即使这样一篇沈从文最为着力的作品，读者在阅读时仍不免感到明显的生涩感。这种缺憾不仅因为小说技巧使用得过于频繁，而使人产生生硬、不自然的感觉，更重要的是作家过分明确的创作意图使得故事成了不堪重负的寓言，使抒情变成有些直露的告白，尽管小说纯熟、华丽的语词和老到的叙述手法在很大程度上弥补、遮掩了这一缺憾。

无法获得适当的文学形式来传达自己思索和感受到的思想，始终是沈从文昆明时期的一大焦虑。这份焦虑在《烛虚》中已经明确表达出来，但他相信融入一定现实经验的小说创作或许可以找到一种更好的形式。但事实上，一方面，宏大的思想建构极其困难而且难以达到完备的程度；另一方面，沈从文作品在叙事与抒情的关系上越来越不平衡，抒情极大限度地膨胀而叙事则极其萎缩。这也正是昆明时期沈从文以散文创作为主，而小说创作减少的内在原因。与他第一个十年期的成熟作品相比，《边城》在小说与诗、故事与象征之间获得了颇为自然天成的效果，而《看虹录》则基本上丧失了大故事的格局，仅保留了故事的原型或元素。与其说《看虹录》中有一般意义上的故事，不如说它有的是一些抽象出来的叙事元素。猎鹿故事仅仅保存了外壳，鹿的形体占据了故事的全部光辉；男女爱悦多少带有经验性叙述，然而人物来历不明，并且具有与世俗经验很不相同的神圣动机和节制神态。更为关键的是，到底是什么使小说的三个部分如此紧张地组合在一起，从什么地方寻找人物“我”的心理和思想的动机？这是这篇小说无法告诉读者的。有一种不属于叙事文本构成本身的极其焦灼的情绪附着于《看虹录》中。这种焦灼不是文本叙事的有机构成，而来自作家沈从文。他不能摆脱这种情绪来营构一个完整的想象世界，也不能将这种情绪有效地组织到作品当中，因而，整篇小说给人的感觉是破碎而不完整的，也使得意义大于故事，使得小说所表现的跟不上它所试图表达的。

这种缺憾的存在（而不完全如许多研究者所说的那样，是因为作品发表后批评意见太多）使得 1943 年以后沈从文停止了《看虹录》这类作品的写作。1946 年 6 月，在离开昆明之前，沈从文发表了小说《虹桥》。在这篇小说中，他让四个从事不同艺术类型创作的年轻人面对天空的彩虹发表议论，认为真正的自然奇迹，“只能产生宗教，不会产生艺术的”，“在奇迹面前，最聪敏的行为，就只有沉默，崇拜。

因为仿拟只能从最简陋处着手，一和自然手笔对面，就会承认自己能做到的，实在如何渺小不足道了”。[85]这或许可以看作沈从文对自己一个时期的创作探索的结论。事实上，这也可以说是他承认了以小说形式传达思想探索的失败。因为在这之后直到 1949 年完全停止写作，沈从文再也没有从事类似主题的小说创作。不仅如此，湘西题材的小说创作也都没有继续下去。《长河》第一部的出版遭到一再的压制后，沈从文没有开始设想中的第二部创作；作为“十城记”计划中的《小砦》《芸庐纪事》，以及试图把《烛虚》类思想探索题材和《长河》类历史现实题材的融汇起来的小说《雪晴》，都是未完成之作。

结语：“抽象的抒情”

1946 年回到北平之后，沈从文很少发表小说，而专注于报纸杂志的编辑工作及北京大学的教学工作。这个时期他同时担任了平津四份重要文艺刊物的主编或编辑，并发表大量时评性杂文。参照 1935—1937 年沈从文的表现，或许可以说，1946 年之后的沈从文再次进入到“沉默”时期（他始终把小说视为自己的真正作品），也是他遭遇创作困境的时期。他曾经预言自己在经历完全失去平衡的生活之后，可望重新得到平衡，并且“用一支笔来好好的保留最后一个浪漫派在二十世纪生命取予的形式”。但这种预期并没有实现。《烛虚》中表达的那种“‘吾丧我’，我恰如在找寻中。生命或灵魂，都已破破碎碎”，那种“生命已被‘时间’‘人事’剥蚀快尽了”的生命破败感和荒芜感，始终存留在沈从文的心底。或许，他曾经期望有机会能够重新开始，再次继续已经失败的尝试，但 1949 年巨变的到来不仅出乎他的意料，而且彻底击碎了他重新开始尝试的可能性。如果要寻找 1949 年沈从文那种悲剧感的更深缘由，或许正来自这里。而这，也正是 1949 年沈从文的“呓语狂言”与 40 年代初期的《烛虚》《七色魇》甚至在文字表达上也如此相似的原因。

沈从文在 1950 年后选择放弃文学创作，最关键的原因是他不得

1972 年冬于北京

不承认自己“与社会现实的脱节”，“个人与现实政治游离产生的孤立”。[86]而相信自己对“现实”有更深刻的理解，曾经是他如此自信地以一己之力穷尽宇宙奥秘且相信由此将导向以文学改造社会的实践行为的最核心思想，因此，承认自己与现实脱节，不能不说是承认他在 40 年代进行的思想探索的彻底失败。于 60 年代初期完成的《抽象的抒情》中，沈从文再次提到文学与社会、政治之间的关系。从这种描述中，可以看出沈从文的基本态度发生了极大的变化。他写道：“事实上如把知识分子见于文字、形于语言的一部分表现，当作一种‘抒情’看待，问题就简单多了。因为其实本质不过是一种抒情。特别是对生产对斗争知识并不多的知识分子，说什么写什么差不多都像是即景抒情，如为人既少权势野心，又少荣誉野心的‘书呆子’式知识分子，这种抒情气氛，从生理学或心理学说来，也是一种自我调整，和梦呓差不多少，对外实起不了什么作用的。”[87]

这时的沈从文承认文学仅仅是一种情绪的调节和抒发，对“外”（也就是社会、政治）并不能产生多少作用。这和他曾经把文学视为“民族品德的重造”的工具，视为比“政治”更重要也更伟大的观点，实际上已经向后撤了巨大的一步。这或许来自对自己曾经设想的现实之虚妄的认知，也或许来自对现实社会变动的无可奈何的认可。但无论怎样，这一步大后撤是沈从文不得不承认他40年代整个思想探索告败的核心缘由。这或许才是一位将文学看作人生、社会的本源实践的作家不得不放弃写作的更内在的原因，并最终使一个有着巨大创作雄心的文学家湮没在40—50年代历史转折的关口上。

注　释

〔1〕 沈从文：《我的学习》，刊发于《光明日报》1951年11月11日，收入《沈从文全集》（修订本）第12卷，太原：北岳文艺出版社，2009年，第372—373页。

〔2〕 凌宇：《沈从文传》，北京：十月文艺出版社，1988年，第433页。

〔3〕 沈从文：《从新文学转到历史文物——一九八〇年十一月二十四日在美国圣若望大学的讲演》，收入《沈从文全集》（修订本）第12卷，第386、389—390页。

〔4〕 沈从文：《从现实学习》，收入《沈从文全集》（修订本）第13卷。

〔5〕 李辉编著：《摇荡的秋千——是是非非说周扬》，“与夏衍谈周扬”，深圳：海天出版社，1998年，第39页。

〔6〕 黄平：《有目的之行动与未预期之后果——中国知识分子在五十年代的经历探源》，《中国社会科学季刊》1994年秋季卷。

〔7〕 沈虎雏：《团聚》，收入《长河不尽流——怀念沈从文先生》，吉首大学沈从文研究室编，长沙：湖南文艺出版社，1989年。

〔8〕 凌宇：《沈从文传》，第423页。

〔9〕 1948年12月7日，因平津战役，沈从文主编的《益世报·文学周刊》停刊时写给一个叫吉六的作者的信。这封信题名为《致吉六——给一个写文章的青年》，收入《沈从文全集》（修订本）第18卷，第519页。

〔10〕 沈从文1949年2月2日给张兆和的信，收入《从文家书——从文兆和书信选》，沈虎雏编选，上海远东出版社，1996年，第157页。

〔11〕 黄永玉：《这一些忧郁的碎屑》，收入《沈从文印象》，孙冰编，上海：学林出版社，1997年，第217页。

〔12〕 陈徒手：《人有病　天知否——一九四九年后中国文坛纪实》，“午门城下的沈从文”中

张兆和的谈话，北京：人民文学出版社，2000 年，第 13 页。

〔13〕 沈虎雏在《团聚》中描述了这样一个谈话细节："'可怕极了！你们不能想象。' 他抓住我的手，朝怀里按一按，尽量压低声气。他看见那人戴了口罩，装成医生穿着白褂子，俯身观察他死了没有，看见……'我认得出来，别人是医生，他不是。' 爸爸看到了收紧大网的一些人，现在正排演着一步步逼他毁灭的戏剧，有些人总是出现在他的幻念里……"(《长河不尽流——怀念沈从文先生》，第 510 页。)

〔14〕《今日文学的方向》，《大公报》(天津)"星期文艺" 第 107 期，1948 年 11 月 14 日。

〔15〕 沈从文：《致吉六——给一个写文章的青年》，收入《沈从文全集》(修订本) 第 18 卷，第 521 页。

〔16〕 郭沫若：《新缪司九神礼赞》，原载《文汇报》1947 年 1 月 10 日。收入《沫若文集》第 13 卷，北京：人民文学出版社，1961 年，第 431 页。

〔17〕 郭沫若：《拙劣的犯罪》，收入《沫若文集》第 13 卷，第 437 页。

〔18〕 默涵：《"清高" 和 "寂寞"》，《新华日报》1947 年 2 月 22 日。

〔19〕〔20〕 杨华：《论沈从文的〈从现实学习〉》，《文萃》周刊第 12—13 合刊，1947 年 1 月。

〔21〕 沈从文：《从现实学习》，收入《沈从文全集》(修订本) 第 13 卷，第 392 页。

〔22〕［美］伊・库兹韦尔：《结构主义时代——从莱维 - 斯特劳斯到福科》，尹大贻译，上海译文出版社，1988 年。(此书将列维 - 斯特劳斯译为莱维 - 斯特劳斯。)

〔23〕 沈从文：《我的学习》，收入《沈从文全集》(修订本) 第 12 卷，第 371 页。

〔24〕 沈从文：《抽象的抒情》，收入《沈从文全集》(修订本) 第 16 卷，第 531—532 页。

〔25〕 沈从文 1949 年 9 月 20 日给张兆和的信，收入《从文家书——从文兆和书信选》，第 163 页。

〔26〕 1949 年 1 月 30 日，《张兆和致沈从文暨沈从文批语・复张兆和》，收入《从文家书——从文兆和书信选》，第 153 页。

〔27〕 沈从文：《五月卅下十点北平宿舍》(1949 年 5 月 30 日)，收入《从文家书——从文兆和书信选》，第 160—161 页。

〔28〕 陈徒手：《人有病　天知否——一九四九年后中国文坛纪实》，第 16 页。

〔29〕 沈从文 1959 年 1 月 8 日写给大哥云六 (沈云麓) 的信，收入《沈从文全集》(修订本) 第 20 卷，第 285 页。

〔30〕《沈从文文集》(共 12 卷)，广州：花城出版社，香港：三联书店香港分店联合出版，1982 年 (1—5 卷)、1983 年 (6—8 卷)、1984 年 (9—12 卷)。

〔31〕《沈从文别集》，共 20 卷，刘一友、向成国、沈虎雏编选，长沙：岳麓书社，1992 年。

〔32〕《从文家书——从文兆和书信选》，沈虎雏编选，上海远东出版社，1996 年。

〔33〕 沈从文：《致吉六——给一个写文章的青年》，收入《沈从文全集》(修订本) 第 18 卷，第 520 页。

〔34〕 沈从文：《我的学习》，收入《沈从文全集》(修订本) 第 12 卷，第 362 页。

〔35〕［美］金介甫 (Jeffrey G. Kinkley)：《沈从文传》，符家钦译，北京：时事出版社，1990 年，第 4 页。

〔36〕〔37〕 沈从文：《一个长会的发言稿》，收入《沈从文全集》(修订本) 第 14 卷，第 429、431 页。

〔38〕 子冈：《沈从文在北平》，原载《大公报》(上海)，1946 年 9 月 19 日。收入《沈从文

印象》，第 71 页。

〔39〕 黄平：《有目的之行动与未预期之后果——中国知识分子在五十年代的经历探源》。

〔40〕〔41〕 沈从文：《五月卅下十点北平宿舍》（1949 年 5 月 30 日），收入《从文家书——从文兆和书信选》，第 161 页。

〔42〕 分别参见沈从文 1949 年 2 月 2 日给张兆和的信、1949 年 3 月题《沈从文子集》书内、1949 年 9 月 20 日给张兆和的信，收入《从文家书——从文兆和书信选》。

〔43〕 沈从文：《抽象的抒情》，收入《沈从文全集》（修订本）第 16 卷，第 532 页。

〔44〕 张新颖：《20 世纪上半期中国文学的现代意识》，北京：生活·读书·新知三联书店，2001 年，第 244—246 页。

〔45〕 沈从文：《我怎么就写起小说来》，未完成稿，约写于 1959—1960 年，收入《沈从文全集》（修订本）第 12 卷，第 422 页。

〔46〕 2009 年由北岳文艺出版社出版的《沈从文全集》（修订本）第 10 卷收入了《看虹录》《摘星录》《虹桥》三篇，列为《虹桥集》。

〔47〕 当时的评价资料情况参阅贺桂梅：《沈从文〈看虹录〉研读》，《中国现代文学研究丛刊》1997 年第 2 期。

〔48〕 沈从文：《我的学习》，收入《沈从文全集》（修订本）第 12 卷，第 367 页。

〔49〕［美］金介甫：《沈从文传》，第 264—269 页。

〔50〕 沈从文：《我怎么就写起小说来》，收入《沈从文全集》（修订本）第 12 卷，第 422 页。

〔51〕 孙歌：《文学的位置——竹内好的悖论》，《学术思想评论》第 4 辑，贺照田主编，沈阳：辽宁大学出版社，1998 年，第 321 页。

〔52〕 沈从文：《从现实学习》，收入《沈从文全集》（修订本）第 13 卷，第 392 页。

〔53〕 同上书，第 390 页。

〔54〕 沈从文：《烛虚·长庚》，收入《沈从文全集》（修订本）第 12 卷，第 39 页。

〔55〕 沈从文：《从现实学习》，收入《沈从文全集》（修订本）第 13 卷，第 390 页。

〔56〕 沈从文：《一个传奇的本事》，收入《沈从文全集》（修订本）第 12 卷，第 231 页。

〔57〕 孙歌：《文学的位置——竹内好的悖论》，第 285—330 页。

〔58〕 沈从文：《我怎么就写起小说来》，收入《沈从文全集》（修订本）第 12 卷，第 421 页。

〔59〕 沈从文：《习作选集代序》，上海：良友图书印刷公司，1936 年。收入《沈从文全集》（修订本）第 9 卷，第 2—6 页。

〔60〕 沈从文 1934 年 1 月 18 日写给张兆和的信，收入《沈从文别集·湘行散记》，第 95 页。

〔61〕 沈从文：《〈边城〉题记》，收入《沈从文全集》（修订本）第 8 卷，第 59 页。

〔62〕〔63〕 沈从文：《〈长河〉题记》，收入《沈从文全集》（修订本）第 10 卷，第 3 页。

〔64〕 收入《沈从文文集》第 12 卷。

〔65〕 参见［美］金介甫：《沈从文传》，第 233 页。

〔66〕 沈从文：《〈湘西〉题记》，收入《沈从文全集》（修订本）第 11 卷，第 329 页。

〔67〕 沈从文：《〈长河〉题记》，收入《沈从文全集》（修订本）第 10 卷，第 6—7 页。

〔68〕 收入《沈从文散文选》，凌宇编，北京：人民文学出版社，1993 年。

〔69〕 沈从文：《沉默》，收入《沈从文全集》（修订本）第 14 卷，第 104—108 页。

〔70〕 沈从文：《水云——我怎么创造故事，故事怎么创造我》，收入《沈从文散文选》，第 303—305 页。

〔71〕 同上书，第 310 页。

〔72〕沈从文:《主妇》(1936年),收入《沈从文全集》(修订本)第8卷。

〔73〕沈从文:《水云——我怎么创造故事,故事怎么创造我》,收入《沈从文散文选》,第303—305页。

〔74〕参阅吴立昌:《"人性的治疗者"——沈从文传》,上海文艺出版社,1993年,第246页。

〔75〕沈从文:《〈看虹摘星录〉后记》,收入《沈从文全集》(修订本)第16卷。

〔76〕同上。

〔77〕沈从文:《水云——我怎么创造故事,故事怎么创造我》,收入《沈从文散文选》,第323—324页。

〔78〕李辉:《沈从文与瑞典及其他——在斯德哥尔摩大学东亚系的演讲》,收入《人生扫描》,上海远东出版社,1995年,第163页。

〔79〕吴世勇:《沈从文年谱(1902—1988)》,天津人民出版社,2006年,第194—219页。

〔80〕沈从文:《题〈绿魇〉文旁》(1949年1月初),收入《从文家书——从文兆和书信选》,第147页。

〔81〕沈从文:《我的学习》,收入《沈从文全集》(修订本)第12卷,第367页。

〔82〕《绿魇》《黑魇》《白魇》收入《沈从文文集》第10卷,《青色魇》收入《沈从文文集》第7卷。《沈从文全集》修订版则说明:1949年初,沈从文曾以《七色魇》为书名编成一作品集,未曾付印,包括《水云》及以"魇"为题的6篇作品。(《沈从文全集》第12卷,第90页)

〔83〕《看虹摘星录》应为沈从文1940年一部散佚的小说集,其中收入了《看虹录》《新摘星录》等作品。至今未见到原版本。但从沈从文的《〈看虹摘星录〉后记》等的相关文字来看,应有结集出版或出版的计划。《沈从文全集》(修订本)第10卷将其列入《虹桥集》,收入《看虹录》《摘星录》和《虹桥》三篇。

〔84〕《看虹录》最初刊载于《新文学》杂志1943年7月15日第1卷第1期,署名上官碧。

〔85〕沈从文:《虹桥》,收入《沈从文全集》(修订本)第10卷,第395页。

〔86〕沈从文:《我的学习》,收入《沈从文全集》(修订本)第12卷。

〔87〕沈从文:《抽象的抒情》,收入《沈从文全集》(修订本)第16卷,第535—536页。

第三章

冯至：

个体生存和社会承担

1928 年初摄于哈尔滨，照片下方是冯至手书的德国诗人荷尔德林诗句的原文：“没有人能够从我的额上取去悲哀的梦吗？”

一、“思想活跃、精神旺盛”的写作者

1. 最具个人风格的作家

在40年代的中国文坛，冯至是一个值得关注的作家。从作家本人的精神状态上看，40年代是冯至一生中难得的创作高峰期。他后来回忆说：“在抗日战争时期，整个中华民族经受严峻的考验，光荣与屈辱、崇高与卑污、英勇牺牲与荒淫无耻等等对立的事迹呈现在人们面前，使人感到兴奋而又沮丧，欢欣鼓舞而又前途渺茫。我那时进入中年过着艰苦穷困的生活，但思想活跃，精神旺盛，缅怀我崇敬的人物，观察草木的成长、鸟兽的活动，从书本里接受智慧，从现实中体会人生，致使往日的经验和眼前的感受常常融合在一起，交错在自己的头脑里。”[1]

冯至一生中评价最高的作品主要都在这一时期完成。这位曾在20年代以《昨日之歌》中的篇什受到鲁迅[2]等人高度评价的诗人，此时出版了诗集《十四行集》、散文集《山水》和历史小说《伍子胥》，并完成了学术著作《歌德论述》以及《杜甫传》中的部分篇章。他的作品不仅受到朱自清、李广田、卞之琳、靳以等文学界同行的高度评价，也得到了贺麟这样的哲学家的赞许。在《五十年来的中国哲学》中，贺麟这样评述冯至：“尤其足以令我们注意的为冯至先生，他的《十四行诗集》可以说是一方面格律严整，一方面最富于哲理和沉思的诗歌。他的著名中篇小说《伍子胥》，描写命运的讽刺，精心

活用辩证法以分析生活的矛盾和矛盾的统一，实特具哲学的意味和风格……”[3]同时，冯至还是一位相当活跃的杂文写作者。从1943年到1947年，他先后在《生活导报》《自由论坛》《中央日报》等上发表了近五十篇文化杂文和社会短评。西南联大文聚社的编辑和组织者林元，在1986年所写的《四十年代的一枝文艺之花——记西南联大文聚社的出版物》中列举当时的撰稿人，提到“发表文章最多的是冯至”。

冯至在40年代文化界的影响，使我们有充分的理由将他纳入这个时期有代表性的中国作家之中。但冯至的代表性并非表现在作家与社会思潮间的契合程度，而是主要表现在其鲜明的文学、思想个性与社会、时代之间的距离，尤其是他在一个崇尚“集体精神”“时代主流”的时代所表现出的对个体生存处境和终极意义的独特关注。40年代的冯至被许多研究者视为自觉地与社会保持距离而具有独立精神品格的代表性作家。他那一时期的作品被认为“仍保持了诗歌对于心灵空间的广泛占领，而且它坚持不承认对于社会的联系和关切只能有一种方式。当周围满足于以诗直接喊出富有意义的内涵时，冯至采用的是纯粹属于自己的表达方式。细心的阅读会发现诗人对于社会的关注是热忱的，只是他通过自己的视角和自己的声音，而不是当时流行的方式”[4]。一些论者则把冯至作品的这一特点进一步上升为“以个人的坚定信念对抗集体主义的神话”，因为他在一个“大合唱”的时代唱出的“完全不是他那个时代的‘主旋律’，而是个人独具的内心感受；是对生与死，短暂与无限的焦虑与思考，是对生存价值与精神再生的关注与追索……在一个只向诗人和艺术家要求‘枪杆诗’、‘鼓动词’和‘街头剧’的时代，在一个几乎不容个人精神存在的时代，这不能不是一个奇迹”[5]。姑且不去讨论这些论述背后的具体指向，仅就40年代冯至创作的主要特征而言，应该说他属于那种有与时代保持距离甚或“相悖”的特殊个性和独特主题的作家序列。

2. 顺利地融入新社会

值得分析的是，在20世纪40—50年代的社会转折过程中，冯至几乎没有受到多少阻抑而顺利地进入新秩序之中，并成为50—60年代当代文坛和文化机构中的活跃人物。

1949年7月，第一次中华全国文学艺术工作者代表大会召开，冯至担任北平代表团副团长。7月2日《人民日报》特刊上发表了冯至的《写于文代会开会前》，这篇文章标志着冯至与社会转折同步发生的思想转变："这时我理会到一种从来没有这样明显的严肃性：在人民的面前要洗刷掉一切知识分子狭窄的习性。这时我听到一个从来没有这样响亮的呼唤：'人民的需要！'"[6]从此，冯至的社会身份和生活方式也发生了很大的变化：1950年3月30日至6月7日，他参加中国人民代表团访问匈牙利、捷克斯洛伐克及民主德国，并在莫斯科停留数日，后发表多篇游记散文，结集为《东欧杂记》出版；1950年下半年，兼任《人民日报》副刊编委，1951年，兼任新成立的人民文学出版社副总编辑；1951年下半年起担任北京大学西方语言文学系主任；1951年12月赴江西参加农村土地改革，任土改团团长；1952年作为以宋庆龄、郭沫若为首的中国人民代表团成员，参加世界人民保卫和平大会；1954年9月，以人民代表身份出席第一届全国人民代表大会；同年10月15日在《文艺报》上发表《为了不辜负人民的委托》，他这样叙述自己思想转变的过程："1949年，北京解放了，新中国诞生了……我渐渐感到，我的心上蒙盖了二十多年的灰尘，我的脑里堆积了二十多年的垃圾，这些灰尘和垃圾必须清除掉，才能做一个新中国的人民"[7]；1955年当选为中国科学院哲学社会科学学部委员；1956年6月加入中国共产党……无须再列举更多，与40年代学院中的教授生活相比，此时的冯至更多地成为一个积极而虔诚地介入社会主流的文化官员和社会活动家。

社会身份、生活方式和思想观念发生变化的同时，冯至1950年之后的创作也呈现出与40年代非常不同的风格，如他自己所说，"内容的差异真是判若云泥"[8]。1958年，作家出版社出版了冯至的诗集《西郊集》。在《后记》中他说，这是为了"回击""右派分子"的"恶毒叫嚣"才决定出版的，"这些诗在质量上是粗糙的，但是比起我解放前的诗，我是走上了正确的道路，这道路不是旁的，就是一切为了人民，不是为了自己”[9]。1959年，为庆祝新中国成立十周年，他重新修订了《西郊集》，更名为《十年诗抄》，8月由人民文学出版社出版。1963年1月，论文集《诗与遗产》出版，其中收入了《从右派分子窃取的一种“武器”谈起》《论艾青的诗》等写于反右派运动中的文章。这一时期冯至的诗歌创作主要是写颂歌，“歌颂中国共产党，歌颂祖国的社会主义建设”[10]。

与此同时，冯至对40年代自己的创作主要采取了否定态度。1955年出版的《冯至诗文选集》没有选入一首十四行诗，他说：“尤其是1941年写的27首‘十四行诗’，受西方资产阶级文艺影响很深，内容与形式都矫揉造作。”[11]冯至的妻子姚可崑在回忆录中提到这个“序”时，曾记录了这样一件事：

> 《冯至诗文选集》出版后，有一天冯至去看红线女演戏，在剧院遇见胡乔木。乔木说，他读到新出版的这本选集，他认为，应该从《十四行集》里也选入几首。事过多年，冯至每逢想起选集序中“矫揉造作”那四个字，总觉得对不起他当年认真写十四行时所做的努力，这四个字不应该加在《十四行集》身上。但他在1955年写出这四个字时，也不能不说是出于真心实意。就是这点“真心实意”才促使他在五十年代写出一些内容和风格都与过去不相同的诗。[12]

冯至在20世纪40—50年代的思想与创作大转变应做怎样的解释？伴随着解放战争结束、新中国成立，左翼文化不仅成为主宰思想文化界的核心力量，而且逐渐成为一种主导规范，左翼之外的作家与文化则被左翼文坛或吸引或改造或排斥。在这一社会文化变动面前，在1949年之前对左翼文化显然所知不多的冯至为何能够迅速地进入革命政权的主流秩序之中，而且几乎很少看到冲突的迹象，这正是本章关注的核心问题。

我们很难满足于以是否“真心实意”这种心理动机的描述来作为问题的答案。这一解释无非导致一种道德性评判，即这种转变究竟是发自内心，还是顺应时局变化的投机之举。真正值得关注的问题是，如果我们从冯至的种种表现中可以做出他确是“真心实意”的判断，那么需要分析的是，这种“真心实意”究竟是怎样产生的？是出于对新政权强大威慑力的臣服，是源自对革命新政权的信任，还是由于冯至的思想尽管在40年代游离于革命文化之外，但与革命文化和革命秩序之间有着内在的契合，从而使他较少阻抑地进入其中？

3．一生都在否定里完成

这一问题关涉诸多复杂的因素，比如40年代中后期的社会情境，革命文化和革命政权在当时的位置和影响，冯至个人的生存处境、社会地位和复杂际遇，冯至思想个性和革命文化及其秩序之间的关系，等等。从冯至个人的情况来看，他在40年代基本上是一个游离于左翼文化和革命活动之外的大学教授。尽管从1943年之后，他积极参与了学生社团和民主活动，但40年代后期在精神上处于“歧路彷徨”的状态这点也是明显的。冯至真正进入革命政权及其文化秩序之中，是从新中国成立（或即将成立）开始的。这一转变，对冯至而言，更多地意味着从以个体为本位的生存哲学和创作思想到达一种以集体为本位的思想和精神状态之中，进入如他在阐述歌德时所说的“人们精确地认识自己的事务而处处为全人类着想”的“集体生活”。[13]

冯至晚年曾写过一首诗来概括自己的一生：

> 三十年代我否定过我二十年代的诗歌，
> 五十年代我否定过我四十年代的创作，
> 六十年代、七十年代把过去的一切都说成错。
> 八十年代又悔恨否定的事物怎么那么多，
> 于是又否定了过去的那些否定。
> 我这一生都像是在“否定”里生活，

纵使否定的否定里也有肯定。[14]

确如冯至自己所言，他的一生可以看出明显的阶段性，而每一阶段的出现，都是以否定或批判前一阶段的方式完成的。但这“否定”并非“割断”，后一阶段往往是在“超越”了前一阶段的矛盾和困惑的基础上导出的，与前一阶段有着内在的延续性。至于后一阶段表现为怎样的形态和方式，则与他遭遇的社会环境、身处的文化语境相关。也就是说，关键的因素在于外在变动与冯至个人思想之间的契合程度，而不能完全从外部因素来解释冯至的行为动机。

美国学者理查德·沃林在分析德国存在主义哲学家海德格尔时曾这样探讨哲学和生活之间的关系：“哲学思想必须被视为归根结底是对其政治‘后果’负有责任的观念基础。尽管说只依据它在‘外在的’领域——实践生活领域——中产生的‘后果’来评价那个思想是不合适的，但是这思想本身也不能理解成存在于观念的真空中，与其后果完全无关。”[15]这样解释海德格尔哲学与其行为之间的关系格外适用，乃是由海德格尔的“哲学特性本身所导致的”，即海德格尔的哲学思想“作为一种‘生存哲学’，它意味着人的戏剧——此在的‘现实的’到达在场——不只是出现在历史中，而且它本身就是历史性的”[16]。这样的阐释思路在研究40—50年代的冯至时也能成立。从基本类型来考察，冯至属于具有个人主义品格和思想特点的学者型作家，因深受里尔克、歌德、基尔克郭尔等人的影响，特别强调思想与个人生存、个人行为实践的密切关联。针对一些研究者把冯至40年代的思想称为“存在主义”[17]，冯至表示：“可以说我有存在主义的某些体会，并没有存在主义哲学。”[18]但宽泛地说，冯至的思想确可称为“生存哲学”，他的创作、生活与他的思想之间可以构成互相参照和阐释的关系。因此，他的行为逻辑就不仅需要从社会因素中得到解释，而且需要更多地考虑他所形成的艺术个性和思想特性。

这样的研究思路可以描述冯至40年代对20年代的“否定”，也同样可以用来描述50年代对40年代的“否定”。本章考察冯至40—50年代的转变，在兼顾诸多社会、个人遭遇等外在因素的同时，更偏重从冯至本人的性格、思想、创作，以及他逐渐形成艺术和思想个性的发展脉络来考察他40年代思想的内在逻辑，分析这一转变何以发生，从而对他在这一转折期的鲜明变化做出相对丰富的历史解释。

二、一个“人”的长成

1．一个弧形意象

个体基于某种性格而与一种思想找到契合点，最终形成较为稳定的创作个性和思想个性，这是一个互动的过程。也就是说，个体选择某种生活方式和某种思想，受到其性格与精神品质的影响；而生活方式和思想反过来会扩充个人性格与精神品质，使其获得相对自觉而独立的主体意识。

一个作家往往具有相对稳定的创作风格和行为方式，只是在不同的社会与历史处境下，会表现为不同的方式与形态。从这种角度去理解，冯至1927—1928年对哈尔滨生活的反应，他40年代初期在昆明郊区林场茅屋中的一年多生活，以及他在进入当代之后的基本生活方式，这些不同时段不同的生活形态之间可以找到某种内在的延续性，表明冯至的基本性格和行为方式。但这种基本性格和行为方式又不是一成不变的。从1943年开始，冯至积极地介入时代的社会生活，以杂文和随笔发表对多种社会现象的看法；1949年后他的活跃程度也超出了一个大学教授的范围。这些表现会使人感到与他基本性格和行为方式之间的矛盾性。而这种矛盾性又恰好表现出思想对个人行为与性格的影响和引导，它在把个人锤炼成主体的同时，必然以思想的内在逻辑、以吻合个人基本性格的方式引导个体介入社会实践。可以这样说，1943年后冯至对社会生活现象的积极批判和40、50年代之交选择进入当代革命文化秩序，源自同样的冲动。只不过不同的社会处境，造就了表面上看起来不大相同的行为方式。因此，冯至40、50年代之交应对社会转折的方式，必须在两方面——基本性格和基本思想的互动关系中才能得到解释。

这就需要对冯至思想的形成过程，对他40年代乃至早到20年代的思想和基本生活状态有一些了解。从生活方式和精神气质而言，冯至属于学者型作家。他的主要身份是学者。作为作家，他不属于卷入时代潮流中心的作家，基本生活空间都在学院，而其创作的影响一般也通过同人刊物或同人评价而得以流传。1927年出版的诗集《昨日之歌》，完成于他就读北京大学德文系的学生时期。1929年出版的《北游及其他》，则是他到哈尔滨第一中学教书时所写。这是冯至初涉社会时期完成的作品，给人的主要印象正如长诗《北游》中一再出现的两个字——阴沉，反映的是冯至极端局促和焦虑茫然的内心状态。听从杨晦的劝告去体验“那大而黑暗的都市，即人性和他们的悲痛之所在的艰难的路”[19]，并不曾使冯至获得片刻的从容，而是使他觉得“自己竟像是一个无知的小儿被戏弄在一个巨人的手中，也不知怎样求生，如何寻死”[20]。哈尔滨时期这段试图进入社会的失败尝试，造成了30年代冯至的创作危机和停滞，事实上也暗示了冯至的基本精神气质。

40年代的冯至是西南联大外国语文学系的教授，在教授德语，讲授德国文学史、德国抒情诗、歌德、浮士德研究、尼采选读[21]等课程之外从事创作和研究。更细致地分析起来，冯至这时的创作与他研读的里尔克、歌德、杜甫、基尔克郭尔等形成了非常紧密的“互文本”关系。撇开这些冯至熟读和研究的对象是很难理解他这一时期的作品的。可以说，正是从这些学术研究中所获得的思想，构成了冯至创作的内在理路。因而，战乱的社会背景在冯至这里形成了一种相当独特的关系，即动荡的时代、流离失所的经历以及艰难的日常生活，并未压缩冯至的书斋空间，反而给予了他一定的自由，可以自主地安排书斋生活。其中最明显的一个例证是，1940年10月至1941年11月，也就是昆明受到日军空袭轰炸而“跑警报”最频繁的时期，冯至离开城市，居住在昆明郊区杨家山林场的一所茅屋里，在那里体验自然的草木和风物。如冯至自己所说，“这种田园风味，哪里有战争的气氛？可是若没有战争，我也不会到这里来”[22]。也正是在这所林场茅屋里，冯至完成了他40年代最重要的几项工作：写出诗集《十四行集》，完成散文集《山水》的部分篇章，翻译并编撰《歌德年谱》。人烟稀少的林场茅屋，这一被冯至一再怀念的所在，事实上也可以看作冯至40年代生活空间的某种象征——战乱期间的一处避世之所，远离人群的一间简陋而充实的书房。当然，这时的冯至并非真正的避世，在茅屋时期完成的一切创作以及思想的酝酿，构成了他此后介入社会现实的精神资源。

“林场茅屋”时期与战乱时代之间这种奇异的张力，不久被冯至自己打破。1941年冬天，冯至一家搬回昆明城里居住；1942年冬至1943年春天，他完成了历史小说《伍子胥》，并开始大量发表批评性杂文。从这之后，他对于个体生存方式的思考延伸至对时代、现实、战乱、民族等社会问题的观照，并以支持学生社团、参加演讲等行动具体地介入社会现实。因而，40年代冯至的生活有一个变化的过程，即由“茅屋”到达“社会”。这实际上也可以看作冯至进入时代的与众不同的路径。

冯至在《伍子胥》的《后记》中说：“如今它在我面前又好似地上的一架长桥——二者同样弯弯地，负担着它们所应负担的事物”；是“美丽的弧”，表示“一个有弹性的人生，一件完美的事的开端与结束”[23]。这个意象所蕴含的深意，未尝不可作为我们进入冯至精神世界的某种象征性启示。卞之琳曾提及冯至的“弧形意象”，认为“《伍子胥》的写作，也就像这个小说主人公的过昭关，从一个境界过渡到另一个境界”，“我现在想加上说‘一种蜕变’”。[24]事实上，这“弧形意象”的寓意也可以进一步扩大，视为40年代冯至整个生活变化的一个象征。伍子胥逃离那名为城父的孤城，“不得不离开熟识的家乡，投入一个辽远的、生疏的国土，从城父到吴市，中间有许多意外的遭逢，有的使他坚持，有的使他克服，是他一生中最有意义的一段”[25]。就冯至而言，从林场茅屋（最具理想形态的封闭的书斋）到以杂文和演讲的方式介入社会活动，直至40年代后期时代大变动中把自己完全“投入时代”——“如果需要的是更多的火，就把自己当作一片木屑，投入火里；如果需要的是更多的水，就把自己当作极小的一滴，投入水里”[26]，这样一个变动的过程，也未尝不可视为一种过渡，一个“停留与陨落所结成的连锁”[27]，从而最终到达前此十多年冯至所说的“等到用我们的时刻来了，我们不惜投入熊熊的火中像是一片微小的木屑”[28]。很大程度上可以说，1949年新的国家政权和文化秩序的建立，对于冯至而言，正是“用我们的时刻来了”。

这个从个人步入时代的“弧形意象”，关键之处在于，冯至的精神成长和与革命时代的契合过程不是直线形的，而是一个曲线展开过程。这其中包含了多重的辩证性回旋，即为了进入时代必须首先完成“自我”的塑造，并通过自我与他人的内在关联而进入时代。这是一个“人”的曲折生长过程，也是冯至步入时代的独特方式。

2. 起点：失败的“北游”

《北游》是考察冯至20—30年代思想变化的重要作品，也是理解40年代冯至思想的起点。这首长达500余行的抒情诗包含了一个叙事性的心理发展过程，即告别青春，试图在社会中寻找人生位置而不得的“歧路彷徨”的精神状态。以“歧路”开篇，从告别北京抵达哈尔滨作为起始，接下来写诗人“我”在这“阴沉沉的都市”，遍寻“旧梦”，走遍公园、咖啡馆、中秋的江边、礼拜堂，获得的只是更为彻底的绝望：“快快的毁灭，像是当年的Pompeii（即庞贝城——笔者注），第一个该毁灭的，是我这游魂！”地狱一般的城市，周围是狂欢的人群，“各各的肩上担着个天大的空虚”。诗人试图去找出哪怕“一粒光芒”似的希望，但他既不能做“沉默而不死”的英雄，也做不了给人类一盏明灯的导师，甚至不能像那些“为热情死去的少女少男”。他只能发出这样的感叹：“啊，我一切都不能”，“我是这样虚飘无力，何处是我生命的途程？”诗的结尾，诗人把一场初冬的雪看作埋葬一切的“追悼会”，由秋入冬的焦灼追寻停滞于“像是一条冬天的虫，一动也

1932 年夏，冯至与朱自清（左一）等在德国

不动地入了冬蛰”[29]。

冯至在这首诗中表现出来的苦闷、茫然和焦虑，曾被研究者视为“对现代主义、存在主义已有了初步的自觉”，并将“我只有把自己关在房中，空对着，《死屋回忆》作者的像片发闷”视为关键的一笔，认为其中“回荡着陀斯妥耶夫斯基的声音”。[30]但与其说这是某种哲理的自觉，毋宁说是一场严重的精神危机，把冯至从青春期浪漫、唯美的精神世界中甩出来，使其以一种恐惧、战栗和矛盾的心情面对社会。美国学者维廉·巴雷特在分析《死屋手记》时写道：“像他在西伯利亚牢狱中的那种经历超出了欧洲文化全部人道主义传统的想像……没有一个用亚里士多德关于人是理性动物的定义武装头脑的古典主义者或理性主义者能够受得住人间这样沉重的一击，并且仍然保持他的古老的信念。……陀斯妥耶夫斯基面对的是人性中恶魔的一面：人也许不是理性的动物，而是恶魔似的动物。”[31]如果说《死屋手记》是陀斯妥耶夫斯基洞察人性中恶魔的一面，开始逸出人道主义传统关于“人”的想象，那么，哈尔滨一年的生活则将冯至猝然抛掷

到一个无所适从的陌生世界中，第一次意识到作为独立的个人（成年人）存在的艰难。

从相关的传记和书信不难看出，在哈尔滨的这段并不算长的生活（1927 年夏至 1928 年夏）对冯至是一次相当严重的撞击。他给杨晦的信中这样写道："我在这里真是同死亡一样，不复有人生意义。"[32]甚至与同在哈尔滨的陈炜谟"正式谈到'死'的事情"。值得注意的是，在《北游及其他》的序言中，冯至以无限的深情赞美他与杨晦的兄弟情谊。他将诗集题为"呈给慧修（即杨晦——笔者注）"，并将北平与哈尔滨对比："归终我不能不离开那座不曾给我一点好处的大都市，而又依样地回到我的第二故乡的北京，握住我的朋友们的手了。北京，你真是和我的朋友一样……在你的怀抱里有我的好友，有我思念的女子，我愿常常地在你的怀中歌咏。"[33]哈尔滨和北平在这里被看作两个情感色彩截然不同的空间。序言提及对杨晦情感的同时，还提到母亲、继母、父亲。这种对情感的倚重，容易令人联想到一个少年对于受到亲情庇护的未成年世界的依恋。与北平相反，哈尔滨则是冷漠、凄凉而孤独的成人世界，亦即构成常态的社会。在这样的心理基础上，便可理解《小约翰》的那句题记——"他逆着凛冽的夜风，上了走向那大而黑暗的都市，即人性和他们的悲痛之所在的艰难的路"——为何格外能引起冯至的感触。

《北游及其他》呈现了青年冯至所遭遇的精神危机，这种精神危机构成了冯至日后接纳里尔克诗歌与思想的重要契机。但这一作品及哈尔滨生活所提示的意义不限于此。冯至在这一遭遇中表现出来的应对方式，或许应该成为我们理解 40、50 年代之交冯至回应社会变动方式的一种参照。

冯至几乎是逃跑一般地从哈尔滨回到北平。不能忽略的是，这是青年冯至第一次走向社会，一次噩梦般的失败遭遇。冯至在序言中引述了杨晦鼓励他的信："人生是多艰的。你现在可以说是开始了这荆棘长途的行旅了。……要坚韧而大胆地走下去吧！一样样的事实随在都是你的究竟的试炼、证明。"而这，正是冯至所没有完成的。冯至接下来的描述近乎为自己辩白："但是，那座城对我太生疏了……这样油一般地在水上浮着，魂一般地在人群里跑着。"正是在这样的上下文中，对兄长般的杨晦的依恋，回到北平的快慰之情，不过反过来证明他对哈尔滨的恐惧。这悲痛的"走向"与快慰的"回来"之间发生的一切并没有也不可能从冯至的精神世界中彻底抹掉。如若不惮做一种精神症候式的分析，我们似乎可以从中窥见当时冯至的精神气质和心理症结。这精神气质便是冯至并非那种能够很快适应并彻底投入浮士德所谓"时间的洪流"和"世事的无常"[34]的人，便是他所谓"归终我更认识了我的自己：我既不是中古的勇士，也不是现代的英雄，我想望的是朋友，我需要的是感情"；而这心理症结，或许是对陌生社会与陌生人群的恐惧。冯至在多处提到青年时期自己的"自卑"。1931年，已经抵达德国海德堡的冯至给杨晦的信中这样写道："我在少年时期种上的毛病，我是怎么也除不掉，只有愈来愈甚——所谓'自卑'，同'看不起自己'，担受不了一点外来的刺激；但是另一方面，'虚荣心'我又摆脱不掉。两面夹攻，形成我现在的一个这样的可怜的人。"[35]在这封信中，他提到苏格拉底的话："他旅行如此之远，回来怎么还是这样呢？……他把他自己带去了，那有什么法子呢？"这亲密朋友之间的剖白，或许更多地表达了那时冯至内心的苦恼。

1930年9月，冯至从北平出发，途经哈尔滨、莫斯科、柏林，抵达德国海德堡，开始了为期五年的留学生活。然而，1935年从德国学成归来的冯至并非"还是这样"，他似乎丢掉了"自己"，并且在"丢掉"之后有一个更大的获得。

3．精神引渡：里尔克

30年代是冯至创作沉寂的时期，却是知识累积和思想成熟的时期。在他此后的生活和精神上产生重要影响的思想资源几乎都在这一时期获得。里尔克、歌德、诺瓦利斯、基尔克郭尔、雅斯贝斯、尼采、荷尔德林、格奥尔格、霍夫曼·斯塔尔等是他重点阅读和研究的对象。其中，他研读最多、对他影响也最大的是里尔克。

1931年冯至译出里尔克的《给一个青年诗人的十封信》，分批发表在《华北日报·副刊》上；摘译的《马尔特·劳利兹·布里格随笔》分别发表在1932年第14期、1934年第32期的《沉钟》；里尔克的散文《论“山水”》于1932年译出，刊在同年《沉钟》第18期；1936年《新诗》“里尔克逝世十周年特辑”也刊出了冯至翻译里尔克的六首诗。这些是冯至留学期间主要的翻译作品。1933年在海德堡大学最初商定博士论文题目时，冯至拟定的是研究《布里格随笔》，只是因为指导老师的更动，才改为研究诺瓦利斯。从德国回国之后最初的两篇重要论文，一是1936年写作发表的《里尔克——为十周年祭日作》，另一篇是为《给一个青年诗人的十封信》的汉译单行本所做的序言。

冯至的这些翻译和研究，使他成为中国最早的里尔克专家，也极大地影响了他的创作。关于冯至1942年出版的诗集《十四行集》，不同的研究者都比较过它们与里尔克诗歌的亲缘关系，冯至本人也多次明确表述：“我之所以这样做，一方面发自内心的要求，另一方面是受到里尔克《致奥尔弗斯的十四行》的启迪。”〔36〕40年代现代主义诗歌潮流在西南联大学生中兴起时，在T. S. 艾略特、奥登、叶芝、燕卜荪之外，人们主要是通过冯至了解了里尔克。王佐良曾如此描述：“现代主义并不风靡联大，但它有一种新锐的势头，而且这一次，在法国象征主义派和英美现代诗派之外，出现了德语诗人里尔克的影响。”〔37〕

但里尔克对冯至的影响远不限于诗歌创作与技艺，里尔克是一位真正意义上的精神导师。通过里尔克，冯至跨出了他的20年代，跨出了青春期的困惑和迷惘，达到清明的精神境界。可以说，在冯至的精神历程中，里尔克是一座“桥”，是他将冯至引渡到一种新的更高的精神境界中。

冯至第一次知道里尔克的名字，阅读里尔克的作品，是1926年读到《旗手克里斯多夫·里尔克的爱与死之歌》。他这样写当时的感受：“在我那时是一种意外的、奇异的得获。色彩的绚烂，音调的铿锵，从头到尾被一种幽郁而神秘的情调支配着，像一阵深山中的骤雨，又像一片秋夜里的铁马风声。”〔38〕但冯至真正深入阅读并细心领会里尔克，却是到了德国开始读《里尔克全集》，特别是里尔克的信札之后。1931年在给杨晦的信中，他开始多次提到里尔克，喜悦之情表现得越来越强烈：

另一方面是念Rilke的信札，真感动我极了。……（里尔克）是一个很可爱的人，尤其是他那做人的态度，现在慧修离我是那样远，不能天天警醒我，我只好请Rilke来感化我这块顽石了。[39]

我现在完全沉在Rainer Maria Rilke的世界中。上午是他，下午是他，遇见一两个德国学生谈的也是他。[40]

自从读了Rilke的书，使我对于植物谦逊、对于人类骄傲了。现在我再也没有那种没有出息"事事不如人"的感觉。同时Rilke使我"看"植物不亢不卑，忍受风雪，享受日光，春天开它的花，秋天结它的果，本固枝荣，既无所夸张，也无所愧恧……那真是我们的好榜样。……所以我也好好锻炼我的身体、我的精神，重新建筑我的庙堂。[41]

虽然只是寥寥五十页，译得又不好，但我看它（指《给一个青年诗人的十封信》）同我一部分的"命"一样。里边每一个字、每一句是怎样地打动我的心呀！[42]

一个无可怀疑的结论是，在德国留学期间，是里尔克在滋养着冯至，引导着冯至，使他从20年代后期的精神困惑中挣脱出来。这思想的滋养最终在40年代开花结果，构成他基本的精神成分。这使我们必须探讨里尔克到底给予了冯至什么？

里尔克吸引冯至的一个最重要因素大致可以描述为"独立担当自己"的主体意识。冯至20年代后期的精神危机主要表现为对冷漠、孤独和无所依凭的社会生存环境的厌恶和畏惧。《北游》中的追问主要都是指向个体的、外部的，是一种无处安排自己的焦虑，而外部的无所附着反过来又加重了个人的孤单和惶惑。《北游及其他》的序言中所说的“油一般地在水上浮着，魂一般地在人群里跑着”是一个很好的比喻。这种指向外部的否定性生存态度，被里尔克化解。里尔克首先强调“寂寞”是每个人的生存处境，也是他们必须承受的命运——“它根本不是我们所能选择或舍弃的事物。我们都是寂寞的”[43]，“在根本处，也正是在那最深奥、最重要的事物上我们是无名地孤单”[44]。对这一点冯至做了更为明晰的解释：“人到世上来，是艰难而孤单。一个个的人在世上好似园里的那些并排着的树。枝枝叶叶也许有些呼应吧，但是它们的根，它们盘结在地下摄取营养的根却各不相干，又沉静，又孤单。”[45]里尔克认为，对于这种“寂寞”，我们不能逃避到社会习俗和喧闹的人群中来拒绝它，而应当自觉地承担，“平静地、卓越地，像一件工具似的去运用它，它就会帮助你把你的寂寞扩展到广远的地方”[46]。承担个人的寂寞，是生存者获取独立性和完整性的唯一途径。由此，“你的个性将渐渐固定，你的寂寞将渐渐扩大，成为一所朦胧的住室，别人的喧扰只远远地从旁走过”[47]。冯至在引述里尔克这一思想时，更突出了个人独立“担当”的精神：“谁若是要真实地生活，就必须脱离开现成的习俗，自己独立成为一个生存者，担当生活上种种的问题，和我们的始祖所担当过的一样，不能容有一些儿代替。”[48]这种担当精神，使个体从因袭的社会关系中脱离出来，成为独特的同时是自足的个人。这种不求诸外而求诸内的个体观念，不仅符合冯至内敛的性格，使他有意识地加深个体生存的内在性，而且对破除冯至一再提到的“事事不如人”的自卑心理也是一剂再好不过的药方。

但这种从承担寂寞中获得的完整个体并不是封闭的，而是通过另一种更为真实的方式获得与生存本体和世间万物之间的关联。里尔克多次把人表述为“物”，他说人在世界上的生存，“跟一个‘物’一样被放置在深邃的自然规律下”[49]。支配所有生存物的神秘本体，是一种“需要”，“这个需要是要比享乐与痛苦伟大，比意志与抵抗还有力”。里尔克进一步解释道：“啊，人们要更谦虚地去接受、更严肃地负担这充满大地一直到极小的物体的神秘，并且去承受和感觉，它是怎样重大地艰难……”[50]最终形成的那个独立而自觉的个人，被里尔克称为“新人”。这个新人的完成是“偶然”的，但“在偶然的根处有永恒的规律……你不要为表面所误；在深处一切都成为规律”[51]。寂寞的个体在使自己从“非真实存在”中摆脱出来、独立担当自己的同时，也到达了一种神秘的本体（同时也是“整体”），因而这个新人是无限敞开的：“我们必须尽量广阔地承受我们的生存；一切，甚至闻所未闻的事物，都可能在里边存在。”[52]因此，寂寞的个人将通过“自己是一个完整的世界”，而“在自身和自身所联接的自然界得到一切”[53]。

冯至曾这样评价里尔克：“他的世界对于我这个‘五四’时期成长起来的中国青年是很生疏的，但是他许多关于诗和生活的言论却像是对症下药，给我以极大的帮助。”[54]他常引证的是里尔克关于如何写诗，关于诗歌的取材，关于“认真”的做人态度等内容。但从根本上说，里尔克的“寂寞的个人”以及独自担当生存的主体意识，却可能是给予青年冯至帮助最大的思想。里尔克不是朝向外部而是朝向内心，不是抛开自我投入社会，而是通过完整深邃的个体内心修养最终达至更本真的存在，从而每个个体在“深邃的自然规律下”都获得了生存的正当性，并因此能够以“个体”包容“世界”。这样一种个体生存态度，这样一种连接个体与世界的方式，尤其是这样一种与人生态度直接关联的诗歌观念，对于经历了20年代后期精神危机的冯至而言，从精神气质和心理症结上都获得了一种舒解、澄清和承担自己的自信。柏林时期的冯至曾再度提到“寂寞”，但这已经不是《北游》中那种“沙漠一样的荒凉了”，而是“海一样的寂寞”[55]。而他所谓“好好锻炼我的身体、我的精神，重新建筑我的庙堂”，也并非虚饰之词，而是真切的内心感受，并将之付诸日常生活的实践。

可以说，里尔克对于冯至是一种恰逢其时的疏导，冯至曾经深陷其中的那种“荒原感”因而被化解、驱散，并在适合他内敛性格的精神张力中获得自己的主体意识。这是冯至精神成长中极为关键的一环，使我们看到40年代的冯至此时已经“长成”。但这被深深地汲取的养分，在冯至从德国归来后的一段时间里还只是一种潜在的精神气质和思想资源。真正使其成形，给予一个“适当的形式的安排”的，是冯至40年代初期居住在昆明郊外林场茅屋中因缘际会而写出的《十四行集》及《山水》的部分篇目。

三、沉思者的大宇宙

《伍子胥》的《后记》中写道：“一块石片或是一个球，无所谓地向远方一抛，那东西从抛出到落下，在空中便画出一个美丽的弧。这弧形一瞬间就不见了，但是这中间却有无数的刹那，每一刹那都有停留，每一刹那都有陨落……若是用这个弧表示一个有弹性的人生，一件完美的事的开端与结束，确是一个很恰当的图象。因为一段美的生活，不管是为了爱或是为了恨，不管为了生或是为了死，都无异于这样的一个抛掷：在停留中有坚持，在陨落中有克服。”[56]这是冯至关于变与不变、开端与结束、一段与一瞬的辩证法式的抽象表述。这样的表述显然有歌德“蜕变论”思想影响的痕迹。冯至曾在1944年的一次演讲中阐述了歌德关于变与不变的观念：“有机的形体不是一次便固定了的，却是流动的、永久演变的。他一再向爱克曼说：‘神性在生活者的身内活动，但不在死者的身内；它在成就者与变化者身内，但不在已成就者与凝固者身内’……‘没有本质能够化为无有’……‘一切必须化为无有，如果他要在存在中凝滞’。”[57]歌德的这种思想与里尔克所谓“你不要为表面所误；在深处一切都成为规律”显然是一致的。有所不同的是，里尔克偏重的是人作为“自然之物”的存在及其与物的交融，而歌德却偏重在人作为“生活者”在“凝滞”与“无有”之间的变化。也就是说，所有的“生活者”体内都有着永恒不变的原始法则，即使一切表象都被改变，但内在的本质却超越时间和空间而存在；同时，所有的“生活者”都不应一成不变地凝固，而应在不断的蜕变中感受神性的存在。这种关于变与不变的抽象阐述，可作为一个切入点来理解冯至40年代生活、思想与创作的变化轨迹。

1.“当这时代的纷纭”

40年代尤其是全面抗战时期，是一个大变动的时代，冯至也被裹挟在这大时代的变动之中。1938年10月，他跟随同济大学从江西赣县出发，经过两个多月的长途跋涉到达昆明。战乱把冯至从书斋中抛出，于持续的迁徙和流动中遭遇种种陌生的人生情境，他感到“熟悉的事物越来越远，生疏的景物一幕一幕地展现在面前，一切都仿佛是过眼云烟”[58]。40年代后期，回到北平的冯至曾在给德国朋友鲍尔的信中写到身历战乱的内心感受：“我，在战争时期我始终准备抛弃一切。每个人，经过这场残酷的战争，人人都觉得像大病一场似的。”[59]这大概就是歌德所谓“一切必须化为无有”的时代。但因为相信“无有”之中有本质，这变动便不再令人恐惧，相反，它促成了冯至去寻求那不能化为“无有”的本质。这是一种独特的辩证法逻辑，或许也是初到昆明时期冯至的思想逻辑：他试图在大变动中寻找不变的本质，从而使自己有所依托。如果不引入这样的思考维度，事实上我们很难理解这样的诗句：“这里几千年前 / 处处好像已经 / 有我们的生命”（《十四行集》第二十四首）；我们也难以理解“铜炉在向往深山的矿苗，/ 瓷壶在向往江边的陶泥”（第二十一首）这种渴望回到万物原初的奇特想象；而在《十四行集》的最后一首中，他会用“椭圆的一瓶”和“秋风里飘扬的风旗”象征所渴望获得的一个“定形”来“把住一些把不住的事体”。这样一种寻求永恒不变的本质趋向，是《十四行集》的主要内容和核心诉求。

1943年，李广田在评述《十四行集》的长文《沉思的诗》中这样写道：“诗在日常生活中，在平常现象中，却不一定是在血与火里，泪与海里，或是爱与死亡里。那在平凡中发见了最深的东西的，是最好的诗人。”[60]李广田在此使用的是一个全称判断，但并非所有的诗人都一定会在“平凡中发见了最深的东西”，毋宁说，这主要是在阐发冯至的独特思路。他的诗表现的不是“血与火里”“泪与海里”“爱与死亡里”，而是关注日常生活，关注那些平凡的事物。与时代的大变动趋向相反，冯至似乎在变动中求不变，在战乱中观察日常生活，在血与火之外观察自然万物。同时，正因为存在着大变动的时代背景，对“不变”和“永恒本质”的寻求一开始便呈现出强大的张力。也可以说，这不单是一种寻求，而是战乱所带来的一种反向的渴望，是战争的迁徙使人们意识到那千年不变的古老中国土地上延续的日常生活。

这种意识并非冯至独有。在战乱年代，沈从文、穆旦、萧红、端木蕻良、骆宾基等作家也表现出了类似的思考维度。在人类相斫相杀的故事之外，千年不变、沉默无声的老中国土地上人们的生活，是战乱年代走出书斋的知识群体另一种关于生活、关于历史以及民族的感受。民族的历史在这时化成凝固的、空间化的土地形象，使人感到“岁月这样悠久”（穆旦，《在寒冷的腊月的夜里》）。他们在土地、农民、千年不变的日常生活中感受到历史的沉淀和苦难的深重，同时获取着对于民族的深切认知。正因为此，李广田在解释冯至的十四行时，会突然引入似乎与冯至的诗歌风格颇为异样的何其芳《画梦录》中的片段，并说：“一个这样的国家，这样的民族，几千年来这样的历史，而且你更不敢设想什么样的将来，一切都压在诗人的心上，这岂止是‘没有不关痛痒的地方’而已，他可以说是与一切痛痒都太关切了。”[61]李广田在这里说出的是一种对民族时间的独特理解，即时间的空间化。与左翼文化界那种将时间指向未来的思考向度相比，这凝固的时间与同样凝固的苦难显得更加沉重。

但值得分析的是，冯至在《十四行集》中表现出来的时间维度，与沈从文的哀戚和穆旦的受难形象仍有着较大的差别。他的诗中时间的空间化和空间的时间化，与其说是指向民族苦难的历史，不如说更多地指向一种关于人类原初的生存本质。这使他的诗有着一种脱离时代的氛围。或许，他更关注的并非受难的民族历史，而是如何在纷纭的时代安排个人的有价值的生存。他采取的基本态度是，在不介入时代的前提下在变动的时代中保持个人的独立和清醒，同时处乱不惊地完成个人所应该承担的日常生活和社会位置给定的工作。这种态度类似于学者，类似于一个普通人，却并不是以积极介入社会、以负有特殊社会使命自诩的知识分子所持有的。直到1944年，冯至仍这样来界定读书人："至于读书人，也没有什么特殊，他们只不过对于事物愿意分辨分辨是非真假，遇事愿意考虑考虑什么应该做什么不可以做，这是他们的本分，正和一个建筑师应该把房子盖得坚固，一个木工应该把桌椅做得平稳一样，人们对他们不必尊敬，也不必侮蔑。"[62]这种态度缺乏知识分子那种"文化英雄"的品格，却有着"独立地担当自己"，使"寂寞的个人"获得一个"完整的世界"的存在主义思想脉络上的个体的基本品性。

这大概正是40年代初期冯至的自我期许，是他给自己安排的社会位置，也可以看作冯至此后没有做太大改变的基本生存态度。即使在40年代介入社会活动的时期，在50年代作为文化官员和社会活动家的时期，他对自己的基本评估都是如此。这正是他所论述的"一滴水"和"大海"、"一片木屑"和"熊熊的火"之间的关系。问题的复杂性在于将什么指认为"大海""熊熊的火"的具象载体。里尔克所谓的"神性"，歌德所谓的"原始法则"，都是相当抽象的，而在冯至的思想脉络中，他似乎并不特别关心具象载体的社会内涵，而更重视将个体生存连接到一种更宏大的、本质性生存整体这一思考向度。对他而言，40年代在大自然中领悟的秩序，和1949年后建立的新社会秩序，似乎并没有太大的差别。他所表述的"一滴水"与"大海"、"一片木屑"与"熊熊的火"的关系，既是一种象征性表述，也是一种等价的关于个体与整体（本质）间的理解方式。

在这样的思想脉络中，冯至初到昆明的举动就并非不可理解了。1940年10月，是昆明"警报最频繁的时期"，冯至通过一个学生的介绍，把距昆明城十五里一个叫杨家山的林场中几间曾是看林人住过的茅屋作为自己的住所。在这里集中居住的一年多时间，给冯至留下了极为惬意而难忘的印象。这个时期也是他创作力最为旺盛的时期：

> 我最难以忘却的是我们集中居住的那一年多的日日夜夜，那里的一口清泉，那里的松林，那里林中的小路，那里的风风雨雨，都在我的生命里留下深刻的印记。我在40年代初期写的诗集《十四行集》、散文集《山水》里个别篇章，以及历史故事《伍子胥》都或多或少与林场茅屋的生活有关。换句话说，若是没有那段生活，这三部作品也许会是另一个样子，甚至有一部分写不出来。[63]

冯至的妻子、曾一起留学德国的姚可崑也曾描绘过住在茅屋时的生活情景：

> 白天我们在树林里散步，不由得会想起当年在德国黑林区的漫游；松林在阳光下散发出来香气，我们感到的舒适，也无异于黑林区时洗过的松汁浴。夜晚在一盏菜油灯下，十分寂静，更使人思想缜密入微，好像影子也在进行无声的对话。冯至写过一首绝句："孤灯暗照双人影，松树频传十里香。此影此香须爱惜，人间万事好思量。"[64]

这林场茅屋中的宁静、悠然和祥和，的确让人难以想象战争的气氛。这静谧而封闭的狭小空间，像是40年代动荡国土中的一处"方舟"，远远地隔开了无序、喧闹和随时降临的战争恐惧，无怪乎让研究者联想到"避乱于深山"[65]。

但冯至在巨变的时代寻求不变，并不单单是为了避开战乱的凶险，更是为了探寻那永恒的生存本质，以便更恰当地安排自己的生活。时代的纷纭和个人的稳定之间，由此构成一种矛盾和张力。在极为动荡的战乱时期，冯至却获得了一份清明、一份精神的充裕和从容。近五十年过去之后，冯至曾以一连串的对比句来描绘自己对昆明生活的感受：

如果有人问我，“你一生中最怀念的是什么地方？”我会毫不迟疑地回答，“是昆明”。如果他继续问下去，“在什么地方你的生活最苦，回想起来又最甜？在什么地方你常常生病，病后反而觉得更健康？什么地方书很缺乏，反而促使你读书更认真？在什么地方你又教书，又写作，又忙于油盐柴米，而不感到矛盾？”我可以一连串地回答：“都是在抗日战争时期的昆明。”[66]

这里表述的是一连串富于张力的矛盾，从中可以窥见冯至应对时代变动的一种方式。与哈尔滨时期相比，这种方式虽无本质上的差别（同样是“不介入”），却多了处乱不惊的镇定和从容。尽管住进林场茅屋有着许多偶然的因缘巧合的因素，但离开警报频传的昆明城而选择人烟稀少的深山陋室，确乎呈现出冯至的某种精神症候。这使人想起1933年留学德国时冯至向杨晦说过的话：“我们闭上我们的双目，当这时代的纷纭，除去我们献心的地方，我们既不能济人也不能自救。我们是保管，等待，忍耐……等到用我们的时刻来了。”[67]在纷纭的时代中，冯至选择的不是济人和自救，而是“保管，等待，忍耐”。不能“济人”，是意识到个人的渺小，不能像英雄一样解救众生；不能“自救”，则是意识到时代艰难，需与众人同舟共济，并没有一个地方能够使人逃离时代的苦难。于是，个人要忍耐苦难，等待苦难过去；而“保管”，也许就是独立地担当自己，并保有清明的精神和思想，使自己不至于沉沦。从这样的逻辑中，我们能够理解冯至与战乱的40年代之间的错综关系。

2.“什么能从我们身上脱落”

40年代初期，冯至探寻万物不变的本质与个人的合理生存之间的关系的方式，明确受到里尔克思想的影响。里尔克的思想与存在主义哲学有着密切的关联。美国学者考夫曼这样描述里尔克与存在主义的思想脉络：“他后期的诗对于海德格的思想曾经有很大的影响，而他的散文作品《马尔特手札》则影响了沙特（即萨特——笔者注）思想的形成。"[68]这里提到的《马尔特手札》正是冯至曾经希望作为博士论文研究题目的《布里格随笔》。"这一部作品中道出了这么多存在主义者的要旨：尤其是，对于真实存在的寻求，对于非真实存在的嘲笑，如何面临死亡的问题，以及那带领我们接近死亡的时间之经验。"[69]存在主义哲学区分"真实存在"与"非真实存在"的关键在于一种独特的个体意识，即"不断力求简化他自己，回到原来的、有确实根据的经验方面去"[70]。把个人从文化习俗、社会人群、随波逐流的时尚和庸俗生存态度等中脱离出来，直接面对人作为"终将死去"的有限生存者这一基本情境，这成了存在主义哲学思想的核心。这种力求简化自己的趋向，不仅可以解释冯至避居深山茅屋的举动，也可以解释《十四行集》和《山水》的基本主题。

里尔克曾在《论"山水"》这篇文章中，阐述一种从山水艺术中生长出的人与世界的新关系，即"他有如一个物置身于万物之中，无限地单独，一切物与人的结合都退至共同的深处，那里浸润着一切生长者的根"[71]。冯至的散文集《山水》的篇名显然取自里尔克同名的论文。在《后记》中，他描绘了一种独特的自然观，拒绝"把人事掺杂在自然里"，即不应当以人事的标准去改造、扭曲自然的"本来面目"。冯至同时提出，衡量自然风物的标准，不应该是"奇特"，而应该是"平凡"，因为不寻常的景物固然能够使我们产生新鲜的感觉，但"真实的造化之工却在平凡的原野上，一棵树的姿态，一株草的生长，一只鸟的飞翔，这里边含有无限的永恒的美"。这里所说的"本来面目""永恒的美"，或许正相当于里尔克所谓共同的、深处的"根"，也是冯至所寻求的"不变的本质"。

人与自然及宇宙中的万物，是同样的存在体。因此，诗人不应将自己视为一个超越万物、高高在上的存在者，而只有虚心地去观看、发现和体认万物及其关联，才是达到"存在深处"的唯一方式。冯至这样阐述告别了"新浪漫派"创作观而转向咏物诗写作时期的里尔克：

> 他开始观看，他怀着纯洁的爱观看宇宙间的万物。……他虚心侍奉他们，静听他们的有声或无语，分担他们人们都漠然视之的命运。一件件的事物在他周围，都像刚刚从上帝手里做成；他呢，赤裸裸地脱去文化的衣裳，用原始的眼睛来观看。……只见万物各自有它自己的世界，共同组成一个真实、严肃、生存着的共和国。[72]

里尔克所呈现的，不仅仅是关于写作咏物诗的诗艺问题，更值得注意的是其中参照自然万物而提出的理想生存状态。人必须“赤裸裸地脱去文化的衣裳，用原始的眼睛来观看”万物，才能真正领会造物和宇宙的本性。而这种本性才代表着存在的“本质”。在这里，自然与历史、文化之间构成了某种对立关系，而前者显然具有比后者更“高”的意义。这一点冯至在散文集《山水》的《后记》中做了明确的阐释：

> 昆明附近的山水是那样朴素，坦白，少有历史的负担和人工的点缀，它们没有修饰，无处不呈露出它们本来的面目；这时我认识了自然，自然也教育了我。在抗战期中最苦闷的岁月里，多赖那朴质的原野供给我无限的精神食粮，当社会里一般的现象一天一天地趋向腐烂时，任何一棵田埂上的小草，任何一棵山坡上的树木，都曾给予我许多启示……它们在我的生命里发生了比任何的人类的名言懿行都重大的作用。[73]

在这里，自然被看作纯粹的生存本体，并且是唯一真实的本体。这种本体论不同于“五四”时期学衡派的人文主义观念，即人性本恶，文化可以矫正人性；也不同于“新青年派”的人道主义观念，即人性本善，应当以人性中自发的情感来破除扭曲人性的社会文化。[74]它一方面将人看作自然中一个平等的“物”，并认为自然高于历史、文化，这一点不同于人文主义的观念；另一方面，它又认为自然本身是一个“真实、严肃、生存着的共和国”，即自然并不是情感的、非理性的，而是被安排在内在的自然规律中的，这一点又区别于浪漫主义的人道主义观念。这使冯至的自然观具有新古典主义色彩。与其说冯至的自然观是将自然与历史、文化完全对立起来也并不准确，毋宁说，在这里，自然应当成为历史和文化的“范本”。人在社会中，应当像一棵草、一棵树生存在自然中，受到同样的自然规律的支配。这是冯至生存观的核心。由此，冯至引申出关于秩序、个人的生存态度、个人在社会中的位置等一系列问题的理解。

将冯至的思想做过分系统化的描述或许并不恰当。事实上，冯至在他的《十四行集》《山水》，甚至《伍子胥》和一系列杂文中，并没有具体地讨论他参照自然而提出的所谓“内在规律”到底是怎样的。李广田在评述冯至的十四行诗时说：“生活得最好的，最理解生命的人，也许就是那发掘了最深最远的……谁若发掘到了，而且又表现了出来，他不但是诗人，而且是哲人。”[75]但这诗的发掘毕竟不是哲学（或可称为“诗化哲学”），诗中呈现的哲理也并非思想史意义上的哲理，这只是冯至的一种体验和思想指向，是由“本来面目”“永恒的美”“忍耐和生长”等指示出的一种趋向和心态。他倾向于从自然中发掘一种超越时间之外的、永恒的、纯净的生存状态，所参照和意欲脱离的是纷纭的人事，即从社会习俗、从人群中退离出来，从观看和体验中去领会宇宙大生命的本质。这一趋向和心态表现为他的散文和诗中反复提到的“脱落”和“否定”。

写于1942年的散文《一个消逝了的山村》，可以视为冯至林场茅屋生活的一篇综述。其中写到鼠曲草时有这样一个段落：

> 在夕阳里一座山丘的顶上，坐着一个村女，她聚精会神地在那里缝着什么，一任她的羊在远远近近的山坡上吃草，四面是山，四面是树，她从不抬起头来张望一下，陪伴着她的是一丛一丛的鼠曲从杂草中露出头来。这时我正从城里来，我看见这幅图像，觉得我随身带来的纷扰都变成深秋的黄叶，自然而然地凋落

了。这使我知道，一个小生命是怎样鄙弃了一切浮夸，孑然一身担当着一个大宇宙。[76]

“谦虚地掺杂在乱草的中间”的鼠曲草，孤单地坐在山、草、树之间的村女，在冯至眼中都变成了一个“否定”的象征。《十四行集》第四首这样写道：“你躲避着一切名称，/ 过一个渺小的生活……一切的形容、一切喧嚣 / 到你身边，有的就凋落，/ 有的化成了你的静默”。而这“在否定里完成”的“伟大的骄傲”，便是“不辜负高贵和洁白，默默地成就你的死生”。“躲避”“凋落”“否定”与“脱落”，是《十四行集》中反复出现的一些字眼，它们共同指向一种近乎纯粹而洁净的生存状态。写到有加利树时，他有这样的字句：“你无时不脱你的躯壳，/ 凋零里只看着你生长。”（第二首）在《十四行集》第二首中，冯至做了更充分的描述：秋日的树木凋落了“树叶和些过迟的花朵”；“蜕化的蝉蛾”，“把残壳都丢在泥里土里”；一段脱落了歌声的“歌曲”，剩下的只是“音乐的身躯”，好像“青山默默”。这些意象共同呈现的是繁华落尽的淳朴，从枝蔓、浮躁中脱出，达到一种清明、简洁的状态。这一趋向被冯至做了另一种相当准确的概括：“什么能从我们身上脱落，/ 我们都让它化做尘埃：/ 我们安排我们在这时代 / 像秋日的树木，一棵棵。”这是诗集中最早提到“时代”这一字样，也是冯至对自己怎样“生活在时代里”的一个象征性写照。

冯至关于“否定”和“脱落”的观念，正如同存在主义哲学的“简化”，同时也对应着里尔克那种内敛的个体意识。如他在《给一个青年诗人的十封信》中所说，只有“寂寞的个人”成为一个“完整的世界”，才能“在自身和自身所联接的自然界得到一切”。剔除枝蔓，返归淳朴，是冯至获得独立个体意识的方式。这也是他所阐发的：“谁若是要真实地生活，就必须脱离开现成的习俗，自己独立成为一个生存者，担当生活上种种的问题……不容有一些儿替代。”世界便正是由这些寂寞的个体所组成，“它是个人世的象征，千百个寂寞的集体”（第五首）。即使是时代的变动、外界的喧扰也不足以改变这样一种获取独立主体意识的过程。因而，面对纷纭的时代，他不是“进”，不是“投入”，而是“退”，退回内心，退回到那能给予人真实生存感应的自然界中，以发现并保存本真性的“寂寞的个人”。这不仅是冯至此时创作的基本主题，也是他的基本生存态度。因此，在动荡的战争环境中，在喧闹的昆明，他脱开一切庞杂沉浸于自然之中，并在那里完成了自己应当担当的最基本的日常生活：生活、工作、读书和孤单地写作。

3.“给我狭窄的心，一个大的宇宙”

如同里尔克的个人与世界之间的辩证关系一样，以“脱落”的方式保存独立的个体，对冯至来说，并不简单是逃避时代的纷纭，而是使个体在纷纭的时代获得一个适当的位置。“脱落”好像是一种“清场”，清除种种背离真实生存的社会习俗、浮泛的观念、紊乱的喧哗，最终目的是把那些死生之间最为纯粹的生存要素显现出来。与此同时，那些被虚假的社会习俗遮蔽的万物之间的真实关联，也因此显现出来。里尔克曾经给出一个形象的比喻：那些从“非真实”的状况中脱身出来的人，好像一个从屋内忽然被移置高山顶上的人，他会“生出许多非常的想像与稀奇的感觉，它们好像超越了一切能够担当的事体”，而获得一种“广阔地承受我们的生存”的心境。[77]在这样的意义上，避居林场茅屋，对于冯至而言像是为获取独立个体意识而实践的某种“仪式”或极端情境，一种将“诗”或“思想”变为生活本身的行为，变成一种具体的生活实践，并最终内化为冯至身体内的血肉。“风声雨声，声声入耳，云形树态，无不启人深思”的那段生活，确乎洗去了冯至青春期浮躁而自卑的心态，他变得那样纯粹而沉静，如同苏格拉底故事的反面：他在丢掉自己的过程中获得了一个“大宇宙”。

再没有比《十四行集》第二十二首的诗句更能准确地表达出冯至在茅屋居住时的内心状态了：是深夜的深山，伴着绵绵雨声，一切都在沉寂。一个人坐在屋内，试图去回想十里、二十里以外的山村和市廛，去回忆十年前、二十年前的梦幻，但只能听到夜雨沉沉覆盖一切。一种极度的孤单和寂灭使他感到仿佛身处母亲的子宫中，与这世界相隔那么遥远。他祈求“给我狭窄的心，一个大的宇宙”。这最后一句吁求具有一种神奇的力量，使那个孤立无援的人不仅化解了孤单和恐惧，而且超越于一切存在之上，以心涵纳了整个宇宙。

以“狭窄的心”包容整个“大的宇宙”，正是冯至在“脱落”中寻求真实存在时得以进入更广大世界的方式，也是《十四行集》和《山水》部分篇章的核心内容。人在社会中如若没有存在的自觉，便始终处在非真实的状态中。第一步是从“非真实存在”中脱出，从被社会习俗、规范和既定关系所规定的处境中游离开来，意识到自己仅仅是作为向死而生的“存在者”，继而在最原初的状态中与统摄万物的“神性”相关联。这“关联”使个人再度回到世界，却是另一个更广阔的世界。因此，与“脱落”和“否定”紧密相关的另一个基本主题，便是“关联”和“肯定”。

方面是万物之间的关联，即凡是宇宙中存在的一切，彼此都有一种“意味不尽”的关联。有自然风物之间的关联——“哪条路、哪道水，没有关联，哪阵风、哪片云，没有呼应”（第十六首）；有人与自然的关联——“我们的生命像那窗外的原野，/ 我们在朦胧的原野上认出来 / 一棵树、一闪湖光、它一望无际 / 藏着忘却的过去、隐约的将来”（第十八首）；也有人和人的关联——“有多少面容，有多少语声 / 在我们梦里是这般真切，/ 不管是亲密还是陌生：/ 是我自己的生命的分裂”（第二十首）。这一切的关联源自一个共通的宇宙大生命本体——“这里几千年前 / 处处好像已经 / 有我们的生命”（第二十四首）。作为宇宙中的一个存在物，人如何去感受这种关联呢？这便是一份“给我狭窄的心，一个大的宇宙”的关切。如诗人李广田所阐发的：“从一方面说，是‘万物皆备于我’，而从另一方面说，就如‘佛家弟子，化身万物，尝遍众生的苦恼’……诗人是正因为与一切相契合，所以才关切了一切……那不是站在‘我’的地位上来关切‘你’或‘他’，而是‘我你他’的契合，或如诗人自己所说是生命的‘融合’罢了。”[78]也就是说，这是将万物的生存都融合进“我”的生命中——“让那些亲密的夜 / 和生疏的地方织在我们心里”（第十八首），“寂寞的儿童、白发的夫妇，/ 还有些年纪轻轻的男女，/ 还有死去的朋友，他们都 / 给我们踏出来这些道路”（第十七首）或“它们和我在这里所写的几个地方一样，都交织在记忆里，成为我灵魂里的山川。我爱惜它们，无异于爱惜自己的生命”（《山水·后记》）；同时也是把“我”的生命交付给万物——“我们的生长、我们的忧愁 / 是某某山坡的一棵松树，/ 是某某城上的一片浓雾”（第十六首）。

“天地与我并生，万物与我为一”，一方面会带来生存的“广大”，另一方面却也使人更深地感受到个体生存的短暂、空虚和孤单。这是第二十一首写的那种恐惧——“我们听着狂风里的暴雨，/ 我们在灯下这样孤单，/ 我们在这小小的茅屋里 / 就是和我们用具的中间 / 也有了千里万里的距离”；是第二十六首写到的那种陌生——“不要觉得一切都已熟悉，/ 到死时抚摸自己的发肤 / 生了疑问：这是谁的身体？”；也是第十五首写到的那种广大的空虚——“我们走过无数的山水，/ 随时占有，随时又放弃，/ 仿佛鸟飞翔在空中，/ 它随时都管领太空，随时都感到一无所有”。这些恐惧、孤单和空虚，并非空无所有，而是一种为“广大”所加深的存在感，它使我们作为“向死而生”的短暂存在者的真实生存状态格外强烈地显现出来。如李广田描述的那样：如果不是“与一切痛痒都太关切了”，我们便难以理解“何以看起来像这么恬淡的诗人，却又写出了像《十四行集》中第二十一首和第二十二首那样强烈的感觉”〔79〕。在这里，“心”与“宇宙”都凸显出来：以“心”包容宇宙的广大，以“宇宙”反衬“心”的孤单，成为冯至在林场茅屋时探索生存（同时也探索诗歌）的极致实践。

但也正是在这里，显露出冯至的里尔克式思想的极限：脱落“文化的衣裳”，以“原始的眼睛”观看并体验大宇宙的本体，固然扩大了个体生命的内容，但以什么方式证明个体生命的存在？所有生命都受制于自然的内在规律，但同时每个生命又是独立的，作为独立存在体的“我”如何显现自己的存在呢？换一种说法，这在否定中得到大宇宙的“沉思”的生命，如何成为“实践”的“生长”的生命？尽管里尔克的思想能够给予个体以笃定的内敛主体意识，却始终是参照带有神秘性的宿命感的自然观而确定的，个体的自主空间无从显现。“狂风把一切都吹入高空，/暴雨把一切又淋入泥土，/只剩下这点微弱的灯红/在证实我们生命的暂住”（第二十一首），“什么是我们的实在？/我们从远方把什么带来？/从面前又把什么带走？”（第十五首）……这些诗句所询问的生命的“实在”，或许便是于一切中所见到的“虚无”。“因为自己与一切共存，故不想占有任何一部分，因为自己的灵魂与天地万物同其伟大而光灿，故毫无执著而固凝的念头，自己有其实，正如一切有其实，故不沾沾于名相。”[80]李广田的阐释近乎老庄的有无之辩，而与冯至所言的“谁能把自己的生命把定，对着这茫茫如水的夜色”（第二十首）有所出入。

“把定”和“担当”是冯至思想的另两个关键词。他所要得到的并非广大的“空虚”，而是“从一片泛滥无形的水里，取水人取来椭圆的一瓶，这点水就得到一个定形”，或像“秋风里飘扬的风旗，它把定些把不住的事体”（第二十七首）。在以心包容了宇宙的大空虚中，诗人最终寻求的是一种固定的“形式”：那是在长久的体验之后终于“脱颖而出”的诗句，也是个体生存者存在的证明。在论述里尔克的转变时，冯至这样写道：

> 在诺瓦利斯死去、荷尔德林渐趋于疯狂的年龄，也就是在从青春走入中年的路程中，里尔克却有一种新的意志产生。他使音乐的变为雕刻的，流动的变为结晶的，从浩无涯涘的海洋转向凝重的山岳。他到了巴黎，从他倾心崇拜的大师罗丹那里学会了一件事：工作——工匠般的工作。[81]

使音乐的变为雕刻的，使海洋变为山岳，强调的都是从无形变为有形，从自发散漫的情绪的抒发，转向有意识地对情绪的控制和对形式感的营造。这不仅指的是诗歌风格和诗歌形式由浪漫主义向新古典主义转变，同时也包含了对个体存在形式的理解。李广田在对冯至的十四行诗进行总结时说：“艺术是表现生活的，可并不就是生活，更不等于生活。艺术是表现感情或思想的，可并非就是，或等于感情与思想，那最要紧的地方就在于‘表现’。”[82]这种说法反过来也同样成立：生活并不就是艺术，更不等于艺术。如果表现仅仅停留于艺术的层面，最多只意味着作品的完成，它只被用来解释《十四行集》的创作。但对冯至个人，则需要“新的意志”的产生，以获得个体生存的形式感和具体实践方式。这也正是他离开林场茅屋之后的生活与社会实践。

四、“一个对于时代的批评”

1．杂文：个人与时代

1941年下半年，冯至不断生病，遂于11月搬回昆明城内，结束了林场茅屋的生活。这看似偶然的生活情境的转变，也改变了冯至的心态和创作内容。

“当时后方的城市里不合理的事成为常情，合理的事成为例外，眼看着成群的士兵不死于战场，而死于官长的贪污，努力工作者日日与疾病和饥寒战斗，而荒淫无耻者却好像支配了一切。我写作的兴趣也就转移，起始写一些关于眼前种种现实的杂文。”[83]冯至在这段话中点明了两点：一是社会处境的恶化，使他开始更多地关注现实；二是他关注现实的方式是写作杂文，针对社会上他认为不合理的种种现象提出批评。但冯至的批评方式并非书生论政，直接去议论时政，他往往从日常生活中的琐事入手，谈论应当具有怎样的做人态度，以及如何保持一种正直和正当的生存，并由个人推及时代和民族，强调对时代的批判性介入和一种创造性的继承传统文化的态度。写杂文的这个时期，冯至也开始较多地介入社会活动。除参加演讲之外，他支持学生社团如冬青社、新诗社、文艺社、文聚社等组织的活动；约自1943年冬天开始，冯至邀请熟识的朋友在家中每周聚会一次，“漫谈文艺问题以及一些掌故”[84]；1944年他参加了西南联大的“五四”

文艺晚会，会议遭特务破坏后，与闻一多、朱自清等继续在8月举行的会议上演讲；1944年应邀参与编辑《生活导报》的副刊《文艺生活》十数期；1945年12月，为追悼昆明“12·1”惨案，赋诗《招魂》，后镌刻在烈士墓前石壁上……姚可崑在回忆录中提到一个细节，即“从1943年9月以后，冯至的日记忽然中断，也许是因为他教课和写作过于繁忙，没有时间写日记吧”[85]。这大约可以看作冯至生活节奏变化的一个标志。

显然，无论从创作内容、思想取向还是生活方式，自1943年开始，冯至均发生了较大改变，与林场茅屋那种“一个人对着一个宇宙”的心境和社会处境都已很不相同。而这变化的一个基本趋向，便是对时代和社会活动的介入。冯至的这一变化是他40年代生活的一个重要转折点。不再是在“时代的纷纭”面前“闭上我们的双目”，尽管没有“济人”和“自救”，却也不再仅仅停留于“保管，等待，忍耐”。个人与时代间的界限被有限度地打破：一方面，不再背对时代去寻求洁净的个人生存，而认为必须拥抱时代的艰难；另一方面，从个人合理的生存出发，对时代做出批评和矫正。影响冯至变化的有多种因素，比如战时昆明的生存处境，使知识群体形成了一种活跃的文化氛围；冯至前一时期创作造成的影响，对昆明生活环境的逐渐熟悉等，使他的人际交往范围开始扩大，为他从个人的封闭中走出来，广泛地接纳诸种社会文化信息提供了可能性；自1943年昆明民主运动展开而形成一时风尚的小型周刊的出现，也为冯至写作批评性杂文提供了阵地和渠道等。但关键的因素仍来自冯至自身，即他的个人思想与外在环境之间的互动。

相对于初到昆明时试图去寻求变动中的“不变”这一内在的驱动，《十四行集》的完成确实被冯至看作一种“结束”。他这样写道：“到秋天生了一场大病，病后孑然一身，好象一无所有；但等到体力渐渐恢复，取出这二十七首诗重新整理誊录时，精神上感到一种轻松，因为我满足了那个要求。”[86]这种完成感可以从两方面考虑：一方面是对自己创作冲动的满足，他觉得初到昆明的困惑或愿望可以告一段落；另一方面也与这些作品被社会认可的程度相关。《十四行集》发表不久，李广田、朱自清等同行给予了高度评价，而且在当时西南联大正在实践现代主义诗歌创作的学生中也产生了颇大的影响。这一点对于刚及中年的冯至并不是一个不重要的因素。这种公众形象的获得，为冯至确定他的自我形象和社会位置提供了一个潜在的参照系。

在冯至写作杂文和以演讲、参与民主活动等方式介入社会实践中，获取“真实生存”不再仅仅针对自己，而成为一个衡量所有人的生存的普泛性标准。他以此评判是非，并对当时的社会现象提出批评。这其中隐含的自我形象和社会位置，已不再是普通人，而具有相当的精英色彩。1986年，冯至曾以一种反省的态度谈到基尔克郭尔和尼采对自己的影响：“我看到社会上光怪陆离难以形容的种种现象感到苦闷时，读几段他们的名言隽语，如饮甘醇，精神为之振奋。至于他们蔑视群众、强调个人、自命非凡的方面，往往在我的兴奋中被忽略了。”〔87〕这或可作为佐证。但冯至此时的精英色彩，并不是一种将个人置于时代对立面的狂狷之气。冯至曾给那些远远地超越人群的存在者一个特殊的名称——畸人。他在《一个对于时代的批评》一文中用这个词来称呼陀斯妥耶夫斯基、尼采和基尔克郭尔。小说《伍子胥》的结尾，伍子胥第一次出现在吴市人群中时，冯至又一次使用了“畸人”这个词：“吴市里便出现了一个畸人：披着头发，面貌黧黑，赤裸着脚，高高的身体立在来来往往的人们中间。”这与他所理解的里尔克式生存——“不亢不卑，忍受风雪，享受日光，春天开它的花，秋天结它的果，本固枝荣，既无所夸张，也无所愧恧”不同，也与歌德所谓“情理并茂，美与伦理的结合”同时是“理想与实际的融合”的“完整的人”〔88〕不同。毋宁说，后两者才是冯至理想的生存境界。

因此，冯至即便在用杂文批评社会现实时，倡导的也是一种相对低调的个人观念，即强调的是个人尽本分，恢复生存的本来面目。1943—1945年写作的杂文很大一部分都在谈论这个问题，比如《认真》《一个希望》《忘形》《界限》《简单》《似是而非的话》《答某君》等。《认真》〔89〕一文，他从日常用具的粗糙谈起，批评那种不负责任的工作态度："一个人对他自己的工作漫不经心，该是多么大的一个罪恶。没有一只鸟搭它的巢，没有一群蜂建筑它们的窝，不是用尽它们所能尽的力；而人的不认真如今却成为普遍的现象。"他提倡，小至木匠做桌子、陶工做壶罐，大至政治组织，都必须具有一种讲求精确的认真的工作态度。他在《一个希望》中对民族生存状态提出的批评是"不好清洁，不负责任，敷衍，贪污"[90]，而希望通过了解民族的历史来恢复本来面目。在《似是而非的话》里，对于那种把个人的毛病推卸为社会问题的现象，冯至认为"一个真爱清洁，真爱正直的人绝不会因为外界不清洁、不正直而自己也龌龊欺骗起来"，因为"人类有一种永久不变的道德性"，"清洁、真实、正直……那些纯道德观念却永久不会变，永久支配着人类的伦理行为"。[91]因而，他认为在一个艰难的时代，个人应当"自持"，应当杜绝夸夸其谈的"空洞的话"，而承担"自己本来的职务"，恢复"朴质的、单纯的风度"，"把心用在正当的自己的工作上边"。[92]

所有这些议论都建立在一种朴素的个人本位的观念基础上："处在污泥中而无所沾污那不是常人所能办到的事，与魔鬼为伍而能自行其是那是圣者的行为。我们平凡的人抱有一些理想，还是少被焦躁的心与夸大的志愿支配，过着自己所应该过的生活为宜。"[93]在1945年发表的《论个人的地位》中，他明确提倡"真正特立独行的个人主义"，认为"纯洁的个人主义并无伤于一个健全的集体"。[94]在这篇文章中，他特别提到抗战时期的一种生存态度："在一个口号嚷得最热烈的时候，若有人不肯随声附和，自己埋头于个人的工作，或是另外有一些自己的见解，便会被人称做个人主义者。其实这个'个人主义'他也当之无愧，但如果说个人主义有什么罪，就未免不公平了。一个运动固然需要多血质的大声疾呼的人，但是在冷静中从事自己工作的人也未可厚非，事实上他也是在为人类努力。"[95]这样的论述令人联想到冯至自己，他未尝没有被人称为这样的"个人主义者"过。

总括起来看，1943—1945年，冯至尽管比较多地介入了社会活动，以杂文的形式批评社会，但他谈论的主要内容，他对于个人与时代关系的看法，仍然建立在独特的个人生存本位的基础上。是一种推己及人的方式，而不是以“文化英雄”的姿态抨击社会。这一点，与闻一多相参照便可看出来。冯至1942年发表的评述基尔克郭尔思想的文章《一个对于时代的批评》[96]曾受到闻一多的赞许。毕竟，冯至那内敛、平和、追求古典平衡的节制态度，与闻一多所呼唤的“在人性的幽暗角落里伏蛰了数千年的兽性”、那种把抗战看作“实验我们自己血中是否还有着那只狰狞的动物”[97]的激烈态度有很大的差别。因此，在闻一多从长沙至昆明的路途选择与学生等步行的时候，冯至却“只觉得与狭窄的船和拥挤的车结下了不解之缘”[98]。1946年，西南联大解散，闻一多选择留在昆明，而冯至辗转重庆回到北平。同样是看到昆明街头那些羸弱的、备受摧残的士兵，闻一多感到忍无可忍的愤怒，而冯至却只感到“不合理的事成为常情，合理的事成为例外”。尽管在反应方式上冯至与闻一多有着很多差别，但类似的现实给予冯至的触动仍旧是深刻的。因此在小说《伍子胥》中，冯至在昭关一段中，会写到那些士兵甚至没有力气“举起一只枯柴似的手”来抵御乌鸦和野狗的接近。

这种比较并非在评判高下，如冯至自己也意识到的，他并非那“多血质的大声疾呼的人”，而只是那种“在冷静中从事自己工作的人”。这冷静，源自他一贯的性格，源自一种由个人到达时代并以个人为本位的生存理想。因而，与时代的酷烈相比，冯至的思想和生活实践始终具有一层伦理和幻美的色彩，一种冷静的距离。如同唐湜在评价《伍子胥》时所说的：“没有重量，只有美的幻象，如另一个诗人的扇上的烟云。”[99]非常有意味的是，李广田在《十四行集》的“恬淡”中读出“强烈的感觉”，从而联想起何其芳《画梦录》中的片段。唐湜在评述《伍子胥》的文章中认为“复仇的主题不应该写在这么平坦的平原似的流利的散文里”，他们不约而同地将冯至的小说与《画梦录》联系起来，这大约是因为在冯至讲求美的平衡、节制和建筑感的作品中，却有一种感知世界的基本方式与写着“温柔的独语，悲哀的独语或者狂暴的独语”[100]时期的何其芳是共通的。细究起来，这种共通的感知方式大约是其创作始终保持了一种与现实之间的距离，以及通过文字而构筑另一个精致且带有唯美色彩的理想世界的创作风格。

2.《伍子胥》：田园风光和现实之间的一架桥

冯至 1943 年之后的变化表现为对现实社会生活的介入。他不再执着于“给我狭窄的心，一个大的宇宙”的沉思，而试图寻求一种方式保持与时代的关联。但与此同时，这种介入和对时代的批评，仍是以个人生存作为基本依据和出发点的，这使得他写作的杂文更多地属于他所谓的“批评”，即“属于智力”的“别是非真伪”之举，而不是“自觉是真理的代言人”，在“摧枯拉朽，或是价值重估”中积极地战斗着的“论战家”。[101] 这使他在介入社会的同时仍保持着距离和冷静。

但毕竟 1943 年的变化对于冯至是个关键性的转折，这转折不仅造就了冯至 40 年代一定的社会影响（即作为批判的却是“中间”立场的知识分子形象。对于 40 年代后期对文坛进行严格的类型甄别的左翼文化力量，这一点无疑是他们认识和评价冯至的一个重要依据。这也是 40—50 年代社会转折过程中，冯至会被左翼力量“选中”的因素之一），同时，冯至确实因此表现出了一种思想上的变化，即对社会苦难的承担（而非避开），并把对艰难的承担作为达到“完整的人”的修养的重要组成部分。这一转变过程中蕴含的复杂因素，可以从小说《伍子胥》得到象征性解释。

冯至从写十四行诗转向写杂文，中间有一篇过渡性的作品即历史小说《伍子胥》。与之前的十四行诗和之后的杂文相比，《伍子胥》兼有两者的性质：一方面，在这篇小说中，我们可以读到“林泽”“江上”“溧水”这样的优美段落，那是自然的美与善，好像是“一道彩虹”；但另一方面，更多的却是“城父”“洧滨”“宛丘”等段落写到的乱世的艰难和堕落。其中，自然和社会的矛盾被描绘成原野和城市的对立。如小说所写：“原野永久是那样空阔，但他只要接近城市，便觉得到处都织遍了蜘蛛网，一迈步便粘在身上。”这种对立性的描写，表明了冯至对于社会现实的判断。更重要的是，小说把伍子胥的逃亡过程写成了离开原野而进入城市、由“美的自然”走向“丑恶的社会”的过程。这一过程同时也是冯至此时的心理过程，呈现出了一个基本理念，即对美的断念，或说是对林场茅屋生活的“否定”。

这一方面是那美而纯洁的过去，因为社会丑恶的蔓延而不再可能存在。如小说第二部分“林泽”写到楚狂这个人物，他因为厌憎楚国的堕落，遂离开那些“衣冠齐楚的人们”，隐居于人迹罕至的“纯洁的山川”。伍子胥感到那年轻夫妇的生活，是他“梦也梦不到的，他心里有些羡慕”，但“他还是爱惜自己艰苦的命运”。这不仅因为“这些仇恨是从人那里得来，我还要向人那里抛去”，而且也意识到来日方长，世界上没有一片纯洁的地方不被污染，现在人迹罕至的林泽，“说不定有一天这里会开辟成田猎的场所”。“内心里保持莹洁，鹓鸰不与鸱枭争食”是不能解决问题的。这一段似乎有着较为明显的痕迹，令人联想起冯至对于林场茅屋中“朴素、坦白”的理想山水的否定。

对美的断念，另一更重要的原因则来自个人的自觉选择。伍子胥这个“心里有父母的仇、兄弟的仇”的逃亡者，穿行、流浪于原野与城市之间，感受生与死，体验人间的美与仇，最终“断念”于生命里“最宝贵的事物”，成为人群中一个坚定的复仇者。从城父的“决断”开始，一路的逃亡便是使他向着最后的“畸人”靠近。他曾经是一个“心像纸鸢似地升入春日的天空，只追求纯洁和高贵的事物”的青年，一路上在“最丑陋、最卑污的人群里打过滚”，使他彻底改变。“昭关”一段之后是新生的颂歌。江上渔夫引渡的情谊，溧水女子赠饭的纯洁，是全文最华美也最欣悦的段落。仍然是美在维系和支撑着新生者，但这新生的人需要完成的却是复仇，他是一个将仇恨抛掷到人群中的人。如果说在未获得新生之前，还可以允许多种可能性存在，那么新生之后却画定了不可跨越的界限，这界限便是对美与纯洁的断念。伍子胥对季札的断念，对那群青年“快乐而新鲜的世界”的断念，如同“城父”中生与死的决断一般，一种“使命”的自觉使他在美的理想与丑的现实之间，在保持纯洁的个人人格与卑污地完成使命之间做出决断。他领会了“水里有鱼，空中有鸟，鱼望着鸟自由地飞翔，无论怎样羡慕，愿意化身为鸟，运命却把它规定在水里，并且发不出一点声音”。伍子胥在延陵的最后一次断念，也是最后一次“脱落”，他完全确定了自己的使命：“他知道眼前的事是报仇雪恨，他也许要为它用尽他一生的生命。他眼前的事是一块血也好，是一块泥也好，但是他要用全力来拥抱它。”

对艰苦命运的自觉承担，对承担过程中的污秽和肮脏的克服，最终塑造了一个复仇者：“披着头发，面貌黧黑，赤裸着脚，高高的身体立在来来往往的人们中间。”冯至把他称为“畸人”，或许并没有贬损的含义，而指脱落了常人的脆弱、犹豫、矛盾之后的一个历经艰难、坚不可摧的“异人”。冯至在《伍子胥·后记》中写到自己在不同年龄段对伍子胥这一历史人物所做理解的变化：“伍子胥在我的意象中渐渐脱去了浪漫的衣裳，而成为一个在现实中真实地被磨炼着的人，这就有如我青年时的梦想有一部分被经验给填实了、有一部分被经验给驱散了一般。”“脱去了浪漫的衣裳”，热爱艰难的现实，并在现实中磨炼着自己，这不仅是对伍子胥故事理解的变化，事实上也可看作冯至本人的变化的一个象征。因而，从小说《伍子胥》表现出来的对现实的态度、对艰难命运的认可和自觉承担、对在艰难中磨炼着的特异个体的认同以及“一个有弹性的人生”的弧形意象，便可看出此时冯至的选择取向。

《伍子胥》是一个关于“蜕变”的故事，而这蜕变的方向不是朝向田园风光，却是朝向现实。这也可以说是冯至在超越和否定林场茅屋中所获得的单纯和平静。小说中选取的每一个因素，都暗含着背离或支持这一蜕变的象征性内涵。最有意味的是小说如何描绘人群与伍子胥互相观看，它隐喻性地使冯至的“寂寞的个人”被强行隔离在社会之外，而蜕变为一个担当社会责任的“畸人”。

小说一开篇，写的是城父中的人，“失却了重心，无时无刻不在空中飘浮着”的生存状态。这是伍子胥“决断”前的“崎岖和阴暗”，也是他必须脱离的“非真实”的生存状态。篡夺、欺诈的风气已经使美丽的故乡沦丧，伍子胥兄弟感到在那么大的楚国“看不见一个人”。“侮辱”和“骄傲”的内心交战培养的是一种“仇恨”，即对生存环境的厌憎和“放弃”。郢城使者的到来成为一种“外来的刺激”，伍子胥觉得“三年的日出日落都聚集在这一瞬间，他不能把这瞬间放过，他要在这瞬间做一个重要的决定”，这决定就是走出去寻求“生”。这便是逃亡者形象最初的雏形。促成这一形象形成的，冯至主要借助的是仇恨：仇恨使伍子胥与整个楚国人区分开来。

就故事的构成因素来说，仇恨是伍子胥历史故事本身具有的核心因素，但冯至对此做了相当有哲理意味的改写。在评述萨特的存在主义哲学时，杰姆逊认为其中“最丰富的实践阐发成分还是他的人际关系理论”，即一种在“他性”参照中获得的主体理论——“他把观看（look）构想成我与其他主体相互联系、斗争的最具体的方式，即在我那‘为他人的存在’之中我的异化，其间，我们每个人都徒劳地试图通过观看扭转局面，把他者那恶毒的异化目光变成我那同样具有异化力目光的审视对象”，并由此上升到殖民者与被殖民者、剥削阶级与被剥削阶级之间的“他性政治”[102]。冯至也曾多次提到“观看”，“里尔克在罗丹那里学会观看，歌德在《浮士德》里的《守望者之歌》是一首眼睛的颂歌”[103]，更不用说《里尔克——为十周年祭日作》里尔克关于观看和体验万物的那段著名的话。但在里尔克，观看是一种体认，是“像佛家弟子，化身万物”的认同，即在观看中消融自己与他物的差别。与此相反的是，《伍子胥》中“城父”这个段落却是对“被看”的描绘。城父全城的人都在紧张地窥视着城内伍氏兄弟的举动，“伍尚和子胥，兄弟二人，天天坐在家里，只听着小小的一座城充满了切切的私语，其中的含意模糊得像是雾里的花”。尤为特殊的是小说对伍氏家族的仇人费无忌的描绘：“这个在伍氏父子的眼里本来是一个零，一个苍蝇似的人，不知不觉竟忽然站立起来，凌越了一切，如今他反倒把全楚国人都看成零，看成一群不关紧要的飞蝇了。”这里出现的是“看”的关系的反转，即伍子胥始终处在“被看”

的位置，或者说，将他人的观看内化为保持自身存在的自我观看方式。城父市民的“看”一方面使伍氏兄弟处于孤单的位置，另一方面也使他们获得了共同的身份：“这兄弟二人，在愁苦对坐时，也没有多少话说，他们若是回想他们的幼年，便觉得自己像是肥沃的原野里的两棵树，如今被移植在一个窄小贫瘠的盆子里。”“盆子”的比喻，正是众人的目光所画定的界限。费无忌的“人”与“苍蝇”之间观看关系的反转，使伍子胥把首都郢城发生的一切视为一场“把戏”：“没有正直，只有欺诈。三年的耻辱，我已经受够了。”这正如杰姆逊所谓“他性政治”的翻转：“在恐惧和对死亡的焦虑中，自我与他者，中心与边缘这些等级位置被强行倒转过来。”[104]与此同时，再一次地，兄弟二人获得了对彼此的认同：“谁的身内都有死，谁的身内也有生；好像弟弟将要把哥哥的一部分带走；哥哥也要把弟弟的一部分带回。三年来患难共守、愁苦相对的生活，今夜得到升华，谁也不能区分出谁是谁了。”

第五部分“昭关”是小说的核心段落，伍子胥在这里真实地经历着“蜕变”。与“林泽”一段相应，伍子胥在关于自己命运的回想中，提到了万物的不变与人事的巨变。从溪水声中，他依旧感到一种“永恒的美”，想起少年时自己曾经和“任何人没有两样”，“人人都是一行行并列的树木，同样负担着冬日的风雪和春夏的阳光”。但“这个永恒渐渐起了变化”，欺诈、伪装、巧取豪夺，泛滥成了整个社会的一片汪洋。伍子胥感到自己与一般人“竟距离得这样远了”，他忽然觉得迷惑：“是他没有变，而一般人变了呢；还是一般人没有变，只是他自己变了？”城父中那种“被看”的处境，在这里被再次反转：已经变化了的伍子胥“看”人群时，他感到自己已经成为一个彻底的“他者”，一个异类。那巨大的变化使他晕眩，也使他觉得再也不能保持旧日的面貌，他必须彻底地从“过去”脱身出来，变成一个从身体到内心都相符的复仇者。与此同时写到的关于士兵的段落，有着特殊的暧昧的含义。这些把守昭关的士兵，本该成为伍子胥的“敌人”，但冯至在这里所写的“不是春秋时代，而是眼前的现实”[105]。于是，伍子胥与士兵之间产生了一种奇特的认同，这也是蜕变前的伍子胥最后一次认同楚国的身份，一次“死”的认同。在巫师为死去的士兵所唱的招魂曲中，伍子胥经历着真正的死，他的“心境与死者已经化合为一，到了最阴沉最阴沉的深处”。彻底死亡之后走出昭关的那一瞬间，伍子胥感到“旧皮忽然脱开了”，“旧日的一切都枯叶一般一片一片地从他身上凋落了”。这些描写正好对应着《十四行集》第十三首中写歌德的诗句：“万物都在享用你的那句名言，它道破一切生的意义：‘死与变’。”实际上这也是冯至常说的：“在变化多端的战争年代，我经常感到有抛弃旧我迎来新吾的迫切需要，所以我每逢读到歌德反映蜕变论思想的作品，无论是名篇巨著或是短小的诗句，都颇有同感。”〔106〕

如果说伍子胥一路逃亡的经历，便是在不断的“决断”和“断念”中蜕变为新人的过程，那么这个过程大约在冯至从林场茅屋的诗歌与散文转向昆明城居时期的杂文时期，同样存在。这一“变化”，是个体自主“选择”的结果，“选择”的维度则越来越深地朝向现实的社会生活；与此同时，承担并实践所做的选择，也是一个在不断“断念”中蜕变的过程：放弃那些应该放弃的，承担那些应该承担的。冯至曾经这样叙述歌德关于“断念”的观念：

> 他想像，经过许多克制后，一旦他能够达到那个目的，他会看见更高的自由，更深的情欲在那里等待着他。所以断念、割舍这些字不管是怎样悲凉，人们在歌德文集里读到它们时，总感到有积极的意义：情感多么丰富，自制的力量也需要多么坚强，二者都在发展，相克相生，归终是互相融合，形成古典式的歌德。〔107〕

“断念”既是克制和限定，在多种可能性中只能选择一种可能性；同时也是自我约束，对于那些美而不属于自己的东西勇于放弃。这一观念对于40年代的冯至是重要的。他开始选择以自己的方式介入社会现实，同时在“断念”和自我约束中结束林场茅屋的生活方式和自我确认，进入一个新的生命阶段。

3．歌德：“人的榜样”

与20—30年代接受里尔克思想而发生转变一样，冯至在40年代中期的转变依然可以找到较为确定的思想资源。除前面提到的基尔克郭尔、尼采之外，他这一时期研读最多的是歌德和杜甫。关于歌德的演讲和研究论文，包括《〈浮士德〉里的魔》（1943年1月）、《〈维廉·麦斯特的学习时代〉译本序》（1943年夏）、《从〈浮士德〉里的“人造人”略论歌德的自然哲学》（1944年9月）、《歌德与人的教育》（1945年8月）以及发表于1947年的《歌德的晚年——读〈爱欲三部曲〉后记》和《歌德的〈西东合集〉》，共六篇。同时他开始详细阅读杜甫，并准备写杜甫传。1945年发表了《杜甫和我们的时代》和《我想怎样写一部传记》。

这两个研究对象，与冯至此时“介入现实”的趋向也是一致的。歌德为人处事的基本态度或可概括为“入世”。冯至曾这样阐述：“歌德在他的一生中努力向外发展，担任行政工作，观察自然万物，与同时代人有广泛的交往，但也经常感到有断念于外界事物、返回内心世界的需要。……向外追求与返求诸己，这两种力量互相轮替，互相影响，日益提高和加深了歌德的思想感情。”[108]而杜甫吸引冯至的，则是那种“毫无躲避地承受”时代的“艰难”的“执著精神”[109]。冯至曾有“早年感慨恕中晚，壮岁流离爱少陵”[110]的诗句，可见他对杜甫喜爱之深。杜甫对冯至的影响曾被研究者准确地概括为：“接受并承受生活中的恐惧、悲伤和痛苦，进而超越，肯定它们，这是杜甫的成功之处，也是冯至经历了战争及其磨难后痛苦地感悟到的深层意义。”[111]

但相对来说，杜甫对冯至的影响主要是一种共鸣，经验和情感取向上的认同，而歌德在某种程度上却成为冯至的“生活教科书”。冯至曾这样描写《浮士德》和《维廉·麦斯特的学习时代》给予自己的影响：

它们对于我是两部“生活教科书”。作为世界名著，它们当然给我以审美的教育，更重要的是教给我如何审视人生。这两部著作的主人公，身份不同，活动的环境也不一样，却都体现一个共同的思想：人在努力时总不免要走些迷途，但只要他永远自强不息，最后总会从迷途中“得救”，换句话说，人要不断地克服和超越自我。在抗日战争艰难的岁月里，它们给了我不少克服苦难、纠正错误的勇气。〔112〕

如果说里尔克教会冯至如何成为“寂寞的个人”而获得对真实存在的理解，那么歌德则使他知道如何在选择中担当，如何在担当中割舍和自我克制，从而成为一个“真正的人”，一个在社会中行动的主体。换一种说法，如果说里尔克是冯至从青年入中年的精神引渡，那么歌德则是冯至中年时期的精神导师。

歌德对冯至的影响曾被他概括为三点：“蜕变论、反否定精神、向外而又向内的生活”〔113〕或“肯定精神、蜕变论、思与行的结合”〔114〕。这三重思想，“蜕变论”的影响主要表现在冯至的创作之中，而从生活态度和生存方式来看，“肯定精神”和“思与行的结合”则影响更大。对光明、正直、认真等品格的追求，正是“肯定精神”的表现；而“思与行的结合”，与存在主义哲学对于“生存”与“哲学”之关联的理解有深刻的契合，因而更易于被冯至接受。这些可以看作是支撑冯至 40 年代中期以后行为的基本思想原则。他从一个几乎是隐居山林的孤独的沉思者一变而为 40 年代文坛的活跃人物，再变而为共产党政权中的社会活动家、教育家和主流作家，不能不说与歌德这种“肯定精神”“思与行的结合”的思想有密切关系。

恩格斯曾评价歌德“有时非常伟大，有时极为渺小；有时是叛逆的、爱嘲笑的、鄙视世界的天才，有时则是谨小慎微、事事知足、胸襟狭隘的庸人”，而这样的评价也为冯至所认可〔115〕。一定程度上，这段话也可以用来描述 50 年代某一时期冯至的行为。歌德积极入世的人生准则对冯至产生了深刻的影响。不仅是《浮士德》中那种“谁永远自强不息地努力，我们就能够解救他”的肯定精神是冯至的基本生活态度，而且《维廉·麦斯特的学习时代》那种“表达一个人在内心的发展与外界的遭遇间所演化出来的历史”的“修养小说”或“发展小说”看待人生展开阶段的方式，也成了冯至内在的人生观。曾有论者把冯至的诗歌分成四个阶段：浪漫主义、现代主义、现实主义、新古典主义[116]，这种阶段性对于冯至，不仅表现在他的诗歌创作，也渗透在他不同时期的生活方式和人生选择中。

40年代，冯至一再谈论青年、中年和老年这三个人生段落的区分，而他对于自己的中年身份是非常自觉的，甚至40年代后期不多的几首诗之一《那时……》[117]也以“一个中年人述说‘五四’以后的那几年”作为副标题。冯至论述歌德的文章中，常谈论如何从青年、中年步入老年的否定与转化过程。他写道：“人生如旅行，中途总不免遇见一些艰险。最艰险的地方多半在从青年转入中年，从中年转入老年的过渡时期。……所以一个人从生到死得到一个圆满的完成，并不是一件容易的事。在这行旅上，歌德却给人一个好榜样。”[118]所谓中年状态，他在另一篇文章中引述了霍夫曼·斯塔尔的话：“青年人向往过去的生活，老年人回忆已经生活的过去，只有中年人真实地是生活者。他真实地立在生活的范围内，这范围给他把世界系住。没有一件事逃避他，正如他不能逃避任何一件事。在最小的行为里都与最大的事物关联……生活是一个不断的再开始，一个不断的再回来。”[119]

在这样一种中年状态中，冯至自觉地摒弃了青年时代的浪漫个人主义，开始构想一种歌德所描述的“新人”（或称“完成的人”）。在1945年的一篇文章中，他这样描述了歌德式的理想社会和“新人”：

> 歌德生活在18世纪后半与19世纪前期，正是个人主义盛行的时代，可是他诗人的预感已经感到集体生活的将要到来。……他身当此次政治的变动，最引以为憾的是，在德国一切都任凭个人发展自己，而全体对变动漠不关心。……
>
> 在他理想的社会里一个重要的格言是：“每个人要到处对己

对人都有用处。”人人要有一技之长而又有益于全体。所有不同的职业都平等了，高下的区分只看从事职业的态度是否是真诚的。歌德在这里要求一种适宜于集体生活的、新人的典型：人们精确地认识自己的事务而处处为全人类着想。

这种人不是我们现在所要求的吗？在一百多年前歌德已经迫切地感到了。[120]

如果这些话不是转述自歌德，我们几乎要认为这便是冯至所理解的理想社会，或者说，是从他的思想脉络中所理解的社会主义社会。可以说，歌德关于人生阶段的论述，关于人的生存理想的表达，在很大程度上被冯至实践在他40年代后期到60年代的生活之中。而且也是在这样的思想脉络上，社会主义作为一种理想的社会形态、生存形态，有效地接续到冯至既有的思想中。从这样的角度，我们可以理解50—60年代的冯至为何保持着那样一种虔诚的、积极的生活态度。这其中有对他青年时期思想的自我否定，也有他对理想社会的独特理解。正因如此，他在《十四行集》《山水》《伍子胥》中表现的那种个体生存本位的思想，能够近乎自然地被一种积极介入集体社会的生活态度取代。

当然，这样的解释只是勾勒出了冯至思想展开过程的一条线索，仅是从冯至的思想发展、内在自我要求的角度所做出的分析。而处在一个被冯至称为“过渡时代”[121]，一个“没有余裕来修饰自己的时代”[122]，他遭遇的是远为复杂的生活情境、时代体验和诸多历史因素的因缘巧合。

五、步入“集体的时代”

1．由“歧路”到“通途”

1946年7月，冯至全家乘飞机从昆明回到北平。这段时间到1949年是冯至思想、行为发生转折的最关键也最暧昧不明的时期。关

1948年，冯至与杨振声（左二）、沈从文（左一）、萧乾（右一）等摄于颐和园

于冯至在这一时期的思虑、遭际，留下的文字资料很少，仅有为数不多的短文和姚可崑的《我与冯至》中记录的片段。

从这个时期的文章看，冯至此时处在一种歧路彷徨的状态中。1947年8月他写了《决断》一文，讨论难以做出选择的苦恼。他写道："当人面对着引向不同的两条或两条以上的道路，孤单地考虑着自己应该走上哪条道路的时候，才会体验到作为一个人的艰难的意义。"一个月之后发表的《论时代意识》中，开篇就把这种个人选择与时代联系起来："人自从能够意识到他自己的存在，便能进一步去意识他是处在怎样的一个时代。"对于自己所处的时代，冯至意识到那是一个"旧的已经消逝，新的还没有形成"的"过渡时代"，而"在过渡时代中情绪是难以安定的"。1948年为《大公报·星期文艺》所写的《新年致辞》中，他觉得一切都处在一种"挣扎"的状态："从一日的温饱到最崇高的理想，凡是在这一条线索上能够串起来的事物，它们都在挣扎。"

在强调“人人要对自己负责”的同时，时代越来越成为冯至关注的对象：“人若是对自己负起责任，事事就要加以考虑，决定取舍，时代中的任何变化都与自己声息相通，痛痒相关，因此看法也就不那样笼统了。”（《论时代意识》）但具体到对时代的明确判断和理解，显然是不明朗的，冯至在讨论有关时代的问题时，主要是表达一种对于当时的社会现状的批判。除去批评那些“空虚的乐观者”，那些“用千万人的生命来满足自己的妄想的人们”，对于抗战结束后国民党发动的战争，他也有深刻的不满。1948 年 8 月发表的《郊外闻飞机声有感》中，他连用三个“如今怎样了呢”进行质问。这篇显然是在质疑国民党统治和反对战争的文章，曾被解放区的电台广播。[123]这大约是 40 年代时冯至最早被左翼政权关注的文章。同时，他仍如昆明后期那样，积极地参与学生社团和社会抗议活动。1946 年，闻一多事件曾对他产生极大的触动。1948 年 4 月，在抗议国民党暴行的学生活动中，冯至是教授联谊会的代表。此外，他仍旧是一些重要报纸的文艺副刊——《大公报·星期文艺》《益世报·文学周刊》等上的活跃作家，并在 1947 年 4 月到 1948 年 9 月接替沈从文主编过《星期文艺》。

批评社会现状、介入学生运动，与此同时，他仍是学院中的学者，专注于杜甫和歌德研究。这大约是北平时期冯至的基本状况。他所理解的道路、时代并没有和左翼政权产生直接的关联。如姚可崑所说：“国民党政府倒行逆施，不能寄予任何希望，共产党呢，他不了解，他不懂得马克思列宁主义。他只会诅咒黑暗，梦想光明。”[124]这大约也是当时大多数与政党、国家政权保持距离的文化人，甚至老百姓的普遍状况。冯至的敏感之处在于，他敏锐地意识到那是一个新旧更替的时代，一个在挣扎中渴望决断的时代。当冯至说“人间真正的不幸者却是那些已经遇到问题而又不能决断的人”时，我们不太能知道他所谓的“问题”到底指什么。但从他如此执着地谈论“歧路”“挣扎”“决断”，谈论“时代”“过渡”来看，这显然不仅仅是歌德意义上“抽象的人”所面临的问题，而与作家的时代意识、社会承担的要求有较大关联，否则，难以理解这种深刻而内在的焦虑来自何处。

1954 年，冯至与布莱希特（后排左三）、田间（右一）等在布莱希特的私人别墅

而在 40 年代后期社会格局、政权关系的变更和重组过程中，不同政治力量对个人的影响变得比任何时期都更为直接，因而个人对社会政治的判断和选择也显得更为迫切。这既是选择一种社会立场，也是个人如何在社会中寻找属于自己的位置。冯至此时并不安于做一个不问政治的书斋学者，而希望有所行动。况且即使他选择不问政治，政治的影响也会直接到达他的个人生活。

1949 年前，冯至夫妇曾有两次与政治的直接接触。一次是 1948 年 2 月冯至参加后来被称为“第二条道路”的中国社会经济研究会。据姚可崑的回忆，冯至是在被动的情况下介入这个知识分子组织的：“有一天钱昌熙和萧乾到我们家来，与冯至谈话，他们说，国内政治、社会、经济各大问题非常复杂。人们感到彷徨苦闷，想集合一些有专长的朋友们组织一个‘中国社会经济研究会’，对那些大问题进行研究，为中国寻找一条新路。他们还附带说，这个研究会既不反苏，也不反美。……冯至看名单里有很多北大和清华比较倾向自由民主的教授，他同意了。”这个组织所倡导的自由民主基本理念和原则，显然颇能吸引冯至，如姚可崑所说：“冯至说不上是这种‘人们’的典型，不过在某些方面多少沾点边儿。”[125]这次介入政治的活动，很快因为受到左翼文化界的批判和中国社会经济研究会本身的溃散而告结束。与萧乾等人不同，冯至并未因这次政治色彩较为鲜明的活动在以后的政治生活中受到多大的影响，这件事对他而言近似一个偶然的插曲。他与中国社会经济研究会的关系如何结束，在这一过程中有怎样的想法，今天已经不得而知。另一次与政治的接触则是在1947年。未经本人同意，姚可崑被列为南京当局学校教员团体的“国大”代表候选人。[126]冯至的反应是“极为气愤”，要姚可崑“登报拒绝”。这两次遭遇可谓政治的“歧路”。冯至很快从中脱身，并未对他的生活造成多大影响。

与此相参照的，是他对共产党政权的亲和态度。1949年2月北平和平解放，在解放军的入城式上，冯至站到了欢迎队伍的前列。不久，各高校均成立校务委员会，目的是“迫切要了解党的方针政策和解放区的情况，组织学习委员会，邀请党内负责同志到学校来做报告”[127]，冯至是北京大学校务委员会的成员。7月的中华全国文学艺术工作者代表大会，冯至是北平代表团副团长。7月2日会议开始的当天，《人民日报》特刊上发表了冯至的《写于文代会开会前》。这篇文章在内容和语调上一扫此前的暧昧和混沌，而表现出一种似乎过于突然的明朗：

> 我个人，一个大会的参与者，这时感到一种从来没有这样深切的责任感：此后写出来的每一个字都要对整个的新社会负责，正如每一块砖瓦都要对整个建筑负责。这时我理会到一种从来没有这样明显的严肃性：在人民的面前要洗刷掉一切知识分子狭窄的习性。这时我听到一个从来没有这样响亮的呼唤：“人民的需要！”如果需要的是更多的火，就把自己当作一片木屑，投入火里；如果需要的是更多的水，就把自己当作极小的一滴，投入水里。

在这段话中，个体的想象方式发生了很大的变化。这不仅指由“生存者的挣扎”而进入明确的有所归属的状态，好像进入一个骤然展开的新世界；而且也指对于个体与集体之间关系的理解，不再是个人本位的个人主义者，而似乎是个体毫无疑虑、毫无阻抑地成了集体的一个有效组成部分，并被镶嵌在社会有机体中。冯至在这里使用了三组类比关系：砖瓦与建筑、木屑与火、一滴水与更多的水，以此对应个人与新社会、知识分子与人民。

颇为有趣的是，1950 年，促成以散文家和记者身份活跃在文坛的曹聚仁离开大陆前往香港的原因也正是这种砖瓦与建筑的比喻。《曹聚仁传》中写到了曹聚仁在北京大学听了艾思奇的演讲之后，猛然醒悟："一块砖头砌到墙里头去，那就推不动了，落在墙边，不砌进去的话，那就被一脚踢开了。"〔128〕像砖头一样砌进墙里，这对于决心做"一个看革命的旁观者"的曹聚仁是一件不可忍受的事情；同时他也意识到，如果不想被砌进墙里，唯一的命运便是"被一脚踢开"。但这样的疑虑在冯至的文字中完全不存在。他几乎是在庆幸有能够被砌进砖墙里的命运。这是否表明冯至因此丧失了独立意识或自主品格，抑或其中蕴含了更为复杂的思虑？但可以确定的是，与曹聚仁要做一个旁观者的自我预设不同，冯至显然更愿意做一个直接参与大时代的行动者，关键问题只在于怎样做出这样的选择，以及介入何种性质的社会行动。一旦他意识到，眼前到来的似乎正是他期待已久的"集体的时代"，那么舍弃小我的思虑而直接投入行动，对于冯至而言，也就并非不可理解的行为了。

40 年代后期，影响冯至做出决断的，不仅有国共两党的政治对比和军事力量的转变，也有与他关系密切的朋友的影响。

北平时期，与冯至交往密切的，有西南联大时期结识的贺麟、闻家驷、沈从文、卞之琳、杨振声，也有 1946 年后到达北平的朱光潜、陈占元等。但值得注意的是，这个时期左翼文化界的影响开始通过一些朋友直接进入冯至的生活中。有在北平解放后归来的参与左翼运动的朋友，如杨晦、夏康季、陈逵、柯仲平、陶钝，还有当时左翼文化界的名流如叶圣陶、胡乔木、周扬、丁玲、臧克家、艾青等人。姚可崑写到，在北平解放至文代会期间，"家里几乎天天有人来访，他们带来新鲜的空气和明朗的阳光”[129]。这些朋友的影响，对于冯至做出选择不能不说是一个颇为重要的因素。与冯至所说的“任凭外力推移”有所区别的是，这是他借以感知时代趋势、历史走向的主要凭据，同时也与那个历史时期的人们对新中国的向往和渴望内在地契合在一起。邵燕祥曾在文章中写到他对1949年北京知识界的普遍感受：

> 我那时还不能算是一个知识分子，充其量叫做知识青年吧，但我相信我接受或靠拢共产党的前后，跟当时国统区许多成年的知识分子大体类似。依我看，在抗日战争前后投向延安的中青年知识分子，其中多数主要是由于对国民党在对日抗战方面的表现不满，相信共产党真心抗战，而对社会主义共产主义则只是朦胧的憧憬，还来不及做认真的理论探讨。抗战时如此，1945年后亦然。在国民党统治下，经济凋敝，毕业即失业情况尤甚，于是在读书人里和在市民中一样，流行着“此处不留爷，自有留爷处；到处不留爷，爷去投八路”的民谣。至今我也认为这是民间自发的，共产党地下组织或同情分子顶多参与传播，不会像“闯王来了不纳粮”那样是由李自成的队伍编造的。[130]

这样的情绪显然也会影响冯至。文代会期间，他在日记中写道：“你诅咒的旧中国已经消亡，/ 你希望的新中国正在成长，/ 你每个字都显示出 / 铁石一般的力量。”[131]正是这种情绪的表露。而这也可以看作冯至“决断”之后所做的具体选择，也就是从思想处于彷徨状态的“中间作家”（或中间立场的知识分子）转向明确地选择左翼革命政权作为自己的政治归属，同时把自己的生活、思想和行为主动地纳入这一新的文化秩序和话语秩序之中。

2．“用我们的时刻来了”

在冯至的理解中，这一决断做出之后，就有如雨过天晴，有如

1954 年，冯至一家在燕东园

“走尽了崎岖的路径忽然望见坦途”，获得了一种“单纯而晴朗”[132]的精神境界。他也正是以这种态度来面对新中国之后的生活。不仅在那些虔诚地参与思想改造的文章中，有着一份似乎与他此前的深刻不甚相容的单纯甚至简单，而且这种单纯也渗透在他的工作与生活态度之中。冯至在 1949 年后担任的多种职务都与这份勤勉和真诚联系在一起。1933 年在写给杨晦的信中，冯至曾这样写道：“我们闭上我们的双目，当这时代的纷纭，除去我们献心的地方，我们既不能济人也不能自救。我们是保管，等待，忍耐……等到用我们的时刻来了，我们不惜投入熊熊的火中像是一片微小的木屑。”[133]在他的理解中，1949 年新中国的成立或许正是这样一个“用我们的时刻”，因此他才会在第一次文代会上那样决断地使用了同样的比喻：“一片木屑”与“熊熊的火”，“一滴水”与“更多的水”。这是一个个人汇入历史的时刻。

这个时刻的冯至不仅彻底地抛弃了“衡量、苦恼、冲突”，似乎完整地把自己投入到新秩序中，而且对于过去的生活他也采取了一种不无真诚的否定态度。1954年，在当选为全国人民代表之后所写的文章中，冯至这样评价自己的历史：“在20年代大革命时期，多少人民英雄为了祖国的前途、人民的幸福艰苦奋斗，甚至贡献出他们宝贵的生命，我却躲在幽暗狭窄的房屋里写了一些抒写个人哀愁的诗歌；在抗日战争、解放战争时期，残酷的敌人向人民进行疯狂的进攻，中国人民在共产党和毛主席领导下向他们进行坚决的斗争，我却在反动政府统治下的大学里教书，搬弄些杂乱无章的知识和似是而非的道理，过着没有声音、没有色彩、没有出息的生活。”〔134〕正是这样的心态，使他全盘否定《十四行集》，认为那是“受西方资产阶级文艺影响很深，内容与形式都矫揉造作”的作品。

冯至在1949年做出的这一选择，必须在多个层面上来做出分析和解释。饱受40年代战乱、动荡之苦，渴望建立一个统一、独立而生机勃勃的新中国，无疑是当时民众普遍的愿望，而国共两党的参照，则使民心大部分趋向共产党。如果说这一点可以成为冯至对于时代的理解，而且他的思想一贯关注的是个人与时代的契合，而非对立，那么此时的冯至显然没有任何理由拒绝一个生机勃勃的新政党建立的民族国家。但与此同时，如姚可崑所说：“共产党呢，他不了解，他不懂得马克思列宁主义”，对于新政权意识形态的隔膜和陌生，未尝不曾使冯至产生过疑虑和惶恐。邵燕祥回忆道：“从1949年后所有的知识分子都被称为‘接受革命’或者‘参加革命’，在大陆生活的人是没有其他选择的，从饱经沧桑的老知识分子到十几岁的学生概莫能外，而且大家从不讳言‘思想改造’，认为这是一个光荣的政治任务。与此同时还有学习，在1949年以后，这是一个非常流行的词，学习与改造是一而二,二而一的，共产党建立新政权时带来的新事物，包括各种政策文件都是学习的内容。”〔135〕冯至当然也不会例外，经历学习和思想改造，而适应新政权的各种要求。冯至的独特之处是，尽管我们不能从那些颇为雷同的虔诚思想改造表态文章中来分辨被改造者的复杂心理，但冯至无疑表现出了更多的热情、虔诚。他1949年后的生活状况也能够表明这一点。作为一个有着自己成熟的思想个性和创作个性的学者、作家，在许多人的预期中，这一过程本应该更为艰难，流露更多的疑虑和缝隙。那么，促成冯至顺畅地融入新社会的原因，除了主观的愿望、个体的生存决断态度之外，是否还有更为内在的思想因素呢？

这更为内在的中介性思想因素，或许便是歌德思想。从冯至留下的文字来看，很少看到关于革命的正面表述，他主要是在秩序的意义上接受新社会。对于中年状态、对于集体时代的理解，也使他对于自己需要承担的社会责任，对于新社会的要求有更为主动的态度。也正是在这样的层面上，从歌德研究者到社会主义作家这样的转变，在冯至那里才不显得过分突然和不和谐。最为明显的例证是，在1955年发表的参观土改之后感想的文章中，冯至对于新中国农民这一革命主体的新生活的感受，非常独特。他写道："在这样的氛围里，我们深深地体味到，农民是怎样热爱生活，他们爱'秩序'，爱'美'，并且对于将来更为美好的生活抱有无限的愿望。"〔136〕是在秩序的意义上，也就是在"人们精确地认识自己的事务而处处为人类着想"的意义上，他理解他工作的意义，对此持虔诚、热情的态度。

新社会的乌托邦品质，因此被冯至内在地接受，并将之视为自己人生的一个新段落。冯至关于决断、否定、断念的理解，似乎如此"天然巧合"地契合进知识分子思想改造运动之中，从而使他确乎洗心革面，"重新做人"："1949年，北京解放了，新中国诞生了。毛主席的光辉照耀我，党不断地教育我，帮助我，给我许多改造和学习的机会，使我有充分的可能，从头学起，学习怎样工作，为谁工作。我渐渐感到，我的心上蒙盖了二十多年的灰尘，我的脑里堆积了二十多年的垃圾，这些灰尘和垃圾必须清除掉，才能做一个新中国的人民。"〔137〕在《我的感谢》里，这种情绪表现得更为直露："你让我，一个知识分子，/又有了良心。……是你唤醒了我，/扫除了厚重的灰尘，/我取出来这颗血红的心——/朋友和敌人划清界限，/真和假也有了区分。/你让我有了爱，/爱祖国的人民、祖国的山川，/爱祖国的今日和明天，/爱我们做不完的工作，/爱工作里的顺利和艰难。……你是我们再生的父母，/ 你是我们永久的恩人。”这样的文字参照冯至 40 年代关于特立独行的个人主义者的表述确乎相去甚远。据姚可崑的回忆，《我的感谢》是“经过大会小会”之后，他在标志思想改造运动结束的全系“庆丰收”会上朗读的作品。[138]显然，这个过程有过一些矛盾和碰撞，但最终他顺利地接受了新秩序的全部。

3．沉默的空白

如果说冯至始终是在秩序而非意识形态内涵的意义上虔诚地接受了新社会，那么在他的思想脉络中一贯被忽视的一点是，秩序本身并非如里尔克所描述的“万物各有它自己的世界，共同组成一个真实、严肃、生存着的共和国”，而是同时还伴随着权力等级的实践过程。如果说 1949 年前的冯至抱定不问政治的生活态度是因为政治本身的污浊和肮脏，那么，他可能未曾领会新中国的秩序本身仍旧是政治的一种。尤为重要的是，一旦冯至选择成为集体时代的砖瓦、木屑和水滴，他就不再是一个独立的个体，而成为集体的一部分，而这集体时代的历史命运是他个人无法左右的，而且可能迫使他做出他自己未必愿意做出的举动。50 年代中期的反右派运动中，他所写的《论艾青的诗》《从右派分子窃取的一种“武器”谈起》等文章，即成为权力的化身，实施着历史暴力的判决。这件事情至今仍是冯至历史中难以轻易避开的问题。一位传记作者委婉地写道：“在‘反右’政治生活反常，党的权威也特别容易反常地与在位者的位置混为一谈时，对交下的任务未断然拒绝，并不是不可理解的。但一位著名的诗人、学者，不论一件事正确与否，是否有必要在运动中来凑这个热闹，想来，倒是悲剧性的故事。”[139]

在冯至自己，他曾在信件中说道：“回想 57、59 年有那么多好青年蒙受灾难，我当时‘安然无恙’，自己都好像有了一些罪过。幸而又有了十年浩劫，我也尝到了那种滋味于万一，反而感到心安了。”[140]这种对待历史的态度，或许难以被人理解。冯至的话语中，显然并没有

1990年，冯至与姚可崑，他们相伴终生

避开历史暴力中自己应该承担的那份责任，而对于自己在历史中的“罪过”，他采取的是一种近乎朴素的报应逻辑。事实上，在冯至留下的文字中，难以读到关于60—70年代那段历史中的生活记录。当被问及时，他也仅用“没有什么好说的，就是那么回事情”来回绝。姚可崑也采取了同样的态度。她那本回忆录《我与冯至》写到1965年就停止了，关于“文革”十年，她写道：“但是我不想写，也没有能力写。话说回来，仍然是我们在十年内没有过一个‘真正的今天’。”[141]“没有真正的今天”，似乎是在冯至曾经论述的“非真实生存”的意义上被使用。是否“非真实生存”状态便不值得去书写或正视，也或者个体在其中因丧失了自主能力而无从表述？

探讨这样的问题并不是要去追究历史中的个人应当承担的责任，而是去追问一个曾经苦苦地探索“孤独与沟通”[142]的诗人在经历了一段自己曾经虔诚地投入的历史之后沉默不语并几乎拒绝了任何表达的可能，这其中蕴含的更为深刻的悲剧意味。个体在历史中遭遇的或崇高或卑微或暧昧或单纯的经验和体验，因此湮没无闻，或许永远再难被后人知晓。冯至在晚年把自己的一生称为“在‘否定’里完成”，意识到“八十年代又悔恨否定的事物怎么那么多，于是又否定了过去的那些否定”，但这时的“否定”显然不是40年代的否定，亦不同于50年代的否定，因为在这个“否定”里无法找到“延续”的内容，因此，它成为一个绝对的静默和绝对的断裂。后来的研究者把冯至40年代的作品称为“精神的祭台”，并将它们视为对抗集体主义神话的历史奇迹，不得不正视的是，正是这个精神祭台的构筑者满怀热情地参与了集体主义时代，而非简单地被历史左右或压抑。以一种个人与集体的对立逻辑将40年代和50年代的冯至截然分成两个人，不过是在重复冯至所没有表述的静默。50—70年代历史的复杂性因而显现出来，成为不得不面对的问题，同时或许也是难以获得清晰答案的问题。

注释

〔1〕 冯至：《我和十四行诗的因缘》，《世界文学》1989年第1期。后收入《冯至全集》第5卷《文坛边缘随笔》，石家庄：河北教育出版社，1999年，第94页。

〔2〕 鲁迅在《中国新文学大系·小说二集序》第2卷序中称冯至为“中国最为杰出的抒情诗人”，上海：良友出版公司，1935年。

〔3〕 贺麟：《五十年来的中国哲学》，沈阳：辽宁教育出版社，1989年，第60页。此书的初稿名《当代中国哲学》，完成于1945年。

〔4〕 谢冕：《与生命深切关连的纪念——重读冯至诗的体会》，原载1991年7月《诗双月刊·冯至专号》（香港）。收入《冯至与他的世界》，冯姚平编，第157页。

〔5〕 王家新：《冯至与我们这一代人》，收入《冯至与他的世界》，冯姚平编，第195页。

〔6〕 冯至：《写于文代会开会前》，收入《冯至全集》第5卷，第342页。

〔7〕 冯至：《为了不辜负人民的委托》，收入《冯至全集》第5卷，第367—368页。

〔8〕 冯至：《诗文自选琐记》，收入《冯至全集》第2卷，第176页。

〔9〕 冯至：《〈西郊集〉后记》，北京：作家出版社，1958年，第132页。

〔10〕 冯至：《〈冯至诗选〉序》，收入《冯至全集》第2卷，第154页。

〔11〕 冯至：《冯至诗文选集》“序”，北京：人民文学出版社，1955年，第1页。

〔12〕 姚可崑：《我与冯至》，第140—141页。

〔13〕 冯至：《歌德与人的教育》，原载《云南日报》1945年8月12日，又载《世界文艺》季刊1945年第1卷第2期。收入《冯至全集》第8卷，第86页。

〔14〕 冯至：《自传》，原载1991年7月《诗双月刊·冯至专号》（香港）。收入《冯至全集》第2卷，第291页。

〔15〕〔16〕 ［美］理查德·沃林：《存在的政治——海德格尔的政治思想》，周宪、王志宏译，北京：商务印书馆，2000年，第18—20页。

〔17〕 这种观点主要参阅解志熙：《生命的沉思与存在的决断——论冯至的创作与存在主义的关系》，《外国文学评论》1990年第3、4期；周棉：《冯至传》，第九、十章，南京：江苏文艺出版社，1993年。

〔18〕 冯至1990年2月8日给解志熙的信，《冯至全集》第12卷，第492页。

〔19〕 本段话出自鲁迅翻译的荷兰作家望蔼覃（Van Eeden，1860—1932）的小说《小约翰》的题词：“他逆着凛冽的夜风，上了走向那大而黑暗的都市，即人性和他们的悲痛之所在的艰难的路。”冯至曾将这句话作为《北游》一诗的题记。

〔20〕 冯至：《北游及其他》“序”，北平：沉钟出版社，1929年，收入《冯至全集》第1卷，第123页。

〔21〕 西南联合大学编：《国立西南联合大学校史——1937至1946年的北大、清华、南开》，北京大学出版社，1996年，第106—110页。

〔22〕 冯至：《昆明往事》，收入《冯至全集》第4卷，第353页。

〔23〕 冯至：《〈伍子胥〉后记》，收入《冯至全集》第3卷，第425—426页。

〔24〕 卞之琳：《诗与小说：读冯至创作〈伍子胥〉》，收入《冯至先生纪念论文集》，中国社会科学院外国文学研究所编，北京：社会科学文献出版社，1993年，第2页。

〔25〕 冯至：《〈伍子胥〉后记》，收入《冯至全集》第3卷，第425—426页。

〔26〕冯至:《写于文代会开会前》,收入《冯至全集》第5卷,第342页。

〔27〕冯至:《〈伍子胥〉后记》,收入《冯至全集》第3卷,第425—426页。

〔28〕冯至1933年10月1日给杨晦的信,收入《冯至全集》第12卷,第140—141页。在这封信中,冯至写道:"现在的世界,红白二色日渐分明,他们也未必没有他们的真理。可是我们总觉得我们所爱护的几个古人是更为真实,更为人性。我常常忘不了Gundolf的诗……大意是:我们闭上我们的双目,当这时代的纷纭,除去我们献心的地方,我们既不能济人也不能自救。我们是保管,等待,忍耐……等到用我们的时刻来了,我们不惜投入熊熊的火中像是一片微小的木屑。"

〔29〕《北游》一诗最后一节经冯至修改,变动很大。1929年版的结尾是"夜半我走上了一家小楼,/我访问一个日本的歌女——/只因我忽然想起一茶:/'嘆,这是我终老的住家吗?——雪五尺!'/这时的月轮像是瓦斯将灭,/朦朦胧胧地仿佛在我的怀内消沉;/这时的瓦斯像是月轮将落,/怀里,房里,宇宙里,阴沉,阴沉……"1955年收入《冯至诗文选集》中时改为:"我不能这样长久地睡死,/这里不能长久埋葬着我的青春,/我要打开这阴暗的坟墓,/我不能长此忍受着这里的阴沉。"

〔30〕解志熙:《生命的沉思与存在的决断——论冯至的创作与存在主义的关系》,《外国文学评论》1990年第3、4期。

〔31〕[美]威廉·巴雷特:《非理性的人——存在主义哲学研究》,杨照明、艾平译,北京:商务印书馆,1995年,第134—135页。

〔32〕冯至分别于1927年12月31日、1928年3月21日给杨晦、陈翔鹤的信,收入《冯至全集》第12卷《书信·自传·年谱》,第90、91—92页。

〔33〕冯至:《北游及其他》"序",收入《冯至全集》第1卷,第124—125页。此处原文用的是"北京",当为北平。

〔34〕这两句话出自歌德的《浮士德》,钱春绮译,上海译文出版社,1982年,第103页。冯至1928年的信笺中曾提到《浮士德》一书:"《浮士德》请速寄下一本……我们都想看一看"(1928年4月3日),"《浮士德》极欲一看"(1928年4月6日),收入《冯至全集》第12卷,第95—97页。

〔35〕冯至1931年1月20日给杨晦的信,收入《冯至全集》第12卷,第112页。

〔36〕冯至:《我和十四行诗的因缘》,收入《冯至全集》第5卷,第94页。

〔37〕王佐良:《中国新诗中的现代主义:一个回顾》,收入王佐良散文选《语言之间的恩怨》,刘洪涛、谢江南编,天津人民出版社,1998年,第225页。

〔38〕冯至:《里尔克——为十周年祭日作》,原载《新诗》第1卷第3期,1936年12月10日。收入《冯至全集》第4卷,第83页。

〔39〕冯至1931年2月给杨晦的信,收入《冯至全集》第12卷,第114页。

〔40〕冯至1931年3月5日给杨晦的信,收入《冯至全集》第12卷,第117页。

〔41〕冯至1931年4月10日给杨晦、废名并陈翔鹤的信,收入《冯至全集》第12卷,第121页。

〔42〕冯至1931年9月17日给杨晦的信,收入《冯至全集》第12卷,第127页。

〔43〕里尔克:《给一个青年诗人的十封信》第八封,收入《冯至全集》第11卷,第318页。

〔44〕里尔克:《给一个青年诗人的十封信》第二封,收入《冯至全集》第11卷,第291页。

〔45〕冯至:《给一个青年诗人的十封信》"译者序",收入《冯至全集》第11卷,第282页。

〔46〕里尔克:《给一个青年诗人的十封信》第七封,收入《冯至全集》第11卷,第310页。

〔47〕 里尔克：《给一个青年诗人的十封信》第一封，收入《冯至全集》第11卷，第289页。
〔48〕 冯至：《给一个青年诗人的十封信》“译者序”，收入《冯至全集》第11卷，第283页。
〔49〕 里尔克：《给一个青年诗人的十封信》第六封，收入《冯至全集》第11卷，第307页。
〔50〕 里尔克：《给一个青年诗人的十封信》第四封，收入《冯至全集》第11卷，第300页。
〔51〕 里尔克：《给一个青年诗人的十封信》第四封，收入《冯至全集》第11卷，第300—301页。
〔52〕 里尔克：《给一个青年诗人的十封信》第八封，收入《冯至全集》第11卷，第318页。
〔53〕 里尔克：《给一个青年诗人的十封信》第一封，收入《冯至全集》第11卷，第289页。
〔54〕 冯至：《在联邦德国国际交流中心“文学艺术奖”颁发仪式上的答词》，收入《冯至全集》第5卷，第199页。
〔55〕 冯至1931年8月20日给杨晦并陈翔鹤的信，收入《冯至全集》第12卷，第125页。
〔56〕 冯至：《〈伍子胥〉后记》，收入《冯至全集》第3卷，第425页。
〔57〕 冯至：《从〈浮士德〉里的“人造人”略论歌德的自然哲学》，1944年9月2日在昆明哲学编译会上的讲演，1946年10月27日发表在天津《大公报·星期文艺》，收入《冯至全集》第8卷，第59页。
〔58〕 冯至：《昆明往事》，收入《冯至全集》第4卷，第342页。
〔59〕 冯至1947年11月2日给鲍尔的信，提到的诗句是冯至从同时期德国报刊上读到的德国诗人贝根格洛恩的诗。收入《冯至全集》第12卷，第195页。
〔60〕 李广田：《沉思的诗——论冯至的〈十四行集〉》，收入《诗的艺术》，上海：开明书店，1943年，第71页。
〔61〕 李广田：《沉思的诗——论冯至的〈十四行集〉》，收入《诗的艺术》，第79页。
〔62〕 冯至：《外乡人与读书人》，原载1944年4月《生活导报》。收入《冯至全集》第4卷，第35页。
〔63〕 冯至：《昆明往事》，收入《冯至全集》第4卷，第355页。
〔64〕 姚可崑：《我与冯至》，第88页。
〔65〕 周棉：《冯至传》，南京：江苏文艺出版社，1993年，第220页。
〔66〕 冯至：《昆明往事》，收入《冯至全集》第4卷，第341页。
〔67〕 冯至1933年10月1日给杨晦的信，收入《冯至全集》第12卷，第140—141页。
〔68〕 ［美］W. 考夫曼编著：《存在主义》，陈鼓应、孟祥森、刘崎译，北京：商务印书馆，1987年，第43页。
〔69〕 同上书，第113页。
〔70〕 ［法］让·华尔：《存在主义简史》，郭清槐译，北京：商务印书馆，1962年，第3页。
〔71〕 里尔克：《论“山水”》，收入1938年商务印书馆初版的《给一个青年诗人的十封信》，《冯至全集》第11卷，第330页。
〔72〕 冯至：《里尔克——为十周年祭日作》，收入《冯至全集》第4卷，第84—85页。
〔73〕 冯至：《〈山水〉后记》，收入《冯至全集》第3卷，第73页。
〔74〕 有关“五四”时期“人文主义”与“人道主义”两种思潮话语的区分，参见汪晖《中国的人文话语》，收入汪晖《死火重温》，北京：人民文学出版社，2000年。
〔75〕 李广田：《诗的艺术》，上海：开明书店，1943年，第71—72页。
〔76〕 冯至：《一个消逝了的山村》，《冯至全集》第3卷，第48页。
〔77〕 里尔克：《给一个青年诗人的十封信》第八封，收入《冯至全集》第11卷，第318页。
〔78〕 李广田：《沉思的诗——论冯至的〈十四行集〉》，收入《诗的艺术》，第81页。

〔79〕同上书，第 80 页。
〔80〕同上书，第 86—87 页。
〔81〕冯至：《里尔克——为十周年祭日作》，收入《冯至全集》第 4 卷，第 84 页。
〔82〕李广田：《沉思的诗——论冯至的〈十四行集〉》，收入《诗的艺术》，第 95—96 页。
〔83〕冯至：《〈山水〉后记》，收入《冯至全集》第 3 卷，第 73 页。
〔84〕姚可崑：《我与冯至》，第 105—106 页。
〔85〕同上书，第 103 页。
〔86〕冯至：《〈十四行集〉再版序》，原载《中国新诗》第 3 期，1948 年 8 月。收入《冯至全集》第 1 卷，第 214 页。
〔87〕冯至：《昆明往事》，收入《冯至全集》第 4 卷，第 364 页。
〔88〕冯至：《〈维廉·麦斯特的学习时代〉译本序》，写于 1943 年夏。收入《冯至全集》第 10 卷，第 15 页。
〔89〕冯至：《认真》，原载昆明《生活导报》第 37 期，1943 年 8 月 8 日。收入《冯至全集》第 4 卷，第 4—5 页。
〔90〕冯至：《一个希望》，原载《生活导报》1943 年 8 月 15 日。收入《冯至选集》第 4 卷，第 12 页。
〔91〕冯至：《似是而非的话》，原载《春秋导报》1943 年 9 月 4 日。收入《冯至全集》第 5 卷，第 272 页。
〔92〕冯至：《简单》，原载《自由论坛》第 30 期，1944 年。收入《冯至全集》第 4 卷，第 74 页。
〔93〕冯至：《方法与目的》，原载《生活导报》1944 年 1 月 1 日。收入《冯至全集》第 5 卷，第 293 页。
〔94〕〔95〕 冯至：《论个人的地位》，原载《自由论坛》第 18 期，1945 年。收入《冯至全集》第 5 卷，第 288 页。
〔96〕冯至：《一个对于时代的批评》，原载重庆《战国策》1942 年 7 月 20 日。收入《冯至全集》第 8 卷，第 242 页。
〔97〕闻一多：《〈西南采风录〉序》，收入《闻一多诗文选集》，北京：人民文学出版社，1955 年，第 182 页。
〔98〕冯至：《昆明往事》，收入《冯至全集》第 4 卷，第 342 页。
〔99〕唐湜：《冯至的〈伍子胥〉》，原载《文艺复兴》1947 年 6 月号，收入《新意度集》，北京：生活·读书·新知三联书店，1990 年，第 49 页。
〔100〕何其芳：《独语》，收入《画梦录》，上海：文化生活出版社，1936 年。
〔101〕冯至：《批评与论战》，原载《中国作家》第 1 卷第 3 期，1948 年 5 月。收入《冯至全集》第 4 卷，第 122—124 页。
〔102〕［美］F. 杰姆逊：《60 年代断代》，张振成译，收入王逢振等编译的《六十年代》，天津社会科学院出版社，2000 年，第 17—19 页。
〔103〕冯至：《谈诗歌创作》，原载 1991 年 7 月《诗双月刊·冯至专号》（香港），后收入《冯至全集》第 5 卷，第 248 页。
〔104〕［美］F. 杰姆逊：《60 年代断代》，收入王逢振等编译的《六十年代》，第 18 页。
〔105〕冯至：《诗文自选琐记》，收入《冯至全集》第 2 卷，第 179 页。
〔106〕冯至：《〈论歌德〉的回顾、说明与补充》，收入《冯至全集》第 8 卷，第 7 页。

〔107〕冯至:《歌德的晚年——读〈爱欲三部曲〉后记》,原载《今日评论》1947年,收入《冯至全集》第8卷,第74页。

〔108〕冯至:《〈论歌德〉的回顾、说明与补充》,收入《冯至全集》第8卷,第7页。

〔109〕冯至:《杜甫和我们的时代》,原载《中央日报》1945年7月22日。收入《冯至全集》第4卷,第109—110页。

〔110〕冯至:《自遣》,写于1972—1973年,收入《冯至全集》第2卷,第206页。

〔111〕[美]朱利亚·C.林:《冯至》,《中国新诗概论》,华盛顿大学出版社,1972年。陆建德译,收入《冯至与他的世界》。

〔112〕冯至:《在联邦德国国际交流中心"文学艺术奖"颁发仪式上的答词》,收入《冯至全集》第5卷,第202—203页。

〔113〕冯至:《〈论歌德〉的回顾、说明与补充》,收入《冯至全集》第8卷,第5页。

〔114〕冯至:《在联邦德国语言文学科学院"宫多尔夫外国日耳曼奖"颁奖仪式上的答词》,收入《冯至全集》第5卷,第220页。

〔115〕冯至在1986年由上海文艺出版社出版的《论歌德》序言《〈论歌德〉的回顾、说明与补充》中引用了恩格斯的这段话,并写道:"恩格斯不把歌德看作是抽象的'人',而是根据歌德的作品与为人对歌德进行具体分析,并指出像歌德那样伟大的人物也摆脱了德国社会对他的影响和局限。"此文后收入《冯至学术论著自选集》,北京师范学院出版社,1992年。

〔116〕袁可嘉:《一部动人的四重奏——冯至诗风流变的轨迹》,收入《冯至先生纪念论文集》,中国社会科学院外国文学所编,北京:社会科学文献出版社,1993年。

〔117〕冯至为纪念五四运动而写的短诗,最早发表于1947年5月1日《大公报·星期文艺》。

〔118〕冯至:《歌德与人的教育》,收入《冯至全集》第8卷,第83页。

〔119〕冯至:《歌德的〈西东合集〉》,原载《文学杂志》1947年第2卷第6期。收入《冯至全集》第8卷,第71页。

〔120〕冯至:《歌德与人的教育》,收入《冯至全集》第8卷,第85—86页。

〔121〕冯至:《论时代意识》,原载《中苏日报》1947年9月21日。收入《冯至全集》第5卷,第335页。

〔122〕冯至:《新年致辞》,原载《大公报·星期文艺》1948年第62期。收入《冯至全集》第5卷,第340页。

〔123〕姚可崑:《我与冯至》,第130页。

〔124〕同上书,第126页。

〔125〕同上书,第128—129页。

〔126〕参阅周良沛:《冯至评传》,重庆出版社,2001年,第480页。

〔127〕姚可崑:《我与冯至》,第133页。

〔128〕李伟:《曹聚仁传》,南京大学出版社,1993年,第333—334页。

〔129〕姚可崑:《我与冯至》,第133页。

〔130〕邵燕祥:《邵燕祥自述》,收入《世纪学人自述》,高增德、丁东编,北京:北京十月文艺出版社,2000年。

〔131〕姚可崑:《我与冯至》,第134页。

〔132〕冯至:《决断》,收入《冯至全集》第4卷,第76页。

〔133〕冯至1933年10月1日给杨晦的信,收入《冯至全集》第12卷,第140—141页。

〔134〕冯至:《为了不辜负人民的委托》，原载《文艺报》第19期，1954年10月。收入《冯至全集》第5卷，第367页。

〔135〕邵燕祥:《精神与人格的重构——知识分子思想改造的轨迹》，收入《世纪之问——来自知识界的声音》，第39页。

〔136〕冯至:《豫西观感》，原载《文艺报》1955年第13期（7月）。收入《冯至全集》第5卷，第387—388页。

〔137〕冯至:《为了不辜负人民的委托》，收入《冯至全集》第5卷，第367—368页。

〔138〕参阅姚可崑:《我与冯至》，第139—141页。

〔139〕周良沛:《冯至评传》，第499页。

〔140〕同上书，第527页。

〔141〕姚可崑:《我与冯至》，第161页。

〔142〕[捷克]马立安·高利克:《冯至的〈十四行集〉: 与德国浪漫主义、里尔克和凡高的文学间关系》，[德]沃尔夫冈·顾彬:《给我狭窄的心 一个大的宇宙——论冯至的十四行诗》，均收入《冯至与他的世界》。

第四章

丁玲（上）：

知识分子与中国革命

丁玲1938年在延安，由美联社驻北平记者霍尔多·汉森拍摄

在40年代后期到50年代初期的几年里，丁玲或许是中国作家当中最辉煌的一个。如若回顾丁玲的生命历程与创作历程，就会意识到她在这个时期获得的这种历史影响，充满着内涵极度丰富的悖论性历史张力。这也是丁玲这一作家值得深入探究的地方。丁玲最初于20年代后期登上文坛，这个以表现“心灵上负着时代苦闷的创伤的青年女性的叛逆的绝叫”[1]为时髦的女作家，是如何在经历多次转变后成为共产党政权中最引人注目的左翼作家的？这个问题从1947年冯雪峰在编选《丁玲文集》的后记中第一次谈到[2]开始，就成了研究者们一而再地阐释、解说丁玲时的核心议题。对于跨入当代的现代作家研究这一主题而言，丁玲更是一个必须正面处理的典型个案。

对于大多数在1949年前就已确立起自己艺术个性的国统区作家来说，进入当代就意味着努力把《在延安文艺座谈会上的讲话》中提出的“为工农兵服务”的文学新方向实践到自己的创作中去，而1949年仅仅是这一实践的开始。但丁玲事实上从1936年起就开始了这一转折过程。那一年，她逃出国民党的软禁，从南京奔赴共产党边区政府所在地保安（她也是第一个从国民党控制区域来到共产党边区和根据地的中国作家），从此开始了切实的革命生活，同时也经历了不无艰辛意味的思想改造过程。有了延安时期的生活经验和战地宣传经验、解放战争时期的土改运动经验之后，丁玲逐渐把“为工农兵服务”这一新方向内化为个体的精神组成部分，并实践在自己的文学创作当中。可以说，现代作家当中最成功地适应了这一思想改造过程的作家之一便是丁玲。这或许主要是因为丁玲思想改造的过程非常漫长。在这个意义上，丁玲成为一个特殊的范例。在跨出旧有的文学风格之后，她成功地创作出了适应新方向需要的作品。1948年完成的长篇小说《太阳照在桑干河上》便是这一思想与创作转变的成功实践。

另一方面，与赵树理、贺敬之、柳青、郭小川等解放区作家相比，丁玲仍旧是一个有着较为明显的“五四”印记的作家。延安时期的小说《在医院中》《我在霞村的时候》和杂文《“三八”节有感》[3]等曾使她在革命政权内部遭到批判，并成为此后无法抹去的“政治污点”。这些文章表明丁玲的“五四”血统并未完全消失，可以说是她在接受毛泽东文艺思想改造过程中留下的曲折印迹。丁玲对于文艺新方向的接受有着自发的强烈的革命热情，有长时间的“自我战斗的痛苦”[4]经验。她成功地将这种革命生活实践的经验转化为了新的文学创作形式，因此，从丁玲可以更为深入地看到现代作家在20世纪40—50年代转折过程中遭遇的创作问题，经历的精神变化及其复杂内涵。

从性别角度来说，丁玲是在“五四”之后形成了自己鲜明的艺术个性，并在长时间内保持创作活力的女作家。与现代文学史上的冰心、庐隐、萧红、张爱玲等作家相比，她不仅表现出了鲜明的女性意识，同时又与革命历史形成了一种共生共长的独特关系。性别身份无论对丁玲的创作实践还是生命经历都具有无法忽视的影响。作为在中国共产党革命政权建立和组织过程中成就斐然而且经历复杂的女作家，丁玲也因此成为考察革命（阶级）与性别关系的一个难得的个案。

一、从晚年丁玲说起

问题的讨论可以从丁玲的晚年——她1979年复出“新时期”文坛开始。毛泽东文艺思想在丁玲身上留下了深刻的烙印，这种烙印与当代中国政治文化的影响交织在一起，形成了晚年丁玲复杂的革命情意结。“文革”结束后，1957年被打成“右派”、历经二十多年改造的丁玲得以复出文坛。从她复出到去世的这段时间，丁玲的左倾是引起关注的主要问题。1986年丁玲去世后，这种评价直到世纪之交仍在文艺界引起不算小的争论。而从丁玲的言论和行为来看，她并没有对50—70年代的思想观念和政治立场进行反省或批判，甚至一再在言论中不加掩饰地表示拥护和赞颂，并站在这一立场上对80年代出现的新的文学现象和思想潮流做出自己的评价。

丁玲在受尽磨难之后至死不改其左翼立场，这使她在倡导思想解放的新时期文坛成了一个与时代思潮相悖逆的人物。有关丁玲的许多争议都由此而来，并影响着丁玲研究的主要阐释框架。丁玲的这种表现是对一种政治立场同时也是对革命信仰的坚守，还是出于自我保护的策略而做出的某种违心之举？探究这一问题，确实是进入丁玲这一历史人物的关键切入点。

1. 老左派

1978年，身在山西偏远乡村的丁玲接到通知，告知中组部摘去1957年给她戴上的“右派”帽子，但对她30年代南京时期的“自首”问题却未置一词。1979年，中国作协复查办公室给出《关于丁玲同志1933年被捕问题的复查报告》，维持1956年的结论，即“实际上是一种变节性的行为”，“属于在敌人面前犯过政治上的错误”。第二年，即1980年，与丁玲密切相关的两个案件——“丁玲、陈企霞反党集团”和“丁玲、冯雪峰右派集团”被宣布为错案，得到改正，同时恢复了丁玲的党籍和工作职位。1984年，中共中央组织部发布《关于为丁玲同志恢复名誉的通知》，再次明确撤销“反党集团”和“右派分子”的处理，并着重对30年代丁玲的“自首”问题做出更正：被捕期间，她“拒绝给敌人做事、写文章和抛头露面，没有做危害党组织和同志安全的事”，“是一个对党对革命忠实的共产党员”。[5]这时是丁玲去世的前两年。看过通知之后，王增如的回忆文章曾写到丁玲的反应：她“在单人沙发里坐直了身子，摘下眼镜，沉默良久，长出了一口气：‘这下我可以死了……’”[6]

80 年代初期，丁玲平反经历的曲折与复杂，只有 1954 年被打为“胡风反革命集团”领袖人物的胡风可与之相比，后者直到 1988 年才获得彻底平反。丁玲在复出文坛之后的言辞和行为也构成了值得讨论的一种文化现象。这种表现被人一言以蔽之地称为“左”：“80 年代，当文艺界的右派一个个以饱蕴历史苍凉的力作竞相走红，而‘左’字成为举国上下人人喊打的过街老鼠时，丁玲却又鬼使神差地被某些人封为‘左派’，在一种无形的舆论中被戴上‘正统’‘保守’，甚至‘红衣主教’‘棍子’之类的帽子。”[7] 丁玲这个 50—70 年代的“右派”在 80 年代变成了“左派”，这种立场上的变更事实上并非因为丁玲又“转向”了，而是因为在以思想解放作为主导潮流的 80 年代，她仍旧坚持了当年的立场和言辞方式。如李陀在一篇分析丁玲的文章里说的：“其实她没有转向。因为比较起从延安整风到 50 年代的丁玲，80 年代的丁玲并没有什么变化，她的言说中的词语系统仍然是在延安整风时习得的。恰恰是她对毛文体的固执和坚持，使她貌似变色龙一样地变了色。”[8]

关于丁玲在 80 年代的左倾，首先被考虑的因素是与周扬等人在人事关系上的历史恩怨与纠葛。在一段时间内，这成为人们（甚至包括丁玲自己）讨论这一问题的主要依据。曾任丁玲秘书的王增如在《丁玲与“诬告信”事件风波》一文中记下了丁玲这样的话：“五七年打我右派，还知道是谁打的；现在封我为左派，我连封我的人都找不到！”“我不管它‘左’还是右，我也不晓得什么叫‘左’和右，我只知道现在骂我‘左’的人，都是当年打我右的人！”[9] 文艺界圈内的知情人都知道丁玲这句话的矛头所向是周扬。丁玲和周扬的矛盾，正如丁玲 40 年代在延安对美国记者海伦·斯诺谈到她与冯雪峰的恋情时所说的那样，在文艺界“是一件公开的秘密”[10]。这种矛盾从延安时期开始，一直延续到两位当事人离开人世。

1979 年中国作协做出维持丁玲“自首”问题结论的同时，《新文学史料》转载了美国耶鲁大学教授赵浩生对周扬的访谈，题为“周扬笑谈历史功过”。文中，周扬明确提及延安文艺界的宗派问题：“当时延安有两派，一派是以‘鲁艺’为代表，包括何其芳，当然是以我为首。一派是以‘文抗’为代表，以丁玲为首。”[11]一个月后，第四次文代会上，丁玲做了一个针锋相对的发言，直接质疑周扬的这一说法：“实际上我们没有什么派。但是有人，他说他是派，他是头子，还是代表。”说这些话的时候，周扬就在场。更富戏剧性的是，当时会议主持人邀请周扬上台讲话，当周扬讲到文艺界在“文革”后的重新聚会是“文艺的春天来临”时，台下的萧军“粗着嗓门叫道：‘周扬同志的春天，就是我的冬天！’”[12]这确乎是一种让后人难以理解的场面。

周扬1975年从秦城监狱获释、逐渐复出文坛之后，不仅对他在50—60年代宣传、执行的文艺政策与文艺观念做了反省，而且对过去被他“整”过的人也在多种场合表示道歉，可谓“见人就检讨”。但他拒绝用“忏悔”这样的字眼。张光年说：“……忏悔这个词，这正是周扬反感的。他说共产党员有错认错、改错，用不着教徒似的忏悔，我赞成这样的意见。”[13]周扬曾亲自到医院去看望被他“整”过的夙敌胡风、冯雪峰。据建国编撰的《丁玲年表》记载，1980年丁玲因病手术时，周扬也曾到医院看望。[14]但对于丁玲历史问题的平反，周扬始终持反对态度，而周扬的这一态度无疑正是导致丁玲平反过程艰难曲折的关键因素。同样值得注意的是，丁玲复出之后在公开场合的许多言论也都明显地针对周扬。一位研究者甚至写道：“晚年的丁玲仍然没有摆脱周扬的阴影。不论是出于自我保护的某种策略性需要，还是由于对对方无理压迫的一种带有某种情绪性的反驳，丁玲一些给人留下‘左’的印象的言论和做法，都与周扬直接有关。正是周扬的继续围剿，把她逼进了一个走不出的怪圈。”[15]这种至死未解的彼此怨憎，使得丁玲的家属坚决要求在丁玲治丧委员会名单上去掉周扬的名字。[16]

2.“革命情意结”

研究50—70年代乃至整个20世纪中国的历史特别是思想史问题

时，一个难以绕开的因素是历史人物之间的私人关系造成的影响。正如日本学者丸山昇所说："当我们探讨中国现代思想、理论问题时，会发觉它往往并不单纯是思想、理论问题，而与具体的、浓郁的个人之间的问题相重叠，而且当事人有时强烈地意识到后者；于是我们会感到困惑，不知该把焦点放在哪儿才好。"[17]在理解丁玲晚年的表现时也让人强烈地感受到这一点，甚至比丸山昇处理的萧乾和郭沫若间的关系要更复杂。从更深的层次来看，这种频繁的人事纠葛涉及的是革命政权的自我变异，至少从一个侧面显现了左翼文学体制化过程的内部耗损和宗派冲突的激烈程度。

丁玲这一个案又有其复杂性。丁玲复出后公开发表的文字确实与其他平反作家的表现有较大不同。她并没有因为70、80年代之交政治倾向、社会思潮和文艺观念的转变而改变前三十年的说法。她声称她"首先是党员，然后才是作家"，她认为"作家是政治化了的人"。她对当时文学作品中的"现代派"写法以及张贤亮等人作品的批评，以及1983年前后在"清除'精神污染'"运动中所做的发言（甚至有丁玲等十四名老作家"上书"中央要求整顿文艺界的传言），使人们把她摆到了"左"的位置上。

复出后的作品中，丁玲并不看重《"牛棚"小品》的批判性、书写"伤痕"经历与记忆的主题（这也正是80年代诸多老作家和青年作家所写作品的主题，即文学史上"伤痕""反思"潮流），而看重的是歌颂性的、延续革命主题的《杜晚香》。常被人提及的一个重要事例是1979年她为《太阳照在桑干河上》所写的"重印前言"。丁玲说这本书"不过是我在毛主席的教导、在党和人民的指引下，在革命根据地生活的熏陶下，个人努力追求实践的一小点成果"，并说在写作这本书的过程中，"总是想着毛主席，想着这本书是为他而写的"。她更写下了这样的语句：

> 我总想着有一天我要把这本书呈献给毛主席看的。当他老人家在世的时候，我不愿把这种思想、感情和这些藏在心里的话

说出来。现在是不会有人认为我说这些是想表现自己，抬高自己的时候了，我倒觉得要说出那时我的这种真实的感情。我那时每每腰痛得支持不住，而还伏在桌上一个字一个字地写下去，象火线上的战士，喊着他的名字冲锋前进那样，就是为着报答他老人家，为着书中所写的那些人而坚持下去的。[18]

在1979年的思想解放潮流中，否定"文革"，事实上就是要对晚年毛泽东重新做出评价。这一点作为肯定的政治结论写进了中央文件《关于建国以来党的若干历史问题的决议》(1983年)。丁玲此时以如此崇拜的口吻谈论对毛泽东的感情，显然"不合时宜"。早年曾担任过丁玲的秘书、80年代也与她关系密切的张凤珠，就这篇"重印前言"记下了这样一段对话：

她问：都有些什么议论？我迟疑了一下，回答她：有两种看法，一是不相信。她立刻问：不相信什么？我说：不相信你说的是真话。还有一种就是不理解。她问：你是哪一种啊？我说：第二种。我不理解你经过廿多年致命的打击以后，怎么还能像苏联小说中，红军战士喊着为斯大林去冲锋那样，说自己是为毛主席而写作。她说：我写《太阳照在桑干河上》时就是这种感情。我说：可是你这篇文章是现在写的啊！她沉默有顷，笑笑说：看来这廿多年，你政治上进步不大。[19]

这里的"政治上进步"，既可以理解为出于自我保护策略而做出的违心之举，也可以理解为50—70年代在正面意义上谈论的"政治进步"。从张凤珠这篇文章看，她似乎倾向于前者。但我们能够说，丁玲这是策略性的违心表态吗？事实上，在80年代这个新时期，以丁玲的敏锐不难意识到适应"思想解放潮流"更有利于保护自己。何况，"文革"历史和丁玲本人的遭遇，似乎已可以证明坚持革命时代的政治立场和做政治表态的荒诞性。丁玲坚持不改变自己的政治立场，一方面，可能是担心会再次有社会变动；另一方面，也可能是向人们（特别是周扬这样的人）表明她才是真正的共产党员，即使社会思潮变动了她也会是如此。

在1997年发表的文章《我心目中的丁玲》中，王蒙把丁玲的这种心态归结为一种“革命”的“情意结”：“她的对手过去一再论证的就是她并非真革命真光荣真共产主义者……这是对她的最惨重的打击。有了这一条她就全完了，再写一百部得斯大林奖的小说也不灵了。而她的生死存亡的决定因素是她必须证明她才是真革命的：这有《杜晚香》为证，有她的复出后的一系列维护党的权威歌颂党的领导以及领导人的言论为证。‘一生真伪有谁知？’这才是她的最大的情意结。”[20] 1979年中国作家协会第三次会员代表大会上，丁玲讲述的一个小故事似乎佐证了王蒙的这种说法。她讲到一位年轻人给她写信，说自己没有读过丁玲的书，只知道她是一个“坏蛋”“右派”。后来这个人读到《杜晚香》，他“想来想去”，觉得这样“爱人民”“爱祖国”的人不会是右派，他脑子里这时才“彻底”替丁玲“平了反”。[21]

萧乾晚年写出多本（篇）回忆录“向世人交代了自己的一生”，就是为了回答“50年代批我的人质问‘萧乾是个什么人？’”[22]，也许可以同样得出结论说，丁玲复出后左倾的言论和表态，也不过是以自己的言行来为自己平反。但这样的结论令人生疑并使人感到遗漏了历史缝隙中太多沉重、暧昧、复杂而未必不高贵的精神内涵和心理层次。这使我们需要重新回到历史中，回到丁玲的生命实践与文学实践中，去体认丁玲身上蕴含的更丰富的历史内涵。

丁玲复出后最看重的作品之一是《杜晚香》。她说：“我反复思量，我以为我还是应该坚持写《杜晚香》，而不是写《“牛棚”小品》。”[23]劳动模范杜晚香诚恳地、忍辱负重地把自己完全献给党，仍旧不能破除周围人关于她“傻”的评价，直到她讲出自己的“真心话”。她讲了她的一生，她讲了她献身的激情和誓言，然而又是如此地谦卑：“我只希望在党的领导下，实事求是，老老实实按党的要求，为共产主义事业奋斗终身。”她“谦虚地望着满礼堂的人微笑着”，而人们感到“就象庄稼吸收阳光雨露那样，一些好人、好事、好话都能浸润在她的心灵里边，血液里边，使她根深叶茂，使她能抵抗一切病毒”——这似乎可以看作晚年丁玲的一种梦想，一种最为完美的自我形象。

从丁玲发表的文字看，即便在她被贬入“十八层地狱”的日子里，她也并不打算做一个颓废、自暴自弃或彻底放弃的人，并拒绝死。她在坚持，而坚持的方向在80年代的许多人看来似乎是“可悲”的，因为她要坚持做的事情是用符合打倒她的那些人提出的要求来证明自己是一个共产党员：

> 那时我没办法，我得老是写检讨，说我有罪，我反了毛主席，我反了党。但是，我心里想，我没有反党，我还是一个共产党员，不管在什么地方，我要起一个共产党员的作用，尽管我脸上刺了字，像林冲一样，走在哪里，我都得低头，不敢望人；走在哪里人家都要看我……那末，我的行为，我所做的事，一定要像一个共产党员。我要在你的脑子里，把刺在我脸上的两个字抹掉。要在你的心里，生出新的东西：“她是一个共产党员。”我就抱着这样一个决心，在底层、在群众里面，在困难里面，在几乎（我说几乎）没有什么帮助的情况下，开辟自己的生存的道路。我要走出一条路来！〔24〕

这段话里的你/我关系似乎清楚地说明了丁玲所坚持的到底是什么。她坚持的是别人否定她、认为她做不到的一切。她把这称为她的“生存的道路”。杜晚香这样做了，她成了一个“新人”，而且赢得了人们“春雷似的掌声”。但可惜的是，似乎没有人来见证、承认丁玲所做的一切。在她那声“俱往矣”的长叹里包含了多少复杂而难以言传的情感！

革命于丁玲而言，曾经是一个无比美好的梦想和愿望，一种无法抑制的冲动和激情。这种激情使她脱离南京的囚禁便义无反顾地奔赴延安。那时，延安是革命的化身，是美丽的别一世界。但真实地置身于革命组织之中，适应革命生活的过程，事实上也是理想与现实不断磨合的过程。在这个过程中，她经历过很多的“自我战斗的痛苦”，“从无知到有些明白，从一些感想性到稍稍有了些理论，从不稳到安定，从脆弱到刚强，从沉重到轻松……”她由衷地慨叹：“走过来的这一条路，不是容易的。”[25]写下这些话的时间是1950年，那是丁玲生命中最辉煌的年代，在回顾自己革命经历时发出的感叹。那时她一定以为那条路“已经”走过来了。她未曾预料的是，不久她就被彻底地抛弃到革命阵营之外，而且是作为革命的敌人——“以革命者的姿态写反革命的文章”[26]。在那些被抛弃到“底下”的时间里，她选择了把那条路重走一遍。而历史的荒诞之处在于，当她终于能够回到“上面”来，当她能够诉说她所经历的一切时，那条革命之路不仅褪掉了当年的神圣色彩，甚至变成了人们刻意地要加以遗忘的对象。

这或许就是丁玲一生的“革命情意结”。她的一生都与革命联系在一起，纠缠在一起，至死未解。这也决定了丁玲荣衰毁誉、大起大落的一生。在中国现代作家中，丁玲是唯一一位与20世纪共生的作家。如果说革命是20世纪最核心的主题，那么丁玲是中国作家中唯一一个与这个“短20世纪”相始终的人。这不仅因为她活得够长，更因为虽然革命给她带来了如此多的磨难，但她直到生命终结之时也没有放弃革命。丁玲与中国革命这种不离不弃而又充满磨难的纠缠关系，在许多人看来或许是悲剧性的。但是，如果进入丁玲自身的逻辑，特别是其作为革命者的主体建构逻辑来看，纠缠之深刻也许正显示出其革命意志之顽强。这样的逻辑，在80年代的新时期已显得独特而不可解，在20世纪终结已久的今天就显得更加隔膜。因此需要深入丁玲的生命与文学实践中重新理解其中的复杂性。

3．两种自我之间的“裂缝”

问题的讨论可以从丁玲的两种写作风格开始。丁玲晚年的很多言辞和作品，令人难以想象这便是20年代写出了敏感、刻薄、多情而感伤的莎菲形象的丁玲，也不能想象这是40年代写出了热情、单纯而极富批判锐气的陆萍的丁玲，甚至不能想象是在《太阳照在桑干河上》中写出“她本来很像一棵野生的枣树，欢喜清冷的晨风和火辣辣的太阳”这种句子的丁玲。但复出之后的丁玲并非没有“莎菲式风格”的作品。《“牛棚”小品》描写她和丈夫陈明在丧失自由的艰难处境中相濡以沫的温情，如王蒙所说：“竟是那样饱满激越细腻温婉，直如少女一般，令人难以置信，但这是真正的艺术的青春。”〔27〕

事实上，正如复出后写出了《杜晚香》和《“牛棚”小品》这两种风格迥异的作品，丁玲从20、30年代之交“向左转”之后，同一时期总是有两种风格形态的作品：左联时期，她写出了为左翼文坛称道的《田家冲》《水》等“普罗文学”，也写出了《韦护》《一九三零年春上海》这样的“革命+恋爱”的作品；延安时期，她有宣传抗日的《新的信念》《一颗未出膛的枪弹》等作品，也写出了批评革命组织内部问题的《在医院中》《“三八”节有感》。即使经历延安整风运动、经历思想改造，并创作完成《太阳照在桑干河上》，她在日记里仍会流露出苦闷的个人情感。

长期存在的两种写作风格，显示出丁玲似乎始终紧张而痛苦地被两种分裂的自我形象和自我感觉所缠绕，难以解脱。这是不是说，周扬1958年在批判运动中所谓的“多少年来，莎菲女士的灵魂始终附在丁玲的身上，只是后来她穿上了共产主义者的衣裳，因而她的面貌就不那么容易为人们所识别”〔28〕确实具有一定的真实性呢？

这里将讨论的切入点放在丁玲立场左倾以来的“两面性”这一现象上，并不是要认同周扬所说的“衣裳”与“本质”的二分法。周扬的说法毋宁说是特定政治语境下一种取消知识分子和革命之间的矛盾性的极端做法。真正应该直面并讨论的是在丁玲觉得她“应该”做的和她自然流露的时刻“实际”所做的，这两者之间的“缝隙”所呈现出的丰富历史内涵。两种写作风格可以视为丁玲的两种自我认知之间的裂缝、距离和矛盾性。丁玲晚年如此执着、近乎夸张地证明自己的革命性，难道不可以视为她内心怀有主流革命规范和要求所无法包容、涵盖和整合的东西吗？

那些没有或不能被革命整合的因素，有时是性别，比如《我在霞村的时候》《“三八”节有感》；有时是知识分子的批判意识，比如《在医院中》《我在霞村的时候》；有时是个人性的细腻感触，如日记、《“牛棚”小品》。显然，不应抽象地、本质化地使用“女性意识”“知识分子”甚至“个人性”这样的范畴，这会进一步遮蔽而不是呈现裂缝所透露出的丰富历史内涵，而我们真正需要做的是直视这一裂缝本身。这些内涵与个人的性情、特定历史意识构造的认知结构、情感结构、感知世界和自我的方式等具体因素相关联。同样地，所谓革命，必然是具体历史情境中的中国革命，也是丁玲想象或内在地转化认同的革命。只有从这些相互关联的复杂因素出发，考察丁玲如何顽强地试图将不同因素整合到一个统一体当中，又因为什么未能成功地整合，才能从这一个案中解读更丰富的历史信息。也只有从这样的角度，才可以从更宽广的层面来理解丁玲晚年的“革命情意结”，而不仅仅出于一种先入为主的立场将其视为悲剧或自我保护的策略。或许应当意识到，就一个革命者的主体塑造和自我修养而言，将丁玲的两面性及其晚年表现视为自觉地直面裂痕并努力地克服这种裂痕的可能性是存在的。

一个有意味的现象是，在20世纪的革命作家中，显然并不是只有丁玲及其作品表现出了革命体制与个人在情感、立场乃至思想上的矛盾性裂缝，因而，真正值得关注的是人们看待这些裂缝的方式。研究界存在着两种讨论的方式，一种是将这种裂缝视为一种对抗性的存在，认为只要有矛盾和裂痕，就是革命压抑了个人。这是看待革命作家的一种普遍方式，源于将文学与政治对立起来的基本思考框架。同时，还存在另外一种讨论或思考方式，即完全意识不到或感觉不到这种裂缝。这种讨论方式往往是在“大我”与“小我”、革命与个人的等级关系中，将前者看成理所当然，而将后者视为需要被抹掉或忽视的因素。如果作家表现出了两者的矛盾性，就会被解读为是对革命的不忠诚。这实际上是前一种思路的变相颠倒，只不过两者导出的结论不一样。

需要意识到的一点是，在革命者的主体修养和精神境界这个层面，确实存在着高/低、先/后的差别。因此，既不能笼统而简单地认为“大我”与“小我”一定存在矛盾，也不能想当然地认为这两者必须没有矛盾才能算是合格的革命者。确实存在着忘记了“小我”的崇高的境界，典型如1936年埃德加·斯诺到保安采访毛泽东时发现的那种现象：“像我所遇见的一些别的共产党人一样，他只乐于谈委员会、团队、军队、议决案、战斗、战术、办法等等，而很少谈到个人的经验”，“中国共产党员能够说出一切在青年时代所发生的事情，但只要他和红军一接触之后，他就把他自己丢开了。如果你不重复地问他，你不会听见任何关于他自己的事情”。[29]当然，也确实存在着因为小我的困扰而否定革命或离开革命的现象。

但丁玲的独特性在于她也许是革命作家中最多也最明显地表达出了这种裂缝的存在，同时从未放弃，以顽强的自我改造和革命修养来弥合这种裂缝的一位。丁玲并不掩饰在革命体制与她个人的体验之间有裂痕的存在。这既是她作为革命作家的某种局限，也是她作为作家的诚实，她因此始终意识到自己革命修养的欠缺，而希望不断地提升自己的精神境界。晚年的丁玲曾这样谈论《杜晚香》的创作：“作者要使自己创作的人物进占读者的心灵，要首先进据人物的内心，了解他，熟悉他，体会他，也就是要向他学习，把自己的感情提高，否则你就不能写。我这里说提高，也就是说要突破自己生活的旧圈子，要不断突破自己的生活旧圈子。”[30]丁玲所说的“提高”，意味着她始终存在着一种克服自我经验而追求更高精神境界的追求趋向。因此，就革命与个人的裂缝这一问题而言，她也并不将其视为固定的、不可克服的对抗性存在，而是尝试通过自我改造和主体修养从内部克服这种裂痕，并将自我提升到另一个更高境界。从这个意义上，她始终将“革命者的自我”视为一个未完成的、展开中的过程。这或许是一种直面裂缝而不断生长的思考方式，也是丁玲的逻辑。从这样的逻辑出发，或许可以对丁玲的“两面性”做出新的解释。

二、追求革命

20、30年代之交，以《莎菲女士的日记》而一举成名，一登台就“挂头牌”的时髦女作家丁玲，不久之后转向了左翼。这是理解丁玲和革命的关系的重要起点。这就需要仔细考察这一转向在丁玲这里是如何完成的，这种转向是否有某种必然性？

1．向左转

对此，冯雪峰从丁玲的作品序列出发做了解释。他认为，在完成《莎菲女士的日记》之后，丁玲碰到了“一个危机”，而解决这一危机有着三种可能的出路。一种是按照原来的写作路数发展下去，但作品会“越写越无力，再也无法写出第二篇和《莎菲女士的日记》同样有力的东西来”。第二种出路是搁笔不写了。第三种是“和青年的革命力量去接近，并从而追求真正的时代前进的热情和力量（人民大众的革命力量）”。冯雪峰认为这第三种“是真的出路”，因为“恋爱热情的追求是被‘五四’所解放的青年们的时代要求，它本身就有革命的意义，而从这要求跨到革命上去是十分自然，更十分正当的事”[31]。丁玲的创作道路似乎在证明着冯雪峰所谓“十分自然”而且更“正当”的第三种出路。冯雪峰做出这种评价的时候，丁玲已然转向，并成功地成为延安知识群体中的重要作家，所以可以说是一种“后见之明”。

但冯雪峰提出的问题，即作家的创作危机和精神危机，对丁玲来说，却是真实存在的。莎菲把自己推向了一种与社会完全对立的绝境，并沉溺于一种“自我毁灭的感伤主义”[32]情调之中。把自己囚禁在孤独中的莎菲一再问自己：“我，我能说得出我真实的需要是些什么呢？”莎菲的困惑显然是“五四”之后的新困惑，即在逃脱传统宗族关系的束缚之后，都市个体（尤其是女性）所面临的“解放”的困惑。

丁玲曾受到无政府主义思潮的影响，对于“解放”状态有着乌托邦式的想象。她在另外一篇文章中做了这样的描绘：

> 我们碰到许多人，观察过许多人，我们自我斗争……我们决定自己学习，自己遨游世界，不管它是天堂或是地狱。当我们把钱用光，我们可以去纱厂当女工、当家庭教师，或当佣人、当卖花人，但一定要按照自己的理想去读书、去生活，自己安排自己在世界上所占的位置。[33]

鲁迅小说《伤逝》中子君的宣言——“我是我自己的，他们谁也没有干涉我的权利”，仍然是面对封建阻遏力量的宣战口号，而莎菲却是一个完完全全的“自由人”，因而她面对的痛苦是一种更现代的痛苦：“我是给我自己糟蹋了，凡一个人的仇敌就是自己，我的天，还有什么法子去报复而偿还一切的损失？”如果说子君是要从束缚中把自己解放出来，那么莎菲则渴求着一种更为合理的关于人的安排。

但从《梦珂》《莎菲女士的日记》《阿毛姑娘》《自杀日记》《暑假中》等早期作品来看，现代都市并没有给这些从传统家庭秩序中摆脱出来的现代女性提供更为合理的生存空间，反而是新的无路可走的孤独。有研究者指出：“从乡村到都市，从反封建到求自由，非但不是一个解放过程，而是一个从封建奴役走向资本主义式性别奴役的过程，也是女性从男性所有物被一步步出卖为色情商品的过程。”[34]在这个意义上，对丁玲而言，革命是一种逃离自我挣扎困惑的出路。这也是冯雪峰为她指出的路。但是，旧有的自我困惑并没有真正消失，而是被转移了，转移到一种新的主体认同情境之中。正因为丁玲是在这样的起点——即穷尽了“五四”时代精神的极限而做了不得已的转移——转向左翼的，因此丁玲关注革命的层面必将涉及新的主体认同，涉及革命在什么样的意义上能够带来更合理的人（尤其是女性）的安排。

从传统中国思想氛围中脱离出来的“五四”知识分子，为何以及如何在20年代后期大部分转向左翼，这是思想史、社会史和政治史需要处理的大问题。从丁玲这一个案来说，需要关注的是她出于怎样的动机、设想和愿望而主动地投身革命，从绝对的个人主义者到革命的同路人再转而为“党的一颗螺丝钉”[35]，她经历了怎样的心路历程。

像丁玲这样敏于接受时代新潮的人，当然会受时代思潮的影响。20年代后期，马克思主义“在青年一代中得到越来越广泛的理解和支持”。一位思想史家这样描述：“中国自1927年社会科学风起云涌，辩证唯物论思想大有一日千里之势。”当时出版了大量介绍唯物辩证法的著作、译著，马克思主义哲学甚至在大学讲坛都占据了一定的地盘，以至于嘴里不讲几句辩证法或唯物论都不一定受学生欢迎。连马克思主义的反对者张东荪也承认：“无论赞成与反对，而唯物辩证法闯入哲学界总可以说是一个事实。”[36]有这种“大环境”为背景，加上丁玲身边的“小环境”，包括胡也频、冯雪峰、瞿秋白等人的影响，丁玲转向左翼并非不可理解。[37]

2. 想象的革命与现实的革命

丁玲30年代初期的作品可以分为两种类型，一种涉及作为知识分子的个体如何转向革命，另一种则是对革命运动的主体——群众的描绘。前者有《韦护》《一九三零年春上海》等，后者则有《田家冲》《水》《东村事件》等。这两类作品标识了丁玲内在分裂的两个世界的出现。对于丁玲而言，以群众为主体的革命世界是一个全新而陌生的世界，同时也是一个能够打开《莎菲女士的日记》等早期作品中封闭的、没有出路的个人世界的新视角。但这两者之间的张力关系并不总是处在如冯雪峰所言的“联接得起来”的状态中。《韦护》用“革命＋恋爱”的叙事模式所描写的革命者的两个自我的分裂，最为典型地呈现出这种内在矛盾。因此，这两者的衔接在丁玲这里往往是撇开前者而向后者转移。就革命者主体而言，这是一种自我撕裂般的抛弃旧我，而从所描写的革命现实来说，则对作为革命主体和历史动力的群众显露出充分的陌生性。在丁玲这一时期的作品中，群众往往是以模糊的面貌和声音出现的，她所能描绘的只是这些革命群体窘迫的生存现状，而不能进入人物内心去表现他们复杂的精神状况和心理活动。夏志清曾这样引用当时的批评：“读者在其中记忆不住那一种行动是张三的，那一种言谈是李四的，就是作者自己也难于分得清楚而表现得清晰。”[38]这种当时左翼作家普遍存在的问题在丁玲那里也同样存在，难怪冯雪峰也要批评她“以概念的向往代替了对人民大众的苦难与斗争生活的真实的肉搏及带血带肉的塑像”[39]。

表现胡也频被害事件的小说《某夜》仍延续了这样的创作方法。日本研究者中岛碧认为丁玲的小说总体上存在两种叙事类型，一类是“自我表白型的心理小说”，一类是“长篇客观小说”。后一种显然主要是指丁玲后来完成的《太阳照在桑干河上》。中岛碧这样来分析小说采用的叙事手法：“即不是赤裸裸地暴露作者的主观，而是通过具体的事实，通过客观、细腻地描写书中每个人物的语言、行动，……成为分别带有个性的存在，栩栩如生地浮现出来，自然而然地可以感觉到作者的主观和感情。”[40]可以说，这也是丁玲向左转以后一直追求的一种理想的叙事方式。客观叙述视角的出现，表明丁玲努力站在自我的外面观察问题并反思自我，从而从莎菲式的封闭主观世界中走出来，纳入更大的社会视野。30年代初期，《某夜》无疑是丁玲投注了很深情感的作品，同时也是显露丁玲新的创造风格的作品。客观性的表达手法一方面显现了她对个人情感表露的节制，另一方面，对于提升这种情感并将其转化为更广义的革命情感，则是一种更合适的处理方式。

不管怎样，即使在这种与个人生活关系密切的创作中，丁玲也放弃了莎菲式的表白。这或许表明，丁玲创作风格的变化，除了与政治立场相关之外，也与个人因素，比如年龄的增长、从青春期的迷惑进入琐碎的婚姻生活等有关，还要加上此后的1933—1936年被国民党政府秘密软禁的遭遇。这些都必然影响到丁玲感受事物的方式和她的创作方式。从“自己安排自己在世界上所占的位置”到做“党的螺丝钉”，这种转变的严苛性对于30年代的丁玲似乎并不那么真切，她更看重的是革命的社会批判力和为个人带来新出路的积极意义。

30 年代，丁玲转向左翼，这涉及三个层面的问题。一个问题是为什么革命成为解决个人困惑的一条出路。如日本学者尾坂德司在分析《一九三零年春上海》时所说："美琳为了解决自己的苦恼，为什么必须到工人当中去呢？对于小资产阶级的知识分子不到工人当中去就无法解决苦恼吗？"[41] 关于这一问题，很难从丁玲的作品中找到更多的解释。也就是说，她并没有在作品中直接解释这一问题，无论是她个人的左转还是她的小说人物的左转。这似乎也是当时一种普遍的创作现象，日本学者野泽俊敬因此说："中国同时代的转向作家中，几乎没有人在所谓自我小说中描写过转向体验的。"[42] 问题的答案似乎主要需从 20—30 年代的社会语境、时代思潮导向和丁玲个人生活的小环境中来寻找，而不能纯粹从理论层面来进行逻辑的推演。经历了 1942 年的延安整风运动之后，丁玲在一篇既是反省也是表态的文章中把这种向左转解释为"进步理论的接受，社会生活上的黑暗"[43]，可为一佐证。

第二个问题是，作家在描绘工农形象时所依据的生活经验是从哪里来的？作为生活在都市里且被个人主义文化和思维方式浸淫的左翼作家与知识分子，他们对于工农的最初发现主要来自理论或社会思潮的影响。但对他们而言，从工人和农民身上寻找变革社会的力量，在政治立场和实际情况之间，在个人经验和理论主义之间，还存在着不小的距离。这种对革命主体阶级——工人和农民群体生活经验上的陌生感，是丁玲这一时期的写作中群众面貌模糊的主要原因。可以说，丁玲所热烈追求的革命，还停留在一种主观的单方面的热情和向往之中。她对当时中国革命的现实情况并不了解，也缺少在革命现实中的实际生活经验。革命是在"远方"发生的。正因如此，1936 年，当丁玲终于逃脱国民党的软禁，可以相对自由地选择自己的去向时，她拒绝了冯雪峰、潘汉年等提出的留在上海或去巴黎的建议，坚决要求去往陕北革命边区。

第三个问题是，在革命的现实层面和想象层面，个体位置尤其是女性的位置与体验应怎么摆放？30年代初期，特别是胡也频被害以后，与被压迫、被剥削的工农群体的情感认同，成为丁玲投射个体经验的主要方式。这是她更为坚定地投身革命的主要情感动力，如野泽俊敬所说，“丁玲被压抑的灵魂和同样被压抑的人们的悲愤产生了共鸣”[44]。但这时丁玲对革命、对工农群众的理解仍主要停留在想象的层面上。一旦真实地身处革命组织之中，如何摆放个人的现实位置，如何处理个人的特殊体验，就成为丁玲需要直面的主要问题。

从丁玲在30年代的处境和遭遇来看，她和国统区其他秉承“五四”自由主义传统的作家不同，她已经很深地介入到左翼文艺阵营当中。鲁迅在1931年回答朝鲜记者的提问时说：“丁玲女士才是唯一的无产阶级作家。”[45]这表明了丁玲30年代前期在中国文坛的位置。特别是丁玲1933年遭国民党软禁后，出现了国际性地营救丁玲的活动，这也进一步扩大了丁玲的社会影响。作家孙犁后来这样回忆道：“丁玲，她在三十年代的出现，她的声望，她的影响，她的吸引力，对于当时的文学青年来说，是能使万人空巷，举国若狂的。这不只因为她写小说，更因为她献身革命。”[46]

因此，在理解丁玲与革命的关系时，一个似乎有些多余的强调是在进入延安之前丁玲早就已经选择站在革命的立场上，并且某种意义上成了革命的化身。如中岛碧所言，“这个‘选择’本身也确实不是由于外界的强制，而是根据他们自己的意志进行的”[47]。在这个意义上，进入延安对丁玲来说，并非由非左翼转向左翼，而是在革命诉求和激情的促动下进入具体的革命组织和革命秩序之中。她与革命的关系就不再简单地停留于在批判现实的基础上想象革命，而是作为一个个体、作家、女性与组织化的革命秩序之间具体而复杂的关系形态。

3．延安生活

以1942年整风运动为界，延安时期丁玲的创作可以分为前后两个阶段。如果说整风之前，丁玲的作品（尤其是小说）对于革命的主体——“工农兵”的想象仍处于一种游离而芜杂的状态，并以现实主义（甚至自然主义）的表现手法呈现出与毛泽东话语之阶级主体相游离的暧昧因素，那么，经历延安整风之后，这些暧昧因素已逐渐剔除。丁玲开始自觉地按照《讲话》所提出的“工农兵文艺”立场来改造自己和表现现实，并将其实践在代表作《太阳照在桑干河上》中。这一碰撞与缝合过程的焦点在于丁玲的个体体验、其作品所呈现的革命主体与体制化的革命话语之间的错位与磨合。

摆脱国民党政府的软禁而投奔陕北革命边区被丁玲称为“生平第一愉快的事”[48]。在那里她受到了非常热情的欢迎。毛泽东为她作《临江仙》一首，用电文传往前线，描述了丁玲来到当时红军驻地保安时的情形——“保安人物一时新，洞中开宴会，招待出牢人”，并给予作家高度评价：“纤笔一支谁与似？三千毛瑟精兵。”丁玲不久即担任苏区第一个文艺团体“中国文艺协会”（文协）的主任，并到前线做战地采访。抗日战争全面爆发之后，丁玲组织“西北战地服务团”（西战团）做战地宣传。这一时期，丁玲主要的作品是配合抗战宣传的报道、报告文学，也写了一些批评性的杂文，另外也写了经常被研究者提到的小说，包括《一颗未出膛的枪弹》《新的信念》《入伍》《我在霞村的时候》《在医院中》等。

延安（边区）的生活环境显然大不同于丁玲早期所在的北京、上海等地。这种不同主要在于作家个人和生活环境之间不再是孤绝和对抗的关系，而成为体制化的革命组织中的一个成员。这种“体制化”不仅包括日常生活、文化活动的同一化，也包括思想上出于革命要求而产生的主动配合和外在约束。丁玲在边区所处的醒目位置，一方面表明她的革命诉求所得到的认可和鼓励的程度，另一方面也表明她与那里的集体主义生活和政治文化必须保持更为直接的互动关系。

记者赵超构曾这样描绘延安作家们的生活：

> 在基本生活方面，延安作家和一般干部同受着供给制度的待遇，另外还多些津贴。所以写作上必需的物品，也全由公家供

给。至于他们的工作，比较起来，较一般人自由些。他可以自己要求在报纸或什么研究机关做事，也可以要求下乡宣传工作。在这点上，延安当局对于作家似乎还存着一些客气的心理，也可以说比较优待些。[49]

这里描写的是整风运动之后1945年延安的作家处境，可以看出作家在延安享受的自由度还是很大的，并没有1949年后那种严格的机构化限制。从这个角度来看，丁玲到达边区之后（尤其在《讲话》之前）的社会活动和文学创作主要出于主动配合和积极介入。即使在1942年因《“三八”节有感》和《在医院中》受到批判而进行的转变也不能说是被迫的，而是她出于革命热情而参照《讲话》要求做出的主动调整。如李陀所说：“如果说毛文体的形成、发展是一个历史过程的话，正是千万知识分子的智慧和努力使这一过程成为可能。”[50]丁玲无疑是这“千万知识分子”当中相当活跃而最具代表性的一个。许多研究常常强调丁玲在整风运动中受到批判，并认为丁玲此后的转变是不得已的，甚至是被迫做出的调整和改变。这种仅仅按照压迫与反抗的关系模式来读解丁玲变化的阐释框架，首先就不能解释她在《讲话》之前的一系列活动和文学创作，特别是她与革命体制之间的密切互动，尽管这中间也有矛盾和磨合的过程。

从个人形象和生活处境来看，到达边区的丁玲显然很快就适应并融入了战时共产党组织的集体生活之中。战地经验、组织化的生活、艰苦的生活条件，这些是否符合丁玲对革命所做的想象，我们已难知晓，但这种生活确实使丁玲发生了很大的改变。她摆脱了早期细腻敏感的形象和心态，显现出强健且生机勃勃的活力，这些我们是可以做出判断的。在1939年所写的《我怎样来陕北的》一文中，丁玲简单地提及延安生活的磨砺对她个人感觉的影响：“感情因为工作的关系，变得很粗，与初来时完全两样。”

从有限的记录材料中也可以看出丁玲的变化。1937年曾赴延安采访的美国记者海伦·斯诺这样描写此时的丁玲：

在外貌上，她根本不是妖娆迷人的一种妇女。她个子不高，一点也不苗条，但是，健美而显得坚毅。她一点也不像中国通常的知识分子类型，而更像另一种知识分子——运动员类型，这种类型在西方国家已不常见，在中国则几乎从未听说过。她使我想到那些女作家乔治·桑和乔治·爱略特。她是一个女性，但不是一个柔弱的妇女。[51]

1944 年第一批到延安采访的国统区记者赵超构这样描述丁玲：

她大眼，浓眉，粗糙的皮肤，矮胖的身材，灰色军服，声音宏亮，“有一点象女人”。……她今天的态度非常自然。一坐下，很随便的抽起烟卷来，烟抽得很密，大口的吸进，大口的吐出，似乎有意显示她的豪放气质。[52]

也写到丁玲的住所：

清洁而简单，洞口窗下一桌一椅，洞的底边一张床，床头有半架书，此外，就是一架纺纱车，一条长凳。桌上的文具，也只是必要的几种。[53]

丁玲给人的印象是强健而富于活力的，以至于每个见到她的人都需要格外地关心她在哪些方面还保留了女性特质的痕迹（赵超构提到丁玲的外号叫“陕北婆姨”）。这至少从一个方面显示出丁玲已经把边区那种到处“充满着快乐的青春之力”部分地融入个人生活和精神世界之中。

4．性格化的革命主体形象

但更关键的问题是作为作家的丁玲。如冯雪峰所说，“一个进步的小资产阶级的作家，成为真正人民的无产阶级的革命作家，需要在艺术上有他的标志”[54]。边区的世界是丁玲曾经向往但不能切身体验的革命世界，她在边区的遭遇也就是对于革命的想象和现实相碰撞的过程。她在作品中表现出来的内容，正是这碰撞的结果，并经由她的体认而书写出来。这也是一个冯雪峰所谓“走进去”和“送出来”的过程。

整体来看，这一时期丁玲着力表现的是作为革命主体的群众形象，而很难看到个人心绪的流露。这些群众形象也摆脱了30年代的概念化特征，而呈现出每个个体的特性。也可以说，她尝试深入到群众的主观世界，从内在心理活动角度来呈现革命群体中有差异的个体形象。人物主观世界的客观呈现是这些作品的主要特征。这和丁玲在《讲话》之后“集中描写自我的‘外部表现’及其全部社会作用”[55]不同。从人物的主体性的呈现方式来看，丁玲试图表达的是人物自身的情感逻辑而非阶级斗争理论的阶级主体逻辑，这种情感逻辑显然仍旧没有摆脱莎菲式“自主和独特的个人性格观念”。她这一时期的作品《一颗未出膛的枪弹》《压碎的心》《我在霞村的时候》《夜》《新的信念》（又名《泪眼朦胧中的信念》）等，表现的都是配合抗战宣传和解放区农村变革所需要的政治主题。但由于按照“自主和独特的个人性格观念”来表现人物，因此，这些人物形象摆脱了丁玲30年代那种概念化的特征，而充分显露出个性。与此同时，这种“个人性格”与阶级理论所强调的革命主体要求之间仍然存在矛盾和裂隙。

《一颗未出膛的枪弹》（1937）描写一个孤寡的农村老太婆所收留的掉队的红军小战士被东北军士兵捕获，孩子的勇敢和爱国热情感动了东北军连长，他赦免了这孩子。事件本身有很强的戏剧性，很像是丁玲听来的战地故事。故事在三重叙述视点中讲述完成，一是以老太婆为代表的村民，一是红军小战士，一是以连长为代表的东北军士兵。而作为视点交织中心的红军小战士又具有双重性，一是孩子的心理体验，一是他作为红军战士的信念和身份。孩子的胜利显然是带有象征意味的，“他是红军，我们叫‘赤匪’的”，他的精神不仅征服了陌生的村民，也征服了处于溃散中但有强烈民族情感的东北军士兵，因而孩子成为红军精神的化身。

但多重视点之间的游离仍透露出丰富的信息。叙述者要尽量客观地讲述这个故事，因而关于红军的视点是外在的。作为红军化身的孩子，他对红军的感情主要是“那里有他的朋友，他的亲爱的人，那个他生长在里边的四方飘行着的他的家”，至于红军的精神，他“重复着他从小组会上或是演讲里学得的一些话，熟练地背着许多术语”。故事的高潮是孩子要求东北军连长留下杀他的那颗子弹去杀日本人：“你可以用刀杀我！”在共通的民族情感里，作为红军的孩子和作为东北军的连长之间的冲突被解除。小说选择一个孩子来作为矛盾冲突的焦点，而孩子的非主体身份使得他的言行与红军这一抽象政治群体之间可能的游离性被忽略。与其说小说中的人物因为主人公是个红军而对他抱以敬佩和尊敬之情，不如说那更多的是出自对一个未成年的孩子的怜爱。1940 年丁玲完成的另一部短篇《压碎的心》，也选择了以孩子的视点来讲述民族仇恨，似乎出于同样的策略。这也就是说，以孩子作为叙述焦点和红军革命精神的化身，虽然可以通过人们对未成年人共同的怜爱而召唤出一种超越阶级的民族情感，但同时，孩子的非主体性，即他并不是一个具有高度自觉性的成熟的主体这一特点也在有意无意地模糊了革命主体的精神特质。

《我在霞村的时候》（1940）以一个被迫做过日本军妓的姑娘（贞贞）作为主人公，写她回到家乡后引起村民的非议，也写到她与过去的恋人的关系，最后她决定离开家乡到一个新地方，“活在不认识的人面前，忙忙碌碌的，比活在家里，比活在有亲人的地方好些”。这篇小说采取了类似报告文学的外在形式，以叙述人“我”到霞村的感受和所见所闻为线索来讲述贞贞的故事。实际上，就小说的题目“我在霞村的时候”而言，这个作为叙述人的“我”可以说是和贞贞同样重要的人物。日本学者相浦杲很关注这个“我”在作品中的位置，并将这一作品与丁玲十二年前的《莎菲女士的日记》做了对比。他认为这篇小说中的“‘我’尽量克制自己的激情，深思熟虑，沉着地观察事物的变化，有着一种学习新东西的愿望”，并且认为小说的叙事形式，即“从日记形式到报告形式，从大胆奔放的绝叫到深思熟虑的劝导、学习，从个人主义到集体主义，这种变化表明两篇作品的不同特色”[56]。

在丁玲延安时期的作品中，这是少有的以第一人称“我”来讲述故事的一篇小说。“我”的存在，可以作为外来人观察到村民对于贞贞的反应，又能以朋友的身份接近贞贞，了解她的内心世界。但“我”在作品中并不仅仅是一个线索性的人物，与其说小说的中心人物是贞贞，不如说更是“我”。因为贞贞是一个被叙述的人物，而“我”则是一个观察者、见证者和记录者，同时小说也生动细致地描写了“我”的内心世界和“我”对贞贞的情感。可以说，叙述人“我”扮演了双重角色。一方面，这个“我”看到了霞村人们的不同反应，了解到比贞贞更多的信息，因此，她是一个努力地将贞贞的故事放回到整个霞村社会关系中的媒介性人物。另一方面，“我”并没有因此疏离贞贞，而是选择与贞贞站在同一立场上，对“杂货店老板那一类的人”表示着愤怒和鄙夷；并且，贞贞这个霞村中的“异类”使“我”喜爱和景仰，甚至变成了“我”进行自我教育的理想人物：“我喜欢那种有热情的，有血肉的，有快乐、有忧愁又有明朗的性格的人；而她就正是这样”，“我觉得非常惊诧，新的东西又在她身上表现出来了”。

通过“我”在小说中充当的双重角色可以部分地读解丁玲对于群众这一革命主体的态度。如果说在《一颗未出膛的枪弹》《压碎的心》《入伍》《新的信念》等作品中群众是蒙昧的、客观呈现的“他者”的话，那么《我在霞村的时候》则在关于杂货店老板，贞贞父母、亲戚等和贞贞的对比性描述中表露出了更明显的情感倾向，使得贞贞这一形象在霞村几乎处在某种鹤立鸡群般的独特位置上。显然，正如诸多研究指出的，这种对村民的表现方式，并没有完全脱离鲁迅式的启蒙国民性话语。这无疑与将群众视为革命主体的阶级话语产生了游离。贞贞这一形象也有其独特性，她显然并非一般的村民，而是乡村社会中的一个“异类”。她对叙述人“我”说，“我喜欢你们那里的人，南方的女人都能念很多很多的书，不像咱们”，“就说这村子的人吧，都把我当一个外路人”。这既显示出两个并立的主人公之间的亲密感情，也显露出她们自觉不自觉的阶级认同，即贞贞更喜欢“我”这样的有文化的知识分子。当然，就小说的主题而言，更值得讨论的是贞贞的性别遭遇：她被日本兵掳掠去被迫做了“慰安妇”，同时也利用这一身份为八路军做情报工作。这些在小说中都写得很隐晦，因此贞贞的真正身份是一个值得讨论的问题，[57]但贞贞也因此处在性别、民族、阶级等极度敏感的身份交汇点上。按照霞村人的逻辑，她是失掉了贞操的人。贞贞的所作所为之所以激起了村民的愤怒，是因为她拒绝按照他们的逻辑当一个“可怜人”。更出人意料的是，她拒绝了恋人夏大宝的求婚。这在贞贞的逻辑里倒不是觉得自己配不上过去的恋人，而是不想生活在人们（哪怕是恋人）怜悯的目光里。这引起村民的议论：“哼，瞧不起咱乡下人呢！”“这种破铜烂铁，还搭臭架子，活该夏大宝倒霉……”

贞贞的诸多言行和思想都表明她并非霞村的成员，而是霞村这一环境的叛逆者。相浦杲从“患病”“斗争”“自尊”“恋爱”“生活、思想”“去向”等角度比较莎菲和贞贞的异同，事实上也说明了贞贞这一形象更接近于作为个人主义者的莎菲，而非新的人民大众。所不同的是，莎菲只能去另一个陌生的地方“浪费”“生命的剩余”，而贞贞却可以到革命圣地延安，在那里重新做一个人。尽管革命仍在别处，却有希望存在。从个人与环境的对立这一角度，《我在霞村的时候》又和《在医院中》属于同一序列，所不同的只是后者的批判对象直接指向贞贞曾渴望的具有新气象的延安。

同样值得分析的作品还有丁玲这一时期写作的《夜》（1941）。这是丁玲到农村短期体验生活后的作品：“在一九四一年二月底或三月初就离开文协，到川口农村体验生活，并在这里写短篇小说《夜》。”[58]从呈现的思想主题来看，这是一篇内涵非常芜杂的小说。肯定的评论文章都强调这篇小说表现了人物的过渡性：“新的人民的世界和人民的新的生活意识，是切切实实地在从变换旧的中间生长着的”[59]，

“跨着两个时代，两种农村社会生活，不牵就那些旧的过时的农村人民的观念，他是没法把他们聚集到周围，率领他们过渡到新的有生活标帜的航程线上来的”[60]。这种“过渡性”意味着新旧混杂，多种原生态的叙述要素并陈于被叙述的革命主体的精神世界里。这也显示出了革命主体的某种“不纯粹性”。

小说主要叙述对象是参加革命工作的共产党基层干部何华明。开完选举委员会的乡指导员何华明被准许回家看看要产崽的牛，小说所写就是他从回家路上到回家之后的所思所想。小说仍旧采取客观的叙述视点，但聚焦于何华明的心理活动，近乎意识流。在这意识流中，何华明的多重身份纷乱地涌现出来：男人、农民、有怨气的丈夫、党的干部。在这多重身份当中，“党的干部”是主体，并最终抑制住他的男性欲望和对家庭生活的不满。

与《一颗未出膛的枪弹》和《我在霞村的时候》一样，这篇小说着力塑造的主体并非《讲话》所要求的理想化的工农主体。小说以现实主义（近乎自然主义）笔法所呈现的人物主观世界的复杂性并没有被有效地融合在一起，这多重身份在何华明那里仍旧处于分裂的状态。他有着农民对土地的热爱，但他的干部身份使他必须痛楚地忍受离开土地的生活；他并不理解干部和会议的意义，那些工作使他“烦躁”。更为现实主义的是，小说写出了这个男人隐晦的性心理。小说开篇就把“赵家的大姑娘”凸显在读者眼前：“他还看见那倚在门边的粗大姑娘，无言地眺望着辽远的地方。一个很奇异的感觉，来到他心上。”小说多次提到这个“发育得很好”的姑娘，这显然是因为她总被何华明的目光捕捉。但这种不明朗的性心理终于被转移到阶级的怨憎上，并抛到脑后去了。对于年老体衰的老婆，他充满着“嫌恶”，用沉默作为武器来抵挡。对年轻的积极分子侯桂英他有好感，但表现出来的是他“讨厌她，恨她，有时就恨不得抓过来把她撕开，把她压碎”。最终，这种性心理冲动被“咱们都是干部”压回去了。

《夜》与其说写了一个阶级主体，不如说写了一个极端丰富的个人。尽管这个人物最终被“党的干部”这一身份所统一，但那些隐晦地存在的复杂心理却并没有消失，也难以成功地统一到阶级主体身份之中。

如果说30年代丁玲曾以《水》《田家冲》《奔》这样的无产阶级文学来想象作为革命主体的群众，那么延安（边区）时期的丁玲无疑已经进入到活生生的群众的主观世界之中。这时呈现的群众，不再是面目模糊的一群人，而是个性清晰的叙述主体。但这些人物的身份显得非常复杂，阶级特性在人物的主观世界和身份认同中占据的位置并不大。从理解人物的主体性角度来说，这或许主要是因为丁玲仍旧按照莎菲式的“自主和独特的个人性格观念”来理解人物。对她而言，无论是作为红军小战士的孩子，还是作为党的干部的农民何华明，无论是乡村姑娘贞贞、乡村老太婆，还是作为小资产阶级知识分子的陆萍，都是有个性的主体，这种主体性难以被某种抽象的理论观念统一涵盖。更重要的是，尽管丁玲表现了这些群众，但他们仍旧是以个人的方式出现的，集体的认同对象和联合体并没有在小说中出现。

按照毛泽东在《讲话》中提出的文学功能——“使文艺很好地成为整个革命机器的一个组成部分，作为团结人民、教育人民、打击敌人、消灭敌人的有力的武器，帮助人民同心同德地和敌人作斗争”[61]，文学主要是把人民组织到“革命机器”当中。这里所说的“集体的认同对象和联合体”则必然指向党的工作、共产党的政权形式。仅仅表现群众是不够的，更重要的是“如何为群众”，后一点涉及如何按照政治立场、阶级理论和斗争目标来组织、教育群众的问题，事实上也是“文艺为群众”的前提和目的。在这样的意义上，丁玲所表现的群众是经验主义的，游离在革命组织的“主义”之外。她更关心的是单一个体如何获得主体性，获得“自主和独特”的支配自己行动的能力，着眼的是“‘革命’和‘人的解放’的应有的状态及其意义”[62]。因而，丁玲与延安主流话语发生正面冲撞，似乎是一个必然的过程。

注释

〔1〕 茅盾：《女作家丁玲》，原载《文艺月报》第1卷第2期，1933年7月，收入《茅盾论中国现代作家作品》，北京大学出版社，1979年，第102页。

〔2〕 冯雪峰：《从〈梦珂〉到〈夜〉——〈丁玲文集〉后记》，原载《中国作家》1948年第1卷第2期，收入《丁玲研究资料》，袁良骏编，天津人民出版社，1982年。

〔3〕 丁玲：《"三八"节有感》，收入《丁玲全集》第7卷，石家庄：河北人民出版社，2001年，第60—64页。

〔4〕 丁玲：《〈陕北风光〉校后感》，收入《丁玲全集》第9卷。

〔5〕 中共中央组织部：《关于为丁玲同志恢复名誉的通知》，收入《观察丁玲》，杨桂欣编，北京：大众文艺出版社，2001年。

〔6〕 王增如：《无奈的涅槃——丁玲逝世前后》，收入《左右说丁玲》，汪洪编，北京：中国工人出版社，2002年，第170页。

〔7〕 张永泉：《走不出的怪圈——丁玲晚年心态探析》，收入《左右说丁玲》，第231页。

〔8〕 李陀：《丁玲不简单——革命时期知识分子在话语生产中的复杂角色》，收入《雪崩何处》，第148页。

〔9〕 王增如：《丁玲与"诬告信"事件风波》，《世纪》2000年第4期。

〔10〕［美］海伦·福斯特·斯诺：《中国新女性》，康敬贻、姜桂英译，北京：中国新闻出版社，1985年，第242页。

〔11〕 赵浩生：《周扬笑谈历史功过》，原刊《七十年代》月刊（香港）1978年9月号，《新文学史料》1979年2月转载。

〔12〕 周良沛：《丁玲传》，"十一、无法漏抄的一则发言记录"，北京十月文艺出版社，1993年，第736—755页。

〔13〕 张光年：《回忆周扬——与李辉对话录》，收入《忆周扬》，王蒙、袁鹰编，呼和浩特：内蒙古人民出版社，1998年，第3、14页。

〔14〕 建国编撰：《丁玲年表》，收入《左右说丁玲》，第318页。

〔15〕 张永泉：《走不出的怪圈——丁玲晚年心态探析》，收入《左右说丁玲》，第241页。

〔16〕 参阅王增如：《无奈的涅槃——丁玲逝世前后》，收入《左右说丁玲》，第180—181页。

〔17〕［日］丸山昇：《建国前夕文化界的一个断面——〈从萧乾看中国知识分子的选择〉补遗》。

〔18〕 丁玲：《太阳照在桑干河上》，"重印前言"，北京：人民文学出版社，1979年，第4—5页。

〔19〕 张凤珠：《我感到评论界对她不够公正》，收入《左右说丁玲》，第268页。

〔20〕 王蒙：《我心目中的丁玲》，《读书》1997年第2期。

〔21〕 丁玲：《讲一点心里话》，收入《丁玲全集》第8卷，第71—72页。

〔22〕 傅光明采访整理：《风雨平生：萧乾口述自传》"自序"。

〔23〕 张凤珠：《我感到评论界对她不够公正》，收入《左右说丁玲》，第257页。

〔24〕 丁玲：《讲一点心里话》，《丁玲全集》第8卷，第66页。

〔25〕 丁玲：《〈陕北风光〉校后感》，《丁玲全集》第9卷，第50页。

〔26〕《文艺报》"再批判"编者按语，1958年第2期。按语由张光年写作初稿，后经毛泽东大量修订和改写。

〔27〕 王蒙:《我心目中的丁玲》,《读书》1997年第2期。
〔28〕 周扬:《文艺战线上的一场大辩论》,《人民日报》1958年2月28日,《文艺报》1958年第5期。
〔29〕 [美]埃德加·斯诺:《红星照耀中国》,胡愈之、胡仲持等译,北京:人民教育出版社,2018年,第92页。
〔30〕 丁玲:《关于〈杜晚香〉——在北京图书馆组织的与读者见面会上的谈话》,收入《丁玲近作》,成都:四川人民出版社,1980年,第166—167页。
〔31〕 冯雪峰:《从〈梦珂〉到〈夜〉——〈丁玲文集〉后记》,收入《丁玲研究资料》,第295页。
〔32〕 [美]梅仪慈:《不断变化的文艺与生活的关系》(节录),原载美国哈佛大学东亚研究所编的《五四时代的现代中国文学》,戴刚译,1977年。收入《丁玲研究资料》,第574页。
〔33〕 丁玲:《我所认识的瞿秋白同志——回忆与随想》,收入《丁玲全集》第6卷,第32—33页。
〔34〕 孟悦、戴锦华:《浮出历史地表——现代妇女文学研究》,郑州:河南人民出版社,1989年,第119页。
〔35〕 丁玲:《我所认识的瞿秋白同志——回忆与随想》,收入《丁玲全集》第6卷,第53页。
〔36〕 郭湛波:《近五十年中国思想史》(再版本),济南:山东人民出版社,1997年,第6页。
〔37〕 这一阶段丁玲生活及人际关系的详细描述,可以参见李向东、王增如的《丁玲传》第二章"上海:文学与革命的起点",北京:中国大百科全书出版社,2015年。
〔38〕 转引自夏志清:《中国现代小说史》,刘绍铭等译,上海:复旦大学出版社,2005年,第191页。
〔39〕 冯雪峰:《从〈梦珂〉到〈夜〉——〈丁玲文集〉后记》,收入《丁玲研究资料》,第296页。
〔40〕 [日]中岛碧:《丁玲论》,原载日本《飙风》1981年第13期,袁蕴华、裴峥译,收入《丁玲研究资料》,第541页。
〔41〕 [日]尾坂德司:《丁玲三四十年代的文学活动》,刘青然译,收入《丁玲研究在国外》,孙瑞珍、王中忱编,长沙:湖南人民出版社,1985年,第236页。
〔42〕 [日]野泽俊敬:《〈意外集〉的世界》,王保群译,收入《丁玲研究在国外》,第254页。
〔43〕 丁玲:《关于立场问题我见》,《丁玲全集》第7卷,第67页。
〔44〕 [日]野泽俊敬:《〈意外集〉的世界》,王保群译,收入《丁玲研究在国外》,第252页。
〔45〕 丁玲:《鲁迅先生于我》,收入《丁玲全集》第6卷,第121页。
〔46〕 孙犁:《关于丁玲》,《人民日报》1986年3月19日。
〔47〕 [日]中岛碧:《丁玲论》,收入《丁玲研究资料》,第539页。
〔48〕 丁玲:《我怎样来陕北的》,收入《丁玲全集》第5卷,第125页。
〔49〕 赵超构:《延安一月》,收入《毛泽东访问记》,武汉:长江文艺出版社,1990年,第29页。
〔50〕 李陀:《丁玲不简单——革命时期知识分子在话语生产中的复杂角色》,收入《雪崩何处》,第154页。
〔51〕 [美]海伦·福斯特·斯诺:《中国新女性》,第218—219页。
〔52〕〔53〕 赵超构:《延安一月》,收入《毛泽东访问记》,第20、39—41页。

〔54〕冯雪峰:《从〈梦珂〉到〈夜〉——〈丁玲文集〉后记》,收入《丁玲研究资料》,第297页。

〔55〕[美]梅仪慈:《〈太阳照在桑干河上〉》,陈安全译,节选自《丁玲的小说》,哈佛大学出版社,1982年。收入《丁玲研究在国外》,第305页。

〔56〕[日]相浦杲:《〈莎菲女士的日记〉与〈我在霞村的时候〉》,收入相浦杲论文集《考证 比较 鉴赏——二十世纪中国文学论集》,北京大学出版社,1996年。

〔57〕董炳月:《贞贞是个"慰安妇"——丁玲〈我在霞村的时候〉解析》,《中国现代文学研究丛刊》2005年第2期。

〔58〕丁玲:《延安文艺座谈会的前前后后》,收入《丁玲全集》第10卷,第269页。

〔59〕冯雪峰:《从〈梦珂〉到〈夜〉——〈丁玲文集〉后记》,收入《丁玲研究资料》,第299页。

〔60〕骆宾基:《大风暴中的人物——评丁玲〈我在霞村的时候〉》,原载《抗战文艺》1944年第9卷第5—6期,收入《丁玲研究资料》,第290页。

〔61〕毛泽东:《在延安文艺座谈会上的讲话》,收入《毛泽东选集》第3卷,第848页,北京:人民出版社,1991年。

〔62〕[日]中岛碧:《丁玲论》,收入《丁玲研究资料》,第544页。

第五章

丁玲（下）：

超越裂缝的主体革命

丁玲 1983 年访问法国，由法国记者拍摄的照片

1941年4月，丁玲调到延安党报《解放日报》工作，从9月起担任“文艺”副刊的主编，直至次年3月。在这期间，她发表了小说《在医院中》和《我们需要杂文》《“三八”节有感》等杂文。这是丁玲创作史上占有特殊位置的一批作品。

与《新的信念》等配合抗日宣传主题的作品不同，这些作品主要针对当时延安的现实处境发言，并提出了颇为尖锐的批评意见。这成为不久之后延安整风期间丁玲在文艺座谈会上受到批评的作品，也是1957年丁玲被打成“右派”的主要依据。一些研究者将这些作品看作丁玲对毛泽东话语实施有意识的抵抗的依据。如李陀在分析这些杂文时所说：“很明显，丁玲在实行一种抵抗，她大约还在怀念上海亭子间那种写作方式；面对已经在延安确立了自己支配地位的毛文体，她还想进行一次挑战。”[1]但从当时的实际情况来看，丁玲提出的批评并非有意识地针对延安新思想（尤其不是《讲话》），而是出于自发的革命热情并参照她的革命想象而对延安现状做出批评。与其说她是在有意识地挑战主流革命话语，不如说是在《讲话》尚未提出明确的文艺方向之前，丁玲的革命设想与延安文化秩序之间的碰撞。

一、整风前后

1．延安新秩序

1941—1942年整风运动的这段时间，延安文坛呈现出较为活跃的状态。在此之前，延安文化人处在抗战动员阶段的流动性和不稳定状态中："在抗战初期到 1940 年 1 月以前，许多文化人来到延安及前方，有留延安工作者，有在延安住一段又回大后方者，来来去去，听其自便。"而共产党对文化人的态度是这样的："有关部门对文化人的工作着重招待、优待和帮助他们上前方，对他们的工作注意不够，对于在思想上团结、教育他们做得不够。"也就是说，党对于文化人的组织和训练都非常松散。而 1940 年之后，"情况发生了很大变化"，"毛泽东虽然提出了新民主主义文化的思想，但文委对这个方针并没有充分研究，文艺工作者中许多人对此也没有深刻理解。而这时国内政治环境又发生了变化，反共宣传屡次甚嚣尘上，抗日根据地物质条件也出现了很大困难，某些文化人对革命认识模糊，问题便暴露出来了"。〔2〕

以上引用的这段描述带有很强的倾向性，但从中可以看出 1940 年对于延安文化人而言是个重要的时间节点。一方面，随着抗日宣传高潮过去，延安进入虽艰难但稳定的时期，这使延安文化人有可能停顿下来仔细打量、评判延安的处境；另一方面，毛泽东思想的重要文章《新民主主义论》虽已发表，但并没有作为制度性话语加以实施，文艺部门如何管理文化人、文化人对于他们所从事工作的目标等都没有统一的依据。这使得文化人自发的讨论和批判性的介入成为可能，并在实际效果上呈现为一种"混乱"的状态。"文化与党的关系问题，党员作家与党的关系问题，作家与实际生活问题，作家与工农兵结合问题，提高与普及问题，都发生了严重的争论；作家内部的纠纷，作家与其他方面的纠纷也都层出不穷。"〔3〕《文艺月报》以及《解放日报》"文艺"副刊等正规刊物，鲁迅艺术学院、文协等文艺机构，以及《轻骑队》〔4〕等油印刊物，都成为延安文化人活跃地发表意见的地方。

1942 年 5 月毛泽东主持召开文艺座谈会的目的是希望消除这种"浓厚的自由主义氛围"，批判文化人的小资产阶级意识，从而统一思想和文艺方向，并动员文艺界下乡，"到农村、到工厂、到部队中去，成为群众一分子"。要达到这样的效果，就需要把文化人的思想

丁玲与陈明 1945 年
夏天在延安

统一到毛泽东思想和革命文化动员当中，并纳入整个革命机器的组织秩序。只有在这样的意义上，知识分子及其思想才能真正被制度化。《延安整风实录》提到毛泽东在文艺界进行整风的起因是萧军因他与周扬争论的文章不被发表，负气离开延安之前到毛泽东处辞行。毛泽东于 5 月的座谈会之前，曾单独向萧军、欧阳山、舒群、刘白羽、丁玲等人了解文艺界的动向，委托他们收集有关材料。从 5 月 2 日、16 日、23 日座谈会的情况来看，对不同意见主要采取的方式是说服而不是强制。借用葛兰西的领导权理论，一种话语要确立自身的领导权，被普遍接受，主要采取的方式不应是暴力性的强制，而应是心悦诚服的接纳。《讲话》在延安文化人中得到了普遍认同和接受，这一方面是因为毛泽东思想本身有力地提出了民族国家和中国革命的发展前景，另一方面则因为毛泽东的思想确乎与文化人的革命热情和内在诉求完成了一种有效的对接，从而具有强大的说服力。

就丁玲这一个案而言，她对于整风运动中受到的批评并没有做出有效的辩驳，也没有做出任何反抗，并对同被批判的王实味加以挞伐，这可以看作领导权的说服效果在她身上的体现。也就是说，关于毛泽东在 1942 年左右提出新的革命方略与革命话语，丁玲的表现可以证明这种话语的领导权确立的有效性。就丁玲的个人体验这个侧面而言，需要意识到两个层面的内涵：其一，她显然感受到了新建立的革命话语与她的主观设想并不吻合，在革命话语的要求与她个人的思想之间存在明显的裂痕。可以说，这也是当时许多延安文化人的处境和体验。他们正是在文艺座谈会和随后的整风运动中才清晰地意识到革命并不完全如他们主观想象的那样，而存在着从更高的组织和全局出发要求他们改变主观想法去配合并参与革命实践的这种要求。由此带出的第二个层面的内涵是延安文化人如何看待这种“裂痕”。丁玲的反应与何其芳、刘白羽等顺利进入新话语秩序的作家不同，因为她感受到了自己与新话语之间的距离；但同时，丁玲又显然与萧军、王实味等人不同，她并没有把这种“裂痕”看成一种对抗性的存在。她不是站在一种固执的自我主体位置上与新话语秩序角力。出于对革命的热情和对党的信任，一旦她意识到这种新话语及其秩序建立的必要性，她就愿意并努力改造自己。这是一种既不同于“压迫与反抗”的话语模式，也不同于“忠诚与背叛”的主体模式，而是把革命者的自我主体视为一个不断生长、不断提升的过程，可以随着革命情势的发展而将自我主体磨炼、提升到更高境界。这又是丁玲的逻辑了。

整风前的丁玲从哪些方面对延安现状做出批评，她主观的革命诉求与《讲话》之间的分歧在哪里，这些分歧最终在怎样的逻辑上被缝合？这些问题成为探讨《讲话》之后丁玲再次转向的关键问题。

2. 杂文写作

1941 年 9 月，丁玲留下了一篇颇为独特的散文，写到她在一场暴风雨中的心情。在暴雨没有到来之前，她觉得总像牵挂着什么似的害怕雨下下来。而当狂风暴雨骤至，心境反而变得非常开朗和喜悦，“只想冒着冷雨冲出去”，“让那些无知的水来冲激着自己”。在河边，看到一群人在激流里冒着生命危险捞取木材，她发出这样的感慨：

他们是在享受着他们最高的快乐，最大的胜利的快乐，而这快乐是站在两岸的人不能得到的，是不参加战斗，不在惊涛骇浪中搏斗，不在死的边沿上去取得生的胜利的人无从领略到的。只有在不断的战斗中，才会感到生活的意义，生命的存在，才会感到青春在生命内燃烧，才会感到光明和愉快呵！[5]

这篇文章一定程度上可以看作延安时期丁玲生命哲学的体现。这是一种斗争哲学，在艰苦的搏斗、在生与死的极致体验中感受生存的意义，并把这看作最高的快乐。海伦·斯诺这样描绘此时的丁玲："她给你的印象是她可能打算做的任何事情都是彻底胜任的，不害怕的。她显然是一台发电机，有无可约束的能量和全力以赴的热情。我感到丁玲是一个只有一个人的党，在一切方面都非常独立不羁。"[6]丁玲表现出的这种强悍，大概可以看作她参加革命后特别是来到延安后的一种基本品质，同时也是她把革命哲学内化为自身精神构成的表现。不甘于平庸的生活而寻求生命的热和力，正是革命魅力的一个重要组成部分。

这种生命哲学使人与环境处于紧张的对抗关系中，并试图通过自身的"战斗"来改变既有环境，促成理想状况的到来。与此同时，理想本身的非现实性将使得这种战斗的热情难以安于既存现实，而始终处于达到理想状态的过程之中。因此，革命精神是难以被制度化的，被革命政权鼓动起来的革命热情则往往会与革命政权本身处于一种悖论性情境。革命的号召力在于其对现实批判的有效性，它还提出了一种关于生存现实的更完满的想象。但革命政权本身却是现实的，而且是有许多令人不满的问题存在的。这种理想与现实、精神与体制之间的冲突成为革命政权的内在悖论。这也成为1949年中国革命成功后，体制化的革命现状所面临的内在矛盾，即莫里斯·梅斯纳所谓"革命第二天"的问题。在这个意义上，丁玲对于革命体制的批判就成为"革命内部的革命"，是以革命精神对革命体制的批判。

杂文是丁玲用来批判现实的主要方式。鲁迅所开创的作为"匕首和投枪”的杂文，为作家们批判现实提供了一种最好的武器。主编《解放日报》“文艺”副刊期间，丁玲在这个阵地发出的首要倡导就是提倡杂文写作。在《我们需要杂文》[7]中，丁玲在民主的话题下重提鲁迅杂文的必要性：“凡是一桩事一个意见在未被许多人明了以前，假如有人去做了，首先得着的一定是非难。只有不怕非难，坚持下去的才会胜利。鲁迅先生是最好的例子。”在这里，杂文成为传达意见的首要方式，并被放置在“少数人”提出“真理”这样的情境下。丁玲显然意识到在延安这一进步的地方提倡杂文的冒犯性，她提出了如下理由：“中国几千年来的根深蒂固的封建恶习，是不容易铲除的，而所谓进步的地方，又非从天而降，它与中国的旧社会是相连结着的。”批判的对象被定义为“封建恶习”：一方面在新与旧的历史脉络上判明问题的属性；另一方面强调旧社会因袭的影响，试图将“封建恶习”与新政权分开。但文章接下来的批判指向却颠倒了新与旧的比例：“陶醉于小的成功，讳疾忌医，虽也可以说是人之常情，但却只是懒惰和怯弱”，因为“民主的生活，伟大的建设”所取得的成功并不那么大，因而杂文仍然有存在的理由。这也就是说，杂文所批判的对象虽然源自旧社会和“封建恶习”，但这种坏现象在延安仍占有很大的比例，因此，杂文才成为需要的武器。罗烽在呼应丁玲这篇文章的《还是杂文的时代》[8]一文中，则更明确地提出杂文批判对象的存在毋庸置疑，认为讨论的重点在于应不应该把那些“黑暗”和“脓疮”袒露出来。而只有袒露出来，才有“治疗”的希望，否则将陷入“黑白莫辨的云雾”中。罗烽曾这样表示：“作为一个读者，我希望今后的《文艺》（即丁玲主编的副刊——笔者注）变成一把使人战栗，同时也使人喜悦的短剑。”

丁玲在她的杂文中主要针对文艺界与干部群体的不良现象提出批评，或是批评文艺界的清规戒律和套话，鼓励作家“放胆地去想，放胆地去写，让那些什么‘教育意义’、‘合乎什么主义’的绳索飞开去”（《什么样的问题在文艺小组中》）；或是批评创作仅止于印象式的材料，而缺乏对材料的创造性使用（《材料》）；在《干部衣服》里，丁玲则批评了延安根据服装的式样质料、是否有骑马的资格，形成无形的等级。类似的问题在王实味、萧军、罗烽等的杂文中都出现过，激烈程度有过之而无不及。显然，丁玲所提倡的杂文写作，越来越偏向于去发现和提出延安社会生活中的问题，去暴露、批判其中的阴暗面，而不是赞美新生活中的光明面。这就使得如何看待杂文写作在延安这个革命圣地的功能必然成为被讨论的问题。

事实上，关于"暴露"还是"歌颂"，在这个时期的延安文艺界确曾引起激烈的争论。倡导文艺应当批评乃至批判延安现实的一方，主要作家是丁玲、王实味、萧军、艾青、罗烽、舒群等人，他们的主要阵地是《解放日报》"文艺"副刊和《文艺月报》，主要是"文抗"成员；而反对的一方则以鲁迅艺术学院的周扬、何其芳等人为代表。后来成为延安分成"文抗派"和"鲁艺派"这一说法的源头。文学的功能到底是"批评"还是"歌颂"，不仅在延安时期引起争论，实际上也是20世纪左翼文学实践中一个不同时期反复出现的问题。比如，50年代中期，在文学"干预生活"潮流中这作为一个核心问题被提出，又比如，"文革"结束后在"伤痕文学"潮流中这一问题再次被提出。可以说，这是一个纠缠在左翼文学特别是当代文学发展过程中的基本问题。

有意味的是，在历次相关的论争中，拥护者与反对者借以为自己的立场与观点争取合法性的理论依据却几乎是相同的，即都是马克思主义文艺理论中的"真实""现实""现实主义"等范畴。无论是倡导批判现实的人，还是倡导应歌颂现实的人，他们都认为自己表现的是革命生活的"真实"。而如何来判定这种真实的有效性，则显然不是一个纯理论的问题，而应是一个现实文化实践的政治功能问题。也就是说，检验写作的有效性不是一个理论问题，而应结合不同时期中国革命的具体实践来判断。在40年代的延安语境下，最关键的问题涉及延安革命秩序中文学（文艺）的位置，特别是作家（知识分子）的角色和功能，即在革命政权下，作家（知识分子）是这一话语秩序的生产者、传播者甚至监督者，还是与革命话语保持一定的距离，保有一定的自由度，对社会现实状况具有自主阐释的权利，甚至对革命话语本身提出反省或质疑的批判者。

如何理解知识分子与革命的关系并不是一个简单的问题。当这两个概念被这样提出时，首先就预设了一种二元关系，即知识分子要么歌颂革命，要么批判革命。但在这种理解方式中，将革命与知识分子两者都本质化了，似乎知识分子是一种革命之外的力量，又似乎革命是一种固定的、僵化不变的秩序。而从20世纪中国革命实践的历史来看，一个明显的事实是，正是具有左翼立场的知识分子们构建了中国革命的秩序，正是在参与革命实践之后，知识分子才变成了革命者。〔9〕而另一方面，革命秩序从来都不是一种固定的对象化存在，它总是在革命实践中发展，正是革命政权的存在才使得一种改造世界的实践成为可能。因此，单纯在对抗性的二元关系中理解知识分子与革命显然是有问题的。葛兰西提出“有机知识分子”这一理论范畴时是这样说的：“一个政党所有的成员都应该被视为知识分子。……重要的是它在领导和组织方面的职能，即教育和智识的作用。”〔10〕葛兰西是从知识分子这一问题讨论现代政党的起源，并强调了知识分子主体与革命政党实践彼此塑造的特性。一方面革命知识分子的理论与实践创造了革命政权，另一方面革命知识分子的主体性并非固定的存在，而是在革命实践中“有机”地变化与改造。

葛兰西的这种思考或许更适用于讨论丁玲问题的复杂性。关键在于，丁玲在提倡杂文的批判性时，其初衷从不是要否定革命而是要提高革命，也并没把自己放在革命体制的对立面上。一旦她意识到这种提问方式的无效乃至错误，意识到一种更具说服力的革命方略的存在，她将改变自己以达到更高的思想境界，从而更有效地参与革命实践。从中国共产党革命这一面而言，是其领导权的确立过程；从丁玲这一面而言，是其作为“有机知识分子”的自我改造与自我提升过程。虽然，在延安整风运动中，这一过程对于丁玲而言，实际上更是一个痛苦的碰撞与磨合过程。

3.《讲话》与文化领导权

如同当代文学的其他问题一样，对于确立和建构中国当代文学规范，特别是整风运动之后的延安文艺新秩序而言，毛泽东1942年发表的《在延安文艺座谈会上的讲话》是最核心的理论纲领。在《讲话》中，毛泽东花了较大的篇幅来谈“暴露”与“歌颂”的关系问题。他规定了批判的对象：“对于革命的文艺家，暴露的对象，只能是侵略者、剥削者、压迫者及其在人民中所遗留的恶劣影响，而不能是人民大众”；提到对人民大众进行批评的方式：“对于人民的缺点是需要批评的……但必须是真正站在人民的立场上，用保护人民、教育人民的满腔热情来说话”；而衡量批评的标准如下：“我们判断一个党、一个医生，要看实践，要看效果；判断一个作家，也是这样。”最后的结论是：“只有真正革命的文艺家才能正确地解决歌颂和暴露的问题。一切危害人民群众的黑暗势力必须暴露之，一切人民群众的革命斗争必须歌颂之，这就是革命文艺家的基本任务。”[11]

毛泽东提出的这些规定和标准事实上认定了一般的小资产阶级作家，即还没成为“革命文艺家”的作家，并没有批评人民大众（同时也包括以人民大众建立合法性的革命政权）的权力。这首先对作家提出了一种更高的要求，实际上也是规定了作家在做出“暴露”与“批评”时需要从革命的立场、站在有利于革命政权这个维度上进行，而不是任何作家、任何暴露与批评都是可行的。一方面，人民大众的缺点只能用“人民内部的批评和自我批评来克服”，当作家把这种缺点无原则、不分场合地暴露出来的时候，就越出了内部的界限，混淆了内部和外部；另一方面，所有的批评都必须顾及效果，而什么才是“好的效果”是由党的工作所决定的，如果这种批评影响到党的工作，对党的合法性造成危害，就等于“一个医生只顾开药方，病人吃死了多少他是不管的”。

从一种政治与文艺的二元论思路上看，这样事实上导致作家（知识分子）的批判性由此丧失了存在的资格。李欧梵这样评价道：“作家的职能不再是一个创造者或创始者，而是一个人的媒介，广大对象的经历通过这个媒介被记录下来，然后传回给他们”，而革命文学“单纯追随政治辩证法的发展，它就失去了独立批判的能力”。[12]但是如果从葛兰西的“有机知识分子”与政党政治的关系而言，这里更为关键的问题是政治与文艺之间是否存在别样的考虑思路。毛泽东在《讲话》中写道：“党的文艺工作，在党的整个革命工作中的位置，是确定了的，摆好了的；是服从党在一定革命时期内所规定的革命任务的。”所有的文学批评和文学创作都必须在党所规定的革命任务这一范围内来进行。在这样的意义上，党的工作（包括人民大众和革命政权）就不是批评的对象，而是需要自觉地参与其中，并用自己的创作实践参与党的政治实践。作家（知识分子）的角色和功能在于推进、施行这一政治构想，而不是站在党的工作和理论的外部来提出建议、批评。这种思路在80年代的“新启蒙”思潮中，被视为政治压抑文学的理论源头。但是，如果摆脱本质主义的二元对立思路，应该看到，毛泽东对作家的期待并不是他们站在革命的“外部”去做主观意愿的批评，而是能够认同他所提出的整体性的革命构想，并期待作家参与到这一政治实践之中而成为革命的文艺家。这也是葛兰西理论的文化领导权的确立问题。

《讲话》对作家和革命文学角色的规定，对当代文学和当代作家产生了至关重要的影响。一方面，作家和文学（文艺）被视为“整个革命机器的一个组成部分”，从功能上被放到革命整体实践的结构性位置。这种位置的有效性并不是通过单个作家的批判性活动来确立，而是要看其是否有利于革命的整体发展。《讲话》谈到“无产阶级的文学艺术”与“无产阶级整个革命事业”的关系时，毛泽东引用了列宁在《党的组织与党的出版物》中使用的那个比喻，即“齿轮与螺丝钉”[13]。按照这种要求，作家（知识分子）就是做这个机器中的一个“齿轮与螺丝钉”，他们丧失了独立的文学创作权利和批判权利。

不过这个问题可以从两个方面来重新讨论。其一是从毛泽东的《讲话》这个理论文本所接受的列宁理论资源的“误读”层面。据胡乔木以及相关研究者的考证，毛泽东在发表《讲话》的年代读到列宁的《党的组织与党的文学》的译本是由瞿秋白最早翻译的，而瞿译本并未准确地翻译出列宁原来的思想，因此在80年代，人们又重译了列宁的这篇文章，题目也改为《党的组织与党的出版物》。特别是其中“齿轮与螺丝钉”的比喻，并非主要指向“文学”，而是指向党的各类宣传和政治出版物。相对而言，列宁给予了文学以特定的自由度，而非要求文学机械地做党的工作的“螺丝钉”[14]。这种理论元文本在翻译上的辨析，从一个侧面显示出包括中国在内的国际共产主义运动中理论探索实践的艰难。但是否采用“齿轮与螺丝钉”这一比喻主要涉及文学与党的工作之间的弹性空间和自由度在哪里的问题，而并没有完全否认文学应当参与革命和党的整体工作实践。特别是，毛泽东始终在召唤延安文化人成为“革命的文艺家”。也就是说，作家们并非天生地或自然而然地就是“革命的文艺家”，只有达到相应的理论修养并经历艰难的自我改造过程，普通作家（即毛泽东所谓“小资产阶级作家”）才能转变为“革命的文艺家”。这与其说是毛泽东对延安文化人的评判，不如说是对他们的期待。

如何理解《讲话》所提出的作家（知识分子）与革命之间的关系，除了对列宁原文与毛泽东的阐释做出辨析，还存在第二种讨论的可能性，即中国革命的特殊性问题。从这一方面来看，源发于欧洲并在苏联发展的国际共产主义革命理论的社会阶级基础，即工人阶级主体，在延安时期的毛泽东理论中并没有受到特别重视。毛泽东并没有赋予工人阶级以独特的政治地位，他提出的是“工农兵”以及“工农兵文艺”。特别是在谈到“人民大众”这一范畴时，他说的是“最广大的人民，占全人口百分之九十以上的人民，是工人、农民、兵士和城市小资产阶级”，其中，“工人”是领导革命的阶级，而“农民”是“最广大最坚决的同盟军”[15]。但从他把“工农兵”并列为革命的主体来看，毛泽东所重视的并不是一个社会学意义上的阶级，而是思想与伦理上的“无产阶级觉悟”。

莫里斯·梅斯纳认为这种革命思想主要是根据“伦理标准和思想

标准”来评判的：

> 肩负社会主义任务的人们是那些具有“无产阶级觉悟”的人们，而且这种觉悟并不依存于具体的社会阶级，即既不依存于无产阶级的实际存在，也不为农民阶级所具有。革命的精英（党及其领袖们）牢记社会主义目标并且领导群众运动去实现那个目标。从广义上说，“无产阶级觉悟”被认为是全体“人民”所固有的潜在意识，因为所有的人都有潜在的能力（通过革命行动）去实现为获得真正的无产阶级精神和社会主义世界观所必需的精神变革和思想变革。[16]

对于“无产阶级觉悟”的这种主观性，研究者往往强调的是其消极性的两点：一方面有可能导致超越历史与物质基础限定的唯意志论的出现；另一方面，作为行动主体，作家（知识分子）难以从其自身所属阶级的社会实践和社会经验层面自发地获得这一觉悟，而需要对来自革命机器顶端的思想意志进行不断的复制，事实上就杜绝了他们作为一个能动的主体参与建构的可能性。具体到毛泽东的《讲话》和作家的关系，作家的职责在于按照《讲话》来提供合乎需要的文学产品。他们只能按照革命机器的要求纳入《讲话》的再生产环节当中，充当“媒介”和“转换器”。一旦成功地制造出合乎需要的文学产品，他们在革命机器中占据的位置又使他们成为这种话语生产的“监督者”。这种无限循环的再生产过程，造成了当代文学的内在张力，也是暴露 / 歌颂问题不能解决的根本原因。

这种阐释从消极性侧面来讨论《讲话》以及中国革命所强调的“无产阶级觉悟”问题，某种程度上确实切中了中国革命历史实践中出现的问题，并成为 80 年代以来人们讨论相关问题的流行思路。但正如李陀在《丁玲不简单》一文提到的那样，仅仅看到这个消极的侧面，事实上无法解释《讲话》和整风运动之后千千万万中国作家投身革命的洪流中，不仅参与也主动建构新中国的革命话语。也就是说，无数的革命作家，他们和革命政权之间的关系，并不能用简单的压迫/反抗的二元对立模式来解释。具体到丁玲这里，就更难以自圆其说。因此，如何重新阐释《讲话》所强调的作家们的“无产阶级觉悟”这一问题，需要从文化领导权的层面深入。

4．旧我与新我

从延安整风的效果来看，确实造成了“来自五湖四海的千万知识分子，从此都放弃或忘记了自己曾占有过的语言，以及与它相联系的话语秩序。甚至可以说，那样大量的知识分子都认同毛文体，并在毛文体的各种形式的再生产中奉献自己的一生”[17]。这点与毛泽东思想提出的革命方略能够解答知识分子所困惑的有关中国“现代性”的问题密切相关。1942年在延安文艺座谈会上发表[18]讲话之前，毛泽东已经完成了《论新阶段》《中国革命与中国共产党》《论持久战》，特别是《新民主主义论》等重要的理论文章。可以说，30、40年代之交正是毛泽东思想成形的时间。他对中国革命各方面的问题都提出了成熟的思考，并制定了相应的策略。在这个意义上，1942年组织延安文化人座谈会，实际上是毛泽东从文艺这个侧面系统地提出他的思想和策略。只有将这种文艺思想与毛泽东的政治、军事、历史、文化等其他思想视为一个整体，才能了解毛泽东对于暴露/歌颂、工农兵文艺、作家的位置与功能等一系列问题的基本判断源自何处。这些思想对于普通作家而言，显然不是不学而知、不言自明的，这就需要一场深入的学习运动，而且也必然会遇到不少出于各种原因的质疑和对抗。所以毛泽东一开始谈的就是立场问题，即“站在无产阶级和人民大众的立场”，“站在党的立场，站在党性和党的政策的立场”[19]。这实际上也就是要求作家们首先在有利于中国革命大局还是坚持己见这两者之间做出选择，进而从思想上提高自己。

只有从这样的历史高度来看待《讲话》和整风运动之后延安新话语秩序的建立，以及作家们在这个过程中经历的种种思想震荡和矛盾，才能相对客观地呈现当时的历史面貌。或许，对于当时的作家而言，最真切的体验就是，他们原来所信奉，甚至认为不言自明的许多感受方式、体认方式特别是写作方式开始受到严酷的挑战。或许，没有人不感到"新我"与"旧我"的矛盾，对于丁玲来说尤其如此。

由此产生的问题是作家如何处理旧有的表达习惯、艺术个性和情感结构方式，即旧有的话语形态。在毛泽东的《讲话》中，他并没有花费更多的笔墨来讨论如何在新的话语形态和旧有的话语形态（也可以说主要是由精英主义、个人主义等话语构成的"五四"传统）之间寻找连接和沟通的可能，而更多是将后者看作"封建的、资产阶级的、小资产阶级的、自由主义的、个人主义的、虚无主义的、为艺术而艺术的、贵族式的、颓废的、悲观的以及其他种种非人民大众非无产阶级的创作情绪"[20]，希望作家们自觉地予以剔除。这既是延续瞿秋白最早提出的大众化问题，也是另一次激进的文学革命，要求作家完全斩断与过去表达习惯和表达方式的联系，进入新的话语秩序当中。

毛泽东在《讲话》中表达的这一激进态度，实际上需要做更为客观的分析。郭沫若曾以"有经有权"来评价《讲话》[21]，所谓"经"是其普遍的理论意义，所谓"权"是其适应当时延安语境而做的策略性偏移。从"权"这个侧面而言，毛泽东作为深谙文艺创作甘苦的写作者，他并非不知道作家们斩断自己熟悉的写作方式之艰难，也并非没有想到仅仅有政治这个维度难以完成出色的文学创作。比如就在《讲话》发表之前的1938年，他在鲁迅艺术学院的讲话中曾提出"艺术上的政治独立性仍是必要的，艺术上的政治立场是不能放弃的"，并提出成为一个优秀的革命工作者需要具备三个条件，即"远大的理想""丰富的生活经验"和"良好的艺术技巧"。[22]而他在《讲话》中特别强调了政治的重要性，也是因为对于当时的延安文化人而言，他们真正欠缺的并不是如何成为一个好艺术家的理想、经验和技巧，而是如何动员并要求他们参与到延安新道路的革命实践中来。

而从《讲话》的"经"的这一面而言，则联系着毛泽东后来持续提出的创造无产阶级"新人"和"新文学"的诉求，并对诸种文学（文化）传统采取了批判的态度。其中的关键问题是，是否存在

“纯种”的无产阶级新人和文化（文学）？新人和新文学应该怎样形成？从《讲话》以及后来的《看了〈逼上梁山〉以后写给延安平剧院的信》（1944）、《应当重视电影〈武训传〉》的讨论》（1951）、《关于红楼梦研究问题的信》（1954）、《关于文学艺术的两个批示》（1963、1964）等来看，毛泽东强调的是破除“由老爷太太少爷小姐们统治的舞台”，塑造以无产阶级为主体的文学和文化。而后一种文化的提出，主要不是从作家们已有的文艺创作经验中提出的，而更多的是从革命理论与文化实践相统一这一理论层面提出的。他认为，按照经济基础决定上层建筑的马克思主义理论，“历史是人民创造的”，中国革命的成功也在证明人民能够推翻剥削阶级的统治成为国家的主人，因此，在文学（文化）中表现、创造属于无产阶级的文化不仅是可能的，也是应该的。在《应当重视电影〈武训传〉的讨论》中，他对于应当歌颂什么提出了更明确的意见：“自从一八四〇年鸦片战争以来的一百多年中，中国发生了一些什么向着旧的社会经济形态及其上层建筑（政治、文化等等）作斗争的新的社会经济形态，新的阶级力量，新的人物和新的思想，而去决定什么东西是应当称赞或歌颂的，什么东西是不应当称赞或歌颂的，什么东西是应当反对的。”[23]他更多采取的是一种经济、社会决定论的文学观念，而不讨论文学（文化）作为一种意识形态的复杂性，尤其是无产阶级新文化与资产阶级（也包括封建社会等前现代）的意识形态之间的复杂关系。

也正是在这里，涉及列宁主义革命以来国际共产主义运动如何看待文化领导权理论的内在分歧。葛兰西提出资产阶级取得统治地位并不仅仅依靠武力和国家机器的暴力统治，而必须同时取得意识形态上的“霸权统识”[24]。如一个英国学者在分析资本主义意识形态的运作时所说的：“资本主义要有所发展，就必须经由各个层次整合劳动阶级，因为资产阶级的支配本质，实乃经由市民社会之典章制度而遂行（霸权），并非依赖国家机器的直接支配而完成；因此，日胜一日，资产阶级的合法性愈来愈需要劳动阶级的积极合作，让后者在一个终究不可能容许他们达成其目标的体系下，白费苦心地运作着。”[25]同样，社会主义取得合法地位，除武装夺取政权之外，也需要建立具有统识力的意识形态来阐释其合法性，并将诸种非社会主义的因素整编于其中。在这样的层面上，由“五四”新文学传统孕育出来的现代作家所习惯的创作方式，就不能简单地将其命名为“非人民大众非无产阶级的创作情绪”而予以剔除，而必须寻找不同层次的整编和缝合，才能达成工农兵文艺真正的文化领导权机制。当然，在具体的当代文学建构过程中，工农兵文艺特别是当代文学如何构建自己的传统，并非这样简单，而是最终形成了在批判地继承“五四”新文学传统，同时吸纳民间文学（包括地方形式与方言土语）的基础上创建新的人民文艺的基本方式。[26]

但是对于40年代延安的丁玲们，确实存在着一个如何抛弃既有的艺术个性和表达习惯、感知方式，在自我改造过程中逐渐学会一套新话语的问题。如李陀指出的，这种学习“与幼儿的学说话不同。因为它是通过不断的读和说，来逐渐忘掉自己原来拥有的‘话’，同时学会说新的‘话’”[27]。因此，一面必须尽量去领会、熟悉并尝试按照新话语的方式来表达，另一面必须自觉地检查、监督自己，不使旧的表达方式和情感方式表露出来，即丁玲所说“养成在每个具体问题上随时随地都不脱离这轴心，都不稍微偏左或偏右，都敢担保完全正确”[28]。丁玲曾这样表述自己习得新话语的过程：“完全是从无知到有些明白，从一些感想性到稍稍有了些理论，从不稳到安定，从脆弱到刚强，从沉重到轻松。”[29]从这些话来看，新话语的习得完全处在有意识的且带有强制性的自觉要求下，以学习和自我改造而逐渐达到自如的状态。

更关键的是，新话语要求的不仅是习得语言的过程，同时也是塑造新的主体感的过程，不给旧有话语形态或既有的主体体验方式留下任何余地，即“转变到情感与理论一致，转变到愉快、单纯，转变到平凡，然而却是多么亲切地理解一切”[30]。丁玲在文艺座谈会之后对王实味批判的发言中，这样描述自己领会《讲话》精神时的感觉：“所有的烦闷，所有的努力，所有的顾忌和过错，就像唐三藏站在到达天界的河边看自己的躯壳顺水流去的感觉，一种翻然而悟，憬然而惭的感觉。”[31]丁玲形象地借用佛教故事中的脱胎换骨来表示自己的“新生”，但事实上旧有的话语并非外在的“躯壳”可以完全脱去，而是深植在主体结构的内部。它不是被消除了，而是被压抑了。从这个层面可以解释为什么丁玲常常会有两种类型的文学作品，呈现两种分裂的自我形象。

这既是一个革命的年代对每个写作者的严酷挑战，也包含了在继承传统和创造新文化之间是否有相对缓和的处理方式。《讲话》对“五四”话语采取的批判态度，某种程度上造成了当代知识分子内在的精神分裂。这不仅表现在丁玲身上，也表现在茅盾、曹禺、巴金、何其芳等一批作家身上。1951—1952年，开明书店出版了《新文学选集》，作家都在“自序”中表达了与丁玲类似的感觉。如茅盾在“自序”中就把出版自己的旧作视为“检查自己的失败的经验”，他的心情一方面是“痛快”的，因为“搔着了自己的创伤”；另一方面又是“沉重”的，因为“虽然一步一步地逐渐认识了自己的毛病及其如何医治的方法，然而年复一年，由于自己的决心与毅力两俱不足，始终因循拖延，没有把自己改造好”。[32]这种负疚感同样出现在巴金那里，他说“时代是大步地前进了，而我个人却还在缓慢地走着。在这新的时代面前，我的过去作品显得多么地软弱，失色！有时候我真想把它们藏起来”。[33]张天翼在简短的“自序”中写自己在编选旧作时“一面编选，一面脸上热一阵，冷一阵，真是不好过”，而他对以后的打算则是“以后——从头学起”[34]。曹禺在觉得旧作“不够妥当”的同时，决定在原作基础上“再描了一遍”，力图“使之合情合理”。[35]这大概是进入“当代”的现代作家采取的两种典型方式：或者完全放弃过去的写作，“从头开始”；或者按照当代文学规范的“情”与“理”进行修改和删节。作家们表露的这种罪感和自我焦虑也正是一种精神分裂的症状。在旧我的主体感被敲击和打碎的同时，他们无法将新的主体认同纳入自己的感知结构当中，从而造成了一种主体感坍塌的焦虑和疑惑。不同的是，有的作家能从这种焦虑中探索出一条新路，有的就再也没能走出这种焦虑感。

与这些作家不同的是，丁玲不是在 1949 年后才进入这种精神状态，而是从 1942 年延安文艺座谈会之后就已经开始。尽管她用《太阳照在桑干河上》实践了“新话语”，但内在的精神和话语的分裂感仍然存在，并需要她通过不断地改造自我、提升自己的精神境界而最大程度地弥合这种有裂痕的感觉。

二、女性与革命

丁玲给延安文艺界造成巨大冲击的批评文章是《“三八”节有感》。这篇为 1942 年的三八妇女节所写的杂文，触及革命政权内部的性别观念和性别秩序，将妇女问题作为特别的问题提出，并认为这些问题难以仅仅依靠革命制度解决。

1. 女性的特殊问题

丁玲首先批判了弥漫在延安社会的性别意识和性别观念。尽管延安妇女的社会地位有了很大的提高，但延安主流社会在性别意识和性别观念上并没有多大改观。在这里，“女同志却仍不能免除那种幸运：不管在什么场合都最能作为有兴趣的问题被谈起”。具体到结婚问题，无论她们和“科长”还是“骑马的首长”结婚，总是会被人议论；而如果不结婚，那就更有“罪恶”。结了婚的女性又分成“回到家庭了的娜拉”和在每星期一天的“最卫生的交际舞”上被所有眼睛热闹地关注的拥有保姆的女性。这些现象“同一切的理论都无关，同一切主义思想也无关，同一切开会演说也无关”。但正是这种“无关”显露出被作为盲区的性别观念和性别秩序的存在。

接着，丁玲从社会制度结构——主要是家庭结构——来讨论女性在日常生活中的处境。结婚之后，妇女按照传统的家庭性别角色“理所当然”地承担了照顾孩子的任务，却免不了“落后”的命运，在烦琐无聊的家庭生活中消磨青春。而在离婚问题上，那口实一定是“女同志的落后”，人们却不关心她们是如何落后的。“在旧社会里，她们或许会被称为可怜，薄命，然而在今天，却是自作孽，活该。”妇女们尽管生活在变革传统社会的革命政权中，但这政权并没有变革传统社会用以压抑女性的家庭结构，并将其看作理所当然，无视妇女的特殊处境。

丁玲所指出的妇女解放与传统家庭结构之间的矛盾，主要针对的是延安地区的“新女性”。在农村地区的妇女运动中，这个问题似乎表现得更为明显。1944年到延安访问的记者赵超构曾有这样的描述和判断：

> 虽然延安的新女性是那么活跃，农村妇女却依然停留在往日的生活形态里。共产党人是尊重实际的，他们知道在陕北的农业环境，家庭依然是生产的堡垒，破坏了家庭，也就妨碍到生产，从前那些女同志下乡工作，将经济独立男女平等等一套理论搬到农村去，所得报酬是夫妻反目，姑媳失和，深深的引起民间的仇恨。现在呢？决不再提这一切，尊重民间的传统感情，家庭仍是神圣的。妇运的“同志”，决不再把那些农村少妇拖出来，或者挑拨婆媳夫妻间的是非了，而只是教她们纺线，赚钱，养胖娃娃。一句话，是新型的良妻贤母主义。……她们群众妇运的特色，是折衷于良妻贤母与社会主义之间的改组派主义，是由农村出身并且熟悉农妇生活的干部来干的。她们不需要“摩登”的女权论者。[36]

如果说在农村妇女运动中不需要“‘摩登’的女权论者”，那么在延安也一样。尽管延安新女性的生活空间和社会空间扩大了，但日常生活的基本结构单元仍是被早期无政府主义者称为“万恶之源”[37]的家庭，女性在家庭结构中受到的压抑仍是不可见的。同时因为革命的正当性，一切服务于以夺取政权为目标的革命工作，这使得女性在家庭生活中的特殊问题几乎没有被提出的可能性。从19世纪末期西方女权思想输入中国到“五四”新文化运动，妇女解放始终被纳入国族独立和社会解放的议程之中，将其看作等同于阶级的一个弱势群体。傅立叶的“妇女解放的程度是衡量普遍解放的天然标准”被作为马克思主义影响下妇女解放观的核心。如李陀所说：“自‘五四’以来，‘妇女解放’在中国一直是现代性话语不可或缺的部分。但是，很少有人警觉到，现代妇女的这种‘解放’，往往不指向以男权中心为前提的民族国家；恰恰相反，妇女解放必须和‘国家利益’相一致，妇女的解放必须依赖民族国家的发展——这似乎倒是一种共识。不仅梁启超作如是观，毛泽东亦作如是观。”〔38〕丁玲的《“三八”节有感》发表之后，曾有文章记下毛泽东的反应：

> 到延安文艺座谈会第三次会间合影照像时，毛泽东问：丁玲在哪里呢？照相坐近一点么，不要明年再写《“三八”节有感》。见丁玲隔他三人挨着朱德坐下时，他放心坐下了。〔39〕

另一篇文章则这样写：

> 在延安文艺座谈会结束的时候，一起照相，毛主席讽刺地对丁玲说：“女同志坐到中间来吧，免得‘三八’节的时候又要骂娘。”这是对丁玲写的《“三八”节有感》的辛辣指责。那篇《有感》就是咒骂革命根据地的。〔40〕

具体情形怎样已难知晓，但毛泽东对丁玲如此尖锐地指出革命政权对于女性的“无声的压迫”显然觉得尴尬。而参照着革命话语的正当性，在革命政权内部提出女性仍被“压抑”和“压迫”的事实，又别有一种暧昧和尴尬在其中。这大约是个中人都深有感触的一份尴尬。

2．女性与革命的冲突点

1938年，毛泽东在抗日军政大学女生大队成立大会上讲道：“全民族所有的人不分男女老幼都受到帝国主义和封建势力的压迫，尤其是我们的妇女同胞。……解放中华民族的责任不但男同志负担，女同志也要负担。……如果中华民族不能得到解放，中国革命如没有半数的女同胞积极参加，也就不能彻底成功。”[41]毛泽东用来动员女性的参照对象是“帝国主义和封建势力”，在这个层面上，所有的人（“不分男女老幼”）都受到压迫。他提到女性所受到的压迫尤其严重，但并没有指明“尤其”是在怎样的意义上产生的。如果深究下去，女性之所以“尤其”受到压迫正在于她们不仅作为“民族”的一员处于被压迫位置（帝国主义），不仅受到传统社会秩序的压抑（封建势力），同时也受到父权和夫权的压制。在同样承担“解放民族的责任”的行列里，她们还面临着与男同志并不一样的历史因袭和特殊问题。如果民族、阶级的解放没有放入性别的议程，就意味着中国革命“不能彻底成功”。共产党领导的中国革命把夺取政权、建立独立的民族国家作为目标，并且动员“半数的女同胞积极参加”，但这种动员是以“男女都一样”“妇女能顶半边天”的方式提出的，亦即“新人”的主体形象是按照同一的性别标准来建构的，而这“同一的性别标准”常常有意无意间是一种男性的主体形象，从而掩盖了女性的特殊问题和性别要求。

从具体的实践层面来说，只要传统的家庭结构方式存在，父权和夫权中心的性别模式就必然存在。如赵超构描述的农村妇女状况，女性社会地位的提高、参与社会活动的空间的扩展都是在不改变家庭内部的性别秩序的前提下进行的。这就产生了50—70年代女性的双重负担问题，即在承担社会工作的同时，并没有改变家庭内部的性质模式所赋予的特殊负担和角色模式。更关键的在于，女性解放的议程虽然有与民族解放、阶级斗争相重叠的部分，但并不能被民族、阶级问题全部覆盖。相反地，如果从女性角度提出性别秩序问题，将不是强化“民族”“阶级”的整合，而是会暴露民族国家、阶级秩序内部的父权制，并分裂、颠覆民族/阶级的主体形象，从而动摇国族主义的合法性。[42]

丁玲在整风运动之后的检讨文章[43]中承认，“在那篇文章（即《“三八”节有感》——笔者注）中虽曾有着重于鼓励女同志要自强，要捐弃一切小小的生活的烦琐和不愉快，努力于干解放全人类的事业……也并没有责备男子的语句，但的确有一种‘不要靠男子，自己争气吧’的味道”。接下来，她把毛泽东的“中国革命如没有半数的女同胞积极参加，也就不能彻底成功”的话反转过来说了一遍：“占中国人口半数的男子不参加妇女的解放，妇女不与他们合作，要求彻底解放是不行的。”毛泽东的基点在“中国革命”，而丁玲的基点在“妇女解放”，尽管两者采取了几乎一样的句式和语气，但重心和目标却不一样。丁玲对自己的批评是“我只站在一部分人身上说话而没有站在党的立场说话”。但如果说党的立场并没有包容女性这“一部分人”的立场，那么党作为最高层次的利益和权威，以全称指涉人民的合法性就有了问题。当然，丁玲并没有再次深究这两者的关系，而是重新摆正党和女性的位置，承认前者比后者更重要。

3.“小话”的意义

丁玲提出革命政权内部女性的特殊问题，其指向造成了相当暧昧的效果。一方面，丁玲所引证的材料都属于私人领域的话题和现象，因而比王实味、萧军等人的“暴露”和“批判”更逼近革命政权的内里；另一方面，公与私、大话与小话的区隔虽然被延安的集体主义有所消融但仍然存在，这一带有“私”性质的话语本身就显得不那么“合法”。造就女性问题的这种“私”领域性质的原因，一方面是既有的性别秩序无视这一问题，并将其归结为“个人品质”（比如落后、作风不好等）而予以指责，同时也因为从这样的角度谈论的女性话语无法和民族、阶级这些大问题建立起有效的连接。

显然，丁玲意识到了提出女性问题的尖锐性，所以她在《“三八”节有感》中以一种嘲讽的语气说：“一定在今天会有人演说‘首先取得我们的政权’的大话，我只说作为一个阵线的一员（无产阶级也好，抗战也好，妇女也好），每天所必须注意的事项。”甚至在文章的开篇，她就这样说：“年年都有这一天。每年在这一天的时候，几乎是全世界的地方都开着会，检阅着她们的队伍。延安虽说这两年不如前年热闹，但似乎总有几个人在那里忙着。而且一定有大会，有演说的，有通电，有文章发表。”虽然如此，但她认为妇女的问题并没有彻底解决。在全文结束后，她又补充了这样的“附及”：“不过又有这样的感觉，觉得有些话假如是一个首长在大会中说来，或许有人认为痛快。然而却写在一个女人的笔底下，是很可以取消的。”丁玲反反复复申明两种“说法”的不同，一方面是意识到提及的女性问题和主流革命话语之间的冲撞，另一方面则是她作为说话者充分意识到“女性”这一说法在革命政权中是多么暧昧。不仅是说的人感到女性问题的尴尬，而自动地将其作为“大话”的对立面的“小话”，同时革命主流话语具有的强大的正义性也使说者有“自惭形秽”之感。这种暧昧性通过毛泽东在照相这一细节上的反应充分表现出来。

与王实味、萧军、艾青等从文艺与政治的关系角度提出问题不同，丁玲是唯一从性别角度反对妇女只有等到夺取了政权才能谈个人要求的批评者（拒绝“首先取得我们的政权”这样的大话）。意识到作为女性的特殊问题，就意味着“妇女们仍需单独去对付腐蚀她们思想的历史和社会的传统观念”，“但是她们这样做，就得多少从社会上撤离出来”。〔44〕这无疑同样是一种从革命运动中“分离”出来的要求。丁玲这一个案的特殊性表现在，她不仅将这一问题直截了当地提出，而且在寻找合适的方式，试图在革命政权内部找到调解的方式。这便是再次把妇女这一群体的社会问题还原为个人的问题，即她说的“小话”。她直接面向妇女们提出的解决问题的方法是非常琐碎的具体建议：“第一，不要让自己生病”，“第二，使自己愉快”，“第三，用脑子”，“第四，下吃苦的决心，坚持到底”，以召唤作为个体的女性在日常生活中予以实践。这就把妇女解放的重点下降到女性个体意识的提升上。她提出这一观点的理由在于“世界上从没有无能的人，有资格去获取一切的”。首先重要的不是仰仗外力的扶助，而是通过个人的觉悟、意志和自我修养来达到独立。在“个人的即是政治的”这一层面，丁玲号召女性“强己”而不是建立具有本体性的女性话语，一方面是避免对革命政权造成冲撞，另一方面也试图在强调个人的主动性这一层面上与革命话语达成妥协——“没有大的抱负的人是难于有这种不贪便宜，不图舒服的坚忍的。而这种抱负只有真真为人类，而非为自己的人才会有”[45]。这似乎是在说，尽管女性仍是革命政权中忍受“无声的压迫”的弱势群体，但更关键的问题在于个人的修养。这似乎又回到了革命主流话语的逻辑，即女性的问题是她们“个人”品质的问题，因此必须依靠个人意志来解决问题。但强调的重点以及面向的说话对象已经有所不同。如果说前者认为性别问题是私人领域的问题，不需要革命政权的公共话语解决，那么后者则是一种不得已的选择，即如果无法从社会制度的层面获得更多的支持，那么女性首先要做的就是“强己”。这就带有一点发牢骚的意味了。

丁玲并非没有意识到女性纯粹依靠意志而达到独立是多么艰难。写完《“三八”节有感》一个月后（也是萧红去世两个月之后），她写了《风雨中忆萧红》。这是延安时期丁玲留下来的极为特殊的一篇散文。这篇文章流露出来的苦闷、悲愤和躁动不安的情绪，使人感受到她内心世界的痛苦和矛盾。那是一个强悍的灵魂面对另一个“怀着寂寞的心情”死在“悲壮的斗争的大时代”[46]的灵魂时的悲痛，也是一个出类拔萃的女性面对另一个有才华的同伴之死时的孤单：“我是曾把眼睛扫遍了中国我所认识或知道的女性朋友，而感到一种无言的寂寞。能够耐苦的，不依赖别的力量，有才智、有气节而从事于写作的女友，是如此其寥寥啊！”[47]这种深厚的情谊里，除却个人之间的友情，还有因同为女性的处境和体验而来的别一份伤痛（似乎无独有偶，1986年丁玲去世时，女作家韦君宜所赠挽联是：“早岁慕英名女人郁积重重因君一吐，比年得顺境何事忧心忡忡令我三思。”[48]同样有一份深切的性别体认在）。这种类似于“物伤其类”的感触，显然有很强的精英主义意识，因为真正依靠个人意志而达到独立这点并非人人都可以做到，而只限于少数杰出女性。

因此，与其说《“三八”节有感》提出的“小话”建议是丁玲为

1938年春，与萧红（左）、夏革非在西安

延安所有新女性指出的一条出路，不如说更关键的在于促成女性的独立意识。她此前的《我在霞村的时候》和稍后完成的《新的信念》等以女性作为主人公的小说中，都包含了这样的层面在其中。丁玲以她敏锐的性别意识感觉到革命政权内部存在由无形的性别观念和性别秩序构成的压抑性因素，并在《“三八”节有感》中集中提了出来。但革命政权的合法性，以《讲话》为核心形成的对作家（知识分子）的全新话语整合，使得这样的问题难以有继续提出的可能。

延安整风运动之后，丁玲作品中这种“性别第一”的观念似乎消失了。1946年丁玲在为《时代妇女》发刊所写的文字中，按照解放区与国统区、新时代与旧时代的区分，从参政权利、法律保障、经济地位、社会活动等方面把解放区女性的生活描绘为一幅女性的乐园图，并提出“让全国妇女都同我们一样幸福”的标准。丁玲也特别提到解放区女性的家庭生活，说那里“到处都见到我们姊妹们的社会活动，她们再也不束缚于家庭琐事。我们也见到真真幸福的、和睦的家庭，四处荡漾着我们姊妹们愉快的歌声”[49]。所不知道的是，有着社会活动权利而不仅仅“束缚于家庭琐事”的女性是否必须多承担一份贤妻良母的工作，而所谓“幸福的、和睦的家庭”是否能有“蔷薇色的温柔的梦幻”。

不过可以肯定的是，对于经历了整风运动的丁玲而言，她在性别态度上的一大调整，是关注对象的转移，即从主要关注延安的新女性转移到更多地关注农村地区的妇女运动和女性处境。在此后的《三日杂记》《太阳照在桑干河上》等作品中，她超越了自己的阶级限定，而对农村女性的内在精神世界以及她们的主体性活动，有了更深刻的体认与表达。虽然如赵超构观察到的那样，农村的妇女运动似乎更强调的是“新贤妻良母主义”，但是对于普通劳动妇女而言，通过赋予她们独立意识和社会活动权利，鼓励她们从内部去改造传统家庭结构而不是简单地否定家庭形式本身，显然是一种更有利于保护妇女权益的实践形态。尽管当保护女性利益和从内部改造家庭结构无法兼顾时仍旧需要在两者之间做出选择，但是与《“三八”节有感》那种激烈地将家庭视为一种压迫女性的制度形态相比，丁玲的态度显然变得相对温和。同时，坚持“强己”即女性自我意识和主体性的强大是谈论女性解放这一问题的前提则成为此后丁玲一以贯之的立场。这不仅是针对中产阶级化的“新女性”，也针对中国广大农村社会的普通劳动妇女。事实上，不单是在性别问题上如此，在如何看待个体与革命体制的关系上，这也是丁玲的一种基本态度。从这样的角度，丁玲在新时期文坛复出后发表的《杜晚香》可以视为这一立场的症候式呈现。杜晚香似乎完全忘记了要去抱怨自己出身的低微和生存环境的艰辛，也从未抱怨北大荒农场的种种问题，她的逻辑是：不管外界如何艰难，只要付出忘我的劳动就能使世界变得相对美好。这是丁玲在《“三八”节有感》中提出的“小话”逻辑的进一步扩大，也触摸到这种“小话”所无法改变的边界与限度。

三、《在医院中》：象征性的心路历程

1941 年 11 月发表的《在医院中时》（后改名为《在医院中》）是

延安时期丁玲袒露最多个人矛盾的作品。这篇带有很强的批判性色彩的小说，写的是年轻的理想主义者陆萍与她所处环境之间的冲突。小说的叙述视点集中在陆萍身上，由她的眼睛看出医院这一环境的种种矛盾和不合理的地方。陆萍和《莎菲女士的日记》里的莎菲同属某一环境中的"疏离者"，所不同的是，莎菲作为一个绝对的个人主义者并不尝试去改变环境，因而尽管有着种种失望和不满，但那伤痛都朝向自身，并沉溺于一种自我毁灭的感伤情调之中而使矛盾消于无形。但陆萍却要积极得多，她希望用自己的思想和行动来改变环境。因此，当与环境的冲突难以调解时，陆萍并不能像莎菲那样简单地通过一走了之来消除这种矛盾，而是被一种来自自我和理想的愿望所折磨。小说中提到她在极端失望的时刻患上了"旧有的神经衰弱症"，似乎是一种莎菲式绝望的复现。但因为希望的存在，那尽管是"铁箍"却是她"自愿套上来的"的组织约束的存在，却使她不肯沉溺于幻灭。因而，陆萍与环境之间的紧张关系就不可解脱，她必须时刻意识到外力的存在，并在对脆弱旧我的指责中振作起精神来磨砺自己。

1．几种解读方式

关于这篇小说，已有多种解读。一部分批评集中在小说批判矛头的政治性和丁玲的政治立场问题上。小说发表不久即受到延安文艺界的批评，评论文章认为陆萍和环境的冲突表现的是一种"反集体主义""宣传个人主义"的倾向。特别是小说对于"主人公的周围环境的静止描写"，"对于主人公的性格的无批判"，表明丁玲是站在"小资产阶级知识分子的立场上"使用"旧的现实主义的方法"来表现现实的。[50]延安文艺座谈会时期，这篇小说和丁玲的杂文一起受到批评。

到50年代后期的"再批判"[51]中，作品性质升级为"反党"小说，被认为"集中地表现了她（丁玲）对工人阶级，对劳动人民的敌视"，"是丁玲的极端个人主义的反动世界观的缩影"。[52]到80年代，这篇小说得到重新评价。严家炎在《现代文学史上的一桩旧案——重评丁玲小说〈在医院中〉》中认为："陆萍与周围环境之间的矛盾，就其实质来说，乃是和高度的革命责任感相联系着的现代科学文化要求，与小生产者的蒙昧无知、偏狭保守、自私苟安等思想习气形成的尖锐对立。”[53]这成为80年代文学研究界的一种有代表性的看法。在以启蒙/救亡的二元对立框架反思中国革命的思潮中，陆萍试图改变的延安附近的医院这一环境的缺点被看作前现代的“小生产者的封建习气”，而陆萍所持的是一种更现代的启蒙话语，这使她对环境的批判具有了正当性。

而在90年代以西方当代文化理论“再解读”红色经典这一思路中，黄子平从“话语—权力网络”的再生产过程来讨论文学的社会功能、文学家的社会角色、文学的写作方式等，并认为这正是对《讲话》的权威话语进行的重新编码。从这个角度来说，陆萍与医院的冲突具有了与鲁迅《狂人日记》中的狂人和社会之间的冲突同等的性质，即他们都试图指认环境的病态最终反被指认为是“有病”且需治愈的“不洁之物”。这种启蒙者与其环境之间权力关系的颠倒，显示的是启蒙实践在中国展开的艰难。与严家炎的评价不同，黄子平认为陆萍所面对的环境并非前现代的“封建习气”，而是“以‘现代方式’组织起来的‘病态’”，陆萍的努力也因此是一种完善“现代性”的努力。[54]也有研究者从女性主义角度来解读《在医院中》。最有代表性的是美国学者唐尼·白露的分析。她认为《在医院中》除了表现知识青年和革命政权的矛盾之外，同时“也为了引起人们对女人特有的弱点的注意”。这就把《在医院中》和《“三八”节有感》联系起来，认为“散文中提到的对女人的许多责难和对延安社会生活的公开批评”，“正是小说中的年轻女主人公陆萍所面对的问题”，所以白露认为：“陆萍的失败，正是由于她忽视了丁玲在那篇散文（指《“三八”节有感》——笔者注）中所指出几个方面的战略。”[55]就丁玲当时关注的女性问题而言，主人公陆萍身上的矛盾性显然也包含了源自女性身份的个人性格弱点。这就从性别角度为理解《在医院中》提供了一种别具新意且有说服力的阐释思路。

在这些解读的基础上，在此试图将《在医院中》纳入丁玲与《讲话》的话语体系的关系中来重新考察。小说通过陆萍的叙述视点和遭遇集中表现了丁玲对革命政权存在的问题的揭露。与此同时，也不能认为小说叙述人完全认同陆萍的做法，对她采取的行动方式持的是一种辨析的态度。如白露所言，陆萍是一个“失败者”，尽管她有着丁玲所赞赏的战斗热情，但这种战斗只朝向外部环境，而不能对自己的内心和精神状态做更好的调整。从人物与环境冲突的解决方式来看，矛盾在小说中并没有得到最终解决，而是以使矛盾不成其为矛盾的方式将问题搁置了，通过让人物离去而使冲突的胶着状态解除。小说最后出现了一个关键性人物，一个“没有脚的害疟疾病的人”，他的一席谈话缓解了陆萍的精神焦虑。他告诉陆萍“不要急，慢慢来”，让她“眼睛不要老看在那几个人身上”，这既是对陆萍本人的安慰和劝解，也是一种化解矛盾的方式。更关键的是，他那种“对本身的荣枯没有什么感觉似的”忘我地把自己投入革命工作的态度，使陆萍所有建立在个体感觉基础上的不满和愤怒消于无形。如黄子平所说，这个“没有脚的人”是在举行一场“驱邪”仪式，使陆萍的矛盾、困惑和焦虑被看作“个人的问题”而取消其合法性。尽管这种劝解是温和的、安慰式的，但产生的效果和毛泽东的《讲话》对延安知识界的说服是一样的，并采取了同样的逻辑：“一切共产党员，一切革命家，一切革命的文艺工作者，都应该学鲁迅的榜样，做无产阶级和人民大众的‘牛’，鞠躬尽瘁，死而后已”，“这个过程可能而且一定会发生许多痛苦，许多摩擦，但是只要大家有决心，这些要求是能够达到的”。[56]

从这样的角度来看，《在医院中》尽管是写于文艺座谈会之前的作品，但丁玲已经在进行一场类似于座谈会式的自我说服。因此在很大程度上，这篇小说可以作为丁玲在整风前后心路历程的一则象征性寓言。这种“自我说服”动力的存在表明，丁玲的转变并非完全来自外部的压力，而同时也是她作为一个革命者和党员对自我的要求。这使我们可以摆脱那种“外在压力”与“自我屈服”的简单二分法，从更为复杂的维度上来理解丁玲的变化。小说让陆萍离开医院，并不是为了逃避矛盾，而是丁玲从心理空间上取消了陆萍遭遇的问题所具有的合法性，并将那看作已经彻底解决的问题而予以放弃，从而以全新的姿态投入《讲话》所指示的新话语秩序当中。因此，《在医院中》可以看作一次矛盾解决之前的“集中发作”，这种集中发作与其说是为了证实对抗的合法性，不如说是为了更清楚地看清矛盾之所在，从而寻求从内部克服它的可能性。

2. 与环境的冲突

小说把人物活动的环境放在冬天，寒冷、困顿而艰涩。“感觉得在身体的周围，有一种怕人的冷气袭来，薄弱的，黄昏的阳光照在那黑的土墙上，浮着一层凄惨的寂寞的光。人就像处在一个幽暗的，却是半透明的那末一个世界，与现世脱离了似的。”这是人物对所处现实的描绘，也是一种心灵世界的象征性呈现，这是一个幽暗无光的隐秘的内心世界。与许多作品所描写的洋溢着歌声、青春和阳光的延安及革命边区相比，《在医院中》这种描写也可以视为对革命圣地背面角落的象征性心理呈现。

陆萍对所处处境的不满有双重原因：她做一个“活跃的政治工作者”的愿望和按照“党的需要”做一个“很普通的助产婆”的现实之间的冲突，以及沉闷平庸的医院环境和她的热情干预之间的矛盾。种田出身的院长、指导员、化验室的林莎、文化教员张芳子、具有绅士风度的产科主任和他“仙子下临凡世”的夫人，以及产科室的看护和病人，这个“麻雀虽小，五脏俱全”的现代机构中活动着的形形色色的人们中间，涌动着一股麻木、冷漠和苟安的气息。陆萍对工作的热情，她“成为习惯的道德心”，特别是“有足够的热情和很少的世故”的意见，使她和这环境中的人们产生碰撞。她提出的意见“已被大家承认是好的，也决不是完全行不通的。不过太新奇了，对于已成为惯例的生活就显得不平凡。但作为反对她的主要理由便是没有人力和物力”。在这所医院中，陆萍只有两个朋友，“结实、单纯、老练”的外科室助理黎涯，“最沉默”却“常常写点短篇小说或短剧”、谈起闲天来漫无止境的外科医生郑鹏。在这个平庸的环境里，唯有从这两个朋友那里，陆萍才能获得一些赞同和支持的力量。

陆萍对医院环境的不满在一次医疗事故中爆发出来，而且更糟糕的是，这冲突最终使她对自己的革命信念和革命本身的意义产生怀疑："她想为什么那晚有很多人在她身旁走过，却没有一个人援助她。她想院长为节省几十块钱，宁愿把病人，医生，看护来冒险。她回省她日常的生活，到底于革命有什么用？革命既然是为着广大的人类，为什么连最亲近的同志却这样缺少爱。"这种怀疑和困惑不仅使陆萍陷入"旧有的神经衰弱症"，而且"寻仇似的四处寻找着缝隙来进攻"。驱动陆萍在医院中斗争的理由，是更具现代意识的工作伦理和革命想象中对每个个体的关心和爱护。这里的冲突主要不在于"站在无产阶级方面来揭露小生产思想习气同现代科学技术及革命集体主义之间的尖锐矛盾"[57]，而是"从结构上看，'医院'这种社会部门却完全是'现代科学文化要求'的产物……如果说这个环境有'病态'的话，这已是以'现代方式'组织起来的'病态'。这样，陆萍等人的努力，实在是在要求'完善'这个环境的'现代性'"。[58]

从这样的层面来看，陆萍便非常具有象征意义，至少象征着1940—1942年活跃在延安的批判性文化人。《在医院中》选择的环境是一所刚刚开办的医院，而延安在当时整个中国的处境也具有这样的实验性质："边区究竟还是小范围的实验。"[59]一方面，这所医院已经建立起了一套现代的组织机构，从院长、医生、看护到各种各样的会议、申请、调查和汇报。但在这样的环境中，物质条件是艰苦的，寒冬的手术室里连个煤炉子都没有，只能靠三盆炭火供暖，终于导致煤气中毒事件。而人们对于医疗工作采取的主要是一种淡漠的态度，尤其是那几个做看护的，她们"不知是哪个机关的总务处长的老婆"，"毫无服务的精神，又懒又脏"，病人们"好像很怕生病，却不爱干净"。陆萍尤其厌恶的是这个医院的氛围："大家都很忙，成天嚷着技术上的学习，常常开会，可是为什么大家又很闲呢，互相传播着谁又和谁在谈恋爱了，谁是党员，谁不是，为什么不是呢，有问题，那就有嫌疑！”陆萍所要求的是改善手术的器械条件，让看护接受职业训练，使病人有“清洁被袄，暖和的住室，滋补的营养，有次序的生活”以及图画、书报、不拘形式的座谈会和小型的娱乐晚会。这些显然是更现代且理想化了的设想。

但陆萍的努力并没有产生相应的良好效果，反而使她陷入绝望的境地。自我的怀疑和周围人的冷淡、批评使她自问：她该同谁斗争呢？同所有人吗？要是她不同他们斗争，便应该让开，便不应该在这里使人感到麻烦。而且，她该到什么地方去呢？这似乎是个更关键的问题。她既不能如莎菲那样“搭车南下”去到“无人认识地方”，也没有一个贞贞那样的具有“新气象”的地方可以重新开始。小说写到陆萍在失眠的夜里得了思乡病，对于故乡长着绿草的原野、溪流、村落、各种不知名的大树、家里的庭院、母亲和弟弟妹妹、屋顶上的炊烟，以及幼小时的伴侣做了细致的描绘。这一虚幻的只存在于夜晚的冥想中的空间，具有“补偿”现实中所匮乏的情感特性。这是心理空间的另一极致，与“幽暗的，却是半透明的那末一个世界”同样具有“与现世脱离”的性质，是一个梦幻的世界。明丽的自然风光、家、母亲、亲人这些带有原始抚慰性符码的出现，暗示着陆萍对精神归属的渴求。

似乎并非偶然的，在陆萍与那个“没有腿的人”的谈话中，小说两次使用了这样的字眼：用一种“家里人”的亲切来接待她、“像同一个小弟妹们似的”向她述说着许多往事。可以说，在“没有腿的人”开始谈话之前，这种亲人似的感觉已经使陆萍得到了精神的满足。他既抚慰、认可她的努力，也指出她的问题所在：“你是一个好人，有好的气质，你一来我从你脸上就看出来了。可是你没有策略，你太年轻，不要急，慢慢来”，“眼睛不要老看在那几个人身上，否则你会被消磨下去的”。丁玲在文艺座谈会上的表态文章《关于立场问题我见》中说：“这里一定会有个别落后的人，和不合理的事情，宽容些看待他们，同情他们，因为这都是几千年来统治者所给予的压迫而得来的。……这里一定也会有对你的误解，损伤你的情感的地方，错误也不会完全在你，但耐心些，相信他们，相信事业，慢慢会弄明白的。”比照起来，两者的说法和逻辑是多么相似。

3．矛盾的解决与无法解决的部分

陆萍带着这样的安慰离去：“人是要经过千锤百炼而不消溶才能真真有用。人是在艰苦中成长。”这也就是说，解决矛盾的希望主要不在于环境的改变，而在于个人适应环境的能力。一个能够适应种种艰苦环境的人，才能不被“消溶”而成长为“有用”的，才是真正的胜利。这是一种特殊的思路，陆萍正是在这种思路中取消了她和环境之间的改变与被改变、压迫与反抗的对立关系。这样的思路同样体现在文艺座谈会后的丁玲身上：“在克服一切不愉快的情感中，在群众的斗争中，人会不觉地转变的。转变到情感与理论一致，转变到愉快、单纯，转变到平凡，然而却是多么亲切地理解一切。”[60]

这种描述包含两个层面的含义。其一是针对提出批判的个体即针对“人”的，要求她从一种格格不入甚至高高在上的精英姿态转变为“愉快、单纯”和“平凡”。这种精神状态如白露所指出的，正是丁玲在《“三八”节有感》中提出的“小话”，即个体的意志与修养。这意味着不要被“不愉快的情感”压倒，而应当不仅“愉快”而且“单纯”，只想着如何做好革命工作，而不要急于求成。同时，“平凡”两个字的出现，也意味着对陆萍式的个人主义思想的摒弃，即将自己视为革命工作的一部分，而不要过多地关注自我。这正是“没有腿的人”所具有的那种“对本身的荣枯没有什么感觉似的”的精神状态。其二是在个体意志和修养之外针对个体与环境的关系的，即“情感与理论一致”和“亲切地理解一切”。对于陆萍而言，在理论上，她自信自己是个革命者，而在情感上她却无法从革命的现实中获得满足。或许关键在于，她总是在索取着周围和外部来满足她的情感想象，即便在付出相应的努力时，也期待人们的呼应和回馈。一旦这些得不到满足，她对革命的想象就出现了危机。这或许正是一种“做客人”式的革命想象，即要求现实中已经存在着一种相应的革命现实，而不是通过自己的行动和努力来使革命成为她想象的样子。从这一角度，在丁玲的作品序列中，从陆萍到杜晚香才真正完成了革命主体的塑造过程。杜晚香区别于陆萍的最大特点在于她对环境没有任何抱怨，哪怕是在贫瘠荒凉的乡村，她也要像一枝红杏，“不管风残雨暴，黄沙遍野，她总是在那乱石墙后，争先恐后地怒放出来，以她的鲜艳，唤醒这荒凉的山沟，给受苦人以安慰，而且鼓舞着她们去作向往光明的遐想”。[61]

三十多年后，丁玲在《杜晚香》中写下的理想革命者或许正是对在《在医院中》的那个“没有腿的人”的革命主体形象的重申。而此后的时间里，丁玲正是在这样的意义上努力把自己转变成一个“有用”的人。不过，对于陆萍的逻辑而言，这里仍旧存在许多裂缝和疑问。裂缝之一来自她自身。在那些失眠的夜晚，陆萍尖锐地质问：“革命既然是为着广大的人类，为什么连最亲近的同志却这样缺少爱？”这时，她认为这种同志之爱是需要别人给予的，而自己一旦付出没有获得相应回馈便万般不满。但杜晚香或许认为，这同志之爱正应该由她自己去付出去给予。在这个意义上，从陆萍到杜晚香，丁玲还有许多路要走。

裂缝之二是革命主体与革命环境之间的互动互构性。也就是说，仅仅从革命者主体这一面提出问题无疑是不够的，还需要有一个中介性的存在，来呈现主体融入革命环境的路径。《在医院中》，“没有腿的人”扮演的就是这样一种中介性的角色。他的出现使陆萍看到了真正的革命者，并愿意像他那样去生活。她终于调整了看待自己和环境的关系的眼光和思路，“她并没去控告”，同时她也是“幸运地是被了解着的”。这使离开医院时的陆萍发出这样的感慨：“新的生活虽要开始，然而还有新的荆棘。人是要经过千锤百炼而不消溶才能真真有用。人是在艰苦中成长。”这段话已经不是“没有腿的人”原话的意思，而是陆萍的自我期许和精神觉悟。可以想见，如果没有这个“没有腿的人”存在，陆萍的精神转变将是不可能的。实际上，在小说的叙事上，“没有腿的人”的出现是颇为突兀的，以至于多年来人们都怀疑这是丁玲额外地添加到小说中的一个形象。

王增如、李向东两位研究者通过研究丁玲写于1942年的关于《在医院中》的检讨书的草稿，提到丁玲最初的写作设想，正是要针对那些陆萍式的精神脆弱的女性“写一篇小说来说服与鼓励她们”[62]。也就是说，小说原本并不是要欣赏陆萍们，而是要表现她的精神转变。但这个转变的过程在小说中发生的重心偏移，即从试图批判她们到过度细致地表现她们，由此导致转变过程在叙事上的突兀。这至少说明了两点：其一是在写作《在医院中》的时候，丁玲还没有找到脱离陆萍式精神状态的具体叙事方法；其二是丁玲自己完全意识到了陆萍式的精神状态的不足，有摆脱出来的意愿和动力，只是没有找到合适的路径和方法。这既是文学叙事的问题，也是作家的主体修养的问题。这正是丁玲从对革命的主观认同转向在实践中“亲切地理解一切”的成熟革命者所必然要经历的过程。《在医院中》这篇小说对于丁玲的象征意义也在于此。这篇呈现了如此之多的矛盾的小说，并不像惯常的理解那样是为了表现丁玲对革命的批判（莫若说是对某些革命者精神状态的批判），也不像为丁玲辩护的观点所呈现的那样——小说中并不存在对于革命问题的批判。在小说中，真正值得关注的正是写作者丁玲在意图和实际叙事上的这种分裂。但同样值得注意的是，这种分裂并不是对抗性的，而是可以弥合的，既意识到革命环境中的许多问题造成了陆萍式的困扰，同时相信可以通过革命主体的自我改造来缩短这种分裂的距离，并在这个过程中塑造出新的革命主体。这或许是更切近丁玲当时心态的一种基本逻辑。无论是那种要把丁玲塑造为批判革命的反抗者的思路，还是那种要把丁玲拔高为完美的革命者的讨论思路，都无法呈现延安转向前后丁玲的复杂性。这或许可以称为丁玲的“陆萍式难题”。

这个难题看起来是丁玲用解决性别问题的方式加以解决了，即通过回到革命主体的可生长性这一点将问题的解决放到了可期待的未来。但是，仍有一些问题没有解决，陆萍自我改造的目标到底是参照什么的“有用”？似乎是参照环境的“有用”。如若要成为一个“有用”的人，就必须融入环境之中，但在成为一个“愉快、单纯”和“平凡”的人的同时，那些曾经是“麻烦”的想法已经被改变了。或许丁玲曾经希望为自己留下一些可能的空间，从个体成长的角度来衡量是否有用。但事实上，这种纯粹个人的标准并不存在。当杜晚香成长为“在党的领导下，实事求是，老老实实按照党的要求，为共产主义事业奋斗终身”的优秀党员时，她仅仅是一个“齿轮与螺丝钉”。而那带动“齿轮与螺丝钉”转动的“机器”，却处在变动和调整的过程中，它本身缺乏一个像机器那样精确、客观的衡量标准。因此，从革命主体自我改造的这一面来说，丁玲是可以把握的，但从革命环境和情势的另一面，却并非能由丁玲所控制，这便是历史与主体的另一层矛盾了。

四、理论与情感的距离

延安文艺座谈会后，丁玲停止了杂文和小说的写作，参与到整风运动及随后的审干运动中去。她回忆当时的情形：“一九四二年我写了一篇《“三八”节有感》，当时虽然不曾受到很多批评，更没有受到任何处分。但背地里闲言碎语，叽叽喳喳，可能是很多的。一九四三年审干，我和许多被国民党逮捕过的同志们的命运相似，自然是逃不脱这个嫌那个嫌的。当面说的少，但背底下就多了。人言可畏……”[63]

可以看出，那段时间丁玲的处境颇为艰难。尽管整风运动主要采取说服、学习的方式，但在随后的审干运动（也称“抢救运动”）中，对王实味的批判和处理给不少延安知识分子以很大的心理压力和威慑作用。与萧军的强硬态度不同，丁玲在王实味问题上采取了毫不留情的批判姿态，沿用当时对王实味的政治定论称他有“掩藏在马克思主义招牌下的托派思想”和“反党的、反阶级的活动”，主张“全面打击他”，而且“要打落水狗”。丁玲的这种做法和姿态，一方面因为她已经很深地介入革命政权的内部，自觉地意识到不应该以“一个普通的编者的立场（非党报或党员）”来看待问题，因而必须采取与党一致的做法；另一方面，当个人行为和思想与党发生分歧时，面对党的绝对合法性，丁玲自觉地将个人想法降到次一等的位置，而不愿与之发生正面冲撞。“这（指《“三八”节有感》一文）对党是毫无益处且有障碍的，我再三的告诉你们，这不是好文章，读文件去吧，你们会懂得这话的意义”，尽管在这样的语句里依然可以部分地看出丁玲的锋芒，但更关键的在于她自此确立的以党性作为最高依据的思路。

作为后来者，我们或许可以轻率地指责丁玲（以及她那一代知识分子）缺乏独立的精神人格，但这种评价忽略的是历史当事人自身的逻辑和更多复杂的因素。在当时的历史情境下，作为自觉地把自己纳入以民族国家独立、阶级解放为目标的共产党组织的成员，个人与组织之间的关系并不是简单的对立关系，压迫与反抗的模式不足以解释丁玲处境的复杂性。从更深的层面上看，坚持暴露、批判的立场还是接受党性立场，是两种话语形态的冲突。相对于《讲话》建构的“在反帝反列强的前提下追求‘现代化’”“具有双重性、适应中国情况的现代性话语”[64]，以“自由、独立、人权、民主等”为核心范畴的启蒙主义话语并不具有充分的合法性。在更具体的层面，中国共产党建立的革命政权当时正处在生机勃勃的发展阶段：一方面它必须面对被封锁、被围困的艰难处境；另一方面，革命政权在尚未完成全面体制化之际，其革命精神和目标具有极强的感召力和动员效果。正如莫里斯·梅斯纳所说：“社会革命通过摧毁旧政权的政治机构和统治阶级，开辟社会采取新方向的途径，并且至少让人们有可能去创造更美好的新社会。”[65]这些都使得知识分子在道义和信仰的层面上必须与革命政权所强调的党性保持一致。至于他们的独特性要求和批判意识，则被推向次一等的位置，当时的首要任务在于把新话语付诸实践。

1. 经验与理论

由于《讲话》所确立的新话语对于旧话语（即“五四”传统确立的文学观念、作家位置、写作方式、思想意识等）采取了批判性的做法，而并不鼓励、关心两种话语形态之间连接的可能，因此，对于已经确立了自己艺术个性的作家而言，就始终处在“逐渐忘掉自己原来拥有的‘话’，同时学会说新的‘话’”的双重话语摩擦的过程中。如前所述，尽管作家们都对新话语表现出由衷的拥戴，并决心放弃旧的文学观念和写作形式，但事实上做到这一步并不容易。这造成了不少现代作家分裂症式的精神症候。相对而言，丁玲是其中克服了这一矛盾的成功者。

在文艺座谈会之后，丁玲信誓旦旦地表示：“改造，首先是缴纳一切武装的问题。既然是一个投降者，从那一阶级投降到这一个阶级来，就必须信任、看重新的阶级，而把自己的甲胄缴纳，即使有等身的著作，也要视为无物。”〔66〕这明确地表白了抛弃既有话语而学会新话语的决心。她把毛泽东所说的与工农兵结合解释为“从那一阶级投降到这一个阶级来”，无意间暴露出了其中权力关系和话语转换的被动性。但可以看出来，尽管丁玲接受了“投降”，但对于新话语的理解仍是经验主义的，即将其理解为一个已经存在的阶级实体。她仍旧没有放弃经验和体验在文学创作中的重要性，她所理解的实践《讲话》的方向也是“在现实生活中，在广大群众生活中，在与群众一起战斗中，改造自己，洗刷一切过去属于个人的情绪，而富有群众的生活知识、斗争知识，和集体精神、群众感情，并且试图来表现那些已经体验到的东西”〔67〕。这种对经验和体验的强调，使得她此后的作品，尤其是《太阳照在桑干河上》，仍保持了现实主义表达的生动性和丰富性。但这与毛泽东话语中所强调的理念化的“无产阶级觉悟”之间仍有差异。

如洪子诚所说：“以先验理想和政治乌托邦激情来改写现实，使文学作品‘比普通的实际生活更高，更强烈，更有集中性，更典型，更理想，因此就更带普遍性’的‘浪漫主义’，可以说是毛泽东文学观中主导的方面。”〔68〕《讲话》对政治观念的强调，与丁玲的理解有所不同。事实上，不仅丁玲如此，尽管作家们普遍接受了《讲话》的新文学观，但是他们在接受方式以及在文学创作实践的具体方式上都有所不同。这也可以说是一种政治元话语在具体实践方式，特别是文学实践方式上的不同。在丁玲这里，突出创作主体立场上的转移与在革命实践体验中深入群众主体的内在逻辑，是她的主要方式。正如她在1949年第一次文代会上的发言题目——“从群众中来，到群众中去”，强调的是作家的实践、体验和群众生活经验的重要性，而较少论及革命理论的意义。这一微妙的偏差使得丁玲虽写出了《太阳照在桑干河上》这一反映重大历史事件（即土地改革）的政治小说，但仍有难以被主流革命话语整合的缝隙存在。

而从作家的个体生存状况来看，1949年后，随着共产党政权的体制化越来越完善，丁玲占据的位置越来越重要。她不仅成为新话语实践的“生产者”，也是“监督者”，即行政机构当中的文化官员。在作家和文化官员这两种身份之间，丁玲更偏向她作为一个作家的职责和创作要求。这构成了20世纪40、50年代之交丁玲的主要矛盾。与此同时，《讲话》作为“唯一的方向”要求加以实践，作家创作空间的自由度越来越缩小，或者说，新旧话语缝合的痕迹越来越没有表达的可能性。从20世纪40、50年代之交丁玲公开发表的作品和文字来看，她似乎已经完全进入新话语之中了。但这是否意味着她真的完全忘记了旧话语？当时丁玲留下的私人日记中表现出的自我意识、情感结构、感知日常生活和琐屑人际关系的方式等，仍透露出与主流话语的深刻裂痕。

2. 纪实性与抒情性

1944年，丁玲被调到边区文协专门从事写作，并下到农村体验生活。这年6月，在参加完边区合作工作会议之后，她写成了报告文学《田保霖》。这篇为一个乡民办合作社主任所写的报告文学，尽管丁玲本人觉得“没有什么好”，却得到了毛泽东的高度赞赏。他在给丁玲、欧阳山的信中说：“我替中国人民庆祝，替你们两位的新写作作风庆祝！”[69]毛泽东所谓“好文章”的标准与丁玲并不相同，他是从搜集合作社会议的“材料”和作家“到工农兵当中去”“到群众

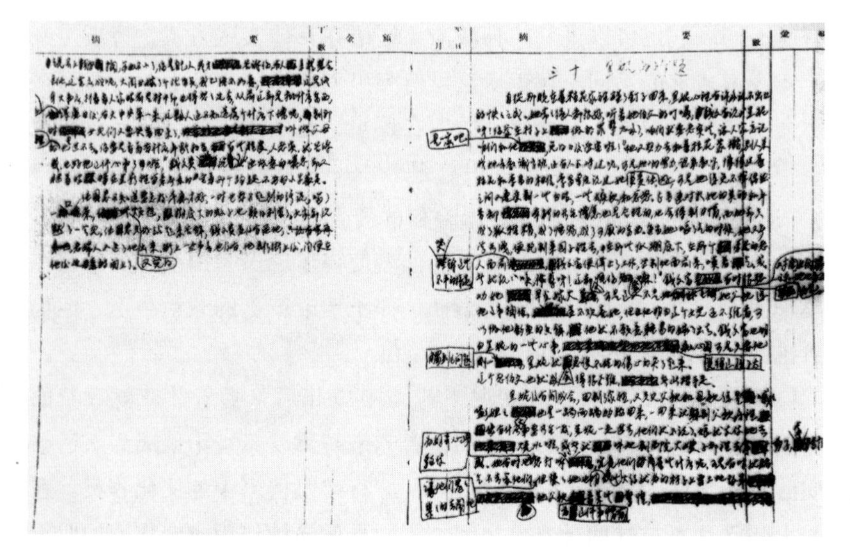

《太阳照在桑干河上》手稿

中去”这样的角度来说的。从作品本身来看，写作技巧上并没有多少可取之处，仅客观地展示一个曾做过买卖人的“平和诚实”的农民如何设法为合作社赚钱扩大生产，并当选为模范工作者的经历。

这篇报告文学基本不涉及人物“自主和独特的个人性格观念”，主要从外部表现和社会功能的角度呈现人物在介入边区集体活动时的感受和行为逻辑。尽管作品采取的是人物的主观视点，但这视点中几乎不掺杂任何自主因素，而仿佛被外力推举，支配人物行动的逻辑是“要好名声只有一条路，替老百姓办好事”。这种呈现人物主体性的方式显然与《一颗未出膛的枪弹》《我在霞村的时候》《新的信念》，甚至《夜》有了很大的不同：人物的个体性格几乎没有呈现，主体身份的复杂和暧昧性也得到了最大限度的消减，而仅由其外部表现和社会功能来标识。这种纯客观的表现方式可能是“了解对方的最好的办法，就是忘掉自己，站在对方的立场上”[70]，但在丁玲和她所表现的对象之间，还是可以感觉到有很大的隔阂存在。这种隔阂感使得人物形象相当生硬，并丧失了可能有的抒情性。但这种塑造人物的方法却成了此后丁玲文学创作的基本方法。在随后发表的《民间艺人李卜》《袁广

丁玲 1946 年 8 月在涿鹿县温泉屯参加土改工作

发——陕甘宁边区特等劳动英雄》等报告文学中，她基本延续了这一手法，并且在长篇小说《太阳照在桑干河上》中达到了纯熟的境地。

《太阳照在桑干河上》的写作始于 1946 年。抗战胜利后，丁玲离开陕北，原打算去往东北，由于国民党的封锁而滞留在张家口。离开生活了九年的陕北，长期积淀的情感使丁玲产生了一种怀念的心情："我忽然生长了一种感情，我深深地怀念起陕北的农民们来了，一个一个熟人涌上我的心头，我想写他们。"[71]这种情感因素成为丁玲创作《太阳照在桑干河上》的内在需求和心理积淀。不久，共产党中央政府发表"五四指示"，要求在解放区实行土地改革，丁玲在河北怀来、涿鹿一带参与土改工作。在涿鹿县，她有二十多天的时间直接领导了一个村子的土改运动。土改工作告一段落时，村子里召开了土地还家大会。那天正是中秋节，丁玲写道：

> 我在村里的小巷子内巡走，挨家挨户去拜访那些老年人，那些最苦的妇女们，那些积极分子，那些在斗争中走到最前边最勇敢的人们。月光像水似的涌入每一个小院，温柔的风轻轻送来

秋天的花香，在每一个小院里我看到了希望和肯定。他们在忙着，却又很安稳。家家的刀砧板都像打鼓似的响，他们都在包饺子。……忽然在我身上发生了一种异样的感情，我好像一下就更懂得了许多他们的历史，他们的性情，他们喜欢什么和不喜欢什么，我好像同他们在一道不只二十天，而是二十年，他们同我不只是在这一次工作中建立起来的朋友关系，而是老早就有了很深的交情。他们是在我脑子中生了根的人，许多许多熟人，老远的，甚至我小时看见的一些张三李四都在他们身上复活了、集中了。我爱他们……〔72〕

这段充满感情的话表明丁玲似乎达到了她曾经渴望达到的那种境界：情感与理论一致，愉快、单纯、平凡，“然而却是多么亲切地理解一切”。丁玲在关于立场的表述中，始终强调的是情感的成分，认为只有当情感和理论达到了一致，才表明立场真正转变过来了，并成为作品的抒情性因素的来源。这时的丁玲无疑达到了这样一种成熟的创作状态。《太阳照在桑干河上》也就是在这时开始动笔的。

3．政治主题与文学实践

丁玲在写作过程中曾有过两次重要的停顿：一次是1947年土地复查的时候，丁玲“搁下了笔，跟着去冀中行唐兜了一个圈子，最后回到阜平”；另一次是《中国土地法大纲》的颁布，丁玲“参加了党中央召开的土地会议，对继续写下去又有点动摇”，考虑再三，“决定先下去参加平分土地的工作”。〔73〕因此，小说的整体面貌和最初的设想不大一样。原来打算写农村革命的三个阶段——斗争、分地、参军，完成的小说实际上只写了“斗争”这一部分，其余部分则打算“另订计划”。

《太阳照在桑干河上》在表现主题上具有很强的规定性。它以土地改革这一重大的历史事件作为表现对象，而这一历史事件是直接处于共产党政权领导下的重要政治事件，因此，小说的内容必须与相关的土地改革政策不发生冲突，并成为土地改革运动的形象诠释和直观演示。丁玲很清楚地意识到，处理这种重大的历史事件，并不仅仅是虚构性的小说创造，而直接关系到如何准确地理解、诠释土地改革的政治意义，“他们会把我的书当作了解中国农村、了解土改情况、了解中国的新时代和中国新人的一个源泉”〔74〕。也正是在这样的意义上，这篇小说被后来的一些研究者视为“政治的教科书特别是全国性的土地改革的教科书”，成为“政治式的写作模式”，即“以社会政治分析和政治价值判断作为写作前提，以政治意识形态语言支配一切文学语言的写作方式”的代表。〔75〕

但是，从文本的具体内容来看，这篇小说显然并不完全是土改政策的观念式诠释。从人物形象、情节设计及小说的整体结构安排来看，小说试图将叙事重心放在比政策更深层面的内涵上，即农民在参与土地改革过程中历史观念和自我意识所发生的变化。因此，小说本身的性质就变得很含混，是介于纪实、政策演示和虚构性创造之间的一种特殊文学形态。如有研究者指出的：“尽管说明小说是根据个人参加土改的经历而创作出来是必要的——每一个写土改小说的作家都在序言中说明他亲身参加土改的时间和地点——但是《桑干河上》并不是历史现实的直接叙述，也不是凭空想象出来的。恰恰相反，它是一部虚构的作品，事件的选择和安排、它们的因果关系、一切事情的结局、整个情节的结构，都取决于土改的思想意义。”〔76〕丁玲在小说创作过程中的两次停顿，也正因意识到她的小说与现实政策之间的矛盾和冲突。作为一种叙事上的技术性处理，她省略了与土地政策直接相关的分地这一部分，而将重心放在土改工作队如何发动群众、确立其阶级主体性（即丁玲所谓“农民的变天思想”）。

小说把故事展开的空间放在桑干河畔一个名叫暖水屯的村子，以富裕中农顾涌从邻村赶回一辆马车进入村子开始，以农民开完土地还家大会、工作队离开暖水屯为结尾。主要叙事矛盾集中在如何发现隐藏很深的地主钱文贵，将他作为阶级敌人打倒。发现历史罪人的过程，也是农民改变传统尊卑观念、自我意识而确立起“翻身做主人”

意识的过程。这使得在这一封闭的乡村空间中发生的故事具有很大的象征意涵。象征意涵不仅表现在从具体村庄到中国、从个案到普遍性之间的延伸，同时也表现在以土地改革这一具体事件作为中国革命的象征。以土地改革作为主要内容的小说，除丁玲的《太阳照在桑干河上》，还有周立波的《暴风骤雨》。这篇小说也采取了和《太阳照在桑干河上》同样的写法，描写东北一个叫元茂屯的村子从土改工作队到达到翻身农民踊跃参军的全过程，并以毛泽东的《湖南农民运动考察报告》中的一段话作为全书的题记和主旨。同样的著作还有美国作家韩丁（William Hinton）1966年出版的《翻身》，写山西一个叫张庄的村子的土地改革过程，其副标题为“中国一个村庄的革命纪实”。在写法上，“兼用了小说家、新闻记者、社会学家以及历史学家的笔法。最后写出来的这本书，自己觉得无论在风格上或内容上都很像一部记录影片”[77]。韩丁所说的这种纪实性是三本反映土改运动的作品所共有的，但因为土地改革并非偶一发生而是在解放区（随后在全国范围内）推行的政治运动，因而对具体村庄的描写就成为全国性运动的一个缩影。故事情节的展开、人物的性格特点、矛盾冲突的设置，都受到土改这一事件的政治意义的限制。

土地改革这一历史事件包含一个基本的戏剧性动作——“翻身”，即被压迫的农民阶级推翻压迫力量而成为历史主体。因此，主要矛盾就是农民在怎样的情形下产生“仇恨意识”，并在打倒地主阶级的斗争中确立其阶级主体性。三部著作开篇或前部都有一个由“外部”进入的基本动作，即土改工作队的到来，这是唤起、推动农民改变自身处境的助推力，并以土改工作队的离去作为故事的终结。显然，这种由“外”而“内”的过程，表明农民的阶级意识并非天然获得的，而是在有意识的引导下激发出来的。从话语层面来说，这也是一种新的话语和社会象征秩序进入、发生冲突和完成的过程。唐小兵在分析《暴风骤雨》的开篇——工作队进入元茂屯时写道：“也可以说大马车的驶入及工作队的到来隐喻了新‘象征秩序’的强行插入。表达这一新‘象征秩序’的行为，正好是对田园景色所传达的和睦平静的否定，是唤起‘暴风骤雨’，是点燃‘报仇的大火’，是激扬起‘大河里的汹涌的波浪’——亦即发动以否定、破坏一切既成的规范、秩序和伦理为特色的群众运动。维系这一‘象征秩序’的基本策略则是暴力……这也就是《暴风骤雨》的意义逻辑和结构方式。”[78]

同样的阶级斗争逻辑也表现在《太阳照在桑干河上》这篇小说中。但与《暴风骤雨》不同的是，对于依赖暴力逻辑的阶级身份认同的形成和阶级意识的产生，丁玲在小说中表现出了更多的暧昧和复杂性。与《暴风骤雨》一样，《太阳照在桑干河上》同样开始于一辆马车的进入，但马车上坐的不是土改工作队成员，而是靠勤劳发家、对土地有着农民那种无止境欲望的富裕中农顾涌。他的阶级身份的暧昧性决定了这篇小说在人物的阶级特性上不可能如《暴风骤雨》那样分明。

4．劳动与阶级

工作队到来之前的前十节，小说用大量的笔墨来写暖水屯的人际关系和伦理秩序，以及“从灶头，从门后边转到地里，转到街头”的耳语，营造出一种躁动不安的氛围。就已经被政治话语定性为“历史罪人”的地主钱文贵而言，小说也没有把他简单表现为一般的地主。他没有大片的土地，也不是雄霸一方的恶霸，甚至“不做官，也不做乡长，甲长”。用以辨明“地主”的外在标记在这里都被取消，他有的是一份“势力”，“是一个唱傀儡戏的提线线的人”。与《暴风骤雨》主要通过直接的阶级冲突来唤起阶级意识不同，钱文贵的阶级身份的隐蔽性使得土改工作的展开变得困难，发现敌人的难度决定了这篇小说在结构方式上类似于侦探小说。乡村既有的人际关系和社会结构的复杂性也因此体现出来。

不仅如此，《太阳照在桑干河上》还设计了黑妮这样一个阶级身份暧昧的人物：她是钱文贵的侄女，但“住在这个家庭中，却并不受他们影响。她很富有同情心，爱劳动，心地纯洁”。划分阶级身份的标准在这里显得暧昧起来。这份暧昧性集中表现在农会主席程仁身上，他爱上了黑妮，但由于黑妮的阶级身份，不得不隐瞒自己的情感，直到他忽然意识到“她原来是一个可怜的孤儿”，解放被钱文贵所压迫的穷人，也就是要解放黑妮。对于具有诠释阶级划分的特权的工作队，丁玲也没有将他们看作绝对正确的化身，而是以嘲讽的笔调挖苦工作队组长文采夸夸其谈、不深入群众的教条主义作风。这可以看作暴露式写法在《太阳照在桑干河上》中的延续。

对于小说的叙事主体农民，《太阳照在桑干河上》着重表现的是他们对土地和劳动的热爱，尤其是“果树园闹腾起来了”这一节，优美地呈现了农民在收获劳动果实时的热闹而有条不紊的场景，“他们敏捷，灵巧，他们轻松，诙谐，他们忙而不乱，他们谨慎却又自如”。这一节压过了本应该成为全书高潮段落的“翻身乐”，而成为全部小说的精彩篇章。小说既描写了劳动中的农民，也描写了斗争中的农民，虽然显然是后者更能凸显阶级斗争的主题，但小说对于前者的描写显得更富于情感和灵动，而后者则相对平淡和表面化。从这里可以看出丁玲在如何理解革命主体农民这一问题上与政治话语之间的偏差和缝隙。她更偏重于表现农民对土地的欲望，他们在劳动中表现出来的美感。这无疑来自丁玲长期积淀的对于乡村农民的情感。正是这一部分的描写表现出了丁玲小说那种强烈的抒情性。

但是，相对于以“仇恨”作为主要逻辑的阶级性，这种理解并没有达到应有的激进程度，并与前者有着内在的冲突。作为中国革命的一个组成部分的农民革命，主要是发动农民参与、推动革命的发展，而不能停留在传统农民的情感特质之中。在革命话语与农民话语之间，前者是一个更高的层次，也是统摄后者、教育后者的绝对权威。其基本逻辑和叙事策略是一种仇恨和斗争意识。这种仇恨和斗争意识并不是在消灭地主阶级之后就不再存在，而应该成为把革命不断地向前推进的基本动力。如果把农民的阶级主体性仅仅定义在土地和劳动这一层面，就容易与革命的整体进程脱节，无法表现“报仇的火焰燃烧起来”的暴风骤雨般的气势。从《太阳照在桑干河上》的后半部分来看，在确定阶级敌人钱文贵之后，小说前部酝酿的那种“山雨欲来风满楼”的紧张氛围并没有发展出预期的“暴风骤雨”式的洗礼，反而在一种祥和的氛围中逐渐化解。这一方面是因为小说并没有设计"阶级敌人搞破坏"的情节来加强仇恨的爆发力，另一方面是因为作为"仇恨"的源发点的钱文贵并不是在对立冲突中被制服，而是在农民、工作队的内部矛盾得到协调之后似乎毫不费力地就被找了出来。

可以说，《太阳照在桑干河上》表现的是农民在新"象征秩序"给定的社会结构中如何培养自己的主体意识，而不是在激烈的矛盾冲突中形成革命的暴力逻辑。这也是丁玲建立在经验层面的现实主义和建立在观念层面的社会主义之间的裂隙和矛盾。正因如此，这篇小说从经验层面的现实主义角度被认为是具有文学感染力的作品。如冯雪峰所说："从对于人民的生活与斗争的深入的观察、体验与研究出发，对于社会能够在复杂和深广的基础上进行具体的和比较全面的分析，而排斥那从概念（不管那一类概念）出发以及概念化的道路。"[79]或如陈涌所说："恰恰是小说较为'现实主义的'的部分，而不是社会主义的部分，再一次抓住了读者的注意力。"[80]但从阶级斗争主题角度来看，这篇小说又受到这样的批评："作为一部描写中国土地改革的小说，它没有写出农民强烈的土地要求，它没有写出农民对地主阶级的仇恨，没有写出一个比较成功的新的农民形象，没有写出土改斗争中的党的领导形象，这不能不说是一种致命的缺点。"[81]到了50年代后期的反右扩大化运动中，由于阶级性描写的不纯粹，《太阳照在桑干河上》就被称为"丑化农民群众及其干部和流露反党情绪"[82]的作品了。

五、社会身份与自我意识的矛盾

1. 日记里的丁玲

20世纪40、50年代之交是丁玲声誉达到鼎盛的阶段。《太阳照在桑干河上》尽管在出版过程中遇到一些人事关系上的挫折，但很快于1948年9月在东北出版，并于1952年获得斯大林文学艺术奖金

1949 年 9 月，参加全国政协第一届全体会议时与部分文艺界代表在刚获得通过的国旗下合影

二等奖（1951 年度）。这也是中国作家个人在当时获得的最高国际奖项。这篇小说为丁玲带来了非凡的声誉。她不仅在有过国统区经历或来自国统区的作家当中出类拔萃，土生土长的解放区作家当中除了赵树理，也无人能与之比肩。新中国成立初期出版的将“五四”新文学和解放区文学经典化的大型丛书《中国人民文艺丛书》和《新文学选集》，均有她的作品（《太阳照在桑干河上》入选《中国人民文艺丛书》,《丁玲选集》入选《新文学选集》)。享此殊荣的作家除当时被誉为“赵树理方向”的赵树理之外，只有丁玲。

与此同时，丁玲也获得了种种政治地位和社会声誉。1948 年 11 月，丁玲第一次出国前往匈牙利参加世界民主妇联第二次代表大会，回国途中访问苏联。1949 年 7 月，参加第一次文代会，在会上作“从群众中来，到群众中去”的发言，并当选为文联常委和文协（作协前身）副主席；8 月，参加第一次全国妇女代表大会，当选为妇联常

1952 年 3 月 14 日，丁玲获知得到斯大林文学艺术奖金消息当日，摄于莫斯科

1954年12月，丁玲与周扬（右）、老舍（左）在莫斯科出席第二次全苏作家代表大会

委；9月，任刚刚创刊的《文艺报》主编，参加全国政协第一次代表大会，当选为全国政协委员；10月，当选为全国文化教育委员会委员，并率中国代表团赴苏联参加十月革命三十周年纪念大会。1950年，任文协党组书记、常务副主席，中央文学研究所（后改称中国作家协会文学讲习所）所长。1951年，调任中宣部文艺处处长。1952年，任《人民文学》主编。这些形形色色的职务表明了丁玲在当时得到社会认可的程度和她在新中国政权中占据的重要位置。

如果仅仅从这些公开的身份和材料中来了解丁玲的话，似乎应该说她已经完全进入新中国革命话语体制之中。在40—50年代这个中国社会发生重大转折的时期，伴随着新政权的确立，丁玲也处于绝对的中心位置。

但仅仅从体制化的位置和语言出发难以看到作家个人的精神状态是怎样的。当然，强调作家特殊的、个人性的精神状态并不意味着前者就是虚伪的，而后者才是真实的，而是说如果不了解纷纭多样的个体生存状态就不能形成对时代精神的更具感性的认识。更重要的是，在一个要求以统一的话语统摄公共与私人领域的时代，后来者往往难以获得相应的资料来了解作家如何去应对琐屑的日常生活，作家在度过那些并不重大、非政治化的时间时的精神状态是怎样的，情感反应方式是怎样的。葛兰西在分析资产阶级意识形态的“霸权统识”时，区分了“具有私人选择性”和“公共性”的两种机构，他认为家庭、教堂、工会、学校等看似“具有私人性选择”的机构正是“阶级意识形态的所在位置，传输了资产阶级的价值、愿望和规范”，“资产阶级遂行的支配，其本质在于他们已经在这些私人领域取得了霸权”[83]。从这样的角度来考察40—70年代的话语体制时更需要关心作家在私人领域——家庭生活、个人交往、日常生活等——如何表现，以考察文化领导权是否真正建立。

而讨论丁玲这一个案的便利之处在于她留下了一部分日记和信件，可供后来者考察她在公私两个不同领域中的表现。丁玲的丈夫陈明编选了12卷本的《丁玲全集》，其中第11卷发表了丁玲在1947—1954年的日记片段，第11—12卷发表了她部分私人信件。如果说丁玲在公开场合的演讲和发表的作品中采取了与主流话语一致的口径的话，那么，在这些私人性的日记和信件中则可以看到旧话语以怎样的形态存留在丁玲的感知结构当中，并形成了怎样的缝隙。如果说前者是新话语的练习和表述，那么后者则透露出新话语难以统识的感知系统的存在。

2. 爱情与幸福

这些日记和信件的很大部分是表露她对陈明的情感。与《“牛棚”小品》一样，这些文字所表达的对丈夫的依恋和思念，是真挚而感人的。在一封给女朋友的信中，她这样写道：“我很愉快，我很喜欢看见他睡在床上，一切都须要我，我很喜欢他在我的庇护之下生活。我觉得为他的健康、生命的存在而劳苦是我的幸福。”转而，她又自嘲道：“你看我这个四十多岁的人，还向你说些多么可笑的话啊！也

1958 年 2 月，与陈明在离京去北大荒前于多福巷家中

许这就是毫无意义的话。人应该老练起来，而我还这么幼稚！”[84] 已过不惑之年的丁玲，一面向女朋友不无自得地表露夫妻间的幸福感，另一面又意识到这种感觉的“毫无意义”。但这种看似毫无意义的体验，对于个体而言，却正是确立主体性的真实欲望。因此，丁玲所谓幸福并非夸饰之词，而是她借以确认个体生存意义的感觉方式的重要组成部分。在一封给陈明的信中，她把这种幸福感和她在文章中一贯倡导的“斗争哲学”做了对比：“离开你生活，并非生活的幸福，只是生活的奋斗，我需要奋斗，可是更需要幸福！奋斗可以使我坚强意志，幸福才能使我产生创作啊！”[85] 以这样的文字来参照《“三八”节有感》中丁玲所说的那些“小话”，特别是“幸福是暴风雨中的搏斗，而不是在月下弹琴，花前吟诗”，我们只能说这个私底下如此幸福的丁玲真的掉进“蔷薇色的温柔的梦幻”里了。

这种在私人生活中对爱情的依恋与丁玲同期作品中对爱情的描写之间，形成了一种分裂。在《太阳照在桑干河上》中，情节线索之一是农会主席程仁和地主家庭出身的黑妮的爱情故事。这份爱情始终处在矛盾状态之中，因为黑妮的阶级身份使程仁自觉地意识到这份感情的不合法，对黑妮的感情和他对党的忠诚之间发生了冲突，这使他处在深深的自责中。问题的最后解决依靠的是丁玲修改小说内容，调换黑妮的阶级身份，把她纳入被压迫群体之中。由此看来，在小说的表达中，“爱情和革命不可能产生真正、持久的冲突。爱情的地位被降低，它属于应该‘被删去的枝节问题’之一”〔86〕。

尽管现实生活中的情感并没有像小说中那样处于冲突状态，但革命和爱情所构成的矛盾关系隐晦地表明了两种话语的不和谐。在一篇日记里，从丁玲在描述自己阅读普希金的爱情小说时的感受可以更为明显地看到这种话语冲突的形态：

> 读了一本《复仇艳遇》，这是第三次或是第四次读它了。……他（小说中的男主人公）把自己生活中的一切，连复仇都消灭了，自己也不知在那里去活着，一切为了爱情，为了爱，尊贵的，崇高的，毫不自私的爱情。十九世纪的时候，作家们只能取爱情为题材，反对封建束缚，反对庸俗市侩，自私，这些英雄们之所以为英雄就在于他们不自私，他们能做人所不能为……白色的裙子，仅仅以其飘逝之后影便能迷惑一个英雄的灵魂吗？但其实我相信普希金的女性是真的，人的爱情常常就不知为什么会钟情的，这就似乎更增加悲剧的成份〔87〕。（1949年）

这段话里尽管有关于19世纪英雄人物的历史局限性的分析，但最后的重心仍落在爱情本身的绝对性和非理性。在这里看不到关于爱情的辩证理解或比爱情更高层次的话语的存在。如果联系她在《关于立场问题我见》中对小资产阶级阅读趣味的批判——“我们读过封建的文学、资产阶级的文学，古典的、浪漫的、象征的、现实主义的，当我们读这些书籍的时候，不一定已经具备了批判的眼光，懂得批判地接受遗产；或者还曾经被其中一些在今天看来也许是可笑的地方而深深地感动过。……这一些沉滤在我们的情感之中的杂质，是必须有一个长期而刻苦的学习才能完全清除干净的”〔88〕，《复仇艳遇》应该属于“可笑的地方”，属于应该被完全“清除干净”的“沉滤”在情感中的“杂质”。但显然，在日记这种私人性记录中，在完全是随机性的个人阅读中，主流革命话语机制在丁玲这里并没有即时启动，因而留下了这样一段议论。

3．自我的困扰

日记和信件的另一主要内容是对自我感觉的描述和对自我形象的评判。在1950年所写的《〈陕北风光〉校后感》中，丁玲把“革命”或“社会主义”与“个人主义”对立起来，认为自己走向革命的过程就是取消“时隐时现”的个人主义而走向“集体的英雄主义”的过程。这种二元对立的理解方式几乎成为革命时代讨论个人与集体、自我与社会、革命与个人主义的典型方式。衡定自我的唯一方式是“集体”和“革命”，只有在被纳入集体的革命行动或革命进程中之后，个人才是有意义的；同时，促使个人行动的动机只有和革命、和社会主义联系起来，才是允许被表达的。“革命”“社会主义”“集体”那毋庸置疑的合法性不仅构成对自我思考的压抑，同时也造成了个人性表达的匮乏。仅仅从个人、自我的角度来思考自己在社会中的位置和形象就变成了不能表述也不能谈论的禁区，更不用说以独立于革命的立场来表达对革命本身的反省和批判了。但这并不意味着作家们自我观看的意识就不存在。

在丁玲40年代后期的日记里，她不仅表露自己在那些“毫无意义”的时刻的情绪状态，也时时表现出对自我感觉和自我形象的关注：

> 这里很热闹，全部的人马都到了这里。我整天夹杂在这里面，并不感到舒服。我的不群众化，我的不随俗，是始终没有改变，我所欢喜的人与人的关系现在才觉得很不现实。为什么我总不能在别人发生趣味的东西上发生兴趣，总觉得大家都在学浅薄的低级的趣味。[89]

这段话写于《太阳照在桑干河上》写作过程中的第一次停顿时期，她在冀中平原做了半个月的调查访问后返回原驻地。此时距召开延安文艺座谈会已过了五年。在热闹的人群中，丁玲仍会有格格不入之感。难以揣测这里所说的“所欢喜的人与人的关系”是怎样的，但对于有细腻敏感的触觉和被毛泽东批评为有“名士气派”的丁玲，这种感觉到自己“不群众化”的时刻应该是不少的。即使在为自己的这一缺点而苦恼的时刻，丁玲也无法说服自己去习惯那种她认为是“浅薄的低级的趣味”。

另一段日记写于1948年途经西柏坡时，在那里她见到了毛泽东、江青、周恩来等人，同时也烦恼于《太阳照在桑干河上》受周扬的影响而迟迟不能出版：

> 我常常觉得有些人还欢喜我，又常常觉得有些人并不欢喜我。我欢喜那些我以为欢喜我的人，我常常不欢喜那些不欢喜我的人。我常常以为我是对的，因为我看见的就是如此。我现在不那样想了。有人之所以不喜欢我，是因为他看见了我的缺点；喜欢我的人是因为他看出了我还有长处。我保持我的长处，克服我的缺点不就全好么？只要我有作品，有好作品，我就一切都不怕，都不在乎，小人是没有办法的！[90]

这段几乎是完全自我关注的话，使人看不到革命话语的痕迹。事实上，在左翼集团内部，复杂而尖锐的冲突并非只存在于丁玲和周扬的关系当中，同样也存在于30年代的鲁迅和周扬之间，40年代的王实味和陈伯达之间，40—50年代的胡风、冯雪峰和周扬、张光年等人之间。“开始是由于文学主张的不同，和各文学派别的利益，后来由于政治集团因素的加入，冲突更加尖锐。”[91]这是左翼文坛引人注意的现象。正是这一矛盾的存在最后导致了丁玲在50年代的悲剧命运，同时它也是构成丁玲晚年种种行为方式和表达方式的重要因素。造成这种现象的原因显然可以找出很多，但等级化的话语体制和等级化的政权机制似乎是导致左翼内部产生剧烈的人事摩擦的关键原因之一。

处在这种紧张的人际关系之中，丁玲承受了很大的精神压力，也产生了自我怀疑。日记中有多处流露出她对周扬的不满以及对胡乔木等人袒护周扬的不满。尽管这些因素属于“非理论”层面的问题，但对于丁玲主体感的形成来看却并非小事。她表达出的自我焦虑和过度防范的心态，使她处在和《在医院中》的陆萍相近的处境和心态中。如果说陆萍尚有兄长般的“没有腿的人”向她展示“对本身的荣枯没有什么感觉”的精神境界，如果说《讲话》时期的丁玲尚可以用“耐心些，相信他们，相信事业，慢慢会弄明白的”来安慰自己，那么现实中与周扬的紧张关系却几乎没有什么化解的余地。她唯一相信的是“只要我有作品，有好作品，我就一切都不怕，都不在乎”。

丁玲对于自我形象的界定始终和作家的职责联系在一起。她的日记多次流露出对没完没了的会议的厌倦。1949 年，她写道：“我没有去北平开第一次全国妇女代表大会，从个人的利害上讲来，也许是错了。但我实在觉得老是开会开会做什么呢？已经有那么多人了，我就不必去，我愿意老是往下沉，往下沉，让我忘记了一些可怕的人的影子吧。在下层，在农民与工人之中，人就会愉快起来，就会坚强起来，就会工作起来。”[92]同年访苏归来后，她回想一年的时间以来“四处奔波，成绩很少”，警戒自己不要成为“一不学无术之作家”，并表示“我希望我立刻能下去，我不愿去北平参加全国文艺协会。但是不能……好吧，再开两个月会吧，以后不要再开了！让我能有两三年的写作时间，让我回到群众中去！”[93]

但这种创作与工作之间的矛盾并没有如丁玲所愿停止，反而几乎成了丁玲生活的主部。像丁玲这种很早便进入革命政权并在延安享受着“客人”般待遇的作家，对越来越健全的体制和权力运作的方式，显然缺乏足够的心理准备来适应。而从另一方面看，尽管丁玲有着种种逃脱权力摩擦的努力和愿望，但仍身不由己地卷入其中。在越来越纯粹化的话语体制的筛选中，同时也是越来越尖锐的政治斗争的内耗和批判运动中，丁玲最终作为失败者被淘汰出局。

难以体会1957年10月丁玲在得知《关于批判丁玲、陈企霞反党集团经过的报告》和《关于丁玲、陈企霞反党集团分子的处理决定》时的心境。在被解除一切行政职务及刊物编委，开除党籍之后，丁玲要求和丈夫陈明一起下放到黑龙江汤原农场改造。1946年离开陕北时，丁玲曾希望到东北下到基层工作未能成行，她没有想到的是，十一年后，她真的到了那里，却是以戴罪流放的“反党分子”身份。《丁玲传》中写道：“她只有咬着牙说：‘我认了！’”[94]

结语：“有机知识分子”的难题

丁玲在50年代后期的悲剧性遭遇显示的是成功后的革命政权的内部损耗。无论怎么看待丁玲复出之后坚持革命话语的内在逻辑或话语逻辑，无可回避的是，80年代的革命话语显然已经和40年代有了很大的差别。这种差别的关键是它本身已经成为一种体制性话语。在如此迥异的历史情境之下，对这一话语本身提供有效的反省和反思，把这一话语的乌托邦目标从体制化的权力机器运作中剥离出来，重提革命的必要性和可能性，这可能是丁玲希望做到却难以做到的事情。

从丁玲介入中国革命的全过程来看，她一直试图将来自革命群众的经验性情感和抽象的阶级观念区分开来，并在对前者的体验中坚持改造自己的情感结构和感知体系。作为一个作家和革命者，她更关心的是情感和经验的契合度。也正因此，这里集中思考的乃是知识分子与革命之间的裂缝所蕴含的复杂的历史内涵，以及丁玲为何始终意识到这一裂缝又从未放弃过弥合这一裂缝的努力。值得思考的是，从20、30年代之交向左转开始她形成了两种不同的写作风格，经历延安整风运动之后，即便在40年代后期最为辉煌的时期，丁玲也仍旧显露出她和革命主流话语之间的矛盾性。但在经历了二十多年的苦难复出新时期文坛之后，丁玲不仅没有扩大自己的怀疑，反而更坚定地朝向弥合裂缝而努力。这是对体制话语的游戏规则了然于心而做出的一种违心姿态，还是真正做到了“对本身的荣枯没有什么感觉”而坚持革命话语有效性的崇高精神境界？

回答这样的问题，首先需要意识到，丁玲所形成的两套写作话语在不同时期的内涵有所不同。比如在30年代初期左转之后，这表现为革命者的自我分裂，其中尤以韦护这一形象最为典型（《韦护》），同时表现为丁玲在把握两种创作对象，即都市女性自我和工农形象的熟稔程度上的差异；30、40年代之交，丁玲到达延安之后，她的矛盾和分裂表现为批判性文化人与革命的实际要求之间的距离，并以她决定调整立场、探寻新的创作风格为新的转变契机；而在40、50年代之交，丁玲无论在创作上还是社会形象上，都已经成为中国革命的化身，而在她个人的话语系统特别是日记里，还保留了一个私人性的、触觉敏锐的自我。复出后在写作回忆北大荒农场生活的文章中，丁玲写下了“把心磨炼出厚厚的茧子”[95]这样的句子，如同当年到了延安之后她曾写到因为生活的缘故，感情变得很“粗”。经历了这些严酷的磨砺，丁玲复出之后仍旧写作了《“牛棚”小品》和《杜晚香》这两种风格的作品。

对于丁玲的全部写作而言，显然存在着公共写作和个人感觉体系的差别。但是，这与其说是丁玲革命改造不成功，不如说是她作为作家和革命者的诚实。丁玲曾这样评价自己：“有些人是天生的革命家，有些人是飞跃的革命家……但我总还是愿意用两条腿一步一步地走过来，走到真真能有点用处，真真是没有自己，也真真有些获得，获得些知识与真理。”[96]可以说，这些裂缝正是她始终在自我战斗中走过的轨迹。

更值得提及的是，这些在自我表白型话语脉络上写作的作品，从1929年的《韦护》到1978年的《“牛棚”小品》，事实上已经发生了极大的变化。这不再是一种与客观写作相对立的存在，而是构成了同一种写作主体的“内面”。在丁玲有关创作的理论文章中，修养和灵魂是关键词。她总是希望去写作那些她通过生活与实践体验到了的东西，并将这看作是作家修养的重要组成部分。也就是说，作家主体是一个媒介性的存在，革命实践、作家生活与文学创作在这里得到了统一。冯雪峰曾这样概括一个革命作家的主体构成："作者跟着人民革命的发展，不仅作为一个参与实际工作的实践者，并且作为一个艺术家，在长期艰苦而曲折的斗争中，改造和生长……她的意识的改造、思想的发展，艺术的成长，都要和革命的斗争历史、革命的人民的意识成长史放在一起去研究的。"[97]这是冯雪峰1947年在编辑《丁玲文集》时写下的文字，这些文字丁玲当然也看到过，而且这或许正是她一直在追求的一种境界。在这种描述中，作家的主体是不断地成长的，并且这种成长是与她的革命经验、与作为时代意识的"人民的意识成长史"紧密相关的。在这样的逻辑中，并不存在简单化的个人与革命的对立，而是个我与时代革命不断共生共长的过程。关键是这里不再有"私我"（但还是有"个我"），因而当革命的历史进程发生变异时，这个革命主体将以她的肉身形态承载革命的存在样态。或许，这才是丁玲写作《杜晚香》这样一个在艰苦的环境中创造出普通平凡革命者形象的内在逻辑。与这样的革命主体相比，《"牛棚"小品》虽然生动感人，却并不比杜晚香更真实。

在80年代的"历史反思""新启蒙"潮流中，革命反而成了人们难以理解的事情。这也使得丁玲的言论和做法在许多人眼中都难以理喻。作为"老左派"的晚年丁玲因此常常被人视为革命异化的象征性人物。这与其说是丁玲的问题，不如说更多的是时代的潮流出了问题。所以丁玲说她没有变，"依然故我"。意识到整个时代潮流的方向而仍不惮于逆向而行，坚持一生所追求的境界，这或许唯有丁玲能做到。但丁玲在她与20世纪中国革命共生的生命体验和文学创作实践中蕴含的诸多经验和问题，显然并没有得到有效的理解和阐释。

如果打破那种压抑与反抗的二元话语框架的限制，更深入地思考丁玲在作为革命者与自我的战斗过程中呈现的裂缝以及克服裂缝的艰苦努力，这或许正体现了葛兰西理论意义上的"有机知识分子"的难题。葛兰西在狱中十年留下的思考中多次谈到了知识分子与革命实践的关系问题。他将知识分子区分为两种，一种是传统知识分子，另一种是有机知识分子。与传统知识分子总是要表现出一种超然于政治践的“独立性”相比，有机知识分子明确地意识到自己的阶级归属，并永远积极地“介入纷繁复杂的社会生活”。在先锋党的政治实践中，有机知识分子将成为连接、沟通、凝聚革命政党与人民大众之间的“中间因素”[98]。这意味着在深入人民大众生活中体验、表现、组织群众的同时，也在教育、改造和提升自我。两者之间的互相教育、互相改造构成了革命政党实践的关键环节。葛兰西区分了“人民要素”和“知识分子要素”，他这样写道：人民要素“‘能感觉到’但是总是不知道或不理解；知识分子要素‘知道’但是总是不理解，特别是，总是感觉不到”。因此，“知识分子必须学会如何感觉到，如何成为其中的一员而且变得充满激情。只有那样，他们才能理解人民的愿望，在上面代表他们，然后向下面的他们阐释‘一种对世界更好（更加充分理论化的）设想’”[99]。

这样的理论阐释，与毛泽东所提出的“知识分子与工农相结合”，与丁玲反复谈及的“从群众中来，到群众中去”，特别是“在克服一切不愉快的情感中，在群众的斗争中，人会不觉地转变的。转变到情感与理论一致，转变到愉快、单纯，转变到平凡，然而却是多么亲切地理解一切”[100]这样的语句，有极大的契合度。这种契合不是偶然的，而应该说源自20世纪初期开始从俄罗斯到意大利到中国等国家共同展开的先锋党理论实践。丁玲无疑是一个典型的“有机知识分子”，与那些崇尚独立与自由的自由派知识分子相比，她是一个纯粹的革命者；但同时，她保留了更多知识分子的而非革命领袖的气质。她正是在冯雪峰描述出的革命实践、主体教育、文学实践的互动互构上理解自我，以表达出“人民意识的成长史”作为自己创作的目标。这种自我界定和构造方式体现出典型的“中间要素”的特点，既包含了“人民要素”（也就是那些经验的、情感的，“能感觉到”但“不知道或不理解”），也包含了“知识分子要素”（也就是那些理论的、观念的，“知道”但“不理解”或“感觉不到”）。丁玲的文学实践就一直在这两者之间展开。她的两种写作风格留下的裂缝，应该视为趋于统一主体的一个动态的、不断循环上升的过程。这或许也是丁玲晚年所说的“不断的扩大自我”的意思。

然而可惜的是，晚年的丁玲实际上并没有更重要的作品来见证她的这种思想。她一直在写作而又始终未完成的《在寒冷的日子》最终并未体现出新的创作风格。而她复出之后的多种表述话语之“旧”常会掩盖她思想体认的复杂性。杜晚香想要抛开别人替她写就的发言稿，用“自己的话”来讲自己的故事，但晚年丁玲并没有真正找到适合她自己的话语。对于与20世纪中国革命共生共长并一路在与自我的艰苦战斗中锻造着新的自我的丁玲而言，无论是简单的压抑与反抗的叙事模式，还是僵化的老左派话语模式，都不足以表达出她精神体验世界的复杂性和丰富性。如果说一种实践和思想的成熟需要文学来见证和表达，那么可以说这个过程在丁玲那里是未完成的。这也使得后来者在面对晚年丁玲时需要撬开语言的外壳，进入其内在逻辑去把握丁玲文学与思想的真正意涵。也正是在这样的意义上，她的创作经历以及她所袒露、所留下的种种裂缝，不应是将她的文学剥离出20世纪革命实践的鸿沟，而应该是一条条通向历史现场的道路和路标。或许唯有如此，丁玲个案的丰富意义才能真正呈现出来。

注　释

〔1〕　李陀：《丁玲不简单——革命时期知识分子在话语生产中的复杂角色》，收入《雪崩何处》，第139页。

〔2〕　以上引自高新民、张树军：《延安整风实录》，杭州：浙江人民出版社，2000年，第230页。

〔3〕　1943年4月22日党务广播中播发的《关于延安对文化人的工作的经验介绍》，引自《延安整风实录》，第227—228页。

〔4〕　丁玲在《延安文艺座谈会的前前后后》中提到这是当时文化沟的一份大墙报，是住在文化沟里的青委工作的人编的。他们还把每期墙报油印若干份，分送有关单位的负责人和领导人，收入《丁玲全集》第10卷，第273页。

〔5〕　丁玲：《战斗是享受》，收入《丁玲全集》第7卷，第54页。

〔6〕　［美］海伦·福斯特·斯诺：《中国新女性》，第218—219页。

〔7〕 丁玲：《我们需要杂文》，原载《解放日报》“文艺”副刊第 26 期，1941 年 10 月 23 日。收入《丁玲全集》第 7 卷，第 58—59 页。

〔8〕 罗烽：《还是杂文的时代》，原载《解放日报》副刊《文艺》第 101 期，1942 年 3 月 12 日。

〔9〕 相关讨论参见贺桂梅：《“革命＋恋爱”模式解析——早期普罗小说释读》，《文艺争鸣》2006 年第 4 期。

〔10〕［意］安东尼奥·葛兰西：《狱中札记》，曹雷雨等译，北京：中国社会科学出版社，2000 年，第 9—11 页。

〔11〕 毛泽东：《在延安文艺座谈会上的讲话》，收入《毛泽东选集》第 3 卷，第 871—874 页。

〔12〕 李欧梵：《文学趋势：通向革命之路，1927—1949 年》，《剑桥中华民国史（1912—1949 年）》下卷，第 555—556 页。

〔13〕 毛泽东：《在延安文艺座谈会上的讲话》，收入《毛泽东选集》第 3 卷，第 866 页。

〔14〕 相关介绍和分析参见胡乔木的《胡乔木回忆毛泽东》，北京：人民出版社，2014 年；艾晓明：《中国左翼文学思潮探源》，北京大学出版社，2007 年。另见丁世俊：《记一篇列宁著作旧译文〈党的组织与党的文学〉的修订——兼记胡乔木与修订工作》，《马克思恩格斯列宁斯大林研究》2001 年第 2 期。

〔15〕 毛泽东：《在延安文艺座谈会上的讲话》，收入《毛泽东选集》第 3 卷，第 855 页。

〔16〕［美］莫里斯·梅斯纳：《毛泽东的中国及其发展——中华人民共和国史》，第 55 页。

〔17〕 李陀：《丁玲不简单——革命时期知识分子在话语生产中的复杂角色》，收入《雪崩何处》，第 128—155 页。

〔18〕 毛泽东的《在延安文艺座谈会上的讲话》正式发表要到 1943 年 10 月 19 日。

〔19〕 毛泽东：《在延安文艺座谈会上的讲话》，收入《毛泽东选集》第 3 卷，第 848 页。

〔20〕 同上书，第 874 页。

〔21〕 参见刘奎：《有经有权——郭沫若与毛泽东文艺体系的传播与建立》，《东岳论丛》2018 年第 1 期。

〔22〕 毛泽东：《在鲁迅艺术学院的讲话》，收入《毛泽东文集》第 2 卷，北京：人民出版社，1993 年，第 121—125 页。

〔23〕 毛泽东：《应当重视电影〈武训传〉的讨论》，收入《毛泽东选集》第 5 卷，北京：人民出版社，1977 年，第 47 页。

〔24〕［意］安东尼奥·葛兰西：《狱中札记》，第 167—231 页。

〔25〕［英］Alan Swingewood：《大众文化的迷思》，冯建三译，台北：远流出版事业股份有限公司，1997 年，第 78 页。

〔26〕 参见贺桂梅：《“民族形式”问题与中国当代文学（1940—70 年代）的理论重构》，《文艺理论与批评》2019 年第 1 期。

〔27〕 李陀：《丁玲不简单——革命时期知识分子在话语生产中的复杂角色》，收入《雪崩何处》，第 147—148 页。

〔28〕 丁玲：《关于立场问题我见》，收入《丁玲全集》第 7 卷，第 66 页。

〔29〕 丁玲：《〈陕北风光〉校后感》，收入《丁玲全集》第 9 卷，第 50 页。

〔30〕 丁玲：《关于立场问题我见》，收入《丁玲全集》第 7 卷，第 69 页。

〔31〕 丁玲：《文艺界对王实味应有的态度及反省——六月十一日在中央研究院与王实味思想作斗争的座谈会上的发言》，原载《解放日报》1942 年 6 月 16 日，收入《丁玲全集》

第 7 卷，第 75 页。

〔32〕 茅盾：《茅盾选集·自序》，上海：开明书店，1952 年。

〔33〕 巴金：《巴金选集·自序》，上海：开明书店，1951 年。

〔34〕 张天翼：《张天翼选集·自序》，上海：开明书店，1951 年。

〔35〕 曹禺：《曹禺选集·自序》，上海：开明书店，1951 年。

〔36〕 赵超构：《延安一月》，收入《毛泽东访问记》，第 64—65 页。

〔37〕 20 世纪初，曾有无政府主义者倡导“毁家革命”：“自有家而后各私其妻，于是有夫权。自有家而后各私其子，于是有父权。私而不已则必争，争而不已则必乱，欲平争止乱，于是有君权。夫夫权、父权、君权，皆强权也，皆不容于大同世界者也，然溯其始，则起于有家，故家者，实万恶之源也。”（鞠普：《毁家谭》，《新世纪》1908 年第 49 期）

〔38〕 李陀：《丁玲不简单——革命时期知识分子在话语生产中的复杂角色》，收入《雪崩何处》，第 142 页。

〔39〕 朱鸿召：《丁玲到延安后的思想波澜》，《中国现代、当代文学研究》，1999 年第 9 期。

〔40〕 林默涵：《解放后十七年文艺战线上的思想斗争》，《人民文学》1978 年 5 月。

〔41〕 延安整风运动编写组编：《延安整风运动纪事》（内部发行），北京：求实出版社，1982 年，第 10 页。

〔42〕 刘禾的《文本、批评与民族国家文学——〈生死场〉的启示》（收入唐小兵编《再解读——大众文艺与意识形态》，香港：牛津大学出版社，1993 年），通过对萧红小说《生死场》的分析，展示了女性话语和民族国家话语的内在冲突。

〔43〕 丁玲：《文艺界对王实味应有的态度及反省——六月十一日在中央研究院与王实味思想作斗争的座谈会上的发言》，收入《丁玲全集》第 7 卷，第 74—75 页。

〔44〕［美］唐尼·白露：《〈“三八”节有感〉和丁玲的女权主义在她文学作品中的表现》，收入《丁玲研究在国外》，第 292—293 页。

〔45〕 丁玲：《“三八”节有感》，收入《丁玲全集》第 7 卷，第 63 页。

〔46〕 茅盾：《〈呼兰河传〉序》，《茅盾论中国现代作家作品》，第 291 页。

〔47〕 丁玲：《风雨中忆萧红》，收入《丁玲全集》第 5 卷，第 136—137 页。

〔48〕 汪洪编：《左右说丁玲》，第 195 页。

〔49〕 丁玲：《庆祝〈时代妇女〉发刊》，收入《丁玲全集》第 9 卷，第 42—43 页。

〔50〕 燎荧：《“人……在艰苦中生长”——评丁玲同志的〈在医院中时〉》，原载《解放日报》1942 年 6 月 10 日，收入《丁玲研究资料》。

〔51〕 1958 年 1 月 28 日《文艺报》第二期的“再批判”专辑，再度发表丁玲的小说《在医院中》、杂文《“三八”节有感》与王实味、萧军、罗烽、艾青等写于整风运动前的文章，并发表了由张光年等执笔、毛泽东修改的“编者按”。

〔52〕 周扬：《文艺战线上的一场大辩论》，《人民日报》1958 年 2 月 28 日，《文艺报》1958 年第 5 期。

〔53〕 严家炎：《现代文学史上的一桩旧案——重评丁玲小说〈在医院中〉》，原载《钟山》1981 年第 1 期，收入严家炎的《求实集——中国现代文学论集》，北京大学出版社，1983 年，第 200 页。

〔54〕 黄子平：《病的隐喻与文学生产——丁玲的〈在医院中〉及其他》，收入唐小兵编《再解读——大众文艺与意识形态》，第 57—58 页。

〔55〕［美］唐尼·白露：《〈“三八”节有感〉和丁玲的女权主义在她文学作品中的表现》，收入《丁玲研究在国外》，第290页。
〔56〕毛泽东：《在延安文艺座谈会上的讲话》，收入《毛泽东选集》第3卷，第877页。
〔57〕严家炎：《现代文学史上的一桩旧案——重评丁玲小说〈在医院中〉》，收入《求实集——中国现代文学论集》，第204页。
〔58〕黄子平：《病的隐喻与文学生产——丁玲的〈在医院中〉及其他》，收入唐小兵编《再解读——大众文艺与意识形态》，第57—58页。
〔59〕赵超构：《延安一月》，收入《毛泽东访问记》，第88页。
〔60〕丁玲：《关于立场问题我见》，《丁玲全集》第7卷，第69页。
〔61〕丁玲：《杜晚香》，收入《丁玲近作》，第2—3页。
〔62〕王增如、李向东：《读丁玲〈关于《在医院中》(草稿)〉》，《中国现代文学研究丛刊》2007年第6期。
〔63〕丁玲：《毛主席给我们的一封信》，收入《丁玲全集》第10卷，第286页。
〔64〕李陀：《丁玲不简单——革命时期知识分子在话语生产中的复杂角色》，收入《雪崩何处》，第15页。
〔65〕［美］莫里斯·梅斯纳：《毛泽东的中国及其发展——中华人民共和国史》，第64页。
〔66〕丁玲：《关于立场问题我见》，收入《丁玲全集》第7卷，第69页。
〔67〕丁玲：《从群众中来，到群众中去》，收入《丁玲全集》第7卷，第108页。
〔68〕洪子诚：《中国当代文学史》，第12—13页。
〔69〕毛泽东：《致丁玲、欧阳山》(1944年7月1日)，收入《毛泽东书信选集》，北京：人民出版社，1983年，第233页。
〔70〕［日］尾坂德司：《〈丁玲作品集〉日文版后记》，魏励译，收入《丁玲研究在国外》，第49页。
〔71〕丁玲：《一点经验》，收入《丁玲全集》第7卷，第415页。
〔72〕同上书，第417页。
〔73〕丁玲：《序〈桑干河上〉》，收入《丁玲全集》第9卷，第45—46页。
〔74〕丁玲：《〈太阳照在桑干河上〉俄译本前言》，收入《丁玲全集》第9卷，第47页。
〔75〕刘再复、林岗：《中国现代小说的政治式写作——从〈春蚕〉到〈太阳照在桑干河上〉》，收入唐小兵编《再解读——大众文艺与意识形态》，第90—91页。
〔76〕［美］梅仪慈：《〈太阳照在桑干河上〉》，收入《丁玲研究在国外》，第322页。
〔77〕［美］韩丁：《翻身——中国一个村庄的革命纪实》“序言”，韩倞等译，北京出版社，1980年，第4—5页。
〔78〕唐小兵：《暴力的辩证法——重读〈暴风骤雨〉》，收入唐小兵编《再解读——大众文艺与意识形态》，第118—119页。
〔79〕冯雪峰：《〈太阳照在桑干河上〉在我们文学发展上的意义》，原载《文艺报》1952年5月第10号。收入《雪峰文集》第2卷，北京：人民文学出版社，1983年，第417页。
〔80〕陈涌：《丁玲的〈太阳照在桑干河上〉》，《人民文学》1950年第2卷第5期。
〔81〕竹可羽：《论〈太阳照在桑干河上〉》，《人民文学》1957年第10期。
〔82〕王燎荧：《〈太阳照在桑干河上〉究竟是什么样的作品》，《文学评论》1959年第1期。
〔83〕［英］Alan Swingewood：《大众文化的迷思》，第127—128页。
〔84〕《致逯斐》(1947年)，收入《丁玲全集》第12卷，第35页。

〔85〕《致陈明》（1948 年），收入《丁玲全集》第 11 卷，第 62 页。

〔86〕［美］梅仪慈：《〈太阳照在桑干河上〉》，收入《丁玲研究在国外》，第 309 页。

〔87〕丁玲日记（1949 年 3 月 15 日），收入《丁玲文集》第 9 卷，长沙：湖南文艺出版社，1995 年，第 275 页。

〔88〕丁玲：《关于立场问题我见》. 收入《丁玲全集》第 7 卷，第 67 页

〔89〕丁玲日记（1947 年 5 月 29 日），收入《丁玲全集》第 11 卷，第 336 页。

〔90〕丁玲日记（1948 年 6 月 22 日），收入《丁玲全集》第 11 卷，第 342 页。

〔91〕洪子诚：《中国当代文学史》，第 40 页。

〔92〕丁玲日记（1949 年 3 月 14 日），收入《丁玲全集》第 11 卷，第 367—368 页。

〔93〕丁玲日记（1949 年 4 月 24 日），收入《丁玲全集》第 11 卷，第 379—380 页。

〔94〕周良沛：《丁玲传》，第 564—565 页。

〔95〕丁玲：《风雪人间》，收入《丁玲全集》第 10 卷，第 182 页。

〔96〕丁玲：《〈陕北风光〉校后感》，收入《丁玲全集》第 9 卷，第 50 页。

〔97〕冯雪峰：《从〈梦珂〉到〈夜〉——〈丁玲文集〉后记》，收入《丁玲研究资料》，第 297 页。

〔98〕［意］安东尼奥·葛兰西：《现代君主论》，陈越译，上海人民出版社，2006 年，第 30—33 页。

〔99〕［英］斯蒂夫·琼斯：《导读葛兰西》，相明译，重庆大学出版社，2014 年，第 114—115 页。

〔100〕丁玲：《关于立场问题我见》，收入《丁玲全集》第 7 卷，第 69 页。

第六章

赵树理（上）：

评价史与当代文学的生成

赵树理，1956 年，汤姆 · 哈金斯摄影

引论：当代文坛格局中的赵树理

在20世纪40—50年代的中国社会、文化转型过程中，赵树理属于顺应时代潮流而一举成名的明星式作家。曾于1947年访问解放区的美国记者杰克·贝尔登在他的《中国震撼世界》中说，赵树理“可能是共产党地区中除了毛泽东、朱德之外最出名的人了。其实，他是闻名于全中国的”[1]。而赵树理的同时代作家孙犁则说：“这一作家的陡然兴起，是应大时代的需要产生的。是应运而生，时势造英雄。”[2]这里所谓的时势，显然直接地联系着40—50年代转型期中国社会的剧烈变动，特别是由新话语建构而成的文化秩序。如果说，对于许多现代作家，如丁玲、沈从文、冯至、萧乾等而言，这一社会变动和新话语秩序是一种或主动或被迫地去适应的陌生状况，那么对赵树理而言，则是如鱼得水。毛泽东1942年发表的《在延安文艺座谈会上的讲话》与赵树理当时的文学观念和文艺实践可以说一拍即合，并为他的成名起到了决定性作用。因而，他说：“毛主席的《讲话》传到太行山区之后，我像翻了身的农民一样感到高兴。我那时虽然还没有见过毛主席，可是我觉得毛主席是那么了解我，说出了我心里想要说的话。十几年来，我和爱好文艺的熟人们争论的但始终没有得到人们同意的问题，在《讲话》中成了提倡的、合法的东西了。我心里有一种说不出的高兴。”[3]正是这样一种与毛泽东文艺思想的内在契合使得在根据地和解放区广泛流传的赵树理的作品，经由彭德怀、周扬、茅盾、郭沫若等人的热情推荐而传播至全国。晋冀鲁豫边区文联还于1947年提出了“赵树理方向”。

可以说，赵树理是《讲话》之后最为成功的中国当代作家。因此，周扬在1946年即宣称赵树理的作品“是毛泽东文艺思想在创作上实践的一个胜利”[4]。不仅在中国如此，在那些对中国革命及其人民文学感兴趣的国家和地区，赵树理也迅速成为人们热切关注的对象。日本的中国学研究者洲之内彻曾在50年代的一篇文章中这样说道：“今天，在我国，赵树理是引人注目的。这似乎是与他由中共提拔起来的这一点大有关系，对共产党的关心，在今天的日本是非常强烈的。人们希望了解中共所做的事情，希望了解中共的文学。这种兴趣就转向了赵树理”[5]。另一位日本学者竹内好，则把赵树理放到整个20世纪中国新文学展开的历史脉络中，提出“在赵树理的文学中，既包含了现代文学，同时又超越了现代文学。至少是有这种可能性。这也就是赵树理的新颖性”[6]。

可以说，赵树理是代表了40—50年代转型后新话语秩序的典范性作家。通过这个作家个案可以进一步了解《讲话》提出之后当代文学规范的具体内涵是如何确立的，是以怎样的方式实践于文学创作之中，并形成了何种形态的新文学。与此同时也要注意到，赵树理的文艺实践本身也有值得探究的特殊性，而并不仅仅是毛泽东话语的图解或转译。一方面，他坚持批判“五四”新文学传统的文学观念和写作方式的局限性，提倡“通俗化”的文艺观和创作实践，他对《讲话》的呼应正是以此为基础；同时，他与以毛泽东文艺观为核心的当代文学规范具有内在的契合，也存在微妙的摩擦和错位，正是这一点造成了当代文学不同时期对赵树理的不同评价。因而，经由分析对赵树理的评价，可以勾连起“五四”新文学、以民间文艺为基础的解放区文学和新中国当代文学规范这三者之间的复杂关系，从而把对40—50年代转型的探讨引向更深层的话语冲撞、磨合和重构的层面。在这个意义上，尽管赵树理属于《讲话》之后出现的当代作家序列，不同于丁玲、沈从文等《讲话》前就已形成独特艺术个性的现代作家，但仍属于能够体现出40—50年代文学格局变动历史内涵的典型作家之一。

赵树理曾这样表达他的写作理想："我不想上文坛，不想做文坛文学家。我只想上'文摊'，写些小本子夹在卖小唱本的摊子里去赶庙会，三两个铜板可以买一本，这样一步一步地去夺取那些封建小唱本的阵地。做这样一个文摊文学家，就是我的志愿。"[7]这样一个立志做"文摊文学家"的作家，却成了50—70年代一度声誉最高的作家，也是被列入当代文学经典序列的为数不多的作家之一。在1956年第二次中国作家协会理事扩大会议上，周扬在报告中甚至把他和郭沫若、茅盾、巴金、老舍、曹禺一并称为"语言艺术大师"。但这种盛誉，对赵树理来说，似乎并非他的初衷。孙犁这样描写1949年从山西农村进入北京城后的赵树理："他被展览在这新解放的，急剧变化的，人物复杂的大城市里。……就如同从山地和旷野移到城市来的一些花树，它们当年开放的花朵，颜色就有些暗淡了。"[8]孙犁这番感慨，似有他个人的体验在其中[9]，不过也呈现出了赵树理进城之后的某种遭遇和心态。以"山地和旷野"中的"花树"来形容赵树理，并非始自孙犁。早在1946年郭沫若以欣喜的笔调介绍赵树理时，就采用了这样的说法："这是一株在原野里成长起来的大树子，它扎根得很深，抽长得那么条畅，吐纳着大气和养料，那么不动声色地自然自在。"[10]这样一位充满浓郁的"山野气息"、由乡村知识分子而成长起来的作家，被纳入新中国文学秩序的中心位置，显然并非自然发生的，而是经历了当代文学批评的规范性话语的自觉建构。

事实上，现代文学史上任何作家的成名都有一个经由同时期的主流文学话语辨识、评判进而做出结构性定位的建构过程。刘禾在讨论"现代民族国家"和"现代文学"的关系时曾提出："以往对现代文学的研究都过于强调作家、文本或思想内容，然而，在民族国家这样一个论述空间里，'现代文学'这一概念还必须把作家和文本以外的全部文学实践纳入视野，尤其是现代文学批评、文学理论和文学史的建设及其运作。这些实践直接或间接地控制着文本的生产、接受、监督和历史评价，支配或企图支配人们的鉴赏活动，使其服从于民族国家的意志。”[11]而在40—50年代以毛泽东文艺思想为核心确立当代文学规范的过程中，对文学文本的“生产、接受、监督和历史评价”进行有意识地控制就表现得更为明显。这不仅表现在对沈从文、萧乾等作家不符合当代文学规范的自由主义立场的激烈批判，同时也表现在对赵树理这样的符合当代文学规范的作家的热烈褒扬和宣传。因而，要揭示赵树理的创作在40—50年代文学格局中所呈现的历史内涵，首先就不得不关注左翼（及1949年后的当代文学）的主流话语如何评价、定位赵树理，并通过怎样的运作方式在文学的整体格局中对其进行明确的定位。一方面，赵树理本身具有他的特殊性，对于左翼话语的规范性调控可能选择他个人的回应方式；另一方面，左翼的规范性话语本身也处在建构过程之中，因而在不同的时期（主要是40年代后期的解放战争时期和1949年后当代文学规范体制化时期）这一规范本身也在发生变化，存在不同文学力量之间的矛盾和冲突，因而，在对具体作家、作品的评价上也会做出更改，并按照自身的要求对作家提出更高的写作标准。

在这个层面上，清理40年代后期至“文革”前夕当代文坛对赵树理的评价史，便可由一个作家个案揭示出当代文学规范的具体运作方式、核心内涵的变迁以及这一话语本身的构造性。

一、《小二黑结婚》发表前后

1943年5月写出《小二黑结婚》时，赵树理是当时中共中央北方局党校调查研究室的成员。自1937年参加抗日活动并与八路军建立联系之后，赵树理作为山西游击队组织的干部，主要从事抗日宣传活动。这种宣传工作在农村地区进行，通过口头宣传来组织、动员农民。除编写剧本、辅导农村剧团并随团演出之外，还曾编辑《黄河日报》（路东版）副刊《山地》、《人民报》（中共太南地委机关报）副刊及《新华日报》周刊《中国人》。这些战时通俗小报的主要服务对象是文化程度不高的农民和战士，因而内容和形式都采取了底层民众熟悉和易于接受的通俗化方式。赵树理自己评价道："因为我出生于农村，对民间的戏剧、秧歌、小调等流行的简单艺术形式及农民的口头语言颇熟悉，所以，在口头宣传及写小传单方面，有一定的吸引群众的能力，也颇为工作接近的同志们所称许"[12]，"当时我所写的都不是什么文艺作品。……这说不上是诗，就是宣传品，散到哪里，哪里的群众就念，有的人把它从电线杆上揭下来，往口袋里装，可见有人要这个东西"[13]。这些宣传工作不仅使赵树理熟悉了当时农村和农民的生活与文化状况，也积累了一定的宣传和写作经验。1942 年，赵树理调入北方局党校调查研究室。这一研究室的功能在于"用群众的斗争生活来教育群众"，"通过调查研究，再用各种文艺形式把它写出来，以教育群众"[14]，这就为赵树理这个"原没有打算当一个作家"的宣传者提供了写作的机会。

《小二黑结婚》是根据山西辽县一桩因恋爱纠纷引起的乡村杀人案件为原型写作的。事件中的小二黑原型被恶霸村干部打死了，然而他的遭遇并没有得到同村人的同情，"事后村里人虽然也说不该打死他，却赞成教训他"。而在赵树理称为"通俗故事"的这部作品中，他不仅让两个自主恋爱的乡村青年幸福地结合，而且处罚了两个阻挠他们结合的乡村坏干部，并对两个具有封建迷信思想的家长"二诸葛"和"三仙姑"进行了嘲讽。解决矛盾的办法，则是"到上级去"，"由区长、村长支持着弄个大团圆"[15]。

作品完成后，首先交给调查研究室的领导杨献珍看过，随后交给当时八路军副总司令、根据地党的负责人彭德怀。"他看了很满意，又交给浦安修同志看，她看了以后也认为不错，彭总遂即将稿子送太行区的出版机关发表"[16]。作品的出版遇到一些波折，并成为此后赵树理研究的一桩公案。[17]但可以确定的是，《小二黑结婚》完成之后，受到了太行山区根据地共产党高层领导的欣赏，彭德怀为之题词："像这样从群众调查研究中写出来的通俗故事还不多见"，并刊载在 1943 年 9 月由华北新华书店出版的《小二黑结婚》单行本的扉页上。初版四千册，与当时"新华书店的文艺书籍以两千册为极限"的一般情况形成了鲜明的对照。次年3月，小说重排再版两万册，并附以说明："这本为老少爱读爱听的自由结婚的通俗故事，自去年九月出版以来，风行一时，不日就卖完了，本店为满足各地读者的需要，特再版发行。这次是用大号字排印，并附有趣的插图。"[18]作品出版后的情况在周扬1946年写作的《论赵树理的创作》中做了这样的介绍："立刻在群众中获得了大量读者，仅在太行一个区就销行达三四万册，群众并自动地将这故事改编成剧本，搬上舞台。"[19]

但读者接受上的这种热烈反馈并没有相应地在文艺界的批评实践中表现出来。第一篇介绍《小二黑结婚》的评论文章是1943年10月发表的《写了大众生活的文艺》（刊载于《华北文化》第2卷第4期）。据这篇文章的作者苗培时回忆："1943年10月我写的推荐《小二黑结婚》的文章是奉命文字，是中共北方局宣传部授意的。"[20]即使这样一篇授意之作，也引起了针锋相对的驳斥："当前的中心任务是抗日，写男女恋爱没有什么意义"，并且"从此以后，太行区众多的报刊杂志一律保持古怪的沉默"。[21]

1943年10月，赵树理又写出了《李有才板话》，两个月后即由华北新华书店出版，并与《小二黑结婚》（序号为"之八"）、此前创作完成的剧本《两个世界》（序号为"之六"）一起列入"大众文艺小丛书"（《李有才板话》序号为"之三"）。据研究者考证："华北新华书店编辑部成立之后，要求每人写一本通俗小册子，《李有才板话》便是根据编辑部这个要求，在短时间内写出来的。"[22]这部作品出版的同月，《华北文化》（革新版第2卷第6期）上发表了推荐文章《介绍〈李有才板话〉》，作者是当时中共中央北方局宣传部长李大章。

李大章的文章认为《李有才板话》是"更有收获的作品"，比《小二黑结婚》"更有向读者介绍的价值"，并提出三点推荐的理由：其一是"写作目的的明确和正确……能够在作品中处处显示出对读者对象的尊重，考虑到他们的习惯和口味，理解水平，接受能力，通过通俗浅近的文艺形式来进行思想教育"；其二是"阶级分析的观点和方法"；其三是"依靠两种工夫：一是对马列主义的学习，二是对社会的调查研究”。联系到评论界对《小二黑结婚》的冷淡反应，李大章在《介绍〈李有才板话〉》中批评了那种“把写给农民看的东西当作‘庸俗的工作’，或者是‘第二流的工作’，有意无意的抱着‘第二等的’写作态度来从事它”的心态，并非无的放矢。这段话既可以看作对当时文艺界普遍态度的侧面反应，同时也可以部分地解释赵树理作品在当时文坛的处境。因而“当时根据地文化界大多数人看不起赵树理的那种通俗化”[23]的说法，以及《小二黑结婚》在出版上遭遇的风波，都并非空穴来风，而是有一定的依据在。

李大章进而提出，是否愿意为农民写作“通俗浅近”的文艺作品，不仅仅是态度问题，其本质是“为谁服务”的问题，“也就是立场问题”。从这篇评论文章写作的时间来看，这种观点应该来自《讲话》。《讲话》是在1942年针对延安文艺界的状况做出的，传播至各根据地则是次年10月。1943年10月19日，即鲁迅的忌辰，《解放日报》正式全文发表《讲话》。第二天，中共中央总学委发出通知，要求“各地党委收到这一文件后，必须当作整风必读文件，找出适当的时间，在干部和党员中进行深刻地学习和研究”。11月7日，中共中央宣传部又做出“关于执行党的文艺政策的决定”，指示“各根据地党的文艺工作者，都应该把毛泽东同志所提出的问题，看成是有普遍原则性的，而非仅适用于某一特殊地区或若干特殊个人的问题”[24]。身为北方局宣传部长的李大章，当然在最早的时间接到了类似的通知，并从赵树理的小说中辨识出了毛泽东在《讲话》中提出的要求，因而，才可能在《李有才板话》出版的同时做出这样的评价。文章在结尾时明确提到“毛泽东同志和中央正确文艺方针的指示”，提到“为工农兵的文艺”，应该便是指《讲话》。

《介绍〈李有才板话〉》是最早较为系统地提出赵树理文学评价方式的核心观点的文章之一。它提到小说表现了“新社会的某些乡村，或某些角落”，提出立场问题、阶级分析的方法和接近群众的要求，这些都成为此后的评论文章衡量赵树理文学的基本观点。文章也提到赵树理作品艺术形式上的特征，如“内容的新鲜现实，形式的接近民族化”，指出它“从旧形式中蜕化出来，而又加上了新的创造”，并提到“语言的浅白，口语化，或接近口语”，但仅仅点到为止，没有深入展开。这一方面可以看出评论者文艺鉴赏的眼光，同时也表明他仅仅把赵树理的作品当成“思想教育”的材料。在做出肯定评价的同时，这篇文章也依据阶级分析的方法对《李有才板话》提出了批评：“作者的眼界还有一定的限度，特别是对于新的制度，新的生活，新的人物，还不够熟悉”，“特别是由于对马列主义学习的不够，马列主义观点的生疏，因此表现在作品中的观点还不够敏锐、锋利、深刻，这就不能不削弱了它的政治价值”。这种评价也成了50年代文坛评价赵树理文学缺陷时的主要观点。

而在作家和作品本身尚未经由更权威的专家、领导认定之前，根据地的宣传领导显然缺乏必要的信心将某一作家的作品定性为范本。这一过程的完成，是在1946年前后。

二、“赵树理方向”

1945年在完成第一部长篇小说《李家庄的变迁》之前，赵树理还写出了标为“现实故事”的劳模传记《孟祥英翻身》（1945年3月初版）和标明“鼓词”的《战斗与生产相结合——一等英雄庞如林》（1945年1月初版）。《李家庄的变迁》的写作目的是“揭露旧社会地主集团对贫下中农种种压迫剥削的，是为了动员人民参加上党战役的（这一任务没有赶上）”[25]。而更直接的动因，则是1945年10—11月间，抗日战争结束后，赵树理曾回了离开八年之久的故乡山西沁水县尉迟村一趟。小说的时间跨度很长，从20年代后期写起，一直到日本宣布投降的消息传到李家庄，村民在开过胜利大会之后，欢送参战人员离村。小说于1946年1月由华北新华书店出版，标为“通俗小说”，随后被多个出版社或书店再版。

1946年是赵树理创作和影响双丰收的一年。这年4月，他在《文艺杂志》上发表了短篇小说《地板》。《文艺杂志》于1946年3月

1日创刊，是晋冀鲁豫边区太行区文艺界联合会的机关刊物。这是赵树理第一次在太行文联的重要刊物上发表作品。赵树理自己回忆："这一阶段太行文联是徐懋庸和高沐鸿先后当政的，我的作品除《地板》（由《太行文艺》发表）外，都是新华书店直接印出来的。当时的新华书店是我们所在的机关，太行文联领导下的作家、诗人……他们便自办太行文学出版社。"[26]从中可以看出当时太行区文艺界的分化状况。如传记作家所言，《地板》的发表确乎意味着曾经"看不起赵树理的通俗化"的文联作家对他的一种"默认"[27]。6月9日，延安的党报《解放日报》转载了《地板》，并加"编者前记"："像这样有深刻思想性，同时又有相当高的艺术性的作品，是很难得的，因此我们发表它。"8月，赵树理的另一部短篇小说《催粮差》发表在太岳区新华书店出版的《新文艺》上。这篇小说为赵树理赢得了太行区颁发的1946年度文化奖金甲等奖。11月，《太岳文艺》创刊号上发表了短篇小说《福贵》。这篇小说1948年7月被香港左翼文艺界的核心刊物《大众文艺丛刊》（第三辑）转载后，林默涵将之与鲁迅的《阿Q正传》联系起来，写了《从阿Q到福贵》一文，认为从阿Q到赵树理笔下的福贵，"恰好可以看到三十多年来中国农村的变化，和中国农民从蒙昧到觉醒的历程"[28]。尽管这篇文章声明并非想"对《福贵》和《阿Q正传》去作艺术成就上的比较"，但从《福贵》联想到《阿Q正传》，从赵树理的小说联想到鲁迅的小说，却正好把现代文学史上曾经被左翼文学界作为"方向"提出的两个作家连在了一起。

1. 成为"方向"作家

也就是在1946年，赵树理在他不屑于挤进去而要"拆下来铺成小摊子"[29]的"文坛"赢得了巨大的声誉。这一年有十余篇关于他的评论文章发表在《解放日报》（延安）、《人民日报》（晋冀鲁豫边区文联主办）等重要刊物上，写作者也绝非等闲之辈，而是周扬、冯牧、陈荒煤等解放区（尤其是延安）举足轻重的人物和郭沫若、茅盾等国统区的左翼文艺界领袖。

6月26日，时任《解放日报》副刊编辑的冯牧，在《解放日报》上以“人民文艺的杰出成果”为题发表了推荐《李有才板话》的评论文章。这篇文章认为《李有才板话》是“最早地成功地反映了解放区农民翻身斗争的作品”，“虽然它发表于 ·九四三年，已经是三年前的旧作品，但直至目前，它却仍然是这类作品中的最优秀的代表作之一”。[30]冯牧重提赵树理三年前旧作的原因，大致可以从文章中看出来：尽管《讲话》之后解放区的群众文艺运动呈现出活跃的局面，但无可讳言的是，“比起其它文艺部门来，文学创作，不能不说是稍微落后了一步”，“在小说中也能够获得群众如此喜爱的作品，实在寥寥可数”。在这样的情形下，冯牧认为《李有才板话》“在小说中创立了一个模范”。这篇评论文章也分三点肯定了小说的成就，即“描绘了一幅解放区农村中的农民生活和农村关系的急剧变化的图画”“两种不同的工作方法的尖锐的对比”和“群众化的表现形式”。与李大章的文章略有不同的是，冯牧较为详细地分析了《李有才板话》的语言和小说形式，认为它采用了“民间语言”，抛弃了“欧化语言和西洋小说形式”而保留了中国旧小说的“简洁和朴素”，并着重肯定小说的“口语化、适于朗诵”的特点。这可以说是第一篇侧重从文学角度分析赵树理小说特点的评论文章。在关于赵树理作品的命名上，也开始明确称其为“小说”而不再是以前所称的“通俗故事”。尽管如此，冯牧仍旧没有给予赵树理“绝对”的赞美，而重复了李大章所提出的“关于青年一代新的人物的描写还不够突出和深入”的“缺点”。

最早以作家论的方式对赵树理的创作进行全面而系统评述的文章是周扬的《论赵树理的创作》。这篇文章在赵树理文学的评价史上具有举足轻重的地位，可以说，正是它奠定了赵树理在文学史上的重要位置。

此文最早于1946年7月20日发表在中华全国文艺协会张家口分会的机关刊物《长城》（丁玲主编）上。当时出任晋察冀中央局宣传部长的周扬，准备赴上海组织文艺界访美（访美后未成行）。他带给国统区文艺界的“礼物”是《解放区短篇创作选》和赵树理的小说集

《李有才板话》。一贯主持解放区群众文艺运动工作的周扬是延安“新秧歌运动”的组织者。1944 年是“新秧歌剧运动”的高潮期，他发表了《表现新的群众的时代》，对其进行总结。“这篇文章不仅为新的群众艺术奠定了理论基础，也为革命文艺运动发展的方向做了深刻的阐述，‘表现新的群众的时代’成了衡量革命文艺的标志。”[31] 作为解放区文艺经典作品的新歌剧《白毛女》，就是在周扬的组织和领导下完成的。阅读赵树理的作品时，周扬显然在其中发现了他认为值得称道和扶持的因素，他自言此时“和这位在文坛初露头角的新星还不相识，只是对他作品的新颖题材和独特风格以及作者的卓越才能感到惊异”[32]，于是写下了《论赵树理的创作》，以他特有的开阔视野和理论眼光全面评述赵树理的小说，并说“我与其说是在批评甚么，不如说是在拥护甚么”。

郭沫若读到周扬带到上海的两本小说集后，立即写了热情洋溢的赞美文章《〈板话〉及其他》，发表在 8 月 16 日的《文汇报》上，并托周扬带函给赵树理及解放区的作家，称这些小说表现了“新的时代”，阅读这些小说是“平生的一大快事”。郭沫若的信发表在 8 月 25 日的《解放日报》上。次日，《解放日报》又重新刊载了周扬的《论赵树理的创作》。此前的 23 日，陈荒煤主编的《北方杂志》（晋冀鲁豫边区文联机关刊物）也转载了周扬的这篇文章，并加“前记”写道：“北方杂志出版后，我曾给周扬同志去信希望他能寄点稿子来，月初他寄来了这篇文章。并且在信上说：‘我论赵树理同志创作的文章，希望你及你们那里的同志多提意见。’我也听到不少同志谈到赵树理同志的创作，意见是有的，希望发表这篇文章后，大家都能写些文章来；从此展开讨论，也未尝不可以解决一些同志在创作方面所感到的许多问题吧。”从这段话可以看出，赵树理小说在文艺界已经产生了广泛影响并引起人们的关注，主要问题在于怎样评价。周扬的推荐和郭沫若的褒扬，显然起到了决定性的作用。赵树理的朋友史纪言写道：尽管《小二黑结婚》和《李有才板话》经过了彭德怀和李大章的介绍，“然而几年以后，并未引起解放区应有的重视”，“经过周扬同志的推荐，后又经过郭沫若先生的评价，大家的观感才似乎为之一变”。[33]

赵树理文学评价的这种滞后现象，似可从一个侧面看出当时以“小资产阶级知识分子”为主体的文艺界和《讲话》所代表的新文艺政策之间的微妙矛盾。尽管《讲话》已作为整风的必读文件传至解放区乃至全国的左翼文化界，并且对发动群众文艺运动做出了三令五申的指示，但对于赵树理这样一个文坛之外的农民作家所创作的销行量广泛的文学作品，文艺界仍旧不能做出有效的回应。这不仅与1942年太行区文化人座谈会上，杨献珍、赵树理等人与徐懋庸、高咏等人关于文艺是否应“通俗化”的争论引起的人事纠纷有关，也与太行区文艺界在如何执行文艺大众化政策形成的所谓“新派”“旧派”的分歧联系在一起。更重要的是，如何评价赵树理的文学作品，涉及“五四”新文学传统与抗战以来进行民族和民众动员时期的文学实践，在文学观念、借鉴的文化资源和创作主体等基本问题上存在歧义和矛盾。对赵树理作品的评价上的分歧尽管并没有在具体的批评文字中显现出来，但由1939—1942年关于文学的“民族形式”论争，由《讲话》所倡导的“工农兵文艺”的实践过程所遭遇的矛盾和冲突，已可窥见其中的端倪。

因而，就像在关于“民族形式”论争中周扬以一篇《对旧形式利用在文学上的一个看法》[34]奠定了左翼文化界的主流基调一样，在如何评价赵树理的问题上，周扬的《论赵树理的创作》也成了最权威的论证和评判。

2. 周扬的定论

在《论赵树理的创作》中，周扬首先以他惯有的恢宏视野指出，中国农村的变革过程是“现阶段中国社会最大的最深刻的变化，一种由旧中国到新中国的变化”，而赵树理的小说正好“在一定程度上”反映了这个变革过程，描绘出了这个伟大变革的“庄严美妙的图画”。因而，赵树理小说的重要性毋庸置疑。在对《小二黑结婚》《李有才板话》和《李家庄的变迁》这三篇小说的内容进行了详细而富有情感的介绍和描述之后，周扬着重分析了赵树理小说的人物创造和语言创造。对人物的描写，周扬不仅指出人物阶级身份的清晰表现——“农民中的积极分子和工作干部”“地主恶霸和他们的‘狗腿’”“农民中的落后分子”，以及赵树理阶级立场的正确，而且分析了赵树理小说在表现人物时的具体方法，如在斗争中展开人物的性格和发展，“通过人物自己的行动和语言来显示他们的性格，表现他们的思想情绪”，以农民为主体来描写人物和叙述事件。

在分析赵树理小说以农民为主体来叙述故事这一特点时，周扬非常准确地指出：“农民的主人公的地位不只表现在通常文学的意义上，而是代表了作品的整个精神，整个思想。”这一点，是此前乃至此后的评论文章都没有指出，或者即使意识到也“不敢”指出的。因为承认这一点，就无法表现无产阶级立场的高度。毛泽东在强调工农兵文艺的同时，并没有忘记“教育群众”的问题，因而他以较大的篇幅来讨论普及与提高的关系。尽管普及与提高的关系始终是辩证的，但不可否认的是，普及群众文艺并不是“迎合群众”，而是站在“无产阶级的文学艺术是整个革命事业的一部分”这样的高度对群众进行“一个普遍的启蒙运动”。也就是说，推动并创造群众文艺虽然是以普及为基础的，但普及的最终目标是为了提高。因而，毛泽东提出了“文艺作品中反映出来的生活却可以而且应该比普通的实际生活更高，更强烈，更有集中性，更典型，更理想，因此就更带普遍性”这样的浪漫主义的创作标准，同时也提出干部虽然要站在工农兵的立场上，但“如果我们给予干部的并不能帮助干部去教育群众、指导群众，那末，我们的提高工作就是无的放矢，就是离开了为人民大众的根本原则”[35]。具体到对赵树理文学的讨论上，如果说农民在赵树理的小说中并不只是表现对象的问题，而是代表了作品的整个精神和思想，不表现“超出农民生活或想象之外的事体”，那么“赵树理岂不只是一个农民作家吗？他的创作的和思想的水平不是降低到了‘农民意识’吗？”周扬的回答是：“当然不是”，因为赵树理的小说区分了农民中的“积极的前进的方面”和“消极的落后的方面”，也区分了工作干部中“好的”和“坏的”。[36]好与坏的评价及其标准（“能不能和农民打成一片”）的提出，在周扬看来，就是赵树理小说超越了农民意识的根据。

但在这个关键问题上，周扬显然做了过于轻易的处理。赵树理小说是否超越了农民意识，以及怎样超越农民意识，不仅是此前李大章和冯牧的文章提出批评的关节点，也是此后由竹可羽最先提出并被评论界（包括赵树理自己有时也这样说）一再重复的主要问题。

《论赵树理的创作》分析的另一重点是赵树理小说的语言。周扬不仅肯定了赵树理小说“熟练地丰富地运用了群众的语言，显示了卓越的口语化的能力”，肯定赵树理吸收了中国小说传统的“长处”而创造了一种“真正的新形式，民族的新形式”。尤为突出的是，他对赵树理小说语言的运用方式做了具体而中肯的分析。其一，他认为，尽管《讲话》之后作家们在学习民间语言和民间形式上做了很多努力，但往往“只在方言、土语、歇后语的采用和旧形式的模仿上下功夫”。而赵树理不是这样的。他几乎很少使用方言、土语、歇后语这些特殊的语词，而尽量采用“普通的、平常的语言”，“但求每句话都能适合每个人物的特殊身份，状态和心理”。这大概是赵树理小说最大的特色。如果与解放区其他小说作品比较的话，丁玲、周立波、欧阳山等人借以表现语言的农民化和地方特色的主要是方言、土语的采用。这一点在《太阳照在桑干河上》和《暴风骤雨》乃至1949年后的《红旗谱》等作品中都表现出来了。尽管周扬写这篇评论文章时，《太阳照在桑干河上》和《暴风骤雨》并未出版，但以方言、土语和歇后语表现“农民语言”和“地方色彩”却几乎成了文学创作的惯例。赵树理的语言特点在于，他最大程度地减少特殊地域的特殊用语，尽量采用符合“普通话”规范的直白语词和结构句式的文法，但同时又表现出了浓郁的地方色彩。应该说，赵树理小说创作的这一特点，最早为周扬所阐明，并给予了很高的评价。

周扬提出了赵树理语言的另一特点，即“不但在人物对话上，而且在一般的叙述方面，都是口语化的”。这一发现也成为此后分析赵树理小说时的主要观点。周扬在阐述中认为，将群众的口语化实践在整个叙述过程中，就是杜绝那种与工农兵文艺不符的表现“个人的爱好”的做法，而最终达到“人物与环境必须相称”。事实上，这是在要求小说作者与其所表现的对象在视点、情感、立场上采取同一立场，是“创作上的群众观点”。这一点后来成为50—70年代农村题材小说的主要叙述方法，并构成了当代小说的主要规范之一。但赵树理小说的这一特点被作为“规范”提出之后，则出现了另外的问题。正如洪子诚指出的：“即使是赵树理，感觉、观点与表现对象的‘农民’的‘同一’，也不过是一种假想。这种要求，其目的是推动作家迅速进入有关农村的叙述的‘规范’。而它在艺术效果上，则既限制了取材的范围，也‘窄化’了作家体验、描述的‘视点’。”〔37〕

就《论赵树理的创作》这篇文章的特色而言，与其说它是一篇相当深入地探讨赵树理创作特色的分析文章，不如说是一篇由赵树理小说而阐发解放区主流文学界尝试确立的当代文学规范的理论性文章。即使把这篇文章放到周扬的论文序列当中也可以看出来，这是周扬少有的一篇充满了情感色彩和由衷的阅读认同的文章，很多地方都是在摘抄、复述小说原文的情节和段落，分析部分则充满感情色彩，诸如“当我们看到这两位‘神仙’为自己儿女的事情弄得那么狼狈不堪的时候，我们真有点可怜起他们来，待到后来看到他们的转变，简直要喜欢起他们来了”，又如“多么真实，多么畅快，多么锋利呀！”“还有比这更正当，更公平的辩白吗？”“这些语言是充满了何等的魅力呵！”等感叹和诘问。这些都在表明这篇文章明显的倾向性。因而，在文章结尾周扬自言“与其说是在批评甚么，不如说是在拥护甚么”并非虚词，并以几乎是大声疾呼的口吻结束全文：“赵树理同志的作品是文学创作上的一个重要收获，是毛泽东文艺思想在创作实践上的一个胜利。我欢迎这个胜利，拥护这个胜利！”

这样一篇倾向性明显的文章的发表，再加上郭沫若、茅盾等无论在文学地位还是政治地位上都属于资深的领袖作家的称颂文章，显然为赵树理在文学界地位的上升并被迅速提升到核心位置起了决定性作用。将文化和文艺视为“文武两个战线”之一和“文化军队”的左翼文化界，对于文化的倡导，从延安时期起就开始采取行政组织和有意识介入的方式。对于赵树理地位的确定，同样如此。周扬的文章和郭沫若的信件发表之后，1946年8月，中共中央西北局宣传部召开文艺界座谈会，提出“今后要向一些模范作品如《李有才板话》学习”；10月，太岳文联筹委会召集座谈会，提出“应学习赵树理的创作”；1947年5月4日，晋冀鲁豫边区文联和文协分会也提出“我们的农民作家赵树理同志如此辉煌的成就，为解放区文艺界大放光彩，提供了值得我们很好学习的方面”[38]。1947年7—8月晋冀鲁豫边区文联召开的文艺工作座谈会集中提出了“赵树理方向”的口号。

3.《讲话》和新经典的构造

在20世纪中国左翼文化界，曾有两位作家被作为“方向”提出。一个是鲁迅，1940年由毛泽东在《新民主主义论》中提出。毛泽东在那篇左翼文化人耳熟能详的文章中写道：“鲁迅是在文化战线上，代表全民族的大多数，向着敌人冲锋陷阵的最正确、最勇敢、最坚决、最忠实、最热忱的空前的民族英雄。鲁迅的方向，就是中华民族新文化的方向。”[39]另一位享此殊荣的作家便是赵树理。1947年7月25日—8月10日，在中央局宣传部的指示下，晋冀鲁豫边区文联召开会议专门讨论赵树理的创作，“在讨论过程中，大家实事求是地研究作品，并参考郭沫若、茅盾、周扬等对赵树理创作的评论及赵树理创作过程、创作方法的自述，反复热烈讨论，最后获得一致意见，认为赵树理的创作精神及其成果，实应为边区文艺工作者实践毛泽东文艺思想的具体方向”[40]。这次会议的结论，由主持边区文联日常工作的副理事长陈荒煤执笔写成《向赵树理方向迈进》一文，发表在边区机关报纸《人民日报》上。陈荒煤以“我们”的全称口吻总结出向赵树理学习的三点方向：他的作品的政治性、他所创造的“生动活泼、为广大群众所欢迎的民族新形式”，以及他“高度的革命功利主义，和长期埋头苦干，实事求是的精神”，最后提出“应该把赵树理同志的方向提出来，作为我们的旗帜，号召边区文艺工作者向他学习，看齐！”[41]这篇文章侧重分析的赵树理小说所创造的“民族新形式”，是会议上“讨论研究得最热烈的”[42]，其观点基本上是《论赵树理的创作》中观点的转述。从行文风格和论述方式来看，将赵树理的创作上升到“方向”的高度，并倡导边区文艺工作者向他学习的做法，显然模仿了毛泽东提出“鲁迅方向”的方式。而这种迅速地确立一个榜样，并由行政组织介入，加以倡导、宣传和推广的操作方式，也成为此后当代文学运作的主要方式之一（其极致则是“文革”时期的“八个革命样板戏”）。

对于这样的殊荣，赵树理本人的反应是：“我不过是为农民说几句真话，也像我多次讲的，只希望摆个地摊，去夺取农村封建文化阵地，没有做出多大成绩，提‘方向’实在太高了，无论如何不提为好。”[43]但此时赵树理的个人意见已经不重要了。一经被选定为实践《讲话》的杰出代表，对他肯定与否也就与毛泽东文艺思想本身的有效性联系在一起。尽管赵树理的文艺观点与《讲话》有许多内在的契合之处，但一个毋庸置疑的事实是，其成名作《小二黑结婚》的写作并非参照《讲话》完成的，就作品本身而言，也与《讲话》并非全然一致。与其说赵树理的小说是“毛泽东文艺思想在创作上实践的一个胜利”[44]或“最朴素，最具体的实践了毛主席的文艺方针”[45]，不如说是左翼文化界选择了赵树理用以印证《讲话》的有效性。在这个层面上，冯牧在《人民文艺的杰出成果》中对于《讲话》发表后文艺创作“落后”状况的描述更接近事实的真相。

对赵树理小说的热烈关注发生在1946—1947年，这并不是仅仅由于赵树理创作的突出，同时也是时势使然。此时正是结束以民族总动员为主题的抗战时期而进入国共两党以意识形态斗争为主题的解放战争时期。如果说《讲话》提出了共产党地区和左翼文化实践的理论纲领和具体方向的话，那么迅速地使一批符合《讲话》理念的作品经典化，则是一个必要也必然的步骤。而在当时，除了新秧歌剧等大众

1949 年 7 月，赵树理在北平召开的中华全国文艺工作者代表大会上发言

文艺之外，在小说、诗歌等文学创作方面，大概再没有谁比赵树理更有资格被奉为这一新话语的代表人物，也没有什么作品比赵树理的小说更符合“工农兵文艺方向”。如孙犁所说，他确实是“应运而生”，是“时势造英雄”。“赵树理方向”被提出之后，关于赵树理作品的评论文章骤增，几乎每一篇作品都有评价，而且每一部新作品都立刻会引起文艺界的反应。而这些评论主要依据的是 1946 年郭沫若、茅盾、周扬等人的观点和评价。事实上，这些评论文章也同样成为“经典”作品，被反复出版。以“论赵树理的创作”为题，以郭沫若、茅盾、周扬、李大章等人的评论文章为内容的论文集，在 1947—1949 年出版了六个版本。〔46〕

1949 年，赵树理出席在北平召开的中华全国文艺工作者代表大会，在题为“我的水平和宏愿”的发言中，他谦虚而颇带自嘲地说道：“我的‘文化水’是落后的，‘文学水’似乎高一点儿，但那只是一般老前辈拖的捧的。”〔47〕这次文代会后，他担任全国文联委员、工人出版社社长、《文艺报》编委、北京市大众文艺创作研究会执行委员、文化部戏剧改进局曲艺处处长等职务。而作为作家，他享受了一份特殊荣誉：他的作品同时选入1949年前后两套大型丛书：《中国人民文艺丛书》和《新文学选集》。这两套丛书的出版，一方面是伴随新中国的成立而迅速地整理、建构文学经典，同时也是对新文学传统和文学遗产进行等级化处理。赵树理的小说集《李有才板话》和长篇小说《李家庄的变迁》被选入展示解放区文学实绩的《中国人民文艺丛书》，而《赵树理选集》则被列入展示"1942年以前就已有重要作品问世"的作家实绩的《新文学选集》当中。或许是因当时的左翼文学界过于急迫地确立赵树理小说的经典地位，这本作品集所选入的作品《李有才板话》《小二黑结婚》《传家宝》《登记》《地板》《打倒汉奸》均发表于1943年之后。这一明显矛盾的存在确乎显示出了左翼文学界在建构当代文学规范的过程中确立赵树理经典地位的"急迫"[48]，也明显地透露出运作的痕迹。

尽管如此，由于当代文学仍在建构其文学规范的过程中，因而规范的标准和内涵并不是一成不变的。与解放战争时期更侧重于强调群众文艺和群众立场相比，1949年新中国的成立，尤其是随着"冷战"格局的明朗化而与苏联关系的密切，社会主义现实主义作为一种更激进也被认为更高的文艺原则得到集中提倡。以《讲话》为依据确立的"赵树理方向"，也因此受到质疑，并成为此后赵树理评价上抹不掉的缺陷。

三、赵树理创作的"缺陷"

1947年后，赵树理主要参与农村的土地改革工作，并发表了《我们执行土地法，不许地主富农管》《穷苦人要学当家》《谁也不能有特权》等关于土改运动中出现的问题的短评。1948年9月，为了"写出当时当地土改全部过程中的各种经验教训，使土改中的干部和群众读了知所趋避"，赵树理写了中篇小说《邪不压正》（10月连载于

《人民日报》，后出版单行本）。在结构方式上，小说以中农刘聚财的女儿软英的婚嫁问题作为线索，贯穿起下河村土改的全过程。而小说主题则定位在批评“不正确的干部和流氓，同时又想说明受了冤枉的中农作何观感”。因而，小说试图表现的主题和所安排的故事情节之间并不是直接对应的关系，而是通过后者从侧面显示前者。这篇小说发表之后，《人民日报》在12月21日发表了两篇读后感。其中一篇称赞《邪不压正》“不论从政治上艺术上都是相当成熟的”，“它把解放区近三四年的农民翻身运动绘出了一幅极生动的图画，从而体现了党的政策在运动中怎样发生了偏差，又怎样得到了纠正”。[49]而另一篇则持批评态度，认为小说“把党在农村各方面的变革中所起的决定作用忽视了”，人物“脱离现实”，且没有表现出应有的品质，因而缺乏教育意义。[50]1949年1月16日的《人民日报》上又发表了四篇争鸣文章[51]，对小说褒贬不一。

1. 社会主义现实主义的评价标准

在“赵树理方向”提出后不久，赵树理在文艺界的地位趋于鼎盛的情形下，对他的新作产生如此明显的分歧，一方面是此前文艺界对赵树理创作的异议的发露，同时也显现出文坛关于当代文学规范的内涵并未达成共识，而是存在着矛盾和冲突。对《邪不压正》做出的更尖锐也更符合当代文学发展趋势的批评文章，是竹可羽1950年发表的两篇评论。

为了回应1948—1949年的六篇争论文章，1950年1月15日的《人民日报》同时发表了赵树理的答复《关于〈邪不压正〉》和竹可羽的评论《评〈邪不压正〉和〈传家宝〉》。在《关于〈邪不压正〉》中，赵树理主要阐述了自己写作这篇小说的意图、主要内容和以恋爱故事作为“绳子”的结构方式。对于六篇争议文章，赵树理则采取了顺其自然的态度，认为对作品的不同理解是正常现象，“认为对的，就接受下来，认为不对的不用接受算了”。但他同时又提出，这六篇文章说的都是“我们文艺界的本行话”，而他所期待的主要读者——“土

1950 年，赵树理在劳动人民文化宫参加北京文艺工作者代表大会

改中的干部和群众”——“除了有人给我来过一封信之外，我还没有机会了解到多一些人的读后感，因此还断不定一般效果如何”。尽管他表示“绝没有轻视内行话的意思”，但赵树理的基本态度是明确的，即这篇小说的主要目的在于向土改工作的实际参与者提出问题，而并不打算把它写成一篇方向性的“范文”。或者说，在赵树理眼里，实际工作人员的反应（即小说的实用性）是比文艺界“本行”的评价（即小说的文艺性）更重要的评判。

而竹可羽的文章，开篇就提到文艺界所倡导的“向赵树理学习”，认为通过对照《邪不压正》和《传家宝》“能够说明一个创作上极重要的问题”。这个问题就是“作者善于表现落后的一面，不善于表现前进的一面，在作者所集中要表现的一个问题上，没有结合整个历史的动向来得出合理的解决过程”。这种说法既与“歌颂”与“暴露”的问题争议相关，同时也与左翼文化界一个长期纠缠不清的问题相关，即怎样才算是真实地展现历史的发展方向，从历史的高度表现新/旧、前进/落后之间的斗争趋势。这一问题实际上是1934年9月苏联作家代表大会作为“基本方法”提出的“社会主义现实主义”创作原则所要解答的基本问题，即“要求艺术家从现实的革命发展中真实地、历史地和具体地去描写现实。同时，艺术描写的真实性和历史具体性必须与用社会主义精神从思想上改造和教育劳动人民的任务结合起来”[52]。在竹可羽正面回应赵树理的《关于〈邪不压正〉》而写的《再谈谈〈关于《邪不压正》〉》[53]中，他直接提出了这一原则，即“根据马克思主义文学原则，或社会主义现实主义的创作原则来提出意见”。这就使问题的讨论不再限于具体作品的评价，而涉及对当代文学基本规范的理解了。

社会主义现实主义在中国的传播，最早始于1933年周扬在《关于社会主义现实主义和革命浪漫主义》《关于“社会主义的现实主义与革命的浪漫主义”——“唯物辩证法的创作方法”之否定》等文章中的介绍。到1942年《讲话》发表，尤其是1946年解放战争发生，新中国前景日趋明朗之后，“社会主义现实主义的政治性原则在中国找到了一个新的契合点，那就是对艺术的教育性、政治倾向性和阶级性的重新提出”，因此“社会主义现实主义的传播也在回升”。具体表现在，“就文字媒介的传播方面，1947年后，社会主义现实主义理论的翻译在新的需要下开始回升，到1952—1953年达到高峰”[54]。竹可羽在文章中正面提出将社会主义现实主义作为其评判标准，显然受到这一日趋中心化的更高创作和批评原则的影响。1950年，他曾发表一篇理论长文，阐述“现实主义和浪漫主义结合”正是要解决“呼应现实”和“描写远景”之间的矛盾，并将其看作社会主义现实主义的基本内容。[55]

而就社会主义现实主义这一理论范畴来说，它是“一折衷方案，其中包含一系列矛盾”，这些矛盾就是所谓“现实主义成分”和“浪漫主义成分”孰轻孰重，以及作家到底是已然发生的现实生活的“观察者”还是应该作为社会主义精神、政策的“教育者或宣传家”。但总的来说，要求作家“必须通过他的作品参与社会主义生活方式的宣传，却从来没有放弃”[56]。这也就是毛泽东在《讲话》中说的，站在历史发展总趋势的高度，“把这种日常的现象集中起来，把其中的矛盾和斗争典型化”，从而创造出“更强烈，更有集中性，更典型，更理想，因此就更带普遍性”的文艺作品，以“帮助群众推动历史的前进”[57]。从《讲话》的“群众路线”到社会主义现实主义的宣传和教育原则，实际上是从“现实主义”更偏向于“浪漫主义”，是把毛泽东文艺思想当中那种“以先验理想和政治乌托邦激情来改写现实”的主导方面[58]凸显出来。

竹可羽直接针对那种“笼统地说‘学习赵树理’”的现象，那种“仅仅条目式地列出赵树理的创作特色”的做法，提出“全面地把赵树理的创作提高到理论上来，根据社会主义现实主义的原则来进行分析研究说明”，显然是因为他意识到了社会主义现实主义创作原则和仅仅从群众路线角度来理解《讲话》这两种文学规范之间的内在歧义。非常富于症候性的是，《再谈谈〈关于《邪不压正》〉》这篇文章没有一处提到《讲话》，他据以分析的主要依据是“社会主义现实主义创作原则”。这看似是一种对当时文学主导思潮的冒犯，实则是以更激进也更政治正确的新规范来对既有的规范提出批评和修正。在《评〈邪不压正〉和〈传家宝〉》中，竹可羽批评赵树理忽视了“整个历史的动向”而不善于写“前进的一面”，似乎仅仅是李大章、冯牧等文章中提出的批评的重复。但在《再谈谈〈关于《邪不压正》〉》中，他依据社会主义现实主义原则做了进一步说明。他首先提出，“社会主义现实主义，首先在善于描写人”，“这实际上是当前中国文艺界的中心问题，也是社会主义现实主义创作原则的中心问题”。而赵树理不能创造出很好的“新的英雄形象”，正因为“人物创造，在作者创作思想上还仅仅是一种自在状态”。这也就是说，赵树理的创作思想中，根本就缺乏社会主义现实主义这样的创作原则，而且暗示《邪不压正》只写软英那种“年青一代农村妇女消极方面的人物”，犯有“倾向性”错误。

竹可羽的批评显然是异常尖锐的。这篇文章之后，没有看到赵树理的回应文章，这可能是因为他根本无意介入论争，但更有可能的是，“赵树理在论争之后，好像对《邪不压正》失去了信心，从此再不谈这篇小说，更没有把它选进自己的集子”[59]。尽管文艺界并没有对竹可羽的文章做出任何判定，但对于他提出的这种更激进的评判标准显然不能做出有力的辩驳。

此后，当代文坛在继续把赵树理作为一种“方向”来推崇的同时，也批评他“善于写落后的旧人物，而不善于写前进的新人物”，这似乎成了评价赵树理文学的一个定论。而“结合整个的历史动向”来展现农村的两条路线斗争的过程，也成了当代文学此后文学创作的一个基本衡量标准。从文学界对赵树理于50—60年代创作的长篇小说《三里湾》和短篇小说《“锻炼锻炼”》的批评中可以清晰地看到这一点。

2.《三里湾》的“缺陷”

1955年年初，赵树理根据他在山西平顺县川底村农业合作社的生活、调查、采访所得的经验，写成了长篇小说《三里湾》，在《人民文学》上连载。这部赵树理创作篇幅最长的小说被认为是“我国最早和较大规模地反映农业社会主义改造的一部优秀作品”[60]，且因“发表于全国农业合作化运动高潮到来的前夕（1955年5月）”，而“再一次显示了赵树理反映新生活表现新主题的独创精神”[61]。这篇小说以三里湾的秋收、扩社、整风和开渠作为主要情节线索，按照一夜、一天和一个月的时间段落安排小说结构，并把支持和反对农业合作化的两种思想贯穿到两种类型的家庭生活和婚恋关系当中。

小说发表之后，也引起了褒贬不一的评论。有的赞扬小说“在相当广阔的程度上表现出了农业社会主义改造过程中的艰巨性和复杂性”[62]，“真实地反映了广大农民社会主义的热情，反映了农民各阶层的相互关系，冲突和矛盾，反映了农村中社会主义和资本主义两条道路的激烈斗争”[63]。在赞美赵树理“特有的关于农村的丰富知识，热情和幽默”，故事情节的生动，语言的通俗化，口语化之外，不能很好地塑造农民中的先进人物的形象，没有表现出两条路线斗争的尖锐性，也被作为“缺点”提了出来。

周扬在作协第二次理事（扩大）会议上的报告《建设社会主义文学的任务》中，一方面把赵树理和郭沫若等人并列为当代“语言艺术大师”，同时也对他的《三里湾》提出批评。他提出，《三里湾》“所展开的农民内部或他们内心中的矛盾……不是很严重，很尖锐，矛盾解决得都比较容易”，因而“使作品在思想上和艺术上没有能够取得更大的成就”。不过这种“缺陷”，周扬认为不是赵树理一个人的问题，而是“在其他作家的许多作品中也是存在的”。这可以看作周扬对《三里湾》的一种回护姿态。

俞林的《〈三里湾〉读后》一文，集中批评了小说对问题的处理，指出它虽然“真实地提出了问题”，却“没有达到应有的深度，而用不够真实的大团圆的结尾把斗争简单地做了解决”。俞林提出，“当前农村生活中最主要的矛盾，即无比复杂和尖锐的两条路线的斗争”在《三里湾》中没有得到很好的表现，“看不到富农以及被没收土地后的地主分子的破坏活动”；而且在描写三里湾党的领导者王金生处理走资本主义道路的蜕化分子范登高的问题时，“竟没有流露出应有的愤慨的心情，没有把范登高的问题当做一天也不能容忍的事情，作者更没有写他如何在党内向范登高进行激烈的斗争”。他提出这样的要求，显然依据的是激进化的“两条路线斗争”的历史图景，要求赵树理的小说表现更高的阶级立场，做出更符合无产阶级意识的阶级斗争的描绘。这一批评事实上也是依据社会主义现实主义创作原则提出的。按照“用社会主义精神从思想上改造和教育劳动人民的任务”的要求，最能表现出社会主义精神的无疑是处于激烈的阶级斗争中的无产阶级英雄人物。《三里湾》对人物之间的矛盾关系的描写始终没有脱离乡村的伦理秩序，而人物之间矛盾关系的处理方式也是在乡村人伦格局许可的范围内展开的。王金生对待范登高的态度和对是否扩社的处理，借助的是乡村伦理秩序并把社会主义精神融化其中，因而所谓的阶级斗争始终是在乡村伦理秩序之中进行的。这显然没有达到社会主义精神的纯度和高度。俞林指责《三里湾》不表现王金生的愤慨，不写富农以及被没收土地后的地主分子的破坏活动，正是对赵树理试图把社会主义精神和乡村伦理观念、秩序进行重新整合这一做法的不满。

50年代中期，尽管社会主义现实主义创作原则在1953年的第二次文代会上被规定为“过渡时期我国文艺创作和批评的最高准则”，并随后在文艺工作者中间普遍展开关于社会主义现实主义的学习和讨论[64]，但创作界和批评界关于怎样实践这一最高原则，尤其是在如何表现英雄人物这一关键问题上如何实践，尚未形成概念化的公式。1956年前后，“百花齐放，百家争鸣”的提出，带来了创作和批评上较为活跃的局面。对社会主义现实主义提出质疑，也是1956年“百花”文学思潮中的一个重要组成部分。在这样的情形下，《三里湾》的现实主义成分仍得到了文艺界的高度赞扬，尽管也批评其浪漫主义纯度不够，但并没有作为结论提出，而仅仅是作为“美中不足”或有争议的观点提出。而从这一时期赵树理的言论来看，他对于这些批评也并不接受。1956年6月，在作家协会的一次座谈会上，他把这些批评称为创作上的“套子”：“我感到创作上常有些套子束缚着作家，如有人对我的《传家宝》提意见，说我没给李成娘指出一条出路。也有人批评我在《三里湾》里没有写地主的捣乱，好像凡是写农村的作品，都非写地主捣乱不可。”[65]

3.《“锻炼锻炼”》的争议

50年代后期，反右派运动、“大跃进”和党内的反右扩大化使得文艺界一度出现急剧“左”倾的状况。赵树理的小说也因此再度受到质疑。1958年7月，赵树理的短篇小说《“锻炼锻炼”》发表。这篇小说与赵树理1949年后的其他小说相比，有一个明显的特征，即以“批评”和“提出问题”为主，套用赵树理自己的解释，是典型的“问题小说”。

在1959年的一个座谈会上，赵树理正式提出“问题小说”这一

1958 年 1 月，赵树理在山西沁水县嘉丰乡尉迟村农业社与社员一起讨论问题

概念：“我写的小说，都是我下乡工作时在工作中所碰到的问题，感到那个问题不解决会妨碍我们工作的进展，应该把它提出来。”[66]事实上，坚持以工作中所碰到的问题作为小说主题，是赵树理创作的一贯原则。这一点在他较早的创作谈《也算经验》中就已经表露出来了：“我在群众工作的过程中，遇到了非解决不可而又不是能轻易解决了的问题，往往就变成所要写的主题。”[67]因此，在他的回忆文章或自我评价文章中，他多次把作品和所要表现的社会问题联系在一起。但具体到小说形态上来看，“问题”在各篇小说中的比重或表现方式却有所不同。有时是以一个故事（或人物）从侧面提出“问题”，比如《小二黑结婚》《李有才板话》《登记》以及 60 年代后的《实干家潘永福》等；而有的小说，比如《邪不压正》《“锻炼锻炼”》，“问题”以及有问题的人物或现象则成为小说正面表现的对象。一个明显的事实是，正是这些侧重表现“问题”的小说引起了最多的争议。

《邪不压正》如此，《“锻炼锻炼”》也是如此。由于《邪不压正》的重心在“不正确的干部和流氓，同时又想说明受了冤枉的中农作何观感”，它所受到的批评就是“把正面的主要的人物，把矛盾的正面和主要的一面忽略了”，它虽然做出了“一个正确的结论”，却没有展现“一个合理的过程，一个合理的方向”。[68]而《“锻炼锻炼”》的表现重心则在“批评中农干部是非不明的思想问题。中农当了领导干部，不解决他们这种是非不明的思想问题，就会对有落后思想的人进行庇护，对新生力量进行压制”[69]，因此，凸显在小说前景中的人物，就是“和事不表理”的干部王聚海，和像“小腿疼”“吃不饱”这样的落后分子。矛盾的解决，没有采取《小二黑结婚》那种“到上级去解决”方式，也没有提出更高的思想标准，而是由杨小四这样的“年轻，经验不足，还有些急躁情绪，应付困难问题时办法还不多，容易犯强迫命令；但热心，积极，坚持原则，不能容忍坏人坏事，敢于作正面斗争”[70]的小字辈干部来解决。解决问题的办法也采取了民间机智故事的方式，利用落后人物的心理弱点实施计谋而取得成功。

这篇小说一发表，就引起了相当激烈的批评。《文艺报》1959年第7期发表了武养的《一篇歪曲现实的小说——〈锻炼锻炼〉读后感》，直截了当地提出“反对这篇作品”。反对的理由如下：其一，小说只写了“一大群不分阶层的、落后的、自私到干小偷的懒婆娘”，而没有表现农村中作为大多数的进步妇女形象。武养诘问道：“难道这就符合农村现实吗？难道这就是农村妇女的真实写照吗？”他进一步追问作家为什么要表现这些落后人物，因为这种描写只能是“捉弄”“大半妇女”而根本起不到教育群众的作用。其二，按照农业社的领导人“应该是党的政策的具体执行者，是贯彻党的群众路线的具体人物，在大多数情况下，在他们身上所体现的应该是党的化身”这样的要求，武养认为《“锻炼锻炼”》所表现的是“作风恶劣的蛮汉，至少是严重脱离群众的坏干部”，因此他接着诘问：“这就是社干部的形象吗？这就是农村现实情况的写照吗？”其三，是小说叙述者的立场问题，即对社干部“惯用捉弄、恐吓、强迫命令的群众路线的作风，给予了极大的支持和同情”，这是“对整个社干部的歪曲和污蔑”。总之，这篇评论文章认为《“锻炼锻炼”》所表现的问题是不真实的，没有表现出应该有的进步人物、党的农村政策和对资本主义思想的正确斗争方式，因而是在歪曲现实。显然，武养所提出的“真实”和“现实”的标准，并不是经验层面的，而是从两条路线斗争这样的观念层面出发在提出要求。

《文艺报》以“如何反映人民内部矛盾”为题，对《“锻炼锻炼”》展开讨论。其中影响最大的是王西彦的评论文章。王西彦不仅详细地分析了《“锻炼锻炼”》，提出自己肯定的理由，而且对批评界武养式的“随便给人家戴帽子，挥棍子”的粗暴风气进行了批评，并表示愿意“充当一名保卫《“锻炼锻炼”》的战士”。[71] 在这篇文章中，王西彦还提到同期进行的对《青春之歌》的讨论，认为那同样是为反对“轻率而粗暴的风气”而展开的“一场对《青春之歌》的保卫战”。

这一方面可以看出提供讨论的媒体——《文艺报》本身的倾向性，同时也可以看出50年代后期如何理解当代文学规范的内涵在文学界已经形成了明显的对抗和冲突。王西彦的主要辩护，是在毛泽东所提的“人民内部矛盾”这一斗争性质的前提下，肯定作家“描写生活里面的消极现象”的权利。他认为即使是“小腿疼”“吃不饱”这样并不占多数的“典型的、落后的、自私而又懒惰的农村妇女”，也完全有权利成为被小说描写的对象，否则，“就没有办法来反映人民内部矛盾了”。辩护的另一点是如何描写人物。他把描写人物的方法分成两种：“按照党章或团章的各项要求去编造理想人物即‘党的化身’”和“按照生活实际去刻划有个性的活人”。他认为赵树理小说所描写的正是从生活实际中产生的“活人”，而不是编造出来的虚假人物。为了说明这一点，王西彦甚至谈了自己的切身经验，即他在实际生活中遇到的一个杨小四式的人物，以此证明杨小四这一人物形象的真实性。

可以看出，王西彦所理解的真实主要是经验层面的真实，并把这看作现实主义文学的真正内涵，而反对按照党章或团章的观念去编造人物。在这里，他显然忘记了“典型”的理论含义，即“典型”不仅要求写出经验层面的真实，同时要求通过具体的人物表现“社会发展的本质”，而何谓本质则显然与观念、理念等相关。如果撇开其粗暴的批评文风不谈，应该说武养式的评价也是有其理论依据的。与其说这里的问题是怎样的文学表现才是“真实的”，不如说更关键的是对“真实”背后的理论依据的争执。这事实上已经远不是如何具体地评价赵树理的作品，而是50、60年代之交渐趋激进化的当代文学规范自身的紧张角逐。

在1962年的“大连会议”上，邵荃麟正面提出“现实主义的深化”，即“现实主义则是我们创作的基础。没有现实主义，就没有浪漫主义”，要“表现革命的复杂性、艰苦性”和“当前农村的复杂、尖锐的矛盾”。在这样的前提下，他直接提出“典型是社会本质的力量，有它的道理，但也容易被人误解。只写阶级本质，结果面孔都一样”，“一个阶级一个典型，是有害的理论”。〔72〕这种观点很快在对“中间人物论”的批判中被诘问：“文艺创作对于生活的反映，是机械的、照相式的反映呢，还是主动的、创造性的反映？是为反映而反映呢，还是有目的、有重点的反映？是仅仅反映生活的现象呢，还是要通过现象反映生活的本质？”并进而提出“提倡人物的多样化，必须有一个前提，就是要保证英雄人物的描写居于优先的、主导的地位”〔73〕。这一观点到“八个革命样板戏”时期被作为“三突出”的最高原则提出。

这里的讨论显然更关键的不在于谁更忠实于“恩格斯和毛主席的原意”的问题，而在于“典型”“社会主义现实主义”“革命现实主义和革命浪漫主义两结合”这样的理论本身就是折中的产物，其“毛病出于折衷主义”。例如，对于何谓社会主义现实主义，在苏联，“布哈林强调了社会主义现实主义中的现实主义成分，而高尔基和日丹诺夫则强调了其中的浪漫主义成分。前者认为作家主要是观察者，后两位倾向于把作家当做教育者或宣传家”，“对作家的这两种作用究竟要侧重哪一方面的问题，不同情况有不同的回答”。〔74〕或如洪子诚指出的中国作家对《讲话》的内涵（亦即当代文学的规范）的争辩：“《讲话》的基本理论构成，是一组对立的矛盾关系的展开。政治与艺术，世界观和创作方法，现实和理想，主观和客观，知识分子和工农大众，光明和黑暗，歌颂和暴露，普及和提高等等。《讲话》理论本身留下的'空隙'，和对对立项的不同侧重，是不同历史语境下，具有不用思想和知识背景的左翼作家关于《讲话》的论辩的主要内容。"[75]同时这也是不同时期的不同评论家关于如何评判文学作品而进行辩论的核心依据。关于《"锻炼锻炼"》的争论也是这一争辩的反映。

尽管武养的文章受到王西彦、文秀、李联明、汪道伦、正祥等人的驳诘和批评，但60年代初期，毛泽东提出"千万不要忘记阶级斗争"和两个"批示"后，以"反映人民内部矛盾"来为写落后人物和暴露现实问题进行辩护的理由已然不成立。而否弃社会主义现实主义（或革命现实主义和革命浪漫主义两结合）中的"现实主义"成分的激进观点也越来越占据上风。在1964年《文艺报》编辑部发表的《"写中间人物"是资产阶级的文学主张》中，武养式的观点甚至行文方式得到了更充分的发挥，并且把问题上升到"反人民""反社会主义""同文艺的工农兵方向、社会主义的文艺路线作斗争"的"大是大非之争"上。[76]武养文章中对《"锻炼锻炼"》做出批判的基本理论依据也不难在竹可羽评论《邪不压正》的文章中找到。

可以说，围绕赵树理的"问题小说"展开的争论，其实是当代文学规范建构过程中其内部不同的文学力量之间的矛盾和冲突的具体表现。对赵树理小说所做的批评，从竹可羽到武养直至批"中间人物"论有其内在的连续性，基本上依据的都是社会主义现实主义创作原则对社会主义精神的强调，也是把毛泽东文艺思想中"以先验思想和政治乌托邦激情来改写现实"的浪漫主义层面更大地凸显出来。也可以说，从《讲话》到社会主义现实主义创作原则，一直存在着两个方向的张力，是侧重其现实主义的面向，还是侧重其社会主义精神的面向，构成了不同时期当代文学规范内部冲突的焦点问题。对赵树理文学评价的争议，其实是这一焦点理论问题的具体显现。而从当代文学建构的历史过程来看，则是社会主义理念和远景的这一面向得到了越来越明确的强调。其后果是使左翼文学丧失曾经具有的强大的现实批判力，并在经验层面与现实社会失去了对话关系的活力，甚至蜕化为语词、概念和话语上的循环复制。但这种批评观，到50年代后期至“文化大革命”，则成为文艺界占据主流位置的观点。赵树理受批判的命运也在所难免。1966—1971年，对他的批判达到高潮，曾被树为工农兵文艺方向的赵树理成了“修正主义文学的‘标兵’”“反革命复辟的吹鼓手”“一贯鼓吹资本主义反党反社会主义的反动作家”。1970年9月，赵树理受到过度摧残，含冤逝世，而对他的批判却并未停止。这不仅是赵树理这一作家的悲剧，事实上也是所有尚或多或少地保持现实主义批判力的作家的悲剧，也是已然体制化的左翼文学自身异化的悲剧。

结语：规范内外的赵树理文学

赵树理的创作在40—60年代当代文学评价史上不同时期的位置变动，更多地显示的是当代文学规范自身的不确定性和历史变异性。这也就是说，自1942年《讲话》的提出到“文革”时期更激进的文艺建构，这期间被人们统一地称为“当代文学”的实践过程其实并不确定，而是存在着不同文学力量和文学规范的内在争执。如果借用洪子诚的“一体化”概念[77]来描述这个过程的话，那么应该说这里的“一体”并非有着先在确定的内涵，而是在当代文学实践展开过程中不同的力量碰撞和角逐的结果。关于何谓理想的“当代文学”，其实一直存在着争议。可以说，在“文革”发生之前，不同文学力量和文学规范构想的争执尚处于某种可以互相抗衡的平衡状态，直到毛泽东“两个批示”的发表以及“文化大革命”的提出，这种平衡状态才被彻底打破。争执的核心，源自理想化的社会主义构想与复杂的中国社会现实之间的巨大张力，表现在理论术语上则往往是“社会主义”与“现实主义”两者何者为重，涉及“政治与艺术，世界观和创作方法，现实和理想，主观和客观，知识分子和工农大众，光明和黑暗，歌颂和暴露，普及和提高”[78]等一系列二元对立式的矛盾关系。而关于赵树理文学的评价，则往往在现实主义这个序列上展开，相应地，社会主义理念的某种缺失则一直被认为是赵树理的问题。

如何具体地理解“社会主义”与“现实主义”这两个核心概念所指涉的具体历史内涵，其实是比评价本身更重要的问题，因为人们在使用这两个概念时，对于它们的基本内涵和具体所指并不相同。显然，“社会主义”所关联的一些基本范畴，如阶级斗争、政治立场、世界革命等，指向的是一种现代世界体系中的总体性的社会运动方案，关涉的是“关于世界‘大势’”〔79〕的基本判断。这种总体性视野更多的是在世界—国家—阶级的层面展开。当其落实到中国社会的现实实践中时，显然需要经历复杂的文化与政治转换。在这个意义上，“现实主义”既与作家的生活和社会经验相关，又包含了超越“经验”的层面。正如卢卡奇在《历史与阶级意识》一书中所阐释的，缺少关于历史发展的“总体性想象”就无法形成“阶级意识”。〔80〕这也就是说，“阶级意识”源自“历史想象”，它是一种政治性而非结构性的关于阶级的构造。〔81〕而在“现实主义”的层面，它也并非只是特定社会群体（比如赵树理文学所书写的“农民”）的经验性书写，而是如何将经验性书写构造性地纳入阶级主体的政治实践过程中。

由此可以说，“社会主义”与“现实主义”的折中性，并非左右摇摆、或此或彼的选择，而是以关于中国与世界的某种总体性想象方案作为前提。如何把握这两者的关系，不仅是当代文学实践的难题，其实也是赵树理文学评价的核心所在。

关于赵树理文学的“现实主义”评价，一直强调的是它对中国乡村社会和农民的经验性书写的真实性。但问题是，如果仅有经验的真实，其实无法形成政治性的文学叙事。赵树理的文学并非缺少政治性，而是对其政治性内涵作何理解。当赵树理强调他所写作的是“问题小说”时，他要突出的恰恰是其政治性。但偏差就在于，赵树理所理解的政治性并非从理念性的社会主义方案中由上而下地衍生出来，他更强调的是如何以中国乡村社会为基础并从其中“自然”地构造并生长出一种现代性的政治方案。也可以说，赵树理更突出的是在中国现代化和社会主义化的实践过程中中国现实和既有文化经验的重要性。如果说社会主义更多的是一种资本主义世界体系内部的批判方案，如何构想社会主义主要源自一种西方式（或苏联式）的思想资源，那么赵树理对“现实主义”的强调则更多的是这种现代思想资源与中国乡村社会结合以及如何结合的问题。

这个问题在赵树理文学创作的时代往往被表述为普及与提高这一辩证难题。他对普及的重视，不仅关涉现代性思想资源如何被广大乡村社会所接受，同时还涉及一旦以中国乡村社会为主体来包容普遍的现代性思想资源，也将同时改写现代性思想本身的内涵这一问题。在这个意义上，普及不是对已确定了内容的提高观念的普及，而是在两者的互动过程中同时改写普及与提高的具体内涵：在普及的过程中，现代思想与乡村社会的结合将使原有的文化秩序（传统的或封建性的）转换为一种新的现代形态，在提高的方向上，因为乡村经验的纳入，原有的现代思想也因基于中国经验的再创造而形成了不同于普遍性的现代性独特想象。

从这样的理论视野来看，赵树理文学社会主义理念的某种“缺失”，与其说是他在社会主义与现实主义之间做出了偏向性选择，毋宁说是因为他试图创造的那种社会主义理想及其文学表述不同于主流规范的表述。当人们将赵树理贬低为农民作家、通俗化的“土”作家，或者强调其政治水平不够时，其实是以当代文坛的主流规范为标准做出的评价。如果打开历史视野，意识到中国现代化和社会主义化实践存在着多种可能性，那么应该说，赵树理文学恰恰为人们提供了想象多种“当代文学”的契机。

注　释

〔1〕［美］杰克·贝尔登：《中国震撼世界》，邱应觉等译，北京：北京出版社，1980年，第109页。

〔2〕孙犁：《谈赵树理》，原载《天津日报》1979年1月4日。收入《赵树理研究资料》（黄修己编），第294页。

〔3〕 戴光中：《赵树理传》，北京十月文艺出版社，1987 年，第 174 页。

〔4〕 周扬：《论赵树理的创作》，收入《赵树理研究资料》（黄修己编），第 189 页。

〔5〕 ［日］洲之内彻：《赵树理文学的特色》，日本《文学》第 21 卷第 9 期，东京：岩波书店，1953 年。收入《赵树理研究资料》（黄修己编），王保祥译，第 457 页。

〔6〕 ［日］竹内好：《新颖的赵树理文学》，日本《文学》第 21 卷第 9 期，东京：岩波书店，1953 年。收入《赵树理研究资料》（黄修己编），晓浩译，第 488—489 页。

〔7〕 李普：《赵树理印象记》，《长江文艺》第 1 卷第 1 期，1949 年 6 月。

〔8〕 孙犁：《谈赵树理》，《天津日报》1979 年 1 月 4 日。

〔9〕 1949 年进城对于孙犁的创作产生了很大影响，他曾这样表述："进城以后，人和人的关系，因为地位，或因为别的，发生了在艰难环境中意想不到的变化。我很为这种变化所苦恼。"（《关于〈铁木前传〉的通信》，收入《孙犁文论集》，北京：人民文学出版社，1983 年，第 543 页。）"我最熟悉、最喜爱的是故乡的农民，和后来接触的山区农民。……我不大习惯大城市生活，但命里注定在这里生活了几十年，恐怕要一直到我灭亡。在嘈杂骚乱无秩序的环境里，我时时刻刻处在一种厌烦和不安的心情中，很想离开这个地方，但又无家可归。"（《孙犁文集·序》，天津：百花文艺出版社，1982 年）

〔10〕 郭沫若：《读了〈李家庄的变迁〉》，原载《北方杂志》第 1—2 期，1946 年 9 月。

〔11〕 刘禾：《文本、批评与民族国家文学——〈生死场〉的启示》，收入唐小兵编《再解读——大众文艺与意识形态》，第 31 页。

〔12〕 赵树理：《回忆历史 认识自己》，收入《赵树理文集》第 4 卷，北京：工人出版社，1980 年，第 1825 页。

〔13〕 赵树理：《作家要在生活中作主人》，原载《新湖南报》1962 年 11 月 25 日，收入《赵树理文集》第 4 卷，第 1927 页。

〔14〕《暮色苍茫念手足——杨献珍同志忆赵树理》，收入《赵树理忆念录》，李士德编选，长春：长春出版社，1990 年，第 66 页。

〔15〕 董均伦：《赵树理怎样处理〈小二黑结婚〉的材料》，原载《文艺报》第 10 期，1949 年 7 月，收入《赵树理研究资料》（黄修己编），第 212 页。

〔16〕《暮色苍茫念手足——杨献珍同志忆赵树理》。

〔17〕 详细情况参阅董大中的《〈小二黑结婚〉的出版史实》（《新闻出版交流》1991 年试刊号）、《彭总为〈小二黑结婚〉题词的前前后后》（《文艺报》1992 年 4 月 4 日）、《关于彭总为〈小二黑结婚〉题词的时间》（《赵树理研究通讯》1992 年第 1 期）、《太行山文艺界在大众化上的论争》（《火花》1994 年第 5 期）等文章，均收入《赵树理研究文集·中卷》。

〔18〕 戴光中：《赵树理传》，第 166 页。

〔19〕 周扬：《论赵树理的创作》，收入《赵树理研究资料》（黄修己编），第 178 页。

〔20〕《一生都在为创作工农兵文艺而奋斗——苗培时同志忆赵树理》，收入《赵树理忆念录》，第 98 页。

〔21〕 戴光中：《赵树理传》，第 167 页。

〔22〕 董大中：《〈小二黑结婚〉的出版史实》。

〔23〕 董大中：《赵树理评传》，天津：百花文艺出版社，1986 年，第 126 页。

〔24〕《中共中央宣传部关于执行党的文艺政策的决定》，原载《解放日报》1943 年 11 月 8 日。收入《延安文艺丛书·文艺理论卷》，长沙：湖南人民出版社，1984 年。

〔25〕赵树理:《回忆历史　认识自己》，收入《赵树理文集》第4卷，第1827页。
〔26〕同上书，第1829页。
〔27〕戴光中:《赵树理传》，第204页。
〔28〕默涵:《从阿Q到福贵》,《小说》第1卷第5期，1948年11月。
〔29〕陈荒煤:《向赵树理方向迈进》,《人民日报》1947年8月10日。
〔30〕冯牧:《人民文艺的杰出成果——推荐〈李有才板话〉》,《解放日报》1946年6月26日。
〔31〕田瑜:《群众文化运动的开拓者》，收入《忆周扬》，第80页。
〔32〕周扬:《〈赵树理文集〉序》，收入《赵树理文集》第1卷。
〔33〕史纪言:《文艺随笔》,《文艺杂志》1947年1月。
〔34〕周扬:《对旧形式利用在文学上的一个看法》,《中国文化》创刊号，1940年2月25日。
〔35〕毛泽东:《在延安文艺座谈会上的讲话》，收入《毛泽东选集》第3卷，第859—863页。
〔36〕周扬:《论赵树理的创作》，收入《赵树理研究资料》(黄修己编)，第185页。
〔37〕洪子诚:《中国当代文学史》，第93页。
〔38〕参阅钱丹辉主编:《中国解放区文艺大辞典》中的“晋冀鲁豫边区提出‘向赵树理方向迈进’”条目，合肥：安徽文艺出版社，1992年，第72页。
〔39〕毛泽东:《新民主主义论》，收入《毛泽东选集》第2卷，第698页。
〔40〕《人民日报》(晋冀鲁豫边区)1947年8月10日关于会议的报道。
〔41〕陈荒煤:《向赵树理方向迈进》,《人民日报》1947年8月10日。
〔42〕戴光中:《赵树理传》，第222页。
〔43〕同上。
〔44〕周扬:《论赵树理的创作》，收入《赵树理研究资料》(黄修己编)，第189页。
〔45〕陈荒煤:《向赵树理方向迈进》,《人民日报》1947年8月10日。
〔46〕这六个版本包括：晋冀鲁豫书店1947年印行版，华北新华书店1947年9月印行版，华中新华书店1948年5月印行版，东北新华书店1949年5月印行版(此版由中南新华书店1950年4月再版)，苏南新华书店1949年6月印行版。这六个版本在篇目上略有出入。
〔47〕赵树理:《我的水平和宏愿》，最初辑自《新民报》所载《文代大会侧写》(徐综)和《光明日报》所载报道《文代大会第八日专题发言自由发言》，1949年7月11日。收入《赵树理全集》第3卷，北京：大众文艺出版社，2006年，第353页。
〔48〕洪子诚:《中国当代文学史》，第98—99页。
〔49〕韩北生:《读〈邪不压正〉后的感想和建议》,《人民日报》1948年12月21日。
〔50〕党自强:《〈邪不压正〉读后感》,《人民日报》1948年12月21日。
〔51〕这四篇文章是：耿西的《漫谈〈邪不压正〉》、而东的《读了〈邪不压正〉》、乔雨舟的《关于〈邪不压正〉争论的我见》和王青的《关于〈邪不压正〉》。
〔52〕朱寨主编:《中国当代文学思潮史》，北京：人民大学出版社，1987年，第126—127页。
〔53〕竹可羽:《再谈谈〈关于《邪不压正》〉》,《人民日报》1950年2月25日，同时刊于《光明日报》1950年2月26日。
〔54〕陈顺馨:《社会主义现实主义理论在中国的接受与转换》，合肥：安徽教育出版社，2000年，第217、223页。
〔55〕竹可羽:《现实主义与浪漫主义结合》，收入竹可羽论文集《论文学与现实的关系》，北京：作家出版社，1957年。

〔56〕［荷兰］佛克马、易布斯：《二十世纪文学理论》，林书武等译，北京：生活·读书·新知三联书店，1988 年，第 103—115 页。

〔57〕毛泽东：《在延安文艺座谈会上的讲话》，收入《毛泽东选集》第 3 卷，第 861 页。

〔58〕洪子诚：《中国当代文学史》，第 12—13 页。

〔59〕戴光中：《赵树理传》，第 248 页。

〔60〕中国科学院文学研究所《十年来的新中国文学》编写组：《十年来的新中国文学》，北京：作家出版社，1963 年，第 45 页。

〔61〕二十二院校编写组：《中国当代文学史》（第 1 册），福州：福建人民出版社，1982 年，第 146 页。

〔62〕俞林：《〈三里湾〉读后》，《人民文学》1955 年 7 月号。

〔63〕周扬：《建设社会主义文学的任务——在中国作家协会第二次理事会议（扩大）上的报告》，收入《中国作家协会第二次理事会议（扩大）报告、发言集》，北京：人民文学出版社，1956 年。

〔64〕参阅朱寨主编《中国当代文学思潮史》第三章“社会主义现实主义文学思潮的高扬”。

〔65〕赵树理：《不要有套子——在中国作家协会创作委员会小说组“百花齐放、百家争鸣”座谈会上的发言》，原载中国作家协会编的《作家通讯》（内部刊物）1956 年第 6 期。收入《赵树理全集》第 4 卷，第 473 页。

〔66〕赵树理：《当前创作中的几个问题》，收入《赵树理全集》第 5 卷，第 303 页。

〔67〕赵树理：《也算经验》，原载《人民日报》1949 年 6 月 26 日。

〔68〕竹可羽：《评〈邪不压正〉和〈传家宝〉》，《人民日报》1950 年 1 月 15 日。

〔69〕赵树理：《当前创作中的几个问题》，收入《赵树理全集》第 5 卷，第 304 页。

〔70〕王西彦：《〈锻炼锻炼〉和反映人民内部矛盾》，《文艺报》1959 年第 10 期。

〔71〕同上。

〔72〕邵荃麟：《在大连“农村题材短篇小说创作座谈会”上的讲话》，收入《邵荃麟评论选集》（上册），北京：人民文学出版社，1981 年，第 402 页。

〔73〕《文艺报》编辑部：《“写中间人物”是资产阶级的文学主张》，《文艺报》1964 年第 8—9 合刊。

〔74〕［荷兰］佛克马、易布斯：《二十世纪文学理论》，第 108—109 页。

〔75〕洪子诚：《中国当代文学史》，第 50 页。

〔76〕《文艺报》编辑部：《“写中间人物”是资产阶级的文学主张》，《文艺报》1964 年第 8—9 合刊。

〔77〕洪子诚：《关于五十至七十年代的中国文学》，《文学评论》1996 年第 2 期；《当代文学的“一体化”》，《中国现代文学研究丛刊》2000 年第 3 期。

〔78〕洪子诚：《中国当代文学史》，第 50 页。

〔79〕王晓明等：“笔谈赵树理”专栏，引自［越南］黄永福的发言，《文艺理论与批评》2008 年第 4 期。

〔80〕［匈］卢卡奇：《历史与阶级意识》，杜章智等译，北京：商务印书馆，2009 年。

〔81〕汪晖：《去政治化的政治、霸权的多重构成与六十年代的消逝》，《开放时代》2007 年第 2 期。

第七章

赵树理（下）：

传统与现代

赵树理版画像

梳理不同时期评价赵树理文学的不同方式和内容，可以大致看出从40年代后期到60年代当代文学主导规范的具体内涵的演变。这种对评价史的研究，可以从外部显示出赵树理文学置身的历史文化格局，以及他作为一个经典作家与这一格局之间既契合又抵牾的复杂互动关系。可以说，如何评价、定位赵树理的文学，一方面是当代文学主导规范通过筛选、阐释代表性作家、作品而构造自身合法性的过程，另一方面也是主导规范的建构者与当代作家（如赵树理）共同探索构想中的理想当代文学的实践过程。因此，强调相关评价的“外部性”，并不是说赵树理的文学实践是在当代文学建构的整体格局之外的，而是说在共同的历史意识的前提下，赵树理作为一个作家在文学实践中保持了他关注当代中国问题的主体性。这种“主体性”意味着赵树理常常是以他自己独有的文学方式在回应当代中国革命实践中普遍存在的历史问题。

文学研究界自80年代以来的主流观点常常将《讲话》的实施与作家们的创作实践放在某种对立格局中来加以考察，因此往往过分强调两者的矛盾甚至冲突的面向，而忽视了《讲话》所提出的工农兵文艺实践方案得以普遍实施的原因正是它回应了作家们普遍面临的历史议题。这也构成了作家们自觉参与当代文学实践的真正起点。如果在《讲话》和作家之间不存在共同的历史意识和问题意识，而仅仅是一种从外部依靠体制性力量对作家施行的“控制”，那么当代文学建构的展开显然是不可想象的。如李陀在评价《讲话》的历史意义时所说的，仅仅靠政治压力并不能“使千千万万知识分子改变自己的语言而接受另一种语言”，更重要的原因在于“毛文体或毛话语从根本上是一种现代性话语—— 一种和西方现代话语有着密切关联，却被深刻地中国化了的中国现代性话语”。[1]当代文学规范的建立并不是一套仅仅依靠暴力而得以贯彻、实施的新话语，更重要的是，它是对纠缠在现代文学时期的一系列核心问题的现代性“解答”。

1942年《讲话》的提出，并非仅仅针对延安文艺界“小资产阶级意识浓厚”的思想氛围以及暴露/歌颂的争论，同时也是对前一时期关于“民族形式”论争的回答，并以“抗战建国”为核心提出了一整套建立现代民族国家的现代性方案。工农兵文艺方向的提出是对“新鲜活泼的、为中国老百姓所喜闻乐见的中国作风和中国气派”的阶级主体的明确；而50年代的社会主义现实主义创作原则则把在“普及”基础上进一步“提高”的方向提了出来。这些规范性文学话语的提出，都围绕着一个核心问题，即确立以现代性为导向的新中国的意识形态。这里所谓“现代性”内涵，既指在反殖民主义、反帝国主义战争时期建立独立的民族国家，也包含快速“工业化”以完成民族国家“现代化”的历史任务。而社会主义新中国的特殊之处在于，“中国共产党人1949年取得政权，当时是允诺进行两次革命而不是一次革命：资产阶级革命和随之而来的社会主义革命”[2]；用毛泽东的表述，则是完成“新民主主义革命”之后接着进行“社会主义革命”。中国革命的历史实践决定了当代文学的建构、发生和发展。1949年前后当代文学规范内涵的变迁，是与毛泽东所说的“两次革命”的实践密切联系在一起的。文艺的社会主义特点得到越来越直接而纯粹的表述，正是毛泽东所规划的“新民主主义革命”和“社会主义革命”实践在意识形态上的反映。尽管存在这样的变化，但以现代性作为基本导向，以快速工业化完成国家的现代化，则是始终没有放弃的前提。

对这一基本观点的强调，一方面可以对80年代新启蒙思想潮流以“小农经济形态”“古典之风”[3]等来概括40—70年代中国历史与文学的说法提出质疑；另一方面，对于40—50年代的转型以及50—

70年代的社会主义实践，则可以更接近历史的方式去重新审视、辨析其中历史实践与文学实践的复杂性。

显然，处理这样的历史问题需要更大的篇幅，远不是对赵树理这一作家个案的分析所能完成的。本章尝试把赵树理纳入40—50年代的历史格局之中，在诸多互相冲突的文化交汇点上，重新讨论赵树理的文学实践及其创作诉求，进而对纠缠其中的农民文化/社会主义文化、乡村/都市、传统（古典）/现代、民间文艺/“五四”传统/当代文学等核心问题做出新的评价。在已有的文学研究中，一种相当有影响的主流看法认为，赵树理是“以中国下层农民传统战胜和压倒了西来文化”的典型代表，是“整个文艺的古典之风的空前吹起”[4]的50—70年代的经典作家。这种看法显然有简单化和本质化之嫌。从赵树理的创作经历来看，与其说他代表的是“中国下层农民传统”与“西来文化”之间的冲突，不如说是试图与以现代性为导向的国家意识形态相协商的乡村民间文化与同样以现代性为导向却以都市市民和知识群体为主体想象的“五四”新文学传统之间的冲突；与其说赵树理的作品表现的是“古典之风”，不如说他“以中世纪为媒介，但并未返回到现代之前，只是利用了中世纪从西欧的现代中超脱出来这一点”。[5]事实上，做出这样的辨析，就要对赵树理及其文学创作的现代性内涵做出新的评价。从这样的角度深入到当代文学话语秩序的内部，探寻其中相互冲突、磨合、转换的多种文学力量之间的复杂关系，才有可能使对当代文学如何发生这一问题的研究转向深入，而不是仅仅停留于或拒斥或辩护的简单化表态层面。

一、“民族形式”的创制

分析赵树理的崛起，不能忽略的一个大背景是1939—1942年由延安文艺界漫延至晋察冀边区、重庆、成都、昆明、桂林以及香港等地的“民族形式”论争。

这一大论争正式导源于毛泽东1938年10月在共产党第六届中央

委员会第六次全体会议上的报告《中国共产党在民族战争中的地位》。这篇报告在论及党员必须学习革命理论时，提出了马克思主义的中国化问题，即“马克思主义必须和我国的具体特点相结合并通过一定的民族形式才能实现”，应该把“国际主义的内容和民族形式”结合起来，形成一种“新鲜活泼的、为中国老百姓所喜闻乐见的中国作风和中国气派”。[6] 毛泽东并没有直接谈论文艺问题，但“中国作风和中国气派”却很快成为左翼文学界探讨民族形式的最高标准。

“民族形式”论争并非仅仅关涉形式问题，而是自“五四”新文学运动之后再一次提出中国文学应该达到的具有现代意义的新目标。如果说“五四”新文学运动是建构一种中国现代文学的起点的话，那么这次“民族形式”论争的重要性并不亚于“五四”，因为它是在新的历史时期和语境下对文学应该创制的现代民族形式的调整和重提，其最终的完成形态就是当代文学。目前中国文学研究的基本学科分类是将 20 世纪文学分为现代文学与当代文学，但现代文学和当代文学既延续又断裂的关系并没有得到很好的研究。大部分研究者要么把当代文学视为一种纯粹的政治文学，是由 1949 年社会主义中国建立这一政治事件标划的文学时段，一种纯粹伴随政治变动而产生的附属物，因而并不考察所谓当代文学的特定内涵、建构逻辑是怎样的；要么把现代文学视为一种被 40—50 年代转折期新中国的确立所粗暴地打断的文学进程，随着 70 年代后期“文革”结束，当代文学的建构过程也被中断，现代文学重新获得展开的机会，因而当代文学的历史就被视为一种畸变的、应该被抹杀或删除的历史段落。这两种研究方式都是一种非历史化的简单化方式。

追溯在 30—40 年代的历史语境中一种构想中的新的中国文艺形态如何被提出、容纳了何种新的文化资源，是研究当代文学的必需步骤。而“民族形式”论争无疑是当代文学产生的关键环节之一，是创制当代文学的初始情境。因而，重新清理这一论争中蕴含的复杂文化因素，关注这些因素以怎样的方式被整合到关于新的“民族形式”的创制之中，既是在一定程度上勾勒当代文学建构过程中被遗忘的历史段落，也是讨论赵树理文学特殊内涵的必要前提。

1. 抗战动员与文艺重建

“民族形式”问题的提出是基于抗日战争形成的一种基本历史情势，即文艺界从都市向乡村的流动，文艺界由于民族总动员而与底层民众广泛接触，使得文艺与大众的关系自五四新文化运动之后再次成为急迫的现实问题。由于切身体验到新文艺与广大乡村社会的隔绝，意识到新文艺不能单独承担起民族动员的任务，文艺的大众化、通俗化，尤其是旧形式的利用或运用问题，已经“成为文艺运动中一个极重要的问题”[7]，也是一个被广泛关注的问题。讨论者都不否认战争给作家、文艺和中国社会带来的巨大影响。如周扬所说：“战争给了新文艺的重要影响之，是使进步的文艺和落后的农村进一步地接触了，文艺人和广大民众，特别是农民进一步地接触了。抗战给新文艺换了一个环境。新文艺的老巢，随大都市的失去而失去了，广大农村与无数小市镇几乎成了新文艺的现在唯一的环境。”[8]对于作家而言，他们面临的新情境是“由专家的生活改变成群众的生活，由城市的工作转入了乡村的工作”[9]。在这一变动中，最为关键的矛盾是“五四”以来的新文艺与广大民众（尤其是为数众多的乡村中的农民）相隔绝的问题，新文艺适用范围的有限性被显现出来。

正是在这样的背景下，“旧形式”的利用和改造，成了讨论中普遍关注的问题。借鉴为内陆乡村民众所熟悉而五四新文化运动尚未到达的“旧形式”，被视为文艺大众化、通俗化的主要途径。同时，“抗战建国”这一总目标的提出则为文艺大众化、通俗化运动提供了具体的方向。也就是说，文艺的大众化、通俗化并不仅仅是一个普及和动员的问题，同时还必须与建立独立的现代民族国家这一目标联系在一起。因而，由利用“旧形式”到“民族形式”的提出，实际上是从动员民众抗日到以怎样的意识形态内容动员民众的变化。在这样的意义上，毛泽东的“中国作风和中国气派”的提出，就不仅仅是关于旧形式利用问题的另一种表述，而是提出了如何在反省“五四”新文艺“缺陷”的前提下，以“抗战建国”为总目标，重新整合既有的文化资源，以创造一种民族解放运动的普泛性现代民族形式。因而，讨论者都不否认的另一点是，“民族形式”是一个迄待创造出来的目标，而非既有的存在。如向林冰所说，“‘民族形式’在目前，尚不是一个既成的存在，它的完成形态，尚需我们在抗战建国的过程中，通过螺旋形的实践发展的连锁而战斗的创造起来。如果我们把问题的提起与问题的解决混为一谈，便是令科学家笑掉牙齿的愚蠢行为”[10]。

“‘创造性’是‘民族形式’的主要特点之一，从而也表明了‘民族形式’问题与现代性的关系”[11]，这一点使得1939—1942年这场讨论的核心问题不在于批判“五四”新文艺，也不在于利用和改造“旧形式”，而是如何在“五四”新文艺基础上进一步整合起更丰富的文艺资源，创制一种更有包容性的现代文艺新形式，即“民族形式”。如将文学实践问题与“现代性”联系起来，则需要重新评价和反思“五四”新文艺传统的现代性内涵，并在此基础上提出一种在重审传统/现代、乡村/都市、旧形式/“五四”新文艺等历史关联性的基础上，提出更适合中国民族性特点的现代性发展方案。

2．“民族形式”论争

在关于“民族形式”论争中，发生歧义的主要问题是以怎样的文化资源作为创制新的“民族形式”的核心源泉。向林冰提出以“民间形式”作为创制民族形式的中心源泉，这一观点受到激烈抨击。郭沫若、潘梓年、茅盾等的文章均强调“民族形式的中心源泉，毫无可议的，是现实生活”[12]。同时，他们也不同程度地批评和反思了“五四”新文艺，认为“他们（指‘五四’作家）所谓‘平民’其实是意指着市民而不是工农大众，所谓平民文学，其实是市民文学，不是‘大众自己的文艺’。如那时提倡的最成功的白话文，始终还是白话‘文’，是士大夫的白话，而不是大众自己的白话”[13]。但对“五四”文艺传统的批评并不是要取消或中断这个传统，批评者最终仍强调“五四”新文艺毕竟是进步文艺，“民族形式底创造应该以现今新文学所已经达成的成绩为基础”，并加强吸收“中国历代文学底优秀遗产”“民间文艺底优良成分”“西洋文学底精华”[14]（进而有论者把这三者概括为“三位一体”[15]），在这样的基础上，论者提出“民族形式根本是新文学本身底一个发展”。

因此，在“民族形式”论争中对“五四”以来的新文艺一方面是批评，批评其“大众化”不够，批评其“欧化”与“东洋化”；但另一方面，对于新文艺的评价要求“站在肯定这一时期是前期文艺的更向前进的总的评价上来批评这些缺点与错误；而决不能过分夸大了这些缺点以至用部分来概括全体”[16]。对“五四”新文艺传统的这种重估的实质，其实是如何看待现代和传统之间的关系。也就是，一方面，认为“五四”新文艺是现代的，但是有局限的“现代”，因为它尚未在更广泛的层面整合起更多传统（即诸多论者提及的“利用旧形式”）文化和文学因素。而提出这一问题的契机，则是抗战动员过程中遭遇的问题，以及左翼文化脉络上建构更具群众基础的阶级主体的问题。反思“五四”新文艺传统的关节点，在于其现代性的限度，以及如何重新整合传统与现代。在这样的意义上，“利用旧形式”的提出，也就是如何重新整合传统 / 现代、乡村 / 都市、中国 / 西方、民族性 / 现代性等因素，形成比“五四”新文艺传统更为普泛也更有包容力的“民族形式”。

由于反思“五四”新文艺传统，并不是要否定现代性，而是扩展现代性，因此，不仅向林冰把民间形式作为民族形式的“中心源泉”的观点受到批评（批评其否弃了都市 / 西方一脉上的文化资源），同时，胡风那种坚持以截然断裂的眼光看待“传统”（将其标识为“封建”这样一个在进化论脉络上充满价值判断的词）而以保卫“五四”的姿态出现的论者，亦受到批评。

胡风在为“五四”文学传统辩护的文章中，反对诸多论者泛泛地谈论“五四”，而认为应该分辨“五四”的主潮，应该“用‘五·四革命文艺’或‘五·四革命文艺传统’”取代“笼统的‘五·四新文艺’”这种说法。在此基础上，他重新定义“五四”新文艺，认为这是“获得了和封建文艺截然异质的、崭新的姿态”的文艺形式[17]，也就是一种获取了与“传统”截然不同的新质的文艺，这种新质是“一般意识形态的和文艺上的民主主义的斗争经验”，“惊喜若狂地找着了能够组织他们对于现实生活的认识，能够说出他们对现实生活的感应的、创作方法上的丰富的源泉”。同时，胡风把“五四”新文艺传统视为一种能够依靠自身力量不断扩展和壮大的现代性发展方案，依据在于其与现实生活之间的互动关系。

但显然，胡风在谈论“五四”文艺传统的展开前景时偏于抽象的理论式阐述，而无视抗战时期遭遇到的启蒙困境。他把“五四”现代性展开的过程仍旧设想成一个由上至下的“启蒙”过程，一个只要有足够的时间就能将其现代性观念覆盖至全社会的过程。理论思考上这未尝不可成立，这也是大多数坚持“五四”新文艺传统的知识分子的基本立场，但胡风没有回答当时迫切地摆在文艺工作者面前的基本问题，即乡村、民间、底层民众尤其是农民并没有接受以都市、市民社会、知识分子为主体的“五四”新文艺，而抗战动员的急迫也不允许中国文艺界按西方的方式完成“启蒙工程”。更为关键的是，战争造成的社会群体的流动所显现的“五四”新文艺本身适应范围的有限性，尤其是数量庞大的农民仍生活在“五四”新文艺（文化）的现代视野之外这一基本事实，并没有促使胡风去反省“五四”新文艺的历史局限，从而调整其现代性方案和现代性扩张的策略。他坚持采用传统（封建）/现代（民主）的二分法，将民间文艺隔绝在现代性视野之外，认为民间文艺“客观上既没有民主主义的现实存在，主观上又没有民主主义的战斗的观点”，因此“封建文艺再也不能向前发展了”[18]。这与其说是事实，不如说是胡风对民间文艺本身采取了一种静止的观察方式，将其截然地切断在“现代”之外。按照这种观点，当然也就没有讨论利用“旧形式”问题的必要性。

3. 重审“五四”新文学传统

重新评价“五四”新文化运动和“五四”新文艺，并非开始于抗战时期有关“民族形式”论争。此前的“新启蒙运动”和几乎与“民族形式”论争同时的“战国策派”，也对“五四”新文化（文艺）做出了新的评判。

1936—1937 年，张申府、陈伯达、艾思奇、何干之等人倡导发起新启蒙运动。其中引人注意的是张申府提出的“综合论”，即“所要造的文化不应该只是毁弃中国传统文化，而接受外来西洋文化，当然更不应该是固守中国文化，而拒斥西洋文化：乃应该是各种现有文化的一种辩证的或有机的综合”[19]，进而更具体地将五四新文化运动的两个基本口号更改为：“打倒孔家店”，“救出孔夫子”；“科学与民主”，“第一要自主”[20]。“新启蒙运动”是抗日战争这一背景下知识界确立现代民族国家和重构民族文化传统之诉求的文化反应，如何干之所说：“自从上下一致团结御侮的局势逐渐‘明朗化’以后，相应着这一政治上的民主运动，文化思想上的新启蒙运动，就成为广大人民抗敌救亡的共同目标了。这是针对着国难而产生的两种主要潮流。”[21]其矛头所向，主要是针对国民党的统治而要求民主，在文化上则要求重构现代与传统的关系，以一种不同于五四新文化运动的方式确立新的中国文化的主体身份。

40 年代初期的“战国策派”，在“民族生存”的诉求下，也尝试对五四新文化运动（当然也包括 20—30 年代的左翼社会文化运动）进行“超越性”评价，并提出“民族文学”的口号。“战国策派”特别急迫地强调民族和国家生存的危机意识，“说到底，一切都是手段，民族生存才是目标”，而五四新文化运动的问题“并不在其谈个性解放，而在其不能把这个解放放在一个适当的比例来谈，放在民族生存的前提下来鼓励提倡”[22]，“尤其错误的，就是他们没有认清时代，在民族主义高涨之际，他们不提倡战争意识，集体主义，感情和意志，反而提倡一些相反的理论”[23]。“战国策派”针对民族生存开出的“药方”，乃是德国狂飙运动式的“天才主义和民族文学”。

在“新启蒙运动”“战国策派”等思潮和流派之外，对五四新文化运动的反省和批评，也时见于 30—40 年代知识分子的评论当中。

李长之1942年在一篇评论文章中总结道："五四精神的缺点就是没有发挥深厚的情感，少光，少热，少深度和远景，浅！在精神上太贫瘠，还没有做到民族的自觉和自信。对于西洋文化还吸收得不够澈底，对于中国文化还把握得不够核心。"[24]可以说，抗日战争激起的民族意识使得重建民族文化和现代民族国家成为知识界普遍讨论的核心议题，而这一议题，又始终离不开对五四新文化运动的重新清理和评价，并将其对社会文化、民族生存状况的不满，归结于五四新文化运动的"过失"。以致五四运动的学生领袖、40年代身居国民党政府学术机构要职的傅斯年以嘲讽的语气写道："现在局面不同了，'五四'之'弱点'报上常有指摘，而社会上似有一种心愿，即如何忘了'五四'。"[25]

纳入抗日战争以来思想文化界的这一视野，回过头来看1939—1942年共产党根据地和左翼文化界在"民族形式"论争中对"五四"新文艺传统的评价方式，则可引申出一些就论争本身似乎无法呈现的观点。其一，尽管有着对"五四"新文艺传统的种种批评，但左翼文化界基本上是以"五四"传统的继承人自居。周扬将创制民族形式的方式总结为"以发展新形式为主"，即"把民族的，民间的旧有艺术形式中的优良成分吸收到新文艺中，给新文艺以清新刚健营养，使新文艺更加民族化，大众化，更为坚实与丰富，这对于思想性艺术性较高，但还只限于知识分子读者的从来的新文艺形式，也有很大的提高的作用"[26]。其二，为了补充"五四"新文艺的"不足"，"民族形式"论争对新形式与旧形式的关系做了进一步的辨析。所谓旧形式，并非泛泛地指称传统、封建时期的所有文艺形式，而是指"旧形式的民间形式，如白话小说，唱本，民歌，民谣，以至地方戏，连环画等等，而不是旧形式的统治阶级的形式"[27]。也就是说，旧形式被区分为"民间形式"和"统治阶级的形式"两种[28]。从这一判断上看，周扬等人对于旧形式的辩证看法，与向林冰关于"民间形式"的判断的关键差别在于一种阶级视野的引入，也就是说，在向林冰那里一概而论的"民间形式"，在周扬这里被区分为因阶级身份而不同的两种文化。为了论证新的“民族形式”需要纳入民间旧形式的合法性，周扬进而提出，“五四”新文学革命“否定传统旧形式，正是肯定民间旧形式”，从而对“五四”新文学运动本身也做出了不同以往的解释。

辨析左翼文化界对旧形式、民间形式、古典形式等范畴的定义，是为了指出在关于“民族形式”论争中，新与旧不再是截然对立的两个理论范畴，它们之间的界限开始变得较为含混。在这一前提下，利用和改造旧形式，才成为创制新的民族形式必要正面处理的迫切问题。

4. 左翼文化实践中的“旧形式”

事实上，左翼文化界提出的旧形式在当代文艺创作中的有效性并非简单的问题，至少不像80年代新启蒙论者所指出的那样，是回到“古典之风”，而包含了更复杂的、在反思中国社会现代性问题时值得重视的内涵。

其实周扬在文章中已经将类似的看法提了出来。他认为，新旧形式的讨论实质上关涉“如何认识自己民族自己国家的问题”，“必须把学习和研究旧形式当作认识中国，表现中国的工作之一个重要部分”，进而指出“现在的中国社会是一个新旧交错的社会，但一般说来旧的因素依然占优势，于是浸染了现代都市生活与现代世界文学修养的作家，在这里不能不有一点儿困惑了”。〔29〕承认彼时的中国是一个“新旧交错”且“旧的因素依然占优势”的社会，事实上就是承认再次进行现代启蒙（普及和提高）的必要性，承认五四新文化运动的不彻底性。面对这样的历史情势，周扬提供的是一个渐进的、折中的文化现代化方案：“目前新文艺创作可以一方面是专为一般大众写的，即通俗化的，以旧形式为主，一方面是仍以知识分子学生为主要对象，但同时并不放弃争取广大群众的从来的新文艺。这两个方面不但不互相排斥，正互相补充，互相渗透，互相发展，一直到艺术与大众之最后的完全的结合。”〔30〕这样一个折中方案的提出，周扬多少清醒地意识到其中不得已的成分："利用旧形式并不是单纯作为一种艺术形式的实验或探求，而毋宁是应客观情势的要求，战斗的需要，作为一种大众宣传教育之艺术武器而起来的。"[31]这也就是说，旧形式的利用主要是客观情势所迫，是为了"抗战政治宣传与大众启蒙教育"，因此，利用旧形式仅仅是一种"手段"，"是以最后否定旧形式本身为目的"。[32]

在周扬的论述中，"现代性"仍是不可更改的目标，只不过相对胡风等人对"旧形式"的决然否弃，相对于向林冰的"中心源泉"论，他提出的是一种尽可能更全面、更复杂也更具可行性的实践方案。而这实际上也成为共产党根据地的主导原则。

到1942年的《讲话》，工农兵作为主体被提出，这极大地改变了关于"新"与"旧"形式的讨论方式。毛泽东提出了"为什么人的问题，是一个根本的问题，原则的问题"。他从革命文艺的作用和功能（"作为团结人民、教育人民、打击敌人、消灭敌人的有力的武器"）、文艺的阶级属性（"一切文化或文学艺术都是属于一定的阶级，属于一定的政治路线的"）、文艺的接受对象（"文艺作品在根据地的接受者，是工农兵以及革命的干部"），甚至以个人经验阐述工人农民阶级的优越性（"拿未曾改造的知识分子和工人农民比较，就觉得知识分子不干净了，最干净的还是工人农民，尽管他们手是黑的，脚上有牛屎，还是比资产阶级和小资产阶级知识分子都干净"），详细论证了文艺应当为"工农兵及其干部"服务这一基本观点。这样，文艺形式的"新"与"旧"问题，就转变为文艺的表现对象和接受对象的问题。

由于文艺应当在立场、内容、形式上都适应工农兵的需要，毛泽东明确地提出了"革命的功利主义"，亦即无论新与旧，只要为多数人需要，"能使人民群众得到真实的利益"，就是"好的东西"。在相当辩证地讨论了普及与提高的关系之后，毛泽东说道："现在是'阳春白雪'和'下里巴人'统一的问题，是提高和普及统一的问题。"[33]

对于根据地（解放区）的文艺工作者而言，毋庸置疑的一点是，如果旧形式为工农兵大众所熟悉、所“喜闻乐见”，那么，避开它或拒绝对其进行改造利用，至少是一种立场性的错误。与此同时，利用旧形式的问题又必须放到普及与提高的框架内来讨论，也就是利用旧形式本身并不是目的，而是必须纳入“无产阶级前进”的轨道，与革命政治的大目标相关联，并以宣传革命工作为目的。

周扬的《对旧形式利用在文学上的一个看法》在谈及旧形式利用的问题时，确立了一个等级序列，即以“五四”新文艺、新形式作为基础，以民间旧形式作为补充的手段，最后达成“文艺与现实之更接近，与大众之更接近”的“更高更完全的民主主义内容，民族形式的新中国文艺之建立”。在这一序列中，尽管旧形式处于最低等级，但由于“五四”新文艺尚未完成与大众的普遍结合，由于创制新的民族形式必须重新整合旧形式，所以对旧形式的讨论就成为核心问题。而这一点，无论是倡导“民族文学”的“战国策派”，还是以“哲学的国防动员”为口号的“新启蒙运动”，抑或批评“五四”新文化“浅”的知识界，均未深入讨论。以1934—1935年的“新生活运动”为标志，以传统儒家文化和生活伦理确立其中国文化认同和民族身份的合法性，也是国民党政府试图推行的民族化实践。与之相参照，共产党根据地和左翼文化界对民族身份和民族文化（文学）的建构，无疑更强调以底层民众（工人、农民、士兵及其干部）为主体、以尚未被“五四”现代性统合的“民间文艺”作为核心资源、以现代性作为其核心导向的文艺形态。这也正是左翼知识界主导的“民族形式”论争的关键所在。

在前现代正统文化与民间文化、传统文化与现代文化、西方文化与中国文化、都市文化与乡村文化、知识分子及青年学生与缺乏文化（或文化水平不高）的工农兵等多重关系的参照之下，“民族形式”论争，实际上构成了当代文学的初始情境。赵树理这一作家的长成及其创作方式、精神构成也是由“民族形式”论争所呈现的诸种文化要素所孕育，并形成其独特的文学实践和文学表达。撇开这一人的历史背景，就无法理解赵树理文学的出现。同时也可以说，正是这些彼此关联又相互纠缠的历史因素的存在，构成了赵树理文学实践的内在文化视域，也成为人们指认赵树理文学之现代性性质时的难题。

二、现代还是传统：赵树理文学的性质

《讲话》的提出，与此前“民族形式”论争之间有内在的延续性，而赵树理在《讲话》得到广泛传播之前就已经创作出重要的作品《小二黑结婚》了，随后又写出《李有才板话》《李家庄的变迁》等，正印证了这种连续性的存在。可以说，构成赵树理创作的核心思想、精神和文学资源，基本上已经在“民族形式”论争期间完成。或者换一种说法，赵树理在当代文学、文化格局中位置暧昧，正因为他保持了某种创作的一贯性，而这种一贯性，正蕴含在“民族形式”论争所提示的基本内涵之中。因此，把“民族形式”论争作为探讨赵树理文学现代性内涵的基本历史语境，并不单纯是为了介绍赵树理创作的时代背景，而是试图说明如下这一点：尽管赵树理没有直接参与论争，但他以自己的创作实践完成了“民族形式”这一范畴在30、40年代之交提出时试图完成的乡村与都市、知识分子与农民、地方色彩与民族形式之间的统合，尤其是传统与现代的重新整合。也正是这一特点，塑造了赵树理文学现代性的特殊内涵。

1.“农民作家”与“新中国作家”

赵树理的代表性称谓是“农民作家”，这不仅指他的作品几乎全是农村题材，以农民为表现对象，并体现农民的美学欣赏趣味，同时也是指他的精神气质、生活方式和个人形象。李普在1949年的文章中写道：“从外表上看，这是一个纯粹的农民，是一个从俗流的眼光看来的十足的乡巴佬。”[34]这似乎是对赵树理的一种经典评价。但他并非真正的农民，而是一个出生在农村并与乡村民间文化水乳交融的现代知识分子。

传记材料会告知，在1925年就读于山西长治的省立第四师范学

1958 年女儿赵广建回乡后的赵树理一家

校之前，赵树理曾多么深地浸染在乡村民间文化（包括民间宗教会道门、迷信、儒佛文化经典、上党梆子与八音会等）之中。长治四师的学习，使他接触到“五四”新文化和新文学，而一改此前形成的由乡村宗教和儒佛混合而成的传统经典（如江希张的《四书白话解说》）构成的世界观和人生观[35]。他参与了学潮，加入了学生中的共产党组织，这造成他直到 1937 年参与山西共产党抗日组织（牺盟会）之前那段因政治迫害而流离失所的经历。但有趣的是，作为一个文学青年，本应迅速而有效地在他身上展开的新文学启蒙却受到了阻隔。就读长治师范学校期间，“寒暑假期中，他把他所崇拜的新小说和新文学杂志带回去给父亲看，因为他以为，文学作品照例应该是最容易被接受的，但父亲对他那一堆宝贝一点也不感兴趣。无论他怎样吹嘘也没有用，新文艺打不进农民中去”[36]。由此，他开始了对“五四”新文艺以及由新文艺作家构成的“文坛的循环”的怀疑和拒绝。

赵树理最初发表的文学作品确实带有“五四”新文艺的浓郁色彩，充满“欧化句法”和“学生腔”；参与抗日组织之后，赵树理所写的却都是配合抗日宣传的地方戏、鼓词、打油诗和民间小调。这种变化应是在赵树理对“五四”新文学做出批判性反思之后的调整。尤其在1942年太行文化人座谈会上与徐懋庸、高咏等人的激烈争辩，可以说是“民族形式”论争在赵树理身上具体而微的体现。据回忆材料和传记，在1942年这次探讨革命文艺如何深入大众的座谈会上，赵树理是最激烈地倡导通俗化的一个。他最引人注目的举动，是当众展示一堆被文艺界知识分子视为“低级”的旧派读物：《太阳经》《玉匣记》《老母家书》《增删卜易》《洞房归山》《秦雪梅吊孝》等，以此证明在农民、底层士兵间大量流行的并非新文学作品及新文艺样式，而正是这些知识分子瞧不上的通俗读物。

太行会议后不久，赵树理即着手创作现代上党梆子戏《万象楼》。这部以宣传反迷信思想为主题的地方戏，被赵树理视为自己文艺创作生涯的真正起点[37]，也蕴含了赵树理此后创作的一些重要因素。这部作品利用和改造旧形式的因素是毋庸置疑的，它借重的是赵树理一生热爱的地方戏——上党梆子，但加入的是一个非常现代的主题：以农民李积善的故事为主线，揭示农民从受蒙骗到醒悟的过程，从而提出破除封建迷信这一主题。这是一部受命之作，以1941年太行山腹地黎城县“离卦道”信徒暴乱事件为原型，而采取的具体写法则是以深受会道门影响的旧式农民为主角，“从内部揭发，现身说法”，赵树理认为这种写法“比八路军揭发说服力更大”[38]。1943年他的成名作《小二黑结婚》事实上也是采取了类似的写法。

从《万象楼》的创作动机、主题立意和写作方式都可看出这部作品与此后的“问题小说”的一致性，即写作主题与具体的政治宣传任务直接关联。赵树理自己也说道：“我的所谓‘问题小说’，是从编小报副刊时形成的，却是在写这几个剧本时巩固下来的。”[39]这使赵树理一开始就表现出很强的教化与宣传姿态，甚至把创作视为直接配合宣传的政治任务，从而与共产党政权的主流话语之间具有紧密关系。

这是赵树理很快进入根据地、解放区文艺界中心位置的直接原因，也使赵树理这个作家带有很强的政治印记，被许多国内外研究者视为伴随着共产党政权的成功而崛起并与其始终保持一致的主流作家。日本学者洲之内彻在给赵树理定位时使用了“中共的作家或新中国的作家”这一称呼，并且与丁玲、茅盾、老舍等现代作家区分开来。洲之内彻在分析这两类作家时写到，丁玲、茅盾、老舍等虽然也“在共产党统治下的中国积极地从事创作活动”，尤其是丁玲，她“在抗战中就到达了延安，参加了华北的土地改革，以其体验写了许多作品”，但为什么“一般不把他们叫做中共的作家或新中国的作家”呢？他提出的依据是丁玲等人“是中共成功以前已经成为著名作家的。他们是作为已经成名的作家为新中国效力的”，因此，与那些“在抗战中或抗战后期涌现的一批新作家”即赵树理等，属于两种不同的类型。[40]

2．赵树理文学的现代性问题

赵树理一方面是“农民作家”，显示出了其与以知识分子为主体的“五四”新文艺作家之间的区别（也与晚清以来的市民通俗文艺作家相区别），并与农村题材、农民文化趣味连在了一起；一方面是政治性、教化色彩浓郁的共产党主流作家，显示了与强调文艺独立性的现代审美文学之间的区别。正是这两点使得在高扬“五四”文化启蒙精神的80年代，赵树理被视为“以中国下层农民传统战胜和压倒了西来文化”[41]的50—70年代文艺的代表作家，并在启蒙与救亡（革命）、现代与传统的对立关系中被看作是前现代性的、带有浓厚传统色彩的作家。这无疑是在表明赵树理及其文学缺乏现代文学的现代性内涵。

即使在赵树理的时代，他的作品的现代色彩的暧昧性也始终是一个问题。李大章、冯牧、竹可羽等人批评其擅长写落后的一面而不能表现前进、进步的一面，周扬的文章所提的“农民意识”，实际上是在以一种隐晦的方式表达这一点。或许由于赵树理在中国当代文学界的重要地位，类似的看法在40—70年代并未形成明确的文字，而仅仅隐含在“农民作家”或“农民文化”这一含义丰富但暧昧的称呼之中。

40—50年代有限的国外研究资料却比较明确地涉及这一问题。1947年亲身到解放区采访过赵树理并较早地把赵树理小说介绍到英语世界的美国记者杰克·贝尔登在他的《中国震撼世界》中对赵树理的声誉、精神世界和个人经历做了精彩而似乎客观的呈现，但随后却以明确的态度表示对赵树理创作的失望：“说实话，我对赵树理的书感到失望。……他的书倒不是单纯的宣传文章，其中也没有多提共产党。……可是，他对于故事情节只是白描，人物常常是贴上姓名标签的苍白模型，不具特色，性格得不到充分地展开。最大的缺点是作品所描写的都是些事件的梗概，而不是实在的感受。我亲身看到，整个中国农村为激情所震撼，而赵树理的作品中却没有反映出来。”〔42〕贝尔登所列出的赵树理小说的缺陷，其实也是现代作家对传统（古典）小说进行批评时提出的观点。

贝尔登的话被日本学者洲之内彻在写于50年代初期的文章中引用，同样表达了对赵树理小说是否具有现代性的疑惑。而且，洲之内彻更为明确地提出了“现代小说”和“现代人”的一些基本思想原则。比如，关于赵树理小说缺乏心理分析，洲之内彻认为心理分析虽然有其问题，却是小说确立现代性的必不可少的前提：“心理主义可以说是自动地把现代小说逼进了死胡同。即使这样，无论如何它对确立现代化自我也是不可缺少的，或者说是不可避免的，也可以说是现代化命运的归宿。”又比如，关于赵树理小说人物缺乏“主体性”，以及小说世界的“一元化价值”，洲之内彻更明确地提出，这表明赵树理小说人物和世界还处在一种“蒙昧”状态：“赵树理创造的人物，只不过具有社会意义、历史价值的影子而已，实际上他们连反对社会权威的战斗都没参加过。新的政府和法令，如同救世主一般应声而到。道路是自动打开的”，“他没有机会感受到人和社会的对立，这对他来说是缺少的。但是，这是现代人面临的巨大苦恼之一”。〔43〕这些分析再明显不过地表明，论者认为赵树理的小说缺乏现代性内涵，不能呈现现代人的精神世界和精神困惑，而滞留于未经历现代启蒙的前现代精神状态。

3．现代性理论的历史脉络

对赵树理文学是否具有“现代性”这一问题的讨论，将使我们对这个作家的分析进入一个值得进一步展开的有趣层面。对赵树理的讨论，与对50—70年代的社会实践、文化和文学性质的讨论直接相关。

1981年公布的《中国共产党中央委员会关于建国以来党的若干历史问题的决议》，在追溯造成50—70年代尤其是“文革”极左思潮出现的原因时，明确提出了“封建主义”的影响。[44]在当时各类涉及当代历史的研究和评价文章中，“文革”被表述为“封建法西斯专政”或“封建复辟”。这种评价方式在启蒙/救亡模式中进一步扩展为对整个“五四”以后现代革命的判断。李泽厚的《启蒙与救亡的双重变奏》依照封建主义—资本主义—马克思主义的历史发展序列认为“五四”以来由于现代中国救亡任务的急迫，忽视了批判封建主义的启蒙任务，从而使封建主义“改头换面”地全面渗透于社会思想中，“特别是从五十年代中后期到‘文化大革命’，封建主义越来越凶猛地假借着社会主义的名义来大反资本主义……这便终于把中国意识推到封建传统全面复活的绝境”。他认为造成这种状况的核心原因在于现代中国没有“资本主义历史前提”，“也就是说，长久封建社会产生的社会结构和心理结构并未遭受资本社会的民主主义和个人主义的冲毁，旧的习惯势力和观念思想仍然顽固地存在着，甚至渗透了人们意识和无意识的底层深处”[45]。在李泽厚的表述中，救亡/革命/社会主义/封建思想复辟等暧昧地处于相互转换的关系中，而启蒙/资本主义/民主主义和个人主义/现代则是另一组可以互换的范畴序列。相应地，前一序列指称40—70年代的当代史，后一序列则指此前的“五四”至40年代和此后的80年代。也正是在这样的意义上，80年代被指认为一个需要重新启蒙、“补五四的课”的时期。

李泽厚这一在80年代思想界产生了广泛影响的指认历史和评判历史的观点，其问题不在于是否应该反省革命历史（尤其是50—70

年代的历史），而在于其反省历史的方式；不在于“启蒙”（现代）、“救亡”（革命或传统）何者更为重要，而在于将其指认为一组非此即彼的二元对立项；不在于追求启蒙的现代性是否更为正当，而在于以现代/传统之间的对立来描述革命历史/非革命历史。更关键的问题在于，这里所谓的启蒙所包含的现代性的具体内涵是把西方启蒙理性作为现代性的唯一内涵，并作为评判中国现代历史的绝对标准。在80年代，启蒙现代性是被当作一种普泛的价值标准来使用的，它不仅统摄西方/中国，而且也应该统摄革命历史，应该被当作一种比革命（被转换为“救亡”）更重要的历史目标。在这样的意义上，80年代知识界的思想主流充满着一种乌托邦化的现代性想象，一种充分意识形态化的现代性内涵。也正是在这样的评判的基础上，革命（乃至整个马克思主义思想脉络上的左翼文艺和左翼历史）被视为低一等的（如果没有明确地表示为“前现代”的）的历史歧路，而遭到忽视、否定和简化。

经历了80—90年代的转折，中国社会本身的变化以及全球化进程加快所呈现的历史/现实视野，启蒙现代性内涵的特殊性逐渐被人们意识到。钱理群写道：“现实生活的无情事实粉碎了80年代关于现代化，关于西方现代化模式的种种神话。与此相联系的是‘西方中心论’的破产。这都迫使我们回过头来，正视‘现代化’的后果，并从根本上进行‘前提的追问’：什么是现代性。”[46]对80年代现代化神话和现代性话语的意识形态内涵的追问，必然引起对50—70年代历史的重新评价。这些重新评价体现在洪子诚的《中国当代文学概说》[47]和《中国当代文学史》[48]中，也体现在黄子平、唐小兵、孟悦、戴锦华等被称为“再解读”思路的重读文章和著述[49]中，甚至更曲折地体现在90年代后期思想界新左派/自由派的论争当中。

90年代以来对启蒙现代性视野的反省，与关于赵树理文学现代性问题的讨论，关系并不遥远，相反颇为切近。虽然相关的讨论并非直接针对赵树理的文学创作，而是对整个50—70年代社会文化性质的评判，但赵树理作为那一时代最具代表性的作家，作为最早被当代革命文化秩序和话语规范所命名的“方向性”作家（尽管其方向性在1949年后变得颇为暧昧），这种讨论无疑可以直接应用于对赵树理文学的评价。引入这方面的后设的历史视野，一方面，可以把这里对赵树理文学现代性的讨论放置到一个延伸的现实脉络和问题序列之中；另一方面，也希望借助对历史个案的重新清理，补充更丰富的历史评价维度和理论视野。

如果说对赵树理文学是否具有现代性内涵的质疑并非始于80年代这一中国特殊的历史时期，而是自其诞生之日就成了一个问题，讨论就变得相对复杂。这一质疑也直接关涉“民族形式”论争之中和之后共产党根据地（解放区）文化政策的性质，即引入民间形式（“旧形式”）作为构造“民族形式”的有效成分，并把利用和改造民间形式作为创造工农兵文艺的重要资源，这到底是回归到了前现代文艺形态而仅仅更换了“民间形式”中所包含的意识形态内涵（比如由封建主义思想转换为马克思主义、社会主义思想），还是真正创造出了一种别样的现代新形式？

三、“反现代的现代性”

1. 现代性超克

在已有的研究材料中，日本学者竹内好在《新颖的赵树理文学》一文中提出的观点值得重视。这篇与洲之内彻同期发表在日本《文学》杂志1953年第21卷第9期上的文章，不仅为考察赵树理文学提供了一种全新的视角，而且对现代文学的现代性内涵本身提出了质疑。

竹内好首先对“现代文学”和“人民文学”（即当代文学）的关系提出了新的看法：“我认为，把现代文学的完成和人民文学机械地对立起来，承认二者的绝对隔阂；同把人民文学与现代文学机械地结合起来，认为后者是前者单纯的延长，这两种观点都是错误的。因为现代文学和人民文学之间有一种媒介关系”，而赵树理文学就是表现这种“媒介”关系的文学形态之一。赵树理文学“既不同于其他的所谓人民作家，更不同于现代文学的遗产”，“既包含了现代文学，同时又超越了现代文学”，这就是赵树理文学的“新颖性”。[50]

竹内好进一步从人物和环境之间的关系来具体讨论赵树理文学的特殊性。现代文学中的人物与环境之间的关系，是个体与整体之间的对立关系，是“从整体中将个体选出来，按照作者的意图加以塑造这样一种具有单方面倾向的行为”；而“人民文学”中人物与环境的关系是“个性寓于共性之中”，个体“不是独立于整体而存在的，故它不是完成的个体，而最多只不过是一种类型，没有达到典型的标准。这就是不重视人的文学”。但赵树理的文学关于人物和环境的关系的表现方式，既超越了现代文学的困境，即“现代的个体正进入崩溃的过程，对人物已不能再作为普遍的典型来进行描写”（这也就是洲之内彻所说的“心理主义”把现代小说逼进了“死胡同”，是“现代化命运的归宿”）；与此同时，赵树理文学也超越了人民文学那种个体缺乏从整体中独立出来的主体性。竹内好把赵树理文学的人物与环境的关系描述为：

> 赵树理对这一问题的处理办法，是在创造典型的同时，还原于全体的意志。这并非从一般的事物中找出个别的事物，而是让个别的事物原封不动地以其本来的面貌溶化在一般的规律性的事物之中。这样，个体与整体既不对立，也不是整体中的一个部分，而是以个体就是整体这一形式出现。采取的是先选出来，再使其还原的这样一种两重性的手法。而且在这中间，经历了生活的时间，也就是经历了斗争。因此，虽称之为还原，但并不是回到固定的出发点上，而是回到比原来的基点更高的新的起点上去。作品的世界并不固定，而是以情节的展开为转移的。[51]

正是赵树理文学具有的这种特点使其超越了现代文学的局限性。

竹内好进一步认为，现代文学的局限性表现在其始终具有一个

“固定的坐标”，这“固定的坐标”指的是现代社会产生的一种“人生观或美的意识等等”。它之所以成为无形的约束，是因为人们认为这种人生观或美的意识应该成为作品要达到的最高“境界”，如果这个坐标中途移动的话，作品就是不成功或不现代的。而赵树理文学恰好超越了这样一种框架，在人物/环境的关系、故事的结构方式上，随着情节、场面的转移，人与人之间的关系都是“有意义地向前发展和变化”的，因而表现出一种“杂乱无章”或“浑沌不清”的特性。但这种“浑沌不清”的特性又与现代文学之前的中世纪文学不同，因为中世纪文学处于“未分化”的状态，而赵树理文学这种未分化的状态却是“有意识地造成”的，“稍加夸张的话，可以说其结构的严谨甚至到了增一字嫌多，删一字嫌少的程度”，而“在作者与读者没有分化的中世纪文学中，任何杰作都未曾达到如此完美的地步”。因此，赵树理文学既超越了现代文学，又显然并非中世纪文学。他的作品之所以表现出一种难以用固定的坐标来框定的特性，正因为他“以中世纪文学为媒介，但并未返回到现代之前，只是利用了中世纪从西欧的现代中超脱出来”。在对赵树理文学的“新颖性”做出分析和论述之后，竹内好对人们在理解现代性时无形中把西欧的现代性绝对化的思路提出质疑：“囿于一定的人生观而想认识人在古代的情况，结果不甚了了”，“只有承认认识可以随实践而改变，并进行自我改造”，这样才能不使现代的内涵固定化，才能使现代文学获得真正自由的品性和发展。也只有在这样的前提下，才能理解赵树理文学的特殊意义。

竹内好在这篇文章中提出的衡量标准，无疑更开放也更具有包容性，也可以说更符合有过被殖民（半殖民）历史的作为第三世界国家的中国状况。他并不是简单地把现代文学的现代性作为一个绝对的认知标准，而是意识到这种现代性本身包含的限制（即固定的坐标），而且这种限制主要产生于现代性的西欧特性。赵树理文学一方面产生于对西欧现代性的不满；另一方面，借助中国传统文学资源（即“中世纪文学”）对这种限制做出超越，从而创造出了一种新的文艺样式。

竹内好的这种评判方式，事实上引入了第三世界民族国家现代性话语的“双重性”问题。也就是说，遭受西方帝国主义殖民侵略的后发现代化国家，一方面必须依照西方的方式实现现代化，另一方面又必须在现代化过程中反抗西方霸权而塑造自身的民族主体性。这也是毛泽东曾经论述过的“反帝反封建”历史任务的双重性。

在1940年发表的《新民主主义论》中，毛泽东第一次完整地提出了中国社会和中国文化的发展目标和步骤。他对中国社会的性质做出了如下判断：“很清楚的，中国现时社会的性质，既然是殖民地、半殖民地、半封建的性质，它就决定了中国革命必须分为两个步骤。第一步，改变这个殖民地、半殖民地、半封建的社会形态，使之变成一个独立的民主主义的社会。第二步，使革命向前发展，建立一个社会主义的社会”，而文化则应当是“民族的科学的大众的文化”，“就是人民大众反帝反封建的文化，就是新民主主义的文化，就是中华民族的新文化”。[52]在毛泽东的论述中，包含了中国建立现代民族国家的双重性问题。从殖民、半殖民控制下摆脱出来，建立独立的民族国家，这是反帝的第一层内涵；也要反封建，达成科学和民主的目标，这是现代化的内涵；同时，所建立的独立的现代的民族国家是反资本主义的社会主义国家，这是反帝的第二层内涵，也使中国的“现代化”具有和西方国家的现代性不同的含义。印度学者帕萨·查特杰在讨论第三世界独立建国运动时，也提出这样的观点：“一方面强调落后民族可以实现‘现代化’，另一方面则又强调本民族的文化定位。因此，可以说它生产的话语是双重性的。这个话语一方面对殖民统治的政治合法性提出挑战，另一方面则屈从于殖民统治所依赖的思想前提，即‘现代性’。”[53]毛泽东提出的反帝反封建的历史任务，无疑可以作为第三世界国家民族主义双重性描述的有效互证。

由于中国现代化的发生具有与西方国家不同的历史情境，其现代化方式和现代性内涵也必然具有和西方启蒙现代性不同的内容。这正是80年代“启蒙与救亡”论述模式所忽略的，也是50年代洲之内彻等日本学者在质疑赵树理文学的现代内涵时所忽视的。竹内好在《新颖的赵树理文学》中并未对西欧现代性和中国（东方、第三世界）现代性做出更多的论述，但在提出赵树理文学具有别样的“新颖性”时，却无疑呈现出了这样的理论视野。赵树理文学既不同于现代文学又不同于人民文学，同时又与中世纪文学相区别的独特内涵，开始获得一个可以的讨论空间。

2．反思现代性

在将赵树理文学的现代性作为一个值得讨论的问题提出时，另外一个不能忽视的研究脉络是由90年代“再解读”思路提出的反思现代性视野。最早将这一问题落实于现代文学的分析实践中的，是李陀1993年发表的文章《丁玲不简单——革命时期知识分子在话语生产中的复杂角色》。

李陀在分析以丁玲为代表的延安知识分子为何心甘情愿地接受了《讲话》所确立的新话语时，引入关于“现代性”问题的讨论，认为其“从根本上该是一种现代性话语——一种和西方现代话语有着密切关联，却被深刻地中国化了的中国现代性话语”。他同样将李泽厚的“启蒙与救亡论”作为辨析的前提，认为这种论述模式总是在“隐喻层面”上把启蒙作为种种“正面的文化价值”的代表，不仅忽视了西方近百年对启蒙主义的批判传统，更重要的是忽视了“启蒙主义/现代性在向全世界进行政治、经济和文化的扩散中，发生于帝国主义和殖民地之间、东方和西方之间、第一世界和第三世界之间、现代化及反现代化之间的种种相互渗透、相互制约的复杂情况”。而毛泽东文艺思想则充分意识到了启蒙主义与西方帝国主义扩张过程的同步性，因而这一话语的现代性正在于它具有双重性：“一方面，反对帝国主义和殖民主义，反对以自由主义、个人主义为标志的种种资产阶级的文化价值，反对以工具理性做支撑的现代资本主义经济组织，以及与这体制密切相关的现代政治、法律制度，反对在科学技术和市场经济高度发达的前提下形成的种种对人的支配形式；另一方面，主张民族独立以建设一个现代化的民族国家，主张在传统和现代二分的前提下实现传统社会向现代社会的转化……”[54]这一长长的结论尽管有值得商榷之处，但大体可以概括中国革命与现代化的双重性的具体表现形态。

唐小兵在为《再解读——大众文艺与意识形态》所写的序言中，也将这一理论视野纳入对延安文艺的重新评价当中，认为延安文艺同样具有现代化的双重性，因而将其称为“一场反现代的现代先锋派文化运动”。他认为：延安文艺不仅使大众作为政治力量和历史主体得到具体的浮现，而且，“这场运动隐约地反衬出对以现代城市为具体象征的市场经济方式的一种集体性抵抗意识，尤其是对资本主义生产方式所带来的‘感性分离’、价值与意义的分割所催发的无机生存的下意识恐慌和否定”。在唐小兵的论述中，延安文艺所反对的现代化形态是一种资本主义式的“社会分层以及市场的交换—消费原则”[55]。

3. 现代性内涵的双重性

综合以上的研究成果，可以得出的基本结论是：在讨论40—70年代中国文学的现代性内涵时，必须考虑特定的历史情境，因为这个时期固然是以追求现代化作为必需的历史目标，但其现代性内涵具有双重性，也可称为“反现代性的现代性”：一方面，必须尽快实现现代化以进入现代世界格局，比如建立现代的独立民族国家，形成统一的国内市场，完成工业化，建立完备的国民经济体系等；另一方面，由于西方启蒙理性遭遇的困境，也由于第三世界的现代性是在资本主义的扩张过程中被迫接受的，因此，第三世界地区或国家的现代性又不是西方现代性的复制，而包含了反对西方现代性的内容。

反抗西方现代性的途径，大致包含两种形态或两个历史脉络[56]：一种是在西方之外被殖民的国家和地区，它们在反抗殖民主义的前提下强调本民族文化价值的特殊性，其极端形式最后导向的是“文明主义”。“二战”之中和之后被殖民区域的独立建国运动中，强调本民族的文化特性和民族身份，是普遍的现象。在这一点上，1939—1942年关于“民族形式”的一系列论争也是这一普遍反应中的一个环节。另一种发生在西方社会内部，主要是马克思主义思想脉络上的批判理论，它的最大贡献在于“将人类社会的活动、制度彻底历史化，视资本主义为历史的产物而没有存在的必然性”，从而建立了一种“对资本主义的内部批判”的马克思主义批判传统。从“五四”时期开始引入马克思理论、建立共产党组织直至毛泽东思想的提出、社会主义中国的建立，也是马克思主义理论在中国的特定实践形态。由此，40年代左翼脉络上的新中国、新文学的“民族形式”的构想，更具有对西方现代性的双重反抗，既强调民族文化特性，又强调以社会主义革命作为最后目标。

将这样的多重历史脉络和理论阐释纳入分析视野，“民族形式”论争、工农兵文艺的提出、当代文学的建构和形成，既追求现代化又重视利用和改造“旧形式”“民间文艺”的复杂内涵才能得到充分的展现。在这一历史语境及其内在问题视野之中产生的赵树理文学的“新颖性”才能获得更全面的评价，其独特意义才能得到更准确的阐释。

四、赵树理文学的现代性内涵

逐一分析作品，从新的角度详细论证赵树理文学的现代性内涵，需要过于庞大的篇幅，为简便起见，这里主要在上面论及的基本思路上提供一些线索性的思考方向。概括说来，赵树理文学之所以被怀疑缺乏现代性，是在两个层面上做出的：一是他的小说与农村民间文艺之间的密切联系；二是他的作品始终把政治事件和社会运动作为主题，呈现出明显的教化、宣传色彩，没有充分地体现建立在个人主义基础上的现代人的独立精神状态。以下的分析也主要围绕这两点展开。赵树理的文艺创作主要是小说和戏曲，限于篇幅，这里主要讨论他的小说创作。

1. 以民间为基础的现代文艺

赵树理文学的现代性主要表现在创造性地借鉴乡土中国社会的民间形式来表述一种既与民族国家现代性意识形态相协商又与其相区别的独特观念。赵树理的“民间形式”是在两种参照中定义的：一是参照主要借重西方文艺形式和现代观念的“五四”新文艺，这里隐含着新与旧的对比，但又显然并不认为民间的必然是旧的；一是参照已进入古典文学正统地位的旧文学经典，与之相比，在受教育程度普遍不高的农民中间流行的旧形式，则无疑是民间的。赵树理所谓的“民间”，并非在国家政权、官方（state）与市民社会（civil society）的框架中被定义，也不单纯是在现代（新形式）与传统（旧形式）的框架中理解，而是兼有两种框架涉及的内涵但又有独特的构成。这个概念指涉的是农村和农民这样一个具体的社会空间和社会群体，同时也指其中未曾被现代性历史摧毁的文化样式和认同资源，即所谓“活的传统”。

在与“五四”新文艺相参照时，这种民间文艺的突出特征是对本土资源的重视，尤其试图把现代观念容纳其中。在“民族形式”论争中，向林冰用“新质发于旧质的胎内”来论述民族形式和旧形式之间的关系，赵树理的基本观点则可以说是“在旧胎中培养新质”。他一贯强调的是新的文学必须是“土生土长的东西”，而他对“五四”新文艺的批评则是“放着在全中国群众中根深蒂固的现成基础不拿来利用、改造、补充、提高，却只想把它平灭了再弄一些洋花洋草来代替它”[57]。如果说“民族形式”论争中对向林冰的主要批评是指责他没有分清新/旧之间的主次和等级关系的话，那么赵树理争辩的重点则在于新形式应该以哪种资源为基础。“民间形式”因其具有群众基础及民族适用性而被赵树理视为理所当然的首选，并将此作为定位自己创作实践的主要坐标。

从赵树理表达创作观念的文章和创作谈来看，他对自己的定位始终是明晰的。40年代由李普的《赵树理印象记》的转述，他提出了“文坛文学家”和“文摊文学家”的区分。所谓“文坛文学家”，显然是指由“五四”新文艺作家构成的创作群体。在赵树理看来，这是一个“狭小得可怜”的“圈子”，“真正喜欢看这些东西的人大部分是学习写这样的东西的人，等到学的人也登上了文坛，他写的东西事实上又只是给另一些新的人看，让他们也学会这一套，爬上文坛去。这只不过是在极少数的人中间转来转去，从文坛来到文坛去罢了”。[58]

这段话凸显了新文艺创作群体的封闭性（与“大众化”相对），以及新文艺创作的习得性（与“自发性”相对），因而文学变成了少数有特殊写作技能的人的专利。这段话虽不无偏颇，但也颇为准确地呈现出了现代文学本身的知识/权力关系。（试比较特里·伊格尔顿关于文学性质的描述：“我们迄今所揭示的，不仅是在众说纷纭的意义上说文学并不存在，也不仅是它赖以构成的价值判断可以历史地发生变化，而且是这种价值判断本身与社会思想意识有一种密切的关系。它们最终所指的不仅是个人的趣味，而且是某些社会集团借以对其他人运用和保持权力的假设。”[59]）赵树理为自己设想的理想身份则是“文摊文学家”：“写些小本子夹在卖小唱本的摊子里去赶庙会，三两个铜板可以买一本，这样一步一步地去夺取那些封建小唱本的阵地。”[60]拒绝把大众隔绝其外的文学话语所形成的圈子，而选择似乎更开放的庙会文摊，赵树理强调的是现代文艺实践内部的差异性，他并不拒绝“夺取封建阵地”这样的启蒙任务，也不拒绝文艺的市场流通形态（相反，在他看来，“五四”新文艺才是没有市场的）。从后两点看，赵树理似乎更为现代。文坛文学家/文摊文学家的对立，毋宁说是“五四”文艺传统和改造过的民间文艺传统的对立。

1954年，赵树理在一篇谈戏曲改革的文章中把这一点明确化了。他把文艺遗产分成三种：古典的、民间的和外国的。所谓“外国的”指的就是“五四”以来的新文艺。他称这些为“遗产”，也就是从创制新文艺样式时可以借用的“资源”这个意义上来看待这些文艺样式。他认为，“民间艺术是会吸收新事物的，不过在自然状态下的发展，需要很长的时间（要在新事物变成群众日常生活的有机部分之后）”[61]，这事实上是一种和“民族形式”论争中大部分论者不一样的观点，其他论者不管是赞成还是不赞成利用民间形式，都会突出民间形式“停滞”的特性，而赵树理却认为民间形式是可以吸收新事物的，因而可以发展的。他所拒绝的改造方式是那种取消本土的民间形式而移植外国文艺的方式，那种“只想把它平灭了再弄一些洋花洋草来代替它”的方式，因而他提出了一种“正确的革命办法”：“用人工缩短旧剧在自然状态下发展、变化时要占去的年代。要本着这个精神做，就得照顾到旧剧的特点、发展的规律、当前的缺点、各剧种的差别等等。”[62]赵树理所说的三个遗产其实只有两个，那就是民间文艺和“五四”新文艺，而从这样的表述中不难看出，他认为民间文艺的改造利用是更重要也更有效的方式。1957年的时候他把改造利用民间文艺和五四新文艺传统之间的对立表述得更直接：“经过‘五四’所创之统是宝贵的，是应该继承的，但为更多数人所熟悉所喜爱之统就不应继承吗？再不能上学的人就不应该有接受艺术的机会吗？我们的下一代把两个统都继承起来不更好吗？为什么要有计划有步骤地来消灭一个呢？我以为把民间传统继承下来是有必要的。”[63]到1966年赵树理写作的长篇回忆文章《回忆历史　认识自己》中，这种对抗意识成为一种近乎悲凉的绝望。他再次重复了40年代对“五四”新文艺的批评，即“把现在尚无文化或文化不高的大部分群众拒于接受圈子之外”，同时写道：“我在这方面的错误，就在于不甘心失败，不承认现实。事实上我多年所提倡要继承的东西已经因无人响应而归于消灭了。……事实如此，不以人们意志为转移也。”[64]

可以看出，在新形式（“民族形式”或“当代文学”）、民间形式、“五四”新文艺这三种文艺形态之间，赵树理提出的是一种区别于周扬等左翼文艺界主流观点的构想，即并不以“五四”新文艺作为基础、以民间形式为补充来创造民族形式，而是以民间形式作为基础、部分借鉴甚或抛开“五四”新文艺传统来创造新的现代的中国民族文艺形式。他对“五四”新文艺的指责始终是它“与人民大众无缘”，“在这方面却和他们打倒的正统之‘文’一样”。[65]赵树理所强调的文学作品与读者的关系似乎仅仅在重复毛泽东关于“群众文艺”或“工农兵文艺”的政治表述，但事实上包含了更复杂的内容。在他的构想中，突出作品与读者的关系并不仅仅是在强调阶级主体，而是文学作品必须与读者形成一种没有间离的关系，也就是作品所表现的认知方式、情感逻辑和叙事形态，必须与读者达到某种“同一”的混沌境界，使接受者没有对语言、文类的隔膜感而直接进入小说世界之中去。这一点与现代文学所强调的“媒体自觉”、作品与读者间的距离，是很不一样的。赵树理借以造成这种接受效果的资源，就是民间文艺。因为这种还活在乡土中国社会中的民间文艺对于农民来说，是一种“自在”的文艺[66]，就像鱼在水中却感觉不到水的存在那样。他越来越深地忧虑的，是随着“五四”新文艺实践的扩张，民间文艺传统的消失。他认为造成这种现象的根源，是五四新文化运动对传统的彻底消灭以及全盘西化的方式，“我们不能再像‘五四’时期那样，因为反封建打倒孔家店，连不是孔家店的东西也打倒了”[67]。

在赵树理的认知结构中存在“土”与“洋”这样的二元对立式，这似乎简化了问题的复杂性，却打破了西方（现代）与传统（中国）这一对立结构式，即传统与现代之间并非截然对立的关系，而是将传统（也就是从前现代社会长成的民间文艺）看成是可以转化为现代的，并且强调无论何种形式的现代化，必须在本土的文化资源中生长。借用竹内好的表述，“赵树理周围的环境中不存在作者与读者隔离的条件。因此，使他能够不断地加深对现代文学的怀疑。他有意识地试图从现代文学中超脱出来。这种方法就是以回到中世纪文学作为媒介”[68]。

2. 口传文艺传统

赵树理对民间形式的借用，在50年代前期主要是口头文艺形式，比如评书形式（《小二黑结婚》《登记》）、快板形式（《李有才板话》）、口头故事形式（《传家宝》《邪不压正》）等；到50年代后期至60年代初期，尤其是《三里湾》之后的小说，则如孙犁所说，“读者一眼可以看出，渊源于宋人话本及后来的拟话本”[69]。

在40—70年代，并非只有赵树理的小说在借用民间文艺样式，比如40年代的《新儿女英雄传》《吕梁英雄传》，以及50年代的《铁道游击队》《烈火金刚》《林海雪原》等也都采用这种方式。但其他小说主要借用的是章回体的形式和英雄传奇的故事类型，而赵树理却实践了多种形式，且做了更为灵活的创新。他自己说：“我写的东西，大部分是想写给农村中的识字人读，并且想通过他们介绍给不识字人听的，所以在写法上对传统的那一套照顾得多一些。但是照顾传统的目的仍是为了使我所希望的读者层乐于读我写的作品，并非要继承传统上哪一种形式。”“我究竟继承了什么呢？我以为我都照顾到了，什么也继承了，但也可以说什么也没有继承，而只是和他们一道儿在这种自在的文艺生中活惯了，知道他们的嗜好，也知道这种自在文艺的优缺点，然后根据这种了解，造成一种什么形式的成分对我也有感染，但什么传统也不是的写法来给他们写东西。”〔70〕这种“什么形式的成分对我也有感染，但什么传统也不是”的写法正是赵树理追求的目标，也是他的小说的特征。这种借鉴民间文艺的主要特点在于对“说唱文学”的现代转换，即真正的言文一致。

赵树理小说的首要特征表现在语言上。就语言本身而言，人们难以从形式上发现多少地方色彩，相反是一种直截了当的朴素到“干净”的现代白话。这些小说几乎不采用歇后语或地方土语，而且人物语言和叙述语言之间达成了一种和谐的统一，即小说的叙述语言也采取了和人物语言一致的口语。由此，小说整体上由直白、简洁的“普通话”构成。这种普通话既不同于长句式、结构复杂的欧化文学语言，也不同于有古典的文言，而几乎像是“一个老农用简洁的、平淡的口吻讲出来”〔71〕。如果说“五四”白话文运动是基于对古典文言文的否定而创造一种新的白话，而这种新白话仍旧是以都市市民语言或欧化句式构成的书面语形式，那么在赵树理小说中，语言的口语化则更进一层，它直接以农民口语为基础，继承了古典通俗小说的语言特征，从而造成一种“抓住了口语的节奏”“有力而又流畅，朴实而又精确”的书面语形式。如郭沫若所说：“不仅每一个人物的口白适如其分，便是全体的叙述文都是平明简洁的口头语，脱尽了五四以来欧化体的新文言臭味。然而文法却是谨严的，不像旧式的通俗文学，不成章节，而且不容易断句。”〔72〕在这样的意义上，赵树理的小说语言在创造一种更为口语化的书面语形式方面，比“五四”新文学更进了一层。

赵树理的短篇小说也具有这样的特征。尽管可以从中辨析出某种民间文艺形式的因素，但小说整体样式却是独特的，并不是古典小说形式的模仿或移植。以《登记》为例，尽管可以从中看到评书的影响，但这显然不是传统形式的评书。这篇小说较为明显地借用了评书形式，甚至被称为“评书体小说”，最明显的结构因素是“说书人”作为叙述人直接出现在小说中。但这篇小说却省略了传统评书中说书人的大量插话，以及过度的铺排性描绘和渲染。说书人在这里采取了自问自答的叙事形式，主要是用来作为组织故事结构的一种功能性因素。由罗汉钱引出张家庄的故事，由故事引出“小飞蛾”，由“小飞蛾”的外号引出母亲的历史，由母亲的罗汉钱引出女儿的婚恋故事，这一层层的展开过程，主要是通过说书人的过渡性语句来进行连接的，从而使小说的第一部分能够自如地在现场与故事、历史（母亲）与现实（女儿）、背景与主要矛盾之间灵活地转换。事实上，正是说书人的存在，使得这篇被称为“评书体”的小说具有了现代实验小说的一些因素：由于说书人的存在，他对虚拟的现场听众的问答，使故事的讲述始终在拟定的“虚构”层面展开，并以一种幽默的语调营造着轻松的“听故事”的氛围。如果说现代实验小说中叙述人的“自我暴露”是要强调小说的虚构、讲述的特性，那么，《登记》中说书人的存在同样达到了这样的效果。

赵树理其他的短篇小说同样具有这样的特征，即传统形式的采用并不是沿用固定的套路，而是有效地服务于小说所要讲述的情节，并呈现出一种和现代小说相近的虚构自觉和多种叙述形式的融合。当然，如同孙犁所说，赵树理50年代后期至60年代的短篇小说，“对形式的爱好越来越执着，其表现特点为：故事行进缓慢，波澜激动幅度不广，且因过多罗列生活细节，有时近于卖弄生活知识，遂使整个故事铺张琐碎，有刻而不深的感觉”。造成这种拘束和滞重，主要是因为当时的创作空间越来越局促，而且赵树理本人对于民间形式的重视也越来越带有悲剧性的偏执心态。更明显的是，他的后期创作中对于“旧形式”的利用主要不是前期所采用的民间口头说唱艺术，而是看重更为专业化的古典文艺形式，这大约也是赵树理对抗被他视为“文坛文学正统”的“五四”新文艺的一种下意识反应。

3．长篇小说结构和“新人”

在如何评估赵树理文学的成就及其现代性问题上，他的几部长篇小说是引起最多争议的作品。

周扬在评价赵树理的第一部长篇小说《李家庄的变迁》时认为，从小说中“可以看出作者在这里有很大的企图。和作者的企图相比，这篇作品就还没有达到它所应有的完成的程度，还不及《小二黑结婚》与《李有才板话》在它们各自范围之内所完成的。它们似乎是更完整，更精练”[73]。而在评价赵树理的第二部长篇小说《三里湾》时，周扬也有这样的批评：“在他作品中所展开的农民内部或他们内心中的矛盾就都不是很严重，很尖锐，矛盾解决得都比较容易。作品中许多情节都没有得到充分展开的机会，而故事就匆忙地结束了。这样，就影响了主题的鲜明性和尖锐性，影响了结构的完整和集中。”[74]这种批评概括说来，就是结构散漫、拖沓，对人物形象的心理冲突描写得不够，甚至缺乏典型性。竹内好在《新颖的赵树理文学》中引述对赵树理的批评意见时，也提到与周扬类似的观点，即认为赵树理的第一部长篇小说《李家庄的变迁》在“结构上有很大的破绽，头重脚轻”。这种批评在中国左翼批评界也存在。比如，荃麟、葛琴在分析《李家庄的变迁》时也这样说：“第十章以后，因为故事复杂了，就不容易处理，写得便显得松懈，描写太少，直叙太多，就不如前面的生动，所以在完整性上，它不如《李有才板话》。”[75]

类似的批评意见显然是可以成立的，但必须注意的是这种批评所参照的标准——要求小说围绕一个核心冲突事件组织完整的结构，造成匀称、平衡的形式美感；要求人物描写深入到心理分析的层次，表现某种自我分裂式的内心冲突。这也是现代长篇小说的基本手法和结构方式。赵树理的长篇小说却表现出了与此相异的特征。

《李家庄的变迁》大致可以分成三个部分，第一部分写民国时期

1917—1918年一桩乡村官司，写出了未被战争和革命意识触动的乡村秩序，以及农民张铁锁破产的过程；第二部分写张铁锁在太原的流浪经历以及回村后的活动，表现的是这个朴素也普通的农民自我觉醒的过程；第三部分则写村子里的群众场面和群众活动，他们如何与地主、汉奸斗争，最后取得胜利。这种结构方式，显然不是以某个人物为中心，也不是以某一矛盾事件为中心，而是以更为庞杂的空间或群体作为表现对象，即题目所标示的“李家庄的变迁”。也就是说，小说所表现的主体是“李家庄”这个社会空间或群体，而不是张铁锁或小常。

在试图表现某一社会环境或空间的现代化变动时，现代小说惯常采用的手法是以一个家族或一个主人公来表现这种变动，比如路翎的《财主的儿女们》、梁斌的《红旗谱》等，人物被放在高于环境的位置上进行描写，等到他们的历史性格完成时，他们便站到小说世界最显眼的位置，读者必须通过人物与环境的象征性关系来理解社会环境本身的变化。《李家庄的变迁》则不同。其中，环境始终是小说所要表现的第一对象。人物有时会获得中心位置，比如对张铁锁的描写，但人物的历史性格的完成并不是要他去取代环境成为第一表现对象，而是再次还原到环境之中，成为已经被革命唤起的群众中的一员。因此，到小说第三部分，张铁锁便“消失”在起来抗争的人群之中。竹内好称之为“先选出来，再使其还原”的“双重性的手法”，并写道：“而且在这中间，经历了生活的时间，也就是经历了斗争。因此，虽称之为还原，但并不是回到固定的出发点上，而是回到比原来的基点更高的新的起点上去。作品的世界并不固定，而是以作品情节的展开为转移的。”[76]这就决定了小说的结构也会缺乏一个中心人物或中心事件，而是处在向前变化的过程中。这种结构方式，事实上和“进化”的历史观之间有直接的关联，或者说，这种结构方式以更为本质的方式表达了进化历史观。在这一点上，无论如何不能说这部作品是传统小说的复现。

在表现这种现代性历史观的同时，赵树理小说的结构也摆脱了现代小说惯常使用的中心人物的成长故事。一般而言，中心人物的觉醒开始于其与所生活的环境的自觉分离，然后在斗争中获得新的历史性格，最终成长为英雄般的“新人”。《李家庄的变迁》也试图表现“新人”成长的过程，这主要是通过张铁锁这个人物形象来表现的。但张铁锁与一般的英雄人物相区别的是，他并非英雄——即环境的中心，而是以李家庄这个空间中的普通一分子出现的，因而他的觉醒就带有更大的普遍性；而当他成长为“新人”之后，也并不是永远站在历史斗争最前列的核心人物，而是消融在更多的“新人”中间，再次成为新人世界中的一分子。

也就是说，这个人物身上始终具有某种融合了“主动性”和“被动性”的因素。关于他对自己遭遇的压迫的愤懑，关于他如何迅速地接受青年学生身份的革命家小常的思想影响，这是他的“主动性”的表现；而他必须通过小常这样的人才能确认“世界的不合理性”和抗争的必要性，他即使成长为新人也并不是一个引导历史前进的英雄，这显示的是他的“被动性”。对于赵树理小说人物的这种“被动性”，洲之内彻认为这是一种“一元化价值”，即小说人物“之所以受到祝福，是因为历史的必然性，是因为他们属于进步势力方面的人；他们之所以受到祝福，是因为他们的社会立场正确。除此之外，别无他因”〔77〕。因而，洲之内彻觉得在其中看到了“虚无主义”，即“赵树理创造的人物，只不过具有社会意义、历史价值的影子而已，实际上他们连反对社会权威的战斗都没参加过。新的政府和法令，如同救世主一般应声而到，道路是自动打开的”〔78〕。

这种评价有其独到之处，较为准确地呈现了赵树理小说人物的“被动性”内涵，但因此说他们只是“社会意义、历史价值的影子”，“连反对社会权威的战斗都没参加过”，却并不准确。至少在《李家庄的变迁》中，真正完成解放自己的历史任务的，并非“新的政府和法令”，而是农民们血流成河的斗争。竹内好认为赵树理的小说克服了现代文学中常有的人物与环境的对立，最终形成的那种“一元化价值的世界”是“抛弃了自己和自己所处的世界，而获得了更加广阔的世界，并在那个世界中得到了自由的自己”。这种评价方式或许有溢美之嫌，但需要意识到竹内好做出评价的前提，即一方面从传统中解放出来而达到现代化，另一方面又要克服现代化的困境。他正是在这样的双重现代性维度中做出的评价。因而，竹内好的观点事实上超越了洲之内彻（事实上也是大多数质疑赵树理小说现代性的研究者所具有的）那种单一维度的现代性观念。

就赵树理本身来说，值得重视的一点是他始终非常清醒地意识到自己小说的阅读对象是农民，即“写作品的人在动手写每一个作品之前，就先得想到写给哪些人读，然后再确定写法。我写的东西，大部分是想写给农村中的识字人读，并且想通过他们介绍给不识字人听的”[79]。这种对农民阅读水平及阅读趣味的照顾，具体表现在小说中就是周扬所说的“农民是主体，所以在描写人物，叙述事件的时候，都是以农民直接的感觉，印象和判断为基础的。他没有写超出农民生活或想象之外的事体；没有写他们所不感兴趣的问题……他把每个人物或事件在群众中的反映及所引起的效果，当作他观察与描写这个人物或事件的主要角度”[80]。这种对阅读主体和想象主体的认同造就了赵树理小说的主要特点。他的小说人物的被动性因素，一方面表现的是某种“历史的真实”，即农民在中国革命历史中所处的位置和他们获得历史意识的方式；另一方面也可以说，他依照农民生存方式和精神结构的现实，拒绝或否定了那种以个人主义作为意识形态实践方式的人物主体想象。既然“个人主义”作为意识形态实践和主体构成方式遭到拒绝，因而，心理分析、自我分裂式的心理冲突、英雄化主人公，都没有出现在赵树理的小说中。

4．超越个人主义的农民主体

这是我们首先重复周扬所提的问题：“赵树理岂不只是一个农民作家吗？他的创作和思想水平不是降低到了‘农民意识’吗？”回答当然不像周扬那样斩钉截铁，说因为赵树理“歌颂了农民的积极的前进的方面”，“写了好的干部”，因此就超越了农民意识。问题不在于是否因为表现了农民意识就不现代了，而是应该意识到在谈论现代化问题时，现代化的主体到底是什么。

赵树理始终关注的是处在社会大变动过程中的农民，因此，他就会表现出与以“独立个体”或“都市市民”作为主体的现代化想象不同的地方。赵树理的小说与传统小说的区别是明显的，就是他从不放弃“启蒙”“反封建”这样的现代化主题，相反地，他认为自己的小说比“五四”新文艺更彻底地渗透到被现代化遗弃的农民群体和农村文化市场之中的。造成疑虑的是赵树理小说用以“启蒙”的现代化意识形态本身，即这种现代的意识形态主题由于和官方主流意识形态之间的关联，经常被研究者认为是一种官方意志的“政治传声筒”。如果参照康德所谓“启蒙运动就是人类脱离自己所加之于自己的不成熟状态。不成熟状态就是不经别人的引导，就对运用自己的理智无能为力。当其原因不在于缺乏理智，而在于不经别人的引导就缺乏勇气与决心去加以运用时，那么这种不成熟状态就是自己所加之于自己的了”[81]，可以认为，如果赵树理小说的现代主题仅仅是一种官方意志，那就仍旧没有摆脱蒙昧的状况。

但赵树理文学的现代意识并没有那么单纯。在早期的小论文中，赵树理把“通俗化”工作称为“‘新启蒙运动’的一个组成部分”，即“新启蒙运动，一方面应该首先从事拆除文学对大众的障碍，另一方面是改造群众的旧的意识，使他们能够接受新的世界观”[82]。所谓“新的世界观”，在赵树理小说中既不同于“五四”新文艺的核心——个人主体的独立意识，也不同于以集体主体为核心的国家具体政策，而是呈现出另外一种混沌的状态。这种状态或许可以描述为从既有的由乡村宗教会道门传播的封建世界观和宗族秩序中解脱出来，但并不立即获得独立的个体意识，而停留在未被重新整合的“自在”状态中。这是为什么赵树理的小说一方面宣传反迷信，但又没有明确地表现需求民主的个人主体；一方面宣传婚姻自主，但又不写爱情；一方面配合每一次政治宣传而写出相应的问题小说，但又总被指责为有农民意识。

“农民意识”经常被转换为“实利主义”，一方面暴露出农民的利益与国家利益之间的缝隙，另一方面又被批评为缺乏现代人意识。农民与国家利益之间的分歧，无须做更多的讨论。事实上，如果说赵树理在50年之后的当代文坛受到种种质疑而处在一种相当微妙和尴尬的位置，那么核心原因即在于此。表现在文艺形态上则是前面所述的“工农兵文艺”与“社会主义现实主义”这两种规范之间的矛盾。帕萨·查特杰等印度学者在展开“庶民研究”（subaltern studies）时提出，在反殖民时期，民族国家往往能够调动农民成为抗争的主体，而民族国家独立之后，农民与国家之间的利益却越来越分离。[83]如若将这一论断移到关于赵树理的讨论中，也可以部分地解释赵树理在1950年之后为何被屡屡指责为“农民作家”而缺乏更高的境界。

赵树理小说的农民意识和国家意志之间的关系，也并非简单的对抗模式，而是一种“协商”的关系，这样说更准确些。赵树理小说的主题与不同时期的政治任务的紧密配合，是他经常提及的一点。在《回忆历史　认识自己》中，他甚至把自己的每一篇作品都和政治宣传任务联系起来，并将那看作产生小说主题的直接动因。这也就是他自己所说的“问题小说”。但表现在具体的小说形态上，却较为复杂。他的小说从来不是直接“图解”某一政治观念或政策，而是尽力地试图从是否有益于农民（被理解为“人民利益”）这一核心准则中寻找这一主题的合法性因素。即使是《登记》这样一篇直接配合宣传新《婚姻法》的小说，他也是从农村女性的利益诉求出发来完成对主题的表达。在一篇直接谈到“赶任务”的文章中，赵树理这样说：“如果本身生活与政治不脱离，就不会说临时任务妨碍了创作，因为人民长远的利益以及当前最重要的工作才是第一位的”，“认为‘临时任务’一来，妨碍创作，原来的工作就永远不能完成了，这种错误观点的产生基本上就是因为生活与政治不能密切配合，政治水平还不够高。所以当上级已将任务总结指出之后，应该感谢才对，因为自己不能认识到是中心任务，而别人已替自己指出来”。[84]这种说法不无偏颇之处，它主要是表现赵树理对文学的政治宣传功能的理解，而不是作为统摄性的“文艺为政治服务”的政治要求。值得注意的是，赵树理之所以认可“赶任务”，基本前提是政治任务符合人民的长远利益。可以想见，如若这些政治任务并不与人民利益相符，他会做何选择，比如，1959 年赵树理到晋东南蹲点发现农村问题时，他选择的就是站到农民一边。这也是他后期不断受到批判的原因。

关于赵树理小说是否仍停留在传统的精神状态中而根本没有获得现代的个体自我意识，这个问题则要复杂一些。洲之内彻如此概括现代文学的暧昧性，即“一方面想从封建制度下追求人的解放，同时另一方面又企图否定个人主义”〔85〕。洲之内彻认为，尽管个人 / 社会的对立是“现代人面临的巨大苦恼之一”，但文学表现个体的心理分裂“对于确立现代化自我是不可缺少的，或者说不可避免的，也可以说是现代化命运的归宿”。〔86〕

竹内好的观点却不这么简单，他倾向于将“个人主义”“自我完成”看作一种历史范畴，或“意识形态实践”的结果。竹内好在描述战后日本青年的困惑时写到，由于无法发现“孕育个体无限发展的可能性”，在青年中产生了“虚无主义”和“存在主义”的倾向，但是，“虚无主义和存在主义是西欧个性解放过程中的产物，所以，在以表面的现代化还未成熟的个体为条件建立起来的日本社会里，想要诚实地生存下去、诚实地思考的人，是不能长期停留在虚无主义和存在主义之上的”。〔87〕也因此，同样是“自我现代化还没有成熟”的中国，赵树理的文学提供了一种“整体中个人自由”的认知形态。具体地表现为小说中的人物经常随事件的出现而出现，随后又消失，而没有成为贯穿小说的典型人物，比如《李家庄的变迁》中的小常、张铁锁。也就是个人并不与整体对抗，也不是整体的一个部分，而是以个体就是整体这一形式出现。

竹内好的这种分析是有启发的。一则，他提示我们以自我性格完成、个人主体作为评判小说人物的唯一标准，是一种现代文学的“无形约束”，因为这使我们不能接受超出这种人物模式、主体状态之外的其他主体形象；二则，必须意识到“个人主义”也是一种现代性的意识形态。在所谓“大写的人”已经成为80年代中国的现代化神话被人们认知之后，反思现代性的维度应该延伸到关于个人主义的反省。反省的例证之一，则是赵树理这样的并不强调表现个人主义自我或情感方式的文学作品。如果说存在一种另类的现代自我形态，赵树理的文学或许是值得考察的对象之一。

形成争论的是赵树理的小说中“没有爱情描写”。不仅对《小二黑结婚》《孟祥英翻身》《传家宝》《登记》可以提出这样的质疑，以三对年轻人的婚恋故事作为主要叙事线索的《三里湾》也明确地受到这一质疑。一位署名“一丁”的读者50年代曾写了《没有爱情的爱情描写——读〈三里湾〉》[88]一文，与赵树理商榷。赵树理给出的回应是，一则，农村的生存状况决定了青年农民的爱情不可能像城市那样。他们虽然都自由了，但在恋爱、婚姻上还不能“像城市那么开放”。“让有翼和玉梅拉住手扭扭秧歌还可以，你让他两人去跳‘步步高’、‘快三步’就不行”。二则，农民的爱情就是如此，“不要求知识分子都看我的《三里湾》，也不希望他们在《三里湾》里寻找恋爱经验”[89]。赵树理的回答颇为现实主义：现实中没有的就不能“瞎写”。而从知识分子/农民的对立中，可以再次看到赵树理是在有意识地拒绝一种形态的爱情描写。他并没有说他的描写就是爱情，而是区分了不同的恋爱经验。这种恋爱经验如果用个人主义和自我完成的眼光来看，确实过于“庸俗”，促成那三对年轻人结婚的心理动机，都是一种非常实用和实际的考虑。

如果我们并不是要评价哪一种爱情描写更好或更有道理，而是本着竹内好所谓现代小说应该是自由的，“不受任何约束”，那么赵树理小说对于这样的农民爱情经验的描写就有存在的合理性。何况，他对于其表现对象的社会属性和小说的阅读对象始终有着充分的自觉的考量，其目的也正是要破除那种普泛的但与农民经验相隔绝的爱情观。如若进一步深入到小说所写的爱情关系中，可以说，这种新型的恋爱关系一方面使年轻人从封建宗族关系和观念的束缚中解放出来，另一方面又不认为那必然导向一种现代都市核心家庭式的婚姻关系，也就是说，这种新型的农民爱情打碎了封建宗族关系和封建观念，却不想打碎社会结构来重组一套全新但陌生的关系模式，而是以更自由的方式，以自觉的个体的选择，来获得在原有社会结构中的自由。试想《登记》等小说中对于美满婚姻关系的描绘——“日子也过得，家里也和气，大人们脾气都很平和，孩子又漂亮又正干，年纪也相当”，这不仅是女儿艾艾的择偶标准，也是母亲小飞蛾的标准。尽管这种爱情仍旧和传统社会的门当户对相似，但由于在这过程中是获取了自由的年轻人的彼此选择，是在斗争中获取的结果，因此与传统的门当户对又有了不同的前提和生活内容。而赵树理的爱情描写的现代性，正表现在这里。

结语：赵树理文学的命运

把赵树理文学的现代性内涵作为一个问题提出，并不是要提出另一种统摄性的现代性标准，而是在反思现代性理论和反省 80 年代现代化神话的基础上，提供另一种观照角度。这里关注的问题是，在 40 年代左翼文化界重新整合现代与传统的文化资源的基础上产生的赵树理文学，它对“现代”做何理解，赋予了哪些不同于启蒙主义的现代性内涵，又怎样通过文学创作来表现这一点。这些问题涉及对传统文艺资源的重新整合、对现代性的另类想象、对现代主体的不同构想，以及由此创造的不同的文本样式。

赵树理在 1966 年的回忆录中感叹道：“老的真正的民间艺术传统形式事实上已经消灭了，而掌握了文化的学生所学来的那点脱离老一代群众的东西，又不足以补充其缺”，“事实如此，不以人们意志为转移也。”[90] 赵树理试图部分保存的民间文艺传统如此，他自己的文学作品也是如此。

1981 年，第一位于“文革”后访问赵树理故居的日本学者在文章中写到这样一个细节：

> 我问："直率地说，现在还读赵树理先生的作品么？"对我这种冒失的提问，曾有不少人不知所措。只有赵二湖回答说："已经不怎么读了。"话音里有一种枯涩的味道。这种枯涩，像是一个作家在质疑究竟将自己的基础置于何处，还未摆脱迷惑似的。他大略地告诉我，模仿父亲已经不可能。眼下的时代，即使是农村的青年人，也喜欢读城市里的爱情故事，像广东的杂志《作品》或北京的杂志《十月》上发表的那种东西了。[91]

赵树理文学的这种命运，显然联系着当代中国社会的变化，特别是与80年代之后迅速展开的有别于50—70年代的现代化进程有关。但在中国已经全面介入全球化进程的今天，反省现代性，描述赵树理文学的另类现代性内涵，却开始成为研究界明确的问题意识。对赵树理文学的重新探讨正基于这种新的不同于80年代的当代情境。赵树理文学能够为我们思考现代性问题提供另一种新的文化价值和中国想象吗？这尚是一个没有确定答案的问题。而这种思考的必要性在于，回到复杂的历史情境中深入探察那些曾经被遗漏的现代性想象，剖析那些提供另类思考可能性的路径，是探寻克服现代文学、现代化困境的方式之一。虽然很难说就能找到一条确定有效的路径，但希望正在对另类实践视野或思想资源的重新思考之中。

注　释

〔1〕　李陀：《丁玲不简单——革命时期知识分子在话语生产中的复杂角色》，收入《雪崩何处》，第149页。

〔2〕　［美］莫里斯·梅斯纳：《毛泽东的中国及其发展——中华人民共和国史》，第481页。

〔3〕　参阅李泽厚的《中国近代思想史论》（北京：人民出版社，1979年）和《中国现代思想史论》（北京：东方出版社，1987年）中的《启蒙与救亡的双重变奏》《二十世纪中国文艺一瞥》诸文。

〔4〕　李泽厚：《二十世纪中国文艺一瞥》，收入《中国现代思想史论》，第246、254页。

〔5〕［日］竹内好:《新颖的赵树理文学》，收入《赵树理研究资料》(黄修己编)，第492页。
〔6〕毛泽东:《中国共产党在民族战争中的地位》，收入《毛泽东选集》第2卷，第534页。
〔7〕艾思奇:《旧形式运用的基本原则》,《文艺战线》第1卷第3号，1939年4月16日。
〔8〕周扬:《对旧形式利用在文学上的一个看法》,《中国文化》创刊号，1940年2月25日。
〔9〕艾思奇:《旧形式运用的基本原则》,《文艺战线》第1卷第3号，1939年4月16日。
〔10〕向林冰:《论"民族形式"的中心源泉》，重庆《大公报》1940年3月24日。
〔11〕汪晖:《地方形式、方言土语与抗日战争时期"民族形式"论争》，收入《汪晖自选集》，南宁：广西教育出版社，1997年，第346页。
〔12〕郭沫若:《"民族形式"商兑》,《大公报》1940年6月9日。
〔13〕《新文艺民族形式问题座谈会上潘梓年同志的发言》,《新华日报》1940年7月4—5日。
〔14〕文学月报社举办的"文艺的民族形式问题座谈会"上叶以群的发言,《文学月报》第1卷第5期，1940年6月15日。
〔15〕文学月报社举办的"文艺的民族形式问题座谈会"上臧云远的发言,《文学月报》第1卷第5期，1940年6月15日。
〔16〕《新文艺民族形式问题座谈会上潘梓年同志的发言》,《新华日报》1940年7月4—5日。
〔17〕胡风:《对于五·四革命文艺传统的一理解》,《胡风全集》第2卷，武汉：湖北人民出版社，1999年，第744—745页。
〔18〕胡风:《对民间文艺的一理解》，收入《胡风全集》第2卷，第750页。
〔19〕张申府:《五四纪念与新启蒙运动》,《北平新报》1937年5月2日。
〔20〕张申府:《什么是新启蒙运动》,《实报·星期偶感》(北平)，1937年5月。
〔21〕何干之:《新启蒙运动与哲学家》,《国民周刊》第1卷第13期。
〔22〕林同济:《廿年来思想转变与综合》,《战国策》第17期，1941年7月20日。
〔23〕陈铨:《五四运动与狂飙运动》,《民族文学》第1卷第3期，1943年9月7日。
〔24〕李长之:《五四运动之文化的意义及其评价》，原载《大公报》，1942年5月3日。收入《迎中国的文艺复兴》，商务印书馆，1946年9月。后收入《李长之批评文集》，郜元宝、李书编，珠海：珠海出版社，1998年，第338页。
〔25〕傅斯年:《"五四"偶谈》，原载《中央日报》1943年5月4日。收入《出入史门》，杭州：浙江人民出版社，1998年版，第194页。
〔26〕〔27〕周扬:《对旧形式利用在文学上的一个看法》,《中国文化》创刊号，1940年2月25日。
〔28〕关于何谓可以作为资源的"旧形式"，讨论者的观点不尽相同。向林冰的"生于民间，死于庙堂"实际上采取的是"五四"时期胡适等人的观点。而叶以群、茅盾等人则认为，需要"承继中国历代文学底优秀遗产——由诗经楚辞起，以至唐诗、宋词、元曲、明清小说等。不仅学习它们形式上的优长，更重要的是学习作者处理现实的态度，与现实搏斗的方法"(叶以群1940年4月21日"文艺的民族形式问题座谈会"上的发言，发表在《文学月报》第1卷第5期)。茅盾则更明确地提出："如果我国固有的文艺形式而有所可取，或不应不有所取，那么，一切旧形式皆当有份，不应只推崇民间形式，甚至应该多取民间形式以外的旧形式，因为他们在形式上，确是更进步的。"(《旧形式·民间形式·与民族形式》,《中国文化》第2卷第1期，1940年9月25日)胡风在《关于五·四革命文艺传统的一理解》中，认为周扬、方白、何其芳等人在"五四"新文艺传统与旧形式之间的关联的分析和向林冰的观点实质上是一样的，即认

为"五四"批判的仅仅是正统的古典文学，而不是同为旧形式的民间文学。胡风提出，所谓"白话形式""白话小说"等仅仅是"构成文艺形式的基本材料"，更关键的是要看"五·四精神底民主的科学的立场"，"五四"文艺作为一种"新形式"，"不但和古文相对立，而且也和民间文艺相对立"。

〔29〕〔30〕〔31〕〔32〕 周扬:《对旧形式利用在文学上的一个看法》,《中国文化》创刊号，1940年2月25日。

〔33〕 毛泽东:《在延安文艺座谈会上的讲话》，收入《毛泽东选集》第3卷，第862—865页。

〔34〕 李普:《赵树理印象记》,《长江文艺》第1卷第1期，1949年6月。

〔35〕 赵树理曾这样概括自己此前的基本教养："在这一阶段，我以学习圣贤仙佛、维持纲常伦理为务，在当时的上流社会人看来，以为是好孩子，可惜'明书理不明事理'。"（董大中:《赵树理评传》，第23页。）

〔36〕 李普:《赵树理印象记》,《长江文艺》第1卷第1期，1949年6月。

〔37〕 据传记材料，"文革"初期赵树理因现代上党戏《十里店》受批判时曾痛切地说道："我是生于《万象楼》，死于《十里店》。"（董大中:《赵树理评传》，第336页）这两部现代戏都是赵树理所热爱的家乡地方戏上党梆子，且都试图表现现实生活。一部是其获得创作声誉的起点，一部是其创作生涯的终点，这也构成了赵树理文艺创作的有趣现象。

〔38〕 戴光中:《赵树理传》，第151页。

〔39〕 同上书，第152页。

〔40〕 [日]洲之内彻:《赵树理文学的特色》，收入《赵树理研究资料》（黄修己编），第456—457页。

〔41〕 李泽厚:《二十世纪中国文艺一瞥》《记中国现代三次学术论战》，均收入《中国现代思想史论》，第246页。

〔42〕 [美]杰克·贝尔登:《中国震撼世界》第17节"赵树理"。另收入《赵树理研究资料》（黄修己编），第40页。

〔43〕 本段引文引自[日]洲之内彻:《赵树理文学的特色》。收入《赵树理研究资料》（黄修己编），第462—463页。

〔44〕《中国共产党中央委员会关于建国以来党的若干历史问题的决议》（1981年6月27日中国共产党第十一届中央委员会第六次全体会议一致通过）在论及"文革"产生的根源时写道："中国是一个封建历史很长的国家，我们党对封建主义特别是对封建土地制度和豪绅恶霸进行了最坚决最彻底的斗争，在反封建斗争中养成了优良的民主传统；但是长期封建专制主义在思想政治方面的遗毒仍然不是很容易肃清的，种种历史原因又使我们没有能把党内民主和国家政治社会生活的民主加以制度化，法律化，或者虽然制订了法律，却没有应有的权威。"（收入《三中全会以来重要文献选编》中共中央文献研究室编，北京：人民出版社，1982年，第819页。）

〔45〕 李泽厚:《启蒙与救亡的双重变奏》，收入《中国现代思想史论》，第36—38页。

〔46〕 钱理群:《现代文学的观念与叙述——〈中国现代文学三十年〉笔谈》,《文学评论》1999年第1期。

〔47〕 洪子诚:《中国当代文学概说》，香港：青文书屋，1997年；《当代文学概说》，南宁：广西教育出版社，2000年。

〔48〕 洪子诚:《中国当代文学史》，北京大学出版社，1999年初版；2007年修订再版。

〔49〕 代表性研究文章收入唐小兵编《再解读——大众文艺与意识形态》。

〔50〕〔51〕 [日]竹内好：《新颖的赵树理文学》，收入《赵树理研究资料》(黄修己编)，第488—489页、第490页。

〔52〕 毛泽东：《新民主主义论》，收入《毛泽东选集》第2卷，第666、698、708页。

〔53〕 [印度]帕萨·查特杰：《国族主义者的思想和殖民世界：一种派生性话语》，印度德里：牛津大学出版社，1986；美国米尼苏达大学出版社，1993。

〔54〕 李陀：《丁玲不简单——革命时期知识分子在话语生产中的复杂角色》，收入《雪崩何处》，第150—151页。

〔55〕 唐小兵：《我们怎样想象历史》，收入唐小兵编《再解读——大众文艺与意识形态》，第16—19页。

〔56〕 相关论述参阅陈光兴：《去殖民的文化研究》，《台湾社会研究季刊》(台北)第21期，1996年1月。

〔57〕 赵树理：《我对戏曲艺术改革的看法》，原载《戏剧报》1954年12月号。收入《赵树理文集》第4卷，第1474页。

〔58〕 李普：《赵树理印象记》。

〔59〕 [英]特里·伊格尔顿：《当代西方文学理论》，王逢振译，北京：中国社会科学出版社，1988年，第34页。

〔60〕〔61〕 李普：《赵树理印象记》。

〔62〕 赵树理：《我对戏曲艺术改革的看法》，原载《戏剧报》1954年12月号，收入《赵树理文集》第4卷，第1474页。

〔63〕 赵树理：《"普及"工作旧话重提》，原载《北京日报》1957年6月16日，收入《赵树理文集》第4卷，第1546页。

〔64〕 赵树理：《回忆历史 认识自己》，收入《赵树理文集》第4卷，第1840—1841页。

〔65〕 赵树理：《"普及"工作旧话重提》，收入《赵树理文集》第4卷，第1544页。

〔66〕 赵树理：《〈三里湾〉写作前后》，原载《文艺报》1955年第19期，收入《赵树理文集》第4卷，第1486页。

〔67〕 赵树理：《当前创作中的几个问题》，收入《赵树理文集》第4卷，第1655页。

〔68〕 [日]竹内好：《新颖的赵树理文学》，收入《赵树理研究资料》(黄修己编)，第491页。

〔69〕 孙犁：《谈赵树理》，《天津日报》1979年1月4日。

〔70〕 赵树理：《〈三里湾〉写作前后》，收入《赵树理文集》第4卷，第1486页。

〔71〕 [美]西里尔·贝契：《共产党中国的小说家——赵树理》，原载《新墨西哥季刊》1955年第2—3合刊。收入《赵树理研究资料》(黄修己编)，彭小芹译，第534页。

〔72〕 郭沫若：《读了〈李家庄的变迁〉》，原载《文萃》第49期，1946年9月26日。

〔73〕 周扬：《论赵树理的创作》，收入《赵树理研究资料》(黄修己编)，第181页。

〔74〕 周扬在中国作协第二次理事(扩大)会议上的发言，收入《建设社会主义文学的任务——在中国作家协会第二次理事会会议(扩大)报告、发言集》。

〔75〕 荃麟、葛琴：《文学作品选读》，生活·读书·新知上海联合发行所，1949年。收入《中国当代文学研究资料·赵树理专集》，福州：福建人民出版社，1981年，第384页。

〔76〕 [日]竹内好：《新颖的赵树理文学》。

〔77〕〔78〕 [日]洲之内彻：《赵树理文学的特色》。

〔79〕 赵树理：《〈三里湾〉写作前后》，收入《赵树理文集》第4卷，第1486页。

〔80〕 周扬:《论赵树理的创作》，收入《赵树理研究资料》(黄修己编)，第184—185页。

〔81〕［德］康德:《历史理性批判文集》，何兆武译，北京：商务印书馆，1996年，第22页。

〔82〕 吉提:《通俗化"引论"》，收入《赵树理全集》第2卷，第68页。"吉提"是赵树理和另外几个人合用的笔名。

〔83〕 参阅陈光兴主编:《Partha Chatterjee讲座·发现政治社会：现代性、国家暴力与后殖民主义》，台北：巨流图书公司，2000年。

〔84〕 黎南:《赵树理谈"赶任务"》，原载《文汇报》1951年2月22日。收入《赵树理全集》第4卷，第77—78页。

〔85〕〔86〕［日］洲之内彻:《赵树理文学的特色》。

〔87〕［日］竹内好:《新颖的赵树理文学》。

〔88〕 后发表于《赵树理研究》1988年第3期。

〔89〕 赵树理:《关于〈三里湾〉的爱情描写》，收入《赵树理全集》第4卷，第489—490页。

〔90〕 赵树理:《回忆历史　认识自己》，收入《赵树理文集》第4卷，第1840—1841页。

〔91〕［日］荻野修二:《访赵树理故居》，收入《赵树理研究文集·下卷·外国学者论赵树理》，程麻译，第105页。

后 记

一

2000年，我博士毕业、刚刚留在中文系任教，我的博士生导师洪子诚老师牵头，组织了一批作者想出一套丛书“当代文学文化研究书系”。参与者除了洪老师，还有戴锦华、孟繁华、程光炜、李杨、陈顺馨等诸位老师，以及与我同辈的周瓒、萨支山、朴贞姬、陈阳春等。那时，文化研究作为一种新的研究领域和研究方法刚刚兴起，现当代文学的研究者普遍意识到了大众文化对纯文学、文化批评及对文学研究的冲击，因此，有了出版这样一套以文化研究的方法研究当代文学问题的书系的构想。

讨论选题时，洪子诚老师提出应当重新讨论20世纪40—50年代这个转型期，当代文学如何发生、现代文学到底发生了哪些变化，以及两种文学形态的具体历史关系。当时的文学研究界对如何看待当代文学与现代文学的关系，特别是40—50年代这个现当代文学交替的历史时段形成了一些定形化的看法，普遍认为当代文学取代现代文学是一种政治外力强行干预的结果。这种主流看法背后包含着对两种文学形态和学科方向的特定历史理解，即当代文学是一种政治性的文学，而现代文学则是一种独立的纯文学。洪老师认为这种观点过于简单化，遮蔽了实际历史进程中复杂的文化内涵。因此，他认为虽然当时已有多本书论及这个问题，不过这个题目还值得重新讨论。而我那时对20世纪这个革命世纪的中国文学与思想都产生了浓厚的兴趣，于是领下这个题目。最终，我决定用处于不同历史位置、具有不同创作风格的五个作家个案，尝试立体地勾勒出这个巨变时期文学的总谱系。

通过这本书的写作，我才真正体味到了学术研究的乐趣，知道了我们可以通过与研究对象的精神交融来不断地扩大自己的思想视野和精神境界。书稿选择的五位作家——萧乾、沈从文、冯至、丁玲、赵树理，他们的人生际遇、精神世界和文学体认，都不再仅仅作为知识对象，而是我能与之对话的主体对象，给予我多种文学、思想和精神方面的滋养。那时我欣喜地领会到，或许这才是学术研究的真谛吧。因此，书中的五位作家并没有随着书稿的出版而被我遗忘，相反，他们开始真正成为我精神构成的一部分。此后，他们再没有离开过我，而成了我不断阅读、思考和研究的对象。

当然，因为当初选定这五位作家时，主要考虑的是他们的创作风格和思想取向的差异性和代表性，因此，我要同时消化五位个性如此鲜明的作家，还真是需要挺大的胃口。在写作过程中，每每与戴锦华老师喋喋不休地发表自己的读书心得。谈论对象虽不同，但我投入的状态却没有变化，这使戴老师有一天突然嘲讽地蹦出一句：你真是研究一个爱一个啊！我这才猛然醒悟到自己的“花心”。不过，后来我想：“花心”对于具有史学风格的学术研究而言，或许是一个必要的条件。有的研究者一辈子钟情于一个对象，使自己与研究对象达到了水乳交融的程度。这也是一种研究路径，前提是对象本身能够提供足够的历史丰富性和文化复杂性，但缺点可能是无法在更开阔的历史视野中更好地定位对象和自我。而我同时研究多个对象，又努力对其中的每一位都保持“理解的同情”，则是希望在深入研究对象和拉大历史格局之间保持一种平衡关系。

二

写作过程中，对这五位作家，我在不同时期花费的精力和理解的程度并不均衡，所以，也许值得一一记录，为读者提供这本书形成过程的内在思考轨迹。

沈从文是我在这次修订过程中花费时间最少但实际上接触时间很长的作家。第一次听到沈从文的名字，还是在北大本科的文学史课堂上。不过，与一般人关注那个写湘西牧歌的沈从文不同，我一开始走进的就是40年代那个写作《烛虚》《长河》等的“现代主义者沈从文”，而非30年代写《边城》《湘行散记》《从文自传》的那个京派领袖沈从文。大约在1993年，我还在读本科三年级，听完韩毓海老师的课，提交的课程作业是把40年代的沈从文与米兰·昆德拉、马丁·海德格尔放到一起，讨论文学与存在的意义。阅读昆德拉和海德格尔是那时文学青年的风气，我把这三个人放到一起，并不算奇怪和意外，而是学术风气使然，同时也可以看出我关注沈从文的现代主义创作的缘由。1994年本科毕业的时候，我的毕业论文也是讨论40年代沈从文的创作，在当时算是比较早地关注沈从文这个时段的研究了。1996年，我读硕士研究生期间，钱理群老师开设了一门“40年代小说研读”的课程，我在课上提交的讨论文章《沈从文〈看虹录〉研读》，颇得钱老师肯定，经他推荐于次年发表于《中国现代文学研究丛刊》。

如果追溯我个人的学术研究之路，沈从文其实在我早期的关注中占了很大的比重。因此在写作这本书的初稿时，我主要借助的是此前积累的沈从文研究资料。不过这次我要回答的问题是：为何沈从文会成为40—50年代这个历史巨变期的“唯一游离分子”？他不能适应和接受新社会、新话语的内在逻辑是什么？实际上，在许多研究者那里，沈从文已成为“因政治外力压抑而中断写作”的一种典型象征。但实际情形在沈从文这里要复杂得多。我想强调的是，沈从文在40、50年代之交的表现更是他内在创作和思想发展的必然结果。即便历史以另外的方式展开，只要巨变与转折存在，沈从文的创作危机就在所难免。他在40年代的创作探索实际上是一个作家在构建庞大思想体系时遇到精神危机的体现。因而他在40年代后期谈论“穷”与“通”，在50年代谈论“事功”与“有情”，在60年代谈论“人”与“我”时，也包含了一种超越自我而努力地包容整个世界的努力。只是，这种悲悯阔大的胸怀，不再表现在文学创作中，而实践于他的文物研究中。因此，在这本书的写作中，我对沈从文形象的变化更为印象深刻：他30年代的意气风发，40年代带有癫狂气质的超人思想探索，50年代的落寞与彻悟，构成我理解和阐释40、50年代之交沈从文的主要线索。在修订稿中，我原本尝试对他50—60年代“穷则通，通则变”的内在心路历程做一些描述，不过因为时间关系并没有在书中展开。

与沈从文的写作故事不同，萧乾、冯至、丁玲、赵树理这四位作家，在我写作本书的过程中，虽非初次相遇，却是第一次把他们作为研究的对象。在关于40—50年代作家的大量阅读中，之所以选定萧乾作为分析的第一个个案，是考虑到他在“二战”期间的欧洲经验，特别是他在那个转折年代具有的多种选择的可能性。日本学者丸山昇这样评价这个时期的萧乾：“他面临的确实是中国现代知识分子所遇到的种种问题；而且，整个抗日战争时期——自29岁至36岁——他几乎都是在欧洲度过的，因而具有些许独特的体验。”这与我一开始就想把对40—50年代中国作家的讨论放在全球视野中展开分析有内在的契合之处。讨论萧乾的欧洲经验和思想变迁，特别是他在40年代中国思想界的遭遇，可以使人们更清晰地看到中国革命的全球性背景。1949年，萧乾实际上有多种选择，他可以去英国剑桥大学教书，可以留在香港当记者，可以回到上海或北京从事新闻工作，也可以从事文学创作。在这多种可能性中，萧乾为何选择了看起来自由度最小的一种，即回到北京从事新闻写作？这是我在萧乾这一章中要着力处理的问题。由此，第三世界知识分子的民族情感、左翼知识界的政治分歧、巨变时代作家的个人身世和自我认同等问题得以在萧乾这个个案中凸显出来。2014年，刘禾的《六个字母的解法》出版，其中多次提到这个时期的萧乾，让我看到30—40年代英国剑桥大学更具体和深刻的知识氛围，也更多地体验到社会主义实践经验在欧洲与中国的不同。

在考虑国统区作家的个案时，除了沈从文，另一个选择对象是作家兼学者冯至。冯至在40年代走了一条几乎与沈从文完全相反的路线：他从一个最具个人风格的作家转变为一个顺利地融入“集体的时代”的主流作家。这个过程是如何发生的呢？这其中包含的个人与时代、个我与集体、欧洲思想与当代中国、文学与革命等种种问题，呈现的是一种从外观上难以深入理解的历史经验。因此，冯至这个章节，我从他作为一个知识分子的自我修养与人格塑造写起：从20年代步入社会的失败，到30年代受到德国思想的滋养，再到40年代在战乱的昆明获得安身立命的基本方式。这种方式使他不违背自己的思想诉求而得以顺利地融入大时代。

冯至的这种人生路径事实上后来成为我长久咀嚼和思考的对象，与我作为后革命一代的个体精神产生了密切的关联。2018年，洪子诚老师联合中间美术馆组织了一次以“错过”为题的讨论，邀请多位人文学者谈自己差点儿错过或已经错过的艺术家、作品或著作。这实际上是在以另外一种方式谈论人文学者的精神资源问题，因为唯有在其重要性得到确认时，才会对某些经典或著作产生“错过”的心理与意识。我讨论的对象是40年代的冯至。这使洪老师和周围的朋友都有些意外，因为就我发表文章的数量和公开谈论的次数，他们本以为我会选择丁玲或赵树理。实际上，我对40年代冯至的阅读和体认并不少于沈从文、丁玲与赵树理，但有许多想法并没有以论文的形式表达出来。而且，从个人与历史的关系而言，冯至的思想里实际上包含着许多超越时代的生命哲学。核心问题是：如何以最个人主义的方式超越个人主义本身，如何通过自我修养而通达集体时代？

在我的理解中，帮助冯至从个人通达时代的桥梁是里尔克、歌德与杜甫。这其中包含着个人与时代的深刻辩证法，与中国传统文人所追求的从“正心诚意格物致知”到“修身齐家治国平天下”的跨越有着内在的相似性。这是一种立足自我又超越自我的思想路径，既包含着深刻的历史自觉，也有着一种普遍性的生命政治的提升。这种思想路径与生命体验对于始终在简单的二元对立框架中理解当代中国革命的思维方式无疑是一种很大的矫正。回想起来，冯至一章是我写作这本书的最大收获之一。他不仅使我从狭隘的当代文学视野中跳脱出来，站在更高的精神视野观察大时代的变动，而且他对生命的哲学思考也为我理解自我的生存与社会实践的关系提供了许多有益的思想资源。思想者的意义是可以不受限于时代的，冯至的中年体悟、生命哲学正包含了这样的内涵。

三

在考虑与新中国同时崛起的“解放区”作家时，本书选择的是丁玲与赵树理。实际上，这两个作家才真正是我的专业本行即当代文学的研究对象。但一般的讨论往往过度强调他们作为“作家”而非“知识分子”的特点，偏于文学作品的解读，而较少从一种思想史的视野考察他们精神特质的形成、文学创作的初衷、基本的思想诉求和所接纳的文化资源。本书以作家为主体考察20世纪中期从现代文学向当代文学的转变过程，事实上就意味着一种思想史视野的考察方式。同时也考虑到讨论时段的历史特质，需要提炼出相应的文学问题序列，因此，我用丁玲讨论知识分子与中国革命的关系，用赵树理讨论当代文学作为革命中国的新文学如何确立自身的典范性。

从表面上看，这两个作家是如此不同，丁玲之“洋”和赵树理之“土”的区别是明显的，而在50年代的作协圈也有“东总布胡同”与“西总布胡同”之争的说法。但是，把这两个作家放在一起讨论却正好能从横的世界脉络和纵的中国脉络显示出20世纪中国文学最宽广的历史维度。

丁玲之“洋”，与她自登上文坛起就始终以“摩登”的姿态站在时代潮头有密切关系。她的思想资源、社会阅历、自我认同、文学素养等无一不与“五四”以来中国社会的先锋性现代思想潮流相关。这也使她与中国革命呈现出一种高度自觉而又紧张纠缠的复杂关系。可以说，丁玲这一个案显示出的是常常被称为“农民革命”的20世纪中国社会主义实践的激进的现代性内涵。这需要处理丁玲如何成为作家、如何向左转、如何到达延安、如何经历自我改造完成代表作《太阳照在桑干河上》、如何经历40—50年代转折期并主持当代文坛的建制等一系列问题。可以说，丁玲自身就是一部浓缩的20世纪中国文学史，也是知识分子与中国革命关系史的一种肉身化历史形态。在经历40—50年代转折之前，她就已经作为一个具有创作个性的成熟作家经受了延安整风运动的考验，并将自我提升到另一个更高的境界。这其中的关键问题是作家主体如何伴随中国革命的发展而不断地自我改造和自我提升，我曾在文章中将之称为“主体的辩证法”。

从丁玲这里，正如从冯至那里的获益一样，我领会到的是一种新的生命哲学，即一种“在历史中生长”的能力。人的主体境界和自我修养并不是固定的、一成不变的，而可以通过在现实中的实践不断地扩大。有人问晚年的丁玲如何看待当时的处境时，她答曰：依然故我。经历与20世纪中国革命深度纠缠的荣衰毁誉之后，能坦然承认依然故我，这是一种生命力强悍的表现。不过，丁玲实际上并非仅有“故我”，而是在对于“新我”的不断探索中始终不丧失其作为作家和思想者的主体意识。有故我即有新我，这两者并非不可兼容，关键是新我能在包容故我的同时又超越故我。丁玲从20年代的上海时髦女作家、30年代延安的明星作家、40年代赢得世界声誉的社会主义作家到50年代的共产党高级官员与受批判对象，再到80年代的复出老左派，这些形象的变迁实际上既是20世纪中国知识分子投身革命实践的“活化石”般的呈现，也是她在革命实践与文学创作中艰苦地自我战斗的缩影。摆脱一己之私来看待丁玲的生命史，以及与之融为一体的文学实践史，就不会用压迫与反抗的简单对立模式来理解她，而可以领会她的非常人所能及的阔大的精神视野与人格内涵。

四

在本书写到的五位作家中，初版本出版之后，我与丁玲“重新相遇”的故事最值得一说。初版本中关于丁玲的两章，实际上没有摆脱学界对她的刻板印象。一则是将中国革命与丁玲个人的生命及文学实践对立起来，一则是没有理解丁玲精神主体的可塑性与生长性。对于丁玲这种始终与中国革命共生共长的作家而言，革命并不是她身外的对象，她所有的生命体验和文学实践本身就是中国革命的构成部分。因此，无论在革命的辉煌期还是低潮期，她一直坚持从革命的总体大局和发展前景来谈论个我与集体的关系。这种气度和心胸并不是每一个 20 世纪作家所能有的。由于对中国革命实践与革命者自我的关系采取的是这样一种思考方式，丁玲的精神主体实际上已然摆脱了知识分子个我的一己之私，而具有极大的包容性和可生长性。

后一种理解中国革命与知识分子、革命者主体的方式，对于我这种在 80—90 年代的历史反思和个人主义氛围中长大的一代人，实际上是陌生的。我走出书本知识的限制，而触摸到丁玲主体这种活的精神特质，是在与丁玲研究会的老师前辈们的交往过程中慢慢感知到的。

我与丁玲研究会的第一次接触是 2004 年去湖南临澧县参加纪念丁玲一百周年诞辰国际学术研讨会。《转折的时代》出版前后，我把丁玲的章节重写成论文发表。大约因此，王中忱老师注意到我，并把我当成丁玲研究的“新秀”邀请去参会。不过那次我完全没有融入会场的氛围。悬挂在临澧县大会堂的丁玲遗像，在我当时的感觉中不过是逝去的 20 世纪历史的一个象征。印象深刻的，倒是在王中忱老师率领下，我们一群人去看丁玲在临澧县蒋家的故居。故居已全然不见踪影，只留下两块埋在土里的石碑。门前有个水塘，据说是丁玲在小说中写到的田家冲（当地名为黑胡子冲）。南方乡村正午的阳光照在橘树林中，我们穿过丁玲很小便离开的故乡的山地，像一群真正的游客。

我第二次参与丁玲研究会的活动是 2014 年，丁玲诞辰 110 周年，去湖南常德参加第十二次国际丁玲学术研讨会。当时恰逢李向东、王增如老师的《丁玲传》刚刚出版，他们带了十多本到会场，而我幸运地分得一本。因为对丁玲有重新了解的兴趣，在常德会场的宾馆里，我几乎迫不及待地打开书。没想到一看就停不下来。书里呈现的那个活生生的丁玲抓住了我，我整整一上午坐在宾馆房间的窗前，一口气读完了《丁玲传》。这本传记几乎回答了我关于丁玲的所有感到疑惑的问题，也全盘更新了我对丁玲的认识。

此后的时间里，王中忱会长常常召集我和何吉贤、程凯等年轻学者，与王增如、李向东、涂绍均、解志熙等老师一起吃饭聊天。那时，我才有机会听他们聊起活着的晚年丁玲。他们管丁玲叫“老太太”，说起80年代与丁玲接触、一起办《中国》杂志的往事，他们津津乐道，对丁玲有一种发自内心的尊敬和亲近。一个已经逝去的人，能使曾在她身边生活过的人如此长久地怀念她，仅仅这种人格魅力也使我对丁玲兴趣盎然。我由此慢慢感到20世纪革命历史开始在丁玲身上活过来，以我们这代人能够理解和触摸的方式，成为现实社会生活中的一部分。这也是我后来陆续写了《丁玲的逻辑》《丁玲的主体辩证法》等新文章的原因。

可以说，2003年书稿的出版只是我与丁玲相遇的起点，我对她更深刻的理解和体认多是在初稿出版之后发生的。事实上，在这次修订重版的过程中，丁玲一章我几乎做了全盘的重写，觉得自己此前对她的理解过于肤浅，即便一时还不能完全将新的想法理论化，我也需要在这本书中重新勾画出理解丁玲的基本思考线索。我越来越意识到，丁玲实际上是一个在精神高度上超越了我们这些研究者的历史对象。仅仅用一般的文学观、历史观和诸多有关中国革命的刻板印象来谈论她，实际上是小看了她。通过丁玲，我常常在想一个问题，我们这些在后革命年代长大的人，真的领会到了20世纪这个“极端的年代”所蕴含的那些不无高贵意味的思想内涵了吗？

五

与丁玲的“洋”相比，赵树理的“土”代表的则是20世纪中国文学另外一个发展脉络的极致。他的文学道路与文学作品，常常与乡土中国、农民文化、民间文学等概念联系在一起，是一种从中国乡村大地内部生长出来的现代形态。他是中国的，而且“太中国”了。但日本学者竹内好却在50年代的一篇文章中称他是“新颖的”。竹内好认为赵树理是"以中世纪文学为媒介，但并未返回到现代之前，只是利用了中世纪从西欧的现代中超脱出来"。这意味着赵树理甚至比丁玲这样的"摩登"作家要更有创造性。

在很长的时间里，这是一种许多人觉得难以理解的奇谈怪论，特别是在以追求西方现代性为主要规范的80年代这一"新时期"。那时，赵树理被视为"保守""落后""封闭"的50—70年代文学的象征，他甚至没有资格跨入现代作家的行列。在本书写作之前的一段时间，我对赵树理的印象也是如此。我感觉赵树理是一个很难进入的作家，他的作品难以唤起我的情感投入和共鸣，但同时他的文字、叙事和结构的精致却让我不得不另眼相待。他像是20世纪文学中陌生的特殊品种，让我这种文学青年无从下手。实际上，与丁玲唤起的共鸣与认同不同，赵树理唤起我关注的是另一种非知识分子品质的文学对象。大约是90年代后期，我开始有机会在一些跨国跨区域场合谈论中国文学，并且自觉地要在一种全球性视野中思考中国问题时，赵树理的独特意味开始显现出来。他的陌生感并不是"没有文化"，而是一种无法用西方式现代观解释和把握的中国文化。

可以说，赵树理为我打开的是两种视野，一种是超越作为知识分子的主观视野。如果没有赵树理的参照，我很难意识到，我们谈论的所谓文学其实都是一种知识分子主体视野内的文化实践。赵树理文学的创作主体和接受主体不是都市化的现代知识分子。他设想的读者是广大中国乡村社会的农民，他的作品是预备让识字的人读，并让识字的人读给不识字的人听的。在赵树理这里，文学或文字这个媒介是中国几千年传统生活所形成的活的文化在当代转化的产物。可以说，赵树理是在一种完全不同的生产机制中来讨论中国的现代文学的。如果不能理解赵树理的这个初衷，就难以意识到一部20世纪中国文学史实际上常常被自觉、不自觉地理解为知识分子的文学史。

从这个层面，赵树理是激进的，又是传统的。激进的一面在于他能超越知识分子阶层的视野而使文学最大程度地普及化和大众化，这实际上是20世纪中国文学的一贯追求。当代文学作为人民文艺，相对于以作家文学为主体的现代文学的超越也正表现在这里。传统的一面则在于，从一种长时段的视野来看，中国历史上的唐宋转型在文学上的表现就是以市民阶层为对象的（拟）话本小说和戏曲（杂剧、散曲）的出现，由此而越出了文人群体的言志或载道传统。事实上，从赵树理关于小说和戏曲的相关表述来看，他对“五四”新文学传统颇多批评。如果可以，或许他更愿意把自己的创作接续到唐宋转型以来的这个更长的现代源头上去。

这涉及赵树理为我打开的另一种视野，即超越20世纪的现代性视野。20世纪中国的现代性实践总体受限于西方式现代，赵树理可以被视为这种主流现代观的一种“反现代”形态。他对乡土中国的切身体认和深入理解，提供了超越20世纪西方式现代的可能性。仅仅站在20世纪视野内是无法看到这一点的。只有对现代性本身产生反思、批判的自觉意识（也就是穷尽了20世纪西方现代性之后），赵树理文学的特殊意义才能显现出来。这也正是赵树理文学在21世纪提供的特殊启示性。

这次修订赵树理的章节并没有做很大的调整，但相较初版本，研究的思路和立场越来越明确。如果说之前讨论赵树理总是想着要为他的现代性持一种辩护姿态，那么现在我考虑更多的则是如何把他这种特殊的现代性内涵用一种理论化的方式重新表述出来。与我对丁玲的研究经历相似，21世纪初期的几年里，我也开始有机会接触中国赵树理研究会的老师们，并到山西沁水、晋城去参观和开会，有许多书本之外的有趣发现。比如，在晋城剧院观看《三关排宴》，才知道了赵树理的家乡与宋代杨家将故事的关联；和当地的老人闲聊，才发现他们说话的腔调，大概也正是《小二黑结婚》里的口语……不过说实在话，在跟当地视为有文化的学者、文化干部等对话时，我还是觉得有些吃力。我由此反过来知道自己作为一个在都市和学院中生活的中产阶级女性的视野的限度。不过，正是在与乡土中国的接触中，在这些彼此接触的对象化反思中，我开始更自觉地思考何谓“中国”、何谓“现代”。这也是赵树理给予我的总体启示吧。

六

讲完我与五位作家相遇与同行的故事，最后要交代的是这本书自身的故事。

书稿 2003 年 12 月在山东教育出版社出版后，在学界引起了一些关注。我也因为这本书而被许多同行视为研究 40—50 年代转折时期以及书中涉及的五位作家的“专家”。回想起来，我作为一个现当代文学研究者在学界“亮相”，很大程度上是因为这本书，所以这本书的后续影响其实有些超出我的预料。大约在 2013 年，三联编辑王振峰，也是我的学生辈和朋友，提出要将书稿重新出版，而且很快签订了出版合同。不过，那时我的心思都在别的课题上，并没有很快把注意力转移到书稿的修订上来。因为有重版的意向，我开始重新在北大中文系的课堂上讲授“40—50 年代作家研究”这门课，边讲边修改。算起来，这也是我在中文系开设的主要课程之一了。从 2003 年第一次讲授，直到最近的 2017 年，这门课我大概讲授过近十轮。最早听这门课的学生，如今也已近不惑之年了。不同年龄的学生们最关注的对象，从最早的沈从文、冯至到近年的丁玲、赵树理，也可以说是新生代对中国现当代作家的一部小小的接受史了。2017 年讲课的那一次，振峰为了给我施加压力，亲自坐在北大教室里来监工，搞得一些学生来围观传说中的美女大师姐。振峰每次约我见面，开场白就是“催稿啦”，弄得我有一阵见到她就开躲。所以，这本书目前以这样的形式出版，可以说主要是振峰的功劳。

这次书稿的修订重版，虽然保留了初版本的基本框架和大部分内容，但在具体文字的打磨、章节标题的设计，特别是一些基本思路上，都有很大变化。振峰提出初版稿的书名过于学术化，不利于普通读者接受，建议起一个更开放的书名，并增加部分图像资料。我也欣然同意。这主要源于两方面的考虑。就读者的一面而言，我感到书中写到的五位现当代作家，对于更年轻的“90 后”乃至“00 后”学生的意义，相对于我最初写作的 21 世纪初期，已经发生了某种尚未得到明确讨论的大变化。简单地说，在书稿最初写作的年代，这五位作家还是正在展开的现当代文学专业探索的一部分，阅读者和研究者也把他们视为专业研究的构成部分；而现在，这些作家已然成为经典，被视为对象化的过去历史的一部分了。就前一种阅读要求而言，人们可能更多地关注比较专业化的文学史研究这个面向，而就后一种阅读体验而言，要求更多的则是更具普遍性的思想与文学的一面。接受者不仅将其视为专业研究的对象，更希望将其视为现代中国普遍性的文学资源，希望从中获得超越时代的人文与思想价值。

事实上，从读者和接受者这一面发生的变化，在我作为研究者的这一面也发生了。如果说初版本更多的是从专业的文学史研究角度尝试立体地勾勒出特定历史时段中作家的现实遭遇和精神体验，那么这次修订重版本则力图在文学史描述的基础上，更自觉地回应一些有关20世纪中国文学、思想的基本问题。这个变化过程，事实上也是进入21世纪之后人们对20世纪中国文学在基本态度和研究方式上发生的调整。这是一个“走出20世纪”的过程，也是一个重新将20世纪文学资源化的过程。如果意识不到这个变化，恐怕就很难理解21世纪中国社会所形成的一些新的特质。正是从这个意义上，我对五位作家的讨论重心，从文学史转移到思想与文学，更多关注的是作家们如何在自己的时代创造能够为不同时代的人们所分享的普遍经验。出于这样的考虑，修订版的书稿定名为“时间的叠印：作为思想者的现当代作家”。

凸显五位作家的思想者特性，受到钱理群老师序言的很大启发。在我的学术成长过程中，钱老师的思想史研究一直是我学习和揣摩的对象。这本书的初版本写作时，他的《1948：天地玄黄》是我的案头书，对我的思路和观点都产生过很大影响。1996年我读研究生期间，钱老师开设了“40年代小说研读”课程，这使我关于40年代沈从文的思考有了发表的机会，而且这也构成了本书的一章。不过想到要劳动80高龄的钱老师为自己这本半新半旧的书写序，实在是开不了口。后来鼓起勇气提及这本书稿，钱老师说先让他看看，然后再做决定。

结果钱老师读完书稿后，写下了热情洋溢的长序。读着老师的肯定和鼓励，我的感激之情难以言表。

本书还要特别感谢慷慨提供图片版权的周欣、冯姚平老师，感谢提供图片资源的王增如、李向东、涂绍均、傅光明、赵魁元等前辈和老师。为争取更多的图片资料，振峰发挥她老编辑的优势，四处联系沟通，付出了许多心力。

在这本书漫长的写作和修改过程中，还有许多老师和朋友需要感谢。这里不一一提及。回顾这个过程让我如此清晰地意识到自己怎样生活在历史中，领会到个人的生活怎样与历史与他人紧密关联。这篇后记也许写得过长了，正如这本书的修改过程拖了如此之久。现在，终于到了放开这本书的时刻。但我与五位作家同行的故事不会结束，许多需要进一步思考的问题将留待以后的岁月。也希望打开这本书的读者，能分享我走过的思考过程，并有所获益。

2020年8月9日

参考文献

鲍霁编,《萧乾研究资料》, 北京十月文艺出版社, 1988 年。

陈徒手,《人有病　天知否:一九四九年后中国文坛纪实》, 北京:人民文学出版社, 2000 年。

陈徒手,《故国人民有所思:1949 年后知识分子思想改造侧影》, 北京:生活·读书·新知三联书店, 2013 年。

丁玲,《丁玲近作》, 成都:四川人民出版社, 1980 年。

丁玲,《丁玲选集》(共 3 卷), 成都:四川人民出版社, 1984 年。

丁玲,《魍魉世界·风雪人间——丁玲的回忆》, 北京:人民文学出版社, 1989 年。

丁玲,《丁玲文集》(共 10 卷), 长沙:湖南人民出版社, 1983 年(1—3 卷)、1984 年(4—6 卷)、1991 年(7—8 卷)、1995 年(9—10 卷)。

丁玲,《丁玲全集》(共 12 卷), 石家庄:河北人民出版社, 2001 年。

丁玲创作六十周年学术讨论会编选小组编,《丁玲与中国新文学》, 厦门大学出版社, 1988 年。

丁亚平,《别离在新世纪之门——萧乾传》, 郑州:河南人民出版社, 2000 年。

丁言昭,《在男人的世界里——丁玲传》, 上海文艺出版社, 1998 年。

丁言昭编选,《别了,莎菲》, 北京:人民文学出版社, 2001 年。

戴光中,《赵树理传》, 北京十月文艺出版社, 1987 年。

董大中,《赵树理年谱》, 太原:山西人民出版社, 1982 年。

董大中,《赵树理评传》, 天津:百花文艺出版社, 1986 年。

董大中编录,《赵树理文集(续编)》, 北京:工人出版社, 1984 年。

范智红,《世变缘常——四十年代小说论》, 北京:人民文学出版社, 2002 年。

冯友兰,《三松堂自序》, 北京:人民出版社, 1998 年。

冯姚平编,《冯至与他的世界》, 石家庄:河北教育出版社, 2001 年。

冯至,《北游及其他》, 北平沉钟社, 1929 年。

冯至,《冯至诗文选集》, 北京:人民文学出版社, 1955 年。

冯至,《诗与遗产》, 北京:作家出版社, 1963 年。

冯至,《冯至全集》(共12卷),石家庄:河北教育出版社,1999年。
符家钦编著,《记萧乾》,北京:时事出版社,1996年。
[日]釜屋修,《玉米地里的作家——赵树理评传》,梅娘译,太原:北岳文艺出版社,2000年。
复旦大学中文系《赵树理研究资料》编辑组,《中国当代文学研究资料·赵树理专集》,福州:福建人民出版社,1981年。
傅光明编,《萧乾文集》(共10卷),杭州:浙江文艺出版社,1998年。
傅光明采访整理,《风雨平生:萧乾口述自传》,北京大学出版社,1999年。
傅光明编,《解读萧乾》,北京:大众文艺出版社,2001年。
傅光明,《未带地图　行旅人生》,深圳:海天出版社,2001年。
高捷编,《回忆赵树理》,太原:山西人民出版社,1985年。
高新民、张树军,《延安整风实录》,杭州:浙江人民出版社,2000年。
郭沫若,《沫若文集》(第13卷),北京:人民文学出版社,1961年。
何其芳,《何其芳全集》(共8卷),石家庄:河北人民出版社,2000年。
贺麟,《五十年来的中国哲学》,沈阳:辽宁教育出版社,1989年。
贺麟,《德国三大哲人歌德　黑格尔　费希特的爱国主义》,北京:商务印书馆,1989年。
贺兴安,《楚天凤凰不死鸟——沈从文评论》,成都出版社,1992年。
韩玉峰、杨宗等,《赵树理的生平与创作》,太原:山西人民出版社,1981年。
洪谦主编,《西方现代资产阶级哲学论著选辑》,北京:商务印书馆,1964年。
洪子诚,《当代中国文学的艺术问题》,北京大学出版社,1986年。
洪子诚,《中国当代文学史》,北京大学出版社,1999年初版,2007年修订版。
洪子诚,《问题与方法——中国当代文学史研究讲稿》,北京:生活·读书·新知三联书店,2002年。
胡风,《胡风回忆录》,北京:人民文学出版社,1993年。
胡明,《胡适传论》,北京:人民文学出版社,1996年。
荒芜编,《我所认识的沈从文》,长沙:岳麓书社,1986年。
黄秋耘,《黄秋耘文集》(共4卷),广州:花城出版社,1999年。
黄修己,《赵树理评传》,南京:江苏人民出版社,1981年。
黄修己编,《赵树理研究资料》,太原:北岳文艺出版社,1985年。
【联邦德国】霍尔特胡森,《里尔克》,魏育青译,北京:生活·读书·新知三联书店,1988年。
吉首大学沈从文研究室编,《长河不尽流——怀念沈从文先生》,长沙:湖南文艺出版社,1989年。
蒋勤国,《冯至评传》,北京:人民出版社,2000年。
蒋祖林,《丁玲传》,北京:人民文学出版社,2016年。

【美】金介甫著，《沈从文传》，符家钦译，北京：时事出版社，1990年。
金冲及，《转折年代：中国的1947年》，北京：生活·读书·新知三联书店，2002年。
【美】理查德·沃林，《存在的政治——海德格尔的政治思想》，周宪、王志宏译，北京：商务印书馆，2000年。
【奥地利】里尔克，《罗丹论》，梁宗岱译，北京：中央编译出版社，2006年。
李广田，《诗的艺术》，上海：开明书店，1943年。
李广田，《李广田文学评论选》，昆明：云南人民出版社，1983年。
李辉，《恩怨沧桑——沈从文与丁玲》，天津：百花文艺出版社，1992年。
李辉，《人生扫描》，上海远东出版社，1995年。
李辉，《浪迹天涯——萧乾传》，北京：中国文联出版公司，1998年。
李士德编选，《赵树理忆念录》，长春出版社，1990年。
李陀，《雪崩何处》，北京：中信出版社，2015年。
李向东、王增如，《丁玲传》，北京：中国大百科全书出版社，2015年。
李泽厚，《中国现代思想史论》，北京：东方出版社，1987年。
凌宇，《从边城走向世界——对作为文学家的沈从文的研究》，北京：生活·读书·新知三联书店，1985年。
凌宇，《沈从文传》，北京十月文艺出版社，1988年。
刘洪涛，《湖南乡土文学与湘楚文化》，长沙：湖南教育出版社，1997年。
【匈】卢卡奇，《存在主义还是马克思主义？》，韩润棠、阎静先、孙兴凡译，北京：商务印书馆，1962年。
毛泽东，《毛泽东选集》（共4卷），北京：人民出版社，1991年。
毛泽东，《毛泽东选集》（第5卷），北京：人民出版社，1977年。
钱理群，《1948：天地玄黄》，济南：山东教育出版社，1998年。
钱理群主讲，《对话与漫游——四十年代小说研读》，上海文艺出版社，1999年。
钱理群，《岁月沧桑》，上海：东方出版中心，2016年。
【法】让·华尔，《存在主义简史》，马清槐译，北京：商务印书馆，1962年。
沈从文，《沈从文文集》（共12卷），广州：花城出版社、香港：三联书店香港分店联合出版，1982年（1—5卷）、1983年（6—8卷）、1984年（9—12卷）。
沈从文，《沈从文别集》（共20卷），长沙：岳麓书社，1992年。
沈从文，《沈从文全集（修订本）》（文学部分，共27卷），太原：北岳文艺出版社，2009年。
沈从文，《花花朵朵　坛坛罐罐——沈从文文物与艺术研究文集》，北京：外文出版社，1994年。
沈从文，《中国古代服饰研究》，上海书店出版社，2005年。
沈虎雏编选，《从文家书——从文兆和书信选》，上海远东出版社，1996年。

沈默编，《野百合花》，广州：花城出版社，1992年。
宋建元，《丁玲评传》，西安：陕西人民出版社，1989年。
孙冰编，《沈从文印象》，上海：学林出版社，1997年。
孙瑞珍、王中忱编，《丁玲研究在国外》，长沙：湖南人民出版社，1985年。
唐小兵编，《再解读——大众文艺与意识形态》，香港：牛津大学出版社，1993年初版；北京大学出版社，2007年增订版。
【美】W. 考夫曼编，《存在主义》，陈鼓应、孟祥森、刘崎译，北京：商务印书馆，1987年。
【日】丸山升，《鲁迅·革命·历史——丸山升现代中国文学论集》，王俊文译，北京大学出版社，2005年。
汪洪编，《左右说丁玲》，北京：中国工人出版社，2002年。
王保生，《沈从文评传》，重庆出版社，1995年。
王嘉良、周健男，《萧乾评传》，北京：国际文化出版公司，1990年。
王蒙、袁鹰编，《忆周扬》，呼和浩特：内蒙古人民出版社，1998年。
王邵军，《生命在沉思——冯至》，石家庄：花山文艺出版社，1992年。
王中青，《赵树理作品论集》，太原：北岳文艺出版社，1987年。
【美】威廉·巴雷特，《非理性的人——存在主义哲学研究》，杨照明、艾平译，北京：商务印书馆，1995年。
韦君宜，《思痛录》，北京十月文艺出版社，1998年。
文洁若，《我与萧乾》，南宁：广西教育出版社，1992年。
吴立昌，《"人性的治疗者"沈从文传》，上海文艺出版社，1993年。
吴世勇，《沈从文年谱》，天津人民出版社，2006年。
吴晓东，《象征主义与中国现代文学》，合肥：安徽教育出版社，2000年。
吴小如、文洁若编，《微笑着离去——忆萧乾》，沈阳：辽海出版社，1999年。
夏衍，《懒寻旧梦录》，北京：生活·读书·新知三联书店，1985年。
【日】相浦杲，《考证　比较　鉴赏——二十世纪中国文学论集》，北京大学出版社，1996年。
萧乾，《未带地图的旅人》，北京：中国文联出版公司，1991年。
萧乾，《萧乾文集》（共10卷），杭州：浙江文艺出版社，1998年。
谢泳，《逝去的年代——中国自由知识分子的命运》，北京：文化艺术出版社，1999年。
姚可崑，《我与冯至》，南宁：广西教育出版社，1994年。
杨刚，《杨刚文集》，北京：人民文学出版社，1984年。
杨桂欣，《丁玲评传》，重庆出版社，2001年。
杨桂欣编，《观察丁玲》，北京：大众文艺出版社，2001年。
袁良骏编，《丁玲集外文选》，北京：人民文学出版社，1983年。

袁良骏编,《丁玲研究资料》，天津人民出版社，1982年。
臧棣编,《里尔克诗选》，北京：中国文学出版社，1996年。
赵聪,《中国大陆的戏曲改革（1942—1967）》，香港中文大学出版社，1969年。
赵树理,《赵树理文集》（共4卷），北京：工人出版社，1980年。
赵树理,《赵树理曲艺文选》，北京：中国曲艺出版社，1983年。
赵树理,《赵树理论创作》，上海文艺出版社，1985年。
赵树理,《赵树理全集》（共6卷），北京：大众文艺出版社，2006年。
赵园主编,《沈从文名作欣赏》，北京：中国和平出版社，1993年。
张辉,《冯至：未完成的自我》，北京：文津出版社，2005年。
张新颖编,《储安平文集》（上下卷），上海：东方出版中心，1998年。
张新颖,《沈从文的后半生：1948—1988》，桂林：广西师范大学出版社，2014年。
中共中央文献研究室编,《毛泽东文艺论集》，北京：中央文献出版社，2002年。
中国社会科学院外国文学研究所编,《冯至先生纪念论文集》，北京：社会科学文献出版社，1993年。
中国社会科学院哲学研究所西方哲学史组编,《存在主义哲学》，北京：商务印书馆，1963年。
中国赵树理研究会编,《赵树理研究文集》（3卷），北京：中国文联出版公司，1998年。
周国平主编,《诗人哲学家》，上海人民出版社，1987年。
周良沛,《丁玲传》，北京十月文艺出版社，1993年。
周良沛,《冯至评传》，重庆：重庆出版社，2001年。
周棉,《冯至传》，南京：江苏文艺出版社，1993年。
朱晓进,《“山药蛋派”与三晋文化》，长沙：湖南教育出版社，1995年。
朱自清,《新诗杂话》,《朱自清全集》第2卷，南京：江苏教育出版社，1988年。